Garrison Keillor
Radio Romance

☆ ☆ ☆

Roman

Aus dem Amerikanischen von
Angelika Kaps

Carl Hanser Verlag

Die Originalausgabe erschien 1991 unter dem Titel
WLT. A Radio Romance
bei Viking Penguin in New York.

1 2 3 4 5 98 97 96 95 94

ISBN 3-446-17312-9

Satz: Otto Gutfreund, Darmstadt
Druck und Bindung: Friedrich Pustet, Regensburg
Printed in Germany

Für Bill und Judy und Russ
und alle Musiker
im Bus

Aus meinem Wagnis habe ich mindestens das eine gelernt: Wer sich getrost von seinen Träumen leiten läßt und das Leben zu leben sucht, das ihm vorschwebt, dem ist ein Erfolg beschieden, wie er ihn gemeinhin nicht gewärtigt. Man läßt allerlei hinter sich, man überschreitet eine unsichtbare Grenze, und neue, allgemeine und freiheitlichere Gesetze kommen in einem und um einen herum zur Geltung. Luftschlösser zu bauen ist kein vergängliches Beginnen; man muß ihnen nur nachträglich ein Fundament verschaffen.

Henry Thoreau, *Walden*

Kapitel 1
Studio B

Studio B war die Schlangengrube bei WLT, die Gruft der Radiomumie, und den Leuten, die es betraten, passierten schlimme Dinge. Es war ein großer, dreieckiger Raum in der ersten Etage des Hotel Ogden an der Ecke 12th Street und LaSalle in Downtown Minneapolis, in dem WLT untergebracht war. Dad Benson sagte, man fühle sich darin wie in einer Vakuumkammer – als er einmal während *Der freundliche Nachbar* nach Luft schnappte, flogen ihm zwei riesige Fliegen in die Kehle, und beinahe wäre er erstickt. Reverend Irving James Knox behauptete, er könne sich da drin nicht reden hören, wenn er *Hoffnung auf morgen* machte. Er war an heilige Stätten gewöhnt, wo seine Worte von den Wänden abprallten wie Meeresbrandung; in Studio B versickerten die Wellen in einem großen Schwamm. Reed Seymour bekam einmal da drin so schlimmen Schluckauf, daß seine Teilprothese rausfiel und er die Nachrichten durchs Zahnfleisch mümmeln mußte. Und eine Woche später schlüpften drei der Shepherd Boys, ein Gospelquartett, hinein und entledigten Reed stillschweigend seiner Hosen während eines langen Berichtes über einen tragischen Wohnhausbrand in St. Paul, bei dem sechs Personen den Tod gefunden hatten. Er las weiter, quietschte aber zweimal auf, als sie ihm die Unterhose auszogen. Alle zwei Tage etwa schlichen sich die Shepherds während der Mittagsnachrichten hinein, um ihre kleinen Streiche zu spielen: Sie taten Spucke in sein Wasserglas und bewarfen ihn mit Essen und kippten Klebstoff in seine Schuhe, und einmal zündeten sie das Manuskript an, so daß er sehr *schnell* lesen mußte – es war ein Nachruf, und er kam nicht mehr zu dem *Hinterbliebenen*-Teil –, und so schloß Reed am nächsten Tag das Studio von innen ab. Nachdem aber die Nachrichten gefahrlos vorgelesen waren, *ging die Tür nicht mehr auf*, und völlig außer sich trommelte er an die Wände, aber sie hielten ihn darin fest, bis ihm das Pipi an den Beinen runterlief. Das waren die Dinge, die in Studio B passierten.

Daher benutzte keiner der Ansager gerne das B, sie gingen lieber in A, in das große Studio, auch wenn da die Musiker herumlungerten und feixten und rauchten, oder setzten sich in C, einen mit grünen Akustikplatten ausgeschlagenen Raum, auch bekannt als die Gaskammer, weil Leo LaValley dort drinnen *Reflexionen* machte und ihn voll säuerlich riechender grüner Furze hinterließ. Einmal mußte er in B gehen, um ein paar Dutzend Werbespots der Minnesota-Molkereigenossenschaft aufzusagen, und er verdrückte sich einen Moment, um mal um die Ecke zu gehen, und als er zurückkam, waren nur noch die Durchsagen für Murrays Fleischwaren übrig. »Also gut«, dachte er und las sie vor, einschließlich eines Spruchs, von dem der Werbetexter schwor, ihn nicht geschrieben zu haben: »Ja, Leute, nur Murrays Fleisch ist so begehrt im Bett wie auch am Herd«, ein Spruch, wegen dem Leo beinahe gefeuert worden wäre. »Wie konnten Sie das lesen und nicht merken, was da stand?« fragte Ray Soderbjerg, sein Boss. Leo hatte es nicht mitgekriegt, weil er eifrig darum bemüht war, nicht über einen Ansager namens Phil Sax zu lachen, der in der Tür stand, den Finger in seinen Hosenschlitz gesteckt hatte und damit wakkelte. Eine typische Studio-B-Geschichte.

Ein rotgrünes WLT-Neonschild hing über der Hotelmarkise und ließ hintereinander »W ... L ... T ... WLT ... WLT ... Der ... freundliche ... Nachbarschaftssender ...« aufleuchten. Dann wurde das »freundliche« hellrot, und die Karikatur eines Männergesichts erschien in Blau mit einem roten Bowler, und sein Mund blitzte plötzlich in einem breiten Grinsen auf, und seine Augen wurden funkelnd weiß, und der Hut kippelte, und wenn die Augen funkelten, wurde das Licht in Studio B schwächer. Nur in B, nirgendwo sonst. Gene, der Cheftechniker, überprüfte die Leitungsanlage. Nichts. Es war eine Schlangengrube, das war alles.

☆ ☆ ☆

Der Fluch von Studio B begann 1936 während eines Schneesturms im Januar, als ein junger Diskjockey namens Price Waterman, der *Tanztee am Nachmittag* in Studio B moderierte, zwei Stunden lang Schneefrei-Meldungen für die Schulen und Straßenberichte vorlesen mußte und ihm das Wasser ausging. Sein Mund wurde trocken, seine kräftige, volle Stimme wurde zu einem Flüstern, und er kriegte keine Luft mehr. Er redete, solange er konnte, ohne zu atmen, und wurde ohnmächtig, und als er wieder zu sich kam, war seine Stimme weg. Er gurgelte und spülte, versuchte es mit heißen und kalten Packungen, rieb sich den Hals mit Gänseschmalz ein, verabreichte sich heißen Gin mit Limonade, Chilischoten und Birkenrindentee, aber seine Stimme kam nicht wieder. Er konnte nur noch summen oder einen leisen, gedrosselten Laut wie eine Taube von sich geben. Also mußte er sich einen anderen Job besorgen. Durch einen Onkel im Kartoffelgeschäft fand er Beschäftigung als Sortierer in einem Lagerhaus in Minot, wo er beschädigte Knollen von einem Förderband aussortierte und im August getötet wurde, zerquetscht von einer gewaltigen Kartoffellawine, als eine Lastwagenklappe aufging und er unfähig war, dem Fahrer etwas zuzuschreien.

Seine ehemaligen Kollegen hatten den starken Verdacht, daß der Geist von Price hinter den Vorhängen von Studio B umging, unruhig von einem Fuß auf den anderen wippte, seinen Geisterrachen räusperte und auf das endgültig letzte Sendeschlußzeichen wartete. Schatten bewegten sich in den Samtfalten, wenn Price sich rührte. Nachrichten beunruhigten ihn, ebenso dramatische Hörspiele, aber er schien ruhiger zu sein, wenn Musiker in der Nähe waren. An Sonnabenden wurde *Der traditionelle WLT-Tanz in der Scheune* aus dem Nordstern-Ballsaal ein Stockwerk tiefer übertragen, von einer Bühne aus, die mit Pfosten aus Tannenholz dekoriert war und vor einem roten, durch Heuballen beschwerten Hintergrundprospekt mit einer Scheune drauf stand, und der Ansager, George Akers (Alte Eisenbuxe), entwischte gerne während des Gospelteils im Programm mit ein paar von den Schloßknackern rauf in B, wo sie sich einen ordentlichen Schluck Bourbon und ein paar Runden Schafkopf genehmigten.

Er und die Jungs spielten dann zehn Minuten, sprangen auf, ließen die Karten auf dem Tisch liegen und rannten hinunter, um eine Unterbrechung für die Werbung anzusagen (»Herzlichen Dank, Shepherd Boys! Es geht gleich weiter mit dem Tanz in der Scheune – hier ist WLT, Ihr freundlicher Nachbarschaftssender auf siebenhundertsiebzig AM aus den Studios im Hotel Ogden, Minneapolis«), und kehrten nach oben zurück zum Spiel.

An einem Sonnabend stellte George bei seiner Rückkehr fest, daß sein Blatt mit den Assen weg war – verschwunden! – und statt dessen verschiedene niedrigere Karten dalagen. »Jungs«, sagte er, »die Tage des Radios sind gezählt. Das versucht uns der gute alte Price mitzuteilen.«

Die Jungs lachten. Radio? In den letzten Zügen? Man schrieb das Jahr 1937. Wenn man beim Radio war, gehörte einem die Welt. Männer traten zur Seite, um einem Platz zu machen, schöne Frauen lächelten zu einem auf, Türen öffneten sich, und beim Hindurchtreten flüsterten die Leute hinter dir deinen Namen.

»Wir sind auf dem absteigenden Ast«, sagte George. »Es wird uns genauso ergehen wie den Dinosauriern. Wir werden in die Mokassins der Sioux-Indianer treten. Dies ist ein letztes Zusammentreiben der Herde, Jungs. Noch sitzen wir fest im Sattel, aber bald wird es vorbei sein.«

Die Jungs mischten die Karten und teilten neu aus. Alte Eisenbuxe bekam ein Zweierpaar, einen Bauer, eine Sechs und eine Drei.

»Ja, es steht deutlich an die Wand geschrieben, Jungs. Das Schicksal hat uns im Fadenkreuz. Der Eisberg ist direkt vor uns. Es wird nicht mehr lange dauern. Der kleine Dreckskerl hat es auf uns abgesehen.«

»Was soll denn deiner Meinung nach die Stelle des Radios einnehmen?« fragte Doc, der Banjospieler, wobei er seinen Solo Two aufdeckte.

Alte Eisenbuxe legte seine Karten weg. »Sie werden etwas erfinden«, sagte er. »Es wird denselben Effekt haben wie Bourbon, aber es wird weder Kopfschmerzen noch Übelkeit verursachen, so daß es sogar von Kindern benutzt werden kann. Es wird Millionen und Abermillionen einbringen. Und, Jungs, wir werden nicht dabeisein, wenn sie die Karten austeilen.«

Doc strich den Einsatz ein. »Wo hast du bloß einen solchen Haufen Schwachsinn her?«

»Doc, ich hab's vom alten Price persönlich, und es ist die reine Wahrheit. Stimmt das nicht, Price?« Die Jungs blickten auf, und die Vorhänge bebten leise.

☆ ☆ ☆

In den unbeschwerten Kindertagen des Hotel Ogden, bevor WLT dort einzog, war das B die Longue des Artistes gewesen, eine schicke kleine Bar, wo sich 1910 der Versicherungsplayboy Howell Helmsdorf mit Donna Donaldson, seiner Geliebten, den Gin Fizz einverleibte. Eines Nachts marschierte ihr Ehemann mit einem Derringer in der zitternden Hand herein, schoß Howell das Ohr ab und schleifte die weinende Frau nach Hause. Sie gründete daraufhin den Dichterbund von Minneapolis und die Babywohl-Klinik und den Suchdienst, und Howell ging mit seinem abgeschossenen Ohr nach Texas und ward nicht mehr gesehen, außer vielleicht von Leuten in Texas. Die besondere Attraktion der Longue waren opulente Fresken mit nackten Göttinnen, hauchzart umwunden von Schleiergirlanden aus himmlischer Seidengaze – die Wände wurden später mit grüner Tapete zugeklebt, bis eines Tages ein Ansager einen Fetzen Papier abzog und das Gesicht einer Frau enthüllte, und andere Ansager zogen ihr in freien Minuten die Tapete bis zur Taille und dann bis zu ihren goldenen Schenkeln ab. Sie nannten sie Donna LaDonna. Sie war von gelassener Schönheit, dort an der Westwand, hinter dem Ansagerstuhl. Man drehte sich um, und da lag sie, den Blick leicht abgewandt, und geheimnisvoll lächelnd lud sie einen dazu ein, in die wunderbare Essenz des Lebens hineinzutauchen. Es brachte angeblich Glück, ihre Scham zu tätscheln.

☆ ☆ ☆

Am 14. Oktober 1937 moderierte Vince Upton seine *Geschichtenstunde mit Opa Sam* in B, weil C wegen Reparaturarbeiten geschlossen war, nachdem jemand einen Teil der Wand herausgeschlagen hatte. Er ließ sich in den »alten Verandastuhl« fallen, las die Namen der Geburtstagskinder herunter, loste den glücklichen Gewinner einer Tagestour zum Excelsior-Vergnügungspark aus und sagte: »Nun, ihr kleinen Knirpse, wie wär's, wenn ihr euch zusammenscharen und eine gute alte Abenteuergeschichte anhören würdet?« und nahm sein Manuskript und fing an zu lesen. Er brauchte bloß zehn Sekunden, um zu merken, daß er in Schwierigkeiten war. Er hatte wenige Minuten zuvor einen Blick auf den Text geworfen, und da schien er in Ordnung gewesen zu sein, aber jetzt, anstatt fort zum Pecos zu reiten, um Sally und Skipper ausfindig zu machen, schenkte sich Cowboy Chuck einen kräftigen Drink ein – Vince machte daraus eine Kräuterlimonade –, spuckte auf den Boden und brummelte: »Ich komme aus St. Paul in Minnesota, einer Stadt voller schlechtgelaunter, weinerlicher Iren und schwabbeliger, kinnloser Männer mit schlaffen Schnurrbärten, die mit ihren eingeschrumpelten Pimmeln dem erbarmungslos blauen Himmel zuwedeln – und sobald ich das Glück hatte, mich dort unbeliebt zu machen, verließ ich die Stadt und machte mich auf, um zu sehen, was das Leben sonst noch zu bieten hatte«, doch natürlich ließ Vince den Teil über die Penisse aus. »Tja, Cowboy Chuck ist ganz schön durcheinander, nicht wahr«, improvisierte Vince und winkte dabei zum leeren Regieraum. Er zeigte auf den Plattenteller hinter der großen Scheibe zum Regieraum, machte Drehbewegungen, gab das Aus-Zeichen, aber nichts geschah. Wo war Gene?

Er schluckte und machte unverdrossen weiter. Nachdem

er aus St. Paul geflüchtet war, hatte Cowboy Chuck in Chicago ein enormes Vermögen mit dem Handel von Whiskey verdient und war zu einer dunkelhaarigen paraguayischen Schönheit namens Pabletta gezogen, deren Brüste blaß und klein waren und bei seiner Berührung vor Erregung bebten. Langsam, mit vor Anstrengung zitternder Stimme, bahnte sich Vince seinen Weg durch die Geschichte, warf während des Lesens flüchtige Blicke auf das Folgende und umschiffte die meisten der schlimmsten Stellen, aber manches ging ihm erst auf, als er es aussprach – »Ich steckte meine Pistole in ihr heiß pulsierendes Liebesnest« –, und plötzlich tummelten sich nackte Körper auf den Laken, stöhnten und bearbeiteten die Matratze, und er mußte im Eiltempo kürzen, streichen, nuscheln, sich durchs Unterholz durchschlagen und gelegentlich einwerfen: »Natürlich wußte ich, daß ich das nicht hätte tun dürfen« oder »Irgend etwas sagte mir, daß ich eines Tages dafür bezahlen müßte.« Vince war ein Mann der Textvorlage: Der Gedanke an freie Rede brachte ihn einer Ohnmacht nahe. Gleichviel, als Cowboy Chuck und Pabletta schwimmen gingen und Chuck ihr das hauchdünne weiße Hemd abstreifte, unter dem ihre steifen Brustwarzen wie anklagende Finger hervortraten, mußte Vince das Manuskript weglegen und seinen Weg ans rettende Ufer zurück improvisieren. Cowboy Chuck rannte aus dem See und zog seine Hosen an und ritt in die Stadt und fand eine Kirche. Dort schrubbte seine Mutter auf Knien den Fußboden. Er kniete ebenfalls nieder und flehte um Vergebung. Er prangerte den unheilvollen Einfluß moderner Romane an. Durch einen Jungen, der auf dem Fahrrad vorbeikam, erreichte ihn die Kunde, daß Pabletta unter den Rädern eines Lastwagens den Tod gefunden hatte. Chuck rief alle Zuhörer, insbesondere die kleinen, dazu auf, ihren Eltern zu gehorchen und regelmäßig in die Kirche zu gehen, und dann rutschte der große Zeiger auf zwölf, und der Ansager erklärte: »Das wär's für heute. Seid morgen wieder zur selben Zeit dabei, wenn Opa Sam eine neue aufregende Geschichte erzählt.« Und dann war es vorbei. Vince drehte sich um und funkelte wütend Donna LaDonna an. »Angeblich sollst du ja Glück bringen«, sagte er, »aber du bist auch kein bißchen besser als die anderen.«

Kapitel 2
Ray

Ray Soderbjerg, Präsident von WLT, bot 50 Dollar für Informationen, die zum Autor von Cowboy Chuck führen würden, und obwohl er keine soliden Anhaltspunkte dafür hatte, verdächtigte er zunächst seinen jüngeren Bruder Roy, weil Roy wütend auf ihn war. Aber Roy war diese Woche auf seiner Farm in Moorhead gewesen, um Alfalfa zu schneiden. Außerdem verwendete der Cowboy-Chuck-Text ausgefallene Begriffe wie *Punze* und *Wünschelrute* und *Muscheltauchen* und *Erbschen in der Schote* und *Käfersammler* und *saftige Pflaumen* und *phantastischer Durchlauf* und *Vorderlichter* und *Granatwerfer*, Wörter, von denen Ray glaubte, daß Roy sie noch nie gehört hatte. Roy war Ingenieur, ein Grübler, kein Käfersammler; seine größte Freude im Leben, das hatte er selbst gesagt, wäre die Erfindung einer Eistruhe, die so sparsam wäre, daß sie mit einem Eisblock im Monat auskäme. Er war lang und schlaksig, hatte breite rote Handgelenke und dünnes, sandfarbenes Haar und Segelohren und eine große Murmel in der Kehle, und er hatte einen bemerkenswerten Boing-boing-Gang, und sein Atem reichte aus, um einen Affen umzuhauen. Er war kein Muscheltaucher.

Ray war der Taucher. Er war ein attraktiver Kerl, auf vierschrötige Art gutaussehend und nach Lavendelwasser und Heliotrop-Pomade duftend, mit einem dichten Haarschopf und dunklen Charles-Boyer-Augen, immer piekfein herausgeputzt und wie geschaffen für den blauen Nadelstreifenanzug und die rote Fliege, und obwohl er gebaut war wie ein Hydrant, bewegte er sich behende wie ein Mann, der auch auf dem Tanzparkett eine gute Figur macht. Ray kannte eine Anzahl entgegenkommender Mädchen in der Stadt und in St. Paul und Duluth und eine Schönheit namens Mavis Feezer in Brainerd für seine Angelausflüge dorthin und Sophie Sosnowski in Bemidji für die Rotwildjagd-Saison und außerdem ein Chippewa-Indianermädchen namens Bärenschenkel *außerhalb* von Bemidji. Er gab nicht weiter an mit seinen Liebschaften, denn er war mit Vesta, einer prächtigen Frau, verheiratet, aber dank der Spiegel in der Cafeteria des Hotel Ogden, die ganze Unterhaltungen Wort für Wort an bestimmte Stellen zurückwarfen, wußten die Leute von WLT über ihn Bescheid. Ray kam immer um halb eins zum Mittagessen und setzte sich in eine entlegene Ecke, und diese entlegene Ecke konnte mühelos von jedem belauscht werden, der auf einem der sechs Hocker saß, die dem Tresen am nächsten standen. Genau dort saßen die WLT-Mitarbeiter mit Vorliebe und aßen ihre Sandwiches und hörten ihm zu, wenn er seinem Neffen, Roy jr., von Frauen erzählte. Roy jr. war der Geschäftsführer. Er sah aus wie sein Vater. Er saß kauend da, wobei sein Adamsapfel auf und ab hüpfte, und hörte aufmerksam und ohne ein Wort moralischer Entrüstung zu. »Heiliges Kanonenrohr, diese Alma, sie hat mich wie eine Banane geschält und in die Badewanne geworfen, und wir haben's unter Wasser gemacht und dann im Bett, wo sie auf mir herumgehopst ist, pitschnaß und bellend wie ein Golden Retriever – heiliges Kanonenrohr, sie hat sich abgerakkert, als wäre sie in einer Turnhalle. Ich hab noch immer Abdrücke auf der Brust«, sagte Ray mit leiser Stimme, und am Tresen saßen Reed Seymour und Leo und Gene und Art Finn still vor sich hin kauend in einer Reihe und lauschten. *Alma. Alma Melting von der* Excelsior-Bäckerei-Show. *Sie* sah *keinesfalls* aus *wie dieser Typ Frau, der Typ, der bellte.*

»Ich habe mein halbes Leben in der Gesellschaft langweiliger und dummer und oft auch noch hinterhältiger Männer verbracht, aber ich mußte bis jetzt noch keinen Moment bereuen, den ich alleine mit einer schönen Frau verbracht habe«, sagte Ray. »Und ich habe bis jetzt noch keine getroffen, die nicht schön war.«

Er könne nicht anders, sagte Ray. Wenn er eine elegante Frau sehe, müsse er ihre Nähe suchen. Und dann nehme er ihren Duft wahr, und das sei nicht seine Schuld, oder? Eine bezaubernde Frau strömte ein Leuchten aus. Er fühlte sich jung und lebendig in ihrer Nähe, erzählte Geschichten und Witze, und wenn sie ihm nicht eindeutig nein sagte und ihn fortschickte, dann blieb er an ihr dran, und manchmal hatte er schließlich Glück. »Wenn ich noch in deinem Alter wäre, hätte ich überhaupt keine Zeit, zur Arbeit zu erscheinen«, sagte Ray. »Ich würde Tag und Nacht durch die Betten tanzen.«

Roy fühlte sich abgestoßen von Rays romantischen Abenteuern und sagte ihm das auch, aber es war nur Neid, das konnte Ray sehen. Roy war ein frustrierter Mann, und sein schlechter Atem war ein sicheres Zeichen für Mangel an Sex. »Hat Roy Sie heute schon angeatmet?« flüsterte Ray Laurel zu, dem Mädchen am Empfang. »Kolossal, ha? Ich sage Ihnen, er riecht wie ein Friedhof, der von einem Erdbeben umgegraben wurde. Kein Wunder, daß er nie einen wegstecken kann, ha?« Laurel Larpenteur hatte einen Sahnehäubchen-Mund und große braune Augen und gehörte zu Rays Lieblingen. Was für ein niedliches Ding. Er liebte es, sich hinter sie zu stellen und ihr die Hände auf die Schultern zu legen und mit den Fingerspitzen die Schräge bis zu ihrem Schlüsselbein hinunterzukrabbeln. Er hob sie sich für einen besonderen Tag auf.

☆ ☆ ☆

Er erzählte Laurel: »Mein Bruder gehört zu den ganz großen Erfindern, aber leider hat er nie etwas schriftlich festgehalten. Andererseits war das meiste davon natürlich Mist. Was typisch ist für brillante Denker. In achtzig Prozent der Fälle fördern sie einen Haufen Kokolores zutage, wenn sie aus dem Brunnen der Weisheit schöpfen. Sie glauben gar nicht, was für einen Blödsinn er sich schon ausgedacht hat. Seine allererste große Erfindung war ein heckangetriebener, von einem Pferd geschobener Wagen, den zu lenken sehr spannend gewesen ist, das versichere ich Ihnen. Letzte Woche hat er eine Radiosendung vorgeschlagen, die auf *heimlichem Abhören* basiert – man würde ein Mikrophon in einem Loch in der Wand anbringen und dann direkt übertragen. Einmal hat er ein Radiotheater entworfen – darin haben fünfzehn Leute Platz, und *vierundsechzig verschiedene Lautsprecher* sind überall drum herum angebracht, so daß der Ton von allen Seiten kommt. Brillant. Bedauerlicherweise müßte man vierundsechzig Radiosender besitzen, um das Ding auf die Beine zu stellen. Aber wenn ein Genie wie Ray zufällig einen guten Manager hat wie mich, kann er es zu was bringen, nur leider kann er es nicht vertragen, wenn man ihm widerspricht. Also bleibt er in Moorhead auf der Farm und verbringt die Tage alleine in seiner Werkstatt. Eine kleine Bettstelle in der Ecke, dazu ein Kanonenofen und seine Werkbank und ein Zeichentisch. Blitzsauber. Seine Frau schickt ihm warme Mittagsmahlzeiten in einem Eimer, der an einer Drahtwinde gezogen wird, und er windet ihr seine schmutzige Wäsche zurück. Wieso sollte ein Mann so leben? Allein in der gottverlassenen Prärie, umgeben von raschelnden Maisfeldern und phlegmatischen Schweden, wenn er statt dessen in Filmtheater und todschicke Restaurants gehen und mit einer wunderschönen Frau tanzen könnte, die ihren Kopf an seine Schulter legt und ihn mit ihrem Parfüm betört? Ich sage Ihnen, ich habe mein halbes Leben in der Gesellschaft von Männern vergeudet, doch ich brauchte noch keinen Augenblick zu bereuen, den ich mit einer schönen Frau verbracht habe. Alleine, heißt das. Wenn sie in Gruppen auftreten, sind sie schlimmer als religiöse Sektierer.«

☆ ☆ ☆

Ray blieb Cowboy Chuck den ganzen Winter und Frühling 1938 auf den Fersen. Er engagierte einen Detektiv namens Connors, der den Cowboy-Chuck-Text bis zu einer Underwood-Schreibmaschine in der Dispositionsabteilung zurückverfolgte, und so rief Ray Art Finn, den Dispositionsleiter, zu sich.

»Wenn es nicht mein Bruder war, und der war es nicht, dann waren Sie es, Art, und glauben Sie nicht, ich hätte keinen Humor, den habe ich, aber scheißen Sie nicht ins eigene Nest, verdammt noch mal.«

Art lachte nur. »Wenn ich vorhätte, jemand ein Bein zu stellen, würde ich dann eine Schreibmaschine aus meinem *eigenen Büro* benutzen? Für wie blöd halten Sie mich eigentlich?« Art sagte, er glaube, es könnte Reed Seymour gewesen sein. »Seymour hat schon seit Wochen so einen verschlagenen Blick. Fragen Sie ihn. Nur keine Scheu. Schleichen Sie sich von hinten an ihn heran und schreien Sie: ›Sie sind das Arschloch, das hinter Cowboy Chuck steckt!‹, und Sie werden ja sehen, ob er zusammenzuckt.«

Also rief Ray Reed Seymour zu sich. Der junge Mann kam schwitzend und zitternd und mit weit aufgerissenen Augen an, und Ray brachte es nicht übers Herz, ihn zu beschuldigen. »Wie läuft's denn so?« fragte er. »Behandeln die Leute Sie anständig? Gibt man Ihnen manchmal die Chance, einen Text für Opa Sam zu schreiben?«

»Alles läuft prima, Mr. Soderbjerg«, sagte Reed in einer viel dünneren und höheren Stimme als der, die er für die Ansage von *Der freundliche Nachbar* benutzte. »Möchten Sie, daß ich anfange, Manuskripte zu schreiben?«

»Mr. Seymour, ich möchte nur, daß Sie gute Arbeit leisten. Sie sind einer der besten Ansager im Hörfunk in Minneapolis. Weiter so – setzen Sie einen hohen Standard für die anderen.«

»Vielen Dank, Sir.«

Seymour war zu jung, um Wörter wie *Punze* zu kennen. Es war also doch Art. *Okay*, dachte Ray, *ein Punkt für Art. Soll er lachen. Einer ist alles, was er kriegen wird. Der nächste Lacher gehört mir.*

Cowboy Chuck lag Ray monatelang im Magen. »Jeder, der will, könnte hereinspazieren und uns innerhalb einer Minute erledigen«, sagte er zu Roy. »Er braucht nur zum Mikrophon zu gehen und *Scheiße Pisse Schwanz* zu sagen, und wir können den Laden dichtmachen.« Er lehnte sich vor, um das zu flüstern, und lehnte sich wieder zurück. Der Atem seines Bruders stank nach Lucky Strike und Orangen.

Und so zahlte Roy an Leo LaValley 10 Dollar, damit der im *Mittagsmagazin Kunterbuntes* eine üble Zote erzählte, um damit Ray auf die Palme zu bringen. Roy saß an Rays großem Eichenschreibtisch mit den Souvenir-Kokosnüssen und der *Queen Mary* und dem Porträt von Vesta, unter dem, wenn man es hochhob, ein sich nackt im Sessel rekelndes französisches Mädchen zum Vorschein kam, und Roy drehte die Lautstärke auf, als Leo sagte: »Also, ein Mann und eine Frau treffen sich in einem Restaurant zu ihrem ersten Rendezvous. Da flüstert die Frau ihm zu: ›Henry, Ihre Hose steht offen.‹ Und der Mann wird ganz rot und sagt verlegen: ›Oh, danke schön.‹ Und die Frau sagt: ›Keine Ursache. Ich habe sie nicht aufgemacht.‹«

Genau wie Roy gehofft hatte, ging Ray an die Decke. Er sprang auf und schrie: »Das *reicht*!« Er feuerte Leo und arbeitete einen WLT-Kodex aus, der alle Bereiche des Sendebetriebs abdeckte (»Die Prinzipien der Hörfunkausstrahlung«), inklusive einer Liste von zu meidenden Themen – sexuelle Angelegenheiten, Körperausscheidungen, Dinge, die als gotteslästerlich verstanden werden könnten – und einer Kleiderordnung – Jackett und Krawatte, saubere Hosen mit Bügelfalte zu jeder Zeit – und Hinweisen für die Musik: keine »gewagten« Sachen. Keine Dschungelrhythmen. Keine entfesselten Improvisationen. Nach den Noten spielen. Kein Schmachten und kein Stöhnen. Der Prinzipienkatalog schloß: »Befolgen Sie diese Anweisungen. Fragen Sie nicht, warum, sonst werde ich Ihnen zeigen, warum, so wahr mir Gott helfe, und das gilt für jeden. Bringen Sie ein bißchen Zack in die Präsentation, flüstern Sie nicht. Das Allerwichtigste, lassen Sie sich Ihre Arbeit nicht zu Kopf steigen. Nur weil Sie ›im Radio‹ sind, sind Sie noch lange nichts Besonderes. Ganz und gar nicht. Durch Gottes Gnade ist es uns gegeben, viele Menschen in großer Ferne zu erreichen. ›So sehet zu, wie ihr vorsichtiglich wandelt, nicht als die Unweisen, sondern als die Weisen.‹ Eph. 5,15. Keine Ausnahmen von diesen Regeln. *Die Geschäftsleitung.*«

☆ ☆ ☆

Leo wurde am nächsten Tag natürlich wieder eingestellt, aber Ray beauftragte die Techniker, auf Leute aus dem *Tanz in der Scheune*-Publikum zu achten, die aufgewiegelt wirkten und jederzeit bereit schienen, die Sendung zu sabotieren – wie Ray glaubte, existierten geheime Pläne in einer gewissen Studentenverbindung an der Universität sowie in der Lokalredaktion der *Tribune*, eine Person in eine WLT-Sendung einzuschleusen, die unanständige Bemerkungen machen sollte. Er heuerte zwei Rausschmeißer namens Stan und Gus Ekroos an, große, muskelbepackte Burschen, die eine Person in weniger als zwölf Sekunden per Handzeichen und einem Zwei-Mann-Feuerwehrgriff aus dem Ballsaal entfernen konnten. Ray führte eine neue Einstellungspolitik ein: keine Verbindungsstudenten, keine College-Absolventen, niemand mit Zeitungsvergangenheit. Er konnte sich lebhaft vorstellen, wie so ein Mensch ins Studio lief und schrie: »Blas mir einen!« Er konnte sich einen Ansager vorstellen, der den Bericht von der Viehbörse vorlas: »Nummer 1, 2 und 3: 220- bis 330-pfündige Jungeber und Jungsäue, verkauft zu 21 Dollar 50 bis 22 Dollar 75, und Nummer 1: Schweinescheiße bei 15 bis 25 Cent.« Er konnte sich das Pianistenduo Elmer und Walt vorstellen, wie sie fröhlich Alma Meltings Gesang begleiteten:

Steck mir die Hand unters Hemd,
Tu bloß nicht verklemmt!
Zieh mein Höschen runter und reite mich munter,
Reite mich wie ein Pony.

Oder Avis Burnette, die Kleinstadtbibliothekarin, die am Wochenende in einem Gasthaus arbeitete, und Dad Benson von *Der freundliche Nachbar*, der ihr das Kleid aufknöpfte und dabei Schlehenlikör trank. »Deine Brüste sind so fest wie eine Tischplatte«, würde er ausrufen, während Tausende von Familien von Minnesota bis Wisconsin sich vorlehnten. »O Mann! Und seht euch diese frechen Brustwarzen an!« Ray stellte sich vor, wie LaWella Wells mitten in *Neues für Heim und Herd* aufhörte, um zu erzählen, wie er es ihr seit einem Jahr besorgte. Sie war entzückend, und ihre Brüste waren wie kleine Äpfelchen, aber das mußte man nicht im Radio verkünden. »Er hat mich ausgezogen und sich auf mich gelegt«, würde sie sagen. »Er hat mir sein Ding reingesteckt. Er hat sich gegen mich gepreßt. Er hat mich einfach genommen. Ich konnte nichts dagegen tun. Ein gemeiner, schäbiger, widerlicher alter Mann. Es war ekelig. Zum Glück war es vorbei, ehe ich wußte, wie mir geschah.«

Kapitel 3
1926

WLT (Weissbrot, Lachs und Tomaten) war 1926 von den Soderbjergs gegründet worden, um für ihr neues Restaurant in der alten Pillsbury-Villa an der Nicollet Avenue in der Nähe des Baseballstadions zu werben. Zwei Jahre zuvor hatten sie im Hinblick auf den Vormarsch der Kältetechnik den Familienbetrieb für Eisproduktion an der Medicine Lake verkauft und dafür die Villa erworben, in der Hoffnung, die Sandwichkönige von Minneapolis-Süd zu werden. Die Villa war einst der Wohnsitz der berühmten alten Mehlfamilie gewesen und wurde danach das Portland-Bestattungsinstitut, in dem zwei Generationen gutbetuchter Lutheraner in düsterer Opulenz und unter dem Schein eines französischen Kandelabers aus dieser Welt getragen wurden. Zartgliedrige, leichtbekleidete Jungfern tanzten über dem Kamin.

Nachdem sie das J aus Soderbjerg entfernt hatten, eröffneten Ray und Roy das Soderberg's Court mit einem Angebot von sechs Sandwiches auf der Speisekarte: Eiersalat, Zwiebel und Gurke, gebackener Käse, Hühnersalat, Schinken und Schweizer Käse sowie Hamburger. *Der beste Schnellimbiß der Stadt, der auch die kleinsten Preise hat*, stand auf dem Schild. Das Eiersalat-Sandwich war erstklassig, zehn Zentimeter dick in der Mitte und auf Weizenbrot mit knuspriger Rinde serviert, aber ihr erstes Jahr war hart, Tag für Tag starrten sie nur auf leere Tische. Sie verloren einen Batzen Geld – also holten sie ihre Tanten Ingrid und Grete mit ins Geschäft, die die Küche führen sollten. Die Damen erweiterten das Angebot um warme Gerichte wie Leberhackbraten und Lachs-Windbeutel und Thunfischmousse und Bratwürstchen und Salate (Kohlkonfetti, Sauerkrautsalat) und Nachspeisen, die viele als ihre größte Spezialität betrachteten. Die Schoko-Schlecker-Sahnetorte war fabelhaft, der Tomatensuppekuchen ebenfalls, der

Apfel im Schlafrock, der Kirschstrudel. Aber das Soderberg's lief noch immer nicht.

Die Tanten glaubten, das fehlende J sei daran schuld. »Wenn ihr euch eures eigenen Namens schämt und euch abwendet von dem, was ihr ererbt habt, dann kann das von vornherein nicht gutgehen«, sagten sie, aber Ray wies darauf hin, daß in Norwegen der Familienname Molde gewesen war, nach dem Dorf in der Nähe von Trondheim, aus dem ihre Vorfahren stammten. Als sein Vater, Mads Molde, 1881 herüberkam, stieg er ins Eisgeschäft ein, da er davon das meiste verstand, und gründete die Molde-Eisproduktion. Nachdem er gut genug Englisch konnte, um zu verstehen, daß der Name Molde die Alteingesessenen an Schimmel und ähnliches erinnerte und sich ähnlich attraktiv ausnahm wie ein Lampenschirm auf dem Kopf, änderte er den Firmennamen in Beneficial-Eis und erfand für sich selbst den Namen Soderbjerg – *bjerg* bedeutete »Berg«, und *Soder* kam von Minnesoder –, und sofort erfaßte ihn eine Welle des Aufschwungs, was er mit der Änderung seines Vornamens in Eugene feierte. Nein, das Weglassen des J war eine Lappalie, verglichen mit Dads Radikalkur. Dad hatte alles von seinem Erbe rausgeschmissen, dessen er habhaft werden konnte. Und Amerikaner, sagte Ray, könnten »-bjerg« nicht aussprechen, und bevor sie einen sprachlichen Patzer machten, würden sie lieber woandershin essen gehen. Was sie allerdings so oder so zu tun schienen.

Roy glaubte, das Problem liege am ungünstigen Standort: ein ehemaliges Bestattungsinstitut. »Zu viele Gäste sind früher schon mal hiergewesen, um einen geliebten Menschen zu beerdigen. Du setzt dich hin und siehst die Farne oder hörst das Klackern der Eiswürfel, und dann denkst du daran, wie jemand Formaldehyd durch einen Schlauch in deinen Fußknöchel pumpt. Das verdirbt einem den Appetit. Wir hätten einen neuen Laden bauen sollen, draußen an der River Road.« Ihre Schwester Lottie weigerte sich, einen Fuß in das Restaurant zu setzen – oder vielmehr ein Rad, da sie seit ihrer Kindheit im Rollstuhl saß, durch Kinderlähmung zum Krüppel geworden.

Sie fand, die Eröffnung eines Restaurants in einem Bestattungsinstitut sei von einer Schaurigkeit jenseits aller Worte und komme gleich nach Kannibalismus. Ray war froh, daß sie so dachte: Sie die Treppe hinaufzubekommen war ein beschwerliches Unterfangen bei ihrem Gewicht. Als würde man einen Sarg schleppen, nur daß die schönen langen Griffe fehlten und die fünf anderen Jungs zum Helfen.

Roy glaubte, ein weiteres Problem seien die Zeitungsannoncen. Eine undeutliche Radierung von zwei Männern in Abendgarderobe, die unter einer Laterne neben einer Trauerweide aus einer Kutsche stiegen, und darunter: *Der Ort, den Gentlemen aufsuchen, um ihrem leiblichen Wohl zu frönen.* »Die Leute werden glauben, wir führen einen Puff«, sagte Roy. »Vor allem, wenn sie dich persönlich kennen.« Die Annonce war Rays Werk. Ray sagte: »Wenn unser Geschäft so liefe wie das der meisten Puffs in Minneapolis, wären unsere Kassen voll.«

Das wirkliche Problem von Soderberg's sei nicht das Gebäude, sagte Ray, sondern die Tatsache, daß Sandwiches von den besseren Familien – den Pillsburys, den MacMillans, den Daytons, den Denhams – als etwas Minderwertiges betrachtet würden, das in billigen Schenken kostenlos serviert und von grobschlächtigen Rüpeln in Overalls verdrückt wurde, während sie mit der anderen Hand ein Bierglas umklammert hielten. »Die Leute hören Sandwich und denken an eine Stampe«, sagte er. »Sie stellen sich einen Laden voller Polacken vor, denen Käse am Hemd runterläuft, und Bayern in komischen Hüten, jodelnde Menschen, stämmig gebaute Mädel in Dirndln, bellende Hunde, riesige Köter. Musik könnte helfen.« Ein Streichquartett, das Brahms und Schubert spielte, würde das Niveau heben, Blumenschmuck – »Keine Blumen, bitte«, sagte Roy, »aber Musik könnte helfen. Wie wär's mit Radio? *Radio*.«

Später konnten sie sich nicht mehr einig werden, wer was gesagt hatte, wessen großartige Idee es gewesen war: ob Roy gesagt hatte, sie sollten sich einen Radio*empfänger* anschaffen und ihn in der Lobby als Attraktion aufstellen, und Ray es gewesen war, der gesagt hatte: »Wieso *ein* Radiogerät kaufen, wenn wir einen ganzen Sender machen könnten!«, oder ob Roy ausgerufen hatte: »Heureka! Radio!« und Ray dann zurückhaltend und unentschlossen geblieben war, bis Roy ihn am Revers gepackt und zu der Sache überredet hatte. Sie stimmten darin überein, daß es mitten an einem Freitagnachmittag an einem kalten Februartag gewesen war und daß Roy sein kariertes Hemd und seine warmen Stiefel angehabt hatte, daß der Kofferraum seines Packard für einen Ausflug nach Lake Mille Lacs zum Angeln im Eis vollgeladen war und daß er sich eine Tasse Kaffee geholt und hingesetzt hatte. »Radio«, sagte er. »Denk darüber nach.« (Oder: »Was denkst du darüber?«)

»Damit bringen wir Schwung in das Geschäft! Radio. Da müssen wir zupacken. Das Radio wird alles verändern!« (Einer von ihnen hatte das gesagt.) Wenn die Brüder in Erregung gerieten, hatten sie die Neigung, während einer Unterhaltung wegzulaufen, wobei sie weiterredeten, ins Zimmer nebenan gingen und von dort hinüberschrien, und am entscheidenden Punkt, erinnerten sich beide, befanden sie sich in den entgegengesetzten Ecken des Lokals und riefen: »Radio! Aber natürlich! Radio!« – »So was passiert nur einmal im Leben. Es gibt gute Ideen, und es gibt revolutionäre Ideen, und bei Gott, das Radio ist so eine, dies wird das Radiozeitalter werden, und wenn wir rechtzeitig auf den Zug aufspringen, können wir damit fahren, so weit wir wollen«, erinnerten sich beide, gesagt zu haben.

Das Radio würde das Soderberg's direkt zu den Menschen nach Hause bringen, und sie würden selbst hören, was für ein prima Laden das war. Roys Junge, Roy jr., studierte Ingenieurwesen an der Universität, aber seine wahre Liebe gehörte dem Radio. Er baute Empfangsgeräte aus Fahrradteilen, und er würde sich die Chance nicht entgehen lassen, mit dem Studium aufzuhören und einen Radiosender zu leiten. (Sagte Roy.)

Laut Roy hatte Ray Angst wegen der Kosten und der Gefahr eines tödlichen Stromschlags gehabt – bei WLB war ein Mann geröstet worden, während er »Über die Stromschnellen« auf dem Banjo zupfte –, aber laut Ray hatte er (Ray) sofort die großen Möglichkeiten erkannt und sich vorstellen können, wie die Pillsburys in ihrer neuen Villa, Fair Oaks, um ihr Radiogerät herumsaßen und sich an der hübschen Musik aus Soderberg's Court erfreuten und sich über diese Soderbergs und ihren wundervollen Geschmack in allen Dingen ausließen und wie er im Minikahda-Club dem alten John S. über den Weg lief und dieser tatsächlich seinen Namen richtig aussprach: »Soderbjerg! Sind Sie das nicht mit diesem wundervollen Radiosender?« Er und Vesta, in Schale geworfen, Champagner nippend und im Plausch mit der hochvornehmen Gesellschaft. Den Pillsburys und Heffelfingers und Denhams und Powells, dieser ganzen Nobelriege, diesen Regattenbesuchern in ihrer geplätteten, makellos weißen Segelkluft.

»Ich weiß nicht«, hatte er zu Roy an diesem schicksalsträchtigen Freitagnachmittag gesagt, laut Roy. »Ich weiß es einfach nicht.«

Ich weiß nicht war Rays Art der Zustimmung, und so erwarb Roy am darauffolgenden Wochenende für 25 Dollar eine Lizenz, und Roy jr. trieb ein Fünfhundert-Watt-Sendegerät auf, und die Gäste, die am 6. April 1926 zum Mittagessen erschienen, fanden die Fenster mit Samt drapiert und die Tische im Halbrund arrangiert vor, und in der Mitte stand ein Bollwerk aus breitblättrigen Pflanzen, aus denen ein schwarzes Eisengestell aufragte, geschmückt mit einem goldenen Adler, dem Sternenbanner und einem Mikrophon. Daneben, sagte Ray, stand ein Krug Wasser mit einem Schuß Aquavit.

☆ ☆ ☆

Die Station WLT ging an diesem Tag um zwölf Uhr mittags mit den Vier Frackschößen und dem Pianisten Patrice Duval Paulsen auf Sendung. Rays Logenbruder, der ewig leutselige Leo LaValley, war der Conférencier (»Wie schön, daß Sie heute bei uns sind, liebe Leute. Wir haben hier ein verflixt nettes Publikum für die Sendung, obwohl es sich ziemlich still verhält.

Erinnert mich an den Burschen, der im Auto fährt, und plötzlich fällt seine Frau raus ...«). Roy jr. stand am Regler hinten im Wäscheschrank. Das Quartett sang »Flüsternde Hoffnung« und »Bring mich heim in mein Häuschen in Minneapolis«, und Leo erzählte den Witz über die norwegische Mutter, die drei Schuhe für ihren Sohn Olaf kaufte, weil er einen ganzen Fuß gewachsen war, und den über den Farmer, dessen Rindviech keine Milch geben wollte, weshalb er den blöden Ochsen verkaufte, und die Sekretärin vom CVJM rezitierte das Gedicht »Ich wünsche mir ein geselliges Heim, um darin den Menschen ein Freund zu sein« – und dann sagte Leo, obwohl es die erste Sendung war: »Und hier ist ein Lied, nach dem so viele Freunde und Nachbarn unter Ihnen in ihren Briefen gefragt haben, und natürlich ist es uns eine Riesenfreude, Ihnen diesen Wunsch zu erfüllen, und daher spielen jetzt die Vier Frackschöße für Sie – ›Hälsa dem dar Hemma‹.« Schließlich wurde Ray geholt, um ein paar Worte zu sagen. Er postierte sich fest auf beiden Beinen, ergriff das Mikrophon mit beiden Händen, preßte es an die Lippen und sagte mit lauter Stimme, daß er und sein Bruder Roy dies als einen großen Tag in ihrem Leben betrachteten und daß er hoffe, es möge sich alles zum Besten entwickeln. Dann sprach Bürgermeister Huffner. »Es ist mir eine Ehre, hier sprechen zu dürfen«, sagte er feierlich, »und ich danke Ihnen aufrichtig dafür.« Miss Corinne und ihr Akkordeon spielten die Landeshymne von Minneapolis und »Am See von Minnehaha (werde ich heute nacht auf dich warten)«. Die Sendung dauerte fünfundvierzig Minuten, und danach gab es einen Empfang. Vierzig Leute schwirrten aufgeregt durcheinander – etwas Großes war passiert, aber was eigentlich? Sie hatten eine Show gesehen, die unsichtbar bis hin nach Anoka, Stillwater und Hastings schwebte, ein Wunder, aber woher konnte man wissen, ob das tatsächlich stimmte?

Roy jr. schaltete das Sendegerät aus. Es seufzte und stieß dabei einen schwachen Lufthauch aus, der nach Vakuumröhren und Elektroden roch. Ray lehnte sich leicht ermattet gegen den Türpfosten. Seine Ansprache hatte ihn erschöpft.

»Ob es jemand gehört hat, was meinst du?«

»Denke doch.«

»Hat jemand angerufen und es bestätigt?«

»Nö. Vielleicht waren sie zu beschäftigt mit Zuhören.«

Ray ging nach Hause, wo Vesta auf dem Sofa schlief und schnarchte. Ihr nagelneuer Rivard-Empfänger stand auf einem Beistelltisch und gab knisternde Geräusche von sich. Er stellte ihn ab, und sie wachte auf. »Vesta«, fragte er, »ist es durchgekommen?« Sie sagte: »Es ist laut und deutlich durchgekommen. Klar wie Glockengeläut, als wärt ihr im Zimmer nebenan gewesen.«

Er sagte: »War es gut?« Sie sagte nein. Es war *Radio*, und das war aufregend, aber nein, gut war es nicht gewesen. Leo LaValley? Gut? Nein, sie überlegte, ob sie vielleicht selber bei WLT mithelfen sollte. Auf Sendung gehen und etwas *Gutes* vorlesen, Gedichte wie »Todessehnsucht« oder »Invictus«. Ray zuckte zusammen. Nein, sagte sie, sie glaube, er sei da vielleicht doch auf etwas gestoßen.

Kapitel 4
Mittagessen mit Lottie

Am nächsten Morgen stand in der *Tribune*-Kolumne »Radio-Logbuch«: »WLT auf 770 Kiloherz. 12:00 Sendebeginn & Musikalisches Vorspiel auf dem Klavier, 12:15 Radioprogramm, 13:00 WLT-Mittagsmagazin Kunterbuntes, 13:30 Musikalisches Nachspiel & Sendeschluß« – das Programm war innerhalb von vierundzwanzig Stunden von fünfundvierzig auf neunzig Minuten gewachsen! Das 12-Uhr-15-Programm war Vestas Lesung von »Ahnungen von Unsterblichkeit« und »Todessehnsucht«, und 13:00, das waren Leo und die Vier Frackschöße und Miss Corinne. Ray hielt keine weitere Rede. Er hatte am Tag zuvor alles gesagt, was er zu sagen hatte.

An diesem Morgen traten vier Leute an ihn heran und äußerten das Interesse, ihre Talente via Radio darzubieten, eingeschlossen zwei seiner Kameraden aus der Loge »Söhne des Knut« – ein Grundstücksmakler und ehemaliger Großer Oiya namens Walter »Dad« Benson und dessen Bruder Wilmer, der Menschen und Haustiere imitierte. Er machte für Ray eine Kuh nach, ein Pferd, eine Katze, einen Hund, einen Cowboy, einen Juden, einen Farbigen und ein Flugzeug. »Okay, das klingt gut, wir werden einen Platz für dich finden«, sagte Ray, die Stimmen klängen sehr realistisch. Am nächsten Tag kamen mehr als dreißig Leute vorbei und erkundigten sich nach dem Hörfunkdirektor. Einige von ihnen hielten Notenblätter in der Hand und schienen bereit, vorzusingen. Ray verwies sie an Roy jr. und sagte: »Er kümmert sich um die Sänger, der junge Mann in dem weißen Jackett mit dem Füllfederhalter in der Tasche. Sprechen Sie mit ihm.« Also bestürmten sie Roy jr. »Mit wem muß ich reden, um zum Radio zu kommen?« fragten sie ihn. »Er ist der Boss«, sagte er auf Ray zeigend, aber Ray hatte seinen Hut genommen und sich verdrückt.

Am dritten Tag mußte Ray das Restaurant schließen. Die

Lobby war vollgestopft mit Menschen, die wegen Radiojobs nachfragten und zu aufgeregt zum Essen waren. Ihr Talent stand unmittelbar davor, entdeckt zu werden, und sie konnten es kaum abwarten, auf Sendung zu gehen.

Er sagte zu Leo: »Ich habe gestern ein Damenquartett gehört, das geklungen hat wie die Nacht, in der das Waisenhaus abgebrannt ist. Wie sagt man Leuten, daß sie nicht singen können?« Leo meinte: »Du sagst, daß du sie in ein paar Tagen anrufen wirst, aber du rufst nicht an.« Was aber, wenn sie glaubten, man habe nur vergessen anzurufen, und sie riefen einen an, um einen zu erinnern? Man würde ja gerne eine solche Beharrlichkeit bewundern, aber wer konnte sich das zeitlich leisten?

»Vielleicht«, sagte Leo, »wären sie mit einer Sprechrolle zufrieden. Einer kleinen.«

Am vierten Tag war klar, daß Minneapolis ganz versessen auf Radio war. Die ganze Stadt hatte gehört, daß Soderberg's *der* Ort war, den man aufsuchen mußte, um »zum Radio zu kommen«. Jeden Tag bildete sich ab neun Uhr früh eine Schlange für das *Mittagsmagazin Kunterbuntes* und sein beliebtes Programm »Begegne deinen Nachbarn«, wo Leo LaValley mit dem großen Kohlemikrophon in der Hand durch die Farne treten, von der Bühne herunterspringen und von Tisch zu Tisch schlendern und den Leuten das Mikrophon hinhalten würde, damit sie hineinsprechen konnten. Das war eine echte Innovation – die Stimme eines ganz gewöhnlichen Menschen, so wie der Zuhörer selbst einer war, in ungezählte ungesehene Haushalte getragen, als wäre er oder sie der Gouverneur! Unglaublich! Ganze Familien warteten stundenlang draußen in der Schlange vor Soderberg's, waren aus fernen Städten angereist und hatten Nachbarn und Freunde mobilisiert, sich ihren Radioauftritt anzuhören. Die Leute boten Geld an für dieses Privileg.

Um im Radio durch den Äther zu sprechen! Es war so wunderbar – und so furchtbar. Manch einer, der die goldenen Worte im Kopf geprobt hatte, fand im entscheidenden Moment seine Zunge gelähmt und setzte sich beschämt hin und weinte bitterlich und mußte getröstet werden. Und manch einer, der vorgehabt hatte, einen Witz zu erzählen, verwarf ihn im letzten Moment zugunsten einer religiösen oder patriotischen Anwandlung, die schicklicher war für diesen Anlaß. (»Hier spricht Albert aus Waseca. Hallo. Denn wir sind allzumal Sünder und entbehren des Ruhmes. Meine lieben Zuhörer, wenn ich Sie nur von der Wahrheit dieses Verses überzeugen könnte, dann hätte ich viel erreicht. Haben Sie vielen Dank.«) Manche Leute standen auf und erbaten Gebete für ihre Mutter, die krank war und daheim zuhörte. Achtung vor der Fahne wurde zum Ausdruck gebracht und die Forderung nach Wachsamkeit, die Überlegenheit von Käse und Butter aus Minnesota, die Schönheit seiner Seen und Flüsse, der Glaube an die Demokratie, die Hoffnung auf eine bessere Zukunft durch wissenschaftlichen Fortschritt in der Landwirtschaft. Mit der Hand auf einen Stuhl gestützt, sprachen sie von Elend und Not und den Lehren daraus – vom Wert guter Freunde und vom Zusammenhalt der Familie –, Dinge, die man in schweren Zeiten lernte. Im Radio ausgesprochen und *sofort* zu entlegenen Orten befördert, schienen diese Wahrheiten dauerhafter als das Licht der Sonne.

Selbst die festen Mitarbeiter von WLT fanden die Vorstellung vom Radio ziemlich verblüffend. Sie konnten es nicht ganz glauben. Sie gewöhnten sich nie daran. Zu denken, daß ihre Stimmen von Tausenden überall in Minnesota gehört wurden! Leo LaValley erzählte zum Beispiel seiner Frau Leola oft am Abend von einem besonders guten Witz, den er an diesem Tag im Radio erzählt hatte. »Das hättest du hören sollen!«

»Ich habe es gehört, klar wie Kristall«, sagte sie dann. Natürlich wußte Leo das, und doch, da er sich nie selbst gehört hatte, konnte er nicht sicher sein.

Eines Tages, nicht mehr länger fähig, die Ungewißheit zu ertragen, entfernte er sich vom Mikrophonpult, während er den Witz von Ole Torvaldsons Pferd erzählte. Eines Abends war Ole voll wie eine Haubitze, und seine Freunde legten den

Sattel verkehrt herum auf sein treues Pferd Henrik, und Ole kletterte an Bord und ritt nach Hause zu Lena und platzte zur Tür herein, in Tränen aufgelöst – Leo schob sich währenddessen langsam mit dem Mikrophon in der Hand zur Tür des Wäscheschranks, und er riß in genau dem Moment die Tür auf, als er zur Pointe kam. Ole sagte: »Sie haben Henrik den Kopf abgeschnitten, aber ich hab ihm den Finger in die Luftröhre gesteckt, und er ist schneller gelaufen als je zuvor« – und er erkannte seine eigene Stimme in Roy jr.s Empfänger da drinnen und schrie: »Ich hab's gehört!« Ahnend, daß die Zuhörer zu Hause den Sinn seiner Äußerung nicht ganz mitkriegen würden, fügte er schnell hinzu: »Ich bin im Radio!« Ray hatte den Luftröhrenwitz nicht mitgehört. Er war am Whitefish Lake mit Mavis Feezer, angelte und bespritzte ihre langen braunen Beine mit Wasser.

☆ ☆ ☆

Bis Juni war das Programm auf sechs Stunden täglich gewachsen, und im November waren sie bei zwölf angelangt, von sieben bis neunzehn Uhr. Morgens gab es *Besinnliches an der Orgel* mit Patrice Duval Paulsen, *Die Frühaufsteher-Show* mit Buddy und Bob und den Einsamen Wanderern, *Dad Bensons Almanach, Elsie und Johnny, Neues für Heim und Herd, Aktuelle Ereignisse* mit Vesta (die am Nachmittag noch mal wiederkehrte mit der *Poesie-Ecke*), *Hauskonzert am Morgen, Der Bibelfreund* mit der butterweichen Stimme von Reverend Irving James Knox (»Möge der gütige Herr Seine liebende Hand über euch halten und euch beschützen bis zum nächstenmal – und denkt daran: Schaut immer hinauf zu Ihm, Freunde!«), *Das Radio-Klassenzimmer* und *Laßt uns singen!* mit dem Hamburger-Quartett:

Weg mit der Schnitte, weg mit der Schnitte,
Her mit dem Ding mit dem Fleisch in der Mitte!
Wer ihn probiert hat, den Hamburger, schreit:
Noch einen, bitte! Noch einen, bitte!

Und *Der gute Bürger von heute* und *Deine Gesundheit und Hygiene* mit Dr. Dan Jensen, der über Masern oder Rückenschmerzen oder Blut im Urin sprach, gefolgt von *In Memoriam* (»Solange wir wandeln auf dieser Erde,/ Wollen wir täglich beten zum Heil/ Der Freunde und Nachbarn, auf daß ihnen werde/ Die Hilfe, die sie uns einst gaben, gleichfalls zuteil«) und *Kunterbuntes* und Leo und seine schrecklichen Witze und die ganzen Amateurbeiträge, Miss Stephanie und ihre Klaviaturzither-Männerband und Lance und Marilyn, die Liederschätzchen, und die Lustigen Kameraden und Klein Kathryn und ihre Kanarienvogelschar und Rays Onkel Albert, der »Unter dem breiten Kastanienbaum steht die Werkstatt des Dorfschmieds« rezitierte, und einmal hatten sie sogar einen Hund namens Sommersprosse, der den »Indianischen Liebesruf« sang. Und da war *Avis Burnette, die Kleinstadtbibliothekarin*, ein echtes *Hörspiel* mit *Darstellern*, in der Hauptrolle Marcia Rowles als die ewig geduldige Avis, die Frau, die das eigene Glück opfert, um ihren Mitmenschen zu dienen.

Das Radio überwand die Entfernungen und gelangte mit einem Bündel bunter Informationen in jedes Heim – welch ein Segen!, sagte Roy –, das Radio war ein Mittel gegen die Isolation, die der Fluch des Farmers war. Nun hatte er einen freundlichen Nachbarn, mit dem er sich zu jeder Stunde am Tag hinsetzen und der ihm interessante Dinge erzählen konnte. Roy richtete ein Farmbüro ein, und der Sendebeginn rückte vor auf sechs Uhr, dann auf fünf Uhr für *Auf der Farm*, und er trat vehement für einen späteren Sendeschluß ein, aber Ray war dagegen, am Abend zu senden. Und noch, als er schon nachgegeben hatte und WLT den Sendebetrieb bis 20 Uhr 30 und dann bis 22 Uhr ausgedehnt hatte, blieb er strikt gegen eine *Tanz-in-der-Scheune-Show* am Samstagabend. Dieser Abend gehörte der Familie, und der Rundfunk sollte sich nicht dazwischendrängen und das Beisammensein stören.

»Wir haben uns immer die ganze Woche lang darauf gefreut«, erzählte er Leo. »Mein Dad kam aus der Eisfirma nach Hause und spielte mit uns Kindern Mikado, während Mutter

Spaghetti mit Fleischklößchen kochte. Wir wuschen zusammen ab und sangen sämtliche norwegischen Kirchenlieder, die wir kannten, insgesamt drei, und dann machten wir es uns im Wohnzimmer gemütlich, und Mutter und Dad erzählten uns Geschichten. Er war einmal in einen Schneesturm geraten und wäre beinahe erfroren, aber er hörte in einiger Entfernung einen Bullen brüllen und lief in diese Richtung und landete kopfüber in einem Heuhaufen und kroch hinein und überlebte die Nacht. Das war unsere Lieblingsgeschichte. Sie hat mir immer eine Heidenangst eingejagt. Dann spielte Mutter Klavier. Sie spielte immer Lieder, bei denen man sich die Augen ausheulen konnte, wie »Oh, Zeit im Fluge, halt ein, halt ein, laß mich für einen Tag nur ein Kind wieder sein«, was mich zum Weinen brachte, obwohl ich ein Kind war. Dann nahmen wir der Reihe nach ein Bad. Ich war der Älteste und ging zuletzt, also setzte ich mich hin und las *Horatio Hornblower* oder *David Copperfield* oder *Robinson Crusoe*. Der schönste Abend in der Woche. Wieso sollten wir das zerstören, indem wir eine Show übertragen, die die Menschen dazu bringt, nur stumm dazusitzen wie Bekloppte in einer Anstalt?«

»Du jagst jedem Rock in der Stadt hinterher und mantelst dich hier auf und redest über die heiligen Ideale der Familie?« schrie Roy.

Ray hob die Hand. »Jeder Sünder hat hohe Ideale«, sagte er. »Nur weil du den Gipfel nicht erreichst, heißt das noch nicht, daß du ihn nicht sehen kannst.«

Aber es gab immer Mittel und Wege bei Ray, und Leo kriegte ihn schließlich rum.

Leo sagte: »Denke an die Menschen, die am Samstagabend weit weg von ihren Familien sind, Menschen, die einsam sind, Menschen, die sich nach ein bißchen Lachen, nach ein bißchen Gesellschaft sehnen. Unsere Radiofamilie wird ihre Familie sein. Nein, das ist nicht dasselbe, wie im Kreis deiner Lieben zu sein, aber es ist besser, als die nackte Wand anzustarren.«

Ray war einverstanden mit einer Abendsendung unter der einen Bedingung, daß WLT eine fünfminütige Sendepause einschob, um den Familien die Chance zu geben, ihr Radio auszuschalten. Fünf Minuten kostbarer Stille, dann die Sendezeichenmelodie und – »WLT nimmt jetzt sein Programm wieder auf und überträgt weiter auf siebenhundertsiebzig Kiloherz aus den Studios in Minneapolis. Die genaue Ortszeit ist neunzehn Uhr und fünf Minuten.« Dann würde die Band die Titelmelodie vom *WLT-Tanz in der Scheune* anschlagen:

> Hallo zu der Show. Wieder ist es soweit.
> Wir stehn hier bereit im feschen Kleid.
> Wir grüßen euch, Freunde und Nachbarn daheim,
> Auch dort könnt ihr mitmachen und bei uns sein.
> Laßt Sonntagsstaat und anderen Glanz,
> Wir treffen uns nur zum Scheunentanz.

> Seid gegrüßt, Freunde und Nachbarn, vom *Traditionellen WLT-Tanz in der Scheune,* unserem beliebten Treffpunkt, wo auch wieder ein paar von den Zuhörern daheim zu Gast sind, um für Sie Ihre Lieblingslieder zu singen und zu spielen – und es geht gleich los mit Schwung, wenn wir Onkel Lester und seine Quetschkommode auf die Bühne holen, der für Sie die Hopsassa-Polka spielt!

»Ich hoffe nur, die Leute hören da nicht wirklich hin«, sagte Ray, womit er die Pillsburys meinte. Er haßte Polkas. Akkordeonmusik deprimierte ihn. Onkel Lester, der eine ausgelassene Polka herunterdudelte und dazu »Hu! Hu! Hu!« juchzte, war alles, was nötig war, um Rays Stimmung für den Rest des Tages in den Keller zu schicken.

☆ ☆ ☆

Jeden Tag postierte sich Ray neben dem Eingang vom Soderberg's unter dem Bogen aus Gipslilien, herausgeputzt mit einem schicken blauen Anzug und gepunkteter Fliege, und beobachtete den Einmarsch der Gäste durch die große Eichentür.

Nicht die Industriekapitäne, auf die er gehofft hatte, sondern ein Haufen Provinzler und Krakeeler und Hausfrauen mit Einkaufstüten und komische Käuze, die den Nachmittag totschlagen wollten. Das Soderberg's hatte als Hamburger-Restaurant wiedereröffnet, dank der überwältigenden Wirkung des Weißbrot & Lachs-Senders auf den Absatz: fünfhundert wurden täglich verkauft. Roy erfand eine rotierende Bratvorrichtung, und Grete und Ingrid klatschten die Fleischplätzchen auf die Drehscheibe, Fett spritzte durch die Luft, die Küche stank. Radio! Ein schwindelerregender Erfolg! Aber so gräßlich!

Als seine »Söhne des Knut« ihm zu WLT gratulierten, verzog Ray das Gesicht und schüttelte den Kopf. Da steckte der Teufel drin. Nennt es norwegische Miesmacherei, aber Jungs, es war eine zweifelhafte Erfindung. Er war von Anfang an mißtrauisch gewesen. Langsam fing er an, es zu verachten. Radio war zu erfolgreich, um wieder abgeschafft zu werden. Aber wie scheußlich!

Allein der Umfang! Nach einem Jahr hatten sie mehr Worte gesendet, als Shakespeare je geschrieben hatte, das meiste davon seichtes Geplauder, Belanglosigkeiten, Rattenkötel. Radiopersönlichkeiten schwatzten über ihre Schoßtiere, ihre Ferien, ihre Kinder. Grauenhaft. Der Gedanke, daß normale, gesunde Menschen nichts Besseres zu tun hatten, als das alles passiv in sich aufzunehmen – das alltägliche Treiben von Avis und ihren fidelen Freunden und Klein Corinne, die »North Dakota, meine Heimat« trillerte, und LaWellas Rezepte für Hafermehlkekse, die Cowboybands, das Norsky-Orchester, Opa Sam, der die Geschichte von Fipsi dem Eichhörnchen erzählte, und die salbungsvoll leiernde Vesta, die sich durch Louisa May Alcott ackerte; das war *überaus* schrecklich, fand er – *ich hoffe beim himmlischen Vater, daß die Menschen sich das nicht anhören!*

Das Radio drang in die Häuser ein und brachte mit seinem Geschwätz und Geplapper Unruhe in die Familie. Es war nur sinnvoll als eine Ablenkung für die Alten, die Kranken, die

Gelähmten, die ans Haus oder Bett Gefesselten, die Schwachsinnigen. Deshalb sagte Ray zu Leo, er solle vorsichtig sein und Hinweise für Leute, die irgendwo *hingingen*, vermeiden – zum Beispiel: »Ziehen Sie sich warm an, wenn Sie morgen zur Arbeit gehen...« Es würde die Bettlägerigen bedrücken.

Aber die Zuhörerschaft wuchs und wuchs, und es waren nicht alles Krüppel – Menschen, offensichtlich an Leib und Seele gesund, lauschten begeistert diesem Quark.

Jeden Tag kamen mehr Menschen, die hofften, angehört zu werden, eine ellenlange Schlange mausgesichtiger Frauen in Glockenhüten und pickeliger Männer in schäbigen Smokingjacken, die retuschierte Photos von sich, Zeitungsausschnitte aus den Lokalblättchen ihrer Heimatstädte, Briefe von ihren Freunden fest umklammert hielten. Ein Mann in einem *Cape*, hat man da noch Töne! Da gab es Mundartkomiker, Bauchredner, Jodler, Mandolinenbands, Kirchensoprane, Kindertrötenvirtuosen, gospelsingende Familien, Leute, die auf der Mundharmonika die Geräusche eines Zugs eingeübt hatten, Scatsänger, Klaviaturzitherspieler, eine regelrechte Pandorabüchse der Talente, allesamt trieb es sie hinaus in die Ätherwellen. Sie standen drängelnd in der Vorhalle und um die Kasse herum, sie lauerten im hinteren Gang zwischen Küche und Spülküche, sie warteten geduldig, schweigend, jederzeit bereit, beim Nahen der Geschäftsleitung ein breites, schreckliches Grinsen aufzusetzen. Ein Mann sprach Ray sogar in der Herrentoilette an. »Ich würde mich hier furchtbar gerne nützlich machen – Geschirr spülen, Kartoffeln schälen«, sagte er leise, »wenn Sie nur mein Mädchen ins Radio bringen könnten. Sie singt. Sie ist vierzehn. Sie wartet draußen im Wagen.« Flehend legte er Ray die Hand auf die Schulter, während Ray sein Wasser abließ – Ray fuhr gepeinigt zusammen.

Der Ehrgeiz, ins Radio zu kommen, war ein Rätsel für Ray, der Künstler als Kinder betrachtete, als Idioten, Idioten, denen es Spaß machte, beobachtet zu werden, und dann kam ihm ein beunruhigender Gedanke. Wenn alle diese Leute zum Rundfunk wollten, dann war die Wahrscheinlichkeit groß, daß einer von ihnen ein echter Spinner war. Irgendwo in diesem Pöbelhaufen steckte irgendein Geistesgestörter, der ihn ruinieren wollte, indem er bei WLT auftrat und etwas so Abscheuliches und Gemeines tat, daß Rays Name in Tausenden von Heimen, eingeschlossen dem der Pillsburys, in den Schmutz gezogen würde. Jemand, der mit einem Witz über Schaferammeln rausplatzen oder den von Graham vom Stapel lassen würde, von dem jungen Mann aus Antietam, der nur bei Jungfern vom Nachbardorf kam. Oder vom schönen Mädchen aus Deepster, das zu seinem Geliebten sagt: »Liebster, du erhöhst meine Lust, wenn du läßt von der Brust und mir lieber ganz zärtlich küßt dies da.«

Als WLT das Ende seines ersten Jahres erreichte, beschloß er daher, den Sender zu verkaufen.

Er sagte zu Roy: »Das Restaurant bringt endlich Geld ein. Prima. Aber wenn ich den verdammten Mistsender verkaufen könnte, würde ich es gleich morgen tun.«

»Verkaufe ihn mir und Roy jr.«

»Will ihn an niemand aus der Familie verkaufen.«

»Wieso nicht? Wir werden dich auszahlen«, sagte Roy.

»Ich will nicht«, sagte Ray. »Wenn ich ihn an euch verkaufte, würde ich mir mehr Sorgen darum machen, als wenn ich ihn selbst leite.«

Ray besaß eine vierzigprozentige Beteiligung, ebenso wie Roy, und ihre Schwester Lottie besaß zwanzig Prozent, und sie und Roy sprachen nicht miteinander, deshalb war Ray sicher, daß er ihre Vollmacht hatte. Sie hatte Roy von ihrem großen Traum erzählt, einer Gesangskarriere im Hörfunk nachzugehen, ein gutes Medium für ein Mädchen im Rollstuhl. Er hatte die Augen verdreht und verächtlich geschnaubt. »Vergiß es, Lottie. Du könntest einen Ton nicht mal mit einem Griff dran halten. Vergeude nicht dein Leben.« Seit dem Moment war die Kommunikation zwischen ihnen abgebrochen.

Ray lud sie zum Mittagessen ein. Er fuhr mit ihr in die Innenstadt zum Young-Quinlan Tea Room, ihrem Lieblingslokal, und schob sie in den Fahrstuhl, und auf dem Tisch stand eine

Vase mit Tulpen, ihren Lieblingsblumen. »Oh, Ray, du bist mein strahlender Ritter!« rief sie aus und kämpfte mit den Tränen. Während des Nachtischs erzählte er ihr, daß er kein Interesse mehr am Radio habe. »Es ist ein schäbiges Geschäft. Es schadet unserem Namen, damit in Verbindung gebracht zu werden. Ich bin nur froh, daß Mutter das nicht mehr miterlebt.«

In Lotties große Augen traten Tränen bei der Erwähnung von Mutter. Von den drei Soderbjergs ähnelte Lottie am meisten ihrem Vater Mads mit dem großen Kopf und der Kartoffelnase und einem Gesicht wie eine Schaufel. Sie hatte immer so wie Mutter sein wollen – die schöne, heitere Mutter –, aber wenn Lottie in den Spiegel sah, erblickte sie Dad: armer alter Daddy.

Sie schneuzte sich die Nase. Er fuhr fort: »Das Radio ist wie eine Stichflamme ohne Hitze. In dem Moment, wo es passiert, ist es schon wieder vorbei, und glaub mir, das ist ein Segen, denn es gibt nicht eine *Minute* davon, die es zu bewahren lohnte. Es ist eine Müllkippe.«

Er erzählte ihr, daß er WLT verkaufen wollte. Es hatte seinen Zweck erfüllt, und das Restaurant lief prächtig, und sie hatten alle genug Geld, also sollte jemand anders die Kopfschmerzen kriegen. Die Ansager redeten zuviel und sagten einem niemals die genaue Uhrzeit, die Sänger waren zu laut – Dad Benson war in Ordnung, ungekünstelt, er machte gute Arbeit und verschwendete nicht deine Zeit, aber die Ansager benahmen sich, als wären sie große Stars, sie gaben sich launisch, sie sprachen nicht laut genug, sie nuschelten ihre Worte, als würde es schon reichen, daß sie überhaupt nur da waren, und nicht darauf ankommen, daß sie auch noch etwas Vernünftiges sagten. *Ansager.* Ein merkwürdiger Begriff für eine bezahlte Arbeit. (Was tun Sie? *Ich sage an.*) Ein Job für jeden Esel, der Wörter vom Blatt ablesen konnte, ohne dabei das Wasserglas umzukippen. Jeder konnte diese Arbeit machen, aber da gab es Briefe von Fans, in denen stand, daß der und der Ansager ihr Favorit sei – als hätte man einen Lieblingsfahrstuhlführer, den man bewunderte, weil er im richtigen Stockwerk anhielt!

Lächerlich.

Wieso setzten sich vernünftige Menschen hin und hörten einer Kiste zu, die pausenlos Lärm machte? Und was blieb einem letzten Endes zum Vorzeigen? Stille. Stille hätte man von Anfang an haben können.

»Wenn du entschlossen bist, kann ich es dir nicht ausreden, ich kenne dich gut genug, um das zu wissen«, sagte sie.

Er sagte, er sei entschlossen. »Ich werde nächste Woche nach New York fahren und sehen, ob ich dort einen guten Preis dafür bekomme.«

Sie hatte nicht gewußt, daß man einen Radiosender kaufen und verkaufen konnte. »Was verkaufst du? Den Sendeapparat?«

»Nein, die Lizenz. Den Platz im Frequenzspektrum.«

»Aber es geht doch nur durch die Luft, oder?«

Jedenfalls war sie einverstanden, daß er verkaufte, wenn er wollte, was immer das auch sein mochte, was er verkaufte.

Kapitel 5
CBS

Jeden Frühling und Herbst fuhr Ray an Bord des Broadway Limited nach New York, entweder mit Vesta oder, häufiger, mit einer anderen Frau. Wenn er mit Vesta reiste, stiegen sie in einem winzigen Zimmer im Mayflower ab, und wenn er mit einer A. F. da war, logierten sie in der Salat-Suite im Waldorf mit einem Salon, so groß wie ein Handballfeld. Er fuhr in die Stadt, um Austern und Steak Tatar zu essen, um Socken und Zigarren zu kaufen, um zu schmissiger Musik zu tanzen, den besten Scotch zu bestellen und damit den Geschmack von gekochtem Gemüse aus seinem Mund zu spülen, um die Ferien vom Ernst des Lebens zu genießen. Die Zigarren waren aus Kuba, Questo de Floros, und die Socken aus Seide, entweder gelb oder blaßgrün oder weiß, mit Seepferdchen gemustert. Mit Vesta an seiner Seite waren alle Unternehmungen von sehr hohem Anspruch: sie machten eine Runde durch die Buchläden und besuchten die heiligen Stätten (das Cooper-Union-Gebäude, die Stadtbibliothek, das Museum für Naturgeschichte). Aber mit einer A. F. legte er sich in einem herrlichen gelben Pyjama ins Bett und wurde von dem reizenden Ding verwöhnt, während er die Zeitungen durchlas und rauchte und Obst aß und duschte.

Etwa eine Woche nach seinem Essen mit Lottie begab er sich mit einer Dame namens Gertie Berg aus Anoka gen Osten, und als er sie eines Abends um elf, gut ausgeruht, gut informiert, frisch gebadet und mit einem schwachen Nachgeschmack von Nektarinen auf der Zunge, zu einem Lendensteak im Café Angell einlud, vernahm er zweimal das Wort »Radio« und dann noch einmal. Er verfolgte die Stimme bis zu einem jungen Mann am Nebentisch und streckte die Hand aus. »Soderbjerg ist mein Name, Radio meine Branche und Minnesota meine Heimat«, sagte er.

Der Name des jungen Mannes war William S. Paley, und er studierte Rays Visitenkarte. »Hier steht *Restaurant*.« Er rümpfte die Nase. »Ich glaube nicht, daß ich Sie kenne.« Er lächelte. Er sah ihn desinteressiert an.

Ray sagte: »Sie sind ein vielbeschäftigter Mann und ich auch. Ich will Ihnen nicht die Zeit stehlen mit falscher Bescheidenheit. Ich und mein Bruder, eine Kapazität auf dem Gebiet des Rundfunks, sind die Besitzer des Senders WLT, der auf siebenhundertsiebzig Kiloherz überträgt, ein Jahr alt ist und schon einen ersten Rang unter den Sendern im oberen Mississippi Valley und der Great Lakes Region einnimmt. Dank der massiven laurentischen Kalksteinschicht, die Minneapolis unterzieht, ist das Sendesignal klarer als jedes andere in Amerika und kann problemlos im ganzen Gebiet von den Alleghenies bis zum Großen Salzsee und vom Mississippidelta bis zum Anfang der großen kanadischen Tundra, einem Gebiet unermeßlicher, noch ungenutzter ökonomischer Möglichkeiten, empfangen werden. Mit dem Bau eines dreihundert Meter hohen Sendemastes, den wir im Frühjahr in Angriff nehmen werden, wird dies der bedeutendste Radiosender in ganz Amerika werden. Alle diese Informationen können Sie durch einen Telefonanruf bei Minister Hoover in Washington bestätigen lassen. Dieser Sender wird jetzt ausgewählten Interessenten zum Verkauf angeboten, in welchem Zusammenhang wir auch Ihr Interesse begrüßen würden, aber ich habe Ihnen schon genug Zeit gestohlen. Guten Abend.«

Paley gab Ray eine Zigarre. Er sagte, er sei dabei, ein nationales Rundfunknetz aufzubauen, das entweder Columbia oder Princeton Broadcasting System heißen sollte. »Columbia wäre meine Empfehlung«, sagte Ray. »Princeton klingt weichlich. Sie werden es nicht bereuen, wenn Sie sich für Columbia entscheiden.« Paley dankte ihm und gab Ray Feuer für seine Zigarre. Ray fand, sie schmeckte wie ein feuchter Maisstengel.

☆ ☆ ☆

Drei Wochen später schickte das Columbia Broadcasting System einen Mann namens Stanford McAfee von New York rüber. Er trug zweifarbige Schuhe und einen senffarbenen Anzug, ließ sich plumpsend nieder und packte Rays Ellbogen, und nach zwanzig Minuten belanglosen Geschwätzes über den Komponisten Victor Herbert und das Luftschiff und andere Dinge, die Ray nicht die Bohne interessierten, lehnte er sich über den Tisch und verkündete Ray, daß WLT eine Tochter von CBS werden sollte.

Der Besitzer eines dem CBS angeschlossenen Senders zu werden, so gab McAfee zu verstehen, sei das Größte, was einem Mann widerfahren könne. »CBS ist die größte Rundfunkanstalt in Amerika, und CBS-Künstler haben in sämtlichen Städten des Landes gewaltige Erfolge zu verzeichnen«, sagte er. »Wir sind jeden Tag weiter auf dem Vormarsch, nehmen Leute unter Vertrag vom Kaliber eines Smith Bellew, Lannie Ross, Louella Parsons, Marjorie O'Blennis und Mary Margaret McBride.«

»Wir haben selber hervorragende Sänger und Komiker bei uns hier im Mittelwesten«, sagte Ray angewidert. Er wollte verkaufen, nicht fusionieren. »Dies ist ein wahres Mekka für Talente. Wir haben es nicht nötig, uns an irgendeinen Verein in New York ranzuhängen.«

McAfee lächelte, als würde er ein Kind zurechtweisen. »Hnnn. Lokale Talente für lokale Sender, das ist alles schön und gut, aber die große Öffentlichkeit verlangt das Beste, verstehen Sie, und das Beste ist nicht hier, glauben Sie mir, es ist in New York. Die Stars vom Broadway und die großen Schallplattenkünstler – das ist es, was das Publikum im Radio sucht! Die Faszination der Scheinwerferlichter! Den Glanz und die Eleganz und die Kultiviertheit der Metropole – das wollen die Leute hier in den Kleinstädten haben.«

»Minneapolis? Eine Kleinstadt? Das soll wohl ein Witz sein. Ich weiß, was die Leute hier wollen, Mr. McAffe, und das ist nicht ein Haufen träger, überbezahlter, überalterter New Yorker Primadonnen, nein danke. Nicht diese ganzen Zwei-Zentner-Chanteusen und Matinee-Idole mit gefärbter Tolle – nein, Sir, die brauchen wir nicht. Wir haben hier was Besseres, wir haben Schmiß und Talent und Unternehmungsgeist. Nein, Sir. Sie haben sich den falschen Mann ausgesucht für Ihr Geschäft, Mister. Ich halte nichts von dieser Sorte Tamtam. Ich bin das, was Sie von mir aus als Kleinstadtmenschen bezeichnen mögen.« Und Ray langte hinüber und schaltete das Radio ein.

Er hatte gehofft, Miss Patrice reinzukriegen, die Erste Dame der Klaviatur, und eine sanft säuselnde Interpretation vom »Liebestraum«, aber er war zehn Minuten zu spät. Es lief gerade *Kunterbuntes*, und niemand anders als die Nordische Nachtigall sang: »Van hastu Inga ssum lessten Mal gessehn?«

Der Mann aus New York lächelte. »Klingt wie mein Fleischer«, sagte er.

»Zu Ihrer Information, das ist ein alter Holländer, der im Weltkrieg verwundet wurde«, sagte Ray. »Senfgas. Er ist furchtbar verunstaltet worden, als er durchs Niemandsland ging, um einen Feldgeistlichen anderen Glaubens zu retten, und deshalb singt er mit einer Maske. Ich vermute, er ist kein großartiger Sänger, aber wir sind treue Menschen hier im Mittelwesten, in Manitowoc. Wir servieren nicht einen guten Soldaten ab, nur weil er kein Caruso ist.«

»Hnnn. Nun ja, hier ist meine Karte. Melden Sie sich bis morgen abend bei mir, falls Sie es sich anders überlegen.«

»Dort hat der Schreiner das Loch gemacht«, sagte Ray.

Es war das »Hnnn«, das ihm den Kragen platzen ließ. Beim Warten auf die Ankunft des Mannes hatte Ray inbrünstig gehofft, daß CBS ihm ein Preisangebot machen würde, er würde das Doppelte vorschlagen, und sie würden sich irgendwo bei 60 000 Dollar einig werden, eine Summe, die er freudig akzeptiert und in eine Fischzucht in Aitkin investiert hätte. Das Soderberg's würde die Hamburger von der Speisekarte streichen und vorrangig Hecht und Seeforelle anbieten: »Wählen Sie selbst aus unserem Tank.« Aber das »Hnnn« war so hochnäsig, so *blasiert*, so unzweifelhaft *Ostküste*, daß Ray keine Wahl blieb.

Er mußte nun auf jeden Fall im Radiogeschäft bleiben. Donnerlittchen, er würde dem arroganten kleinen Pinsel schon zeigen, wo Barthel den Most holte. »Du wolltest mich auf die Palme bringen, na bitte, ich bin oben«, dachte Ray. Der Mann war ein flegelhafter, hohlköpfiger, wieseliger, lackaffiger, aufgeblasener, wichtigtuerischer New Yorker erster Güte. Man braucht das Land nur in die Hände solcher Menschen zu legen, und es ist nicht mehr wert, darin zu leben. Das hatte William Jennings Bryan gesagt, und *er hat recht gehabt, Jungs.* Am selben Nachmittag lieh sich Ray 20 000 Dollar, um die Leistung von WLT von fünfhundert auf fünfzigtausend Watt zu steigern, und er sagte zu Roy jr., daß WLT ein paar neue Programme brauche und Geld, um die Leute, die sie machten, zu bezahlen, und dann tat er etwas, was er Roy geschworen hatte, niemals zu tun – er sagte zu Roy jr.: »Laß uns einen Schritt weiter gehen und Werbezeit verkaufen. Für sechs Wochen. Auf Versuchsbasis.«

Obwohl im Programm häufig Soderberg's Court erwähnt wurde, hatten Ray und Roy gemeint, daß direkte Werbung im Radio die Leute belästigen würde. Das Radio war heilig, mysteriös, und die Leute sprachen darüber in ehrfürchtig gedämpftem Ton (»Hab letzte Nacht WJZ aus Newark und KDKA aus Pittsburgh reingekriegt, klar und deutlich, und vorige Woche habe ich WSM aus Nashville gehört«, konnte man Männer in der Straßenbahn murmeln hören), und Pfarrer priesen seine enormen Möglichkeiten, Gutes zu bewirken, seine Macht, große Entfernungen zu überwinden und viele Menschen zu erreichen und das gegenseitige Verstehen und den Weltfrieden zu fördern. Zeitungen druckten Leitartikel über »Die Verantwortung des Hörfunks« und forderten die neue Branche auf, dem rechten Pfad zu folgen und unerschütterlich an der heiligen Pflicht festzuhalten. Ein solches Geschenk des Himmels benutzen, um Seife an den Mann zu bringen – würden die Leute sich das gefallen lassen?

Vesta nicht, nicht eine Minute lang; sie sagte: »Führe bezahlte Werbung im Hörfunk ein, und du wirst uns in einen

Abgrund führen, aus dem es kein Zurück mehr gibt.« Sie riet, nach Höherem zu streben, aber das hatte sie schon immer getan. Sie war Methodistin, Tochter eines Predigers, der stets ein Zettelkästchen mit Diskussionsthemen am Eßtisch aufbewahrt hatte. Das Kästchen wurde vor dem Essen herumgereicht, und jeder entnahm eine Karte, und sobald die Reihe an ihm war, mußte er beispielsweise über die Rolle der Frauen oder über die Aussichten auf Freundschaft zwischen den Nationen extemporieren. Vesta stürzte sich auf das Radio, als wäre es ihre Kirche. Nach ihrem Debüt, bei dem sie aus William Cullen Bryant gelesen hatte, und dann ihrem Erfolg mit der *Poesie-Ecke* (Vesta hielt eisern an ihrem Wenn-ich-nur-einem-Menschen-da-draußen-helfen-kann-Erfolgsmaßstab fest, einem Maßstab, der wenig Raum für Mißerfolg ließ) war sie nicht mehr zu halten. Sie übernahm die Leitung von *Aktuelle Ereignisse*, einer Sendung, die sich eifrig an *Die Neue Republik* und andere Quasselmagazine anlehnte, und von *Das Radio-Klassenzimmer*, wo Universitätslehrkräfte, die sie aus Chautauqua kannte, Vorträge hielten über Die-Welt-und-wie-ich-sie-retten-würde-wenn-die-Menschen-nur-auf-mich-hören-würden. Vesta fand, WLT sollte stehen für: Welt-Leitlinien und Tendenzen. »Wenn du Werbung einführst«, sagte sie, »werde ich die Zuhörer mit einem Aufruf warnen, daß man WLT weder trauen noch glauben kann.«

☆ ☆ ☆

Roy sagte: »Führe Werbung ein, und wir werden Tiegel mit Cholerabalsam und Leberpflaster und Wiederbelebungstonikum aus Heilkräutern und Ulmenrinde und geweihtem Büffeltalg verkaufen. Aber wir werden wie die Wunderheiler die Stadt nicht verlassen können. Wir werden hierbleiben und uns verklagen lassen müssen wegen jedem Haarwuchsmittel, das nicht wirkt, jeder Seife, die keine Schuppen heilt, jeder Flasche Zauberöl, das nicht gegen Rheumatismus, Verdauungsstörungen, Verstopfung und sexuelle Neurasthenie hilft.«

Aber die Werbekunden warteten schon demütig, um in den Tempel hineinzugelangen. Im Minneapolis-Club traten Leute an Ray heran und erkundigten sich, ob sie eine Show sponsern könnten. Eines Tages sprach Mr. Pillsbury ihn an. Nicht einer der Getreidemühlen-Pillsburys, sondern ein Cousin zweiten Grades namens Paul Pillsbury, der in der Kuchenbranche war. Er erzählte Ray, daß viele der *anderen* Pillsburys die Ideen von ihm übernähmen, daß er der Fortschrittsdenker in der Familie sei, und wenn Evelyn-Kuchen (nach seiner Frau benannt) bei WLT einstiege und erfolgreich wäre, daß dann Pillsburys Bestes XY nicht lange auf sich warten lassen würde.

Endlich! Ein Pillsbury! Ray akzeptierte seinen Scheck auf der Stelle, und aus *Laßt uns singen!* wurde in jener Woche *Die Evelyn-Kuchen-Stunde.*

Auch wenn die Suppe nach Spülwasser schmeckt
Und noch ein Haar von der Köchin drin steckt,
Wenn der Braten zu zäh ist, die Sauce zu schwer,
Das ist alles verziehn durch ein Evelyn-Dessert.

☆ ☆ ☆

Und sobald der Damm einmal gebrochen war, war der Strom nicht mehr aufzuhalten. Eine Sintflut des Geldes setzte ein.

Amicus-Weizenkleieflocken und heiße Vitamin-Aufgußgetränke übernahmen *Besinnliches an der Orgel*, und *Die Frühaufsteher-Show* wurde kurzfristig zur *Blue-Ribbon-Schuhputzcreme-Show* und dann zum *North-Star-Zahnpulver-Programm. Neues für Heim und Herd* wurde von Crystal-Mineralwasser übernommen (»Wenn Nachbarn vorbeischauen... können Sie Ihre Freude nicht besser zeigen als mit einem großen, kalten Glas Crystal-Quellwasser«), und *Elsie und Johnny* wurde von Hummel-Haushaltswaren gesponsert, und das *Mittagsmagazin Kunterbuntes* wurde erst *Die Green-Giant-Erbsen-Party* und dann *Der Weizenwaffel-Budenzauber* und dann *Das Biskuit-Karussell* und schließlich *Das*

Wadena-Bohnen-Magazin, gesponsert von Wadena-Dosenbohnen und -kohl, mit dem Puffmais-Quartett, das sang:

Wir sind bester Laune und stecken voll Pepp.
Jep!
Vor uns stehen Teller voll Bohnen und Kohl.
Jawohl!
Wir wollen jetzt singen und tanzen, hopsa!
Es ist genug Essen für alle da.
Nun macht euch bereit, denn der Spaß fängt gleich an,
Es gibt reichlich Bohnen für jedermann.

Der gute Bürger von heute wurde präsentiert von Munsingwear-Wollsocken (»Die Socke, die jedermanns Fuß beglückt, / In drei hübschen Farben und handgestrickt«), und es gab *Die Excelsior-Bäckerei-Show* mit der liebreizenden Alma Melting und ihren Bäckerjungs, die sangen: »Excelsior! Excelsior! Es quillt und steigt ganz hoch empor! Das Korn ist fein und weiß und rein. Singt alle mit im Excelsior-Verein.« Da waren Edina-Kautabak (»Erregt niemals Anstoß«) und Dura-Top-Schreibtische und die Bauchrednerbox Ventriloton (»Jemals gewünscht, Sie könnten Ihre Stimme so weit weg ertönen lassen wie dieser Mann hier?« *Hilfe. Laßt mich aus dieser Schachtel raus.* »Verblüffen und amüsieren Sie Ihre Freunde mit Ventriloton!«) und das Minneapolis-Institut für Graphologie und die Donna-Marie-Charmeschule und Ramon's Gemütliche Kaffeestube.

Was die Gebühren anging, hatte Ray zu Roy jr. gesagt, so solle er verlangen, was die anderen Sender verlangten. Und das tat er. Die Werbekunden kauften jede Minute, die ihnen angeboten wurde, und bettelten um mehr. Um sie zu entmutigen, erhöhte Ray die Gebühren im Herbst und noch einmal im Frühjahr und noch sechs weitere Male in den nächsten drei Jahren, und niemand beschwerte sich. »Ein Narr und sein Geld bleiben nicht lange zusammen«, sagte Ray. »Wenn sie es nicht uns geben würden, würden sie es womöglich in einen Graben werfen.«

Aber Tatsache war nun mal: wenn man im Einzelhandel war und man warb im Rundfunk, wurde man reich, und wenn man nicht warb, ging man pleite. Es gab zehn große Kaufhäuser in Minneapolis, und fünf davon rümpften die Nase und begannen damit ihren langen, steten Niedergang bis zum endgültigen Verschwinden. Zeitungen waren schön und gut, wenn der Leser nach einer Annonce Ausschau hielt, aber um die Saat für Kundentreue zu setzen, ging nichts über freundliche Radiowerbung. Im Jahr 1931 erreichte WLT bereits einen wöchentlichen Reingewinn von 10 000 Dollar.

☆ ☆ ☆

Der Frühling von 1931 war kalt. Im März setzte eine irreführende Schmelze ein, und dann schlug der Schneesturm zu. Es schneite drei Tage lang, und dann blieb das Thermometer auf Frost. Am 15. März bekam Ray seinen Dividendenscheck, und in der Woche darauf stieg er in den Super Chief nach Los Angeles. Alma begleitete ihn. Sie stiegen im Gardens of Allah Hotel ab, spielten im S. S. Rex in Santa Monica, dinierten in einem Restaurant, das die Form von einem Hut hatte, fuhren Downtown in einer Rikscha herum, schlichen sich ins Paramount Studio und wirkten als Komparsen mit, die an der Reling einer Ozeandampferattrappe standen und winkten und winkten, während die Marx Brothers hinter ihnen geduckt vorbeiflitzten. Ray erzählte Roy jr., daß das die himmlischsten zwei Wochen waren, die er je in seinem Leben verbracht hatte. Sie kosteten ihn beinahe 1000 Dollar, und als er an einem feuchtkalten Aprilnachmittag nach Hause kam und sich an Kalifornien erinnerte, wußte er, daß er im Radiogeschäft bleiben würde. Es war das Geld. Er wollte weiter diesen Haufen Zaster einnehmen. Und es war ein wohltuender Gedanke, daß Stanford McAfee, dieser Angeber aus New York, nicht einen Bruchteil davon verdiente.

Es war nicht McAfee, der die schöne Alma im Chief nach Westen führte und sie in einem kuscheligen Schlafwagenabteil liebte, während sie durch die Nacht schaukelten, nein, und es war nicht McAfee, der die Hunderter hinblätterte und mit der Lady im Arm die Chips am Roulettetisch einstrich, und es war nicht McAfee, der sie in todschicke Schuppen ausführte und ihr Austern spendierte und aus Frankreich geschmuggelten Champagner zu 50 Piepen pro *Pflop*. Es war Ray Soderbjerg, der Eismann. »Gratuliere!« dachte er.

Er hatte ein Bombengeschäft aufgebaut und hatte es fest unter Kontrolle mit Lottie auf seiner Seite. Sie hatte ihm ihre zwanzig Prozent anvertraut. Sie forderte ihn auf, das Unternehmen zu leiten und sie als stille Teilhaberin zu betrachten. Sie sagte, sie hoffe, daß sie und Roy, dieser sture Gipskopf, sich eines Tages wieder aussöhnen würden, aber daß sie zu Ray halte, wenn es um WLT ging. Er war der Geschäftsmann in der Familie und schon immer gewesen. Das wäre also geritzt.

Lottie war gar keine so schlechte Sängerin, wie viele dachten, fand er, und bestimmt würde sie mit etwas Übung noch besser werden. Sie hatte also jetzt ihre eigene Show als »Miss Lily Dale, die Dame mit dem Lächeln«, und jeden Morgen um 10 Uhr 45 sagte eine Stimme mit einer Nelke im Revers: »Und nun… präsentiert Gruco Ihnen Miss Lily Dale mit weiteren Lieblingsliedern – die ein Lächeln oder eine Träne hervorzaubern, aber stets… das Herz erfreuen!« Gruco war ein Gips, der feuchte Keller trocken machte. »Mein Keller war dunkel und feucht, ich habe dort nur Kartoffeln gelagert«, sagte Lottie, die jetzt in einer Wohnung im Antwerp, einem vornehmen alten Kasten neben dem Ogden, untergebracht war, »aber jetzt ist er, dank Gruco, ebenso elegant wie das übrige Haus, licht und trocken und wohlriechend, ein Raum, in dem man Gäste empfangen kann.« Sie sang drei Lieder, eine große, pferdegesichtige Dame im Rollstuhl, und tschirpte »Auf Wiedersehen, alle miteinander! Bis morgen!«, und dann sagte die Nelkenstimme: »WLT, Ihr Heim im Äther, entstanden in den Studios in Downtown-Minneapolis«, wobei sie »Minneapolis« so aussprach, als wäre Minneapolis Paris. *Wenn Sie das nächstemal zur Mittagszeit in der Stadt sind, schlagen wir einen Besuch im berühmten Soderberg's Court vor – der Heimat von Soderbergs köstlichen und appetitlich zubereiteten Sandwichtellern*, fuhr er fort, während ein Klavier leise »Meditation« von Thaïs anschlug. Dann kam *Das Radio-Klassenzimmer*, und um diese Zeit legte Ray sich immer hin und fiel in tiefen Schlummer.

Kapitel 6
Aufschwung

Das Geld floss weiterhin in Strömen.

Dutch-Brand-Kaffee wollte eine Show, in der das Kaffeetrinken ganz groß herausgestellt wurde, und so schlug Dad Benson *Der freundliche Nachbar* vor, wo er und seine Radiofamilie sich hinsetzen und essen würden.

»Und was macht ihr dann?« fragte Ray.

»Plaudern«, sagte Dad.

»Plaudern?«

»Wir sitzen da und reden und sagen alles mögliche, wie Familien das tun.«

»Wer wird dafür bezahlen, um das zu hören?«

Aber es war eine phantastische Idee, und so einfach. Die Sendung eröffnete damit, daß Tochter Jo (gespielt von Faith Snelling) das Mittagessen zubereitete. Ihr Mann Frank (gespielt von verschiedenen Darstellern: Frank sagte nicht viel, nur »Ah-ha« und »Soviel ist sicher«, und manchmal kicherte er) trank Kaffee, und Jo erzählte die neuesten Geschichten aus Elmville – über Mr. Lind, den Lebensmittelhändler, und seine verschwenderische Frau Hazel, über Pastor Tuomy, der neu in der Stadt und ein bißchen schwer von Begriff war, über Walt, den Trunkenbold der Stadt, über Bernadine Biggs aus dem Haus nebenan und ihren tolpatschigen Mann Lester, über den Briefträger Mr. Tummler und über Florence Roney, Jos Jugendfreundin, die schon seit zwanzig Jahren mit dem Bankierssohn Rupert Lemmon verlobt war. Dann sagte Jo: »Da ist er ja!«, und die Tür ging auf, und herein kam Dad, setzte sich und schwelgte in Erinnerungen an die alten Zeiten und zitierte einige Sprichwörter und sagte ein Gedicht auf und sprach zu den Zuhörern mit einer so natürlichen und vertrauten Stimme, als befänden sie sich im selben Raum, und natürlich bat er beständig um eine weitere Tasse von diesem *guten Kaffee*. Die

Show war vom ersten Augenblick an ein Erfolg, dank Dads Stimme: dieser warmen, gelassenen und leicht kehligen Minnesota-Stimme mit dem leichten Stocken, dem kleinen Zögern, das die Zuhörer veranlaßte, sich aufmerksam vorzulehnen. Sie bekamen haufenweise Zuschriften. Es war das erste WLT-Programm, das Touristen herbeilockte, Menschen, die sehen wollten, wie die Sprecher aussahen. Sie standen draußen auf dem Bürgersteig, und wenn sie Dad erblickten, flüsterten sie: »Das ist er.«

Komisch, während die Zuhörerschaft wuchs, ging es mit Dutch-Brand-Kaffee bergab, er fiel dem Erfolg des gleichnamigen Dutch-Toilettenreinigers zum Opfer. Vorübergehend wurde Dutch zu Scotch-Brand-Kaffee, aber dieser Name weckte in den Zuhörerköpfen Gedanken an Klebstoff, und so änderten sie den Namen in Mama's, und sechs Monate später war die Firma bankrott. Der Kaffee wurde durch Miles-Bauholz, dann durch Anne-Marie-Konfekt und schließlich durch die Milton-King-Saatgutgesellschaft ersetzt, und jedes Frühjahr legten die Bensons einen großen Garten an, in dem sie tonnenweise Früchte ernteten. Jo brachte nur wenig Fleisch auf den Tisch, sie waren von da an vorwiegend Vegetarier. Und Milton-King wurde ein Riesenunternehmen im Mittelwesten. Wenn man an Blumen und Gemüse dachte, dachte man ganz automatisch an Milton-King. Es war dem Radio und Dad Benson zu verdanken, daß die Kinder aus Minnesota beim Lesen des Hohenlieds Salomos annahmen, daß alle darin erwähnten Pflanzen Milton-King-Produkte wären.

☆ ☆ ☆

Es war alles so schnell passiert! *Innerhalb nur weniger Monate!* Am Anfang hielten die Leute Vorträge, spielten Lieder, erzählten Witze, und dann gab es auf einmal *Radioserien* wie *Unterwegs im Ballon* mit Vince Upten und seiner Frau Sheridan Thomas, die die Rollen von Bud und Bessie sprachen, einem wohlhabenden Ehepaar aus Minnesota, das der Kohlebranche überdrüssig geworden ist und beschlossen hat, in einem Heliumballon, dem *Minnesota-Clipper*, mit dem Wind zu reisen, und so schweben sie gemeinsam durch die Stratosphäre, beschreiben die Länder weit unter ihnen, während Homer Jessie, der Geräuschemacher, die Windmaschine ankurbelt und Gänse kreischen und Popcorn auf eine Zeitung fallen läßt, um das Geräusch von Regen nachzumachen. Homer war ein echter Zauberer. Das mutige Ehepaar ging an der Küste Grönlands hinunter, wo es einen Gletscher abbrechen sah (eine Keksdose, gefüllt mit Steinsalz), landete in der Sahara (eine Schachtel mit zerbröselten Corn-flakes), stürzte in den Regenwald am Amazonas (ein Kartenspiel, Vogelfutter und eine Schraubzwinge) und wurden auf Hawaii beinahe von einer Welle geschmolzener Lava erfaßt (Mayonnaise, Balsaholzstöckchen und eine Schachtel voll Kies). Mit einer Teetasse, einem Eisstiel und einem mittellangen Nagel konnte er einen Feueralarm nachmachen, und die Pferde stürmten aus der Scheune, und das brennende Haus stürzte langsam ein, während die Feuerwehrmänner pumpten und die Nachbarn schrien – niemand wußte, wie er das machte.

☆ ☆ ☆

Ferner war da *Avis Burnette*, die den Damen der Stadt gute Bücher empfahl und daß sie sich die Männer vom Leib halten sollten, und da war *Im sonnigen Tal* mit dem jungen Dale Snelling als Automechaniker Al in der Hauptrolle und mit verschiedenen Sprecherinnen als seine Ehefrau Esther, eingeschlossen seine richtige Ehefrau Faith (Jo aus *Der freundliche Nachbar*, eine wahre Schönheit). Jeden Tag wurde Al mit einem anderen Problem fertig, reparierte eine Kupplung oder defekte Zündkerzen, und der Dialog bestand zum größten Teil aus Selbstgesprächen von Al. Zusätzlich zum Wagenproblem hatte jeder Besitzer noch persönliche Probleme, bei denen Al helfen mußte: Doc Winters trank zuviel, und Lulu Strand verstand sich nicht mit ihrer Mutter, und Rufus Zeeveld war jähzornig, und als Al sich über den Motorblock beugte, gab er ihm einen guten Rat. »Wenn Sie wütend sind, zählen Sie bis zehn«, sagte er. »Wenn Sie sehr wütend sind, gehen Sie angeln.« Und der Motor sprang sofort an, und Rufus schluckte und sagte: »Danke, Al«, und Al sagte: »Der Rat ist umsonst, Ruf. Aber die Benzinpumpe wird Sie was kosten.« Das war's. Titelmelodie und aus.

Im sonnigen Tal und *Der freundliche Nachbar* waren die Sendungen, die Ray gegenüber Vesta anführte, wenn sie ihm vorhielt, daß WLT ein Programm mit großen Gedanken brauche, das *Philosophen-Forum.* »Es haben mehr Leute mehr große Gedanken in Der freundliche Nachbar gehört als in sämtlichen philosophischen Vorlesungen an der Universität. Soviel steht fest!« sagte er. »Es ist vielen Menschen durch diese Sendung geholfen worden! Es ist noch kein Wort in dieser Sendung gesagt worden, das nicht in irgendeiner Weise erzieherisch war!«

»O doch«, sagte sie. »In der Werbung.« Sie verachtete sie. Die Werbung zielte auf die Frauen ab, um sie im hoffnungslosen Streben nach besserem Brot und saubereren Küchen gefangenzuhalten und von ihrer wirklichen Aufgabe abzulenken, die darin bestand, die Welt zu verändern. Sie würde keine Werbung auch nur in die Nähe einer ihrer Sendungen lassen.

»Wie wär's mit einer Bank oder Versicherungsgesellschaft? Irgendwas Seriöses?« fragte Ray. »Deine Philanthropie brennt mir ein Loch in die Tasche.«

Sie sagte: »Wenn du auch nur eine einzige Werbung in diese Sendungen aufnimmst, gehe ich.«

Nun, das war eine Überlegung wert, dachte er.

Die nichtkommerzielle Natur dieser Sendungen machte Vestas Meinung nach ihren Wert aus. *Das Radio-Klassenzimmer* und *Aktuelle Ereignisse* stellten eine Alternative dar; ihre Aufgabe war es, herauszufordern und zu informieren, und wenn sich Zuhörer darüber beschwerten, so fand Vesta das völlig in Ordnung. Sie war nicht dazu da, es jedermann recht zu machen, sie war dazu da, das Rechte zu tun – sich eine Woche lang mit der Reform der Gemeindesatzung zu beschäftigen, ein paar Stunden dem Thema »Unabhängigkeit und Neubeginn für Neuseeland« zu widmen, die *Poesie-Ecke* für einen Blick auf zu Unrecht vernachlässigte Dichter aus England zu nutzen. Wenn sich jemand beschwerte, die Satzungsreform sei fast ebenso langweilig wie das Grundbesitzrecht und Neuseeland eine Nation, in der seit der Erfindung des Schafes nichts Nennenswertes mehr passiert sei, und daß für die zu Unrecht vernachlässigten englischen Dichter das totale Vergessen noch viel zu gut sei – nun, je mehr Beschwerden kamen, desto mehr fühlte sich Vesta in ihrer Arbeit bestätigt. Ein qualitätvolles Programm würde *immer* den Zorn der Philister auf sich ziehen, und wenn sie eine Postkarte erhielt, auf der stand: »Sie können Ihre *Aktuellen Ereignisse* nehmen und sie sich sonstwohin stecken«, dann verschönte ihr das den ganzen Tag. Zumindest hatte sie einen Menschen aufgerüttelt und seinen jämmerlich mickrigen Verstand mit ein paar Fünkchen Information erhellt. Wieso sollte er sonst so aufgebracht sein? Wieso – wenn nicht deshalb, weil sie geholfen hatte, ihn zu verändern, und Veränderung war nun mal schmerzhaft.

Sie sagte zu Ray: »Warum können wir nicht Spanisch unterrichten? Es ist eine wundervolle Sprache! Wir könnten Studenten engagieren und Unterrichtsbücher verschicken, und sie könnten beim Abendessen zuhören – die Menschen könnten ihre Mahlzeiten dazu benutzen, auch ihren *Geist* zu füttern und nicht nur ihre Mägen.«

Sie wartete gelassen auf seinen Widerspruch, damit sie sich darauf stürzen und ihn nach Strich und Faden auseinandernehmen konnte. Am besten konnte man sie abwehren, indem man sie mit Statistiken aus dem Gleichgewicht brachte, aber Ray hatte über Spanisch keine parat.

»Die Leute *wollen* während des Abendessens kein Spanisch lernen«, murmelte er.

»Ha! Die Leute wissen nicht, was sie wollen, solange du ihnen nichts zur Wahl anbietest! Wenn du ihnen nichts weiter gibst außer seichter und geistloser Unterhaltung, dann wollen sie auch nichts anderes. Wo sind nur die Ideale geblieben, die du vertreten hast, als ich dich geheiratet habe?«

Sie machte eine Kehrtwendung und marschierte zur Tür, und im Gehen sagte sie: »Diese Unterhaltung ist noch nicht beendet.«

Draußen war sie, und herein kam Roy mit der Idee, daß Radioübertragungen nützlich für die Förderung des Pflanzenwachstums sein könnten, vor allem bei Blumen, und ob er nicht Interesse daran habe, in ein Radio-Agronomieforschungsprojekt an der Universität zu investieren?

»Sicher«, sagte Ray. »Könnte ebenso etwas Gutes in der Welt anrichten.«

Kapitel 7
Das Hotel Ogden

Der fünfte Jahrestag von WLT ging vorüber, und der sechste und siebte. Der Aktienmarkt brach zusammen, riß aber das Radio nicht mit. Radio war pures Gold. Roy kaufte eine hundertsechzig Hektar große Farm in Clay County, nahe Moorhead, wo Dad Soderbjerg drei elende Jahre als Landarbeiter verbracht hatte, und konzentrierte seine geistigen Kräfte auf die Erfindung eines vielseitigeren Pfluges. Er blieb monatelang verschwunden. Als Roy dann in Minneapolis wiederauftauchte, lästerte Ray über das Radio. Er beschwerte sich bei seinen Freundinnen. Er verdammte es gegenüber Dad Benson. Radio war eine Goldmine, und es war eine Pest. Durch die Jahrtausende hatte sich die Menschheit einen Teil Privatheit erobert, hatte sich emporgearbeitet vom Zelt zur Hütte zu einem abschließbaren Heim, und nun konnten die Menschen durch den Erwerb eines Radioapparates zur Steinzeit zurückkehren, als man noch leichte Beute für jeden Langweiler im Stamm war, für jeden zahnlosen Idioten, der seine Lebensgeschichte über einem abladen wollte. Ray nahm sich vor, kein Radio zu hören. Und dann vergaß er es und stellte es an und hörte zu und wurde wieder ganz niedergeschlagen. Er ließ Aktennotizen an Roy jr. los:

> Sag Sheridan, sie soll lauter sprechen. Ich kann nicht ein einziges Wort von ihr verstehen. Ist sie krank oder was? Es gibt keinen Grund zu flüstern. Man soll sie hören, verdammt noch mal, das ist Radio, keine Eurythmie.

> Heute hat Dad erwähnt, daß Jos Krokusse nicht blühen. Gestern waren es Hyazinthen. Bleibt bei *einer* Sache. Laß jemand Notizen machen über solchen Kram, damit ihr euch nicht widersprecht.

> Heute morgen bin ich um sechs Uhr aufgewacht und habe jemand übers Angeln reden hören. Er hat zehn Minuten lang geredet und nichts gesagt, was von irgendeinem Interesse gewesen wäre. Er hatte zwei oder drei Burschen im Studio dabei, die sich krankgelacht haben, obwohl es überhaupt nicht komisch war. Sieh zu, daß so was nicht wieder vorkommt. Dafür bezahle ich die Leute nicht, und ich werde mir das nicht bieten lassen.

Diese absolute Wertlosigkeit des Radios! Dieser Stumpfsinn, dieser Schund, diese geschwollene Wichtigtuerei und Mr. Hennesys Gesäusel mit dieser Trillerstimme über die Smaragdinsel (»O süße Marie, so schön wie noch nie – liegst du da in den grünen Hügeln des Paradieses, geliebtes Galway!«), die anbiedernde Jovialität von Hohlköpfen wie Leo (»He, Freunde, und jetzt haben wir jemand für euch, der hier die Scheune in Brand stecken wird – das Mädchen ist eine Wucht«), der froschartig aufgeblasene Bariton von Phil Sax, der durch die Nachrichten schmachtete, die geheuchelte Herzlichkeit der Stars. *Guten Abend, liebe Freunde, und willkommen bei* Das Beste kommt noch, *und ich möchte nur sagen, wieviel es uns bedeutet, zu wissen, daß es Sie dort draußen gibt.* Schwachsinn. Aber darum ging es nun mal beim Radio! *Falsche Freundschaft.* Das war Radio, auf die Kurzform gebracht. Ansager, die dick ihren schmierigen Charme auftrugen, um einem Haarwasser zu verkaufen.

☆ ☆ ☆

»Wieso kriegen wir hier nicht ein bißchen mehr Humor rein?« sagte Ray zu Roy jr. »Gibt es ein Gesetz gegen Humor?«

Und eine Stunde später: »Ich will Sendungen, die nützlich sind und nicht nur in der Luft verpuffen, Sendungen, die einem etwas mit auf den Weg geben.«

Dann: »Wieso müssen nur alle so *ernst* klingen? Was ist einzuwenden gegen ein bißchen Pfiff und Schwung?«

☆ ☆ ☆

Das Radio hatte die Welt seiner Jugend zerstört – du schönes Minnesota, sei gegrüßt; wen interessierte das jetzt noch, da sich überall das Radio breitmachte? Kein Heimatstolz, keine heimischen Helden mehr, nur noch Schnulzensänger und Komiker und Universaldeppen. Das Radio hatte der Werbung soviel Macht gegeben, und jetzt war die Werbung allgegenwärtig. Die Firmen, die Geld ins Radio steckten, wurden reich, und die es nicht taten, lösten sich in nichts auf, *so einfach war das.* Die ganzen wunderbaren kleinen Milchgeschäfte und Fleischereien auf der North Side waren verschwunden, Ehrenreich's und Mahovlich's und Kaetterhenry's, und alle ihre Läden wurden von den großen Fischen geschluckt, nur weil man mit einer Marzipanstimme im Radio mehr Würstchen verkaufen konnte als mit Qualität, und daher hatten jetzt sogar in der Freimaurerloge »Schottischer Ritus« die Prahler und Protzer das Sagen, die bodenständigen Burschen waren immer dünner gesät, die alten Kameraden, die Geschichten über ihre Abenteuer aus den Holzfällertagen in den Wäldern des Nordens erzählten und wie sie mit siebzehn auf einem Frachter angeheuert hatten und nach Brasilien gefahren waren, die Kerle, die *gelebt* hatten, sie wurden immer weniger, gingen pleite, und an ihre Stelle traten die Schaumschläger, groß geworden durch die Werbung. So einfach war das. Al's Frühstückslokal war eine Bruchbude gewesen, als Al es seinerzeit aufgemacht hatte, ein schwedischer Schriftsteller, der 1921 emigriert war und nie richtig Englisch lernte, aber Rühreier und Pfannkuchen machen konnte. Dann florierte es, als Al Werbezeit in der *Radaudie-Rowdy-Show* kaufte, und jeden Abend nach den *Zehn-Uhr-Nachrichten* hörten schläfrige Zuhörer die Rowdys singen:

Morgen früh lade ich dich zum Frühstück ein,
Lieber Schatz, so um acht werd ich bei dir sein.
Ich hole dich ab, und dann fahren wir schnell
Zum phantastischen Frühstück bei Al.

Ganz verliebt tanzten wir oft durch die Nacht,
Es wird Zeit, daß auch morgens um acht
Unsere Liebe bei Sonne und Licht erwacht.
Und wo geht das romantischer für uns zwei
Als in Al's Café bei Schinken und Ei?

Und sechs Monate später zog das Café in ein Gebäude mit Türmchen und Bleiglasfenstern, das sich über einen halben Block erstreckte, und war Tag und Nacht zum Bersten voll. Es war größer als Soderberg's Court, das brechend voll war mit Radioleuten und der Fanmeute. »Wird Zeit, umzuziehen«, sagte Ray. »Wir geben das Restaurant auf. Ich habe die Nase voll von Hamburgerfett. Soll Al Burger verkaufen, und wir verkaufen Al.«

Als er im Norden von Minneapolis herumfuhr und durch die Seitenstraßen und die Obstplantagen und Gemüsegärtnereien entlang des Mississippi kurvte, fand Roy in Brooklyn Park eine Kartoffelfarm, die zum Verkauf stand, und erwarb ein sechzigtägiges Vorkaufsrecht, zeichnete einen Entwurf und baute ein kleines, perfektes, maßstabgerechtes Modell aus Balsaholz mit Bäumen aus Schwämmen und einem Glasteich und einer amerikanischen Fahne an einer Stecknadel und einem blauen Pappmachéfluß, der über Stromschnellen schäumte. Auf einem Hügel über dem Teich und sich darin widerspiegelnd stand das WLT-Gebäude (»Das Luftschloß des Nordens«), ein gotischer Bau mit einem Glockenturm, der Chatfield-College-Kapelle nachgebildet, gelegen in einem Park von absolut kegelförmigen Pinien und umgeben von hundert winzigen weißen Häusern. *Radioland.* Sie würden sich das Geld borgen, um den Sender zu bauen, ein paar Jahre warten, bis die Grundstückswerte gestiegen wären, dann die Häuser bauen und verkaufen – zu phantastischen Preisen, dank der Zauberkraft des Radios. *Radioland.* Die Stars würden dort wohnen, und für 6000 Dollar konnte jeder ihr Nachbar werden. Wer würde nicht ein bißchen was extra bezahlen, um Nachbar der Benson-Familie oder von Bud und Bessie zu werden? Fünfhundert Wohnhäuser zu 6000 Dollar, bei einem Reingewinn von 2000 Dollar pro Haus, das würde aus ihnen reiche Leute machen.

»Würde uns und unsere Kinder für den Rest unseres Lebens zu armen Schluckern machen«, sagte Ray. »Wir würden im Slum in abgerissenen Mänteln in Hauseingängen hocken, und die Leute würden vorbeifahren und sagen: *Seht mal. Das sind die Soderbjergs. Sie haben mit einem Restaurant angefangen, sind ins Radiogeschäft eingestiegen und haben dann versucht, beim Grundstückshandel ganz groß abzuräumen.* Alte Männer, die auf Glasscherben schlafen. Nein, Sir. Nein, danke.«

»Denk drüber nach. Laß dir Zeit. Es ist eine gute Idee.«

»Wenn das eine gute Idee ist, dann bin ich ein Vollblut-Chippewa.« Sie diskutierten ein paar Tage, und dann geriet Roys Interesse ins Wanken – das war so seine Art –, das Feuer erlosch, und er wandte sich etwas anderem zu: der Windmühle, der Lithographie, der Toilettenspülung mit Schwimmerball. Der Perfektionierung des scherenwinkligen Kugellager-Kolbenflexors. Der Suche nach dem Y-Gelenkklappenmörtelmixer. Er entschwand wieder in seine Werkstatt.

Das »Luftschloß des Nordens« wurde mit Seidenpapier umwickelt und in einer Schachtel verpackt, und eines Tages spielte Ray im Athletic-Club Billard mit John S. Pillsburys Schwager Bud. »Wenn Sie Geschäftsräume suchen, Jack hat in seinem Hotel zwei Etagen zu vermieten«, sagte er. Und in dieser Nacht unterschrieb Ray einen Mietvertrag über zehn Jahre für den ersten und zweiten Stock im Hotel Ogden auf der 12th Ecke LaSalle gegenüber der MacPhail-Musikhochschule. Es war ein schmales, fünfstöckiges, zweifarbiges Gebäude, die unteren und das oberste Stockwerk gelbbraun, in der Mitte roter Backstein, wie ein Soderberg-Sandwich. Er breitete die Papiere vor Roy aus, als würde er ein Trumpfblatt aufdecken. »Direkt an der Nachschubquelle. Tubaspieler, Posaunisten, Geiger, was du nur willst. Hunderte von Sängern. Wir können sie im Juli vorsingen lassen, wenn die Fenster offen sind. Du willst einen Park mit einem Teich? Loring Park ist nur einen

Steinwurf entfernt. Es gibt da sogar Stecken zum Hufeisenwerfen. Der Konzertsaal ist zu Fuß zu erreichen, ebenso das Ärzte- und Chirurgenhaus. Der Foshay Tower ist in der Nähe.«

»Du kannst nicht einfach einen Mietvertrag unterschreiben, ohne mit mir darüber zu reden«, sagte Roy. »Ich bin dein Partner.«

»Wir haben das letzte Woche besprochen. Du hast davon geredet, daß du eine Kartoffelfarm kaufen willst, du hast eine kleine Spielzeugstadt aus Balsaholz geschnitzt, du wolltest eine Kirche bauen. Lauter verrückte Ideen. Irgend jemand muß sich um das Geschäft hier kümmern. Also habe ich mich darum gekümmert. Nettes Haus, das Ogden. Feuersicher. Und ich habe einen Käufer für das Restaurant gefunden. Er übernimmt es ab Dienstag.«

☆ ☆ ☆

Damit war die Sache erledigt. Roy war natürlich zutiefst gekränkt, aber das war er oft. Er zog sich nach Moorhead zurück und kam erst im Frühjahr wieder. Ein Transportunternehmen beförderte WLT mit einer einzigen Wagenladung aus dem Restaurant, und Roy jr. legte die Leitungen für die Studios und für einen Regieraum in den Zimmern 115, 117 und 119 des Ogden, und sie waren im Geschäft. Ray engagierte eine Frau namens Ethel Glen als Geschäftsführerin. Sie war einsachtzig groß, eine Buchhalterin, und sie konnte Klavier und Marimba spielen, was sich irgendwann mal als nützlich erweisen könnte. Ethel brachte die Brüder Bergen mit, sie waren Zimmerleute und rissen Wände raus und richteten ein Wartezimmer ein, zwei große Studios, einen Übungsraum, Umkleideräume, ein Grünes Zimmer. Frisches Holz, frische Farbe, neue Teppiche, und der Warteraum wurde mit sieben altrosa Ohrensesseln und Sofas ausgestattet, mit Couchtischen aus Walnußholz und großen Messinglampen mit lavendelfarbenen Leinenschirmen und einem Bücherregal mit ledergebundenen Ausgaben von

Shakespeare, Milton, Dickens, Thackeray, Trollope und den Brontës. Oben im zweiten Stock gab es sechs Büros, darunter zwei große für Ray und Roy, nebeneinandergelegen und identisch, nur daß das von Ray auf die Nicollet Avenue und den Foshay Tower und das Rathaus hinausging und das von Roy auf die Musikschule blickte, so daß er die Soprane hören konnte. Rays Zimmer war sechs Fuß kürzer wegen des Treppenhauses, das auf seiner Seite war.

»Du nimmst das große«, sagte er zu Roy. »Du bist der Denker in dem Laden hier, du brauchst mehr Platz, um auf und ab zu gehen und dir großartige neue Sachen auszudenken.«

Roy kriegte erst Jahre später mit, daß Ray noch ein Extrabüro für sich persönlich hatte, eigentlich ein Schlafzimmer, oben im dritten Stock. Ray sagte Miss Glen, es sei für Nickerchen zwischendurch gedacht, und sie hätte ihm beinahe geglaubt, bis sie eines Tages merkte, daß bei der Ankunft von Alma Melting zur *Excelsior-Bäckerei-Show* der Fahrstuhl runterkam anstatt rauf.

Er konnte nicht anders. Es gab Alma, und es gab eine Dame von der Zeitung, und eine Zeitlang gab es eine Nordische Göttin von der Eisrevue, die bereit war, ihre Schlittschuhe an den Nagel zu hängen, falls er sie heiraten würde. Nein danke. Eine Lehrerin, die mit ihrer Klasse zu einer Führung gekommen war und sie schließlich unbeaufsichtigt mit der Straßenbahn nach Hause schickte, weil sie auf Zimmer 334 bei Ray landete.

»Ich habe es irgendwie gewußt, daß sie mit mir ins Bett gehen würde, in dem Moment, als ich ihr in die Augen gesehen habe«, sagte Ray am nächsten Tag beim Mittagessen. »Natürlich habe ich mich in der Vergangenheit auch schon mal geirrt, und sie stand da inmitten von dreißig Zwölfjährigen, aber trotzdem hatte ich so eine Ahnung. Während der Führung berührte ich mehrmals ihren Rücken und ihre Schultern, und sie wich nicht aus, und dann posierten wir für ein Photo, und sie legte ihren Arm um mich und zog mich näher heran und drehte sich zu mir, so daß ihre Brust halb in meiner Hemdtasche steckte. Da habe ich sie zum Abendessen eingeladen. Sie sagte, fast ohne zu zögern, ja. Wir tranken Wein zum Essen, und vom Wein wurde sie beschwipst. Ich sagte ihr, daß wir uns womöglich nie wiedersehen würden und daß dies unsere Nacht sei und daß ich sie für sie ganz besonders schön machen wollte, und wir stiegen direkt in den Fahrstuhl. Sie war ganz reizend. Sie stand auf einem Stuhl, und ich kleidete sie bei voller Beleuchtung aus, und ich glaube, es hat sie noch nie jemand zuvor richtig angesehen. Sie war sinnlich auf diese schwedische Art, diese sanften Augen und das blaßgoldene Haar und Brüste wie reife Birnen.«

Dad Benson, der am Tresen saß, hielt mit einem Löffel Erbsensuppe mitten in der Luft inne. Die Stimme klang ganz nach der von Ray.

»Sie roch nach Kreidestaub und Wäschestärke wie alle Lehrerinnen, aber sie roch sehr viel besser, als ich ihr die Kleider ausgezogen hatte, und als wir dann ins Schwitzen kamen, roch sie am allerbesten«, sagte Ray. »Nichts duftet so herrlich wie eine verschwitzte Frau, besonders wenn etwas von dem Schweiß dein eigener ist.«

Der zweite Stock breitete sich aus, bis auch der dritte dazukam, und Rays Schlafzimmer zog in den fünften, den obersten Stock. Im zweiten Stock befanden sich die Geschäftsleitungsbüros, die Buchhaltung, das Schreibbüro und die Dispositionsabteilung. Ray hatte für die Dispositionsabteilung noch einen weiteren Bruder von den »Söhnen des Knut« eingestellt, Art Finn, und Art stellte jeden Monat neue Leute ein, so gut lief der Werbebetrieb, phänomenal geradezu. Art sagte: »Ray, bei uns stehen so viele Leute auf der Warteliste, wir könnten glatt anfangen, ihnen Miete abzuknöpfen.« Die Buchhaltung hatte als ein Mann namens Loran Groner angefangen, und als Ray das nächstemal seinen Kopf zur Tür hereinsteckte, schauten drei Männer mit grünen Augenschirmen blinzelnd von den Bilanzen auf.

Aus den zwei Studios im ersten Stock wurden vier, davor war eine Doppeltür mit einem Schild ZUTRITT STRENG VERBOTEN und dahinter noch eine mit dem Schild DIESE TÜR UNBE-

DINGT IMMER GESCHLOSSEN HALTEN. Ray mied gewöhnlich den Zirkus in den Studios, aber als er sich einmal auf der Suche nach Roy jr. verirrt hatte, platzte Ray in das Grüne Zimmer, wo die Dakota-Zigeunerjodler sich für *Kunterbuntes* einstimmten und darüber stritten, wer die richtige Tonlage hatte. Leo versuchte, sie davon abzuhalten, sich gegenseitig zu verprügeln.

»Bitte regelt das irgendwo anders«, sagte Leo.

»Das brauchst du *mir* nicht zu sagen«, meinte ein Jodler. »Das mußt du ihm sagen. Er ist derjenige, der wütend ist. Er ist wütend, weil er seine verdammte Mandoline nicht richtig stimmen kann. Ich bin nicht wütend. Ich höre jederzeit gerne zu, wenn er sich bei mir entschuldigen möchte.«

Elsie und Johnny standen abseits und schnallten ihre großen hellen Bueno-Vox-Akkordeons ab, sie ein Rotschopf, breit wie ein Schrank, und ihr unglücklicher Ehemann – sie hatte ihn auf strenge Kartoffeldiät gesetzt, und er hatte sechzig Pfund abgenommen (weil er keine Kartoffeln mochte), und seine Haut hing an ihm wie nasses Sackleinen. »Du kommst dauernd aus dem Rhythmus«, maulte sie. Sie verdrehte die Augen: Er war ein erbärmlicher Musiker, aber sie war mit ihm verheiratet, was konnte sie da tun? Ein dürrer Gitarrespieler saß nölig klimpernd herum, eine brennende Zigarette zwischen die Saiten geklemmt, sah zu Ray auf und sagte: »Clint?« Ray wußte von keinem Clint bei WLT. Draußen im Gang hockte die Nordische Nachtigall mit dem Nordischen Orchester bei einer Flasche Rock 'n Rye zusammen, und Schwester Nell und Bruder Reuben schlappten in voller Hinterwäldleraufmachung vorbei, Sonnenblumenhaube und Latzhosen und alles – *Wozu der Aufwand? Es ist doch nur Radio* –, und Skriptgirls, Toningenieure, die Kinder von Sponsoren, die Reinemachefrauen und das Shepherd-Boys-Quartett. Er erkannte schon an ihrem tödlichen Kölnischwasser und ihrem blöden Lächeln, daß sie Gospelsänger waren. »Morgen, Mr. Soderberg«, sagte Wendell – oder war es Elmer? oder Rudy? Er machte fast einen Kniefall, als Ray vorbeieilte und nach dem Ausgang suchte. Das war das Problem, wenn man seinen Angestellten so wenig bezahlte – die schreckliche Speichelleckerei und Arschkriecherei, das schmeichlerische Grinsen, die Katzbukkelei und Unterwürfigkeit.

»Wo die Tür immer offensteht«; das Motto von WLT erschien auf der Fahrstuhltür mit dem lächelnden Gesicht eines Mannes, der sich an den Hut tippte, und die Pointe entging den Angestellten durchaus nicht: Egal, warum, man durfte jederzeit gerne gehen.

Der zehnte Jahrestag kam, April 1936, und als Roy jr. eine Feier vorschlug, sagte Ray: »Was feiern?« Er hatte nicht vor, mit den Angestellten zu plauschen und ihnen auf den Rücken zu klopfen und eine Ansprache darüber zu halten, wie wundervoll alles war, denn das war es nicht. Also kaufte Roy jr. einen großen Schokoladenkuchen und stellte ihn ins Grüne Zimmer, und bis zum Mittag war er aufgegessen.

Kapitel 8
Patsy

WLT wurde grösser und größer, und eines Tages erblickte Ray eine Tür, auf der stand: »Künstlerbüro«. Von so etwas hatte er noch nie gehört. Er öffnete die Tür, und da saßen sechs Frauen um einen Tisch herum und tippten wie verrückt, und ein Mann in grüner Seidenweste schnatterte ins Telephon. »Was machen *Sie* denn hier?« fragte Ray. Der Mann erzählte ihm, daß das Büro seit sechs Monaten arbeitete und WLT-Künstler für Tourneen im Mittelwesten verpflichtete. »Letzten Monat haben wir mehr als achttausend Dollar Umsatz gemacht«, sagte er. Slim Jim und seine Barackenbande mit Miss Ginny und ihren Radio-Cowgirls waren die Attraktion Nr. 1. »Die verkaufen sich wie warme Semmeln«, sagte er. Ray hatte nie von Slim oder den Cowgirls gehört. »Und ob«, sagte der Mann, »die Leute reißen sich um sie.«

Die WLT-Räumlichkeiten hatten sich so ausgebreitet, daß Ray Gerüchte zu Ohren kamen, die besagten, es würden Musiker heimlich im Haus wohnen, auf Sofas schlafen, sich in der Herrentoilette waschen, ihre Mahlzeiten auf Heizplatten, die sie in Schreibtischschubladen aufbewahrten, kochen, ihre nasse Unterwäsche zum Trocknen auf Heizkörper legen, und Ethel erzählte Ray, daß eins der Radio-Cowgirls und der Geiger der Frühaufsteher-Band in Studio B gezogen waren und dort schon seit sechs Wochen zusammenlebten, wilde Partys feierten, auf denen von Benzedrin aufgeputschte Gospelsänger Strip-Poker spielten und nackte Mädchen um Mitternacht durch die Buchhaltung tanzten. Die Radio-Cowgirls, sagte sie, trügen kurze Röcke und jede Menge Fransen und Troddeln, typische Erkennungszeichen von Prostituierten, aber den Gospelsängern könnten sie nicht das Wasser reichen. Die Shepherd Boys würden sich scharfe Sachen reinkippen, als wäre es Limonade, und dann würden sie mit allem, was hohe

Hacken anhatte, ins Bett springen und wieder rausspringen und »Steinig ist der Weg zum Herrn« singen und sich so gut fühlen, daß sie gleich wieder reinsprangen.

»Ich möchte nicht, daß Sie darüber auch nur eine Minute Schlaf verlieren«, sagte Ray zu Ethel. »Ich werde mich darum kümmern.«

So lernte Ray die Cowgirls kennen, insbesondere Patsy Konopka. Sie war schlank und entzückend und sang Alt und bevorzugte Seidenblusen und hatte ihr Haar zu einem kurzen Bubikopf geschoren. Auf den Cowgirlphotos war es ihr Gesicht, an dem der Blick haftenblieb, ihre Ausstrahlung, das Leuchten in ihrem Gesicht – er führte sie zum Essen aus und lud sie zu einem Drink in den fünften Stock ein.

»Sie haben einen Ausdruck in Ihren Augen, wie ich ihn noch bei keiner Frau gesehen habe«, bemerkte er und rückte auf der Couch näher an sie heran, und sie erklärte, daß das Licht in ihren Augen von Theosophie und Positivismus herrührte. Sie war seit mehr als acht Monaten Theosophin und studierte bei einem Gnostiklehrer in Sioux Falls, der per Telepathie eine Dose Kaffee öffnen konnte. Dort hatte sie das Geheimnis vom Oval des Lebens und von den Vier Kräften (Geschicklichkeit, Leistungsfähigkeit, Gelassenheit, Lebenskraft) und den Sieben Pforten der himmlischen Auslese kennengelernt. Das sind kurzfristige Öffnungen im Kosmos, durch die der Zugang zu einer geballten Ladung spiritueller Erkenntnis möglich wird. Jetzt wandte sie ihre Aufmerksamkeit mehr der Äthereologie zu und der Wissenschaft vom Elektivismus mit seiner enormen Einsicht in die entscheidende Macht der Strahlung. Strahlung war Patsys eigentliche Leidenschaft, das Studium vom Nimbus des Lichtes, das einen Körper umgibt. Das geübte Auge konnte darin lesen wie in einem Buch.

»Was sehen Sie in mir?« flüsterte er.

Sie studierte seinen Nimbus und runzelte die Stirn und las aus seiner Hand, und dann bat sie ihn, die Schuhe auszuziehen, damit sie die Lebenslinie auf seiner Fußsohle lesen konnte.

Sie hielt seinen nackten Fuß und dachte lang und angestrengt nach. »Sie sind ein Mann mit einem großzügigen Herzen, aber Sie sehnen sich nach Wahrheit. Sie belügen sich selbst. Sie haben eine rasche Wahrnehmung, aber Ihnen fehlt Tiefe. Doch Sie streben nach Besserung. Sie wissen, daß Ihre Zeit begrenzt ist. Sie versuchen, das Dunkel zu durchdringen. Und jetzt gerade versuchen Sie, mich dazu zu kriegen, daß ich mich ausziehe.«

Er räumte ein, daß das stimmte, und fragte nach, ob es wohl möglich sei.

Sie sagte, daß es eine Macht des Unvermeidlichen gebe, die diese Dinge lenke und die erst mit der Zeit wahrgenommen werden könne.

Sie tranken ein Glas Sherry zusammen, und dann trank er noch eins alleine. Sie saßen Wange an Wange da, und er erzählte ihr von New York, wie majestätisch es im Herbst war, vom Rattern der Züge und von den dicken, schallschluckenden Teppichen in den großen Hotels und vom goldenen Licht in den Avenues zur Zeit der Abenddämmerung und von den fröhlichen Massen, die in die Theater und danach in die Cafés strömten, und er küßte sie. Er sagte ihr, sie wisse zwar bestimmt eine Menge über Elektivismus, aber er verstehe etwas vom Vergnügen, von schierer, einfacher Freude, die der größte Vorteil des Erwachsenenlebens sei: von der Freiheit, sich so zu amüsieren, wie es einem gefiel. Er küßte alle ihre Finger, dann ihren Mund und ihre Ohren und den Hals, und dann machte er ihre Bluse auf. Die Knöpfe waren ein Kinderspiel.

»Ich muß dein Gefühl für die Emanationen in diesem Augenblick kennen«, sagte sie leise. »Spürst du das Lichtfeld?« Ja, das tat er. Ihre Schultern waren so jung. Er zog ihr die Bluse aus – wie leicht sie über ihre Haut glitt – und öffnete die Träger an ihrem hellblauen Hemdchen. Es fiel wie ein Blatt bis zu ihrer Taille und enthüllte die zwei betörend weißen Emanationen ihres Büstenhalters.

Sie sagte, das Pulsieren von Energien sei sehr stark, er müsse es beinahe auch spüren können. O ja, allerdings. Er langte hinter sie, wobei seine linke Wange ihr kleines Ohr berührte und eine entzückende schwarze Haarsträhne streifte, und löste die Drei Häkchen zur himmlischen Erkenntnis und entfernte sanft das Kleidungsstück. Er legte es auf die Couch und berührte zärtlich ihre dunklen Brustwarzen von der Größe eines halben Dollars.

»Und jetzt«, sagte sie, »mach das Licht aus und sage mir, welche Farbe der Nimbus hat. Um meinen Körper herum siehst du vielleicht ein ganzes Spektrum an Farbtönen, Schatten mit einem Hauch von Farbe, die sich Antinoden und Antipoden nennen, aber ein Licht ist am stärksten, das Parhelion, siehst du es?«

»Ich sehe so viele Farben –«

»Welche Farbe siehst du am deutlichsten?«

»Weiß.«

Sie verzog das Gesicht. »Ich dachte, du könntest mein wahres Pendant sein, aber ich glaube, du nimmst überhaupt keine Vibrationen wahr«, sagte sie. Sie zog die Bluse wieder an. »Du warst nicht einmal nahe dran«, sagte sie.

»Laß es mich noch einmal versuchen.«

Sie lächelte. »Ich bin übersinnlich veranlagt, ich kann deine Gedanken lesen.«

»Ich möchte mehr erfahren. Du hast mir soviel offenbart, das mir bisher unbekannt war, und ich möchte weiter vordringen.«

»Du willst nichts weiter als dich auf mich drauflegen und ihn reinstecken«, sagte sie. »Ich will sexuelle Harmonie mit deiner Gesamtheit.«

Er sagte, er sei *nicht* nur daran interessiert, er sei interessiert an *ihr*, Sex sei seine Art, sie kennenzulernen, er bewundere sie als Künstlerin, er könne den Cowgirls ihre eigene Radioshow verschaffen, vielleicht am Samstagabend.

»Ich habe die Jodelei satt, sie steht mir bis hier«, sagte sie. Sie erzählte ihm, daß sie gerne Schriftstellerin wäre. Ihr Traum sei es, Stücke und Drehbücher und Geschichten zu schreiben, die den Menschen helfen würden, die Grundprinzipien der Theosophie zu verstehen – nicht das verworrene Dickicht der Exegese, das aus den Disputen und Polemiken der jüngsten Vergangenheit hervorgegangen sei, sondern den schlichten schönen Geist des Goldenen Zeitalters der Theosophie im Baltimore des späten achtzehnten Jahrhunderts, dargelegt von Autoren wie Carleton Phipps und Jane Delton Phipps, seiner Tochter. Die Phipps' verstanden es, große Dinge in wenigen Worten zu sagen, die einen eigenen Nimbus zu haben schienen.

»Es war Jane Phipps, die gesagt hat: *Für Kummer ist es stets zu spät.* Das ist ein Satz, auf den ich immer wieder zurückkomme und in dem ich immer wieder etwas Neues entdecke. Oder: *Geduld erwartet Freude.* Oder: *Erst Wesen, dann Weisheit.* Oder: *Das Schicksal lächelt dem, den es zum Narren hält.* Die meisten Leute halten Theosophie nur für einen Stapel staubiger Wälzer, und zum Teil ist sie das auch, aber vieles ist auch so einfach und *rein*.«

Ray wünschte, er hätte Blau statt Weiß geraten. Blau hätte ihn womöglich sehr viel weiter gebracht. Aber er konnte nun mal nicht anders. Er sagte Patsy, er könne vielleicht einen Nimbus nicht so schnell erkennen wie manche andere Leute, aber Talent und Intelligenz, und er bot ihr einen Job an als Autorin für 40 Dollar die Woche. Sie nahm mit Freuden an.

☆ ☆ ☆

Patsy Konopka bekam einen Schreibtisch im Frauenbüro, das von Miss Hatch geleitet wurde und in dem zwei Spezialistinnen für Hauswirtschaft saßen und Antworten auf alle Fragen schrieben, die in Hörerzuschriften gestellt worden waren, zum Beispiel, wie man Flecken aus Teppichen und Sofas entfernte. *Hörerdienst.* Das war Vestas Idee. Patsy saß vor einer großen Royal-Schreibmaschine und schrieb munter drauflos, wobei sie sich in einer Disziplin übte, die sie von den Positivisten gelernt hatte, die an automatisches Schreiben glaubten, an den freien Fluß angeborener Vernunft und Intelligenz und an das *Vertrauen in das, was man geschrieben hat*, nicht an das Redigieren. Das war der schwierige Teil.

Sie schuf *Die Goldene Regel* (1937), eine Serie über Elmer und Edna Hubbard, die, unzufrieden mit dem gehetzten Tempo des Großstadtlebens und der Leere materiellen Erfolgs, in das kleine Städtchen Nowthen ziehen, ein kleines Café aufmachen und im verborgenen viel Gutes tun. Außerdem werden sie Vegetarier und Sonnenanbeter. Aber hinter der Theke vom Café zur Goldenen Regel wirken sie wie ein ganz gewöhnliches altes Ehepaar, das geduldig die Gäste bewirtet, vor allem die Großmäuler, die sich auf einem Barhocker niederlassen und den ganzen Nachmittag lang herumnörgeln, und nur die Zuhörer wissen, daß die Hubbards Multimillionäre sind, die regelmäßig anonyme Spenden per Post verteilen. Es kam zum Beispiel ein Nörgler herein und pflanzte sich an einen Ecktisch und nörgelte (»Was 'n das für 'ne Plörre hier? Habta vagessn, 's Spülwassa aussa Tasse zu lassn oda was? Den Leutn iss alles egal. Dassas Problem. Den Leutn iss alles egal.«), und dann kam ein guter Mensch herein und setzte sich auf einen Hocker und pries sein Glück (»Oh, das Leben ist so gut zu mir. Verflixt noch eins! Ich hatte eine Mißernte, und meine Kuh gibt keine Milch mehr, und ich brauche eine Rückenoperation, aber gepriesen sei der Herr, ich bin ein glücklicher Mann«), und dann kam vielleicht ein entmutigter guter Mensch, der eine Welt voller Leiden sah und sich fragte, wieso Gott nichts dagegen unternahm. Dann kam eine Reklame für DeFlore's Blumenladen (»Hallo, ich bin Betty, und ich bin eine DeFlore-Floristin und habe gelernt, für jeden Menschen, dem Sie eine Freude machen möchten, genau den passenden Blumenstrauß zu binden«), und dann ging's wieder zurück nach Nowthen, am nächsten Tag: Der verblüffte und dankbare Empfänger stürmt herein, um den Hubbards zu erzählen: »Eine Reise nach Florida! Und noch ein Scheck, um die Kosten für Sheilas Zahnbehandlung zu bezahlen! Wer in aller Welt könnte das bloß gewesen sein?« Und Elmer murmelt: »Noch Kaffee?«

Es war so gut, daß Patsy noch eine ähnliche Serie schrieb, *Das süße alte Lied der Liebe* (1938), die Geschichte von Folwell

Hollister, einem vermögenden New Yorker Firmendirektor, der zurück in seinen Heimatort Hollister Corner zieht, nachdem ihm die Ärzte gesagt haben, daß er nur noch sechs Monate zu leben habe. Folwell kauft den Hof, den er sich immer gewünscht hat, die alte Reddin-Farm, und stattet sie mit prämierten Orpington-Hühnern und schwarzköpfigen Hochlandschafen aus, und er hackt Brennholz und pflanzt Tomaten und beobachtet den langsamen, reizvollen Wechsel der Jahreszeiten und verliebt sich dann in Jane Maxwell, seine alte Jugendliebe, die Frau, die er eigentlich hätte heiraten sollen, anstatt sich in den Osten davonzumachen, und die nun mit Thomas Reddin, einem Ekel, verheiratet ist. Um den Schmerz einer »Liebe, die nicht sein darf« zu lindern, vollbringt Hollister Gutes für andere, ganz bescheiden und anonym. Es war schwierig, Woche für Woche Rhapsodien über fallende Blätter und schneebedeckte Felder zu schreiben, selbst für eine Positivistin, und daher kam Mr. Reddin schließlich in einer Folge bei einer Goldminenexplosion ums Leben, und Folwell heiratete geschwind Jane, die ihn Folly nannte, und die Serie nahm eine jähe Wendung. Jane war eine beachtliche Schönheit, sogar noch mit Sechzig, und Hollister Corner war ein Ort, dem sie seit ihrem elften Lebensjahr schon immer hatte entfliehen wollen, und so erwarben die Hollisters ein großes Anwesen in Golden Valley, einen Steinwurf von Minneapolis entfernt, und gründeten die Metropolitan-National-Werbeagentur und wurden steinreich und besuchten die Farm nur noch am Wochenende. Zweimal im Jahr fuhren sie nach New York, um in die Oper und ins Ballett zu gehen.

»Wir könnten nach New York fahren und uns die Schauplätze ansehen, und du könntest dich weiter inspirieren lassen«, schlug Ray Patsy vor, aber als er ihre Farbe an diesem Tag raten sollte (Rot), kam er nicht mal in die Nähe (Weiß).

Patsy übernahm *Avis Burnette* und brachte sie auf östliche Philosophie. »Menschen aus anderen Ländern können uns viel beibringen«, erzählte sie Craig, der sie furchtbar gerne heiraten wollte. »Hast du je von Tsu Li gehört, der gesagt hat, daß die

Abwesenheit mancher Männer eine gute Gesellschaft ist?« Hatte er nicht.

Sie schuf *Hügel der Heimat* und *Das Beste kommt noch* (1942), weitere Variationen des Themas »Weltmüder-Ehrgeizling-findet-Glück-in-Einfachheit«, und sie übernahm sogar *Der freundliche Nachbar*, als Dad Benson eine schöpferische Trockenperiode durchmachte und unfähig war, Jos Text zu schreiben. »Keine Ahnung, was eine Frau in so einer Situation sagen würde«, meinte er, und ein paar Tage lang bekam die arme Faith Snelling nur leere Dialogzeilen:

DAD: Sieht aus, als würde dein Apfelbaum dieses Jahr tragen.
JO: (Irgendwas über den Baum)
DAD: Das leuchtet mir ein. Vielleicht sollte ich es machen.
JO: (Noch was über den Baum)
DAD: Du weißt ja, was man sagt. Im Haus des Henkers spricht man nicht vom Strick. So isses.

Patsy schuf *Detektiv Arthur Fox* und *Eine andere Welt* und *Die faule Rasselbande* und vieles mehr, schrieb hundert Seiten am Tag, ganz automatisch, ohne den Versuch, sie besonders zu polieren. Es flutschte einfach so heraus. Einer der Phipps' hatte gesagt, wenn man etwas schaffen will, muß man es anpacken, und das half, und ebenso der gute alte positivistische Gedanke »Von nichts kommt nichts«, den Patsy dahingehend interpretierte, daß man nehmen soll, was man kriegen kann und wo man es kriegen kann, eine Geschichte aus der Zeitung, aus Romanen, aus anderen Radiosendungen, aber ihr Hauptstimulus war die Zeit. Das Herannahen eines Abgabetermins inspirierte sie. Die Uhr tickte, und sie schrieb, und der große Zeiger kroch auf den Sendebeginn zu, und die Seiten kamen schneller und schneller raus. Sie glaubte an die Macht der Zahl Drei, ausgehend von einer alten theosophischen Konzeption der Tugend als Dreieck, und suchte immer nach Dreierordnungen in einer Geschichte, Figurentrios, dreistufige Handlungsabläufe, Beginn-Mitte-Ende, These-Antithese-Synthese, Streben-Niederlage-Erlösung. Sie glaubte an den Morgen, wie ihr Vater es sie gelehrt hatte (»Am Morgen gelingt manche Arbeit ganz leicht, die man später am Tag vielleicht nie mehr erreicht«), und sie stand früh auf und begab sich sofort an ihre Schreibmaschine. Sie glaubte, daß Freunde einem Monate und Familien Jahre stehlen würden, daher blieb sie alleine und hielt sich Freunde vom Leib, indem sie Tag und Nacht arbeitete. Sie zog ins Antwerp-Apartmenthaus neben dem Ogden. Sie verließ das Frauenbüro, als sie feststellte, daß sich ständig kleine Schlenker mit häuslichen Mißgeschicken in den Text einschlichen – Forrest läßt sein Glas Preiselbeersaft fallen, als Jane ihm sagt, daß Tom die Minenexplosion doch überlebt haben könnte, und in *Hügel der Heimat* fällt Babs ihr Teller mit Thunfischauflauf und Pflaumenmus runter, als General Mills verkündet, daß er und Fritz einen zahmen Elch mit nach Hause gebracht haben. Babs weinte über die Verschwendung kostbaren Essens, und der Elch schlabberte die runtergefallene Mahlzeit sofort auf. »Ein bißchen eklig, das Geräusch vom schmatzenden Elch«, sagte Ray zu ihr. »Hätte Babs es nicht aufwischen können?« Sie erklärte Ray, sie wolle nicht, daß die Frauen in ihren Geschichten auf Knien herumrutschten und den Fußboden schrubbten. »Du solltest meine Frau kennenlernen«, sagte er.

Kapitel 9
Dad

Der freundliche Nachbar mit Dad Benson, dem alten Mittagspausen-Philosophen, wurde um zwölf Uhr gesendet, und in so mancher Stadt im Mittelwesten wurde ein paar Minuten früher zur Mittagspause geläutet, damit die Leute Zeit hatten, ihre Radios warmlaufen zu lassen. Der Ansager sagte: »WLT auf sieben siebzig, Das Luftschloß des Nordens, aus den Studios im Hotel Ogden, Minneapolis«, und die WLT-Melodie erklang Punkt zwölf Uhr, die Orgel spielte »Flüsternde Hoffnung«, und der Ansager sagte: »Und jetzt geht es wieder nach nebenan in das Heim von Dad Benson, seiner Tochter Jo und ihrem Mann Frank, zu einem Besuch beim freundlichen Nachbarn, präsentiert von Milton-King-Saatgut, dem besten Freund, den Ihr Garten je hatte. Heute gesellen wir uns zu ihnen, während die Familie am Küchentisch sitzt und Jo das Mittagessen zubereitet...«, und wo immer man sich gerade befand, kam alles zum Stillstand.

Dad Benson besaß ein Futtermittelgeschäft in Elmville, und er war wie ein wirklicher Mensch, der sich neben einen setzte, er redete einfach und sagte Dinge, die man schon immer selbst gedacht hatte. So konnte zum Beispiel eine Folge damit anfangen, daß Jo sagte: »Ich weiß nicht, warum mir dieser Eiersalat nicht mehr so gut gelingt wie früher«, und Dad sagte: »Oh, dein Eiersalat ist der beste in der ganzen Stadt, und das weißt du auch«, und Frank sagte: »Sieht aus, als würden wir heut nacht Schnee kriegen«, und dann erinnerte sich Dad an den schlimmen Schneesturm von 1909 und wie gefährlich der gewesen war und daß man keinen halben Meter weit hatte sehen können und wie alle daraus gelernt hatten, auf der Hut zu sein und demselben natürlichen Instinkt zu trauen, den Gott den Gänsen gegeben hatte, und sich mehr umeinander zu kümmern. Dad predigte eine ziemlich einfache Philosophie: die Goldene

Regel, mit ein bißchen gesundem Menschenverstand versetzt. Lächle, und du wirst dich besser fühlen. Osten oder Westen, daheim ist's am besten. Es gibt keinen Sommer ohne Winter. Was du nicht heilst mit einer Kur, bleibt dir zu dulden nur. Dem hungrigen Esser schmecken die Bohnen besser. Wir müssen in der Hitze arbeiten oder in der Kälte verhungern. Niemand wird klug geboren. Tu dein Bestes, entsage des Restes.

Als sie das Schreiben der Serie übernahm, machte Patsy die Bensons ein bißchen weniger perfekt, damit es für sie selbst interessanter wurde. Jo und Frank fingen an, sich wegen Geld zu zanken – Jo ließ sich eine verjüngende Gesichtscreme schikken, die aus Gelée royale und zermahlenem Geweih gemacht war, und Frank ging an die Decke. »Drei Dollar! Drei *Dollar*?« Frank neigte dazu, bei jeder Gelegenheit die Arbeit liegenzulassen und mit der *Christina Marie* rauszufahren, um Hechte zu angeln, obwohl er immer mit leeren Händen zurückkam – »Drei Stunden!« schrie Jo. »Drei *Stunden!*« –, und Dad fiel ständig auf herzerweichende Geschichten herein. »Und wem hast du heute Geld geschenkt?« fragte Jo. »Na, du weißt doch, daß Mrs. Chubb mit einer Neuralgie im Bett gelegen hat«, murmelte er, und natürlich kannten die Zuhörer Mrs. Chubb schon eine Ewigkeit, und sie war noch keinen Tag in ihrem Leben gesund gewesen und würde es auch nie werden, wenn sie es verhindern konnte.

Patsy machte aus Dad einen Frauenliebling. Einen Mann, der Frauen zu schätzen wußte, dessen Stimme weich wurde, wenn er von Frauen und ihren Problemen und ihrer Tapferkeit und Güte sprach. Es war traurig, daß er allein durchs Leben ging. Mom Benson war vor zwei Jahren von einem Auto überfahren worden und lag seither in einem Altenheim im Koma, und Dad brachte es nicht übers Herz, sich von ihr zu lösen. Als Jo ihm sagte, er solle Miss Judy, die Lehrerin, zum Ball der freiwilligen Feuerwehr ausführen, sagte er nein. Jo sagte: »Dad, es wird Zeit, daß du an dein eigenes Glück denkst«, aber Dad sagte: »Ich bin mit Mom verheiratet, Jo. Ich habe sie in guten Zeiten geheiratet und werde sie nicht in schlechten Zeiten verlassen. Was ist, wenn sie plötzlich aufwacht und mich bei einer anderen Frau findet? Ich könnte es nicht ertragen, ihr noch mehr Schmerz zuzufügen.«

»Du könntest Miss Judy zum Mittagessen einladen«, regte Frank an, aber Dad erklärte traurig: »Es hat keinen Sinn, etwas anzufangen, das man nicht zu Ende bringen kann«, und man hörte seine Enttäuschung heraus, aber er konnte nicht anders handeln, und damit war das Thema beendet. Er war ein weiser und guter und einsamer Mann.

☆ ☆ ☆

Eines Tages spazierte ein Mann im blauen Smoking in Dads Futter- und Saatgeschäft in Elmville und fragte nach dem Weg zum Mondscheinbucht-Nachtklub. Er war in Begleitung eines kleinen Mädchens im rosa Sonntagskleid und einer großen, drallen, juwelenbehängten Frau namens Ginger, und man wußte im selben Moment, als sie sagte: »Nett, Se kennzulern', ehrlich«, daß sie und der Mann nicht verheiratet waren.

Dad versuchte, ihm den Weg zu beschreiben, aber der Klub war zwanzig Kilometer entfernt und konnte nur über Nebenstraßen durch das Vogelschutzgebiet und entlang dem Ufer des leise plätschernden Willow River erreicht werden. Es war ein ganz abgelegenes Vergnügungsnest, wo die Gutbetuchten mit ihren Mätressen tanzten, abseits der Hauptstraße, so daß die Wegbeschreibung kompliziert war. Und als Dad sagte: »Und dann biegen Sie links ab an der Farm mit der roten Scheune und der Chaska-Kükenbrutkäfig-Reklametafel«, explodierte der Mann – er warf seinen Spazierstock und seine Glacéhandschuhe und seinen Zylinder auf die Theke neben einen Sack Zuckermaissaatkörner und sagte: »Ach, Mann, das ist doch ein verdammtes Pech! Da macht man sich auf zu einem erstklassigen Wochenende und landet in einem blöden kleinen Kaff, wo die Leute einem nicht mal den Weg aus der Stadt beschreiben können! Menschenskind, das ist wirklich der Gipfel!«

Er stolzierte ein paar Minuten wütend auf und ab; währenddessen knüpfte Dad ein Gespräch mit dem kleinen Mädchen an. »Ich heiße Rebecca«, sagte sie sehr niedlich. »Ich bin schon fast zehn. Wenn wir zur Mondscheinbucht kommen, will mein Dad mit mir *schwimmen* gehen.« Dad sagte: »Oh?«

»Ja! Und wenn ich ganz brav bin, gehen wir auch angeln.«

»Und wenn das Wörtchen wenn nicht wär, dann wär mein Vater Millionär«, bemerkte Dad.

Sie plauderten drauflos, und sie fragte ihn, was er in seinem Geschäft verkaufte, und er machte für sie eine Führung. »Das hier ist der beliebteste Tomatensamen, die große, rote Milton-King-Fleischtomate«, sagte er. Sie hatte noch nie Tomatensamen gesehen, wußte nicht, daß Tomaten aus Samen kamen. Sie hatten nie in ihrem Leben einen Garten gehabt, da sie in einer großen Wohnung im dreizehnten Stock des Waldorf Towers in New York wohnte, und sie hüpfte von Behälter zu Behälter, nahm etliche Handvoll Samen hoch, als wären es Edelsteine, beschnupperte die süßlich duftenden trockenen Körner, während ihr Vater im Hintergrund murrte und maulte und nach einem Telephon verlangte, um seinen Rechtsanwalt anzurufen, und Ginger eine Zigarette rauchte und quengelte: »Du hast mir ein hübsches *Wochenende versprochen*, Bupsie. *Du* hast gesagt, wir gehen *schwimmen* und *tanzen* und machen ein bißchen Schmusi-knutschi-puutsch – du hast *nichts* davon gesagt, daß wir in einem *Futter*laden rumhocken«, und inzwischen wurden Dad und Becky schnell Freunde. Sie hatte noch nie auf einem Fahrrad gesessen oder einen Ball geworfen und weder einen eigenen Hund noch eine Katze gehabt. »Kein Fahrrad? Oh, du solltest uns mal irgendwann besuchen kommen«, sagte Dad.

»Ohhhhhhh«, sagte das kleine Mädchen. »Ich wünschte, das könnte ich«, flüsterte sie.

»Meine Tochter und ich haben einen großen Hund, Buster, und eine Katze namens Thunfisch. Wir haben ein altes Fahrrad, das dürfte genau die richtige Größe für dich haben. Vielleicht könnte dein Daddy dich einmal auf einen Besuch vorbeibringen.«

»Mein Daddy verreist nicht gerne mit mir. Ist Ihre Tochter so alt wie ich?«

»Jo? Nein, nein, sie ist – alt genug, um deine Mutter zu sein.« Dad schluckte bei dem Gedanken: eine Enkelin.

»Oh. Meine Mama ist zu Hause mit Kopfschmerzen, deshalb hat Dad beschlossen, Ginger mitzunehmen. Manchmal fährt er mit meiner Mama nach Europa. Dann bleibe ich mit Françoise zu Hause. Das ist unser Dienstmädchen.«

»Oh. Das ist nett. Tja.«

»Und du hast auch nichts davon gesagt, daß du das Balg mitbringst«, zischte Ginger ganz aus der Nähe. Sie stieß eine große Rauchwolke aus, und ihre Absätze gingen Klackklackklack wie ein Zweckenhammer. »Hör mit dem Blödsinn auf, Bupsie, und laß uns endlich weiterfahren und uns amüsieren, Schätzchen. Jetzt komm. Biiiihhhtte!«

Becky fing leise an zu weinen. »Oh, das ist großartig!« sagte ihr Dad. »Ich nehme dich mit, und du greinst wie ein Baby. Sieh dich nur an!« Er nahm Dad beiseite. »Hörn Sie«, sagte er, »tut mir leid, daß ich Sie eben so angeraunzt habe, ich stehe unter großem Druck. Hier sind hundert Dollar. Meinen Sie, Sie könnten ein paar Tage auf mein kleines Mädchen aufpassen, bis ich zurückkomme? Sie beide scheinen sich gut zu verstehen. Was meinen Sie?«

Es folgte eine kurze, vielsagende Pause, in der man hören konnte, wie Dad den Mann verachtete, dann sagte er: »Es wäre mir eine Ehre. Sie ist hier ebenso willkommen, als wäre sie mein eigen Fleisch und Blut.«

☆ ☆ ☆

Und so kam sie in die Familie, Klein Becky, gespielt von Marjery Moore. Marjery Moore war vierzehn, aber Dad meinte, sie könne prima ein kleines Mädchen spielen. Sie war die Tochter von Dr. W. Murray Moore, dem Arzt, der Dads Hämorrhoiden behandelte, und Dad kannte sie von klein auf. »Geben wir ihr eine Chance«, sagte er zu Roy jr.

Dr. Moore war ein bulliger, vierschrötiger Mann und ein größerer Scherzbold, als man sich das von einem Arzt wünschte. Er besah sich die Hämorrhoiden, nahm die Zange und rief aus: »Alles festhalten!« Seine Tochter schlug ganz nach ihm. Sie war eine Landplage. Sie rauchte Camel, ein halbes Päckchen am Tag, und fluchte wie ein Cowboy. Ihre Mutter holte sie um halb zwölf von der Schule ab und setzte sie vorm WLT-Eingang ab, und im Fahrstuhl rauchte sie eine Zigarette und noch eine im Studio vor der Sendung. Dad sagte zu ihr: »Kindchen, diese Sargnägel werden deine Stimme ruinieren«, aber sie schnitt ihm eine Fratze. »Ist meine Angelegenheit, was ich mache. Du bist nicht mein Boss, du alter Knacker.«

Es dämmerte Marjery innerhalb weniger Tage bei *Der freundliche Nachbar*, daß sie die Radioleute mächtig schockieren konnte, wenn sie mit ihrer Klein-Becky-Stimme so Sachen sagte wie: »Tag, Mister, wolln Sie mein Höschen sehn?« Sie konnte Dad einen Heidenschrecken einjagen, indem sie sich hinter ihm auf Zehenspitzen heranschlich und ausrief: »Guck mal! Ich bin nackt wie ein Grillhuhn!«

»Schätzchen«, sagte er, »das ist nicht lustig. Wir haben Sponsoren hier, Kinder von Sponsoren, Familienmitglieder von Angestellten. Verdirb ihnen nicht den Eindruck.«

»Scheiß dir bloß nicht in die Hosen deshalb.«

»Schätzchen, was du im Rausch tust, mußt du nüchtern bezahlen. Die Sünde währet kurz, die Reue ewiglich. Denk darüber nach.«

»Leck mich, Opa.«

Sie piekste die Leute für ihr Leben gern mit dem Finger in den Hintern, und sie war flink und hatte starke Hände. Sie schrie *»Huuuhh«* und piekste einen ins Hinterteil, daß man mit flatternden Armen an die Decke ging. Ray sah, wie sie sich eines Tages hinter Reed Seymour ranschlich und so fest zustieß, daß der arme Reed in die Luft ging und dabei seine Brille verlor. Er versuchte, sie zu treten, aber sie schoß davon und feixte hinter ihm her: »Daneben! Ha ha! Du Schwuchtel!«

☆ ☆ ☆

Ein paar Tage nach Beckys Ankunft in Elmville ging Ray mit Patsy zum Mittagessen ins Richards Treat und sagte ihr, daß sie die Kleine loswerden solle. »Ich hasse Kinderdarsteller, und dieses Kind ist schlimmer als die meisten. Sie spricht, als hätte sie zu enge Schuhe an. Sie ist genauso schrecklich wie Klein Buddy. Ehrlich gesagt, im Vergleich zu ihr klingt er fast erträglich.« Klein Buddy war der Sohn von Dads Freund Slim Graves, der hin und wieder in *Der freundliche Nachbar* auftrat, um rührselige Balladen über sterbende Kinder zu singen. »Schmeiß sie raus«, sagte Ray. »Laß ihren Dad aus New York zurückkommen und sie wieder abholen«, sagte Ray. »Laß sie sterben und Klein Buddy bei ihrer Beerdigung singen. Denk dir aus, was du willst, aber werd die Kleine los.«

Patsy bestellte Limabohnen und Roggenbrot und eine Kanne Tee. Ray bestellte ein Steak, halb durch, mit einem Bier.

»Wie geht es Roy dieser Tage?« fragte Patsy. »Was treibt er so?«

»Verrückt wie immer. Erfindet Kram.«

»Was für Kram?«

»Sinnlosen Schrott. Eine Radiocouch mit Lautsprechern in den Armpolstern. Irgend etwas, das sich Spannhahngewehr nennt, was immer das sein mag, weiß der Himmel. Und ein Radiophon, damit du von überall her deinen Bruder anrufen und ihm stundenlang die Ohren vollquasseln kannst.«

»Interessant.«

»Also«, sagte Ray. »Die Kleine. Schmeißen wir sie raus.«

»Ray, wir haben fünfhundert Hörerbriefe wegen dieser Serie bekommen. Die beliebteste, die wir je gemacht haben. Milton-King haben angerufen und gesagt, sie wollen ihr Bild auf ihren Frühjahrskatalog drucken. Im Herbst wollen sie ein Klein-Becky-Sammelalbum herausbringen und für drei leere Samenpackungen verschenken. Unser Vertrag mit ihnen muß in zwei Monaten erneuert werden. Klein Becky ist ein Goldesel, Ray. Und ich möchte eine Gehaltserhöhung.«

Ray gefiel das trotzdem nicht. Ihm gefiel die Grundidee nicht. Man nimmt ein Kind seinem eigenen Vater weg, und was folgt danach? Sollen alle Kinder ihre Väter hassen? Verglichen mit Dad Benson sind *ihre* Väter vielleicht auch nicht so nett, sie rülpsen vielleicht und laufen in Unterwäsche herum, na und? Sollen die Kinder von zu Hause weglaufen, damit das Leben so sein kann wie im Radio?

»Ray, die Menschen lesen seit Jahren Romane. Sie gehen ins Theater, sie schauen sich Filme an.«

»Das ist ein Unterschied. Wenn man sich ein Theaterstück ansieht, muß man woanders *hingehen*. Wenn es vorbei ist, geht man nach Hause. Liest man ein Buch, hält man es in der Hand, man kann sehen, daß es nur etwas Geschriebenes ist. Das Radio ist direkt im Wohnzimmer. Man macht es an, und alle anderen haben den Mund zu halten. Ein Film, das sind nur Bilder, aber das Radio halten die Leute für echt. Sie denken, es ist *echt*. Sieh dir deine verdammten *Mäntel* an.«

Kapitel 10
Wirkliche Menschen

Die Freunde und Nachbarn in Radioland hielten die Bensons für wirkliche Menschen, wie Patsy entdeckte, nachdem Frank sich über den Preis von drei Dollar für Jos Gelée-royale-Präparat beschwert hatte und die Sendung in drei Tagen 440 Dollar und 28 Cents erhielt, speckige Dollarnoten, an Briefe geheftet, in denen stand: »Schatz, kauf du nur jedes Bienenpräparat, das du willst. Wir lieben dich.«

Jedesmal, wenn der Familie Benson ein Mißgeschick widerfuhr, flossen WLT Spenden zu, selbst wenn Dad eine Frucht aus Glas herunterfiel:

(Geräusch: Zerbrechen von Glas)
Dad: Ach du Schreck. Was bin ich doch für ein Tolpatsch. Und das war Tante Mollys Lieblingsstück. Hab ich dir mal davon erzählt, Jo, wie sie und ich Saft vom Zuckerahorn holen wollten und ein Stinktier auf den Baum gejagt haben?
Jo (kichernd): Ich glaube, diese Geschichte hab ich noch nicht gehört.
Dad: Du, Frank?
Frank: Nö, ich auch nicht.

Am nächsten Tag kamen Dutzende von Äpfeln, Orangen, Birnen und Bananen aus Glas, kistenweise, und von da an erdachte Patsy die Probleme der Bensons für karitative Zwecke. Für den jährlichen Wohltätigkeitsbazar des Ebenezer-Heims im Frühling ging Dad mal an einem Sonntag mit einem Blech voller frischer Haferplätzchen von Jo zum Haus der Witwe und zerriß sich seinen besten Anzug, als er, von einem Hund verfolgt, über einen Zaun sprang, und der Sender erhielt innerhalb von vier Tagen mehr als einhundert tadellose Anzüge. Im Herbst, als die Heilsarmee warme Mäntel brauchte, ging Dad in einer

Folge mit Klein Becky nach Minneapolis und aß dort mit ihr im Forum zu Mittag, und jemand stahl Dads Mantel, und Becky sagte: »Eines Tages werde ich mal *Rechtsanwältin* und stecke diese Leute ins Gefängnis«, und Dad sagte: »Nein, Krümelchen, die meisten Menschen haben im Grund ein gutes Herz. Dieser Mann braucht ihn bestimmt nötiger als ich, das ist alles.« Und innerhalb weniger Tage türmten sich die Mäntel in der WLT-Lobby zu Hunderten, und Dad schickte sie der Mission. Natürlich waren die meisten Mäntel Größe 54 oder noch größer, weil die Leute Dad für einen großen Burschen hielten, aber wie Dad sagte, in der Not darf man nicht wählerisch sein.

Für die Sammelaktion des Heims zum Bau einer Freizeithalle traten mehrere finanzielle Krisen ein – ein plötzlicher Hagelsturm, der die ganze Maisernte vernichtete, eine gestohlene Brieftasche, ein betrügerischer Börsenmakler, eine dringende Operation für den Hund Buster –, und das Geld floß in Strömen.

☆ ☆ ☆

Für Ray war all das Gute, das die Serie bewirkte, keine Entschädigung für Marjerys Anwesenheit im Haus. Eines Tages kam sie hinter ihm hergetrippelt und sagte in ihrer Klein-Becky-Stimme: »Wie kommt es, daß Ihre Hosen vorne so ausbeulen, Mister? Kann ich mal sehen?« Er zog sich schnell in sein Büro zurück, sperrte die Tür hinter sich ab und schrieb Patsy eine Notiz: »Zum letzten Mal, schmeiß die Kleine raus. Sie ist eine unerträgliche Pißnelke. Verpaß ihr Malaria oder irgendwas. Sie könnte an einem infizierten Zahn sterben wie F. W. Woolworth. Das würde die Zuhörer ermutigen, zum Zahnarzt zu gehen. Ich persönlich hätte am liebsten, wenn sie an infizierten Hämorrhoiden sterben würde, wie James H. Hill, aber vielleicht würde Dad darauf empfindlich reagieren.«

Ein paar Wochen lang saßen Dad und Jo und Frank in der geräumigen, sonnigen Küche und unterhielten sich, und Klein Becky war abwesend – in der Schule vermutlich –, und während Jo Suppe und Sandwiches zubereitete, nahm sie auf irgendeine pfiffige Bemerkung Bezug, die das Kind beim Frühstück gemacht hatte. »Sie ist ein schlaues kleines Kerlchen«, bemerkte Frank. »Hat eine Menge auf dem Kasten, die Kleine, soviel ist sicher. Möchte wissen, ob ihr Vater jemals wiederkommt, dieser nichtsnutzige –«, und Dad unterbrach ihn. »Ein jedermann besitzt Menschlichkeit, Frank«, sagte er. »Und dieser Mann muß mehr bemitleidet als beneidet werden. Wie mein Vater immer gesagt hat: Der Zornige trinkt sein eigenes Gift.« Nun, dagegen konnte Frank nichts einwenden. Bald war es Zeit für den mittäglichen Choral. Und als sie dann um den Mittagstisch versammelt waren in dem kleinen weißen Häuschen unter der großen Eiche am Ende der Straße, ihrem bescheidenen Heim, einem Ort wie kein anderer, sprach Dad ein kurzes Gebet und warf noch ein Wort des Dankes ein, daß Becky zu ihnen geschickt worden war. »Amen«, sagte Frank. »Ich sollte es nicht sagen, aber ich wünschte, der Mann würde nie wiederkommen«, sagte Jo.

Aber Ray ließ nicht locker. Er wollte das Kind raushaben. Kinder, erklärte er Patsy, waren von Natur aus unzuverlässige Wesen, und wenn man ein Kind zum Star einer Serie machte, dann baute man auf Treibsand. Kinder waren sprunghaft und launisch, unreif, schnell verdorben, wenn man ihnen zuviel Aufmerksamkeit schenkte, und sie waren im Nu erwachsen und nicht mehr zu gebrauchen. »Kinderdarsteller sind Monster, alle miteinander«, sagte er. »Du machst aus diesem Kind einen zweiten Skipper.« David (»Skipper«) Drake war ein sechs Jahre alter Steptänzer aus St. Paul, der von Marguerite Montez entdeckt und nach Hollywood gebracht worden war und dort kokainsüchtig wurde und seine Mutter vom Santa-Monica-Pier warf.

Und so wurde Klein Becky in der Woche darauf furchtbar krank, und Dad geriet ziemlich in Panik, zumal Jo und Frank mit dem Auto nach Michigan gefahren waren und kein Geld für einen Spezialisten da war – und schließlich streckte der Tod seine Hand nach ihr aus, und mit einundvierzig Grad Fieber stammelte sie irgendwas über Engel und helle, himmlische Erscheinungen – »Onkel Dad, Onkel Dad, sie haben so schöne Gesichter«. Marjery sprach durch ein Badetuch, um die schwache Stimme eines sterbenden Kindes nachzumachen, und Dad sagte mit erstickter Stimme: »Herr, ich habe nie an Dir gezweifelt bis jetzt, aber – wie kannst Du dieses Kind so leiden lassen? Herr, nimm sie heim zu Dir oder laß ein Wunder geschehen, aber bitte, Herr, tue es bald.« Die Schaltzentrale war blockiert von schluchzenden Anrufern – mehr als 20000 Dollar kamen in einer Woche für die Kinderabteilung des Abbott Hospital zusammen. Beckys Fieber hielt an. Sie brabbelte über Nimbusse und Auren und Ganzheit und Reinheit. Einige Tage später ließ sich Ray erweichen und gab Marjery einen Sechsmonatsvertrag, und am nächsten Tag platzte Dr. Jim mit einem nagelneuen, von der Stadt eingeflogenen Serum zur Tür herein. Buster bellte vor Freude, und Jo und Frank kamen zurück mit einem stattlichen Sümmchen, das ihnen ein Onkel in Michigan vermacht hatte, von dessen Existenz sie bis dahin nichts gewußt hatten, und Becky sagte: »Onkel Dad, wieso weinst du?« »Ach, kümmer dich gar nicht drum«, murmelte er. »Ich bin nur ein närrischer alter Mann, das ist alles. Und manchmal wünschte ich, ich wäre gescheiter. Es scheint, das Leben ist halb vorbei, bevor wir verstehen, worum es geht. Aber du mach jetzt die Augen zu und schlaf.«

BECKY: Wieso ist Dr. Jim hier?
JIM: Bin nur vorbeigekommen, um zu sehen, ob es meinem Mädchen gutgeht.
DAD: Ruh dich jetzt aus, Schätzchen.
BECKY: Onkel Dad?
DAD: Ja?
BECKY: Der Himmel ist das Schönste, was ich je gesehen habe. Er leuchtete ganz hell und sternengeschmückt und war voller Musik wie eine Kirmes, nur daß die Fahrten umsonst waren, und Jesus war dort und ganze Heerscharen von Engeln, und niemand war traurig oder weinte, überall war

nur Fröhlichkeit, aber trotzdem bin ich froh, daß sie mich wieder zu dir zurückgeschickt haben, Onkel Dad.

Dad: Ich bin auch froh, Krümelchen. Ruh dich jetzt aus, Schätzchen. Ich bleibe hier bei dir am Bett sitzen und halte deine Hand.

Becky: Oh, und da war eine sehr nette Frau, die gesagt hat, ich soll dich grüßen. Ihr Name war auch Benson. Florence Benson.

Dad: Mom!

Er rief im Altenheim an und erfuhr, daß Mom vor wenigen Minuten friedlich aus diesem Leben geschieden war. Als erste kondolierte Miss Judy, die eine Schüssel mit frischem Bananenbrot und Beckys Geographieaufgaben (Südamerika) mitbrachte und eine Kanne Kaffee kochte und zu Dad sagte, er könne gerne jederzeit auf sie zählen.

☆ ☆ ☆

WLT bekam tonnenweise Briefe, und Patsy bekam eine Notiz von Ray: »Du hast gewonnen, aber fürs erste keine Sterbebetten mehr. Ich bin auch nicht mehr der Jüngste.« Und Ray bekam einen Brief von Katherine Doud (Mom), die erbost war, weil ihre Rolle einfach gestorben war, und die Ray nun mitteilte, daß Dad ihr versprochen hatte, Mom würde im Heim bleiben, bis sie, Katherine, von der Flasche weg war. »Er ist ein gemeiner, dreckiger Lügner und ein Betrüger, und vielleicht wird es Zeit, daß Sie erfahren, daß er eine Affäre mit Faith Snelling, Dales Frau, hat«, schrieb sie. Dad? In der Kiste mit Jo? Ray schickte Katherine etwas Geld und sagte ihr, wenn sie endgültig mit dem Trinken aufhörte, könnte sie für eine Episode als Beckys Mom aus New York zurückkehren, die nach Elmville kommen würde, um das unglückliche Kind wieder mit nach Hause zu nehmen. Er würde sie anständig dafür bezahlen.

Wenn die Fans Becky vorher geliebt hatten, so waren sie

nach ihrer schrecklichen Krankheit geradezu verrückt nach ihr. Sie backten Hunderte von Kuchen und Torten für sie, genug, um die alten Herrschaften im Ebenezer-Heim wochenlang satt zu machen, und Becky bekam säckeweise Post.

Die meisten Briefschreiber sprachen Gott ihren Dank aus, rieten ihr, sich warm anzuziehen, und sagten ihr, daß sie ihre liebste Darstellerin im Radio sei, aber aus Mindren, North Dakota, kam eines Tages ein anderer Brief. Darin stand:

16. August 1939

Liebe Becky,
mein Name ist Francis With, ich bin fast elf Jahre alt, und ich wohne in Mindren mit meiner Mutter und meinem Vater, meiner Schwester Jodie und meinem Großpapa. Wir alle hören uns jeden Tag während des Mittagessens Deine Sendung an und finden sie ganz passabel. Mein Onkel Art arbeitet für WLT. Vielleicht hast Du bereits seine Bekanntschaft gemacht. Er heißt Art Finn.

Ich fände es recht wünschenswert, wenn Du und Dad eine Reise nach New York City machen und dort eine Woche verbringen würdet. Ihr könntet eine herrliche Zeit verleben, und es wäre sehr aufschlußreich für uns Hörer. Wie es heißt, ist New York eine aufregende Stadt.

Mein Großvater ist Däne, geboren in Aalborg, und falls Mr. Benson wünschen sollte, die Geschichte von Großvaters Reise hierher und wie er meine Großmutter (inzwischen tot, leider) kennengelernt hat, in die Serie mit einzubeziehen, wäre es mir eine Freude, Dir die Geschichte zuzusenden. Bitte laß mich oder Art Finn wissen, ob das genehm wäre. (Es ist eine gute Geschichte.)

Hochachtungsvoll
Francis With

Der Brief kam bei WLT in der Tasche des Schreibers an. Es war seine erste Reise nach Minneapolis, seine erste Reise überhaupt allein, und er trug eine blaue Jacke und eine rote Krawatte, dem besonderen Ereignis zu Ehren, und einen Krawattenhalter aus Straß. Onkel Art und Tante Clare holten ihn am Busbahnhof ab und nahmen ihn mit nach Hause, und am nächsten Tag gingen er und Art auf die Spitze vom Foshay Tower, einunddreißig Stockwerke hoch, und standen auf der Aussichtsplattform, vom Wind gebeutelt, und blickten über die grün bewaldete Stadt bis Lakes Calhoun und Harriet und Nokomis und noch weiter bis zu den Farmen von Hopkins und Richfield, und dann gingen sie zu WLT.

»Das hier also ist mein Radiosender, Franny. Hier arbeite ich. Das ist meine Abteilung. Die leite ich«, sagte Art, als er auf den Parkplatz hinter dem Hotel Ogden einbog und dem Wächter zuwinkte.

»Ich weiß«, sagte Francis.

Sie gingen die Hintertreppe hinauf, am Ballsaal vorbei mit der großen, leeren Holzbühne und den tausend leeren Sitzen, und hinauf zum zweiten Stock, um sich *Der freundliche Nachbar* vom Regieraum aus anzusehen.

»Sei nicht allzu schockiert«, sagte Art. »Klein Becky ist nicht so klein.«

Aber Francis war von allem wie benommen – *Dies war der Ort, wo alles herkam.* Da waren die Toningenieure am Regiepult, drei an der Zahl, einer, um die großen schwarzen Lautstärkeregler zu bedienen, einer, um die Plattenteller zu betätigen und den Einsatz für die Werbespots zu geben, und ein großer, dicker Mann hinter einem Pult mit einer grünen Bogenlampe obendrauf, der über ein Mikrophon an einem Messingring um seinen Hals mit dem Geräuschemacher im Studio sprach. Das Studio war klein, hatte grüne Wände wie eine Toilette, und die Akteure mußten sich umeinander herumquetschen, um ans Mikrophon zu gelangen, wo sie dann tolle Grimassen schnitten, ihren Text sagten und wieder zurücktraten, abschlafften, gähnten, Kaffee tranken, die Morgenzeitung überflogen. Jo und Dad sahen ungefähr so aus, wie er sie sich vorgestellt hatte, aber Frank war viel jünger, und Becky war natürlich gar nicht klein. Sie war ein plumper Teenager mit großen Füßen, rauchte eine Camel und rollte mit den Augen. Aber sie sah lustig aus, und er hatte noch immer die Absicht, ihr den Brief zu geben.

»Kennst du Klein Buddy?« fragte er Art während einer Reklame für Milton-Kings medizinisch behandelten Mulch. Sicher, natürlich kannte er ihn. Klein Buddy war acht, er und sein Dad, Slim Graves, sangen in *Der freundliche Nachbar*, sie lebten im Haus neben den Bensons. Jo und Frank und Dad – Art kannte alle diese Leute. »Dad und ich spielen jeden Freitagabend Cribbage«, sagte er. *Wirklich?*

»Klar. Dad hat mich sogar mal in einer Episode den Stadtpolizisten Rudy spielen lassen. Hast du die nicht gehört? Wo Dads Hund, Buster, in Jensens Abfall herumschnüffelt und Mrs. Jensens Ehering im Kaffeesatz findet?« *Wirklich? Das warst du?*

»Klar. Und der Mann da – das ist Dads Bruder Wilmer, der seinen alten Neger-Angelfreund Tiny spielt.« *Wirklich?* Der Mann mit dem traurigen Gesicht und dem kleinen braunen Filzhut und dem braunen Anzug?

Und eine Minute später waren sie wieder auf Sendung, und der Mann mit dem traurigen Gesicht grinste und sagte: *Hilft nich, sich viel Sorgn zu machn, Missah Dad. Hat kein Sinn nich. Sag ich imma. Ich sag, maches Beste draus, geht nich anners. Un such dir 'n nettes Mädl. Un vagiß nie, angeln zu gehn. Hi hi hi hi.*

»Klar, das ist Dads Bruder, der Tiny spielt. Sogar Dads Frau, Beatrice, ist manchmal dabei, sie spielt Mildred, Dr. Goodrichs Krankenschwester.«

»Ich dachte, Dads Frau heißt Katherine.«

»Nee. Du meinst Katherine Doud. Sie ist die Schauspielerin, die Mom spielt, oder spielte, aber dann ist sie zum Schluckspecht geworden. Liegt bloß noch in ihrer Wohnung im Antwerp rum, voll bis an die Kiemen. Hübsche Frau, aber eine richtige Schnapsdrossel.«

Die Sendung ging zu Ende. Francis schrieb »Schluckspecht« und »Schnapsdrossel« in sein Notizbuch für neue Wörter. Er versuchte, fünf pro Tag zu lernen. »Laß uns reingehen und Tag sagen«, sagte Onkel Art, die Hand an der Studiotür. »Nein«, sagte Francis in einem Anfall von Schüchternheit. »Bitte nicht.« Also ging Art alleine rein. Francis hörte sie drinnen lachen, und Art kam wieder raus. Sie fuhren mit dem Fahrstuhl hinunter zur Lobby, die von Fans überfüllt war. »Sieh dir die Schmeißfliegen an«, murmelte Art. »Der ganze Laden ist voll davon.« Die Leute warteten, zwanzig oder dreißig, standen bescheiden hinter einem Seil, ruhig, lächelnd, hoffnungsvoll wie Arbeitssuchende oder Waisenkinder. Manche von ihnen hatten Geschenke dabei, handgestrickte Socken oder Beutel mit Gemüse. Sie warteten fast bewegungslos, während die Minuten verstrichen, und dann ging plötzlich der Fahrstuhl auf, und da war Dad. Alle klatschten, und er tauchte unterm Seil durch und begab sich in ihre Mitte. *Tag, Dad.* »Hallo. Wie geht's?« *Prima. Wirklich gut.* »Das ist schön.« *Fabelhafte Sendung heute.* »Danke.« *Haben Sie einen Moment Zeit?* »Aber sicher. Ich habe immer einen Moment Zeit.«

»Wie geht es Ihrem Rücken?« fragte eine Frau.

Dad schaute verwirrt drein. Sie sagte: »Sie haben ihn letzte Woche überanstrengt, als Sie Pop Simons Wagen aus dem Schnee geschoben haben.«

»*Oh*«, sagte er. »Mein *Rücken.* Ja, ist wieder besser. Nur ein bißchen verspannt. Dachte, Sie hätten nach meinen ›Mücken‹ gefragt und hab überlegt, was Sie meinen.«

Ein alter Mann schüttelte Dad heftig die Hand und sah ihm tief in die Augen. »Glauben Sie, daß Herman jemals wiederkommt? Wir vermissen ihn sehr.«

»Oh, das wird er ganz bestimmt. Schön, daß Sie gekommen sind«, murmelte er. »Aber wessen Mann genau meinen Sie?«

»Glauben Sie wirklich, daß Herman zurückkommen wird?«

»Herman! Nun, wir werden's abwarten müssen.« Er signierte sämtliche Stückchen Papier, die sie ihm hinhielten. Er legte seinen Arm um eine alte Dame und sagte: »Das ist das Beste an der Radiobranche, daß man mit schönen Frauen so eng in Berührung kommt.« Sie wurde rot. Er schüttelte ihrem Mann die Hand und nickte und strahlte und drückte Ellbogen und tätschelte Köpfe und kumpelte herum. Er signierte ein Autogrammbuch, posierte für einen Schnappschuß.

»Wird Becky noch runterkommen? Wir würden sie so gerne sehen.«

Dad schüttelte lächelnd den Kopf. »Sie ist ein bißchen schüchtern, wissen Sie. Und sie mußte schnell wieder in die Schule zurück. Aber sie hat mir aufgetragen, Sie alle zu grüßen und für Ihre Briefe zu danken.«

»Was ist mit Carl...?« fragte eine Frau. »Carl Farnsworth? Von der Mercantile-Filiale?«

»Richtig«, sagte Dad. »Carl.«

»Er war doch mit Myrt verheiratet. Sie hat vor einer ganzen Weile mal im Schönheitssalon gearbeitet?«

»Richtig. Myrt.«

»Aber heute haben Sie erwähnt, daß Carl mit Margaret nach Little Rock fährt. Er ist doch noch nicht geschieden, oder?«

»Nein, natürlich nicht. Nein, sie sind nie glücklicher gewesen. Nein, das war nur meine Schusseligkeit. Ich muß an Margaret Donohue von der Bank gedacht haben.«

»Donovan«, sagte eine Frau im Hintergrund.

»Natürlich. Prächtiges Mädchen.«

»Wir haben sie schon lange nicht mehr gehört. Sie hat doch nicht die Stadt verlassen, oder?«

Nein, sagte Dad, es gehe ihr gut. Allen gehe es gut. »Wie geht es euch?« fragte er die Kinder, die nach vorne geschubst wurden, um ihn zu begrüßen, und sie murmelten: »Gut.« Und er beugte sich runter und sagte: »Es tut mir sehr leid, aber ich vergesse immer deinen Namen« zu einem Mädchen mit Shirley-Temple-Locken – sie wand sich vor Freude. »Peggy«, flüsterte sie. *Peggy. Was für ein hübscher Name. Was für ein Glück du hast.* Er bahnte sich seinen Weg durch die Menge und kam schließlich zu Francis, der geradewegs auf Dads breiten roten Schlips mit den Sonnenblumen blickte. Dad schaute zu ihm hinunter. »Laß mich raten, wie alt du bist«, sagte er und blinzelte angestrengt und drückte Francis' magere Schultern und sagte: »Dreizehn Jahre! Siebte Klasse! Nein?«

»Ich bin fast elf. Ist Becky noch oben?« fragte er.

»Sie ist schon weg, mein Junge.« Dad kniff die Augen zusammen. »Bist du nicht oben im Regieraum gewesen?«

»Doch«, flüsterte Francis. »Könnten Sie ihr das hier geben?« Er hielt Dad den Umschlag hin, und im selben Moment, als er ihn überreichte, fielen ihm lauter neue Sachen ein, die er ihr und Dad sagen wollte. Er wollte, daß sie alles über ihn erfuhren. Er wollte sie nach Mindren einladen, um ihnen Daddy und Mutter vorzustellen und um ihnen sein Zimmer zu zeigen und sie in seiner Schule vorzustellen. Alle würden klatschen, und Dad würde aufstehen, strahlen und sagen: »Ich danke euch, Jungs und Mädels, und ich danke unserem guten Freund, Francis With, daß er uns hierher eingeladen hat.« *Unserem guten Freund Francis With.*

Kapitel 11
Mindren

Francis With fuhr mit dem Empire Builder am Sonntag zurück nach Jamestown, wo Daddy ihn abholte. Sie waren um zehn Uhr wieder daheim in Mindren, und am nächsten Morgen ging Francis in die Schule. Er erzählte allen, daß er WLT besucht und Dad Benson gesehen hatte, aber niemand glaubte ihm. Wie gewöhnlich verließ er die Schule um Punkt zehn Minuten vor zwölf mit seiner Schwester Jodie und rutschte um eine Minute vor zwölf auf den Küchenstuhl, genau rechtzeitig für die WLT-Melodie, die *Der freundliche Nachbar* ankündigte. Die Musik klang wie Mutters große Wanduhr, die in der Diele gongte, und daher hatte er sich immer vorgestellt, daß die Bensons in einem düsteren alten Haus lebten, so wie sie, und daß ihr Küchentisch ebenfalls mit einem blaukarierten Wachstuch bedeckt war und neben dem Fenster stand, das auf den matschigen Hinterhof hinausblickte, und daß ihr Linoleumboden auch blaßgrün war und ihre Treppe nach Putzmittel mit Tannenduft roch und die Tapete ein Vergißmeinnicht-Muster hatte und daß sie einen Pißpott aus weißer Emaille benutzten, wenn sie nachts mal mußten. Jetzt, da er das Studio gesehen hatte und wußte, daß nichts davon stimmte, fand er die Sendung noch aufregender. Und er weigerte sich, Jodie zu erzählen, wie Klein Becky aussah. Das war jetzt sein Geheimnis.

Francis war zehn Jahre und vier Monate alt. Dank der regelmäßigen Lektüre des Heftes *Die Kinderstunde* und seiner Mitgliedschaft in dessen Wortklub war er schon recht gescheit. Die Wörter purzelten nur so in seinem Kopf herum: *unverfroren, jovial, pompös, korpulent.* Mittags nahm er ein Wurstbrot zu sich, zwei Scheiben auf Weißbrot, leicht gebuttert, einen Teller Campell's Hühnernudelsuppe und ein Glas Milch; er konnte nichts anderes vertragen als das. Er konnte keinen anderen Sender anhören als WLT.

Um zwölf Uhr stellte Daddy seine große Taschenuhr nach

dem WLT-Sendezeichen, ließ den Deckel zuschnappen und steckte sie wieder in seine Westentasche. Mutter stellte die Brote und die Suppe auf den Tisch, Daddy sprach das Tischgebet, und sie aßen alle schweigend und lauschten, außer Großpapa, der nicht mehr ganz richtig im Kopf war und außerdem taub. Großpapa rief sie zu Tisch, indem er schrie: »Vootsie, vootsie, vootsie!«, und setzte sich dann in seinen geflochtenen Schaukelstuhl und redete mit sich selbst auf dänisch, während Francis seine neuen Wörter anwandte.

»Gib mir bitte das Salz«, sagte Jodie.

»Ich bin äußerst *willfährig* und *beflissen*, dir das Salz zu reichen«, sagte Francis.

»Dann gib schon her.«

»Bist du nicht ein bißchen *impertinent*?«

»Du bist absolut unmöglich.«

»Du bist sehr *wahrnehmungsbegabt*«, sagte Francis.

Es war keine so gute Episode an diesem Tag. Becky war nicht dabei und Jo auch nicht. Dad und Frank tauschten die meiste Zeit Anglergeschichten aus. Dad ließ die Suppe anbrennen. Nachdem er und Frank »Auf Wiedersehn, Wiedersehn alle miteinander« gesagt hatten, kam ein Evelyn-Kuchen-Werbespot, und dann brüllte eine hohe, heisere Stimme: »Kommt her und greift zu!«, und die Excelsior-Bäckerei präsentierte ihnen *Das WLT-Mittagsmagazin Kunterbuntes* mit Jim »Pfeifer« Wheeler und seiner Männerband, Elsie und Johnny, »Eiscreme«-Cohen, Norma Neilson und Fargo Bill, den Olsen-Schwestern, Jens Hansen, der Nordischen Nachtigall, und am Mikrophon Leo (»Im Dutzend billiger«) LaValley. »Au, Mann«, kreischte er, »da haben wir heute wieder was Gutes für euch, Freunde! Das erinnert mich an den alten Schweden, der mal einen Witz gehört hat, der so gut war, daß er beinahe gelacht hätte. Laßt uns loslegen mit ›Klatsch ihn auf den Po, dann lacht er immer so‹, okay? Was meint ihr, Jungs!« Die Männerband schrie: »Haut rein!«, und Jim warf seine Fiedel an, und sie spielten das Popo-Lied, und dann sang die Nordische Nachtigall:

Oh cha, tu biest mein, Tina, und biest sso ssöhn,
Iech fill ssterben, oh cha, wenn tu nicht bei mir biest.
Cha, iech hab tich sso ssehr vermißt, oh cha, sson sseit
November.
Oh cha, und venn iech an tich tenke,
Wossu brauche iech tann noch Vhisskey?

Das machte Großpapa putzmunter. An schlechten Tagen dachte Großpapa, er wäre daheim in Aalborg als junger Mann, und an guten Tagen war er in Aalborg als kleiner Junge. Die Nordische Nachtigall drang irgendwie durch Großpapas Taubheit, und er beugte sich über seinen Zwieback und murmelte: »Hvad laver de? Hvad siger de?« *Was machen die? Was sagen die?* Ganz ruhig, sagte Daddy und legte seine Hand auf die von Großpapa. Wenn Norma und Bill sangen »Im Tal des Red River« oder »Schöne braune Augen« oder ein anderes Lied, das er kannte, drehte Daddy das Radio laut und sang mit, und wenn »Pfeifer« Jim eine Square-dance-Nummer spielte, stellte Daddy Jodie oder Francis auf seine Füße und tanzte mit ihnen durch die Küche. Großpapa sagte: »Ja, ja, ja« und lächelte in seine Suppe hinein. Mutter mochte Leo und seine Witze. »Ich kann mich schon eine Minute später nicht mehr an einen Witz erinnern, den ich gerade gehört habe«, sagte sie und wischte sich die Augen vom letzten trocken, und natürlich hatte sie längst die Pointe vergessen, und Francis mußte sie ihr wiederholen: »Eine Frau sagt zu ihrer Freundin: ›Wenn ich Kaffee trinke, kann ich nicht schlafen.‹ Und die Freundin sagt: ›Komisch, bei mir ist es genau umgekehrt, wenn ich schlafe, kann ich keinen Kaffee trinken.‹«

Um halb eins kam Dad Benson wieder und las die Nachrichten vor, und Daddy saß dabei und schärfte sein Taschenmesser an einem Stein, und dann kam wieder *Kunterbuntes*, und um ein Uhr war *Unterwegs im Ballon* dran, eine langweilige Serie, aber besser als Schule, und um ein Uhr fünfzehn *Das süße alte Lied der Liebe*, das sich Mutter anhörte und auch Daddy, wenn er zu Hause war. Daddy war Ingenieur bei der Great-Northern-Eisenbahngesellschaft und arbeitete in der Frühschicht und aß sein Frühstück am Mittag.

Francis und Jodie konnten die Sendungen nur hören, wenn die Schule aus war oder wenn sie krank waren; sonst gingen sie um eins wieder in die Schule. Sie brauchten eine Minute dorthin, und nur eine halbe, wenn sie rannten. Wenn der Ansager sagte: »Gehen Sie nicht weg, Freunde! Wir sind gleich wieder da!«, stürzte Francis schon zur Tür hinaus, aber natürlich blieb das Radio auf siebenhundertsiebzig eingestellt, daran brauchte Francis niemand zu erinnern. Ihr Frequenzanzeiger stand wie festgeklebt auf WLT wegen Onkel Art. WLT war ihr Familiensender.

Onkel Art war sein Lieblingsonkel. Er fuhr einen nagelneuen Chrysler, zweifarbig. Er trug einen blauen Anzug mit einem Tüchlein in der Brusttasche und rauchte Stumpen. Er blies Rauchringe, die sich entweder im Uhrzeigersinn oder entgegen dem Uhrzeigersinn und manchmal in beide Richtungen drehten und eine Acht bildeten, und er konnte Rauch aus seinen Ohren rauskommen lassen. Er spielte Billard und wettete bei Pferderennen. Er konnte auf zwanzig Fuß Entfernung Karten in einen Hut flippen, eine nach der anderen, entweder mit der Bildseite nach oben oder nach unten, und wenn man sagte: »Welche Karte?«, antwortete er, noch während sie flog: »Kreuz-Neun!«, und für gewöhnlich stimmte es. Art wußte von jeder Karte, wo sie im Packen steckte: Er mischte Karten so, wie ein Briefträger die Post sortiert. Er brachte Franny Gin Rommée bei, Whist, Lowball Poker, Firehouse Poker, German Poker und Cribbage. Er arbeitete nicht so schwer wie Daddy. »Was du heut' nicht magst besorgen, das verschieb getrost auf morgen«, war Arts Motto. Er konnte zaubern und ließ Münzen verschwinden und dann aus deinem Ohr wieder rauskommen, und er ließ sein Tüchlein verschwinden und dann in deiner Tasche wieder zum Vorschein kommen, und wenn man ihn an seinem kleinen Finger zog, ließ er einen kurzen, leisen Furz fahren. Man konnte sich darauf verlassen. Art hatte immer einen Trick auf Lager.

Onkel Art hatte mal die Chance gehabt, nach New York zu gehen mit Jack Benny, den er während seiner Zeit als Direktor vom Shubert Theater kennengelernt hatte, aber aus Treue zu seinen Kameraden war er in Minnesota geblieben und hatte die Gelegenheit sausenlassen. »Er hätte seine eigene Show haben können in New York«, sagte Tante Clare.

»Der Dummerjan hat die Chance vertan«, sagte Art.

Sie sagte: »Er hat eine *so* starke persönliche Ausstrahlung und Humor und eine hübsche Singstimme – er könnte da oben zusammen mit Jack Benny stehen.«

»Jack Benny brauchte keinen Mandolinenspieler. Er war selbst einer«, sagte Art.

Da er die Familie Benson persönlich kannte, wußte er, wie es bei ihnen zu Hause aussah und was ihnen Spaß machte, und Francis wollte ihn darüber irgendwann mal befragen. Francis wollte auch wissen: »Können auch andere Familien ins Radio kommen?« Einmal war Art in *Unterwegs im Ballon* Bessies Bruder Clyde, der beim Aufsteigen des Ballons die Seile losmachte und hinterherrief: »Glückliche Landung! Und fallt nicht auf faule Tricks rein!«, und Francis stellte sich vor, daß Bud und Bessie aus dem Ballon ausstiegen und die Familie With einstieg, aber wenn sie ihre eigene Show hätten, was würden sie dann mit Großpapa machen? Er müßte mit ihnen in der Show auftreten, aber wer würde Großpapa verstehen, außer seiner eigenen Familie? Eine Familie mit Großpapa dabei würde es sehr schwer haben, ins Radio zu kommen.

☆ ☆ ☆

Oben, am Ende des dunklen Gangs mit den drei Schlafzimmern, war das Nähzimmer, wo Francis seinen Schreibtisch hatte und Hausaufgaben machte. Vor dem großen Fenster war der Sheyenne River, die Public School von Mindren, die St.-Bonifazius-Kirche und die Gleise der Great-Northern-Eisenbahn. Die Withs besuchten nicht den Gottesdienst in St. Bonny, da Mutter Lutheranerin war, doch ansonsten enthielt der Ausblick den größten Teil der bekannten Welt, die mit schwarzer Dachpappe gedeckten Häuser der Geschäfte in Mindrens Innenstadt, die aufragenden Schornsteine und die Hunderte von kleinen Häusern drum herum. Die Zahl der Einwohner von Mindren betrug vierhundertneununddreißig, und keiner war reich wie Bud und Bessie oder Mr. Hollister. Es gab so viele reiche Leute in WLT, wie die Erbin Mrs. Aldrich Bryant Colfax, die in der Folge *Ein schwarzer Tag* an einem Januartag in Johnson Corners auftauchte und die an Amnesie litt, ausgelöst durch ein furchtbares Erlebnis: Ihr Baby war erdrosselt worden, als sich sein kleiner Wollschal in den Rädern des Kinderwagens verfangen hatte, während Mrs. Colfax ihn, ohne etwas zu merken, beim Schaufensterbummel die schicke Fifth Avenue entlangschob. Jetzt redete sie unzusammenhängend, weinte, war halb erfroren, zerquält von Kummer wegen *irgend etwas*, an das sie sich nicht mehr erinnern konnte, und mußte wieder gesund gepflegt werden von Mildred, der Pfarrersfrau, die die schreckliche Geschichte einem Zeitungsausschnitt entnommen hatte, der aus Mrs. Colfax' Handtasche gefallen war. Endlich, nach Wochen, wurde Mrs. Colfax *tatsächlich* wieder gesund, und sie vermachte der Bücherei eine große Summe Geld, das der dummen Mrs. Hooley an ebendem Tag in eine Schneewehe fiel, als ihr Playboy-Freund Emerson Dupont kam, um sie in einem langen schwarzen Packard abzuholen und einen Schwall genäselter Vokale auszustoßen – und sie preschten los, und das Geld war verloren, und es blieb nichts weiter zu tun, als auf den Frühling zu warten und das Beste zu hoffen.

Wenn nun ein reicher Mann nach Mindren käme? Francis stellte sich das oft vor. Es würde lustig zugehen, wie beim Zirkus, und Bands würden spielen, und der Mann würde lachen und Geld auf der Schultreppe verteilen, 100 Dollar für jeden, und Francis würde seine fürs College sparen. Aber in Wirklichkeit war der einzige reiche Mann, der je einen Fuß in die Stadt Mindren gesetzt hatte, Myron Mindren selbst gewesen, der Mann, der 1884 nach North Dakota gekommen war, ein Stück Land von der Eisenbahngesellschaft gekauft, es stadtgerecht parzelliert und die Grundstücke für einen gepfefferten Preis verkauft und sich in Windeseile nach San Francisco abgesetzt hatte.

Wenn er Geld hätte, dachte Francis, würde er sein Vermögen nach Minneapolis mitnehmen und dazu benutzen, Gutes zu tun.

☆ ☆ ☆

Mindren. Der Name war ein Nuscheln, unmöglich mit Würde auszusprechen. Man erzählte sich von Myron Mindren, er habe so furchtbar genuschelt, daß seine Käufer den Preis für die Parzellen und die Kaufbedingungen mißverstanden hatten: sie dachten, Mindren hätte gesagt, daß *er* für die Schule und den Park und das Opernhaus bezahlen würde, und es gab Überlegungen, ein Aufgebot nach San Francisco zu schicken, um ihn zurückzuholen. Aber dann erreichte sie die Kunde, daß sein Vermögen weg war, untergegangen mit der *Mary Jane*, die in einem Hurrikan gesunken war, und daß Mindren selbst, nachdem er gesehen hatte, wie der Mann von der Bank seine Neunzehn-Zimmer-Steinvilla auf Nob Hill zusperrte, zu Fuß in Richtung Alaska verschwunden war. Doch in der Prärie von North Dakota hatte er sich unsterblich gemacht mit einem Fleckchen, das im Sommer von der Sonne gegrillt und mit Staub überdeckt wurde und in langen, dunklen Wintern bitterer Kälte standhalten mußte. Aus dem Opernhaus wurde Mindren Transport & Transfer, und der große Vierzigtonner parkte mit der Schnauze nach vorne unter dem, was vom Bühnenbogen noch übriggeblieben war: eine Umrandung aus Gipsblättern und Gipsfrüchten und ein verstaubter Engel und eine verblaßte norwegische Inschrift: »Ej Blot Til Lyst«. *Nicht nur zum Vergnügen.*

Wenn er reich wäre, würde Francis für sie alle fünf eine Villa in Minneapolis kaufen und ein Klavier und ein Pony. Aber sie würden gute Menschen bleiben, nicht so hochnäsig werden wie die reichen Leute bei WLT. Die Radioshows fanden an unbedeutenden Schauplätzen statt wie Elmville, Lakeville, Park Rapids, Parkerville, aber es kamen oft reiche Leute dorthin und kriegten ihre wohlverdiente Strafe. In *Hügel der Heimat* etwa blieb ein hartherziger Millionär in Forestville wegen einer Überschwemmung liegen, die den Highway überflutet und sein Sportcoupé wie ein Spielzeug weggespült hatte, und er lernte den Segen der Geduld kennen und erfuhr, daß Schmerz, sobald er vergangen ist, zum süßen Wohlgenuß wird. Er saß in Mutter Sundbergs Küche, durchnäßt, frierend und in eine Decke gewickelt und trank heißen Kaffee und holte tief Luft und sagte: »Das Leben war noch nie so gut zu mir wie in diesem Augenblick, gute Leute.« Und das war sein Ernst. Ein aufgeblasener Adeliger wie der Duke von Worthington kam mitten in der Nacht an, schrecklich geplagt von einem Gichtanfall, nachdem er sich mit Gänseleber vollgestopft hatte, und er wurde hinüber zu Doc Winegars Praxis gebracht und kostenlos mit einem guten Vortrag über Morgen-ist-auch-noch-ein-Tag bedacht und darüber, wie anderen zu helfen von den eigenen Sorgen ablenkt. »Ich nehme an, wir stellen in Ihren Augen nicht viel dar, Eure Lordschaft, ein kleines Nest mit einem Häuflein Menschen, die nicht viel von Büchern oder Theaterstücken oder Gemälden verstehen, aber über das Leben wissen die Menschen hier so einiges«, und der Duke räusperte sich und sagte: »Ich bin Ihnen zu tiefem Dank verpflichtet, mein guter Mann.« Den Großkopfeten wurde ständig von den guten Menschen eine Lektion erteilt, und für gewöhnlich nahmen sie sie bereitwillig an, wie der Milliardär, der die wahre Bedeutung des Weihnachtsfestes kennenlernte und Fritz und Frieda einen kirschgroßen Diamanten schenkte. Dann ließ ihn Babs aufs Eis fallen, als sie den Lake Marcia überquerte, und sie suchten das Eis immer und immer wieder ab, fanden ihn aber nicht, und während der Frühjahrsschmelze versank er.

»Oh, es hat eben nicht sollen sein!« rief Frieda aus. »Es war uns eben nicht bestimmt, etwas anderes zu sein als das, was wir sind.« Die anderen Leute kamen zu demselben Schluß. Besser, mit dem zufrieden sein, was man hat, als nach Höherem zu streben und eitel und unglücklich zu werden. Der höchste Ast ist nicht der sicherste. Wie Dad sagte: »Es ist schrecklich schwer, einen vollen Kelch zu tragen.«

Kapitel 12
Daddy

In Die Parkers *aus Parkerville* entgleiste der Highball Express in einem heulenden Schneesturm und rutschte in einen Graben, und der berühmte Hollywood-Produzent Mel DeMille wurde in seinem himmelblauen Pullman-Schlafwagenabteil vom Schnee aufgeweckt, der über sein Gesicht wehte, und Schweinefarmer zogen ihn raus, luden ihn auf einen Heuwagen, deckten ihn mit Jutesäcken zu und fuhren ihn in die Stadt. Schlotternd stand er neben dem Herd im Gemischtwarenladen und zeterte und jammerte: »Bringt mich hier weg! Ruft mein Büro an! Sagt ihnen, sie sollen ein Flugzeug mieten, ein Auto, ich zahle jeden Preis, aber ich muß hier weg, ich muß noch *heute abend* weg! Ich werde nicht in diesem lausigen, armseligen Kaff hockenbleiben! Ich muß Filme drehen! Ich soll in *acht Stunden* in Louis B. Mayers Büro sein! Mr. Mayer persönlich! In acht Stunden!« »Sicher«, sagte Mr. Ingebretsen, der Bürgermeister, »und das ist ja nur einen Block von hier, also bleiben Sie ruhig, es ist jede Menge Zeit!«, als Dorothy eintrat, Pop Watkins' reizende Tochter.

»Es ist ein Zimmer für Sie im Hotel bereit, Sir«, sagte sie und schenkte Mel DeMille ein Lächeln, daß ihm ganz verschwommen vor Augen wurde. »Kommen Sie, ich zeige Ihnen den Weg. Es ist ein hübsches großes Zimmer. Ich habe es selbst gemacht.«

»Mein liebes Mädchen«, flüsterte Mel DeMille, »und wer hat *Sie* gemacht?«

»Ich muß Sie für meinen nächsten Film haben!« rief er aus. Er nahm ihre kleine Hand in seine großen Pranken. »Eine Fügung des Schicksals hat mich her zu Ihnen geführt, um Ihnen ein neues Leben zu bieten – nein, nicht ich, das *amerikanische Volk* bietet es Ihnen, denn es braucht den Sonnenschein in Ihrem Gesicht, das Lachen in Ihrer Seele. Miss, wer Sie auch sein mögen, woher Sie auch kommen mögen, aus dem Paradies oder vom Planeten der Venus, Sie sind kein Zimmermädchen mehr, Sie sind – *ein Star.*«

☆ ☆ ☆

Und als der Sturm sich legte und der Highball wieder auf den Schienen stand, um nach Hollywood weiterzufahren, war Dorothy zum Aufbruch bereit. Sie hatte sich ein neues Kleid genäht und sich von Bob, Ma, Pop, Spot und ihrem Nachtjob in der Lustigen Bäckerstube verabschiedet. Sie platzten alle vor Stolz, und sie versprach, sie niemals zu vergessen. »Ich verdanke alles den Menschen von Parkerville. Ihr habt an mich geglaubt! Und jetzt ist mein Traum wahr geworden. Und nun gehe ich fort. Aber ich nehme euch mit in meinem Herzen und in meinen Gebeten«, sagte sie an ihrem Namenstag den Leuten in der Schulaula. Aber am nächsten Morgen wachte Pop mit Grippe auf und wurde immer kränker, bekam hohes Fieber und halluzinierte, klammerte sich an ein Kissen und stöhnte: »Dorothy ... Dorothy ... Dorothy«, und ihr wurde klar, wie sehr sie hier gebraucht wurde, und sie zerriß den Filmvertrag. »Nein! Nein!« rief Mel, als der Zug sich tschukka-tschukka-tschukka in Bewegung setzte. Er stand in der Abteiltür und flehte: »Dorothy, denk an das amerikanische Volk!«, als der Zug davonrollte, tschukka-tschukka-tschukka, und er blickte unverwandt zum Bahnsteig, wo sie stand, so liebreizend, so rein, winkend und kleiner und kleiner werdend. »Weine nicht«, sagte sie zu ihrem bettlägerigen Pop, nachdem das Fieber gesunken war und er sie anflehte, zu gehen und ein Star zu werden.

»Die Bibel lehrt, den Kranken zu helfen, und nicht, fortzugehen und nach Ruhm zu streben. Und ich bleibe lieber hier bei dir und Ma, als daß ich in einer großen Villa am Wilshire Boulevard wohne.«

Alle Withs hörten die Dorothy-Episoden, außer Daddy, der auf dem Nachtzug nach Bismarck arbeitete. Jodie saß auf der

Couch und weinte, als die Einwohner von Parkerville kamen und Dorothy die Hand schüttelten und ihr leise zuraunten, bei Gott, wie schön es doch war, daß sie wieder bei ihnen war, und Dorothy sagte: »Ist man auch noch so wenig, es lohnt nicht, jemand anders sein zu wollen als der, der man ist.« Aber Francis fand das blöd. Als die Pfeife schrillte und der Dampf zischte und der Highball losfuhr, wußte Francis, daß er zu Mel in den Zug gestiegen wäre. »*Letzter Aufruf für den Highball Express, mit Aufenthalt in Riverside, Hill City, Big Lake, Lakeville, Center City, Wheatville, River Falls, Littleton, Parksburg, Green Rapids, Park Rapids, Greenville und Hollywood... Bitte einsteigen!*« Dann fuhr der Zug ab, und bald verhallte das Pfeifen in der Ferne, als er gen Westen sauste. Es war blöd, nicht zu gehen, wenn man die Chance dazu hatte. Wenn es einem dort nicht gefiel, konnte man ja wieder umkehren.

☆ ☆ ☆

Francis' Daddy starb ein paar Wochen später. *5. Oktober 1939.* Er kam bei einem Unfall der Lok Nr. 9 auf einer geraden, öden Gleisstrecke nahe Tyler ums Leben, nachdem er um zwei Uhr früh angerufen worden war, sich aufzumachen und für Mr. Ratliff einzuspringen. Er mußte am Regler eingeschlafen sein, und an einer Weiche sprang die Lok aus den Schienen, fiel in eine Schlucht und überschlug sich, ein Kessel platzte, und die Mannschaft wurde von dem heißen Dampf verbrüht, so daß ihnen das Fleisch von den Knochen fiel. In der Schule machten die Kinder ein paar Tage später ein Lied darüber:

Francis, ach Francis, dein Dad ist krepiert.
Er wurde gebraten, gekocht und sautiert.
Dann kippten sie Wasser drauf, fässerweise,
Jetzt gibt es für alle Mann Festtagsspeise.
Ja, ja, ja.

Die Nachricht über Daddy wurde in der Morgendämmerung durch Cliff, den Nachtwächter im Depot, überbracht, der zur Haustür hereinplatzte, unten an der Treppe stehenblieb und schrie: »Missus! Missus! Ihr Mann ist tot!« Selbst noch als Mutter oben zur Treppe gelaufen kam, schrie Cliff: »Sie sind alle tot, Missus, der Zug ist ausgebrannt! Es ist schrecklich! Gene und J. L. sind hin und haben sich's angeguckt, ist einfach grauenvoll. Ihr Mister ist tot und alle anderen auch!«

Der Junge lag in seinem warmen Bett und lauschte dem bösen Traum. Ein Daddy ging nicht einfach zur Arbeit und starb, so passierte das nicht.

Seine Mutter stieß einen Schrei aus. »Wo ist er! Wo ist Benny?«

»Sie können da nicht hin, Missus. Der Bezirksinspektor fährt persönlich von Fargo hin. Er heißt Flynn, glaube ich, oder Finnegan, aber jedenfalls wird er sich darum kümmern. Sie bleiben hier. Dave hat mich hergeschickt, um nach Ihnen zu sehen. Dave und ich, wir haben die Nachricht vor ungefähr einer Stunde gekriegt von einem Farmer namens Pisek? Die Piseks in der Nähe von Tyler? Er sagt, er hat eine Explosion gehört und den Hügel runtergeguckt, da war ein Feuer auf den Schienen, und er hat Leute schreien hören. Er ist runtergelaufen, und er sagt, man konnte schon vom Geruch her erkennen, daß da Menschen drin waren, aber es war so heiß, daß ihm seine Augenbrauen weggebrannt sind. Es hat also keinen Sinn, hinzugehen. Sie kümmern sich drum. Haben Sie etwas Kaffee, Missus?«

Der Junge lag da und wartete darauf, daß sein Dad polternd hinaufkam und dem Traum ein Ende machte. Francis würde die Augen zumachen, und sein Dad würde sagen: »Du schläfst gar nicht, du stellst dich nur schlafend, du kleines Murmeltier« und sich aufs Bett setzen, und Francis würde die Augen fest zukneifen und auf den ersten kleinen Knuff in die Rippen warten. Sein Dad beugte sich hinunter, und er roch nach Rauch und Kaffee. »Du kleiner Schlingel«, sagte die Stimme an Francis' Ohr, »du Lauser, du.« Der Junge fing noch vor dem Knuff an zu kichern. Knuff, knuff. Dann gab Dad ihm einen Kniestüber, legte die Arme um ihn und drückte ihm einen dicken Schmatz auf den Hals. »So. Das wird dich lehren, deinem alten Vater hier die Schlafmütze vorzuspielen, du Murmeltier. Stehst du jetzt zum Frühstück auf?« *Ja*, rief der Junge, *ja, ja, ja.* »O nein, das wirst du nicht«, sagte Daddy und gab ihm noch einen Schmatz. Dann legte er sich neben ihn, während der Himmel hell wurde, und erzählte ihm davon, wie Großpapa mit seiner frisch angetrauten Braut Mathilde, die er erst einen Tag vorher kennengelernt hatte, mit dem Zug nach Winnipeg gefahren war. Großvater war vor vielen Jahren mit dem Schiff von Aalborg herübergekommen. Großpapa ging in das Geschäft von Mathildes Vater, um Lebensmittel einzukaufen, und Mathilde dachte, er wäre ein Pole. Sie sagte zu ihrem Vater: »Han lugter lige som et stykke gammel ost, men for søren, hvor er han flot.« *Er riecht wie ein Stück alter Käse, aber er sieht verdammt hübsch aus* – und Großpapa lächelte und sagte: »Synes du det?« *Findest du?* Sie schämte sich so sehr, daß sie zur Hintertür hinausrannte, und Großpapa lief ihr hinterher, um sie zu trösten. Er blieb zum Abendessen, und am nächsten Morgen heirateten sie. Großpapa wohnte jetzt in seinem eigenen Zimmer und kam nur zum Frühstück und Abendessen runter, er erkannte niemanden, er dachte, er wäre acht Jahre alt und würde über der Bäckerei von seinem Dad wohnen.

Francis hatte keine Angst, auch nicht, als seine Mutter mit seltsamer Stimme nach ihm rief, es geschah nicht wirklich, es konnte noch geändert werden, aber dann stand Jodie in der Tür, in der Hand eine Kerosinlampe. Sie flüsterte: »Franny, Daddy ist tot.« Und da begriff er. Das machte es wahr. Daß sie es sagte, und der Geruch von dem Kerosin.

Großpapa kam heraus und sah sie in der Küche, wo Jodie und Franny mit angespannten Gesichtern und rot verweinten Augen darauf warteten, daß Mutter herunterkam und ihnen etwas erzählte, und er sagte: »Hvor er Benny?« Er wußte, daß etwas nicht in Ordnung war. Er setzte sich und bat um ein Bier, und Franny holte ihm eins und ein Glas und stellte es vor ihn auf den Tisch. Er machte eine Bewegung des Mundabwischens, und Franny brachte ihm eine Serviette. Obwohl er verrückt war, hatte Großpapa gern alles so, wie es sich gehörte. Er goß sich das Bier ein, das Daddy im Keller für ihn braute, und trank es zur Hälfte aus und wischte sich sorgfältig seinen grauen Schnurrbart ab. Er faltete die Serviette und legte sie hin und stellte das Glas darauf und legte seine breiten Hände mit den Handflächen nach unten auf den Tisch und wartete.

»Daddy ist tot, Großpapa«, sagte Jodie. »Er ist auf dem Zug gestorben.« Aber Großpapa konnte sie natürlich nicht hören. Großpapa sagte: »Vaer sa venlig at give mig et stort stykke ost«, und Franny brachte ihm ein großes Stück Käse. »Tallerken«, sagte Großpapa. *Teller.*

Mutter kam langsam die Treppe herunter und trat in die Küche, als wüßte sie nicht recht, wo sie war, und sagte, sie wolle jemanden bitten, sie nach Tyler zu fahren, damit sie ihren armen Vater noch einmal sehen könnte. »Ich möchte nicht, daß sie ihn die ganze Nacht dort draußen liegen lassen«, sagte sie, »und genau das werden sie tun, wenn man es ihnen überläßt.«

Sie drehte sich zum Telephon an der Wand und stieß die Zuckerdose vom Regal, und sie zerbrach am Boden.

Als Großpapa sie zerspringen und die Kristallscherben im Zucker glitzern sah, verstand er endlich, daß alles ein für allemal kaputtgegangen war. Er weinte, ohne das Gesicht zu verbergen. Er weinte bitterlich, das schöne alte Gesicht ihr zugewandt.

Benny. Benny.

Sie sagte: »Großpapa, geh ins Bett und schlafe, wir bringen dich morgen nach Fargo. Ich brauche alle meine Kräfte, um für mich selbst und die Kinder zu sorgen.«

Kapitel 13
Onkel Art

Tante Emma und Onkel Charles trafen ein paar Stunden später aus Brainerd ein, und Mutter ging zu Bett. Das war am Freitag. Am Sonntag machte sie einen Versuch aufzustehen und noch einen am Montag, um der Kinder willen, aber sie war zu schwach, um sich auf den Beinen zu halten, und so lag sie auf ihrer Seite des Betts und schluchzte hemmungslos. Er war ein guter Mann gewesen, der einzige, den sie je geliebt hatte, ihr Leben war jetzt vorbei, ihr war alles genommen worden. »Ihr könnt mich ebensogut neben ihm begraben, Emma! Das wäre das beste!« Francis' Worte an diesem Tag waren *verwerflich, blaßwangig, popelig, Speichellecker* und *beschwatzen.* Er fragte Onkel Charles, ob »popelig« von »Popel« komme, und Charles runzelte die Stirn. Er war ein schmächtiger, trauriger Mann mit seinem braunen Wollanzug und den Hosenträgern, seinem Mondgesicht und den blassen Teighänden, und er hatte einen empfindlichen Magen und konnte bestimmte Sachen wie Tomaten und Bohnen nicht essen und mußte seine Mahlzeiten pünktlich zu einer bestimmten Zeit einnehmen. »Dies ist eine schreckliche Tragödie«, sagte er zu Francis, »und nicht der richtige Moment, um über solche Dinge zu sprechen.«

Tante Clare und Onkel Art kamen am Freitag abend aus Minneapolis. Francis war auf seinem Zimmer und schnitzte Rippen und Streben aus Balsaholz für ein Modellflugzeug, wie Daddy es ihm gezeigt hatte. Als Art hereinkam, machte er einen seiner Tanzschlenker (»Heiss-ah, Schätzchen, heiss-ah!«) und sagte: »Hey, Franny, kennst du den, wo Lena nach dem Tod von Ole zu ihrer Freundin Tina sagt: ›Oh, Tina, der alte Trottel hat mir nicht einen einzigen Penny Versicherung hinterlassen.‹ Und Tina sagt: ›Aber Lena, wo hast du dann diesen Brillantring her?‹ Und Lena sagt: ›Oh, er hat mir hundert Dollar für seine Beerdigung und vierhundert Dollar für

einen großen Stein hinterlassen, und das ist der große Stein.‹«
Kabumm, Tingeling.

Clare kochte einen Topf Spaghetti – ihr müßt essen, sagte sie, also aßen sie. »Ich brauche nicht *beschwatzt* zu werden«, sagte Francis. Nach dem Abendessen saßen sie alle im Wohnzimmer, bis auf Mutter und Emma, und Art trank ein paar Bier, und sie hörten Wingo Beals und die Schuhputz-Boys im Radio, außer Charles, der in *Popular Science* las.

Emma und Charles fuhren am Morgen nach Brainerd zurück. Sein Magen machte ihm zu schaffen. Art und Clare blieben eine Woche. Clare saß bei Mutter im dunklen Schlafzimmer und bereitete die Mahlzeiten zu und machte sauber, und Art riß Witze und amüsierte sich köstlich. Art war einmalig, er war wie ein großes, glatzköpfiges Kind mit einem Schnurrbart. Nichts war ihm ernst, alles war für ihn ein Spiel. »Ich wette mit dir, daß ich diese Erbse in deinen Mund werfen kann«, sagte er beim Essen und tat es dann, als Clare in der Küche war. Art haßte Erbsen. Er haßte alles Gemüse, außer Mais, und stand selten vor zehn Uhr morgens auf und versuchte, sich alle Hausarbeit vom Leib zu halten. Wenn Clare ihn bat, eine Besorgung zu machen oder den Wasserhahn in der Küche zu reparieren, sagte Art: »Ich muß mich erst um den Ofen hier kümmern, irgendwie zieht er nicht richtig« und zwinkerte Francis zu und schlüpfte in den Keller und hing herum und las *National Geographic.* Er hatte seine eigene Ausgabe mit lauter nackten Frauen drin, säuberlich zusammengeklebt, die er sich jeden Tag mit Genuß anschaute. »Sieh dir die Möpse von der hier an«, sagte er und reichte Franny das Heft. »Donnerwetter, die hat ein paar Mordsäpfel auf der Kommode.« Eines Abends holte er seine Mandoline und sang ein Lied über ein Mädchen, das mit einem Matrosen durchbrannte. Clare sagte ihm, es sei geschmacklos, ein solches Lied so kurz danach zu singen – und sie deutete mit dem Kopf in Richtung der Kinder, aber Art sagte, es sei eins von Bennys Lieblingsliedern gewesen. Und dann sang er noch eins:

Ich kannte als kleiner Junge schon
Mühsal und schwere Arbeiten
Und Schuften für einen Hungerlohn
Und Hoffnung auf bessere Zeiten.
Die kamen, als ich entdeckte,
Daß jeder auf freundliche Bitte hin
Mir eiligst sein Geld zusteckte.
Und weil ich dafür so dankbar bin,
Verkauf ich den Leuten sumpfiges Land
Und Rizinusöl und tausend Lügen.
Und alle fressen mir aus der Hand.
Ach, es ist eine Lust zu betrügen.
Ich gebe es zu, ich bin nur ein Schuft,
Und ihr kriegt, was ihr wollt: viel heiße Luft.

Ich lebe vergnüglich in Saus und Braus
Und tu nur noch das, was ich mag.
Ich feiere Partys in meinem Haus
Und schlafe den ganzen Tag.
An meinen Fingern glitzern die Ringe,
Meine Schlitten sind vollgetankt.
Für dies und all die anderen Dinge
Sei euch Trotteln recht herzlich gedankt.
Ich bin nur ein Spieler und bin nur ein Schuft,
Doch ihr habt, was ihr wollt: viel heiße Luft.

Mutter war nicht in der Lage, der Beerdigung beizuwohnen. Sie wußte, sie sollte dabeisein, aber sie konnte nicht. Sie lag im Bett und weinte wegen dieses fürchterlichen Versagens, ihrer Untreue gegenüber Benny, ihrer Unwürdigkeit. Er war verbrannt, und nun konnte seine Frau nicht mal das Bett verlassen, um ihn zu beerdigen, der arme Mann. Sie war zu schwach, um aufzustehen. »Ich könnte ebensogut selber tot sein«, sagte sie zu Francis. Der Kupfersarg stand im Salon des Bestattungsunternehmens. Er sah zu klein aus in Francis' Augen, wie ein Kindersarg. Sie saßen alle sechs davor, und der Pfarrer las aus der Bibel und lächelte aufmunternd. Es gab sechsundzwanzig Stühle, aber die Withs lebten erst seit acht Jahren in Mindren, und niemand kannte sie. Hamburger brutzelten in der Küche. Francis dachte an das Lied vom Zugunglück. Er berührte den Sarg, der kalt war. Dann fuhren sie im Nieselregen drei Blocks weiter zum Friedhof der Auferstehung und ließen ihn in das tiefe schwarze Loch hinab. Art nahm Francis' Hand, und sie gingen zu Fuß nach Hause. Am Friedhofstor blieb Art stehen und zündete sich einen langen Stumpen an und sagte: »Nun ist einer weniger hier und einer mehr dort, er liegt unter der Erde. Ruhe in Frieden, für uns ist dafür jetzt mehr Bier da.« Es war kalt und grau, und am nächsten Tag mußte Francis in die Schule gehen. Er wollte nicht, aber Clare sagte, er müsse gehen, um seines Vaters willen.

Und so ging er. Nach dem Treueschwur auf die Fahne sagte Miss Theisen: »Sicher wollen alle Francis With ihr herzliches Beileid aussprechen, dessen Vater bei diesem schrecklichen Eisenbahnunglück ums Leben gekommen ist« und ließ eine Beileidskarte herumgehen, die alle unterschrieben, einschließlich Francis, und dann gaben sie sie ihm. Später, in der Pause, sangen die Kinder:

Der Zug entgleiste und brach entzwei,
Das Feuer kochte die Mannschaft zu Brei.
Der Inspektor rief: »Geschwind! Geschwind!
Es kriegt von der Suppe jedes Kind,
Ein Finger als Wiener liegt auch dabei.«
Ja, ja, ja.

Herr Lehrer, Herr Lehrer, kommen Sie her,
In der Suppe sind Haare und noch viel mehr,
Hier schwimmt ein Stück tätowierte Haut,
Auf dem steht: »Eve, meine liebste Braut«.
Und sechzehn Warzen, ein blaues Auge,
Und etliche Zähne sind in der Lauge.
Ja, ja, ja.

Au wei, der Brei wird immer spezieller,
Hier ist ein Zettel auf meinem Teller.
Da steht: »Ein Pfund Leber, ein Fäßchen Bier,
Hab Hunger und Durst wie ein wildes Tier,
Und außerdem einen großen Laib Brot.«
Er war wohl ein Deutscher, jetzt ist er tot.
Ja, ja, ja.

Und wenn er ein garstiger Hunne war,
Dann wird es dir gleich ganz sonderbar,
Dann mußt du kotzen und kriegst einen Kater,
Und los bist du Benny With, Francis' Vater.
Schon geht's wieder besser, ist doch klar.
Ja, ja, ja.

Armer Francis. Die Kinder stolzierten herum und sangen ihm dieses Liedchen direkt vor seiner Nase, während die großen Jungs seine Arme festhielten und ihn auf die spitzen Pflastersteine drückten, und die Mädchen johlten: »Das iss über dein' Vadder!«

»Er *war kein* Hunne, er war Däne!« schrie Francis. *Hühnerkacke*, sagten David und Darrel, die Zwillinge mit den Mopsgesichtern. Sie sangen:

Es schwimmt lauter Asche und Haar in der Soße
Und kohlschwarze Haut und Augen ganz große,
Und was das andere ist, weiß der Geier,
Sieht wie ein Würstchen aus und zwei Eier.
Ja, ja, ja.

Er hatte keine Brüder, die sich für ihn einsetzten, und Jodie hatte Angst vor dem eigenen Schatten. Sie zog es vor, während der Pause in der Schulbibliothek zu bleiben und Bilderbücher über das Leben reicher Leute in New York City anzuschauen. Jodie weinte, und die Schulköchin, Mrs. Grebe, gab ihr etwas Extrapudding mit Rosinen drin, aber Francis konnte nicht weinen. Er hatte zuviel Angst, um zu weinen. Daddy war tot, und Großpapa war weg, und was würde mit ihnen passieren? Ein Mann mit einem roten Gesicht hatte Großpapa in einem Wagen abgeholt, und Großpapa hatte gezittert, als der Mann ihm seinen Hut und Mantel anzog. Dann hielt der Mann Großpapas Arm ganz fest und führte ihn zu dem Wagen. Das konnte jedem passieren. Und jetzt lag Mutter mit einem Nervenzusammenbruch im Bett. Clare pflegte sie, brachte ihr Suppe, die kalt wurde. Sie habe keine Freunde, jammerte Mutter. Ihre einzigen Freunde seien im Radio. Sie hörte von morgens bis abends Radio. Und Francis hielt sich mit dem Wortklub auf dem laufenden und versuchte, Fortschritte zu machen. *Abgefeimt, Komplize, perplex, barbarisch, Eklipse.*

Der einzige Lichtblick war Onkel Art, der ihm die Ausgabe des *Geographic* hinhielt und ihn über die guten Seiten an den Frauen aufklärte. Art war ein Frauenkenner, und wer bei ihm eine gute Note bekommen wollte, mußte hoch oben in der Busenskala rangieren, die er in folgende Kategorien aufteilte: nette Tittchen, Torpedos, K.o.-Knüller, ein Paar Leuchtkugeln, Riesenmöpse und eine Ladung Dynamit in der Bluse. Wenn Clare auf ihrem Weg nach oben durchs Zimmer kam, sagte Art plötzlich laut: »Und wie läuft's in der Schule?«, und wenn Jodie reinkam und sich irgendwo hinpflanzte, mußte er eine Weile Karten schnippen oder Münzen aus ihrer Nase holen, aber dann mußte sie Clare beim Abendessen helfen, und die Männer wandten sich wieder ihrem Lieblingsthema zu.

»Ach, du bist zu jung, Kleiner, ich sollte dir noch nicht solche Flausen in den Kopf setzen«, murmelte Art. Franny versicherte ihm, daß er nicht zu jung sei, daß er schon eine Menge wüßte und interessiert sei, noch mehr Informationen von Mann zu Mann über Frauen zu bekommen, und daß er niemandem verraten würde, woher er sie hatte.

»Nun«, sagte Art, sich umblickend. »Zum Herumspielen sind die Mädchen mit flachen Brüsten die flottesten Puppen. Die mit den Melonen neigen eher zu einer etwas lahmen Gangart, und du mußt ihnen ihre Futtersäcke festbinden, damit sie dir damit nicht den Kopf einschlagen, also brauchst du eine Frau mit niedlichen kleinen Titten. Und ein Plappermaul. Such dir immer eine Frau mit einem flotten Mundwerk. Sie wird dich oft vollquasseln, dir aber auch jede Menge Schubidu zuflüstern.«

Franny wollte noch mehr wissen – zum Beispiel, was Schubidu war –, gleichzeitig wollte er seine Unkenntnis nicht verraten.

»Dein Daddy war ein echter Herzensbrecher, das war ein Mann, der wußte, wie man in ein Schlafzimmer kam. Nicht, daß er deine Mutter je betrogen hätte, das behaupte ich nicht, das weiß ich nicht, aber damals in seiner Junggesellenzeit gab es niemand, der eine Pausennummer hinlegen konnte wie Benny. Er hatte einen Riemen wie ein Schlosserhammer. Wir haben uns immer in North Minneapolis rumgetrieben, wir wußten, wo die ganzen flotten Puppen waren. Er hat nichts anbrennen lassen, dein alter Herr. Und jetzt ist er weg, und es ist mehr übrig für dich und mich, Junge. Merk dir das. Wenn du erst mal tot bist, bist du für sehr lange tot, du solltest also leben, solange du lebst. Dein Daddy hat das getan.«

»Ich möchte später mal nach Minneapolis ziehen«, sagte Francis beiläufig. »Ich habe vor, auf die Universität von Minnesota zu gehen.«

»Mach das, Franny. Was willst du studieren?«

»Ich will Radio studieren.«

Art lachte. »Niemand studiert Radio, Kleiner. Das unterrichten sie nicht in der Universität, weil es zuviel Spaß macht. Man geht zur Universität, um Lehrer oder Zahnarzt zu werden. Das Radio besteht nur aus einem Haufen Leute, die sich prächtig amüsieren. Es ist unglaublich. Ich sage dir, ich kenne niemand beim Radio, der mehr als fünfzehn Minuten am Tag arbeitet. Ist im Schlaf verdientes Geld! Wenn du zum Radio willst, dann besuch mal deinen Onkel Art, ich werde dich schnurstracks an die Spitze der Parade befördern.«

Kapitel 14
Arme Kinder

Als Art und Clare in ihren großen Chrysler stiegen, um heim nach Minneapolis zu fahren, schniefte Clare und betupfte sich die Augen. Jodie und Franny standen neben dem Wagen, und sie legte ihnen die Hände auf den Kopf. »Ihr armen Kinder«, sagte sie. »Wir sind *unverzagt*«, sagte Francis und dachte an seine anderen Wörter: *global* und *pflichtvergessen* und *archaisch* und *erodieren*. Art holte zwei Münzen aus Jodies Nase und fand ein Streichholzbriefchen hinter Frannys Ohr. Art sagte: »Ihr solltet mit uns nach Minneapolis kommen, Kinder. Ihr hättet dort einen Mordsspaß. Shows angucken und lange aufbleiben und Eiscreme zum Frühstück.« Er sagte zu Franny: »Ich könnte dir einen Job beim Radio besorgen. Du könntest dort für mich arbeiten.« Clare seufzte. »Komm jetzt, großer Häuptling, wir müssen uns auf die Socken machen.«

Nachdem Art und Clare abgereist waren, blieb das Haus still, bis aufs Radio. Mutter trödelte herum, *verzagt*, Tag für Tag, das Gesicht blaß und feucht, *global*, in Daddys altem braunen Bademantel, die Augen eingesunken, das ungekämmte Haar auf die Schultern herunterhängend. Sie *erodierte*. Sie blieb oben und schlich wie ein ausgefranster Schatten umher. Sie lag Tag für Tag im Bett, in der Hand Bennys große Messing-Eisenbahnuhr, schwarz verkohlt, das Glas halb geschmolzen und das Zifferblatt verschrumpelt. Jeden Tag, wenn Francis aus der Schule nach Hause kam, rief sie mit bebender Stimme: »Komm her zu Mutter« und brach in Tränen aus, wenn sie ihn sah. Sie schien zu singen, wenn sie weinte, ihr Mund öffnete sich weit, sie zitterte und hatte die Augen fest geschlossen, und Francis legte den Arm um sie. Und dann war er manchmal *pflichtvergessen*. Er und Jodie saßen am Tisch und stellten ihre Sendungen an und aßen ihre Suppe, und Francis lernte seine Vokabeln. Sie deckten noch immer einen Teller für Daddy am Kopfende. Obwohl er *archaisch* war.

»Er ist glücklicher jetzt im Himmel«, sagte Jodie.

Francis sagte: »Den gibt es nicht. Das ist alles nur ein *Hirngespinst.*« Er war nicht ganz sicher, ob er das glaubte, aber es tat gut, das zu sagen. Und es war ein Wort von der gestrigen Liste. Aber Jodie wollte nicht mehr mit ihm reden, weil er ein schlechter Mensch war.

»Daddy ist bei Jesus im Himmel«, sagte sie, »und du bist der schlechteste Mensch der Welt und wirst direkt in das ewige Höllenfeuer kommen.«

»Du machst mir keine Angst.«

»Gut.« Jodie lächelte. »Ich bin froh. Denn ich will, daß du dahin kommst.«

☆ ☆ ☆

Da Jodie nicht mit ihm redete und Mutter krank im Bett lag, war das Radio die einzige freundliche Stimme im Haus, besonders Francis' gute Freunde, die Bensons. Er machte sich Gedanken über Klein Becky: War sie auch im wirklichen Leben mit Dad befreundet, oder war alles nur gespielt? Er vermutete, daß es echt und sie genauso lieb war wie in der Sendung. Sie war wirklich eine Bereicherung für *Der freundliche Nachbar.* Ihr Vater hatte ihr teure Kleider geschenkt, aber niemals viel Liebe, und sie war im siebten Himmel bei Dad und Jo und Frank, und Dad hatte sich immer ein Enkelkind gewünscht, und so war es für alle eine glückliche Fügung. Sie kamen bestens miteinander aus, und nie fiel ein böses Wort zwischen ihnen. Becky lernte eines Tages Fahrrad fahren, sie lernte, Geschirr abzutrocknen, sie lernte Kirchenlieder, und eines Abends brachte Thunfisch sechs junge Kätzchen am Fußende von Beckys Bett zur Welt. Sie schrieben Becky auf der Elmville-Schule ein, wo Miss Judy, Franks Mom, ihre Lehrerin wurde, die liebenswürdige Witwe, die jedes Jahr Dads Geburtstagskuchen backte, seit Mom Benson im Koma gestorben war, so daß Francis sich vorstellen konnte, wie Miss Judy fortan öfter vorbeikommen und ihren Neffen mitbringen würde, Klein Buddy, der jodelte.

Eines Tages schrieb Jodie einen langen, tränenreichen Brief an Tante Emma und Onkel Charles in Brainerd und fragte sie, ob sie nicht bei ihnen leben könnte, und sie nahmen sie auf, die kleine Verräterin. Francis fragte sie, warum sie fortging, und sie sagte: »Weil du kein Christ bist. Ich möchte in einer christlichen Familie leben.«

Francis konnte nicht glauben, daß sie wirklich fortgehen und ihre eigene Mutter und den Bruder in ihrer schweren Stunde alleine lassen würde, aber der Tag kam, und Emma und Charles kamen auch, und Jodie lächelte und sagte auf Wiedersehen und gab ihm sogar einen Kuß – sie hatte ihn bisher noch nie geküßt, aber jetzt gab sie ihm mit gespitztem Mund einen schrecklich trockenen Kuß auf die Wange. *Du hast gelogen*, dachte er. Emma ermahnte ihn, brav zu sein und auf seine Mutter aufzupassen. Charles sah krank aus, wie immer.

Becky gefiel es bei den Bensons, und ihr Dad und Ginger kamen auf dem Rückweg von der Mondscheinbucht natürlich gar nicht mehr vorbei, um sie abzuholen: Erst mußten sie nach Marokko fahren, und dann passierte irgendwas auf seiner Ranch in Montana, und dann war er in London auf Geschäftsreise, und inzwischen war Becky an der Schule eingeschrieben, so daß er beschloß, sie dortzulassen. »Es ist ein schönes Zuhause für dich«, sagte er, und wenn man bedachte, was für ein miserabler Vater er war, so hatte er recht. Er kam sie ein paarmal im Jahr für ein oder zwei Minuten besuchen und bot Dad Geld an, was dieser stets ablehnte.

»Onkel Dad«, fragte Becky einmal, »wieso schreibt mir mein Daddy nie?« »Er ist ein sehr beschäftigter Mann, Krümelchen«, antwortete Dad. »Hmm«, sagte Jo.

Jodie schrieb Francis so gut wie nie, aber der Gedanke tat gut, daß sie zur selben Zeit wie er Radio hörte, daß sie etwas gemein hatten, und Francis schickte einen Glückwunsch für sie an *Kunterbuntes*, und Leo las ihn im Geburtstagsklub vor.

»Herzlichen Glückwunsch zum Geburtstag für Jodie Marie, die prachtvollste Schwester, die ein Junge nur haben kann – na, ist das nicht süß, Jens?«

»Cha virklich, der Junge is 'n bombennettes Kerrlchen, ter Kleine. Tonnerrvetter noch mal.«

Nach *Der freundliche Nachbar* schickte Mutter ihn zu Kohler's Drugstore, um neuen Hustensaft zu kaufen. Er blieb so lange aus wie möglich, spielte im Straßengraben, buddelte Schneehöhlen, bis es dunkel wurde, dann schlich er sich ins Haus und trödelte in der Küche rum, während sie wieder und wieder nach ihm rief: »Francis? Francis?« Wenn er dann zu ihr ins Zimmer geschlichen kam und sich neben ihr Bett stellte, heulte sie los und drückte ihn fest an ihren Busen und sagte, daß er das einzige sei, was ihr auf der Welt geblieben war, daß alles andere ihr nichts mehr bedeute. Sie roch nach Kampfer und Eukalyptus. Das Radio neben ihrem Bett dudelte den ganzen Tag. Sie verfolgte sämtliche Serien: die Familie Benson natürlich und *Unterwegs im Ballon* und *Unten im Tal.* Das Haus versank in Trauer. Emma kam jede Woche vorbei, brachte warme Mahlzeiten in zugedeckten Schüsseln, umwickelt mit Handtüchern, und nahm die schmutzige Wäsche mit. Es war sehr schwer verdauliches Essen, und Mutter bekam Blähungen davon, und wenn sie die Bettdecke zurückschlug, stieg eine Furzwolke auf. Emma brachte Francis bei, wie man Wäsche wusch und viel Waschblau verwendete und sie auswrang und draußen aufhing. Es war unheimlich im Keller, wo das Wasser in den Zuber gepumpt wurde. Die Kerosinlampe erzeugte ein flackerndes Licht, und manchmal bewegten sich die Schatten, und Francis schrak zusammen. Vielleicht war Daddy böse auf ihn, weil er seinetwegen auf den Zug hatte müssen und verbrannt war, und vielleicht hatte Daddy Emma aufgetragen, Francis in den Keller hinunterzuschicken, wo Daddy ihn bestrafen konnte.

Mutter ließ das Radio sogar dann an, wenn der Pfarrer zu Besuch kam. Er ließ sich auf der Bettkante nieder und tätschelte ihre Hand und hörte sich mit ihr zusammen die Sendung an. Die Kirche schickte einen ranzigen Schokoladenkuchen und einen Karton mit alten Kleidern. Einmal, als Francis nach der Schule nach Hause getrottet kam, huschte der Pfarrer bleich und verwirrt aus Mutters Zimmer und sagte: »Oh! Du bist es! Gut! Du bist zu Hause!« und knöpfte sich hastig den Kragen zu.

Am nächsten Tag belauschte Francis durchs Abzugsrohr, wie der Pfarrer sie aufforderte, still zu liegen und während der heilenden Seelsorge die Augen zu schließen, und wie er etwas über die Wirkung von Hautkontakt murmelte. Im Radio waren die Leute in *Kunterbuntes* in ausgelassener Stimmung und johlten und erzählten Witze, und das Nordische Orchester spielte, und ein Mann imitierte Vogelstimmen und klopfte eine Melodie auf seinen Zähnen. »Berühre sie, Herr, und lasse sie wieder genesen«, stöhnte der Pfarrer. »Ihr Körper ist offen für Dich. Unsere Schwester legt ihr Vertrauen in Dich. Herr, sie ist Dein. Berühre sie jetzt, berühre sie und heile sie.« Es folgte ein Rascheln und Murmeln. Francis schlich nach unten und ließ einen vollen Topf auf den Fußboden fallen. Der Mann tauchte am oberen Treppenabsatz auf. »Ist alles in Ordnung?« fragte er. Er wirkte sehr groß dort oben und finster mit dem Licht hinter ihm. Francis flüsterte: »Gehen Sie weg.«

☆ ☆ ☆

Er erzählte Emma am Sonnabend, daß er sich vor dem Pfarrer fürchtete, und sie sagte: »Sei nicht albern.« Er überlegte, Dad Benson davon zu schreiben. Mutter schrieb andauernd ans Radio. Sie schrieb einen Brief an Dad, in dem sie ihm gute Besserung wünschte, und einen zweiten an Dads Schwester, Hannah, die mit einer durch Kummer hervorgerufenen Gehirnentzündung im Bett lag. Der Name Hannah war ein Beweis für Mutter, daß die Bensons auch Dänen waren, oder schlimmstenfalls Norweger. Sie schrieb an Hannah, daß sie aus eigener Erfahrung wüßte, wie schlimm es sei, krank zu sein, und drängte sie, Vertrauen in Gott zu haben, obwohl das Vertrauen in ihrem eigenen Fall nicht viel bewirkt hatte. Sie blieb im Bett. Weihnachten ging vorbei, ein trüber, trauriger Tag. Lily Dale sang »Liebes Jesuskind« mit einem Chor, und die Bensons nahmen in ihrer Küche Kinder auf, die Weihnachtslieder sangen, und schenkten ihnen Kakao ein, aber Francis und Mutter verbrachten einen stillen und tränenreichen Tag. Sie versuchte, in die Küche zu gehen und eine Gans zu braten, und fiel die Treppe hinunter und mußte zur Couch gebracht werden. Der Arzt kam und schimpfte sie aus wegen ihres Selbstmitleids, und das löste bei ihr einen Koller aus.

»Benny, komm hierher zurück«, schrie sie. »Du kannst dich nicht so einfach davonstehlen! Benny! Ich will, daß du *sofort* zurückkommst!«

Francis hatte mehr Geschenke bekommen als je zuvor, alle von Art und Clare und Emma und Charles, und nichts war dabei, was er wirklich haben wollte, außer einem Lampenschirm von Art mit einem Hawaii-Mädchen drauf. Wenn man das Licht anmachte, verschwanden ihre Kleider, und ihr Körper leuchtete im Dunkeln.

Jodie schrieb, daß ihr die neue Schule in Brainerd sehr gut gefiel und daß sie lauter Einsen, abgesehen von einer Zwei plus, gekriegt hatte, und zu Weihnachten hatte sie ein rotes Fahrrad geschenkt bekommen, und im Frühling würde sie sie mal besuchen kommen. Sie kam nie mit, wenn Emma das Essen brachte – sie habe zu viele Hausaufgaben zu machen, sagte Emma, und es sei besser für sie, wenn sie sich nicht aufregte. »Jodie ist sensibler als du«, sagte Emma. »Sie hat ein künstlerisches Naturell.« Emma war Daddys ältere Schwester. Sie war auf etwas etepetete Weise schön, und sie war stolz auf ihre Stimme, was lächerlich war. Wenn sie sang, wieherte sie wie ein Pferd. Die Tragödie hatte ihre Nerven, ohnehin nicht die stärksten, arg mitgenommen. Sie sei innerlich völlig zerbrochen, sagte sie, und könne wohl nie wieder singen oder Klavier spielen, und Francis hoffte, sie werde bei ihrem Wort bleiben.

Seine einzige Hoffnung war Art. Aufgrund jener wenigen, zwischen blauen Zigarrenrauchwolken ausgesprochenen

Worte: »Du solltest mit zu uns nach Minneapolis kommen« malte Francis sich ein glückliches Leben in der Zukunft aus, wo er mit der Straßenbahn fahren, zum Baseballspielen gehen und Radio hören würde. Onkel Art war ein wichtiger Mann bei WLT, dem freundlichen Zuhause im Äther. Er kannte alle Stars. Er schickte Francis eine Ausgabe des WLT-Familienalbums. Darin waren Bud & Bessie abgebildet und Leo und Dad Benson und Klein Becky bei einem Besuch im Waisenhaus, wo sie einem verkrüppelten Jungen einen Rollstuhl schenkte, und das gab Francis das Gefühl, wenn es ihm gelänge, nach Minneapolis zu gehen, würde alles gut werden.

Kapitel 15
Showman

Francis schrieb Klein Becky einen zweiten Brief:

> Liebe Becky,
> ich weiß, daß Du Deinen Dad vermißt, weil Du manchmal von ihm redest, o ja, ich vermisse meinen genauso, denn mein Dad ist verschieden (tot). Würdest Du mit mir korrespondieren? Oder wenn Du zu beschäftigt bist (was bestimmt der Fall ist), schicke mir nur eine Karte mit Deinem Namen drauf. Das wäre gewiß ein Trost. Könntest Du sie zeichnen mit: »Deine ganz persönliche Freundin« oder »Deine Freundin« (wenn Du das vorziehst)? Ich wäre Dir sehr, sehr, sehr außerordentlich dankbar.

Die Kinder in Mindren würden ihn vielleicht mit anderen Augen betrachten, wenn er einen Radiostar zur Freundin hätte, doch die Wochen vergingen ohne Antwort, und inzwischen war ihm klar, daß ein Brief von Klein Becky nicht das geringste ändern würde. Nichts. Diese Leute waren nicht wie die aus *Der freundliche Nachbar*. Das war offensichtlich. An einem kalten Tag hielten sie ihn am Boden fest und sangen das Lied über Daddy, und Darrell beugte sein häßliches Hundegesicht runter neben das von Francis und sagte mit seinem Hundeatem: »Sing es!«, und Francis sang mit lauter Stimme. Das verblüffte sie, und sie ließen ihn aufstehen. Und so sang er es noch einmal, noch lauter. Er stand auf, grinsend, die Arme ausgebreitet, und sang alle Strophen, eingeschlossen:

> Mein Daddy betrank sich mit Nigger-Gin,
> Verkohlte, verkochte, und dann war er hin.
> Er wurd uns in Scheiben zum Essen serviert,
> Wir haben noch sie so was Leckres probiert.
> Ist besser als Hackfleisch mit Zwiebeln drin.

Sie standen alle da und glotzten blöd, als hätte er eine Kröte gegessen, es war SENSATIONELL, und ein paar Mädchen gingen bei Miss Theisen petzen, daß Francis unanständige Wörter benutzt hätte, und er mußte in der Ecke mit dem Gesicht zur Tafel sitzen, was ihn zu einem wahren Helden machte, und danach wurden mehrere der Jungs seine besten Freunde.

Francis war der einzige, der alle Strophen des Daddy-Lieds kannte, und er sang es noch mal für sie. Sie gaben ihm den Spitznamen »Showman«. Er mußte ins Klubhaus der Jungs kommen – ein Chevy-Laster auf verrosteten Radachsen bei den Rangiergleisen hinter dem Holzlagerplatz –, und sie legten sich alle hinten in den Lastwagen und rauchten und redeten über Baseballspieler und beguckten sich gegenseitig ihre Puller und tauschten schmutzige Geheimnisse aus. Darrell sagte, seine Schwester Sally hätte einen Haufen Freunde, und wenn einer von ihnen in den Hof fuhr und hupte, würde sie rausgehen und ihren Rock hochziehen und sich mit ihm auf den Rücksitz legen und er auf sie drauf, und sein haariger Hintern würde wie verrückt rauf- und runterhopsen, und sie würde wie ein Hofhund heulen.

Francis erfand eine Geschichte über Jodie, erzählte, daß sie gerne ihre Kleider auszog und Salto rückwärts schlug und auf allen vieren die Treppe rauf- und runterkrabbelte. Sie hätte winzige Brüste mit großen braunen Brustwarzen, so wie Hershey-Schokoladenküsse. Sie hätte dünnes, lockiges Haar zwischen den Beinen.

Erzähl mehr, sagten sie. Also erzählte er, daß sie einen Freund namens James in Brainerd hätte. Sie gingen splitternackt im Bach schwimmen, und sie hielt seinen Puller in der Hand, bis er so groß war wie ein Brotlaib, und dann stieß er sie damit. Erzähl mehr. Und so kriegte sie ein kleines Baby, das mitten in der Nacht, mit einem großen roten Muttermal auf dem Kopf, geboren wurde. Sie gaben es dem dicken, behaarten Altwarenhändler mit, als er frühmorgens auf dem Trödelwagen hinter dem Pferd Big Ben trapp–trapp–trapp die Gasse hinunterklapperte. Er sang *Lumpen, Eisen und Papiiieer, bringt allen Stahl und Kupfer miiir,* und Jodie stürmte hinaus und reichte ihm das kleine Baby hoch.

Sie hat das Baby dem Juden gegeben? Ja, das Baby kam zu Jake, dem Juden, kam mit zum Schrottplatz, und der Jude verkaufte es an andere Juden in Minneapolis. Es wurde in einer Kiste per Post dorthin geschickt. Verkauft für 50 Dollar plus 35 Cent Versandkosten, und der Jude packte ihm eine Zuckerstange zum Lutschen mit dazu. Jetzt war Jodies Baby ein Jude. Er hieß Isaak, und seine Mutter und sein Daddy waren reich, wohnten in einem Haus mit siebenundzwanzig Zimmern und sieben Dienern, und Isaak hatte sein eigenes Zimmer und sein eigenes Auto mit Chauffeur, der ihn zum Zoo, zum Kino oder Baseballstadion fuhr. Er war der Junge, der einen neuen Ball rauswerfen mußte, wenn die Millers einen Homerun gemacht hatten. Er hatte siebzig Paar Schuhe und zweihundert Hosen und dreihundert Hemden und sechs Dutzend Pullover. Socken mit buntem Rautenmuster und zweifarbige Schuhe. Lederjacken. Mützen und Hüte, einen ganzen Schrank voll. Und obwohl Isaak noch ein Kind war, durfte er jede Nacht mit einer wunderschönen Spanierin schlafen, die mit ihrer dunklen, erregenden Haut und den schweren, reifen Brüsten neben ihm lag, ihn mit ihren langen Beinen umschlang und seinen kleinen Piepel in der Hand hielt und Bing-Crosby-Lieder sang.

»Woher weißt du das?« Weil es wahr ist, daher.

»Was ist, wenn sie rauskriegen, daß er gar kein Jude ist? Sie werden ihn umbringen.«

»Es ist das Risiko wert«, sagte Francis, »wenn man dafür in Minneapolis leben kann.«

Er wollte Daddy einen Brief schreiben und erklären, wieso er diese schrecklichen Sachen gesagt hatte, aber dann dachte er: »Du bist gestorben. Was interessiert es dich? Du bist nicht mehr mein Dad. Du bist nur eine Leiche unter der Erde. Du liegst in einer Kiste, in die der Regen dringt, und du bist bis auf die Knochen verwest, und Würmer kriechen in deine Ohren und fressen dein Gehirn. Maden in deiner Nase. Deine Augäpfel sind weg. Du hast genug Probleme, auch ohne daß du über mich nachdenkst.«

☆ ☆ ☆

In diesem Sommer wollte Mutter in ein Sanatorium in Fargo gehen, wo es einen Spezialisten gab, der Nervenzusammenbrüche mit Elektrowellen behandelte. Das Nervensystem, erklärte sie Francis, arbeite mit Elektrizität, und ihre Ströme seien unregelmäßig und müßten durch die Anwendung eines Tremular-Calibrators reguliert werden, einer großen Maschine wie ein Kanalrohr, in der sie vier Stunden am Tag, eingehüllt in ein schützendes Magnetfeld, liegen und langsam wieder zu sich selbst kommen würde. Normalerweise dauerte die Behandlung einen Monat, aber weil ihr Zustand so schlimm war, würde sie sechs Wochen brauchen. Der Gedanke daran, wieder gesund zu werden, machte sie einen ganzen Abend lang glücklich. Sie verließ das Bett und bürstete ihr Haar und sprach davon, wie sie nach Minneapolis fahren und sich die Sehenswürdigkeiten anschauen würden, wenn sie wieder zurück war. »Wir werden die ganze Nacht durch singen! Champagner und Austern!« sagte sie. »Wir werden im Restaurant auf den Tischen tanzen!«

Francis wurde ins Camp Wigwam, nördlich von Minot, geschickt. Daddy war Mitglied der »Bruderschaft der Büffel« gewesen, und sie ließen Francis zwei Wochen lang umsonst im Camp wohnen, und Emma zahlte für vier weitere. Das Camp wurde von sechs Büffeln geleitet, die in einer Hütte aus Teerpappe am See wohnten und Poker spielten und selten in die Sonne hinaustraten, außer um den Kindern zu sagen, daß sie den Mund halten sollten. Es war phantastisch. Die Jungen und Mädchen schliefen auf Strohbetten in alten Güterwagen im Wald, und Francis lernte ein Mädchen namens Annie kennen, und sie schlief neben ihm. Die Kinder zogen ihre Kleider aus und spielten den ganzen Tag Indianer. Sie trugen einen kleinen Lendenschurz und manchmal auch nicht. Francis kannte sich aus mit indianischer Lebensweise, weil er *Der Pfadfinder* abonniert hatte, daher war er der Häuptling, verheiratet mit Annie, deren indianischer Name Weiße Wolke war, und sie war die Ärztin und untersuchte die Indianer, wenn sie etwas zwackte. Die zwei Wochen, in denen Annie da war, waren reine, helle Freude, ungetrübt von den Verdrießlichkeiten der häßlichen Welt draußen, außer wenn die Büffel rauskamen und sie Softball spielen oder im trüben Wasser schwimmen mußten. Francis haßte Softball. Seine Handflächen brannten, wenn er den Ball fing. Man mußte in der Sonne herumstehen und sich von Mücken stechen lassen, während die andere Mannschaft einem die Hucke volldrosch und johlte und feixte. Er fürchtete sich vor dem schlammigen See, in dem es von Schildkröten und Hechten wimmelte, und sobald die Büffel zurück zu ihrer Pokerrunde gingen, führte er die Indianer aus dem Wasser zurück in die Wälder. Sie tanzten nackt im Gras und sangen Lieder, die er erfand:

O Wälder und Bäume,
O Himmel und Wolken,
O Blau und Grün,
O Sonnenschein.

Und sie legten sich in einer Reihe ins Gras, und Annie ging an allen vorbei und berührte sie, und sie waren von den Pocken geheilt. Dann zogen er und sie sich in ihr Heim auf einem Wiesenstück mit hohem Gras inmitten einer Gruppe Brombeersträucher zurück und legten sich nebeneinander und umarmten sich und redeten. Das schien ihm das größte Glück, das er sich vorstellen konnte. Er legte seine Arme um sie. Sie berührte ihn. Sie sagte, was ist das? Er schwang sein Bein über sie, und sie lagen noch eine Weile so da, während er mit der Hand über ihren mageren Rücken strich, die Wirbelsäule betastete, ihre Rippen, ihre Schulterblätter, den goldenen Flaum, und sie küßte. »Leg dich auf mich«, sagte er. Sie streckte sich auf ihm aus, ihre Lippen berührten seine, ihr Bauch, ihre Knie, ihre

Zehen. Dann knackte ein Zweig, und er blickte auf, und eine Frau mit langen schwarzen Haaren starrte auf sie hinunter, als wollte sie sie zertreten wie Käfer. »Steht auf«, sagte sie.

Sie trug ein langes Kleid und hielt eine Gerte; sie sagte: »Du wirst pfeilgerade in der Hölle landen, Bürschchen, und sobald du dort ankommst, wirst du den nicht mehr haben« – und sie schlug ihn zweimal auf seinen Piepel –, »er wird im Feuer verbrennen.« Sie befahl ihnen, mit ihr zu kommen, und als sie ihre Kleider aufhoben, um sich anzuziehen, schleuderte sie die Sachen auf einen Baum. »Wozu braucht ihr Kleider? Ihr habt doch schon allen euren nackten Arsch gezeigt.« Sie trieb sie zu einem gewundenen Feldweg, der über die Anhöhe und am Sumpf entlang und bis zur Landstraße führte, wo ein grüner, staubbedeckter Ford geparkt war. Sie forderte sie auf, einzusteigen. Der Rücksitz war rausgerissen und durch Bretter ersetzt worden, die vollgekleckert waren mit weißen Exkrementen und Federn und Blut. Sie fuhren ein kleines Stück bis zu einer Straße, die ganz weit weg bis zu den Pappeln führte und zu einem kleinen baufälligen weißen Haus. Sie schloß sie in den Keller, und da saßen sie nun in völliger Dunkelheit auf einem kalten, schmutzigen Boden, nackt und ohne Decke. »Ihr könnt euch dort unten gegenseitig untersuchen«, sagte sie. »Setzt euch hin und macht miteinander herum, soviel ihr wollt. Wenn ihr bereit seid, Jesus anzunehmen, klopft auf die Dielenbretter, und ihr könnt sofort raufkommen.« Sie fanden drei alte Kartoffelsäcke zum Zudecken, und er legte seinen Arm um Annie, und dann hockten sie da und sahen zitternd hinauf zu dem Lichtspalt um die Falltür herum.

»Wird sie uns was tun, was meinst du?« Er sagte, er glaube nicht. Sie sagte, daß sie pieseln müsse. Sie ging in eine Ecke, und gleich darauf hörte er ihr Wasser auf den schmutzigen Boden plätschern. So sanft und musikalisch. Als sie auf Zehenspitzen wieder zurückkam und sich neben ihn stellte, nahm er sie wieder in die Arme.

»Wir könnten raufgehen und Jesus annehmen«, sagte er.

»Jesus läßt keine Lügen gelten.«

»Sie hat nichts mit Jesus zu tun. Wie kann es dann eine Lüge sein?«

Annie hatte darauf keine Antwort. Sie sah ihm ins Gesicht. »Du bist mein bester Freund, Franny«, sagte sie nach einer Weile. »Ich würde jederzeit für dich lügen.«

☆ ☆ ☆

Er schlug gegen die Tür. Oben scharrte ein Stuhl, und die Frau schlurfte über den Boden und öffnete die Falltür. »Habt lange genug gebraucht«, sagte sie. Sie zog sie rauf und ließ sie gleich dort niederknien und Jesus annehmen, und das schien sie zufriedenzustellen. »Jetzt seid ihr neugeborene Kinder in Christus, von euren Sünden erlöst und aufgenommen im Reich Gottes«, verkündete sie. Sie gab ihnen saubere Säcke zum Anziehen und machte ihnen Pfannkuchen zum Frühstück. »Seht ihr, die Lust des Fleisches ist ein Werk des Teufels, aber die Freuden des Geistes sind dauerhaft und wahr, denn sie kommen vom Herrn. Ich bin so dankbar, daß ich Werkzeug eurer Erlösung sein durfte. Lobet den Herrn«, sagte sie, und sie gab ihnen beiden einen Abschiedskuß und einen Bibelspruch, den sie vom Kalender abriß.

Sie wanderten zum Camp Wigwam zurück, wo die Büffel ihretwegen gerade einen Suchtrupp zusammenstellten. »O Mann, was für eine Augenweide«, sagte ein Büffel, der ein Moskitonetz um die Hutkrempe befestigt hatte. »Ihr verdammten Bälger, wir haben uns Sorgen wegen euch gemacht. Wieso lauft ihr in Säcken rum?« Er blickte angewidert weg und ging zurück in die Hütte und machte ein Bier auf.

In dieser Nacht weinte Annie sich in den Schlaf, und in der nächsten Nacht wollte sie nicht neben ihm schlafen. Sie sagte, sie fürchte sich und anständige Menschen würden so etwas nicht tun.

»Aber du bist *unentbehrlich*«, rief er. »Bitte. Sei *entgegenkommend*.«

Seine Worte rührten sie nicht. Sie zog in einen Güterwagen,

in dem nur Mädchen schliefen, und sie ging schwimmen, und wenn Francis ihr hinterherlief, schwamm sie in tiefes Wasser hinaus bis zum Sprungbrett. Er ging bis zur Taille hinein, bis zur Angstgrenze, und weiter bis zu den Achseln, und rief zärtlich, obwohl gräßlich zitternd, ihren Namen, *Annie, Annie,* aber sie drehte ihm den Rücken zu, und er wagte nicht, zu ihr zu schwimmen. Sie fuhr ab, als die zwei Wochen um waren. Der Rest des Sommers nahm kein Ende. Francis langweilte sich so sehr, daß er den ganzen Nachmittag bei den Büffeln auf der Veranda saß und ihre Zeitung las. Er ging bis zur südöstlichen Ecke von Camp Wigwam, wo der Zaun an einen Baum stieß, den sie den Zeckenbaum nannten, und er kletterte hinauf, trotz der Zecken, und er konnte in weiter Ferne ein strahlendes Licht sehen, die Reflexion der Sonne auf einem Silodach in der Ferne, und er dachte: »Minneapolis«.

Kapitel 16
Radiosex

Mutter kam geschwächt aus Fargo zurück. »Alles geht bei mir schief«, sagte sie. Die Behandlung war fehlgeschlagen, und der Fehlschlag entmutigte sie. Sie war entmutigt dadurch, wie entmutigt sie war. »Andere Menschen sind tapferer als ich, Francis. Ich bin nicht die einzige, die ihren Ehemann verloren hat. Andere Frauen machen tapfer weiter, und ich weiß nicht, warum ich das nicht kann. Du hast einfach eine mißratene Mutter, das ist alles. Es tut mir leid.« Sie weinte inzwischen jedesmal, wenn sie ihn sah. »Du solltest ein glückliches Zuhause haben wie andere Kinder, und nun sieh dich an. Du hast eine häßliche alte Hexe zur Mutter, die nur herumsitzt und wie ein Schaf blökt. Ein großes Baby. Nichts weiter bin ich.« Ihr Tageslauf wurde durch das Radio bestimmt. Es war alles, was sie im Leben hatte. Sie wachte zeitig auf für die Gospellieder mit dem Shepherd-Boys-Quartett in der *Frühaufsteher-Show*, und sie ging zu Bett nach dem *Calhoun-Club-Tanzsaal* und der sanften Musik von Tommy Leonard und seinen Ständchenbringern, wenn die Tänzer leise über die luftige Terrasse glitten, die auf den Excelsior Boulevard hinausging. Und dazwischen hörte sie alle ihre anderen Sendungen, verfolgte sie gewissenhaft und schrieb Hörerbriefe. Sie ermahnte Dad, er solle sich vor diesen Frauen in acht nehmen, die auf Männerjagd aus waren, und sie lobte Tiny dafür, daß er immer so frohgemut war (und sie bekam eine Karte zurück: »Iss Sie, wo mich imma fröhlich macht!«). Sie schrieb Briefe an Klein Benny (»Ich habe einen Jungen, der nicht viel älter ist als Du, und wenn ich Dich singen höre, dann stelle ich mir gerne vor, daß er es ist, der für mich singt«), und sie wurde Mitglied im *WLT-Tipp-Topp-Club* – »Willst du, daß die Sorgen ruhn, mußt du etwas Gutes tun. Hilfst du andren Menschen weiter, fühlst du dich tipptopp und heiter!« Sie schrieb regelmäßig an Bud

»Lächler« Swenson und bekam einmal drei Dollar für ihr Gedicht »Bäume«, das in der Sendung vorgelesen wurde.

Es ermuntert mich stets, einen Baum zu sehn
Und daß aus dem Samen, so winzig klein,
Einem einzelnen Korn, kann so Großes entstehn.
Dann muß auch für mich noch Hoffnung sein.

Sie verschrieb sich der Tipp-Topp-Philosophie, die besagte, man solle sich auf die guten Dinge konzentrieren und das Schlechte vergessen, solle lächeln und sich auf das Morgen freuen und Gutes für andere tun, aber, wie sie Francis erklärte, es funktionierte bei ihr nicht, weil sie zu schwach war. Sie konnte es nicht ertragen, den Nachbarn gegenüberzutreten, weil alle über sie redeten und über die Unordnung in ihrem Haus. Sie konnte nicht nach Minneapolis ziehen, weil es zuviel kostete, und was sollte sie dort? Sie konnte doch nur Radio hören.

An diesem Weihnachten, 1940, sang Klein Buddy »Weihnachten im Bahnhof«, ein Lied über einen Jungen namens Klein Jim, dessen Daddy Eisenbahningenieur gewesen und bei einem Zugunglück gestorben war – Mutter stellte das Radio lauter, und Francis stand vom Fußboden auf, wo er Arts Sonderausgabe vom *Geographic* studierte, und setzte sich neben sie auf die Couch und hielt ihre Hand. Und jetzt irrte Klein Jim am Heiligen Abend auf dem überfüllten Bahnhof umher und versuchte mit dem Nachtzug zu seiner sterbenden Mutter zurückzukommen:

Der Schaffner fordert die Reisenden auf:
»Alles einsteigen, der Zug fährt gleich ab!«
Doch Jimmy hat seinen Fahrschein verlorn,
Er ist weg, und sein Geld ist zu knapp.

Er sucht in den Taschen, guckt rechts und links,
Wo mag denn der Fahrschein bloß sein?

Jetzt kann er nicht heimfahrn zu seiner Mom,
Wenn sie stirbt, ist sie ganz allein.

Er flüstert: »Herr Schaffner, ich bitte Sie,
Ich habe kein Geld und muß heim
Zu meiner Mom, sie ist sterbenskrank,
Ich möchte gern bei ihr sein.«

Der Schaffner betrachtet ihn voller Ernst
Und sagt: »Nichts zu machen für dich.
Ich hab meine Vorschrift und halte mich dran
Und mach keine Ausnahme nich.«

Und dann entdeckt Jim einen Gentleman
Vor dem Erste-Klasse-Waggon,
Mit Zylinder und sündteurem Anzug an.
Und er bittet in scheuem Ton:

»Verzeihen Sie, Sir, ich bitte Sie sehr
Und hoffe, Sie helfen mir aus.
Damit ich zu meiner Mom fahren kann,
Denn sie liegt im Sterben zu Haus.«

Der Gentleman sagt ihm ganz ungerührt:
»Du hör auf mit der Bettelei!
Und laß mich in Ruh, denn ich hab euch Pack satt,
Sonst ruf ich die Polizei!«

Und so sucht sich Klein Jim einen Platz für die Nacht
In der Ecke hinter der Tür.
Und dort liegt er todmüde, ihm ist so kalt
Auf dem Marmorfußboden hier.

Und von Engeln träumt er im Himmelreich,
Deren Lobgesang süß erklingt,
Und von der Mutter inmitten der Schar,
Die jung und froh mit ihnen singt.

Und sie sagt zu ihm: »Jim, du gutes Kind,
Voller Liebe und Sonnenschein,
Komm hinauf in den Himmel, komm her zu mir,
Hier wirst du stets bei mir sein.«

Und Jim reicht hinauf, um sie zu berührn,
Und der Himmel erschallt voller Freud,
Nun war dieser arme Junge erlöst
Von all seinem irdischen Leid.

So wird er gefunden im Morgengraun.
Sie breiten ein Tuch über ihn
Und legen den Jungen in einen Sarg,
Mit dem durch die Stadt sie ziehn.

Dort tummelt das Volk sich zahlreich und laut,
's ist Weihnacht für jung und für alt.
Doch keiner bemerkt den Sarg und die Fracht,
Die so klein ist und bitterkalt.

Sie preisen voll Andacht das Jesuskind
Und singen und huldigen ihm.
Doch Jesus schaut lächelnd hinab und sagt:
»Sei willkommen daheim, Klein Jim.«

Mutter war hellauf begeistert. Das war das allerschönste Lied, das sie je gehört hatte. So traurig, aber sie konnte nicht weinen, es war zu schön. »Es wird alles gut für uns werden, ich weiß es«, sagte sie. »Genau wie im Lied.«

»Aber wieso muß er sterben, um glücklich zu sein?« Francis fand, es war das schlechteste Lied in der Geschichte des Radios.

»Glaubst du denn nicht, daß Daddy glücklich ist?« fragte sie. Ihre Oberlippe bebte. »Ich weiß, daß er es ist. Er sagt, er ist es. Er sagt mir jeden Tag, daß er es ist.« Sie stellte das Radio aus. »Sterben ist der leichteste Teil«, sagte sie leise. »Nur das Warten ist unerträglich.« Francis stellte das Radio wieder an. Klein

Buddys Dad, Slim, sprach über Corn-flakes. Es wäre schön, einen Dad zu haben, dachte Francis, besonders einen, der Gitarre spielen konnte.

☆ ☆ ☆

Im nächsten Sommer zog Francis für eine Weile nach Minneapolis zu Art und Clare, weil Mutter wieder ins Krankenhaus mußte. Sie hatte Träume, schreckliche Träume, und jetzt kamen die finsteren Gestalten aus ihren Träumen auch tagsüber zu ihr. »Hältst du mich für verrückt?« fragte sie ihn. Er sagte nein. »Aber ich bin es«, sagte sie.

Sie kam spät in der Nacht in sein Zimmer und setzte sich zu ihm auf die Bettkante. »Mein Leben ist vorbei, Francis. In Rauch aufgegangen. Wir waren einst glücklich, und dann starb Daddy. Er ist verbrannt, Francis. Er war ein guter Mann, und Gott hat ihn in den Flammen sterben lassen. Wir sind so glücklich gewesen. Ich weiß nicht, warum uns das zugestoßen ist. Du bist mein kleiner Junge, und ich liebe dich mehr als alles andere, und ich wünsche dir ein glückliches Leben, aber ich kann nichts für dich tun. Ich schicke dich fort, aber es bricht mir das Herz. Nur eins mußt du für mich tun, Francis, denn ich weiß nicht, ob wir je wieder zusammenkommen werden. Das ist alles, worum ich dich bitte. Behalte deine Mutter in Erinnerung, Francis. Behalte mich in Erinnerung. Das ist alles, worum ich bitte. Wirst du mir das versprechen? Versprich es mir, was auch immer geschehen mag, erinnere dich immer an deine Mutter, die dich auf die Welt gebracht hat. Ich liebe dich. Auf Wiedersehen, mein Liebling. Denk an dein Versprechen. Denke daran.«

☆ ☆ ☆

Art wartete am Great-Northern-Bahnhof, und sie fuhren zu dem Installationsgeschäft von Arts Cousin an der Plymouth Avenue. »Hast du gehört, daß Ole und Lena auch weggezogen sind?« sagte Art. »Ja, sie sind weggezogen, weil Ole in der Zeitung gelesen hat, daß die meisten Unfälle zu Hause passieren.« Ed, der Cousin, schloß das Geschäft ab und begleitete sie, und sie aßen alle Hamburger in einem mit blanken Stahlplatten verkleideten Imbißladen, wo der Tellerwäscher ein dunkelgrünes Glasauge hatte – »Zez Hoover, war mal Fänger für die Millers, hat 'n Ball abgekriegt«, sagte Ed –, und dann gingen sie bei der Feuerwache auf eine Runde Cribbage vorbei. Art hatte einen silbernen Flachmann dabei und reichte ihn herum. »Muß 'ne Puppe treffen«, sagte er zu Francis. »Du bleibst bei Ed. Bin gleich wieder da.«

Francis und Ed spielten Pool mit ein paar Feuerwehrmännern, dann gingen die beiden zurück ins Geschäft. »Dieser Art. Ein Teufelskerl«, sagte Ed. »Ein Teufelskerl. Ich beneide ihn. Klempnerarbeit ist nichts, da hast du nur mit uninteressanten Leuten zu tun. Ich sage dir, die Sache beim Radio ist die, daß ein Mann schneller flachgelegt wird als sonst irgendwo. Sie machen es alle. Diese Feuerwehrmänner, die du eben kennengelernt hast? Lily Dale geht da einmal die Woche vorbei und nimmt sich die halbe Mannschaft vor, daher kommt ihr Vibrato.«

Lily Dale? sagte Francis. O ja, nach ihrer Sendung fuhr sie rüber zur Feuerwache 1, parkte ihren großen Schlitten in der Scheune neben der Pumpe, und die Feuerwehrmänner stellten sich in einer Reihe an der Hintertür auf. Alle Radioleute orgelten herum, was das Zeug hielt. Dieser Leo LaValley, von ihm hieß es, er sei ein wahrer Pussijäger. Und dieser Prediger, der das Wort zum Sonntag sprach, der auch, und der Baßsänger vom Shepherd-Boys-Quartett, von dem wurde behauptet, seine Eier hingen ihm bis zu den Knien.

Leo war *was* für ein Jäger?

»Oh, er ist scharf auf diese Frau aus der Morgensendung. Diese LaWella.«

LaWella Wells? Die Hausfrau?

»Genau die. Es heißt, sie macht die ganze verdammte Sendung in ihrer Unterwäsche, und manchmal zieht sie auch die aus und sitzt da, nackt wie ein Suppenhuhn. Splitterfasernackt. Und eine Bombenfigur.«

LaWella Wells? Die mit den Erdnußbutterkeksrezepten und wie man Preiselbeersaftflecken aus einem Wollpullover entfernt?

»Sitzt da in ihrem knappen Büstenhalter und Höschen, und immer, wenn für ein Rezept Milch gebraucht wird, hakt sie den BH auf, und wenn für ein Rezept Zucker gebraucht wird, kommt der Schlüpfer runter. Ich hab das von einem Kerl gehört, der dort gearbeitet hat. Er sagt, der Regieraum sei so überfüllt während der Haushaltssendung, daß kein Platz mehr zum Luftholen ist.«

Diese liebe Frau mit dem fröhlichen »Guten Morgen, alle miteinander! Was für ein herrlicher Tag heute und wie schön, Sie wieder in meiner Küche begrüßen zu dürfen!« – nackt?

»Ihre Brüste sind so fest wie McIntosh-Äpfel. Wirklich niedliche kleine Brüste mit großen hellbraunen Nippeln. Hübsche lange Beine. Wirklich hübsch. Weiches rotes Haar. Wunderschöne Frau. Sitzt da an einem Tisch mit grünem Filzbezug und erzählt ganz harmlos und unschuldig, wie man Brotpudding macht, in diesen Spitzenhöschen und dem hübschen kleinen schwarzen Büstenhalter, und sie redet davon, wie man das Brot zerbröselt und in einer Tasse Milch einweicht, und sie greift nach hinten und hakt den BH auf, und plötzlich sind da ihre beiden kleinen Brüste, mit 'ner Gänsehaut, und die Nippel ragen zwei Zentimeter vor, und dann kommt sie zu der halben Tasse Zucker, und sie steht auf und legt sich auf den Tisch unter das Mikrophon, und sie befreit sich von dem Höschen, erst ein langes Bein, dann das andere, und sie redet weiter unschuldig und harmlos davon, wie man den Pudding in den Ofen schiebt, und sie bewegt ihren kleinen Hintern hin und her und hält diese kleinen Bobbeln und berührt sich da unten, und wenn sie sich verabschiedet, zeigt sie auf einen Kerl im Regieraum, und er darf reinkommen und sie an Ort und Stelle bürsten. Nur einer. Sie sucht jeden Tag einen anderen aus. Das ist die reine Wahrheit. Das hat er mir erzählt.«

»Sie bürsten?«

»Ja, diese Burschen vom Radio sind fein raus. Die Klempnerei ist nichts. Ist wie bei den Schlittenhunden. Wenn du nicht der Leithund bist, ändert sich für dich die Aussicht nie.«

Auf dem Heimweg fuhr Art in die Innenstadt, parkte und ging mit Francis in Dayton's Kaufhaus, und sie fuhren mit dem Fahrstuhl in den elften Stock. Elf Stockwerke voller Einkaufswaren, ein Palast der Unterwäsche, eine Kathedrale der Sokken. Riesengroße Säulen und Rundbögen und darunter Gänge über Gänge mit hübschen neuen Pyjamas und Anzügen und im zweiten Stock Dutzende nackter Schaufensterpuppen in Korsetts und Unterkleidern. Art kaufte ein Unterkleid.

»Für Tante Clare?«

»Ist für ihren Geburtstag. Verrate ihr nichts, okay?«

»Macht LaWella Wells ihre Sendung wirklich in der Unterwäsche?«

»Keine Ahnung. Ich hab ihre Sendung nie gesehen. Soll ich es für dich überprüfen?«

Francis nickte. Er wollte das gerne wissen.

☆ ☆ ☆

Mutter war den ganzen Juni und Juli im Krankenhaus, kam raus und ging für fast den ganzen August wieder rein. Clare fuhr mit Francis nach Fargo, um sie zu besuchen, und sie erkannte ihn nicht. Sie nannte ihn Chester und fand ihn furchtbar komisch, oder seltsam – sie lachte und verzog das Gesicht und gab ihm einen freundlichen Stups. Clare sagte andauernd, Ruby, Ruby, es ist Franny. Sie blieben nur wenige Minuten, und als Mutter zu überdreht wurde, gingen sie. Sie zeigte ständig auf das Radio und lachte über ihn. Vielleicht dachte sie, er sei Leo aus dem Radio. Jedenfalls hatte sich Mutter gefreut, ihn zu sehen. So fröhlich hatte er sie schon seit Jahren nicht mehr gesehen.

☆ ☆ ☆

Mit Art zusammenzuleben war nicht ganz so lustig, wie ihn zu Besuch zu haben. Er machte weder Kartentricks, noch erzählte er viele Witze, er zog es vor, im Dunkeln in seinem großen Sessel zu sitzen und zu rauchen und Manhattans zu trinken. Das Eis klirrte, und die rote Zigarrenglut leuchtete auf und wurde matter.

»Stört es dich, wenn ich mich zu dir setze, Onkel Art?«

»Nein.«

»Interesse an ein bißchen mehr Licht in der Angelegenheit?« (Einer von Arts Sprüchen.)

»Nein danke.«

»Kann ich dir irgendwas bringen?«

»Francis?«

»Ja?«

»Wenn du vorhast, herumzuzappeln, zappel woanders.« Und er zog eine Dollarnote aus einem Bündel und gab sie ihm, damit er sich Comichefte kaufte. Francis hatte bald die größte Comicsammlung von der ganzen Blaisdell Avenue, und obwohl er sie drei gegen eins mit anderen Jungs tauschte, um Freunde zu gewinnen, wurde sein Stapel immer größer. Er kaufte Doktor-Dolittle-Bücher, er kaufte Richard Halliburton und Romane über Männer, die auf Trampschiffen in den Orient reisten, und über Detektive und Gene Autrys Abenteuer im Goldenen Westen. Wie der gute Doktor aus Puddleby auf der Marsch lernte Francis, außerhalb der menschlichen Rasse Freunde zu finden. Nur sammelte Francis statt Tieren Bücher.

Kapitel 17
Minneapolis

Francis besuchte sechs Jahre lang die West-High-School und lebte bei Art und Clare, außer wenn sie indisponiert waren. Dann wohnte er für ein paar Wochen bei Clares Bruder James und seiner Frau Alta oder bei Altas Tante Rosamund. Clare verkaufte bei Dayton's Kosmetika, und die Kundenmassen ermüdeten sie, und zu Hause legte sie sich sofort aufs Sofa, und wenn Art heimkam, flüsterte sie ihm etwas zu, und er rief Francis und schickte ihn fort. Oder manchmal schickte Art ihn aus eigenen Gründen weg. Arts Grenze schien ein Monat zu sein, und danach wurde er Francis' Gegenwart leid, egal wie sehr Francis sich bemühte, nett zu sein.

Francis lernte, außergewöhnlich nett zu sein, sogar unsichtbar. Er saß in seinem kleinen Zimmer auf dem Speicher, das er sauber und aufgeräumt hielt, und er machte kein Geräusch, lief auf Strümpfen herum und belästigte niemanden, spülte und trocknete das Geschirr ab, wusch seine Wäsche selber, stopfte seine Socken, nähte seine Knöpfe an, verdiente sein eigenes Geld durch Austragen der *Tribune*, schippte für Art Schnee, hörte Art zu, war liebenswürdig, und doch sagte Art hin und wieder: »Vielleicht ist es Zeit, daß du eine Weile zu James und Alta gehst, okay?«, und fort ging er. James und Alta hatten vier kleine Kinder und kein Gästezimmer, und Francis schlief auf der Couch im Keller, die ansonsten ihrem Hund vorbehalten war. Rex war wütend auf Francis und knurrte ihn an. Die kleinen Kinder stahlen seine Sachen. Er wachte am Morgen mit Hundehaaren im Mund auf. Seine Kleidung war übersät damit. Noch in der Schule roch er nach Rex. Nach einer Woche schlich er gedemütigt zurück zu Art und Clare. Sie hatten ihm keinen Schlüssel zum Haus gegeben, aber er konnte das Kellerfenster aufriegeln und hindurchschlüpfen und auf den Wäschezuber klettern und auf Zehenspitzen hinauf in sein Zimmer huschen und sich ins Bett legen und nur hoffen, daß sie über seine Rückkehr nicht allzu aufgebracht wären.

Art machte weder Zaubertricks, noch erzählte er Witze, außer wenn James' kleiner Sohn, William, zu Besuch kam. Er lief schnurstracks zu Arts Hosenbein, zupfte und quengelte, und dann war Art wieder der alte, gut aufgelegte Art. Ansonsten las er Zeitung und machte sich Sorgen wegen des Krieges. Art war sicher, daß Hitler vor nächstem Weihnachten in Minneapolis sein würde, daß die Panzerdivisionen der Wehrmacht durch die Prärien nach Westen rollen würden, um die Japse in Kalifornien zu treffen, daß die Luftwaffe sich auf Wold-Chamberlain Field einrichten und ein Hunne Bürgermeister von Minneapolis sein würde. Art sagte zu Francis, wenn die Deutschen kämen, würde er das Haus verkaufen und nach Kanada gehen, und Francis würde zurück nach Mindren gehen müssen. Art sagte, daß wir mit dem Entsenden von Schiffen und Flugzeugen nach England einen großen Fehler begangen hätten und daß Hitlers Zorn uns um so schlimmer treffen würde, weil wir Waffen geschickt hatten, die deutsche Jungs töteten. Roosevelt hätte Amerika verraten, indem er uns in den Krieg hatte eintreten lassen. Amerikanische Städte würden in Schutt und Asche gelegt werden, Amerikaner würden zu Zehntausenden sterben, alles nur, weil der Präsident ein Waschlappen und ein Eierkopf mit einer Schwäche für die Briten war.

Nach der Schule fuhr Francis gerne mit der Straßenbahn in die Stadt, verbrachte eine Stunde in der Bibliothek und lief zum Hotel Ogden und trieb sich bei WLT herum und fuhr dann mit Art nach Hause. Das erstemal hatte er furchtbare Angst: Er trat an den Schreibtisch in der Lobby heran und sagte: »Ich bin Francis With, Arthur Finns Neffe, ich würde gerne hinaufgehen und ihn besuchen, wenn ich darf« und erwartete, daß die große Frau mit den grellroten Fingernägeln grausam lachen und einen Polizisten rufen und ihn hinaus auf die Straße werfen lassen würde. Aber sie lächelte nur und sagte: »Dritter Stock«, und danach brauchte er nicht mehr zu fragen, sie lächelte nur. Und dann ging er gar nicht in den dritten Stock, wo Art auch nicht besonders erpicht darauf war, ihn zu sehen; er fuhr in den zweiten und bummelte in der Nähe der Studios herum.

Er hatte eine Geschichte parat, falls ihn jemand fragen sollte, was er hier machte. Er war Arthur Finns Neffe, und er schrieb einen Bericht für die Schulzeitung über das Thema »Das Radio zieht in den Krieg«, über die entscheidende Bedeutung der Radiounterhaltung zur Aufrechterhaltung der Moral an der Heimatfront. Aber niemand fragte ihn. Männer standen in den Gängen herum und rauchten, Männer stürmten vorbei und stürzten eine Sekunde, bevor das *Auf-Sendung*-Licht aufleuchtete, in die Studios, Männer in Cowboyanzügen saßen da und lasen Zeitung, Homer Jessie studierte seinen Text und übte Bellen oder Winseln oder Glucksen oder Schluchzen, und einmal platschte ein dressierter Seehund vorbei, um in *Kunterbuntes* »Stille Nacht« zu spielen, niemand fragte Francis irgend etwas. Er stieg aus dem Fahrstuhl, bog nach links, ging durch die Doppeltür und an Studio B vorbei und in das Grüne Zimmer, holte eine Cola aus dem Kühlbehälter und setzte sich hin und hörte Radio. Und kurz darauf kamen die Leute, die er gerade noch im Radio gehört hatte, in den Raum, gossen sich eine Tasse Kaffee ein, hockten sich zusammen und plauschten. Francis saß höflich und unsichtbar da, eine Fliege an der Wand.

An einem Tag sprach Leo mal im Radio beherzt über die Bedeutung der Zielstrebigkeit und wie viele unglaubliche Taten nur deshalb von Leuten vollbracht worden seien, weil sie nicht aufgegeben hatten, und einen Moment später lag er hingefläzt auf der Couch und beklagte sich bei Gene, dem Techniker, daß Klein Buddy Kerne ins Studio gespuckt hatte, die jetzt an Leos Hosen klebten.

»Der kleine Scheißer, jemand sollte einen großen Stein auf ihn fallen lassen«, sagte Leo. »Er ist ein verzogenes Aas. Der Kleine frißt pfundweise Trauben und spuckt die Kerne in alle Richtungen. Dann kriegt er Dünnschiß und kackt das Klo voll und zieht noch nicht mal ab! Was macht man mit so einem Kind? Ich würde sagen, ein Schubs vom Dach, und die Sache wäre erledigt.«

»Kann einem Kinder ganz generell vermiesen«, sagte der Techniker.

»Sogar sein eigener Vater haßt ihn«, sagte Leo.

Francis kannte Klein Buddy Graves nicht persönlich, nur als Stimme in *Der freundliche Nachbar* mit seinem Vater Slim, wenn er sang »Ich hab meine Mutter im Himmel gehört« und »Klein Bob, der Zeitungsjunge«, und dann später in ihrer eigenen Show am Montagabend um halb acht. Slim zupfte die Gitarre und sang dazu, aber Klein Buddy war natürlich der Star. Er sang Lieder über kranke Kinder mit betrunkenen Vätern, die sterbend im Schnee lagen. Die Sendung schloß damit, daß Klein Buddy neben seinem Radio zum Gebet niederkniete und Gott bat, seinen Dad und seine Mutter und seine Brüder Bobby und Billy zu segnen und »alle Kinder, die heute abend zuhören«, und wenn er »Gute Nacht, Daddy« trällerte, mußte Francis daran denken, wie sein eigener Daddy ihm immer einen Gutenachtkuß gegeben hatte.

»Es ist mein Ernst«, sagte Leo und senkte die Stimme. »Ich glaube, der Junge ist ein Zwerg. Nimm ihn mal irgendwann unter die Lupe. Folg ihm in die Herrentoilette und stell dich neben ihn und wirf einen Blick auf seine Eier. Ich wette, du wirst feststellen, daß er in den Zwanzigern und für sein Alter nur ein bißchen zu klein geraten ist. Reiß ihn am Haar, wenn du schon dabei bist, ich wette fünf Dollar, daß es eine Perücke ist.«

Francis hatte natürlich Klein Buddys Bild im Andenken-Liederbuch gesehen: Er war klein und pummelig und hatte lang herunterhängende goldene Löckchen.

»Nee, er ist ein Kind«, sagte der Techniker. »Kann man daran sehen, wieviel Angst er vor seinem Alten hat. Ich hab noch nie einen Mann gesehen, der ein Kind so piesackt wie Slim, er fährt den kleinen Scheißer wegen jeder verdammten Kleinigkeit an. Neulich schreit er: ›Guck mich nicht so dämlich an, du siehst jetzt gerade genauso aus wie auf deinen Photos, du Käsekopf.‹ Er steht vor ihm und läßt ihn Autogramme schreiben und paßt auf, daß der Kleine groß und schnörkelig schreibt. Der Junge ist so eingeschüchtert, daß er den Text vergißt oder falsch singt und dann – so was hast du noch nicht gesehen, jemand, der ein Kind so runterputzt wie Slim.« Der Techniker nahm eine steife Haltung an und zischte mit wütendem Blick: »Reiß dich zusammen, du blöde Rotznase – du wirst immer langsamer, du singst alle in den Schlaf – also hör auf mit dem Mist und *bleib im Rhythmus*, oder ich verpaß dir einen Tritt in den Hintern und hol mir jemand anders, und niemand wird den Unterschied merken, außer daß es sich besser anhörn wird!« Und dann lächelte der Techniker freundlich und sagte: »Willkommen, Freunde und Nachbarn, und jetzt ist es Zeit für ein Kirchenlied. Nicht wahr, Buddy? Ja, Buddy hat mich gestern abend, nachdem er sein Gebet gesprochen hatte, gefragt, ob wir nicht ›Unser bester Freund ist Jesus‹ heute im Radio singen können, und hier ist es. Mein Sohn?« Und der Techniker flüsterte mit hoher, fiepender Stimme: »Das ist für alle kleinen Kinder, vor allem die, die nicht genug zu essen haben.« Und der Techniker sang mit Klein-Buddy-Stimme:

Unser bester Freund ist Jesus,
Der all unsre Sünden trägt.
Unsre beste Art des Dankes
Ist ein Loblied und Gebet.

Und dann piepste er: »Auf Wiedersehn, alle miteinander, gaaaanz bald!«

Leo lachte. »Donnerwetter, Gene, wenn deine Ginfahne nicht wäre, hätte ich geglaubt, es wäre der kleine Scheißer persönlich.«

Gene lächelte. »Ich hab ihn ziemlich gut drauf.«

»Dieses Weihnachtslied? Das über den Jungen im Bahnhof? Sie haben das Lied einem Betrunkenen in einer Kneipe auf der Hennepin Avenue geklaut.«

»Ich dachte, Slim hätte es geschrieben.«

»Einen Dreck hat er. Er hat einen Betrunkenen mit dem Lied übers Ohr gehauen. Armer Kerl, der Barmann erzählt ihm, daß Slim beim Radio ist, und der Kerl kramt was raus und sagt, ich hab da dieses Lied, meinen Sie, es taugt was? Slim liest es und sagt, nee, das ist nichts, aber hier, ich spendiere dir 'ne Flasche Four Roses dafür, und so kommt er an das Lied, und der Kerl landet tot in der Gosse, und Slim nimmt das Lied und läßt es den kleinen Scheißer auf Platte aufnehmen, und sie haben *viertausend Dollar* damit verdient! Ganz recht! Vier Riesen!«

Der Techniker schüttelte den Kopf. »Das ist ziemlich gemein.«

»Und dieser Text – das war eine wahre Geschichte. Der betrunkene Kerl selbst war der kleine Junge.«

»Klein Jim?«

»Ebender. Er hatte den Text mit Bleistift auf die Rückseite eines Umschlags gekritzelt. Slim mußte Lily Dale bitten, die letzte Strophe zu entziffern. Er hat ihr die ganze Geschichte erzählt. Der Name des Burschen war Jim, er war der kleine Junge, und die Geschichte war echt, außer daß er noch nicht in den Himmel gekommen war. Dazu brauchte er die Flasche Four Roses, die hat ihm den Rest gegeben. Er gab Slim das Lied und trank den Whiskey und brach auf dem Boden zusammen, und Slim ließ ihn da liegen und nahm das Lied mit rüber ins Studio und machte sich nicht mal die Mühe, den Nachnamen des Mannes oder seine Adresse in Erfahrung zu bringen.«

»Sein Glückstag, nehme ich an.«

Leo stand auf und goß sich noch eine Tasse Kaffee ein. Er kam immer mehr in Fahrt bei dem Thema. Er bemerkte Francis nicht, der hinter seiner Cola saß. Francis betrachtete die Löcher in der Decke, zählte sie.

»Weihnachten im Bahnhof«, das Lied, das Slim dem betrunkenen Jim gestohlen hatte, hatte Buddy und Slim die *Hüttenkäse-Show* an sechs Tagen in der Woche für 350 Dollar verschafft, sagte Leo. Mr. Dameron, der Präsident von Cottage-Home-Hüttenkäse, hatte Klein Buddy das Lied singen hören, mußte auf dem Highway 12 an den Straßenrand fahren und weinen. Er wußte nicht, daß Slim es einem Sterbenden geklaut hatte. Mr. Damerons Mutter lag krank in Des Moines. Er war gerade fünfzig geworden. Die Cottage-Home-Aktien waren wegen rückläufiger Verkaufszahlen auf 2,28 Dollar gesunken. Er hatte an dem Morgen eine heftige Auseinandersetzung mit einem Angestellten gehabt und den Mann auf der Stelle gefeuert. Ganz niedergeschlagen hatte er früh mit der Arbeit Schluß gemacht, um nach Brearley, seine Villa am Lake Minnesota, zurückzukehren und sich dort vielleicht das Leben zu nehmen. Für Mr. Dameron war »Weihnachten im Bahnhof« ein Aufruf zur Tat. Er stellte den Mann wieder ein, besuchte seine Mutter, engagierte Klein Buddy und Slim, und der Verkauf von Cottage Home verdoppelte sich beinahe. Mr. Dameron sagte: »Nichts hat je mehr Hüttenkäse verkauft als Klein Buddys: *O Mann.*«

Francis hatte die Cottage-Home-Werbung natürlich gehört. Jeder kannte sie. Die Kinder in West High brauchten bloß mit piepsiger Stimme »O Mann!« zu sagen, und alle lachten.

SLIM: Ich sage euch, was Buddy noch lieber mag als Eiscreme, und das ist eine große Portion Cottage-Home-Hüttenkäse.

BUDDY: O Mann.

SLIM: Ja, Cottage Home hat viele Vitamine und Proteine und lauter gute Dinge, die kleinen Knirpsen wie Buddy helfen, groß und stark und tatkräftige Männer voll Unternehmungsgeist zu werden, und das Allerbeste, Cottage Home ist der Hüttenkäse mit dem echten, wirklichen, leckeren Mmmmmm-wie-hausgemacht-Geschmack. Fragt nur Klein Buddy.

BUDDY: O *Mann.*

SLIM: Ganz genau. Das ist Cottage Home. Sing es, mein Sohn.

BUDDY: Ich war heut brav und artig, Paps,
Und gar kein bißchen böse.
Nun möcht ich einen Riesenklacks
Home-Cottage-Hüttenkäse.
O Mann!

Leo sagte, diese Reklame hätte ihm auf ewig den Appetit auf Hüttenkäse verdorben, aber was kann man machen? Die beiden schlugen ganz groß ein. Das Gesicht des kleinen Scheißers war auf der Schachtel abgebildet, »Klein Buddys Cottage-Home-Liederbuch« wurde herausgegeben und dann ein Geschichtenbuch und dann ein Malbuch, und Dameron bezahlte WLT einen Bonus, um die Show auf eine halbe Stunde auszudehnen, und unterschrieb dann einen Zweijahresvertrag für das Doppelte des bisherigen Honorars – offensichtlich war der kleine Scheißer ein Bombenerfolg bei den Freunden und Nachbarn.

»Der Mann muß ein Päderast ein, wenn er dreihundertfünfzig Dollar in der Woche für ein sogenanntes Kind und sein affektiertes Herumgefistel hinlegt. Und was macht das aus uns – Zuhälter, vermute ich«, sagte Leo. Francis wußte nicht, was ein Päderast oder ein Zuhälter war, aber er konnte es sich denken. Leo schnaubte. »Wenn dieses Kind ein Kind ist, dann bin ich Greta Garbo. Ich sehe dauernd Rasierschnitte auf den Backen von diesem Dreikäsehoch, du nicht?«

Gene sagte, er halte Klein Buddy für nicht älter als zehn.

»Manche Hermaphroditen kommen erst mit Ende Zwanzig in den Stimmbruch«, sagte Leo. »Sie haben nur einen Hoden, so wie John Wilkes Booth. Ein berühmter Fall. Booth hatte eine schrille Sopranstimme und spielte Frauenrollen, bis er dreißig war. Hatte keinen Saft im Stengel. Deshalb hat er Lincoln erschossen. Ein anderer war Typhus-Harry, der Bauernjunge aus Georgia, der Tag und Nacht die Kühe seines Vaters gemolken und die tödliche Krankheit verbreitet hat, die beinahe Atlanta ausradiert hätte. Auch ein Hermaphrodit. Ein Versehen der Natur, aber diese Veranlagung macht den Knirpsen das Leben nicht gerade zu einem Zuckerschlecken.« Leo tat zwei Stück Zucker in seinen Kaffee. »Überleg mal. Klein Buddy läuft Amok mit einer Handfeuerwaffe. Lach nicht. Ein Kind ist absolut in der Lage, mit Feuerwaffen umzugehen, besonders wenn es Anfang Zwanzig und eine Mißgeburt ist. Sogar Hermaphroditen *wollen* eine Frau, weißt du. Das Verlangen ist um so größer, als ihnen der biologische Apparat fehlt. Deshalb kommt der kleine Scheißer bei den Weibern so an, sie können das Schluchzen in seiner Stimme hören.« Leo schlürfte seinen Kaffee. »Ein richtiger Mann kann nicht mehr singen, als ein Hund Bücher lesen kann. Singen, *jegliche* Art von Darstellung: lediglich eine Folge schlichter Minderwertigkeitskomplexe. Ein Schlappschwanzsyndrom. Doch. Das ist wahr. Männer, die ihn hochkriegen, brauchen nicht herumzustolzieren und anzugeben wie diese Showleute, das ist nun mal so. Dieses ganze Trara und die Kostüme und die ewige Grinserei, das ist Hermaphroditentum, wie es leibt und lebt. Das gilt im übrigen nicht für Frauen.« Er beugte sich vor und richtete einen Finger auf seine eigene Brust. »Ich«, sagte er, »habe nicht das geringste Talent zur Darstellungskunst, und ich verspüre auch keinen Drang danach. Ich bin ganz zufrieden damit, normal zu sein.«

Kapitel 18
Søren Blak

Sämtliche Radiostars strömten durch das Grüne Zimmer; Francis sah sie alle – den freundlichen Dad Benson und die süße Alma Melting und Miss Lily Dale in ihrem Rollstuhl, die Nordische Nachtigall, der (welche Überraschung) völlig ohne Akzent sprach und nicht Jens hieß, sondern Jon, ein großer, schlaksiger, glatzköpfiger Bursche, der wie Gene Austin sang, wenn er eine schwarze Maske aufsetzte und der Maskierte Barde im *Calhoun Club* wurde, und Faith und Dale Snelling, die Eheleute, die sich gegenseitig kaum grüßten, und Klein Becky. Sie war die einzige, die Francis bemerkte.

»Wartest du auf jemand?« fragte sie einmal. Ja, er wartete darauf, mit bestimmten Leuten zu reden. Er schrieb einen Bericht für die Schülerzeitung über die Rolle des Radios im Krieg.

»Bist du sicher, daß du hier nicht nur herumhängst in der Hoffnung, meine Titten zu sehen?«

Nein, versicherte er, das tat er nicht.

Sie schnaubte verächtlich und beugte sich vor. »Aber du hättest nichts dagegen, sie zu sehen.«

Er wußte nicht, was er darauf antworten sollte. Er wollte sie nicht beleidigen, aber andererseits sah sie in seinen Augen aus wie eine Frau, deren Titten er ganz bestimmt *nicht* sehen wollte.

»Na, vielleicht lasse ich dich eines Tages mal einen Blick drauf werfen«, sagte sie. Sie drehte sich weg und fegte einen Aschenbecher vom Tisch, und unzählige Zigarettenstummel flogen durch den Raum, Asche schwebte wie Schnee herunter. »Ach, Scheiße!« sagte sie. Francis fing sofort an, die Stummel vom Teppich zu sammeln, machte dann aber plötzlich einen Satz nach vorne und stieß mit dem Kopf an die Wand, als sie ihn mit dem Finger aufspießte. Es war ein tiefer Stoß, ein fester Griff mit dem Daumen in seinen Spund, und er stieß mit dem

Gesicht gegen die Wandleiste und landete zusammengekrümmt auf Kopf und Schulter neben der Couch. Sie quietschte vor Vergnügen. »Was bist du für ein Blödmann!« In dem Moment stürmte ein Kind in kurzer Hose und Armeejacke in den Raum, ein Junge mit golden baumelnden Ringellöckchen. Francis wußte gleich, daß es Klein Buddy war, auch wenn er wie eine ziemlich trübe Tasse aussah. »Hast du ihn erwischt?« rief er. »Du hast versprochen, daß ich es sehen kann!«

»Du kommst zu spät. Ich hab ihn bereits angebohrt.« Sie blickte Francis an. »Stimmt's?«

Francis schüttelte den Kopf. »Ich weiß nicht, was sie meint«, sagte er zu dem Jungen. Klein Buddy schaute hoch zu Klein Becky. »Du hast ihn gar nicht aufgespießt, du dicke, fette Lügnerin!« Er gab ihr einen Tritt gegen das Schienbein, rannte weg und versteckte sich vergnügt glucksend hinter der Couch. Aber Klein Becky hatte es auf Francis abgesehen. Mit zusammengekniffenen Augen ging sie auf ihn los und schubste ihn. Er schubste zurück.

»Ich hab dich *doch* aufgespießt, und ich werd dir die Hose runterziehen und es dir beweisen«, höhnte sie. »Komm her, Buddy, und sieh dir diese rosarote Rosette an.« Sie stürzte sich mit grimmiger Entschlossenheit runter auf Francis' gute Cordhose, und er wich zurück, hob sein Knie und verpaßte ihr einen sauberen Tritt. Sie plumpste hin, die Hände vorm Gesicht, und stöhnte. Ihre Hände waren hellrot, als sie sie wegnahm.

»Du Arschgeige«, murmelte sie und erhob sich langsam. Klein Buddy kicherte, als sie zum Aschenbecher griff. Francis packte ihr Handgelenk, und sie rangen miteinander, wobei sie ihm ins Gesicht spuckte und versuchte, ihm auf den Kopf zu boxen, aber er warf sie nieder, gerade als Dad und Leo und Gene hereinspazierten.

Klein Becky brach in Tränen aus. »Er hat mich geschlagen!« weinte sie und lief mit ausgebreiteten Armen auf Leo zu, aber Leo wich seitlich aus. »Das wurde auch Zeit«, sagte er. »Ich wünschte, ich wäre es gewesen.«

Dad empfahl ihr, sich das Gesicht zu waschen, und sie drehte sich um und starrte wütend auf Francis und floh aus dem Raum. Klein Buddy kam hinter der Couch hervor. »Sie hat ihn nicht aufgespießt«, sagte er ernst. »Er hat sie auf die Nase gehauen.«

»Paß auf, daß er nicht dasselbe mit dir macht«, sagte Leo.

Das Kind schüttelte seine zierlichen Ringellöckchen. »Wenn er das tut, erschieße ich ihn mit einem Gewehr.«

»Wenn du das tust«, sagte Leo, »kommst du auf den elektrischen Stuhl, und sie werden dich rösten, bis dein Haar glatt wird und dir die Augen rauskullern.«

»Leo –«, sagte Dad, aber alle drei lachten. Leo wandte sich an Francis.

»Es tut mir leid«, sagte Francis. »Ich wollte ihr nicht weh tun.«

Leo sagte, es gebe keinen Grund, sich zu entschuldigen. »Du solltest einen Orden bekommen«, sagte er. Und am nächsten Tag schenkte er Francis einen eigenen Kaffeebecher, auf dem geschrieben stand: »Der Mann, der das Monster besiegte«. Leo zeigte ihm, wo er ihn aufhängen sollte, über dem Spülbecken in der kleinen Küchennische, wo alle Stars ihre Becher aufbewahrten, und jeden Tag, wenn Francis vorbeikam, holte er seinen Becher runter. Nach einer Weile fing er sogar an, Geschmack am Kaffee zu finden.

☆ ☆ ☆

Oben auf der Farm in Moorhead dachte Roy unterdessen, auf seiner Klangcouch liegend, daß Klein Buddy der kommende Mann sei. Er rief Ray über das Radiophon an und sagte ihm, daß der Junge einen außergewöhnlichen Instinkt fürs Radio hätte, daß er Slim abservieren und dem Jungen freie Bahn lassen sollte. »Du machst wieder den alten Fehler«, rief er durch das statische Rauschen. »Und dich sticht mal wieder der Hafer«, sagte Ray fröhlich. Leider gab das Radiophon den Geist auf, und aus dem großen Lautsprecher auf dem Schreibtisch kam Roys Stimme nur noch in abgehackten Tonfetzen, in kleinen Wortbröckchen wie »Gelehrter«, »Vergeistigung«, »Ritual«, »Äther«, »Effizienz« und »Positivismus« – »Hast du mit Patsy Konopka gesprochen?« schrie Ray, aber das hatte weiter keine Wirkung auf Roys Stimme, die weiterbrabbelte – »daraus folgend« kam durch und »ausgehend von«.

Roy hatte einen norwegischen Philosophen namens Søren Blak gelesen und Ray eine Ausgabe von Blaks großem Werk *Die Erfahrung der Unschuld (Uskyldigheds Oplevelse)* geschickt, mit einer Anmerkung: »Ich weiß, Du wirst das nicht lesen, aber ich schicke es Dir trotzdem, damit Du nicht sagen kannst, Du hättest nichts davon gewußt.« Ray ließ Ethel kommen. »Lesen Sie das für mich«, sagte er.

Søren Blak züchtete Ziegen in den Bergen oberhalb von Glomfjord und schrieb Gedichte und dachte über die Zivilisation nach, von der er meinte, daß sie so ziemlich am Ende der Straße angekommen sei, abgesehen vom Radio. In seiner winzigen Steinhütte, weit entfernt von der Korruption und urbanen Verzweiflung in Oslo, war Blaks einzige Verbindung zur Welt ein kleines Atwater-Kent-Radio, mit dem er gelegentlich, bei günstigem Zusammenwirken von Sonnenflecken und hohen Wolken und dem hüpfenden Auf und Ab der Ätherwellen und der hohen Lage seiner Hütte, *Fibber McGee und Molly* empfing. Blak hatte sich selbst vor Jahren mit der Lektüre des Quäkerbarden John Greenleaf Whittier, dem einzigen englischen Buch in der Glomfjord-Bibliothek, Englisch beigebracht, und er hielt sich in Übung, indem er zu seinen Ziegen sprach – »Ach, meine schlafbetäubten Legionen, Ziegen von Glomfjord! / Mögt ihr nun von euch schütteln all träge Mattigkeit und rasch verlassen / Die behaglich weiche Wärme eures strohbedeckten Ruhelagers / Und folgen wohlweislich dem vielbegang'nen Pfad gehörnten Herdenviehs / Gar unwegsam durch spitzes Steingeröll und peingeplagt durch läst'ge Fliegenschwärme / Doch Tag für Tag erduldet neu durch Hunger, nie besiegt / Der euch hinfortzieht zu den taubeperlten Wiesen / Die Sinne ganz ergeben dort dem mahlenden Zerkauen saft-

'gen Grüns« –, und daher war das Englisch von Fibber und Molly eine entschiedene Innovation, beinahe eine neue Sprache, schlank, kantig, anspielungsreicher und kontrapunktischer als die hochtrabende Ausdrucksweise seiner Lernvorlage. In seinem Schlupfwinkel in den Bergen, umgeben von felsiger Pracht, lebte er für die Montagabende und die halbe Stunde mit den Leuten aus Peoria. Das heimische Radioprogramm aus Oslo war eine einzige Pipeline für Trivialität und läppischen Mist, ein Monument der unausrottbaren Engstirnigkeit des norwegischen Volkes, aber Fibber und Molly waren eine frische Brise aus der Neuen Welt, ein Kunstwerk, das das Radio erweiterte und bereicherte, ebenso wie er, Søren, aus dem schwerfälligen Norwegisch in seinem *Oplevelse* etwas Sinnenfrohes gemacht hatte, nicht daß das norwegische Volk je davon Notiz genommen hätte: nein, das hatte es nicht.

Für Blak war der prahlerische Fibber ein Paradebeispiel des westlichen Mannes, und der immer wieder vorkommende vollgestopfte Schrank repräsentierte natürlich die Zivilisation und ihr ganzes Strandgut und den überflüssigen Ballast, während die kindliche Stimme von Molly, die den Mann wieder zurück in die Realität brachte und in seinen Augenblicken unvermeidlicher Niederlage aufmunterte, Blak als die Stimme der Kultur in ihrer reinsten und vollkommensten Inkarnation erschien, als die der angebeteten Mutter, der Göttin der Güte, der großen Mutter Erde selbst. Mollys stehende Rede: »Das ist nicht komisch, McGee« gab exakt Blaks Stimmung wieder. Das Radio war die Große Mutter *(Stor Moder)*, die durch den Äther strahlte, um ihre weitverstreute Ziegenherde zusammenzutreiben und sie vorübergehend in eine heimelige, warme Scheune zu führen. Nur wenn *Fibber McGee und Molly* schwach in seine dunkle kleine Hütte eindrang, fühlte sich Søren Blak wahrhaft mit der menschlichen Rasse verbunden. Sein langer Brief an die Welt war diesen Figuren und ihrem Zuhause in der Sehnsuchtsgasse 79 gewidmet.

Das Radio, glaubte Roy nach der Lektüre von Blak und nun zu C. G. Jung übergehend (dessen Werk für seinen Begriff auf einer Umschrift der Radioserie *Spuk und Spannung* und den Liedtexten der Eskimoband basierte), war eine rohe, primitive, hinreißende Einrichtung, die bedauerlicherweise zu spät entdeckt worden war. In der richtigen Reihenfolge hätte es irgendwo zwischen dem Rad und der Druckerpresse kommen müssen. Es gehörte ins Zeitalter der Spielmänner und Märchenerzähler, die ums Feuer hockten, als alle Neuigkeiten und sämtliches Wissen noch mündlich weitergegeben wurden. Da es also zur falschen Zeit gekommen war, wurde das Radio durch vorausgegangene Entwicklungen wie etwa die Literatur behindert. Es war ungefähr so, als wäre der Ball vor dem Baseballschläger dagewesen, so daß er bei seiner Entdeckung in den neunten Durchlauf verbannt worden wäre, wo die Spieler ihn dann in die Luft geworfen und versucht hätten, ihn mit Bällen zu treffen. Auf dieselbe Weise verhinderte die dem Radio zuwiderlaufende Literatur dessen volle Entfaltung.

Wenn doch das Radio zuerst gekommen wäre, so hätte es die Poesie und das Drama und die Geschichten in der guten alten mündlichen Tradition bewahrt, und die Dichter wären schlicht nette Showmaster, die Oden und alte Weisen sangen, anstatt einer Horde überspannter Idioten wie T. S. Eliot. Das Radio hätte die Literatur *retten* können, doch statt dessen steckte die Literatur das Radio mit ihrer eigenen Krankheit an, wie ein Lektor, der vom Autor verlangt, alle lustigen Stellen rauszustreichen. Die Literatur hatte sich das Radio geschnappt und ihm Manuskripte in den Rachen gestopft, womit sie den freien Fluß des Ausdrucks abwürgte, der allein dem Radio Leben verleihen konnte. Manuskripte machten das Radio konventionell, förmlich, steif, ließen es am geschriebenen Wort kleben. Aber das Radio ist nicht geschriebenes Wort – Radio ist Äther! sagte Roy. Literarische Gestaltungsregeln gelten hier nicht – das Radio hat keine gradlinige Struktur. Es ist traumartig, ahnungsvoll, primitiv, sinnlich. Es hat weniger mit Politik und Gesellschaft zu tun als mit Sex, Natur und Religion.

☆ ☆ ☆

Ray las Ethel einen von Roys Briefen vor: »Das Radio reist mit Lichtgeschwindigkeit, 299792 Kilometer pro Sekunde. Das ausgestrahlte Signal wird noch im selben Augenblick *von dem Empfänger* reproduziert – von einer unbegrenzten Anzahl Empfänger, ohne zusätzliche Kosten pro Einheit. Zum Vergleich: das gedruckte Wort wird mit jeder Kopie nur einmal produziert bei zusätzlichen Kosten pro Einheit. Es ist ein *greifbarer Besitz*. Das gedruckte Wort wird viel schneller aufgenommen oder gelesen, als das gesprochene Wort gehört werden kann, infolge der Tatsache, daß das Sprechen einen höheren Grad an Komplexität beinhaltet als das Schreiben. Schreiben ist Rechtschreibung und Grammatik; damit hat es sich. Sprechen umfaßt Klang, Tonhöhe, Modulation, Lautstärke, Sprechgeschwindigkeit und Veränderungen der Sprechgeschwindigkeit – Faktoren, die jeweils zu leichten Variationen aller anderen führen und daher die Ausdruckskraft proportional vergrößern. Leider wird die im Radio sprechende Stimme durch die akustische Erinnerung des Sprechers daran, *wie ein Radiosprecher sprechen sollte,* eingeschränkt – was zu einer gewissen Ähnlichkeit unter den Sprechern hinsichtlich Modulation und Geschwindigkeit führt, die aber auch eine Folge veralteter Mikrophone und primitiver Geräte sein kann, welche die menschliche Stimme zwingen, sich der vorhandenen Technik anzupassen. Da die Technik fortschreitet, müssen wir den Stimmen beibringen, sich *nicht* an die Technik von gestern anzupassen. Wir müssen den Ansagern beibringen, *nicht* so deutlich zu sprechen.«

»Es geht noch weiter«, sagte Ray.

»Soll ich das erledigen?« fragte sie. Sie hatte für Ray eine dreiseitige Zusammenfassung des Blak-Buches geschrieben. Ethel war zu jeder Zeit geschäftsmäßig.

»Er ist mein Bruder, und man kann ihn nicht erledigen. Man kann ihn nur aushalten.«

☆ ☆ ☆

Roys Begeisterung für Klein Buddy beruhte auf seinem Glauben, daß nur Kinder das Radio meistern konnten, es war ein zu simples Medium für Erwachsene. Spontaneität war das richtige Rezept fürs Radio – und je mehr Fehler, um so besser! Patzer waren besser als alles, was man planen konnte. »Die Unschuld muß die Erfahrung unterrichten!« schrieb er Ray. »Das Kind ist der Vater des Mannes!« Ray schrieb zurück: »Du solltest lieber mal Dein Brunnenwasser untersuchen lassen. Ich glaube, Du absorbierst irgendwelche Mineralien in Deinem Gehirn, die Deinen Knopf zum Ausschalten kurzgeschlossen haben. Wie geht's der Gemahlin?«

Dann bekam Klein Buddy einen Stimmschaden. Leo erzählte Francis, die Ärzte seien sich über die Ursache nicht ganz im klaren, aber manche Leute bei WLT meinten, er sei von seinem Dad gewürgt worden. »Hat dem kleinen Butzemann die Kehle zugedrückt und die Stimmbänder zerquetscht, und jetzt hört er sich an wie der Wind im Außenklosett.« Leo sagte, daß Slim die Sendung ohne Klein Buddy nicht zwei Minuten lang durchhalten könnte. »Ist das nicht verrückt? Er ist so ein verteufelt guter Gitarrespieler und braucht diesen Rotzbengel, um beim Publikum anzukommen. Bringt einen ins Grübeln über diese Branche.«

Slim spielte am nächsten Tag in *Der freundliche Nachbar* und saß danach im Grünen Zimmer rum. Francis hatte die Schule geschwänzt. Slim war ein zu kurz geratener Bursche mit wettergegerbtem Gesicht und traurigem Lächeln. Er war viel kleiner, als er im Radio wirkte, dachte Francis. Slim drehte sich eine Zigarette auf dem Knie und steckte sie an. Er sagte zu Leo: »Ich glaube, der ganze Jubel und Beifall sind zuviel für den Kleinen, und die ständige Angst, sie zu verlieren, hat ihm den Kehlkopf zugeschnürt, und als er den Hals gereckt hat, hat ihm dieser Kloß dann auf die Stimmbänder gedrückt. Ein paar Tage Ruhe, und er ist wieder wie neu.«

☆ ☆ ☆

Aber ein paar Tage Ruhe halfen nichts. Buddy lag im Bett, und wenn ihm jemand vorschlug, aufzustehen und zu WLT zu gehen, jammerte er und weinte und umschlang das Kissen und sagte, seine Kehle würde brennen.

Slim machte die Cottage-Home-Show in der nächsten Woche alleine, und laut Leo gingen bei WLT eintausend Anrufe und Briefe ein, die fragten: *Wo ist Buddy?* Sogar die *Tribune* brachte eine Geschichte darüber: »Kinderstar krank im Bett, aber die Show geht weiter.«

Als Francis am nächsten Tag kam, wartete Leo schon auf ihn. »Nimm dir ein Glas Wasser und komm mit«, sagte er. Slim wartete in Studio B und stimmte seine Gitarre. Er blickte auf und lächelte. »Leo meint, du kannst wirklich gut singen«, sagte er freundlich. Francis schüttelte den Kopf. »Versuchn wir's mal, Partner. Was meinst du? Kennst du ›Im Tal des Red River‹?« Er klimperte auf der alten Gitarre. »C-Dur müßte richtig für dich sein«, sagte er. »Versuch mal. ›Komm, setz dich her, wenn du mich liebst, sag mir bloß nicht adieu.‹« Francis sah sich nach Leo um, aber der war im Regieraum verschwunden, wo er und Gene über irgend etwas lachten.

»Ich kann nicht singen«, flüsterte Francis.

»Versuch's«, sagte Slim. Und Francis versuchte es. Er schloß die Augen und sang, was er von »Im Tal des Red River« kannte. Und Slim sagte: »Du hast recht. Du kannst nicht singen. Aber das macht nichts. Ich kann nicht auf dem Kopf stehen.«

»Es tut mir furchtbar leid. Vielleicht wenn ich die Noten mit nach Hause nehme und übe –«

Slim lächelte. »Ich glaube nicht, daß das helfen würde, Partner.«

Francis wollte schon erneut sagen, daß es ihm furchtbar leid tat, aber dann schüttelte Slim den Kopf. »Ich glaube nicht, daß mir jetzt überhaupt noch etwas helfen kann«, sagte er leise. Und Francis konnte sehen, daß das stimmte. Die kaputten braunen Zähne, die schuppigen weißen Hände, der verloren wirkende Blick: dieser Mann würde bald aus den Gleisen kippen, er würde abstürzen wie Daddy.

Kapitel 19
Bryan

Rays Frau, Vesta, erschien jeden Morgen um zehn Uhr bei WLT: ein Paar praktische braune Schuhe, stämmige Beine in einem langen braunen Tweedrock, ein massiger Oberkörper in einer braunen Seidenbluse und Vestas breiter Kopf mit dem kurzen braunen Haar. Sie war beinahe einsachtzig groß. In einer Hand hatte sie eine brennende Zigarette, in der anderen eine schwarze Lederaktentasche, und sie trat fest auf, wenn sie den hinteren Gang Richtung Westen entlangschritt. Da war ein Hauch von Lippenstift und ein randloser Hut mit grüner Feder, aber Braun war ihr Markenzeichen.

Sie entschwand in ihr Büro in der Frauenabteilung, kam fünf Minuten vor elf wieder heraus, marschierte ins Studio B, um den Moderator von *Das Radio-Klassenzimmer* anzukünden und zu erläutern, warum sein oder ihr Thema (»Wie kann man den Bedürfnissen der Städte entsprechen« oder »Die Zukunft der Architektur« oder »Frauen im Rundfunk«) von lebenswichtigem Interesse für uns alle war, und verschwand dann für den Rest des Tages, um Artikel aus *Die neue Republik* und *Die Bildungswoche für die Frau* auszuschneiden und ein Memorandum für Ray zusammenzustellen, das ihn daran erinnerte, warum er Leo (»ein Einfaltspinsel«) rausschmeißen sollte und warum sie aus der Metropolitan Oper übertragen sollten (»um in Jugendlichen die Liebe zur Oper zu wecken«).

»Ein Kind, das gelernt hat, Wagner zu lieben, ist ein Kind, das auch am Abschlachten eines Schweines Gefallen finden könnte«, erwiderte Ray, der kein Freund von Schweineabschlachten war.

Vesta mischte sich nicht unter die anderen, außer an Weihnachten, und dann nur, weil es Weihnachten war und die Leute es erwarteten. Bei der WLT-Feier stand sie in der Ecke des Nordstern-Ballsaals, nippte ein paar Minuten an einem Sherry und flüchtete, bevor der Unterhaltungsteil begann. Sie verabscheute den Anblick grienender Menschen auf der Bühne, die schwülstig herumcharmierten und Witze erzählten und sich groß aufspielten. Sie fand es peinlich, daß Leute in der Öffentlichkeit so unaufrichtig sein konnten, aber natürlich war genau dies das A und O der Unterhaltung, und so zog sie es vor, ihr fernzubleiben. Zudem bestand die grauenerregende Aussicht, daß der Weihnachtsmann (Leo) sie sehen und auf die Bühne rufen würde, wo sie dann dastehen und wie ein Idiot grinsen und wertlose Geschenke verteilen müßte. Sie machte sich davon, bevor der Weihnachtsmann erschien.

Das Schlimmste beim Radio war der Humor, und danach kamen die Werbesendungen. Sobald sie eine hörte, faßte sie zum Knopf. Ekelhafte, schändliche, abscheuliche Dinger. Die Leute bezahlten einem Geld, damit man sagte, was sie wollten, und dann sagte man es. »Hier sind zehn Dollar. Sag *Scheiße*«, also nahm man das Geld und sagte es. Man sagte es zehnmal, sooft sie es wollten, und man sagte es mit einem Lächeln oder wie sie es sonst wollten. Eine schreckliche Wahrheit in Amerika: *Geld regiert die Welt.* Nicht die Wahrheit, nicht die Gemeinschaft, nicht die Kunst, sondern das Geld, und wenn Geld die Welt regiert, dann zählt nicht die Wahrheit, sondern nur die Höhe der Summe. Kein Wunder, daß sich die Republik in den Händen von Wichtelmännern wie Harding und Coolidge befand, wenn die größte pädagogische Innovation aller Zeiten – das unvergängliche, unsichtbare, universelle Radio-Klassenzimmer – Schwachköpfen ausgeliefert wurde, damit sie dort Toilettenreiniger verkaufen konnten. Werft den Professor raus, holt den Hausmeister rein, um die Klasse zu unterrichten.

»Es hätte eine Akropolis des Wissens werden können«, sagte sie bitter zu Ray, »und du hast einen billigen Ramschladen daraus gemacht.«

»Dies ist nur Minneapolis«, sagte er, »und billig ist unser Laden weiß Gott nicht.« Er grinste. Sie verspürte nicht den geringsten Drang zu lachen.

Patsy Konopka und Vesta Soderbjerg begegneten sich einmal in den Fluren von WLT, als Patsy auf dem Weg zur Damentoilette falsch abgebogen war, und sie umkreisten einander mit der giftigen Höflichkeit von Wespen über einem Marmeladentopf. Patsy hielt Vesta für eine alte Schreckschraube, und Vesta hielt Patsy für eine dieser Frauen, mit denen Ray nach New York fuhr. Für eine Hure, mit anderen Worten.

»Mrs. Soderbjerg – ein unerwartetes Vergnügen!« sagte Patsy viel zu herzlich.

Vesta zuckte zusammen. Sie musterte das Mädchen. »Meine Liebe, Ihnen klebt ein Obstrest im Mundwinkel«, murmelte sie und rauschte davon.

Patsy betastete ihren Mund. Nichts.

»Ihnen läuft Blut an den Strümpfen runter«, rief sie, aber die Fregatte war bereits um die Ecke.

Am nächsten Tag führte Patsy eine Familie namens Plumbottom bei *Der freundliche Nachbar* ein, William Jennings Plumbottom und seine Frau Lester. Lester hatte eine Stimme wie ein Mann, nur weicher und modulationsreicher. Sie sprach durch die Nase, und wenn sie bei den Bensons vorbeikam, um sich frisches Gemüse zu borgen, stand sie herum, während die Bensons es pflückten, und brabbelte in einer Tour über die Schönheit der Oper. Lester liebte die Oper, und manchmal ließ sie sich derart hinreißen, daß sie in eine Bajazzo-Arie ausbrach: »Vesta la giubba«, und sie schmetterte diese eine Zeile laut heraus, und der Hahn krähte. »Nun, *ihm* gefällt es«, sagte Dad.

Vesta hörte die Plumbottoms nie, aber Ray, und er war gerührt. William Jennings Bryan war sein Held. »Patsy weiß das, Gott segne sie«, sagte er. »Und ich nehme es nicht übel. Meine Güte, wenn Bryan im Radio gesprochen hätte, würde sich heute niemand mehr an seinen Namen erinnern.«

Die Leute sahen sich jedesmal nach der Tür um, wenn Ray den Großen Redner erwähnte. Ihnen fielen dringende Erledigungen ein, Freunde, die an Straßenecken auf sie warteten, Telephonhörer, die nicht eingehängt worden waren.

Ray hatte Bryan 1896 in Fargo, North Dakota, gesehen. Er erinnerte sich noch an das Gedränge der Menschen unter der glühenden Sonne, an die Staubwolken und an den Mann im schwarzen Gehrock ganz weit vorne, der aufragend und bewegungslos auf einem Podium stand, an die flatternden Fahnen, an die Menge, ganz still und angespannt, um jedes Wort zu verstehen, und an die Stimme des Mannes, die anschwoll, lauter wurde, noch lauter – Ray erinnerte sich nicht mehr an die Worte, aber die Stimme war glockenklar gewesen. Er hatte auf Bryans Ankunft gewartet, die Tage gezählt. »Das ist Geschichte«, sagte sein Vater. »Das ist etwas, an das du dich erinnern und wovon du deinen Enkelkindern erzählen wirst.« Ray hatte sich durch die Menge nach vorne geschoben, war gestolpert, wurde getreten und beinahe niedergetrampelt, und sein Vater drängelte sich durch und fluchte auf norwegisch, und die Leute machten Platz, und er zog Ray wieder hoch. Er erinnerte sich, daß seine Mutter eine Silberbrosche im Gedränge verloren hatte. Es war heiß. Ein Pferdegespann scheute, es waren sechs Männer nötig, um die Tiere festzuhalten. Jemand verkaufte kaltes Wasser zu zwei Cents der Becher, und es *war kalt*. Bryans Stimme – so kraftvoll, so lebendig, so schön, und er sprach über eine Stunde lang, und die Menge war ganz still, so daß man die Fahnen flattern hörte, wenn eine Brise aufkam. Bryan war zu weit entfernt, als daß er ihn verstehen konnte, abgesehen von einem vereinzelten Wort ab und an, und doch war es unerhört bewegend und eindrucksvoll. Die Ansprache war am nächsten Tag in der Zeitung abgedruckt. Die Menschen kauften und lasen sie und verwahrten sie dann ordentlich in einer Truhe oder einer Schachtel oder in einer Bibel gepreßt auf, als wäre es ein Blatt, und obwohl selten wiedergelesen, wurde sie hoch in Ehren gehalten.

Das war nun alles lange vergangen. Bryan und das Fargo von 1896 und sein Vater und die Pferde und Dampfdreschmaschinen auf der Farm, alles weg, und was war dafür verantwortlich? Das Radio.

»Niemand würde heute noch über die Straße laufen, um Bryan sprechen zu hören«, sagte Ray. »Sie wollen nur noch Radio hören. Man könnte Bryan ins Radio holen, und da wäre er dann dasselbe wie irgendein Komiker oder ein Bursche, der Seife verkauft. Damals konnte dieser Mann sich auf ein Podium stellen, und zehntausend Menschen lauschten ihm mit gebannter Aufmerksamkeit. Heute nehme man irgendeinen Volltrottel, der den Mund nicht halten kann, und stecke ihn hinter ein Mikrophon, und fünfzigtausend werden ihm zuhören, wie er nichtssagenden Mist daherplappert.«

Das Tragische war, daß Bryan *recht* gehabt hatte. Bryan hatte die Präsidentenwahlen 1896, 1900 und 1908 verloren, aber er hatte recht gehabt, Jungs.

Rays Stimme lief warm. Zermürbt rutschte Roy jr. tiefer in den Stuhl. Dad sah aus dem vom Regen gestreiften Fenster. Bryan hatte gegen eine Geldpolitik gekämpft, die die Reichen reicher und die Armen ärmer machte – er hatte gegen den brutalen amerikanischen Imperialismus gekämpft und gegen den Esel Theodore Roosevelt, der noch englischer als die Engländer sein wollte – er hatte gegen Amerikas Eintritt in den Ersten Weltkrieg gekämpft, den sinnlosesten und lächerlichsten Krieg, den die Menschheit je erlebt hatte.

Ray stand auf und kam um den Schreibtisch herum. Bryan hatte in allen Punkten verloren! Und dann verlor er noch in den Geschichtsbüchern! Heute ist er uns vorwiegend als der müde alte Mann in Erinnerung, der 1925 im »Affenprozeß« in Dayton, Tennessee, gegen Clarence Darrow verloren hat, als er, vor den Fundamentalistenkarren gespannt, daran festhielt, daß der Mensch von Gott abstamme und nicht vom Affen, wie ein aufklärerischer Lehrer behauptet hatte. Er ist an gebrochenem Herzen gestorben. In jeder Hinsicht ein totaler Verlierer, und doch – er hatte recht gehabt!

»Merk dir das«, sagte Ray zu Roy jr.

1896, das Jahr, in dem Bryan gegen McKinley verloren hatte, war ein Wendepunkt gewesen. Wir werden hier draußen in der Prärie noch lange Zeit dafür bezahlen. Wir hatten kein Interesse daran, Kuba zu besitzen oder die Philippinen, und verdammt wenig Interesse daran, in einem verrückten, sinnlosen Krieg in Europa zu kämpfen, aber wir haben verloren, und drüben waren wir. Hier draußen in der Prärie wollten wir freien Handel, niedrige Zölle, um die Preise für Waren und Maschinen niedrig zu halten, und wir haben verloren. Wir wollten, daß die Regierung im Interesse des Volkes gegen die Macht der Eisenbahngesellschaften und der großen Unternehmen interveniert, und wir haben verloren.

»Das war das Jahr, als wir für die Wall Street und gegen das Volk gewählt haben«, sagte Ray. Bryan war der große Streiter für die Präriestaaten gewesen – aber diese New Yorker Bankiers hatten ihn untergebuttert.

»Sie haben 1926 versucht, mich aufzukaufen, ein Jahr nach Bryans Tod«, sagte Ray. »Ich wollte nicht verkaufen. Diese New Yorker Schweinehunde wollten sich WLT unter den Nagel reißen, damit sie ihre Lügen noch weiter verbreiten konnten. Aber ich habe es ihnen nicht gegeben!« Das Telephon läutete. Er nahm ab. »Ja? Oh. Ist gut.« Roy jr. konnte hören, daß Vesta am anderen Ende war. Er nickte Dad zu. Sie standen auf und schlichen langsam zur Tür.

Kapitel 20
Slim

Während Klein Buddy mit Kehlkopfentzündung im Bett lag, war Slim arbeitslos. Cottage Home strich die Show, und Slim verlegte sich auf ein Leben, über das er und Klein Buddy nicht gesungen hatten, blieb bis drei Uhr früh auf, schaute tief in die Flasche und stellte emsig jungen Frauen nach, und mit den Kumpels, die er in den verräucherten Klubs unten am Rangierbahnhof jammen hörte, gründete er eine Cowboy-Swingband, genannt Die Nachtschwärmer, die beim *WLT-Tanz in der Scheune* am Samstagabend spielte – ein Liedchen in der Sweetheart-Kaugummi-Werbung für 35 Dollar, ganze sieben Piepen pro Mann, ziemlich erbärmlich. Slim versuchte, für sie eine eigene Show zu bekommen, erzählte Roy jr., daß ihre Musik zehnmal besser sei als der Cottage-Home-Scheiß, den er vorher gemacht habe, doch leider hatten die Hörer den Scheiß gemocht und machten sich nicht soviel aus seinen neuen Liedern übers Herumstreichen und Frauenanmachen.

Komm mit mir, hübsche kleine Miss,
Komm mit mir, süßer Fratz.
Komm mit mir, hübsche kleine Miss,
Auf meiner Couch ist noch viel Platz.

Wie alt bist du, hübsche kleine Miss?
Erzählst du's mir im Wald?
Wie alt bist du, hübsche kleine Miss?
Ich werde sechzehn bald.
Ich werde sechzehn bald.

Verläßt du deinen Mann für mich?
Verläßt du auch dein kleines Kind?
Ich weiß ein Spiel für mich und dich,
Bei dem sie überflüssig sind.

»Hättest du sie nicht wenigstens achtzehn sein lassen können?« fragte Roy jr.

Diese Art Lieder brachte einfach nicht soviel Zuhörerpost ein wie Klein Buddy. Zu dumm, aber Post ist Post, und wenn die Leute nicht schreiben, dann ist die Wahrscheinlichkeit groß, daß sie nicht zuhören. Pech, sagte Roy jr. Viele Künstler verbessern ihre Darbietungen und verlieren die Gunst des Publikums, erklärte Roy jr., und genau deshalb sind die erfolgreichen Künstler so bestrebt, sich nicht zu verbessern.

Leo sagte: »Klein Buddy war beliebt, und Erfolg kannst du nicht kritisieren. Der Kleine war ein Publikumsliebling.« Sechs Monate nicht mehr im Radio, und WLT kriegte *noch immer* so viele Zuschriften seinetwegen, daß sie einen hektographierten Brief aufsetzten. Er zeigte ihn Francis.

FRAGE: Wieso hat Klein Buddy WLT verlassen?
ANTWORT: Buddy hat WLT nicht »verlassen«. Der kleine Bursche leidet an einer plötzlichen Erkrankung seiner Stimmbänder, die das Singen für ihn schmerzvoll macht, und die Ärzte haben ihm geraten, eine längere Ruhepause einzulegen, um einen dauerhaften Schaden zu vermeiden. WLT stimmt dieser Maßnahme unbedingt zu und wird Buddy wieder willkommen heißen, sobald die Ärzte es erlauben.
F: Wo ist Buddy jetzt?
A: Buddy lebt zusammen mit seinem Vater, seiner Mutter und seinen kleinen Brüdern und geht zur Schule und in die Kirche und ist aktiver Pfadfinder. Er vermißt seine Radiofreunde, aber er ist sehr beschäftigt und glücklich mit dem normalen Leben eines Zwölfjährigen.
F: Wird er jemals wieder zum Radio zurückkehren?
A: Buddys Zukunftspläne sind ungewiß, aber man darf mit Sicherheit sagen, daß ein so echtes Talent wie seines nicht lange brachliegen wird.

Buddy erholte sich, aber Slim hatte diese ganzen weinerlichen Lieder satt, und außerdem weigerte sich der Junge, zurückzukehren.

»Zwing ihn dazu. Du bist sein Vater«, sagte Leo eines Nachmittags im Grünen Zimmer. »Du mußt bei dem bleiben, was sich für dich lohnt. Die Schnulzen sorgen für die Butter auf dem Brot. Sieben Dollar? Du kannst nicht von sieben Dollar leben. Schaff den Jungen zurück ins Studio.«

»Der Junge will nicht wieder zum Radio zurück. Punkt, aus. Also, was soll ich machen?« Slim sah Francis an und blickte dann weg. »Ich habe versucht, jemand anders zu finden, aber es war niemand da.« *Entschuldigung,* dachte Francis. Was für eine Enttäuschung er für alle war!

Art sah ihm nicht mehr in die Augen. Clare sprach nur noch durch Art mit ihm. (»Sag ihm, er soll die Zeitung wieder so zusammenfalten, wie er sie vorgefunden hat! Jedesmal fehlt die Comicseite. Und sag ihm, er soll das Kreuzworträtsel in Ruhe lassen.«) Mutter und Jodie schrieben ihm nie, außer ein paar nichtige Zeilen alle paar Monate. Jodie sagte immer, daß alles bestens sei und daß ihr die Schule Spaß machte, und wie es ihm gehe, und Mutter sagte, sie habe wieder mal einen ihrer schlechten Tage und denke an ihn, armer Junge. Sie schrieb immer nur an schlechten Tagen, wie es schien, und sie schrieb auf Schnipseln von Müslischachteln, auf der Rückseite alter Umschläge, auf Einwickelpapier von Süßigkeiten, so als würden ihre Briefe kein eigenes Papier verdienen.

Sie schrieb auf ein Stück von einer Mehltüte: »Heute ist es sechs Jahre her, daß Dein Daddy gestorben ist, und ich wollte zum Friedhof gehen, hatte aber nicht die Kraft dazu. Ich kann noch immer nicht fassen, daß er nicht mehr da ist. Es kommt mir wie ein grausamer Scherz vor, allein zu sein, und ich bin doch erst 36 und fühle mich wie 72. Aber sicher möchtest Du davon nichts hören, warum solltest Du auch. Du hast Dein eigenes Leben. Ich wünschte, das hätte ich auch.«

☆ ☆ ☆

Slim tat sein Bestes mit den Nachtschwärmern, und Dad Benson setzte sich für ihn ein, schließlich war er sein Nachbar. Dad sagte zu Roy jr.: »Sie sind ein bißchen primitiv, sicher, aber sie sind nicht *bösartig*. Es sind junge Burschen, sie haben noch nicht das richtige Feingefühl. Außerdem hat Slim einen anderen kleinen Jungen, er ist drei. Niedlicher kleiner Stöpsel. Gib ihm ein Jahr, und er ist genau da, wo Buddy war.«

Und so bekam Slim den Programmplatz um 7 Uhr 30, gleich nach dem Shepherd-Boys-Gospelquartett in der *Frühaufsteher-Show*, gesponsert von Sunrise-Waffeln. Slims Sponsor war Prestige-Reifen & Stoßdämpfer, und so benannte er seine Band um in Die Fernfahrer.

Sie ersetzten Wingo Beals und die Schuhputz-Boys, eine prima Band – zwei Geigen, eine elektrische, eine Baßgitarre und Wingo am Klavier, eine Country-Swingband, die flotte Versionen alter Melodien spielte, aber nach vier Jahren waren sie ausgebrannt, und daher schickte sie das Künstlerbüro auf eine vierwöchige Tournee.

So entledigte sich WLT der Lahmen und Gebrechlichen: Das Büro schickte sie auf Tournee. In einem alten Schulbus ratterte man von einem Ende des Fünf-Staaten-Gebiets zum andern, spielte bei 15-Dollar-Auftritten in Schulaulen und Nervenheilanstalten und schlief in seinen Kleidern auf Sofas und aß Berge von Fett und erduldete die Schmach und die Verwahrlosung, bis man eines Tages überschnappte und sie einen dabei ertappten, wie man in Unterhosen und mit einer leeren Flasche in der Hand durch ein Maisfeld in Kandiyohi kroch, woraufhin sie einen zurück nach Minneapolis schafften und in eine Klapsmühle steckten, und das war's dann, man war erledigt. Und so wurden sie auch Wingo Beals los.

Roy jr. rief ihn zu sich und sagte: »Sunrise ist nicht so glücklich, die Zuhörerzahl scheint ein klein wenig zu niedrig für diese Sendezeit zu sein, deshalb glauben wir, daß wir euch auf die Straße schicken sollten, damit das Publikum euch sehen kann.«

»Bitte tut das nicht«, flehte Wingo. Seine alten braunen Augen glänzten, seine alte behaarte Hand zitterte, als er Roy jr.s Schreibtisch umklammerte und dem jungen Geschäftsführer in die stahlblauen Augen schaute.

»Die Leute müssen euch sehen, euch begegnen, euch kennenlernen. So bauen wir ein treues Publikum auf.«

»Bitte. Ich flehe dich an. Schick uns nicht auf Tournee.«

»Ich weiß, es ist harte Arbeit. Aber ihr seid alle jung und gesund – ihr werdet selber sehen, wie *wichtig* so eine Tournee ist.«

Also arbeitete das Büro eine sechzehnseitige Reiseroute aus, und als Wingo einen Blick darauf warf, erkannte er, daß das ihr Todesurteil war. Vier Wochen unterwegs, vier Shows am Tag, manchmal fünf, manche davon hundert und noch mehr Meilen voneinander entfernt. Alles in allem würde er auf mehreren hundert verschiedenen Klavieren spielen, allesamt verstimmt und mit fehlenden Tasten, manche so ramponiert, daß sie klangen, als würde jemand auf Sprungfedern schlagen. Wingo kannte die Straße, er war schon mit Carl »Höflich« Harper und den Schwestern Pierce unterwegs gewesen und hatte viermal am Tag zuhören müssen, wie die Schwestern »Ein großes Messingbett, einen Schaukelstuhl und einen eigenen Herd« zum besten gaben und wie Harper immer einen halben Ton niedriger sang als Ernest Tubb:

Ohne dich, mein Schatz, ist mein Leben nichts wert,
Jeder Tag beginnt voller Schmerz.
Meine Liebe zu dir ist unendlich und stark,
Und nur dein ist mein ganzes Herz.

Die Freunde und Nachbarn schauten bei diesem Mist gefesselt und verzückt auf, während man erschöpft auf der Bühne hockte, zerknittert, steif, ausgelaugt, dreckig, ein bißchen angetrunken, stinksauer auf den Schlagzeuger, und obwohl man sich gräßlich fühlte, mußte man *Musik machen*, wie ein verletzter Vogel, der tanzen soll, und man mußte die Demütigung ertragen, vor einem *leibhaftigen Publikum* zu grinsen und zu spielen. Falls man ein so freundliches Wort benutzen durfte, um diesen Haufen verirrter Seelen zu beschreiben, die die Plätze füllten (und in manchen Fällen auch *über*füllten). Der arme Ansager stand vorne in seinem billigen Anzug und schrie: »Oh, wie schön, daß Sie alle hierhergekommen sind, so viele wunderbare Menschen«, aber von der Bühne sahen sie wie kranke Karpfen aus, die Münder weit offen, nach Luft schnappend, die Augen glasig. Und das war noch das bessere Publikum – weit schlimmer waren montags um acht die unteren Klassen der High-School, wenn Horden von gräßlichen Kindern mit Zahnlücken herumzappelten und bei den schwachen Witzen der armen, sich auf der Bühne abquälenden Künstler höhnisch lachten, oder die Altenheime, wo reihenweise Senile und Meschuggene auf ihren Sitzen vor- und zurückschaukelten, das Kinn auf der Brust, die Lippen leckend, Urinpfützen zu ihren Füßen, oder die Mittagsveranstaltungen bei den Bürger- und gemeinnützigen Vereinen, wo Funktionäre und Verbandsgrößen gierig über die warmen Rindfleisch-Sandwiches herfielen, oder die Damenkränzchen oder die geselligen Kirchentreffen oder die Jahrmärkte – sie alle verschmolzen zu einer kolossalen Fleischmauer, grauenhaft und unerschütterlich. Nach Monaten des bequemen und gemütlichen Spielens in einem ruhigen Studio im Sender war es ein schrecklicher Gedanke, den Menschen in Radioland gegenübertreten zu müssen – blaß, muffelnd, unappetitlich, quabbelig. Toter Fisch.

»O Gott, erspare mir das«, rief Wingo, aber er brach mit den Schuhputz-Boys auf und hielt unermüdlich durch und schaffte beinahe die ganzen vier Wochen mit sämtlichen Klavieren. Er war verdammt nah dran. Er machte die vorletzte Show, in Paynesville, und es war nur noch eine Frühstücksshow im nahen Willmar übrig, ein Kinderspiel, aber dann beging Wingo den tödlichen Fehler, das Büro anzurufen. »Wir kommen nach Hause«, flüsterte er, wobei seine große Hand wie ein Blatt zitterte, und das Mädchen sagte: »Wir haben noch zwei Auftritte drangehängt. Osseo und Braham. Liegt beides auf dem

Rückweg.« Wingo weinte. »Es dauert nur ein paar Stunden«, sagte sie. Er bat, mit Roy jr. oder Ray sprechen zu können. Sie waren nicht da. Und so versuchte Wingo, nach Osseo zu kommen. Er schaffte es gerade bis zum Bett und legte sich hin und vergaß die Zeit. Die Jungs hämmerten gegen seine Tür, um ihn wachzukriegen, aber es war die falsche Tür. Wingo lag den ganzen Tag halluzinierend im Bett und glaubte, im Laderaum eines Kohlelasters zu fahren. Währenddessen brausten die Schuhputz-Boys Richtung Süden zu ihrem Auftritt in Osseo, und der Bus geriet auf der West River Road aus der Kurve und überschlug sich in einer flachen Schlucht, und die Boys kamen alle dabei ums Leben, siebenundfünfzig Kisten unverkaufter Plattenalben brachen ihnen das Genick, und Wingo nahm einen Job bei der Post an, beim Paketdienst. Wenn er Musik im Radio hörte, schrak er zusammen. Wingo bevorzugte absolute Stille.

☆ ☆ ☆

Slim Graves und Die Fernfahrer widmeten Wingo ihre erste Sendung. Wie Wingos Show bestand auch ihre aus dem Wetterbericht und der Viehbörse, aus Fanpost und Hörerwünschen und Glückwünschen und etwa vier Liedern, wovon eins ein Kirchenlied sein sollte. Die Fernfahrer kannten jede Menge Lieder über Männer, denen die Frau weggelaufen war, die tranken, ihre Jobs verloren, in Schießereien gerieten, die auf Güterzüge aufsprangen, andere Frauen fanden und auch sie wieder verloren, aber nicht so viele Lieder über Jesus, also holte Slim eine Sängerin namens Billie Ann Herschel dazu, die schon mit den Shepherd Boys aufgetreten war und das Kirchenlied übernehmen sollte. Sie war vierundzwanzig. Sie stand am Mikrophon, während Slim hinter ihr stand, Gitarre spielte und ihre schlanken Hüften unter dem Baumwollkleid betrachtete. Während sie Kirchenlieder sang, verlagerte sie ihr Gewicht von einem Bein aufs andere, und es fiel ihm schwer, den Blick von ihr abzuwenden, nicht daß er es versucht hätte – ihr Hinterteil war hübscher als bei den meisten Menschen das Gesicht.

Slim eröffnete die Show, pfiff ein paar Takte von »Nur ein guter Freund«, dann sagte Swanny, der Ansager: »Guten Morgen, Freunde und Nachbarn, und wieder ist es Zeit für Slim Graves und Die Fernfahrer für Sunrise-Waffeln – Mannomann! sind die lecker – und ihre gute alte, melancholische Bluesmusik, also schenkt euch eine Tasse Kaffee ein, und dann viel Spaß bei der Show, und hier kommt SCHWUNG IN DIE BUDE!«, und die Band legte los mit »Auf der Lokomotive«. Das nächste Lied war mit Gesang, und dann sagte Slim: »Jetzt wollen wir mal wieder einen Blick in den Postsack hier werfen.« Die Zuhörerbriefe wurden von Slim selber geschrieben. (»Fand prima, wie Ernie diese Dill-Pickle-Melodie auseinandergenommen hat. Donnerwetter, ist kaum zu glauben, was der Mann alles draufhat.« »Höre immer wieder gern diese Twosteps, Shimmys und Schieber. Ihr Jungs seid die besten, und das ist mein Ernst. Bitte spielt ›Unter dem Doppeladler‹.« »Ihr seid meine Lieblingsband, und ich freue mich jeden Morgen auf eure Sendung. Macht weiter so gute Musik. Mag besonders Billie Ann und ihre Duette mit Slim. PS. Das ist der erste Fanbrief, den ich je geschrieben habe.«)

Obwohl Billie Ann nur für die Kirchenlieder dazugeholt worden war, blieb sie auch sonst in der Nähe und sang immer öfter mit Slim zusammen. Ihre Stimmen verschmolzen wunderbar miteinander. Zuerst sangen sie Lieder wie »Pudel Wolly Dudel« und »Froggy ging auf Freiersfüßen«, aber dann sangen sie ein paar Lieder übers Fremdgehen, trafen damit den richtigen Nerv und verlegten sich ganz darauf. Seitensprünge schienen ihre Stimmen auf Bestform zu bringen.

Niemand hatte je so früh am Morgen übers Fremdgehen gesungen, aber für Die Fernfahrer war halb acht nur die Fortsetzung von Mitternacht: sie waren Nachteulen, die Sendung war ihre letzte Station, bevor sie sich aufs Ohr hauten. Slim und Billie sangen berühmte alte Ehebruchlieder wie »Unsere kleine Bank im Park« und »Regen und Tränen« und »Herzensbrecher-Davy«, und dann schrieben sie ihre eigenen. Sie schrieben »E-H-E-B-R-U-C-H (Das Wort bringt mich zum Weinen)«

mit Billie als junger Ehefrau mit zwei kleinen Kindern (die Wahrheit), die sich zu dem alten Cowboy hingezogen fühlt, der mit seiner Band in die Stadt kommt – »Das Wort mit E, das Daddy zu dir sagte, was heißt das Wort, es ist mir neu.« »Das Wort, mein Kind, so glauben viele Leute, das heißt, ich war nicht treu« –, und »Es macht ihr Freude, mich weinen zu sehen« mit Slim als Ehemann mit drei Kindern (die Wahrheit), dessen Frau kaltherzig ist und sich freut, wenn er unglücklich ist – und »Why Must the Show Go On?«, worin Slim und Billie in derselben Band singen und sich ineinander verlieben:

Wir sind nur zwei Sänger im Radio
Und singen in einer Band.
Und niemand kann sehn, wie lichterloh
In uns die Liebe brennt.
Ich möcht es der ganzen Welt erzählen,
Doch niemand darf wissen davon.
Ich habe Familie und will sie nicht quälen.
Oh, why must the show go on?

Viel deutlicher konnte man es nicht aussprechen.

Billie Anns Mann, Tom Herschel, war Tontechniker bei WLT und arbeitete in der Nachmittagsschicht, aber er wußte mit Sicherheit, was zwischen seiner Frau und Slim ablief, und das wußte auch der Tontechniker von der Frühschicht, Harlan. Die Techniker hielten zusammen wie Pech und Schwefel, verbunden durch eine tiefe Verachtung für die Künstler, und Harlan machte Slim, wo er nur konnte, das Leben schwer. Wenn Slim sich räuspern mußte und zu Harlan das Aus-Zeichen gab, ließ Harlan das Mikrophon laut an, und Slim waren nach einer langen Nacht die Luftwege mit Schleim verstopft, und er mußte sich ziemlich ausgiebig schneuzen und räuspern, um ihn zu lösen, womit er nicht gerade das Herz des Hörers zu Hause gewann, der vielleicht selber nicht ganz auf dem Damm war und wenig Neigung verspürte, Slims Nebenhöhlen so nah am Ohr zu haben. Harlan dachte sich auch Methoden aus, um

Slims Stimme dünn und piepsig klingen zu lassen und ihr etwas Lispelndes, schwuchtelig Nölendes zu verleihen. Er konnte sogar die Stimmhöhe manipulieren, und bei Slims hohem Ton, seiner Goldnote, dem kraftvollen Ausharren auf dem Höhepunkt des Liedes, konnte Harlan mit einer winzigen Tonschwankung Slim um eine Viertelnote zu einem Ton raufziehen, daß einem die Vorderzähne schmerzten. Slim sang den Cowboysong »Entlang dem Chisholm-Pfad«, und bei der langen Jodelstelle spielte Harlan mit ihm wie mit einer Marionette, und es klang, als würde sein Pferd mit ihm durchgehen und der Sattelknauf in seine Weichteile stoßen.

Die beiden Turteltauben ließen sich dadurch allerdings nicht abschrecken und machten ohne jede Scham weiter, betatschten sich, knutschten während der Waffelwerbung miteinander, küßten sich während der Songs, und mitunter ließ Slim mitten in Billie Anns Kirchenlied seine Hand hinten in ihr Kleid gleiten und machte sich an ihrer Unterwäsche zu schaffen. »Ich liebe sie«, erzählte er den Fernfahrern, »sie ist das Aufregendste, was mir in den letzten zwanzig Jahren begegnet ist, und Jungs, es gibt keinen Ersatz für Aufregung. Nein, *Sir.*« Die Fernfahrer, obwohl selber Hallodris, die nicht lange fackelten, wenn es galt, sich mit einem herrenlosen Stück Kuchen vom großen Tisch des Lebens zu bedienen, waren gleichwohl besorgt wegen Slims ungenierter Art, dies bei der Arbeit zu tun, vor aller Augen und mit dem Ehemann nebenan. »Vermassel uns nicht den Job, Boss«, sagte Smiley, der Mann an der Hawaiigitarre. »Mach deine Seitensprünge im hohen Gras wie alle anderen auch. Mach es heimlich. Häng es nicht so an die große Glocke.«

Aber Slim kümmerte sich nicht darum. Die Klein-Buddy-Jahre hatten ihren Tribut von ihm gefordert, all diese rührseligen Balladen über Kinder. »Ihr Jungs habt vergessen, wie wichtig Liebe ist«, sagte er.

Er und Billie sangen »Wir haben die Liebe auf Erden genossen« – »Was bisher war, gehört in ein anderes Leben. / In Zukunft wird's nur unsere Liebe noch geben. / Es gibt für uns keinen Weg zurück, / Denn vor uns liegt unser ganzes Glück. / Ich gehöre zu dir und du zu mir, / Und Treue öffnet uns keine Tür. / Und wird auch die Ehe im Himmel geschlossen, / Wir haben die Liebe auf Erden genossen«, und Billie sagte im Sprechgesang: »Ich habe ihm nicht von dir erzählt, ich brauchte es nicht. Er weiß es. Er weiß, wenn er mich berührt, daß mein Herz nicht mehr für ihn schlägt. Es kann nicht, denn mein Herz ist weit fort bei dir« – und eine Meile entfernt, an der Blaisdell Avenue, hörte Francis zu, der früh aufgestanden war und sich anzog, um seine *Tribune* auszutragen.

Er saß, die Füße oben auf dem Tisch mit dem grünen Linoleum, in der dunklen Küche, trank Kaffee und wartete darauf, daß das große Bündel Zeitungen auf die Veranda klatschte, und das kleine weiße Radio war nur leise aufgedreht, damit Clare nicht wach wurde. Francis hatte Wingo ganz gern gemocht, aber Slim und Billie Ann waren wirklich klasse. Es war aufregend, so früh am Morgen keine Landwirtschaftsberichte und Kirchenlieder hören zu müssen, sondern jemand über genau das singen zu hören, was ihm im Kopf rumging, Sex und Kummer. Er hatte Slim im Stich gelassen, und hundertmal hatte Francis auf seiner morgendlichen Route »Im Tal des Red River« gesungen, so daß es mittlerweile recht hübsch klang (fand er), aber seit Slim jetzt auf dem absteigenden Ast war, zu oft und zu tief in die Flasche guckte und das Grüne Zimmer mit seiner Bierfahne verpestete, während er seinen Kater ausschlief, seine Kameraden bei WLT unter Druck setzte und sich gegenüber seiner Frau und den Kindern wie ein Schuft und ein Betrüger und ein Schweinehund benahm, wurde er ein immer besserer Sänger, dachte Francis: der einzige wirklich erstaunliche Sänger bei WLT, der einzige, der so wahr und ungeschminkt sang, daß man Gänsehaut bekam, wenn man ihn hörte. Sex und Kummer.

Die anderen schmalzten über Heimat, Heim und Mutter, Mutter wartet daheim, der ausgerissene Junge kommt zurück, ich bin ausgerissen, aber jetzt komme ich wieder zurück, weil es daheim am schönsten ist, aber Slim sang »Frankie und

Johnny«, über die Liebenden, die geschworen hatten, einander treu zu sein, und Johnny ging abends aus, und Frankie ging an der Ecke einen Krug Bier holen, und der Barmann erzählte ihr von Miss Nellie Bly, und sie nahm den großen 44er und stieg ins Taxi und stieg auf der South Clark Street aus und läutete an der großen Messingglocke und ging hinauf und sah durch das Fenster über der Tür, und da lag er im Bett mit einer anderen, und die Pistole machte Päng-päng-päng, und sie legten ihn in einen Sarg und fuhren ihn in einem gummibereiften Leichenwagen zum Friedhof, und sie warf man in eine Kerkerzelle und schmiß den Schlüssel weg. Er war ihr Mann, aber er hatte sie betrogen. So einfach war das. Man liebt jemanden, und er bricht dir das Herz, und du brichst seins. Es war ein *erhabenes* Lied.

Und dann sagte Slim eines Tages im Radio: »Hier ist ein neues Lied, das mein Freund Harold Odom geschrieben hat, und das möchte ich jetzt für Sie singen.« Es gab irgendeinen Tumult im Hintergrund. »Bedaure, Jungs«, sagte er, »ich entschuldige mich dafür, aber ich habe letzte Nacht eine Menge Kaffee getrunken. Jedenfalls, hier ist das Lied.«

Es war der neunte Oktober,
Der Himmel hing schwer wie Blei.
Die Lok Nummer neun verließ Fargo.
Und bald schon war alles vorbei.

Einst war sie ein feuriges Dampfroß,
Doch jetzt war sie altersschwach
Und fuhr nur noch kurze Strecken
So gerade mit Ach und Krach.

Seiner Frau und den beiden Kindern
Gab Benny With einen Kuß,
Und dann ließ er die Lok laut pfeifen
Für die drei daheim zum Gruß.

Und in Fargo bekam er die Order:
»Jetzt liegt alles an Nummer neun,
Du mußt mit dem leeren Zug
Heute nacht noch in Minot sein.«

Jetzt konnte er endlich beweisen,
Wie gut er als Lokführer war,
Und wenn er es pünktlich schaffte,
Dann würd er befördert sogar.

Er hoffte, wenn er als Belohnung
Die große Expreßlok bekäme,
Daß das Leben für seine Familie
Eine glückliche Wendung nähme.

Und er heizte der alten Maschine
Mit Kohle und Heu tüchtig ein.
Und so schnell, wie das Dampfroß jetzt stampfte,
Kann noch nie eins gewesen sein.

Und es pfiff und es schoß und es raste
Wie ein Blitz durch Dakotas Prärien,
Und man sah in der Nacht seine Lichter
Wie den Schweif von Raketen verglühn.

Seinem Heizer jedoch sagte Benny:
»Sie braucht noch mehr Kohle und Heu!«
Und zum Pfeifen der müden Lok mischt sich
Des Heizers entsetzter Schrei.

Und dann wurden die graden Schienen
In einer Kurve plötzlich ganz krumm.
Aus dem Gleis schoß die Lok und drehte sich
Um die eigene Achse herum.

Wie ein Schreckensschrei klang ihr Gepfeife,
Als sie aus den Schienen geriet.
Kein Gebet konnte helfen der Mannschaft,
Die vom Dampf ward zu Tode verbrüht.

Und es regnete graue Asche,
Der Himmel war schwarz wie ein Grab.
Bitter weinten die Kinder, für die 's nun
Kein glückliches Leben mehr gab.

Lieber Herrgott, behüt ihre Seelen,
Hab sie lieb, daß ihr Herz wieder lacht.
Doch die zwei werden niemals vergessen
Ihren Daddy, der starb diese Nacht.

Francis hörte zu, erstarrt, die Hand an der Schranktür, als hätte ihn jemand mit einem Stein besinnungslos geschlagen, und dann legte er den Kopf in die Armbeuge und weinte.

Kapitel 21
Frank

Der denkwürdigste Moment auf der West-High-School war auch der schlimmste: der erste Tag, als sein Name durch den Lautsprecher ausgerufen wurde und ein Junge mit schriller Lispelstimme sagte: »Oh, Franssiss Wiss!«, und einen elenden Monat lang ließ er nicht davon ab – »Oh, du sslimmer Wiss, du!« quietschte er, und die anderen Jungs lachten, und Francis schrumpfte in seine Jacke hinein.

In seinem ersten Jahr gab er den Fünf-Wörter-am-Tag-Plan auf: Als er sich im Speisesaal mit seinem einzigen guten Freund unterhielt, benutzte Francis das Wort »arglistig« und bemerkte einen kühlen Ausdruck in den Augen des Jungen. Er war schon anders genug, beschloß er daraufhin, ohne komisch zu reden. Er war klein für sein Alter, und er hatte das lange Jensen-Gesicht mütterlicherseits geerbt, die schmale Nase und die wäßrig-blauen Augen, die schmalen Lippen, ein Männergesicht auf einem Knabenkörper. Im zweiten Jahr experimentierte er damit, sein Haar mal weiter oben, mal weiter unten und mal auf der rechten Seite zu scheiteln, aber es war zwecklos. Obwohl Onkel Art und Tante Clare ihn mit adretten Cordhosen und weißen Hemden und Pullovern ausgestattet hatten, blieb er ein Sonderling. Er mied den Sport, war hinter den Mädchen her, wurde von den Mädchen gemieden. Alle anderen glaubten an den Krieg und Francis insgeheim nicht, ein schreckliches Geheimnis. Churchill und seine Zigarre und das V-Zeichen, Roosevelt und sein breites Grinsen, wenn er in einem offenen Wagen fuhr, Hitler mit seinem kleinen Schnauzbart, der in einem französischen Wald einen Jig tanzte, Hirohito auf seinem weißen Pferd, die Japse, die Krauts – er bemühte sich, für diese ganze Geschichte überzeugte, aufrichtige Gefühle zu empfinden und die Jungs durch das Sammeln von Alteisen und das Kaufen von Kriegsanleihen zu unterstützen, doch er konnte nicht. Und dann war der Krieg auf einmal aus. Alle anderen auf der West High jubilierten und sprangen von den Stühlen auf und stürmten aus der Schule hinaus auf die Straße und schrien und hupten und hielten Autos an und fuhren auf den Trittbrettern mit. Außer Francis, der nach Hause ging und sich fragte, was wohl bei ihm nicht stimmte.

Er wurde zum Anonymsten Schüler der Klasse von 1947 gewählt und machte an einem heißen Nachmittag im Mai seine Abschlußprüfung und ging nach Hause und nahm ein Bad. Die Mädchen hatten sich bei der Feier gegenseitig umarmt und geweint. Zwei Mädchen hatten sogar ihn umarmt, aber er konnte sich nicht erklären, warum. Die Schule erschien ihm als etwas Unabwendbares, man ging hin, weil es einem gesagt wurde, und wartete dort vergebens, daß etwas passierte. Die Lehrer erzählten einem lauter Dinge, die nicht stimmten – zum Beispiel: »Diese Jahre werdet ihr im Rückblick einmal als die schönsten eures Lebens betrachten« –, so daß man es aufgab, ihnen zu glauben.

Er schrieb an Mutter und sagte, es wäre schön, wenn sie zu seiner Abschlußfeier käme, und sie schrieb zurück und sagte, das könne sie nicht, sie könne kaum das Haus verlassen, um zur Apotheke zu gehen, wie solle sie da nach Minneapolis kommen? »Du hast im Grunde keine Mutter. Du hast lediglich diese komische alte Dame in ihrem schmuddeligen Hauskleid, die nur vorm Radio sitzt und zuhört. Wie kommt es, daß ich von Dir nichts höre? Schämst Du Dich meiner?«

Eines Abends bot ihm Onkel Art an, ihn zur Universität zu schicken, aber er schien betrunken zu sein, und Francis lehnte ab, und so schenkte ihm Art statt dessen einen perlgrauen 46er Chevy zum Abschluß. So war Art nun mal. Ignorierte einen und wollte nichts mit einem zu tun haben und lud dann ein Riesengeschenk auf einem ab und erwartete, daß man strahlte und Freudensprünge machte. Francis lief zweimal um den Wagen herum. »Schön«, sagte er. »Danke.«

Art beugte sich runter, um den Kühler zu inspizieren. »Leo meint, du hättest wohl Lust, beim Radio zu arbeiten«, sagte er.

»Ich hab mich noch nicht entschieden«, sagte Francis.

In Minneapolis gab es eine Polioepidemie. Ein Nachbarjunge erkrankte daran. Ging schwimmen im Lake Calhoun, und am nächsten Tag war er im Krankenhaus, ein Krüppel. Francis floh in den Norden nach Mindren, am Steuer seines eigenen Wagens, voller Angst, bereits mit Polio infiziert zu sein. Nördlich der Stadt sah er eine Sherwin-Williams-Reklametafel, den Farbeimer, der über einem Globus ausgekippt wurde, und er überlegte, ob er lieber nach Osten fahren und Zigeuner werden sollte (Unsere Heimat ist die Welt), doch der Gedanke an Mutter brachte ihn auf den rechten Weg zurück. Er fuhr heim.

Mutter ging es ein wenig besser, aber nicht viel. Sie wußte, wer er war, aber sonst nicht viel mehr. Das Versicherungsgeld war verbraucht, glaubte sie, und Mr. Mortenson von der Bank hatte das Haus verkauft, glaubte sie (war aber nicht sicher). Der Garten war von Unkraut überwuchert, die Garage voller Müll. Er schaufelte ihn raus und verbrannte die sperrigen Teile, von denen scharf beißende Rauchwolken aufstiegen. »Ich habe jetzt einen guten Job«, sagte sie, hatte aber vergessen, was es war. Sie versuchte, sich daran zu erinnern, und gab auf. Oh, das Leben ist ungerecht, sagte sie traurig. Eines Morgens kam Mortenson herein und nahm die Uhr mit. »Deine Mutter hat in der Stadt Schulden auflaufen lassen, und die Leute fragen natürlich nach ihrem Geld. Einer von ihnen ist bereit, sich mit diesem alten Ding zu begnügen, und man geht lieber darauf ein, bevor er es sich anders überlegt.« Francis fragte, ob das Haus verkauft worden sei. Der Mann blieb vage. Es gebe Interessenten, sagte er, und sie würden bald Genaueres erfahren.

»Franny, ich werde nicht mehr gesund, nicht wahr?« sagte sie plötzlich beim Abendessen, den Löffel mit Hühnernudelsuppe auf halbem Weg zum Mund zurückhaltend, und all seine hohlen Versicherungen: doch, *natürlich* würde sie das, er *wüßte* es, natürlich würde sie wieder gesund werden, machten nur noch deutlicher, daß sie nicht mehr zu retten war, und Tränen fielen, und sie hatte recht. Sie war Invalidin. Sie würde immer zur Tür schauen in der Erwartung, daß jemand hereinkam und ihr aufhalf.

»Es tut mir leid, daß ich so ein Wrack bin. Ich kann meinen Kindern nicht mal ein anständiges Zuhause geben.« Und sie weinte noch mehr. Er fragte sich, wo all das Wasser herkam.

Emma kam zum Heldengedenktag. Onkel Charles hatte Migräne und Nierensteine und konnte nicht die geringste Bewegung, kein Geräusch und keinen Lichtstrahl ertragen, aber Jodie ging es gut auf dem Wesleyan College in Ohio. »Du würdest sie nicht wiedererkennen, so erwachsen ist sie geworden.« Er fragte, warum Jodie nicht mit nach Hause gekommen war. Emma sagte: »Nach Hause? Ihr Zuhause ist bei uns. Wir haben sie bei uns aufgenommen. Denk nicht nur an dich selbst, Franny. Jodie ist zu einer prächtigen jungen Dame erblüht. Sie hätte das hier nicht verkraftet. Sieh dir nur deine arme Mutter an. Ich werde am Dienstag die Papiere unterschreiben und sie ins Krankenhaus einweisen müssen. Mein Dad hat immer gesagt, nichts ist so schlimm, daß nicht noch etwas Gutes darin steckt, aber in ihrem Fall kann ich das nicht sehen.« Emma schnalzte bedauernd mit der Zunge. »Armes Ding.«

☆ ☆ ☆

Nach Minneapolis wirkte Mindren wie eine Geisterstadt. Männer standen in den Gemischtwarenläden herum, sahen aus dem Fenster, als warteten sie auf etwas, gingen dann zurück und setzten sich auf ein Nagelfäßchen und unterhielten sich mit Walt, der sagte, was er schon seit Jahren sagte: *Man kann nie wissen. Kommt Zeit, kommt Rat.* Es war trocken. Die Luft war voller Staub. Männer sprengten ihren Rasen, den Daumen im Schlauch, um einen feinen Sprühnebel zu erzeugen, vertrödelten den Abend. Die Kinder waren verdrossen und träge. Der Pfarrer lief ohne Gruß an ihm vorüber. Kleine Kinder hielten einen Sicherheitsabstand, Vorhänge schienen zu rascheln, wenn er vorbeiging, Jalousien wurden um einen Spalt geöffnet, Leute flüsterten.

Von der Great Northern kam ein Brief, in dem ein W. L. Jamieson, stellvertretender Inspektor, schrieb, daß ihm, Francis With, als Sohn des verstorbenen Benny With, gemäß den Bestimmungen der Hill-Stiftung für Eisenbahner-Waisenkinder, hinterlassen von Albert Hill, dem Autor des Liedes »Das Unglück der Expreßlok«, ein Collegestipendium zustehe und daß er, der Inspektor, die Freude habe, ihm zum 8. September einen Platz in der Anfangsklasse auf dem Carleton College in Northfield anzubieten, und er bitte baldmöglichst um Antwort.

Francis dachte darüber nach. Das Angebot klang nicht so, als hätte das Schicksal ein Machtwort gesprochen, es stand auf dem Papier, eine vage Einladung, irgendwohin zu gehen und Bücher zu lesen und zu sehen, ob etwas davon hängenblieb. Er setzte sich hin, um eine Liste zu machen: »Was ich tun möchte, bevor ich zwanzig bin.«

1. Sexuellen Verkehr haben mit einer schönen Frau
2. Geld verdienen

Gab es schöne Frauen am Carleton College? Wahrscheinlich, aber sie würden jemand anders gehören. Große, selbstbewußte Frauen in blaukarierten Röcken und Kniestrümpfen, die ihre Bücher an die linke Brust preßten und sich mit Männern aus ihren Kreisen zusammentaten. Nicht mit ihm. Mit Männern wie Frank Fairmont in *Hügel der Heimat*, der als Quarterback bei den Center City Wildcats spielte und nach Yale ging und Babs' Herz brach, aber natürlich war klar, daß jemand wie Frank sich *niemals* an eine Babs binden würde. Blaukehlchen heiraten keine Spatzen. Er würde sich mit einem Collegemädchen im blaukarierten Rock zusammentun.

Und dann drehte er das Blatt Papier um und schrieb:

Frank With. Frank With. Frank With.

Der Name war besser, ohne Zweifel. Er schrieb: Frank B. With.

Das Problem war der lasche Nachname. Er starb hinten. *With.* Man sprach ihn aus, und die Leute fragten: »*Wer?*« Er machte eine Liste mit Namen: Benson, Burgess, Fox, Upton, Autry. *Frank Autry. Frank Rogers. Frank Mix. Frank Armstrong.* Es war eine schimpfliche Sache, den eigenen Namen zu verleugnen. Zumal, wenn der Vater unter der Erde lag und nicht einmal einen Stein über seinem Kopf hatte. Aber er hatte keine Familie mehr, zumindest keine nennenswerte. Und dann sah er, daß er durch das Anhängen eines E an *With* ein *White* daraus machen konnte.

Frank White.

Die Namen machten ein hübsches *Klick* wie das Aufschlagen des Bolzens bei einem 22er.

In der Nacht, bevor Emma Mutter in die Nervenheilanstalt brachte, schrieb er einen Brief an seinen Vater.

Lieber Daddy,
es ist schwer, aber das weißt Du. Mutter ist krank. Ich bin beim Doktor gewesen, und er weiß nicht, was sie hat, oder er will es mir nicht sagen, weil es zu schrecklich ist. Vielleicht wird es ihr bessergehen, wenn sie von Mindren fort ist. Es ist eine gräßliche Stadt. Ich weiß, Dir hat es hier gefallen, aber ohne Dich ist es nicht so schön. Daddy, unsere Familie hat keine wirklichen Freunde in dieser Stadt. Sie können sich alle zum Teufel scheren. Großpapa ist im Dänischen Altersheim in Spirit Lake, Iowa. Wir haben ihn dort besucht, und er erkennt uns nicht mehr, aber ich glaube nicht, daß er böse ist. Daddy, ich gehe nach Minneapolis und bekomme einen Job von Onkel Art. Ich möchte, daß Du stolz auf mich bist. Ich wünschte, wir wären noch alle hier zusammen. Ich denke jedesmal an Dich, wenn ich einen Zug höre, und auch

sonst. Ich werde alles tun, damit Du stolz auf mich bist. Ich liebe Dich sehr, immer und ewig.

Hochachtungsvoll
Dein Sohn
FRANK WHITE

Er steckte den Zettel in eine saubere Flasche und vergrub sie spät nachts in dem länglichen, niedrigen Erdhügel über Bennys Grab. Mutter und Emma fuhren früh am Morgen in aller Eile los. Frank fürchtete sich vor dem Abschied und zögerte ihn hinaus, aber Mutter wirkte fröhlich, als würde sie ins Kino gehen. »Wiedersehn!« rief sie. »Bis später!« Emma würde noch einmal mit Charles zurückkommen, um den Haushalt aufzulösen, sobald seine Migräne nachließ. Sie sagte: »Franny, nimm dir, was du willst, alles andere geht vermutlich an die Armen.« Er nahm den Strohhut seines Vaters und seine Armeedecke, eine dänische Bibel, Großpapas Brille und Hausschuhe, einen Karton mit alten Bilderbüchern und die Lokomotive seiner Spielzeugeisenbahn. Er verriegelte die Tür hinter sich, versteckte den Schlüssel im Blumentopf, stopfte den Kram auf den Rücksitz, fuhr aus der Straße raus, und die Stadt glitt im selben Augenblick von ihm ab wie eine aufgeknöpfte Hose.

WLT kam klar und deutlich rein, als er nach Süden fuhr. Es war, als wären die Bensons bei ihm im Auto. Jo empfand Mitleid für Mr. Lassen, dessen Junge, Leon, ein trauriges, lasterhaftes Leben in Chicago führte und seinen armen Vater zur Raserei trieb. Der Junge war faul und gleichgültig, ließ Rechnungen auflaufen, die er nicht bezahlte, verschwendete das Geld, das sein Vater ihm großzügig schickte, und ließ sich mit Gesellen ein, die ihm nicht guttaten. »Nichts ist so teuer wie das, was wir umsonst bekommen. Überfluß erzeugt Überdruß«, sagte Dad. »Auf einen knauserigen Vater folgt ein verschwenderischer Sohn.« Frank überlegte: »War Daddy knauserig gewesen?« Er glaubte es nicht. Aber wie auch immer, Daddy war tot und lag in seinem Grab. Vielleicht folgte auf einen toten Vater ein lebendiger Sohn. Er gab Gas und zog an einem Viehlaster vorbei und hielt die Tachonadel auf hundertzwanzig und sauste mit aufgedrehtem Radio durch den dunstigen Sonnenschein dahin, während der Empfang immer besser wurde.

Kapitel 22
Das Antwerp

Er zog wieder zu Art und Clare. Er schlief achtzehn Stunden, wachte auf und ging um die Ecke ins Rialto und sah sich drei Filme hintereinander an. Er zupfte Löwenzahn aus dem Rasen. Er bemühte sich, nicht im Weg zu sein. Und dann, an einem schwarzen Tag, passierten drei schreckliche Dinge – er verlor den Wagen, sie warfen ihn hinaus, und ein Mädchen lachte über ihn. Der perlgraue Chevy stand vor dem Haus geparkt, und, *witsch,* jemand stahl ihn in der Nacht. Die Polizei zuckte mit den Schultern. Francis hatte den Schlüssel steckenlassen. *Willkommen in der Großstadt, Junge.* Versichert war er natürlich nicht. Niete gezogen. »Sieht aus, als müßtest du jetzt zu Fuß gehen«, sagte Art. Frank ging in die Stadt, um die Zeit im Dayton's totzuschlagen, und erregte die Aufmerksamkeit eines wunderschönen Mädchens mit langem schwarzen Haar, als es sich hinunterbeugte, um die Krawatten auf dem Ladentisch neu zu ordnen, und dann schaute es weg und kicherte, ein vernichtendes Lachen, als würde ihm was aus der Nase hängen. Und dann führte Art ihn ins Pascal zu einem üppigen Mittagessen mit Entensuppe, Porterhousesteak, gefüllter Pastete und allem Drum und Dran und zwei Flaschen Bier. Art trank einen doppelten Bourbon. Er redete nicht lange um den heißen Brei herum. Clare gehe es nicht besonders, sagte er, und er halte es für das beste, wenn Francis sich ein Zimmer im Antwerp nehmen würde. Es lag günstig, direkt neben dem Ogden, ein hübsches altes Backsteinhaus, das Ray Soderbjerg gehörte. »Viele Radioleute sind dort untergebracht, es ist sauber und billig. Ich werde mich um deine Miete kümmern, bis du auf eigenen Beinen stehst. Ich habe für dich einen Termin mit Roy jr. gemacht wegen eines Jobs. Du bist drin, nur keine Bange.« Art sah älter und müder aus, als Francis ihn noch von vor wenigen Wochen in Erinnerung hatte.

»Geht es dir gut, Onkel Art? Du siehst erschöpft aus.« Genau gesagt sah Art schlimmer als erschöpft aus, er sah aus, als wäre er völlig am Ende.

»Es ist Clare, die krank ist. Ich weiß nicht, was sie hat. Aber mir geht es gut«, sagte er. Um es zu beweisen, zog er einen Vierteldollar aus Franks Ohr.

»Übrigens, ich habe meinen Namen in Frank White geändert«, sagte Frank.

»Okay«, sagte Art. »Ich werde versuchen, es mir zu merken.«

»Und danke für alles.«

Art seufzte. »Ich hoffe, du findest hier Freunde«, sagte er. »Das ist wichtig. Du bist ein zu großer Einzelgänger, Francis. Und ich kann mich nicht um dich kümmern. Du bist jetzt auf dich allein gestellt, verstehst du?«

Frank nickte. Er verstand es aufgrund der Tatsache, daß Art ihm nicht sagte, er hoffe, Frank würde recht oft zum Abendessen bei ihnen vorbeikommen.

Art sagte: »Ich bringe dich morgen ins Antwerp. Stelle dich Mr. Odom vor.«

»Wieso nicht heute?«

Also fuhren sie nach Hause, um seine Sachen zu holen. Ein paar Kleidungsstücke, einen rotkarierten Mantel, etwa hundert Bücher, ein Poster von »Minnesotas weltberühmter Hull-Rust-Mahoning-Übertaggrube« (ein Geschenk von Art), eine Gipsbüste von Abraham Lincoln, ein paar Brett- und Kartenspiele – erstaunlich der Gedanke, daß er hier die ganzen Jahre gelebt hatte.

»Nimm die Tagesdecke und ein paar Zudecken mit«, sagte Art in Spenderlaune. Er blätterte zehn Zwanzig-Dollar-Noten hin. *Hier.*

Als er beim Antwerp vorfuhr, machte Art keine Anstalten, aus dem Wagen zu steigen. »Sch dich bei der Arbeit«, sagte Frank und machte die Tür auf.

»Hast du gehört, daß Marjery Moore ihren Freund verloren hat?« sagte Art gutgelaunt. »Robert Kellogg, dieser Kerl mit der Fistelstimme, der den Vic gespielt hat. Den Neffen, den mit dem Hund. In Das süße alte Lied der Liebe. Ich hab gehört, er hat sie geschwängert, ihr einen Gutenachtkuß gegeben, ist zum Bahnhof gefahren, hat seinen Wagen stehenlassen und sich mit Victoria Marshall nach Chicago aus dem Staub gemacht.«

»Peggy?« Peggy war die Sekretärin aus *Privatdetektiv Arthur Fox*.

»Ebendie. Also kamen beide am Montag nachmittag um. Vics Auto knallte frontal gegen einen Laternenpfahl, und eine Stunde später verließ Peggy plötzlich das Büro ohne einen Ton, und ihre Leiche wurde im See gefunden. Eine gefährliche Branche, das Radio. Aber Robert und Victoria leben zusammen in Chicago. Die war vielleicht ein Schnuckelhase. Donnerwetter, wenn du mal richtige Titten sehen willst, sie besaß einen Satz Titten, die aus jedem einen Mann gemacht hätten. Sag's niemand weiter, aber ich war der erste, der sie je gehabt hat. Mal spät eines Nachts in meinem Wagen. Großer Gott. Und das ist mein Ernst. Ich habe nicht mal ein *Wort* gesagt. Hab nur meine Hand da unten hingetan und liegen lassen, bis sie heiß wurde und zu summen anfing. O Mann. Ich war dabei, sie nach Hause zu fahren. Bin an der 38th Street an den Straßenrand gefahren, und diese Höschen fielen runter wie Blätter im Herbst, und sie kletterte auf den alten Pistolenlauf und drehte zwei volle Runden, und dann legte ich mich auf sie, und Mann, das Mädchen war Spitzenklasse. Autos fuhren vorbei, Leute linsten durch die Scheiben – es war mir *egal*, ich war auf der Treppe in den siebten Himmel.« Art sah entzückt und erregt aus bei dem Gedanken an sie. »Ein oder zwei solcher Nächte, Francis: was kann ein Mann mehr verlangen?«

☆ ☆ ☆

Frank hatte Zimmer 3-C im Antwerp, aber es waren eigentlich drei Zimmer, Küche, Schlafzimmer und Wohnzimmer, möbliert mit einem braunen Sofa, einem dunkelgrünen Tisch und einem Doppelbett mit zwei durchgelegenen Stellen. Sein eigenes Telephon, GEneva 2014. »Die Miete beträgt dreißig Dollar im Monat«, sagte Mr. Odom, der Verwalter. »Es ist ein nettes Haus mit vielen freundlichen Leuten, wenn Sie so was suchen. Es gibt hier eigentlich nur drei Regeln, und ich hab zwei davon vergessen. Die Hauptregel ist Diskretion. Wenn Sie sich amüsieren, lassen Sie's Ihre Nachbarn nicht mitkriegen, vor allem nicht nach zehn Uhr abends und vor acht Uhr morgens.«

Frank hatte gehofft, sein Zimmer würde auf den Christlichen Verein Junger Frauen nebenan hinausgehen, und das war auch der Fall, aber die Fenster gegenüber waren dunkel, und er bezweifelte, daß eins davon zum Umkleideraum gehörte. Ein Umkleideraum wäre bestimmt im Souterrain und hätte Milchglasfenster. Aber wenn der CVJF brennen und nackte Frauen hinaus auf die Straße fliehen würden, hätte er einen Platz in der ersten Reihe. Inzwischen konnte er Papierschnipsel runterwerfen, und vielleicht würde ein Ventilator sie in den Umkleideraum pusten, und ein nacktes, pitschnasses, wunderschönes Mädchen würde einen Zettel auf seinem Handtuch finden, GEneva 2014.

☆ ☆ ☆

Art setzte ihn am Mittwoch dort ab, und am Donnerstag hatte er schon Freundschaft geschlossen mit einer Frau namens Ginger, die gerade Kleidungsstücke in der Waschküche zusammenlegte, als Frank runterkam, um ein Hemd zu waschen. Sie hatte gebleichtes Haar, und ihre nachgezogenen Augenbrauen waren wie in permanentem Staunen hochgewölbt, und sie trug weiße Dreiviertelhosen und eine durchsichtige Bluse. Sie erzählte ihm von ihrer Scheidung und wie sehr es ihr gefiel, wieder alleine zu leben, und wie gerne sie einmal Chicago sehen würde. Sie hielt einen Büstenhalter hoch. »Was hältst du davon?« fragte sie. »Zu verführerisch?« Sie sei auch bei WLT gewesen, sagte sie. »Ich war Schauspielerin, und ich war fünf Jahre lang Ray Soderbjergs kleine Hure. Jetzt arbeite ich in einem Süßwarenladen. Bei Kresge's. Komm mal vorbei. Ich schenke dir ein Nußbonbon oder irgendwas.« Freitag morgen wollte Frank zu WLT gehen, um mit Roy Soderbjerg jr. zu sprechen. »Ein Kinderspiel«, sagte Art am Telephon. »Ich habe dich schon so gut wie untergebracht, Francis.« *Frank.*

☆ ☆ ☆

Die Dame in 2-C direkt unter Frank brauchte mehrere Tage, um seinen Namen rauszukriegen. Sie hatte ebenfalls drei Zimmer, in jedem einen Tisch und eine Schreibmaschine und Berge von alten Manuskripten in Apfelkisten. Patsy Konopka hörte ihn Mittwoch abend reingehen, schrieb aber hektisch am Ende von *Der freundliche Nachbar* und achtete nicht weiter darauf; Donnerstag nachmittag, als er über den ersten Treppenabsatz hinauftrapste, spitzte sie die Ohren – seine Schritte verrieten ihr, daß er jung war und schmächtig gebaut –, und als er auf dem zweiten Absatz ankam, hörte sie Bescheidenheit und Zielstrebigkeit und Anstand in ihm. Sie hatte die Männer so satt: ihr geistloses Gefasel, die unglaublichen Lügen, die sie einem auftischten. Sie logen so stümperhaft und unverblümt, daß man sich fragte, warum sie sich überhaupt die Mühe machten. Sie stand von ihrer Schreibmaschine auf, und als er an ihrer Tür vorbei zum dritten Stock ging, erhaschte sie durch den Spion einen flüchtigen Blick auf ihn. Seine braunen Cordhosen waren fünf Zentimeter zu kurz, und er trug eine Tüte mit Lebensmitteln auf dem Arm, und eine dicke braune Haarsträhne hing ihm ins Auge. »Ein unscheinbares Gesicht spricht für Aufrichtigkeit«, dachte sie, und dann überlegte sie, ob er nicht Jeanines ehemaliger Liebhaber, Mr. Devereaux, sein könnte, der, den sie in New Orleans kennengelernt hatte und der endlich gekommen war, um die Romanze einem glücklichen Ende zuzuführen, in Unkenntnis der Tatsache, daß Jeanine im Schoß der baptistischen Kirche gelandet war und Reverend Willetts geehelicht hatte und daß beide freudig zum Missionsdienst nach Belgisch-Kongo abgereist waren. Sie wappnete sich für die Aufgabe, ihm all diese Informationen zukommen zu lassen.

»Sie ist glücklich, Mr. Devereaux, und das ist die Hauptsache, nicht wahr? Ich glaube, sie ist kein bißchen mehr Baptistin, als sie ein Kürbis ist, aber wir glauben an das, was wir uns wünschen, und sie wünschte sich einen Ehemann. Drei Jahre lang hat sie auf Sie gewartet und nur von Ihnen geredet, und wie viele Jahre hat ein Mensch? Schließlich sagte sie zu mir, Patsy, ich habe jemand kennengelernt. Und einen Monat später sagte sie: ›Ich hätte nichts gegen seine Schuhe unter meinem Bett.‹ Und da wären wir.«

Sie setzte sich wieder an die Schreibmaschine, in der eine Seite aus *Die Goldene Regel* eingespannt war, mit den schrecklichen Coopers und ihrem Geld wie Heu, das sie unentwegt anonym unter die Leute brachten, als ob sich dadurch auch nur das geringste ändern würde. Patsy wünschte, sie würden von einer Klippe stürzen. Sie wünschte, sie könnte schreiben: *Pistolenschüsse ertönen und Schmerzensschreie und erregte Rufe.* Sie wartete darauf, daß Mr. Devereaux auf den Flur eilen und sich über die Brüstung lehnen und nach Jeanine rufen würde. *Ich habe ihr gesagt, ich würde diesen Sommer zurückkommen! Ich bin nur nach Frankreich gefahren, um meine alte Mutter zu besuchen! Es ist wahr, ich bin drei Wochen zu spät dran, aber der Frachter, auf dem ich mich eingeschifft hatte, kam westlich der Kanaren vom Kurs ab und kenterte im Südatlantik, und wir trieben in einem Rettungsboot dahin und wurden schließlich von einer argentinischen Fregatte aufgenommen und nach Buenos Aires mitgenommen, und von dort dauert die Reise per Anhalter bis hierher länger als nur ein paar Tage. Wieso hat sie nicht warten können?* Aber Mr. Devereaux über ihr ging leise in die Küche und stellte die Lebensmitteltüten auf den Tisch und fing an, die Sachen einzuräumen. Er pfiff eine Melodie, die sie nicht gleich erkannte, und dann hörte er auf und seufzte. Wieso? Er kramte in den Tüten und stieß einen noch längeren Seufzer aus.

Er hatte etwas vergessen! Etwas Banales und Alltägliches, wie Zucker oder Salz. Sie könnte ihm etwas hinaufbringen als Begrüßungsgeschenk. Sein Engel vom Stock drunter. *Mr. De-*

vereaux, ich bin Patsy Konopka, ich wohne unter Ihnen. In meiner Familie gibt es die alte Tradition, daß man neue Nachbarn mit einer Tüte Salz oder einer Tasse Zucker begrüßt. Möge das Leben gut zu Ihnen sein, und möge das Leben voll Würze sein.

Und dann fiel es ihr ein. Sie hatte weder Salz noch Zucker, sie aß immer auswärts.

☆ ☆ ☆

An diesem Tag kehrte Klein Becky von einem mehrtägigen Besuch bei irgendwelchen Leuten in Littleton zu *Der freundliche Nachbar* zurück. Marjery schien verdrossen, weil ihr Freund davongelaufen war. Sie schenkte Frank im Grünen Zimmer einen teilnahmslosen Blick und erkannte ihn nicht.

> BECKY: Hunde haben einen lieb, auch wenn niemand anders einen liebzuhaben scheint, nicht wahr, Dad? (*Wuff*) Wenn es einem mal schlechtgeht, ändert das nichts an ihrem Gefühl für dich. Wenn man mal einfach die Arme um jemand legen möchte, dann ist ein Hund immer da – *(Hundehecheln)*
> DAD: Was hast du für Kummer, Schätzchen?
> BECKY: Ich habe das ganze Geld, das ich mit Radieschenpflücken verdient habe, für eine Schachtel Schokoladentäfelchen ausgegeben, und sie waren nicht mal gut, und nun sind alle weg.

An diesem Abend klopfte Ginger an Franks Tür. Sie habe ihn in der Waschküche kennengelernt, erklärte sie und wollte wissen, ob er gerade beschäftigt sei. Wenn ja, würde sie später wiederkommen. Frank bat sie nicht herein, nicht einmal, als sie sagte, sie sei sehr durcheinander und habe nichts gegen ein Bier. Er sagte, er sei müde.

☆ ☆ ☆

Unten lauschte Patsy Konopka aufmerksam. Ginger vergeudete keine Zeit. Aber die Tür fiel ins Schloß, und nur ein Paar Füße, das von Mr. Devereaux, ging über den Wohnzimmerboden. Er blieb oben im Wohnzimmer stehen, las einen Brief und ging dann ins Badezimmer. Seine Schritte klangen wie aus *Die andere Welt*, wo ein Mann mitten in der Nacht in seinem Bett aufwacht und nach dem Schalter der Lampe tastet und eine kalte Backsteinmauer berührt und schließlich ein Streichholz findet, es anzündet und entsetzt nach Atem ringt, denn es ist natürlich eine Gruft. Sie hoffte, er würde nicht das große Loch im Fußboden neben der Heizung entdecken. Wenn sie unter dem Loch an ihrem Küchentisch saß, konnte sie ihn oben atmen hören. Er stapfte den Flur entlang und blieb einen Moment stehen, und dann hörte sie seinen Wasserstrahl, Gallonen wie von einem Pferd rauschten in das Becken. Und jetzt zog Mr. Devereaux ab und ging ins Schlafzimmer. Patsy hörte seine Kleider zu Boden fallen. Er legte sich aufs Bett. Er berührte sich selbst. Sie horchte. Sie hoffte, er würde nicht lange allein bleiben. Sie fragte sich, ob er empfänglich für Emanationen war oder Kenntnisse auf dem Gebiet des Übersinnlichen besaß.

Sie richtete einen konzentrierten Gedanken auf ihn und wartete, lauschte, um zu hören, ob er ihn erreichte, aber er machte weiter, und dann stöhnte er, und sie kehrte zurück zu *Die Goldene Regel*. »Wer ist das dort draußen auf der Straße?« fragte Edna. »Wer?« sagte Elmer. Sie waren im Café, Kaffeetassen klapperten, jemand jammerte über wunde Füße. »Dieser hübsche junge Mann neben dem Laternenpfahl mit den Händen in den Taschen, dem roten, bis über die Ohren hochgezogenen Plaidmantel und dem schwarzen, zerzausten langen Haar«, bemerkte Edna. »Oh, der«, sagte Elmer. Edna sagte: »Stell dir vor, du wärst noch einmal so jung, und die ganze Welt läge ausgebreitet zu deinen Füßen wie ein Jahrmarkt. Stell dir vor, du wärst noch einmal zwanzig.«

Kapitel 23
Eingestellt

Am nächsten Morgen angelte er sich, trotz schlimmer Kopfschmerzen, den Job bei WLT. Die Kopfschmerzen hatte er schon am Donnerstag abend bekommen. Er bummelte um den Block, an den Kenosha- und Belfont- und Arcola-Apartmenthäusern vorbei, keins so hübsch wie das Antwerp, und spähte in die Souterrainfenster (Milchglas) vom CVJF und ging dann an dem großen Kalksteingebäude des Minneapolis-Autoclubs vorbei – er nahm sich vor, eines Tages einen Wagen zu kaufen, einen Studebaker – und studierte die Speisekarte im Fenster des Pot Pie und den Unterrichtsplan im Fenster der MacPhail-Musikhochschule – eine Maude Moore lehrte Sprechtechnik, ein Kurs, an dem er teilnehmen sollte, damit er Ansager werden könnte –, und dann ging er die Strecke in der anderen Richtung zurück, machte Pläne für seine große Radiokarriere, und vor dem Autoclub stieß er auf Mr. Odom und nahm eine Einladung auf ein Gläschen in der Red Eye Lounge an der Hennepin Avenue an, und dort, in einer dunklen Nische, probierte er verschiedene Cocktails, eingeschlossen einen Bourbon sour, einen Wodka sour und etwas namens Bombaroo. Mr. Odom, so fand er heraus, hatte Daddy aus der Zeit gekannt, als sie beide die Wirtschaftsschule in Park River besuchten, und er hatte in Minot gewohnt, als Daddy dorthin unterwegs gewesen war, und sie waren an ebendem Tag zum Frühstück verabredet gewesen, an dem Daddy starb. Mr. Odom hatte »Die Ballade von der Lok Nr. 9« noch am selben Tag geschrieben. Frank sagte ihm, er erinnere sich nicht mehr sehr gut an seinen Dad. Sie tranken einen Toast auf sein Andenken, ein paar Rusty Nails und einen Galesburg Gearbox und dann etwas namens Molly in the Morning, und dann – obwohl sich Frank kaum noch daran erinnerte – rannte er zur Tür hinaus und deponierte den ganzen Abend auf den Bürgersteig und in den Rinnstein.

Eine Frau im Sealmantel stand in der Nähe. Sie sah weg, als habe sie so was schon früher gesehen und interessiere sich nicht mehr dafür.

Am Morgen wälzte sich Frank aus dem Bett, nahm ein Aspirin und dann ein lauwarmes Bad und versuchte, sich eine Rede auszudenken (»Ich möchte gerne zum Rundfunk, mich ihm ganz widmen und mich nützlich machen, Sir, und Ihr Vertrauen gewinnen, damit Sie mich behalten und größere Aufgaben übernehmen lassen, und was mir an Intelligenz fehlen mag, werde ich durch harte Arbeit wettmachen«), aber der Schmerz kam und setzte sich in seinem linken Augapfel fest wie ein langer Nagel. Als er ins Hotel Ogden kam, war ihm mehr danach, zu schweigen und den Kopf nicht zu bewegen.

Ein sandblonder, rotgesichtiger Mann namens Sloan führte das Einstellungsgespräch mit ihm. Er hatte einen großen Zinken, und sein Haar war in festklebende Strähnen mit tiefen Furchen gekämmt. Er fuhr sich schmatzend mit der Zunge übers Zahnfleisch und blinzelte viel. Er musterte den Fragebogen, den Frank ausgefüllt hatte, und sagte: »Kein College und keine Zeitungserfahrung. Gut. Darauf sind sie hier nicht wild.« Er stocherte nachdenklich in den Zähnen und merkte an, daß Franks Onkel Art wahrscheinlich der gescheiteste Mann sei, den er, Sloan, je kennengelernt habe. Dann führte er Frank nach oben zu Mr. Soderbjergs Büro, öffnete die Tür und sagte: »Geh rein.«

Es saßen zwei Männer dort drin, ein jüngerer und schlaksiger in einem braunen Tweedanzug voller Wollknötchen und ein wohlbeleibterer um die Sechzig mit weißer Haarmähne, und der jüngere sagte gerade: »Sie kann nicht mal ein Ei kochen! Kann kein *Ei* kochen!« Dann drehte er sich zu Frank. »Wir reden von meiner Frau. Sie kann kein Ei kochen.«

»Ich glaube, es ist leichter, ein Steak zu braten, als ein Ei zu kochen«, sagte der ältere. »Zunächst mal hat man überhaupt keine Vorstellung, was in dem Ei drin ist. Jedes Ei ist anders. Allein durchs Ansehen kann man es nicht erkennen. Bei manchen Eiern ist die Schale zu dünn. Die Hühner haben nicht genug Milch mit ihrem Futter bekommen. Du läßt es also zwei Minuten und fünfzehn Sekunden kochen, und es kommt heraus wie ein alter Tennisball, und am Tag vorher hast du es drei Minuten kochen lassen, und es kam raus wie eine üble Erkältung. Nein, ich leite lieber eine Rundfunkanstalt, bevor ich ein Ei kochen muß. Das perfekte Ei ist ebenso ein Mythos wie die Nordwestpassage. Es ist jedesmal ein Wunder, wenn man ein eßbares Ei bekommt.« Und er winkte sie hinaus. »Jedenfalls will ich nichts mehr davon hören. Ich gehe nach oben ins Bett. Ich glaube, ich habe letzte Nacht zu tief geschlafen.«

☆ ☆ ☆

»Frank«, sagte Mr. Roy Soderbjerg jr., als sie in sein Büro kamen und er sich in den großen Stuhl setzte und herumschwang und zum Fenster hinausblickte, »Frank, ich habe von deinem Onkel Art gehört, daß du in Ordnung bist, und mir selbst gefällt auch, wie du aussiehst, und was mich angeht, so bist du eingestellt. Ich muß sagen, ich habe schon schlechte Erfahrungen gemacht mit Waisen, wie du eine bist, sie neigen zur Hinterhältigkeit, aber du scheinst mir nichts von einem Leisetreter zu haben, und ich wollte dich nur davon in Kenntnis setzen. Eine solche Neigung sollte unterdrückt werden. Wir arbeiten hier auf Vertrauensbasis. Wir hatten mal einen Waisenjungen, der den Leuten Geld aus ihren Schreibtischen gestohlen hat, falls du dir das vorstellen kannst. Er schlich hier herum, zog Schubladen auf und ließ Kleingeld mitgehen und alles, was er sah, Stoppuhren, Halsketten, und am Ende wollte er einen Revolver aus dem Schreibtisch von meinem Vater nehmen, und die Kanone ging los und schoß ihm ein Loch ins Knie. Er verlor sein Bein. Jetzt verkauft er Regenschirme an der Straßenecke. Also merke dir, das Radio ist eine großartige Sache, und es baut auf Loyalität, und wenn wir das Vertrauen zueinander verlieren, dann fallen wir auf den Hintern. Jetzt geh zu Sloan, er wird dir eine Arbeit zuteilen.«

Sloan war im Untergeschoß und tratschte mit den Mädchen,

die die Post sortierten. Er sagte Frank, sein Job sei es, den Soderbjergs überallhin zu folgen und alles für sie zu erledigen. »Halt nur die Augen offen, und sieh zu, daß sie zufrieden sind, dann wirst du auch zufrieden sein.« Er trug Frank auf, sechs Pfund jamaikanischen Kaffee, drei Kisten White-Owl-Zigarren und ein paar Grußkarten zu kaufen: zwölf Dutzend Gute Besserung und sechs Dutzend Herzlichen Glückwunsch zum Geburtstag und zwölf Dutzend Mit tiefer Anteilnahme – eine bunte Mischung, nicht zu viele Blumenmotive und keine Bibelsprüche – und dann wiederzukommen und Rays Dackel Columbus spazierenzuführen. Er sprach von den Soderbjergs als von den Soderblöds. »Er erledigt sein Geschäft gerne in der Nähe der Eingangstüren von Kneipen. Wenn du zurückkommst, kannst du in der Lobby auf Roy Soderblöd jr. warten, um mit ihm zum Mittagessen zu gehen. Niemand geht gerne essen mit dem armen Idioten, also wird er vielleicht dich fragen, und wenn er dich fragt, gehst du mit, und möge Gott dir beistehen. Gehört zu deinem Job. Er wird dich ins Pot Pie mitnehmen. Sieh zu, daß du ein paar Dollar dabeihast, falls er es vergißt. Laß ihn mit dem Rücken zur Tür sitzen, und du setzt dich mit Blick zur Tür. Es gehört zu deiner Aufgabe, hereinkommende Freunde zu identifizieren, so daß er, wenn sie grüßen, ihren Namen sagen kann. Natürlich kannst du das jetzt noch nicht, weil du neu bist, aber du wirst schnell lernen. Die Soderblöds können sich nicht mal die Namen ihrer eigenen Kinder merken. Der alte Ray Soderblöd verdrückt sich jeden Herbst mit einer anderen Braut am Arm nach New York, und zwei Monate später bei der Weihnachtsfeier fragt er einen nach ihrem Nachnamen. Ich sage dir, das sind die reinsten Clowns. Und wenn er dich nicht zum Mittagessen mitnimmt, dann kommst du wieder hierher zurück, und ich zeige dir, wie man ihre Unterschriften nachmacht. Wir sind eine Woche im Rückstand mit den Beileidskarten.«

Dann besprach Sloan irgendwas mit den Mädchen. Frank holte den Hund, der alt und zottelig war, und spazierte mit ihm zu Woolworth und kaufte den Kram ein und ging zurück und lieferte alles ab. Ray war benommen von seinem Morgennikkerchen. Er sagte Frank, er habe keine Zigarren mehr, und Frank gab ihm die Kiste White Owls. Ray war beeindruckt. Er fragte Frank, ob er Golf spiele. Frank sagte, nein, es tue ihm leid, das würde er nicht. Ray sagte: »Wieso tut es dir leid? Man trifft nirgendwo mehr langweilige Männer als auf einem Golfplatz. Ein Spiel für Pfeifen.« Frank machte sich im Geist eine Notiz: *Entschuldige dich niemals unnötig.*

Unten in der Lobby stand er fünfzehn Minuten lang neben einer Horde Fans, die darauf warteten, daß Dad Benson nach seiner Sendung runterkommen würde. *Der freundliche Nachbar* hatte gerade sein achtzehnjähriges Jubiläum gefeiert, genau Franks Alter. Die Fans hatten Schilder von ihren Heimatorten dabei, Waseca, Marshall, Pine City, Menomonie, Decorah, Croslake, Sanborn, und hielten ihre Kodaks im Anschlag, um jederzeit losknipsen zu können. Eine Frau hatte ihre sechs kleinen Kinder mitgebracht, alle in roten Satinwesten, die selbstgeschneidert aussahen und auf dem Rücken die Namen eingenäht hatten: Marilyn, Merwin, Marianne, Meredith, Murray und Miriam. Frank stellte sich Laurel, der Empfangsdame, vor, und sie sagte: »Ray Soderbjerg traue ich nicht mal so weit, wie ich ihn werfen könnte, aber für Roy jr. würde ich alles tun, glauben Sie mir. Der Mann ist so grundanständig, wie ein Mann nur sein kann.« Laurel war ein Prachtmädchen, das konnte er sehen. Er wollte sie ins Kino einladen, aber bevor er etwas in der Richtung unternehmen konnte, kam Mr. Odom, einen Mop vor sich herschiebend, vorbei. Er schaute hoch und grüßte.

»Ich dachte, Sie wären der Verwalter vom Antwerp-Apartmenthaus«, sagte Frank.

»Ich mache alles, mein Junge«, sagte Mr. Odom. »Ich bin halb Hauswart, halb Verwalter, und die übrige Zeit erledige ich alles andere. Hab gehört, du hast einen Job bekommen. Gratuliere.«

Mr. Odom fragte, wie ihm sein Zimmer gefalle. Frank gefiel es gut. »Oh«, sagte Laurel, »Sie wohnen im Antwerp?«

»Ja«, sagte Frank und wollte hinzufügen: *Allein. Ich wohne allein im Antwerp, Laurel. Ich bin älter, als ich aussehe, dreiundzwanzig, um genau zu sein, und ich bin außerordentlich anhänglich und sympathisch und großzügig, und meine Phantasien reichen von hier bis nach Chicago*, aber dann kam Roy jr. aus dem Fahrstuhl, und Mr. Odom machte sich dünn, und Roy jr. sagte: »Hast du schon zu Mittag gegessen? Gut. Wir gehen ins Pot Pie, sie machen dort eine gute Sauerkrautsuppe. Hallo, Miss Larpenteur.«

Roy jr. redete während des ganzen Weges nach drüben auf die andere Straßenseite und runter bis zum Restaurant über dies und das und jenes und bestellte die Suppe und einen Hackbraten und nahm seine Rede wieder auf. Er sagte: »Ich habe in meinem Leben einundvierzig Männer und sechs Frauen und zwei Kinder rausgeschmissen. Jeder einzelne war ein denkwürdiger Fall. Einige bettelten um eine weitere Chance, und manche verfluchten mich mit einer Leidenschaft und einem Einfallsreichtum, die sie nie zuvor an den Tag gelegt hatten, und einer ging ganz ruhig weg und sprang von der Hennepin-Avenue-Brücke. Er schlug auf dem Eis auf und brach sich die Wirbelsäule, und jetzt arbeitet er irgendwo als hilfloser Krüppel bei einer Zeitung, glaube ich. Ich war sein Henker.

Du bist ein junger Mann und weißt nicht, wie es ist, wenn man jemand seine Arbeit wegnimmt, also erzähl ich's dir. Man muß es sehr schnell tun. In dem Moment, wo sein Hinterteil den Stuhl berührt, in genau dem Augenblick sagst du es in einem Satz: Es tut mir leid, Jack, aber ich habe beschlossen, Ihnen zu kündigen – Ihre Einstellung endet mit dem heutigen Tag. Dann redest du noch etwa eine Minute – drückst Bedauern aus, Hoffnung, Mitgefühl und ergehst dich ein bißchen in Erinnerungen –, damit er sich erholen kann, denn egal, was für ein Idiot er auch gewesen ist, er hätte nie gedacht, daß es dazu kommen würde. Dann lehnst du dich zurück und läßt ihn seinen Senf loswerden. Vielleicht tut es ihm gut, dich zu verfluchen. Auch recht. Harvey Olson wäre beinahe über den Schreibtisch gesprungen und hätte mich erwürgt, als ich ihn gefeuert habe. Er sagte, WLT sei eine Sackgasse, wo niemand sein Talent erkannt habe, und in zwei Tagen würde er einen Job mit doppeltem Gehalt bekommen, und zwar bei Leuten, die etwas vom Radio verstünden.«

Harvey Olson war gefeuert worden. Der beliebte Sprecher der Frühstücksnachrichten, der immer gesagt hatte: »Hallo und guten Morgen, und möge Ihr Tag voll guter Nachrichten sein!«

»Harvey hatte schwer in Honeywell investiert, als sie diesen Solarhut auf den Markt brachten, und dabei sein letztes Hemd verloren und eine rasende Talfahrt angetreten. Zwei Jahre lang ist er jeden Morgen betrunken zur Arbeit gekommen, und dann hat ihn die Polizei bewußtlos und mit vollgemachten Hosen in seinem Wagen an der University Avenue gefunden – das war bereits das *dritte Mal* –, und als ich ihm das Unvermeidbare mitteilte, beugte er sich vor und schrie mich an. Auch recht. Harvey hat ein Jahr später einen neuen Job gefunden, abgebrochene Zweige für die Parkverwaltung auflesen, aber zumindest konnte er zurückblicken auf den *einen* stolzen Augenblick in seinem Leben, als er mich einen dreckigen Schweinehund genannt hat. Als ich Dusty Eustis rausgeworfen habe, hat er mich unloyal, einen hinterfotzigen Verräter, eine Ratte, einen Blutsauger und wahrscheinlich noch ein paar andere Dinge genannt. Hier war ein Mann, der versucht hatte, sich mit einer sechzehn Jahre alten Platzanweiserin nach oben in ein Zimmer zu verdrücken, und er war wütend, daß seine langjährige Mitarbeit ihm kein Recht darauf erwirkt hatte. Selbsttäuschung kennt keine Grenzen, Frank. Ich suche immer wieder nach der Grenze, aber es gibt keine. Jedenfalls nicht bei Leuten aus dem Showbusiness.

Der Künstler, den ich am meisten bewundert habe, glaube ich, war Onkel Albert, eigentlich der Onkel meines Vaters. Wir engagierten ihn 1927, und er blieb zwölf Jahre bis zu seinem Tod dabei. Wir engagierten ihn, weil er sich das Bein gebrochen hatte und nicht mehr als Straßenprediger bei der Heilsarmee arbeiten konnte, was er vierzig Jahre lang getan hatte. Er war ein treuer alter Kamerad von General William Booth, und als Booth von London rüberkam, zogen er und Onkel Albert durch die Nachtklubs von Chicago. Keiner von beiden rührte natürlich auch nur einen Tropfen an, aber General Booth tanzte für sein Leben gern. Er war verrückt nach Quickstep, Foxtrott und dem Buffalo, aber natürlich durfte er nicht mit jungen Frauen tanzen, aus Furcht, es könnte sich fleischliche Begierde einstellen, und so tanzte er mit Onkel Albert. Nach einem harten Tag unter den Armen und Gebeutelten und einem langen Abendgottesdienst beugte sich der General zu ihm und flüsterte: ›Wie wär's mit einem Tänzchen?‹, und sie machten sich auf. In Chicagos Nachtklubs waren zwei Männer, die miteinander tanzten, entschieden etwas Exzentrisches. Es war, ehrlich gesagt, so exzentrisch, daß die Leute, die ganz normal betrunken waren, wie alle anderen auch, ihren Augen nicht trauen mochten, und so wirbelten die beiden alten Herren, herausgeputzt mit ihrer steifen Armeeamtstracht, in fröhlicher Hemmungslosigkeit übers Tanzparkett und gingen erquickt nach Hause und standen bei Tagesanbruch auf, um die Arbeit für den Herrn wiederaufzunehmen.

Bei uns sagte Onkel Albert Gedichte auf. Auswendig natürlich. Er rezitierte in Kunterbuntes und manchmal in Der freundliche Nachbar, wann immer er zufällig mal da war, und oft sagte der Ansager im Nachmittags-Tanztee: ›Onkel Albert ist gerade im Studio, und ich bin gespannt, ob wir ihn nicht dazu kriegen, uns ein Gedicht aufzusagen. Onkel Albert?‹ Und der alte Mann, der gewaltige Augenbrauen hatte, große, stachlige Wucherungen mit herunterhängenden Ranken und Schlingen, trat zum Mikrophon. Über seinen Hals zog sich eine häßliche Narbe, die ihm eine Frau aus Memphis verpaßt hatte bei dem Versuch, ihm die Kehle aufzuschlitzen, er war nur knapp davongekommen, und daraufhin bekehrte er sich. Er hatte eine Stimme wie eine Posaune – er war unfähig, sie unter eine Lautstärke zu senken, die über Flüsse getragen oder einen Lynchmob zum Einhalten gebracht hätte –, und in seiner Jugend besaß er eine solche mitreißende Vitalität und Anziehungskraft, daß es ihm stets gelang, große Massen herbeizulocken, aber er konnte sie nie für den Herrn gewinnen, weil niemand näher als dreißig Meter an ihn herankommen wollte. Zu laut. Sogar als er schon alt war, versuchten die Leute gewappnet zu sein, wann immer Onkel Albert einen Raum betrat, damit sie nicht hochfuhren und gegen den Kronleuchter krachten, wenn er hallo sagte.

Er war bei WLT, weil er zur Familie gehörte. Er verstand das, und er verstand, daß er nicht predigen sollte. Wir hatten andere Leute, die fürs Predigen zuständig waren. Albert rezitierte Gedichte. Dafür wurde er bezahlt. Er las nie ab, das hielt er für Betrug, so daß sein Repertoire begrenzt war. Er erweiterte es nie. Er war in keiner Weise ehrgeizig. Er wollte nur nützlich sein.

Er kannte ungefähr fünfzig Gedichte auswendig: ›Der Untergang der *Hesperus*‹ und ›Heut wird die Abendglocke schweigen‹ und ›Exzelsior‹ und ›Über den Hügel ins Armenhaus‹, und er erschien im Studio, wenn ihm gerade der Sinn danach stand, und der Ansager mußte ihn irgendwie einschieben. Albert saß nicht gerne, und er fing an, sich zu räuspern, wenn man ihn zu lange warten ließ, ein kräftiges HACHRRR-ACHEM!, wie ein Löwe, der andere Löwen wissen ließ, daß er da war, ein Signal für die Ansager, daß er bereit war, etwas vorzutragen.

Wenn Albert rezitierte, drehte der Techniker die Lautstärke bis auf ein Minimum runter, und seine Stimme kam laut und deutlich an.

LEBT dort ein MANN, dessen Seele ... ist TOT?
Dem NIE eine SEHNSUCHT ZU SAGEN gebot:
DAS hier ist MEIN! Das ist mein HeimatLAND?
Wes' HERZ hat nie in seiner Brust GEBRANNT,
Als er die Schritte heimwärts hat GEWANDT
Nach langem Wandern an manch FREMDEM STRAND?
Wenn es so jemand gibt ... GEHT HIN! MERKT EUCH IHN
WOHL!

Jedes Jahr am 15. April, an Lincolns Todestag, sagte er ›O Captain! Mein Captain!‹ auf, ein Gedicht, das in den Händen eines Amateurs ziemlich platt wirken kann, aber von Albert aufgesagt, war es ein Weckruf, eine Warnung, daß die Republik in ständiger Gefahr ist, daß jedem Triumph eine Tragödie folgt, großer Kummer, Verrat und Verzweiflung.

> FROHLOCKE, o Heimatland! ... und läutet, ihr GLOCKEN!
> Ich aber wandel voll Seelennot
> Über das Deck ... mein Captain ... er liegt
> GEFALLEN ... und kalt ... und tot.

Dieser Vortrag verfehlte niemals seine bewegende und fesselnde Wirkung. Man könnte erwarten, daß ein erwachsener Mensch im zwanzigsten Jahrhundert einigermaßen immun gegen die aufwühlenden Reize von ›O Captain! Mein Captain!‹ sein müßte, aber Onkel Albert war eine Naturgewalt, und die Radiostars fürchteten ihn. Sein großer Augenblick war die Sendung zum zehnjährigen Jubiläum vom WLT-Tanz in der Scheune in der Williams-Arena, wo er vor Bob Hope auf dem Programm stand und den großartigsten Vortrag seines Lebens von ›O Captain! Mein Captain!‹ gab. Der alte Mann stand vor einem Publikum von siebzehntausend Leuten, was wahrscheinlich annähernd der gesamten Zuhörerschaft seines Predigerlebens entsprach, und er ließ seine Augenbrauen spielen und sagte das Gedicht auf und tötete den Captain und weinte und schrie und kniete nieder und flüsterte und rettete die Republik, und am Ende blieb den siebzehntausend nichts anderes übrig, als aufzustehen und zu jubeln – Alternativen dazu wie höflichen Applaus hatte er unmöglich gemacht –, und so standen sie auf und weinten und riefen, bis er rauskam und ›Lebt dort ein Mann‹ vortrug, und jetzt waren die Zuschauer außer sich, standen auf den Stühlen, schrien sich heiser, warfen Babys in die Luft, klatschten sich die Hände wund, und Onkel Albert kam noch einmal zu einer letzten Zugabe und sagte ›Die Schlacht bei Gettysburg‹ auf, und die Menschen brachen in einem einzigen schwitzenden, bebenden Haufen zusammen. Die Show war damit vorbei, obwohl das Programm noch eine Stunde dauern sollte, eingeschlossen Mr. Hopes zwanzigminütigen Monolog. Der große Mann stand in den Kulissen, sein berühmtes Grinsen war ein wenig angespannt, seine berühmte Sprungschanzennase glitzernd vor Schweiß, und er flüsterte Leo etwas zu, dem Moderator, der dem Orchester ein Zeichen gab, und sie spielten ›Columbia, die Perle des Ozeans‹, und dann kam Otto, und sein dressiertes Schwein machte den Sprung von der Leiter durch einen brennenden Reifen in die Arme des Fängers, und die Nachtwandler sangen ›Ein Mann trifft nur selten ein Mädchen wie Louise‹, aber schließlich mußte Hope auf die Bühne, wo er feststellte, daß alle noch an Onkel Albert dachten und enttäuscht waren, daß er nicht Onkel Albert war. Nach dem Tod von Lincoln und der Schlacht von Gettysburg wirkten die Schnellfeuerwitze über Golf und flotte Damen und Bing Crosby und Alkohol ziemlich dünn und armselig, und obwohl geblendet durch das Scheinwerferlicht, spürte er bald eine langsame, aber um sich greifende Bewegung von Leibern in Richtung der Ausgänge.

Nun, wie über die meisten Niederlagen der Großen wurde auch über diese nicht berichtet. Die Presse hat immer Angst, sich zu weit von dem zu entfernen, was der Leser erwartet, daher schrieben sie über das Ereignis, das eigentlich hätte stattfinden *sollen* – Ole Bob, über den alle vor Lachen auf den Sitzen lagen, und unter ferner liefen ein paar lokale Künstler auf dem Programm –, aber Ole Bob wußte, was geschehen war. Bis zu jenem Abend war er ein Mitglied der sozialistischen Gesellschaft der Fabier und einer der Paramount-Sieben gewesen, des Elitekorps von Hollywoods Linker, aber Onkel Albert hatte ihm die stolze Macht der Fahne gezeigt, und fortan hielt Ole Bob sie hoch in Ehren. Er wurde noch am selben Abend Republikaner, Bordschütze Bob, der Liebling des kämpfenden Mannes. Willst du einen Nachtisch? Nein? Gut. Die Rechnung, bitte.«

Kapitel 24
Freund der Soderbjergs

Frank bezog ein Kabuff im dritten Stock um die Ecke von Ethel Glen, neben Roy jr.s Büro, mit einem Tisch und einem Stuhl. Er verbrachte seinen ersten Tag damit, eine genaue Tabelle der WLT-Angestellten und einen Plan von allen drei Stockwerken des Senders anzufertigen, und er trug stets einen Notizblock bei sich, in den er sämtliche Fakten über WLT sofort eintrug, sobald er sie erfuhr – neue Wörter, Namen von Ehefrauen und Kindern, wer was machte, wohin sie nach der Arbeit gingen und mit wem.

Er lernte die drei Soderbjerg-Unterschriften und fing an, die Karten für sie zu verschicken, bezahlte Strafzettel wegen Falschparkens, führte den Hund spazieren, kaufte Kuchen an den Geburtstagen der Angestellten und stellte den Chor für ein Ständchen zusammen, führte verschiedene Kunden und weitläufige Verwandte durch das Studio und brachte sie in Rays oder Roys oder Roy jr.s Büro und dachte daran, den Namen des Gastes *laut* und *deutlich zweimal* zu sagen, weil es stimmte, daß sich die Soderbjergs keinen Namen merken konnten. Frank war Fred einige Monate lang, und dann Frank, dann Stan oder junger Mann und tauchte dann für eine Weile als Fred wieder auf.

»Fred«, sagte Roy jr., »besorg mir die Manuskripte der letzten fünf Wochen vom Sonnigen Tal. Bewahren wir die überhaupt auf, oder werfen wir sie weg?«

»Wir bewahren sie auf, und mein Name ist Frank.«

»Frank! Aber natürlich. Frank.«

Er kehrte mit den Manuskripten zurück.

»Ich habe das Gefühl, daß Al schon seit Wochen an Bremsbelägen arbeitet, und wiederholt Esther nicht auch ein paar Witze?« So setzte sich Frank hin und las einen Stapel *Im sonnigen Tal* und berichtete, nein, Bremsbeläge seien nicht das Problem, sondern abgenutzte Kupplungen: ganze sechs in den letzten beiden Wochen. Der Witz über Ole und Knute, die sich betrinken und auf den Eisenbahngleisen nach Hause laufen, und Ole sagt: »Das ist die längste Treppe, die ich jemals hochgestiegen bin«, und Knute daraufhin: »Es wäre nicht so schlimm, wenn sie die Geländer nicht so niedrig gemacht hätten«, war in einem Monat zweimal wiederholt worden. Und ebenso die Wordsworth-Zeilen: *Wenn wir zu lang von unsrem bess'ren Ich / Durch eil'ges Weltgetriebe war'n getrennt / Und müde seiner Hast und Freuden sind, / Wie köstlich, gnadenvoll ist Einsamkeit.*

»Schreibt Patsy Konopka daran?«

Nein, Dale Snelling. Als Frank Dale fragte, ob es in letzter Zeit ein Problem gebe mit *Im sonnigen Tal*, wurde Dale bleich. »Wer will das wissen«, fragte er. Er arbeitete an einem Hörspiel »Lancelot und Ginevra, ein Drama in Versen«, im Auftrag von Vesta, die eine anspruchsvolle Dramenreihe ins Leben rufen wollte, und er hatte *Im sonnigen Tal* einer Frau namens Grace Marie Schein übergeben. »Wo liegt das Problem?« fragte er. »Wer hat dich geschickt?« Frank sagte, die neue Autorin scheine keine umfangreichen Kenntnisse über Autos zu besitzen. Dale sagte: »Du schnüffelst für Roy jr. herum, stimmt's?« Er bohrte Frank seinen Finger in die Brust. »Verzieh dich, Kleiner.«

Aber Ray mochte ihn. »Fred«, sagte er, »warum so eilig? Setz dich. Versuch nicht, alles auf einmal zu machen, Fred. Eile mit Weile. *Muße fördert das Gelingen.* Mein Dad hat das immer gesagt. Meine Frau steht morgens mit einer Liste auf, so lang wie dein Arm. Sie ist zur Tür hinaus und verschwunden, bevor ich noch halb wach bin. Die Frau ist besessen. Sie ist in zehn Verwaltungsräten von zehn gottverdammten Organisationen und sitzt in einer Woche in mehr Versammlungen und hört sich mehr Unsinn an, als ich in einem Jahr verkraften und überleben könnte, und sie tut das, weil sie vorhat, die Welt zu retten. Endlose Sitzungen, und nie kommt etwas dabei heraus, weil diese Leute alle Spinner sind, aber sie spinnen alle auf unterschiedliche Weise und können sich nie über irgendwas einigen. Also, sie kann die Welt nicht retten, und auch du und ich können das nicht. Belaste dich nicht mit Dingen, die du nicht ändern kannst, sage ich. Es ist *wichtiger*, am Morgen einen guten Kaffee und einen guten Toast zu machen, als sich den Kopf über Josef Stalin zu zerbrechen, denn am Frühstück kann ich etwas ändern, aber an Stalin kann ich *nichts* ändern, und ich bin sicher, er kriegt ein ganz *ausgezeichnetes* Frühstück. Weißt du, dieser Kaffee, den du mir gekauft hast? Aus Jamaika? Das ist der beste. Der allerbeste. Meine Frau ißt schreckliche Sachen bei diesen Versammlungen. Gummiadler und fette Mehlsoßen. Weißt du, warum ich sie geheiratet habe? Weil ich sie, als wir beide vierzehn waren, mal einhundert Zimtbrötchen an einem Tag hab essen sehen. Ich war mit ihrem Bruder befreundet. Sie aß zehn Brötchen zum Frühstück, und ihre Mutter sagte: ›Vesta, wenn du noch eins davon ißt, wird dir schlecht‹, also hat sie noch *neunzig* gegessen. Ungefähr zwanzig von uns waren am Ende dabei und haben zugesehen. Sie sah kein bißchen unwohl aus, sie wollte partout zeigen, aus was für einem Holz sie geschnitzt war, und fürwahr, das hatte sie gezeigt. Ich sagte, das Mädchen ist für mich bestimmt. Sie hat danach nie mehr ein einziges Zimtbrötchen gegessen. Jetzt ißt sie angebrannten Toast und kalte Hot dogs und Spaghetti aus der Dose. Gräßlich. Hast du schon zu Mittag gegessen?«

Es machte alle Soderbjergs glücklich, wenn Frank neben ihnen saß und zuhörte, was Frank gerne tat, und Sloan war froh, davon befreit zu sein: »Mannomann, dieser Roy jr. kann einem wirklich die Ohren abquatschen. Sag mir Bescheid, wenn du irgendwelche schmutzigen Klatschgeschichten hörst.« Er half gerade einem der Mädchen, der neunzehnjährigen Lucy, bei der Wohnungssuche. Frank ging rauf und setzte sich um halb zwölf in den Gang vor Roy jr.s Büro, und Roy jr. steckte den Kopf durch die Tür und sagte: »Oh. Sag mal, hast du zum Mittagessen schon was vor?«, und dann gingen sie zum Imbißlokal oder rüber ins Pot Pie auf einen Teller Wiener

Würstchen mit gebackenen Bohnen, und Roy jr. redete. Er vertraute Frank interne Informationen an. Er erzählte ihm, daß Patsy Konopka verrückt war, daß Ray und LaWella befreundet waren und ebenso Ray und Alma und daß Dad Benson davon sprach, sich zur Ruhe zu setzen und mit *Der freundliche Nachbar* aufzuhören. Er sagte: »Dad hat den Sender nach Pearl Harbor gerettet. Wir bekommen noch immer Post deswegen. Es war ein Sonntag, weißt du, und ein junger Mann namens Babe Roeder hatte Dienst, als die Nachricht über den Draht kam, und er zögerte, sie sofort durchzusagen, weil er ein paar Monate zuvor mit einem Streich reingelegt worden war – jemand hatte ihm mitten während der Nachrichten eine Meldung über eine Flut hingelegt, die, wie es schien, die Innenstadt von St. Paul total weggeschwemmt hatte, aber dann tauchten im zweiten Absatz eine große Arche und ein Haufen Tiere auf –, und Roeder wollte sich nicht noch einmal reinlegen lassen. Er setzte sich hin und überlegte. Dann versuchte er, den *Journal* anzurufen, um zu hören, was sie davon hielten. Die Leitung war besetzt. Mittlerweile ging Melodie-Hotel auf die Werbepause zu, und Reed Seymour, der Ansager, kam raus und holte sich den Wetterbericht, und Babe reichte ihm die Meldung und sagte: ›Wir sind im Krieg. Glaube ich.‹ Reed wollte so was nicht ohne Genehmigung von jemand anders in den Äther schicken. Es war Dezember, und Klein Tommy und Pop und Betty und die Bellhops sangen Weihnachtslieder in Studio A, und ich vermute, Reed wollte ihnen nur ungern den Spaß mit einem Krieg gegen die Japse verderben. Also rief er mich zu Hause an, aber er kriegte statt dessen meinen Dad an den Apparat. Mein Dad war gerade von einem Nickerchen aufgewacht und ziemlich benommen. Und mein Dad hatte schon seit Jahren die Nase von Roosevelt voll, hielt ihn für machtgierig, für einen Lügner, einen Schürzenjäger und einen Betrüger, der unter einer Decke steckte mit den Morgans und den Rockefellers. Mein Dad hatte das Ende des Populismus nie verwunden. Er fand, ein Weltkrieg war die schlimmste Katastrophe, die sich Amerika antun konnte. Und so gab er Reed Seymour eine

Unterrichtsstunde in Geschichte. Er erzählte ihm, der eigentliche Zweck eines Krieges liege für die verdammte Regierung darin, einen noch fester am Wickel zu kriegen, als sie einen ohnehin schon habe, und arme Schweine krepieren zu lassen, damit die Reichen noch reicher würden. Er erzählte ihm, daß der Krieg ein schauerlicher Alptraum sei, der niemals wiederkehren dürfe, denn das würde das Ende der Zivilisation bedeuten.

Der junge Reed interpretierte das als: *Lies die Meldung nicht.* So verstrichen die Minuten, und Reed las die Nachrichten und den Wetterbericht und gab zurück an Pop, der einen Witz über einen Hund erzählte, und holte die Bellhops für ein Bud's-Balsam-Werbeliedchen. Und da sangen sie nun in einem der einschneidendsten Augenblicke der amerikanischen Geschichte, an einem Tag, auf den man zurückblickt und wo man sich hinterher genau erinnert, wo man gewesen ist, als man die Nachricht gehört hat, aber es gab keine Nachricht in WLT, nur ein Quartett von Knalltüten, die sangen:

Bei Schmerzen durch Verbrennungen,
Entzündung und Geschwür
Reib lindernden Bud's Balsam drauf,
Denn nichts hilft besser dir.

Das Telephon hörte nicht mehr auf zu klingeln, aufgebrachte Menschen wollten wissen, wie WLT herumdudeln und Salbe verkaufen konnte, während amerikanische Jungs auf Hawaii starben. Ich versuchte anzurufen und kam nicht durch, aber Dad Benson war in der Stadt und hörte die Nachricht und lief zum Sender und übernahm. Er trug Babe auf, ihm jedes Fitzelchen einer Agenturmeldung zu bringen, und Dad saß in Studio B, in dem alten Mausoleum, und erzählte den Leuten, was passierte, und redete in seiner ruhigen Art darüber, wie schrecklich Krieg ist, aber daß wir nur in Frieden leben können, wenn unsere Nachbarn uns lassen. Aber wenn Hitler und der Kaiser Krieg wollten, dann würden sie ihn bekommen, und obwohl es ein langer, schwerer Kampf werden und Opfer geben würde, würden wir als Sieger daraus hervorgehen, weil Amerikaner immer mit vereinten Kräften kämpften. Pop und die Mannschaft vom Melodie-Hotel arbeiteten eine Version von ›Es weht das Sternenbanner schützend über unsrem Heim‹ aus, und sie war so aufrüttelnd und mitreißend, daß niemand mehr an die Stunde Verspätung dachte, mit der wir die Nachricht gebracht hatten. Wenn Dad nicht gewesen wäre, hätte man uns womöglich wegen Landesverrats den Laden dichtgemacht. Möchtest du Kaffee? Nein? Wo ist der Kellner?«

Als Patsy an diesem Abend Mr. Devereaux duschen hörte, hätte sie ihm beinahe in *Die Goldene Regel* eine Rolle als französisch-kanadischer Eishockeyspieler hineingeschrieben, der von Selbstverachtung zerrissen wird, nachdem er mit einem Schlagschuß einen unschuldigen Passanten getötet hat, und in seiner inneren Qual stürzt er nackt aus der Tür des Duschraumes und läuft auf der Suche nach Absolution durch den Schnee und begegnet Miss Leffwell, dem Traum einsamer Nächte, die angesichts seiner Nacktheit nach Luft schnappt, ihm aber ihren Mantel anbietet, woraufhin er nach Luft schnappt, denn sie ist nackt unter ihrem Mantel – *hmmm,* vielleicht, *aber ergibt das einen Sinn?*

Sie überlegte, ob sie ihn zu sich zum Essen einladen sollte.

Am nächsten Morgen knallte Franks Tür zu, und er verließ das Antwerp durch den Haupteingang, ohne Hut auf dem Kopf, das Haar zerzaust über dem Kragen seiner Armeejacke, die Hände in den Taschen, und am Bordstein drehte er sich um und blieb stehen und sah zum Dach hoch. Vielleicht, dachte sie, könnte er ein junger Schriftsteller sein, dessen Roman sie lesen würde, ein deftiges Werk, in dem viel gestöhnt und gekeucht würde, in dem sich nackte, schwitzende Körper im Dunkeln wälzten, und sie würde Überlegungen aus weiblicher Sicht beisteuern (»Hier unten auf der Seite, wo er ihre Brüste mit den Händen umfaßt, mal ehrlich, findest du die Metapher von den zarten goldenen Äpfeln nicht abgedroschen? Und den ›harten pulsierenden Muskel seiner Männlichkeit‹ – wieso sagen wir nicht einfach Schwanz, und damit hat sich's?«). Er ging Richtung Osten am CVJF vorbei, lehnte sich gegen den Wind. Au revoir, mon Philippe. Erst am nächsten Tag erfuhr sie seinen Namen. Er stand auf einem blaßrosa Brief, der unter seiner Tür steckte. *Francis,* stand darin, *ich kann nicht glauben, daß unser Haus weg ist und andere Menschen darin wohnen, und wir haben nichts mehr, unsere Familie existiert nicht mehr. Es ist ein schöner Tag heute, und ich hoffe, du kommst mich bald einmal besuchen. Sie hassen mich hier, aber es ist mir egal. Ihre Herzen sind haßerfüllt, aber meins ist ganz friedvoll. Was für ein trauriges Leben das ist.* An diesem Abend hörte Patsy ihn überm Spülstein pfeifen, als er sein Geschirr abwusch: »Im Tal des Red River«, die Titelmelodie von *Die Goldene Regel.* Sie rief Mr. Odom unten an und fragte: »Harold, wer ist in 3-C eingezogen?«

»Patsy, er heißt Frank White. Aber nach der Art, wie er den Namen ausgesprochen hat, ist das wahrscheinlich nicht sein richtiger. Er arbeitet für Roy jr. Ethel Glen sagt, er hat Sloans Job gekriegt.«

»Sloan geht weg? Wohin?«

»Er weiß es noch nicht, aber er steht auf der Abschußliste. Er hat den Klugscheißer ein bißchen zu oft rausgehängt. Er hatte die Angewohnheit, jedesmal wenn er aus Rays oder Roy jr.s Büro ging, eine vorlaute Bemerkung über die Schulter zu machen. Ich hoffe, jemand nimmt den Jungen mal beiseite und sagt ihm, wie der Hase so läuft. Er ist übrigens Arts Neffe.«

»Harold, du bist ein Goldstück.«

Und dann kam Frank eines Tages plötzlich die Treppe bei WLT heruntergepoltert, als sie gerade hinaufging, um LaWella das Manuskript von *Neues für Heim und Herd* für den nächsten Tag zu bringen. Er preschte an ihr vorbei und um die Kurve herum zu den Studios. Vince war hinter ihr. »Wer ist das?« fragte er. »Frank White«, sagte Patsy, »und er ist der kommende Mann.«

Eine Woche später hatte Frank White endlich einige Küchenutensilien erstanden und machte sich Frühstück und

Abendessen selber, anstatt immer auswärts zu essen, aber Patsy konnte hören, daß er zuviel Gebratenes aß. Vielleicht ein nachbarlicher Besuch in 3-C: »Mr. White, ich bin Patsy Konopka von unten, willkommen, und ich möchte Ihnen dieses Gemüsewunder schenken – es schält, entkernt, schneidet in Scheiben, in Würfel, zerstückelt, hackt, häckselt und macht aus der Essensvorbereitung ein Vergnügen – perfekter Kohlsalat, ohne dicke Strünke, harte oder holzige Stücke«, aber seine Wohnung war so ein heilloses Durcheinander mit all den Kleidungsstücken, die sie ihn auf den Boden fallen lassen hörte, daß es ihm sicher sehr peinlich wäre, sie zu sehen. Seltsam, daß er zuerst Hose und Unterhose auszog und dann erst das Hemd. Ein interessanter Mann.

Kapitel 25
Held

Er machte alles. Er spülte Kaffeetassen und leerte Aschenbecher und sagte seine Meinung, wenn er danach gefragt wurde. »Was hältst du von ihr?« fragte Roy jr., nachdem Faith Snelling, bestürzt darüber, daß Dale von *Im sonnigen Tal* abgezogen worden war, sein Büro verlassen hatte, und deutete an, daß ihre Tage bei *Der freundliche Nachbar* gezählt sein könnten. »Sie ist Jo«, sagte Frank. »Und Jo hält die Serie am Leben. Ohne sie läuft es nicht.« Und so bügelte Roy jr. die Sache mit ihr wieder aus.

Als das jährliche »Klein-Becky-Andenkenalbum« herauskam, voller anregender Gedichte und Lieder und einem Dutzend Photos von einem goldhaarigen, unentwegt lächelnden Kind (nicht Marjery Moore) in verschiedenen lebensechten Posen (Klein Becky wacht auf, Klein Becky frühstückt, plaudert fröhlich mit Schulkameraden, Klein Becky buchstabiert das Wort richtig, Klein Becky und Miss Judy, sie nimmt daheim eine gesunde Mahlzeit zu sich, Klein Becky spricht zusammen mit Dad das Tischgebet, klettert auf einen Baum, übt Klavier), mußte Frank sie zu Hunderten adressieren und verschicken. Mehr als 40000 Exemplare wurden verkauft oder verschenkt. Das Kind erhielt ungefähr hundert Briefe pro Woche, mehrere davon von Frank geschrieben, der dafür sorgte, daß Marjery sie sah. »Du bist mir zuwider, Du jämmerliches Wesen, und ich wünschte, Du würdest endlich aus der Sendung verschwinden und das Spielen Leuten mit Talent überlassen«, fing einer an. Sie ärgerten Marjery nicht im mindesten. Sie hielt sie für das Werk irgendeines armen Irren, den ein quergewachsenes Haar im Arsch piesackte.

Er kam um halb acht ins Büro, machte Kaffee, wischte die überschüssige Politur von den Schreibtischen der Geschäftsleitung und spitzte jeweils sechs Bleistifte an für Ray und Roy jr. Ray mochte spitze Bleistifte, liebte den Geruch des abgehobelten Holzes und Bleis. Wenn Ray eintraf, half Frank ihm aus dem Mantel. »Danke, Stan«, sagte Ray. *Frank.* »Gewiß doch. Frank.« Dann holte er ihre Post aus dem Postzimmer, wo die Mädels um acht noch kaum wach waren. Er mußte in den Säcken wühlen und die Soderbjerg-Briefe rauskramen und sie schleunigst hochbringen: Der Tag fing für Roy jr. erst an, wenn er einen Brief geöffnet hatte. Dann wartete Frank darauf, daß Roy ihn aus Moorhead anrief.

Roy war Frühaufsteher, und um acht hatte er schon jede Menge Gesprächsstoff auf Lager. Frank kriegte alles zu hören; er war neu, er hatte es noch nicht gehört. »Ich weiß nicht. Ich habe nachgedacht«, fing Roy an. »Das Radio scheint irgendwie nachzulassen. Was meinst du?« Frank sagte, das finde er nicht. Roy fuhr fort: »Ich habe mir immer den Tanz in der Scheune angehört, als ich noch in St. Paul gelebt habe, und dann habe ich eines Abends aufgehört zuzuhören. Die Sendung war noch an, und ich konnte sie hören, aber *zugehört* hab ich den Leuten nebenan. Dort wohnte ein Ehepaar, das sich oft stritt, und bei warmem Wetter ließen sie ihre Fenster auf, und ich setzte mich hin und lauschte.

Sie stritten sich über Geld – er war Zimmermann, ein Handwerksgeselle, und sie arbeitete in einer Kaufhalle –, oder sie stritten über Sex. Sie fingen leise an und gingen dann zum Schreien über und liefen von Zimmer zu Zimmer, und dann zerschlug sie irgendwas, und kurz darauf wurde es ganz ruhig. Sie weinte, und er tröstete sie, und nach ein paar Minuten hörte man das Bett gegen die Wand rumpeln. Es muß auf Rollen gestanden haben. Sie blieben fünfzehn, zwanzig Minuten dabei. Ka-bumm, ka-bumm, ka-bumm. Und dann lagen sie nebeneinander und redeten und rauchten.

Auf der Straße hätte man diesem Paar keinen zweiten Blick geschenkt, aber hinter verschlossenen Türen waren sie faszinierend. Sie sagte, nachdem sie miteinander geschlafen hatten: ›Ich werde aus uns nicht schlau.‹ Und er versprach, daß alles besser werden würde. Und dann erinnerten sie sich, wie sie sich kennengelernt hatten. Es war im Abflußrohrlager ihres Vaters, sie ging nach der Schule dort vorbei und bog um die Ecke und stieß mit der Nase geradewegs auf den Hosenschlitz eines Mannes. Es war seiner. Er stand auf einem Hocker und vermaß einen Türpfosten. Sie hatte ihren alten Herrn um Geld für eine Europareise bitten wollen, und plötzlich war da dieser Hosenlatz mit einer prallen Sache drin. Sie sah nach oben, und er hielt das Maßband hoch. Ein Meter zehn. Und sie fuhr nicht nach Europa.

Ich dachte mir: So was sollte es im Radio geben.« Er meinte es ernst.

»Hank, die Zukunft des Rundfunks liegt im Belauschen. Wir könnten Hypnose anwenden. Ganz gewöhnliche Leute könnten Akteure des Unterbewußten sein. Ihre Träume und die ganzen nächtlichen Gedanken, die die Menschen haben – bring sie ins Radio. Natürlich wäre es obszön und gegen das Gesetz, aber man bräuchte das Gesetz nicht zu verändern, nur das Radio. Es mit einem Signal verschlüsseln, so daß man einen Apparat zum Dekodieren braucht, um es zu empfangen. Das Gesetz umgehen. Das Radio baut sehr schnell ab, Hank.«

Frank.

»Und weißt du, was das Radio retten könnte, Frank? Wenn du ein Mikrophon in der Jackentasche meines Bruders verstekken würdest. Mein Bruder vögelt wie ein Weltmeister in der Stadt herum. Aber vielleicht weißt du das. Mein Bruder könnte eigenhändig das Radio retten. Nicht daß er dazu je seine Hand benutzen würde.«

Frank wußte das in der Tat. Er fuhr Ray eines Tages zum Great-Northern-Bahnhof, um ihn in den Zug nach New York zu setzen, und da war Erie Monroe, eine junge Schauspielerin aus *Hügel der Heimat*, mit einem kleinen grünen Koffer in der Hand. Der alte Mann strahlte, als er ihre Hand nahm und sie küßte. Er wandte sich zu Frank. »Sag Vesta, ich habe ein zusätzliches Schlafwagenbett für die Klassikerausgaben genommen«, sagte er.

Erie nahm Rays Arm, und Frank trug ihre Koffer die Treppe

runter und den Bahnsteig entlang neben dem Empire Builder zu den Schlafwagen am vorderen Ende. »Übrigens werde ich mit einem Interessenten reden und versuchen, den Sender zu verkaufen«, sagte Ray und blieb stehen, um wieder zu Atem zu kommen. »Bing Crosby. Das bleibt unter uns. Ich habe beschlossen, zu verkaufen. Ich werde nicht jünger. Das sagt mein Bruder.« Erie drückte Rays Arm und gab ihm einen Schmatz auf die Wange.

»Mein Bruder hockt oben in Moorhead und wägt das Unwägbare ab. Und ich fahre nach New York und dringe in das Undurchdringliche ein.« Er drückte Erie fest an sich. »Mach's gut, Kleiner.«

Der Schaffner brüllte: »Alles einsteigen!« Das Trittbrett klappte nach oben, und der Builder dampfte auf der Stone Bridge über den Mississippi davon, und die fröhlichen Lichttupfer der Salonwagenfenster verschwanden hinter dem Kraftwerk. Frank fuhr den großen Buick zurück, führte den Hund aus, sprengte den Rasen, machte die Fenster zu. Zwei Wochen später kam Ray zurück. Bing war auf Tahiti gewesen, aber egal, Erie war wundervoll gewesen, und Ray fühlte sich wieder in Hochform. Sie waren in die Radio City Music Hall gegangen und hatten Fibber McGee und Molly, Jack Benny und Fred Allen, Frances Langford und Don Ameche, Freeman Gosden und Charles Correll, Gene Austin, die Boswell-Schwestern und Jesse Crawford an der Großen Weißen Wurlitzerorgel gesehen, in einer Vier-Stunden-Sendung ohne eine Minute Pause, ohne einen einzigen Song oder Gag oder Spruch, der fehl am Platz gewesen wäre, eine glitzernde Galarevue.

»Das Radio«, erklärte Ray, »wird fortbestehen, und wir werden dabeibleiben.«

Die Liebe einer schönen Frau schien ein richtiger Jungbrunnen zu sein. »New York ist das richtige Pflaster«, erzählte er Frank. »Schrecklicher Ort zum Leben. Die Menschen belügen dich. Absolut nette Menschen. Sie lügen in einer Tour. Du kaufst einen Anzug, und der Verkäufer verspricht ihn dir bis morgen früh. Zwei Tage später rufst du ihn an, und er tut ganz betroffen, sagt, der Schneider hätte die Kreidemarkierungen verwechselt, der Anzug sei am Dienstag da. Am Freitag fängst du schließlich an, vor Wut zu kochen, aber jetzt schiebt er die Schuld auf einen fehlenden Knopf, und am Montag sagt er Mittwoch. Am Mittwoch heißt es Freitag. Schließlich gehst du hin und drohst ihm, ihn mit einem Schraubenzieher umzubringen. Du kreischst und tobst, bis dir die Spucke am Kinn runterläuft. Und weißt du was, genau darauf hat er gewartet! Er hört zu, und wenn du mit Kreischen fertig bist, kommt Sam mit den Hosen. Du mußt die Leute anschreien, damit die Sachen erledigt werden. Schrecklicher Ort zum Leben. Aber, bei Gott, ein gutes Hotel, eine Broadway-Show und ein Abendessen und Frühstück mittags im Bett beim Zeitunglesen. Das ist das wahre Leben, Frank.«

☆ ☆ ☆

Wenige Tage nach Rays Rückkehr wurde Frank ein Held. Es war ein Montag, und WLT blieb der Saft weg. Das Sendegerät zitterte kurz, und die Übertragung wurde mitten in *Kunterbuntes* während einer Evelyn-Kuchen-Werbung unterbrochen.

> Auch wenn das Gemüse zu Brei zerkocht ist
> Und der Koch an der Suppe das Salz stets vergißt
> Und muß man im Eintopf die Fleischstückchen suchen,
> Das ist alles verziehen durch –

Und eine Weile passierte gar nichts. Es klingelten keine Alarmglocken, und es blinkten keine Lichter auf.

Reed Seymour, der im Grünen Zimmer saß und seinen Augen mit einem *Schlüsselloch*-Heftchen Erholung gönnte, langte nach oben und schaltete den Kontrollempfänger in der Wand von Studio auf Empfang und hörte Stille. Er schaltete zurück zu Studio. Er mochte nicht der Überbringer der schlechten Nachricht sein. Nachdem Eleanor Grantham (Babs in *Hügel der Heimat*) ihn wegen eines Technikers hatte sitzenlassen – die größte denkbare Schmach für einen Ansager –, hatte Reed eine Menge durchgemacht, und der Gedanke daran, einen Techniker holen und sagen zu müssen: »Irgendwas stimmt nicht, Chuck«, war zuviel für ihn. Sollten die Techniker das regeln. Dafür wurden sie schließlich bezahlt, diese Volltrottel.

Chuck, der Techniker, war ganz vertieft in *Kunterbuntes*, hörte sich Leos Witz an über die beiden Männer, die sich im Bademantel auf ihren nebeneinanderliegenden Hotelbalkons treffen, und der eine sagt: »Meine Frau qualmt immer hinterher. Ihre auch?« Und der andere sagt: »Ich fürchte, das Tempo schaffe ich nicht mehr«, woraufhin Chuck vor Vergnügen gluckste und schnaufte und sich an der Konsole festhielt. Er drehte sich nicht um und schaute nicht auf die Übertragungsanzeige hinter ihm und merkte daher nicht, daß die Nadel flach lag und daß die WLT-Zuhörerschaft jetzt auf ihn und ein paar andere Leute im Haus begrenzt war.

Der junge Mann, der in der Kontrollhütte am Fuß des WLT-Sendemastes in Columbia Heights saß und die Meßinstrumente beobachtete, war der Sohn von Rays Nachbarn, Wallace Tripp, und dieser ruhige und langweilige Job war ganz nach seinem Geschmack, nur scheute auch er sich davor, schlechte Nachrichten zu überbringen. Er war das einzige Kind von ziemlich alten Eltern, die ihn so gut umsorgten, daß Wallace die Gesellschaft anderer Kinder, die alle dumm waren, nicht ertragen konnte, und er eignete sich auch nicht für die rauhe und chaotische Bürowelt. Die Kontrollhütte, sauber und trocken, möbliert mit einem Schreibtisch und einer Liege, auf einem Hügel hinter einem Stacheldrahtzaun gelegen und lauter Schilder drum herum, die besagten: »Achtung Lebensgefahr: Hochspannung«, war genau das richtige für ihn. Er war sehr gerne bei dem Sendegerät. Er brauchte keine freien Tage. Arbeit und Erholung waren eins für Wallace. Das mönchische Leben kam seinem Sendungsbewußtsein entgegen. Er war

Baseballfan und Astrologe und erstellte ausgetüftelte Tierkreisstatistiken über die amerikanische Baseballiga, über Mannschaften und einzelne Spieler, und konnte jedem sagen, falls irgend jemand sich dafür interessierte, wie zum Beispiel die Millers im Vergleich mit den Toledo Mudhens in bezug auf die Trefferquote (bei Vollmond) abschnitten, und er hatte Theorien darüber, welche Zeichen in welchen Situationen zu bevorzugen waren, etwa mit einem Löwen eine Base stehlen, wenn der Schlagmann Waage war, einen Zwilling auf die erste Base vorrücken lassen, wenn der nächste Schlagmann ein Krebs war. Als Wallace aufblickte und die Zeiger der Kontrollinstrumente platt wie gestrandete Fische daliegen sah, dachte er, es müsse sich um einen Irrtum handeln. Der Sender *mußte* ansein. Also dachte er sich Zeigerausschläge aus, um nachzuweisen, daß er an war, und trug diese ins Logbuch ein. Er wollte nicht der Urheber irgendwelchen Ärgers sein. Er wollte nicht, daß Ray wütend auf ihn wurde und ihn auf die Straße warf.

Daher blieb der Sendebetrieb von WLT den ganzen Nachmittag und Abend eingestellt. Das Bord der Telephonzentrale blinkte auf, und die Telephonistinnen, Janice und Jo Ellen, notierten gewissenhaft die ungezählten Beschwerden und warfen sie in einen Beschwerdekorb, sechshundert Hinweise von Zuhörern, daß WLT aus dem Äther *verschwunden* war, die ein Botenjunge einige Stunden später abholte und runter in die Programmabteilung brachte, wo eine Sekretärin anfing, ein Antwortschreiben zu tippen: »Vielen Dank für Ihr Interesse an unserem Sender, das Sie kürzlich gezeigt haben, und bitte seien Sie versichert, daß wir *sämtliche* Zuhörerkommentare bei unserer Programmgestaltung berücksichtigen und sorgfältig abwägen werden ...«

Roy jr. rief vom Zahnarzt aus an, wo eine Sprechstundenhilfe etwas davon erwähnte, daß WLT von einem Blitz getroffen worden sei. »Was ist los?« fragte er, etwas bedeppert vom Lachgas. »Los?« fragte Gene, der Cheftechniker. Und so war es Frank, der das Problem entdeckte, als er vom Mittagessen zurückkam. »Wir übertragen nicht mehr«, sagte er Gene.

Er und Gene fuhren raus nach Columbia Heights. Erst verfuhr sich Gene, und dann dauerte es eine Weile, Wallace' Sicherheitssystem zu durchbrechen. Gene warf Steine von der Straße auf das Dach der Hütte, aber Wallace dachte, es wären nur irgendwelche Jungs, und wenn er sich nicht rührte, würden sie wieder weggehen.

Schließlich stieg Frank auf den Zaun, kletterte über den Stacheldraht, öffnete das Tor, ließ Gene herein, und Gene fand die Röhre, die kaputtgegangen war.

Ein paar Stunden später, wieder zurück im Sender, fragte Frank Gene, wie lange es dauern würde, bis die Übertragung wieder funktionierte. Gene konnte es nicht genau sagen. Er wartete auf ein Ersatzteil, das er bestellt hatte. »Wann hast du es bestellt?« fragte Frank.

»Hab Chuck vor einer Stunde damit weggeschickt.«

»Wohin geschickt?«

»Den Brief einzuwerfen.«

»Einen Brief an wen?«

»Den Großhändler in Chicago.«

Frank sagte ihm, er solle einen Großhändler in Minneapolis suchen und das Ersatzteil sofort besorgen. »Okay«, sagte Gene, »aber es ist deine Schuld, wenn Roy jr. wütend wird. Er wird wütend und schleicht hier wochenlang stumm herum und guckt keinen Menschen an. Also, wenn die Kacke zu dampfen anfängt, dann ist dein Arsch dran, Mister.«

So wurde Frank der Wunderknabe und Retter in der Not. Roy jr. sagte: »Danke.« »Nicht der Rede wert«, sagte Frank. Roy jr. fragte Gene, was das Problem sei mit dem Großhändler.

»Ich wußte, Sie würden wütend werden. Ich *wußte* es einfach«, sagte Gene.

»Bitte, Gene. Lassen Sie uns nicht unnötig herumtrödeln, wenn das Signal ausgefallen ist.«

»Sicher. Na klar. Werd ich nicht. Aber Sie sollen wissen, warum ich getan habe, was ich getan habe. Ich wußte, Sie würden mir die Schuld geben. Das macht es so schwer, hier zu arbeiten. Ich weiß nie, was Sie wollen. Ich weiß nie, ob Sie wütend sind oder was.«

Gene barg sein Gesicht in den Händen und schluchzte. Frank hatte noch nie einen Techniker weinen hören. Es war ein stimmloses, rasselndes Weinen, mehr wie ein Knirschen oder das Mahlen eines Getriebes, wenn die Kupplung nicht faßt.

Kapitel 26
Maria

Als Roy, der den Sommer in Moorhead verbrachte, eine Glimmrelaisröhre, ein Ignitron, eine Triode und einen Dämpfer brauchte, schrieb er an Gene, der Brief landete bei Frank, und Frank besorgte die Sachen und schickte sie weg, was eine Korrespondenz zur Folge hatte. Roy tüftelte in seiner Werkstatt auf der Farm an etwas herum, das er Resonanzradio nannte und das es einem Zuhörer ermöglichen würde, die Radiostimme mit der gleichen Resonanzkraft zu hören wie seine eigene, um dem *Hören* denselben Effekt zu verleihen wie dem *Sprechen*. Das Radio war gebaut wie ein Stuhl mit gepolsterten Lautsprechern, die in den Rücken-, Kopf- und Armlehnen eingebaut waren und den Klang direkt durch den Körper leiteten. »Das wird sich zu deinem gewöhnlichen Tischempfänger verhalten wie das Flugzeug zur Eisenbahn, und wir werden im Frühjahr zur Massenproduktion übergehen können, sobald wir die Mängel beseitigt haben«, schrieb Roy auf einer Postkarte. Aber bevor das Ding perfektioniert war, verlor er das Interesse und ging zu anderem über. Er experimentierte mit Eigelb als Schalldämmung und erfand ein Mikrophon, das geworfen werden konnte, um dem Zuhörer das Gefühl des Fliegens zu vermitteln. Er machte einen kurzen Abstecher in das Gebiet dualer Mikrophone – und wäre um ein Haar der Vater des Stereogeräts geworden –, gab aber vorzeitig auf. »Musik ist zu kompliziert, um reproduziert zu werden«, entschied er. »Zu viele verschiedene Geräusche: Blechbläser, Holzblasinstrumente, Streicher, Zupfinstrumente, Pauken und Klaviergeklimper. Das Radio ist zum Musikreproduzieren nicht besser geeignet als ein Mann zum Kinderkriegen.« Er erfand eine Radiojacke mit vorne und hinten eingenähten Lautsprechern, aber sie war zu sperrig, um bequem zu sein, und die Unterarmlautsprecher drückten einem auf die Rippen, und eine laute Sendung verursachte Kopfschmerzen.

Entmutigt machte er die Werkstatt dicht, verließ die Farm und zog bis November 1948 durch Europa. Er schickte deprimierende Postkarten aus Wien und Venedig und Paris und London und beklagte die Verschwendung seines Talentes – »Wo ich auch hinblicke, sehe ich Sachen, die ich hätte erfinden können. Wenn ich nur die Disziplin gehabt hätte. Ich gehöre zu der Sorte Mann, der einkaufen geht und ohne seine Hose nach Hause zurückkommt. Nun denn. Wenn alle Wünsche Pferde wärn, würd jeder Bettler reiten und eine Pest aus Stolz sich in der Welt ausbreiten.« Er ging nach Glomfjord und fand Søren Blak und war niedergeschmettert von der Entdeckung, daß der Plato des Radios, erzürnt über die dürftige Anerkennung, seinen Atwater-Kent in den Fjord geschleudert hatte und jetzt einen Plattenspieler besaß und ein Anhänger von Patti Page war. Søren fand, daß »Der Tennessee-Walzer« die Essenz des Lebens zusammenfaßte.

»Nur Sie wissen, wieviel ich verloren habe«, sagte er zu Roy.

Als er dann in seiner winzigen Kabine auf der SS *Jostrup* nach New York zurücktuckerte, kam ihm die Idee, ein Radio zu bauen, das so groß war, daß der Hörer darin sitzen konnte.

»Die Macht des Radios liegt in seiner Intimität und Nähe zum Hörer. Deshalb ist die Schallplatte im Radio so eine Katastrophe. Kostenmäßig ist sie sinnvoll, aber sie entfernt den Hörer so weit von der Musik, daß die Musik leblos wird. Zu viele Schritte dazwischen: die Aufnahme, das Pressen, die Übertragung, der Empfang – die Musik wird fünfmal bearbeitet, bevor Mr. Johnny Radio sie hört: sechsmal, wenn man sein Trommelfell dazuzählt. Daniel Düsentrieb hätte es nicht komplizierter machen können! Der Musik wird durch die Bearbeitung alles Leben ausgetrieben! Wie ein Benzintankwagen, der aus Blei gemacht ist. Wic das Bild eines Bildes von der Reflexion der Mona Lisa in einer Pfütze. Genau das ist das Abspielen von Schallplatten im Radio! Die Radiokapsel wird den Klang *originalgetreu* wiedergeben!«

Er verbrachte den ganzen Winter mit der Konstruktion, und im März schaffte er sie auf einem Kartoffellaster nach Minneapolis. Die Kapsel war einsfünfzig hoch, zwei Meter breit und einsachtzig tief und erinnerte an eine Tiefseetaucherkugel, und man stieg durch eine Luke von oben ein, hielt sich an den zwei stählernen Handgriffen fest und ließ sich hinunter in den Sitz, der in einem Winkel von fünfundvierzig Grad angebracht war. Innen war es dunkel, bis auf die Skala über dem Kopf, und wenn der Ton an war, schien der Apparat hauteng um einen herum zusammenzuschrumpfen. Der Ton kam aus allen Richtungen. Er bohrte sich direkt durch einen hindurch. Die meisten Menschen, die die Kapsel ausprobierten, wollten nach einer Minute wieder raus. Sie hätte ein bißchen mehr Platz drinnen gebraucht und ein bißchen weniger Lautstärke.

Zwei Kapseln wurden gebaut, eine mehr, als die Menschheit zu verlangen schien, und Roy ging zu anderem über. Er verlegte sich auf Kornseide, die für irgend etwas gut sein mußte, überlegte er, und wenn nicht für Hemden, dann für Seile oder Fallschirme, und zu dem Zeitpunkt, als er mit der Kornseide endgültig scheiterte, war er mit seinen Gedanken schon bei der Kreisform. Er wachte eines Morgens auf und schaute auf seinen Wecker. Der Kreis! Aber natürlich! Wieso hatte er sich nicht mehr *damit* beschäftigt? Die ganze Arbeit, die er mit Linien, Strahlen und Winkeln gemacht hatte, dabei hatte er vollkommen das Spektrum von Kugelgestalt und Krümmung und Rundheit, von Kreis- und Rollenform übersehen. Er starrte in seine Müslischüssel, und er betrachtete die Toilette beim Spülen, und er lief in einer Tour im Garten herum und grübelte über den *Kreis* nach. Und dann nahm er sich den Nachmittag frei und ging zum Bowling. Als er nach Hause kam, setzte er sich hin und schrieb, obwohl ihm sein Daumen weh tat, eine Notiz an Frank. »Trotz meiner verrückten Familie habe ich ein wundervolles Leben gehabt. Was für ein Glückspilz ich bin! Heute abend möchte ich mich wieder dem Problem der Resonanz zuwenden.« Das war das Großartige an Roy. Er konnte sich nie lange genug konzentrieren, um verbittert zu werden. Er richtete den Blick immer nach vorne. Er konnte gut vergessen.

☆ ☆ ☆

Sloan lud mehr und mehr Arbeit auf Frank ab, dem es recht war, und Sloan war es recht, etwas mehr von seiner freien Zeit in der Poststelle verbringen und sich den Problemen einsamer junger Frauen in der großen Stadt widmen zu können, besonders denen eines Mädchens namens Annette, dem er beibrachte, wie man Rückenmassagen verabreichte. Sloan hatte einen schlimmen Rücken. Aber während er sich dem Mädchen widmete, entging ihm, daß Frank jetzt die gesamte Arbeit für ihn machte, und zwar sehr gut, und ein paar Wochen später rief Roy jr. Sloan zu sich und feuerte ihn genau in dem Moment, als sein Hinterteil den Stuhl berührte.

Vor nicht allzu langer Zeit war er der Angestellte des Jahres gewesen und hatte eine Bronzestatue von der Nike von Samothrake bekommen mit der Inschrift »Für verdienstvolle Leistung« und »Durch Wahrheit zum Erfolg«, und jetzt saß er auf der Straße und fraß Dreck. Er fand Frank im Gang, wo er aufs Mittagessen wartete, und boxte ihn auf die Nase. »Zur Hölle mit dir, du mieser Opportunist«, sagte er. Er marschierte zur Tür hinaus und um die Ecke in die Red Eye Lounge, wo der übliche Haufen Kneipenhocker, inklusive des größten Teils der Nachrichtenabteilung, sich in der Ecke an Wodkapunsch gütlich tat. »Scheiß drauf«, sagte Sloan und kippte einen Bambaroo runter, dicht gefolgt von einem Banshee. »Roy Soderblöd jr. ist ein Lügner, ein Steuerhinterzieher, ein Dieb, der seine eigene Familie bestiehlt, ein blindwütiger Idiot, ein Schinder, ein Betrüger, und er fickt junge Männer. Er hat nichts als Stroh im Kopf. Er ist ein habsüchtiger, raubgieriger, degenerierter Haufen Abfall, und ich werde ihn zertreten wie ein Insekt. Er wird diesen Tag noch viele Jahre bereuen! Ich werde der Welt alles über ihn und seine Schandtaten erzählen.« Frank hörte das alles von einem dunklen Winkel aus – Roy jr.

hatte ihn hierhergeschickt, mit blutender Nase und mit Sloans letztem Gehaltsscheck –, und er dachte bei sich: *Bleib nicht zu lange beim Radio. Halt die Augen offen. Irgend etwas anderes wird kommen.*

☆ ☆ ☆

Was diesen Frühling kam, war eine Schauspielerin aus Milwaukee. Maria Antonio hatte rabenschwarzes Haar und milchweiße Haut und dunkelgrüne Augen und sah aus wie Donna LaDonna, das Mädchen aus Studio B, in seiner Blütezeit ausgesehen haben mußte. Maria war engagiert worden, um in *Das süße alte Lied der Liebe* Corinne Archer zu spielen, die Tochter von Forrest Hollisters erster Liebe, die dem einsamen Millionär die Nachricht überbringt, daß ihre Mutter sich in Palm Springs nach ihm verzehrt. Dann wurde sie in *Das Beste kommt noch* Doc Winegars Nichte Dotty, die aus Chicago kommt und Bud das Herz bricht:

> Dotty: Ehrlich gesagt, wir passen nicht zueinander. Deine Art zu reden ist mir unangenehm. Du sprichst so komisch, Bud.
> Bud: Aber ich habe immer so geredet.
> Dotty: Ich weiß. Aber ich gehe im Herbst nach Chicago zurück. Du würdest dort nicht hinpassen.
> Bud: Aber ich liebe dich. Dotty, du bist die Sonne, der Mond und die Sterne für mich.
> Dotty: Ich weiß. Es tut mir leid, Bud.

Frank begegnete ihr eines Morgens um neun Uhr auf der Treppe. Er sprang mit Roy jr.s Post die Hintertreppe hinauf, zwei Stufen auf einmal nehmend, und sah sie auf dem Absatz vom zweiten Stock auf dem Steinfußboden neben einem Eimer sitzen. »Kümmern Sie sich nicht um mich«, wimmerte sie, »ich sterbe nur.« Er fragte, ob er helfen könne, und sie sagte: »Nein. Bitte gehen Sie. Ich habe mich noch nie in Gegenwart von jemand anders außer den Mitgliedern meiner engsten Familie übergeben.« Er fragte, was sie habe. Sie sagte: »Ich glaube nicht, daß ich schwanger bin«, und dann sah sie auf und grinste, um zu zeigen, daß es ein Scherz war. Das Lächeln schien ihre Eingeweide zu verstimmen, und sie beugte ihren Kopf über den Kübel und erbrach sich dreimal. Er legte ihr die Hand auf die Schulter, um zu zeigen, daß er sich nicht ekelte und daß er sie in diesem schwierigen Moment unterstützte. Sie räusperte sich und spuckte, *pffssst*. »Das ist das erstemal, daß ich mich übergeben habe, seit ich sechs Jahre alt war«, sagte sie nachdenklich.

Dann schaute sie hoch. »Aber Sie sind ja Frank White!« sagte sie. »Ich hab von Ihnen gehört. Sie sind derjenige, der Klein Becky eins draufgegeben hat.« Sie stand auf. »Gut gemacht.« Frank hob den Kübel auf. »Ich erledige das schon«, sagte er. »Ich hoffe, es geht Ihnen jetzt besser. Im Frauenbüro steht eine Couch, wenn Sie möchten –«

»Wiedersehn«, sagte sie. Er sah ihr nach, wie sie durch die Tür und den Korridor entlangging. Was für einen perfekten Gang sie hatte. Ein grünkarierter Rock.

In den nächsten Tagen lief er ihr immer wieder über den Weg. Er arbeitete seit sechs Monaten bei WLT und hatte sie nie zu Gesicht bekommen, und jetzt jeden Tag, zwei- oder dreimal am Tag war sie plötzlich da, schwarzes Haar, strahlendes Lächeln und alles.

Sie gingen im Pot Pie zusammen Mittag essen. Er erfuhr, daß sie zwanzig war und schon viele Freunde gehabt hatte. *Wie viele?* Eine Menge. Sie sagte: »Ich mag ältere Männer. Sie können stundenlang über sich reden, ohne zu verlangen, daß man absolutes Interesse zeigt. Wie alt bist du?« Frank sagte ihr: »Zwanzig.« Sie schien es als Lüge zu erkennen und davon gerührt zu sein. Sie legte ihre Hand auf sein Knie. »Das ist schön«, sagte sie. Sein Knie begann zu schwellen. Er humpelte den restlichen Nachmittag.

Er erfuhr, daß sie in zwei Zimmern oben im Haus einer alten Dame in der Willow Street beim Loring-Park wohnte und daß die alte Dame stocktaub war. »Wir haben immer bis um zwei Uhr morgens getanzt.«

»Wer ist wir?«

»Früher haben wir dort zu zweit gewohnt, Jean und ich.«

»Gene?«

»Ja. Jean. Sie war monatelang meine beste Freundin, aber sie hat gequalmt wie ein Schornstein. Ich hab versucht, ihre Zigaretten zu verstecken, und das hat bei ihr einen solchen Panikanfall ausgelöst, daß sie ihr bestes Jackett zerrissen hat, als sie die Taschen durchsuchte. Sie hat genug für zwei Leute geraucht, also habe ich sie gebeten, meinen Anteil wegzulassen, und sie ist beleidigt ausgezogen. Ich sage dir, man erntet keine Dankbarkeit, wenn man versucht, einen guten Einfluß auf Menschen auszuüben.«

Am nächsten Tag brachte er ihr vor der Show eine Kanne schwachen Tee mit Zucker und Zitrone, und sie ließ sich von ihm zur Entspannung die Nackenmuskeln massieren. An diesem Nachmittag war er im Grünen Zimmer und las eine Geschichte in der Zeitung über Milton Berle, als sie sich neben ihn setzte. Er sagte: »Hast du gewußt, daß an einem Abend mehr Menschen Milton Berles Fernsehprogramm sehen, als in den vergangenen dreihundertundfünfzig Jahren den *Hamlet* gesehen haben?« Sie sagte: »Wer ist dein Lieblingsfilmstar?«

»Katherine Hepburn.« Es war die richtige Antwort, das konnte er an Marias Gesicht ablesen. »Meiner auch«, sagte sie. »Katherine Hepburn ist genauso, wie ich meine ältere Schwester aus der Kindheit in Erinnerung habe. Groß und langbeinig und weit ausschreitend und läßt sich von niemand unterkriegen. Als sie geheiratet hat und ich von der Hochzeit nach Hause kam, hab ich die halbe Nacht geheult. Wir hatten all die Jahre zusammen in einem Zimmer geschlafen. Ich trug ihre alten Kleider auf. Ich benutzte ihr Parfüm. Ich versuchte, so zu reden wie sie. Nachts lagen wir im Bett und unterhielten uns darüber, wie wir eines Tages nach Chicago gehen und uns eine Wohnung teilen und Arbeit suchen und in schicke Nachtklubs gehen und Männer kennenlernen würden. Da hörte meine

Phantasie immer auf: Männer kennenlernen. Ich konnte mir nicht vorstellen, wer sie sein würden oder warum wir sie kennenlernen wollten. Sie heiratete einen netten Kerl. Sie zogen nach Cincinnati und bekamen zwei Kinder, und damit war es dann für sie gelaufen. Sie gab es auf, sich für irgend etwas zu interessieren. Sie wurde *gleichgültig*. Er muß sie wohl so gemocht haben, nehme ich an. Ich glaube, Gleichgültigkeit ist etwas Böses, ja wirklich. Ich habe Angst vor Minneapolis. Ich möchte nicht so *werden* wie sie.« Und dann, als hätte sie zuviel gesagt, stand sie auf, verabschiedete sich und schritt zur Tür hinaus.

Sie sahen sich zusammen einen Film über einen Detektiv an, der in einer kleinen Stadt in New Hampshire einen deutschen Spion schnappt. Als ein bösartiger Hund mit gebleckten Zähnen plötzlich zum Sprung auf den Rücken des Detektivs ansetzte, drückte sich Maria an ihn.

Er brachte sie nach Hause, und sie liefen im Park herum, wo der Mond auf den stillen Teich schien, auf die leeren Tennisplätze, die Anlagen zum Hufeisenwerfen mit den dünnen Pfosten, die ihm noch einmal deutlich machten, was er längst wußte. »Du bist mein Glücksbringer, mein Hufeisen«, sagte er.

»Danke«, sagte sie. »Frank, findest du, ich sollte meinen Namen in Anderson ändern?«

»Wieso willst du einen schönen Namen wie Antonio ablegen?«

»Die Leute halten Italienerinnen für leichte Mädchen.«

Bist du eins? dachte er. »Ich verrate dir ein Geheimnis. Mein richtiger Name ist Francis With. Er klang so dünn. Ich habe ihn geändert, damit er mir Glück bringt.«

Aber das Glück brachte sie. Sie verschränkte ihre Finger in seinen und sah ihm tief in die Augen. »Ich möchte dich besser kennenlernen«, sagte sie. *Nun, okay, das läßt sich arrangieren.* Sie hob ihr Gesicht zu einem Kuß, und er küßte sie auf den Mund und fühlte ein kurzes Schlängeln ihrer Zunge. »Noch mal«, sagte sie, und so küßte er sie noch mal.

Sie aßen mittags zusammen in seinem kleinen Büro Sandwiches, die er am Abend vorher zubereitet hatte. Er stand während ihrer Sendungen im Regieraum. Die Massagen dehnten sich aus auf die Schulterregion und die Wirbelsäule entlang bis unter die Schulterblätter. Als er sich weiter vorarbeitete zum Brustkorb, preßte sie die Arme an die Seiten, blickte aber nach hinten und lächelte, als wollte sie sagen: »Noch nicht, aber bald.«

☆ ☆ ☆

Als Dotty nach Chicago zurückging, nachdem sie in Buds Stimme ein leichtes Vibrieren und im Leben der spießigen Leute von Green Corner etwas Glanz zurückgelassen hatte, wechselte Maria zu *Der freundliche Nachbar*, weil Dad meinte, eine junge Schauspielerin könnte Marjery einen Dämpfer versetzen. Sie hatte angefangen, während der Werbepausen mächtig auf den Putz zu hauen – sie steckte sich eine Zigarette an und verdrehte die Augen und sagte: »Mann, dieser BH kneift vielleicht« oder: »Möchte wissen, was die Leute sagen würden, wenn sie wüßten, daß Klein Becky wieder in den Windeln liegt.« Dad mußte Faith fragen, was das bedeutete.

Schlimmer noch, Marjery litt an Lachkrämpfen. Das Wort »Käse« löste einmal einen Anfall aus, und ein anderes Mal sagte Dad: »Dem hungrigen Esser schmecken die Bohnen besser«, und sie kriegte sich fast nicht mehr ein. Faith legte dem Mädchen eine Hand auf den Mund und schleifte es aus dem Studio – Dad erging sich in ebendiesem Moment in Erinnerungen an seine verstorbene Mutter und erwähnte gerade, wie schwer sie es gehabt hatte mit sechs Kindern während einer Dürreperiode: kaum der rechte Zeitpunkt für Klein Becky, vor Lachen zu quietschen und zu kreischen. Also improvisierten sie ein paar Minuten lang, bis Marjery sich wieder unter Kontrolle hatte und ins Studio zurückkam, und ihr nächster Satz war: »Reich mir die Bohnen, Dad«, und sie fiel auf den Boden, gleich neben dem Mikrophon, Tränen liefen ihr die Wangen runter, ihr Gesicht verzerrte sich häßlich, während sie sich vor Lachen nicht mehr halten konnte. Alles nur, weil ihr die Zeilen einfielen:

Ruhe im Gerichtssaal –
Der Richter futtert Bohnen.
Sein Weib sitzt in der Wanne,
Um ihre Couch zu schonen.

Patsy mußte also daran denken, keine Bohnen mehr in den Dialogen von *Der freundliche Nachbar* unterzubringen, was sie einer langen Liste von verbotenen Becky-Wörtern wie »Hühnchen«, »Krabben«, »Pflaumen«, »Truthahn«, »Spaghetti«, »Fleischklopse« und »Gewürzgurke« hinzufügte.

Am nächsten Tag sinnierte Dad noch immer über das traurige Leben seiner Mutter und bemerkte: »Niemand soll sich über einen anderen zum Richter erheben«, und Becky fiel platt um mit Schaum vor dem Mund.

So kam Maria in die Geschichte als die schöne Delores DuCharme, deren Wagen südlich von Elmville, nahe dem Round Lake, auf der Strecke nach Detroit eine Panne hatte. Es war ein sonniger Tag, und die Vögel zwitscherten, als sie über den Hügel ging und Dad und Tiny in ihrem Einer beim Angeln sah, fast im selben Augenblick, als diese sie erblickten.

TINY: Grundgütja, Mista Dad, aber das 'n Mädl das da, das 's sicha 's hübschste Mädl, das diese Gucka ihrn Lebtach gesehn ham – un' wenn die sich nich verirrt hat, heiß ich nich Tiny.

DELORES (OFF): Juhuuh.

Sie nahmen sie zum Mittagessen mit nach Hause, da es natürlich Mittagszeit war, und sie setzte sich zu Dad und Jo und Becky und Frank, nachdem Tiny sich entschuldigt hatte (»Muß was unnernehm gegn se Termitn vonne Witwe, Boss. Ham zimmlich zugeschlagn da«), und Jo gab Delores eine

Schüssel Tomatensuppe mit Reis und ein getoastetes Käsesandwich. »Schön, daß Frank wieder da ist«, sagte Dad. (Frank war sechs Monate fort gewesen, Gold schürfen in Alaska, weil Randolph Cleveland, der die ganzen Jahre Frank gewesen war, plötzlich nach Chicago verduftet war, und der neue Frank, Dale Snelling, Faith' Mann, der seit der Absetzung von *Im sonnigen Tal* Gangster und Ausländer gespielt hatte, klang dem alten nicht sehr ähnlich. Sechs Monate, dachte Patsy, sollten den Leuten reichen, den Unterschied zu vergessen.) »Danke«, sagte Dale. »Und was treiben Sie so, Miss DuCharme?«

Sie sei Tänzerin, sagte sie, und suche Arbeit in einem Rasthaus in der Nähe von Detroit, und sie suche außerdem ihren Freund Bo, der sich dort nach einer Beschäftigung in der Autoindustrie hatte umsehen wollen.

»Was für eine Tänzerin?« fragte Becky.

»Still, iß deine Suppe«, sagte Jo.

»Eine exotische«, sagte Delores.

Die Darsteller blickten auf. *Was hatte sie gesagt?* Sie sahen im Manuskript nach.

Da stand »exotisch«, tatsächlich.

Im dritten Stock erhob sich Ray von seinem Stuhl, um auf ein Nickerchen nach oben zu gehen, hörte »exotisch« und setzte sich wieder hin.

»Oh, das ist interessant«, sagte Dad. »Meine verstorbene Mutter tanzte furchtbar gerne, aber es war wohl nicht viel Exotisches an einer Polka, nehme ich an. Nicht, wenn man aus Windom kommt.«

»Ich tanze auf Tischen in verräucherten Bars voller Lastwagenfahrer, denen es Spaß macht, hochzulangen und Dollarnoten in meine Kleider zu stecken«, sagte Delores zögernd.

»In Ihre Taschen?« fragte Dale. »Sie stecken Geld in Ihre Taschen?«

»Gewissermaßen. Und sie stecken auch gerne Geld hier oben hin. Und dort unten.«

WLT-Darsteller lasen sklavisch vom Manuskript ab, alle miteinander. Der Gedanke an eine Probe war ihnen fremd. Der

Stolz gebot es ihnen, gerade rechtzeitig ins Studio zu schlendern, um sich einen Kaffee einzuschenken, ihn zu trinken, das Manuskript abzuholen, einen Blick drauf zu werfen, und wenn das rote Licht anging, stur die Worte abzulesen, die auf dem Papier standen. Man machte die Tür auf, man drückte die Pistole ab, man sprang vom Fenstersims, man ging zum Briefkasten oder zum Galgen oder in die Küche – man weinte, man tobte, man murmelte, man keuchte, was immer dort stand, und wenn das Licht ausging, stopfte man das Manuskript in den Papierkorb und machte sich aus dem Staub.

Jetzt aber, wie sie nun auf dem Dialogfluß dahintrieben und mit einemmal in eine Stromschnelle gerieten, legten die Mitwirkenden den Rückwärtsgang ein und lasen ganz langsam ... mit langen Pausen ... versuchten vorauszulesen. »Meine verstorbene Mutter hat sich früher mit Tanzen Geld verdient, aber nur bei Polkawettbewerben in Windom. Sie hat einmal fünfundzwanzig Dollar gewonnen«, sagte Dad, jedes Wort einzeln sprechend, während seine Augen das Ende der Seite und den Anfang der nächsten überflogen. *Wann würde er das Manuskript beiseite legen und womöglich eine Geschichte über seine Mutter erzählen müssen – »Wo wir gerade von meiner Mutter sprechen, das erinnert mich an die Zeit ...« Aber an was für eine Zeit erinnerte es ihn? Welche Muttergeschichten hatte er in der letzten Zeit erzählt? Und würde Maria auch wissen, wie man ohne Manuskript sprach? Oder würde sie, wenn er die Muttergeschichte beendet hätte, wieder mit Männern weitermachen, die ihr Dollarnoten ins Höschen stopften?*

»Manchmal bekommt man beim Tanzen auf Tischen zweihundert Dollar in einer Nacht.«

»Heiliger Strohsack«, sagte Klein Becky. »So viel kriegt man nur fürs Tanzen?«

»Manchmal, wenn man so tanzt, wie die Männer es gerne haben. Man wiegt sich in den Hüften und tut ein bißchen dies und das, und dann setzt man sich für ein paar Minuten zu ihnen. Trinkt etwas. Redet. Hält ihre Hand. Dann vielleicht, wenn sie nett sind –«

Dad schluckte. Und dann kam Tiny zurück. »Mista Dad, bin fertich mitn Termitn, un' ich dachte nur, ob Se noch was ham für mich. Sons' würd ich wieda aufn See raus.«

Das war Wilmer, Dads Bruder, der helfen wollte und Rettung anbot. Die Darsteller blickten auf. *Was hatte er gesagt?* Da stand Wilmer – ohne Manuskript. *Wilmer improvisierte.* Maria sah zu Dad. Aber Faith sprach zuerst. »Vielleicht kannst du dir mal ... meine ... Clematis ansehen, Tiny.«

»Ihre Cli– was?«

Jetzt horchte Homer, der Geräuschemacher, auf. Er hatte Kaffeetassengeklapper gemacht, Besteckklimpern, Suppenschlürfen, alles kinderleicht, aber was zum Henker war eine Clematis, und was für ein Geräusch machte sie? Er dachte, *surrrrr.*

»Meine Clematis. Auf der hinteren Veranda.«

Homer sah sich um. *Scheiße, wo ist die Fliegentür? Es ist Sommer. Alles, was ich hier habe, ist eine schwere Eichentür und eine knarrende Tür und eine Wagentür und eine Gefängniszellentür.*

»Laß nur. Die Pflanze wird sich schon wieder bekrabbeln – das kann noch warten«, sagte Dad. Dann hörte er, wie jemand der Länge nach hinfiel. Es war Becky. Die Anspielung auf Krabbe hatte sie umgehauen, und sie lag zusammengerollt und von Lachkrämpfen geschüttelt am Boden.

»Setz dich und trink eine Tasse Kaffee«, bot Dale an. Das war alles, was ihm einfiel, nachdem Faith sich hingekniet hatte, um das Kind mundtot zu machen. Aber ihr Japsen war deutlich zu hören. »Klein Becky ist irgendwie allergisch gegen diese Clematis. Sie kriegt davon immer solches Asthma. Deshalb wollte Jo sie zurückgeschnitten haben, nehme ich an«, fügte Dale hinzu.

»Das stimmt!« rief Faith vom Fußboden hoch.

Roy jr. und Ray kamen gerade rechtzeitig im Regieraum an, um Dad sagen zu hören: »Jedenfalls freuen wir uns sehr, daß Sie bei uns vorbeigekommen sind, Miss Douche.«

»Das ist nicht ihr richtiger Name, oder?« flüsterte Ray.

Dad schwitzte. Er hielt zwei Finger hoch. *Seite 11*, formte er tonlos mit den Lippen. *Die letzte Seite*. Sie waren auf Seite 9. Die anderen blätterten vor zu Seite 11, außer Wilmer, der das Zeichen mißverstand und zurück zu Seite 2 ging, der Angelszene. Wilmer kam zuerst an.

»Würde sagn, Se tun 'n neun Wurm an 'n Hakn, Mista Dad. Glaub, Ihr erssa Wurm is ziemlich tot.«

Dale hörte ihn nicht. »Jo, das ist die beste Kaffeetorte, die du je gebacken hast, das schwöre ich«, sagte er. »Aber ich würde trotzdem alles für eins deiner Marmeladenbrötchen geben.«

»Miss DuCharme«, sagte Dad, »ich zeige Ihnen jetzt Ihr Schlafzimmer.«

Und die Orgel ertönte mit der Schlußmelodie, und Reed machte die Abmoderation, und das Studio war still. Die Darsteller standen reglos. »Gottverdammter«, sagte Dale.

Und das brachte Roy jr. dazu, hochroten Gesichtes ins Studio zu schreiten. »Sagt niemals in der Nähe eines Mikrophons ein Wort, von dem ihr nicht wollt, daß es gesendet wird. Niemals«, sagte er. Itch, der Techniker, war von »Miss Douche« so mitgenommen gewesen, daß er vergessen hatte, das Mikrophon abzuschalten, und so ertönte »Gottverdammter« bei den Freunden und Nachbarn in Radioland, und ebenso Faith' »Hiev deinen fetten kleinen Arsch vom Boden und verschwinde«, das an Marjery gerichtet war, aber von Jo in Elmville gesprochen, konnte das nur Delores gelten.

»Flucht niemals in einem Studio. Seid niemals sicher, daß ein Mikrophon abgeschaltet ist. Ihr seid Profis. Ihr wißt das.«

»Na ja«, sagte Dad, sich das Gesicht abwischend, »es hätte schlimmer kommen können. Obwohl ich im Moment nicht sehe, wie.«

Und dann schneite Mr. Odom herein und sagte, Patsy habe angerufen, um sich zu entschuldigen – es seien ein paar Seiten irrtümlich in das Manuskript geraten. »Von wegen irrtümlich«, sagte Roy jr. Er drehte sich zu Ray. »Sie ist dein Problem. Ich kann nichts gegen sie unternehmen. Du hast sie eingestellt, und du behältst sie hier aus Gründen, die nichts mit Rundfunk zu tun haben, wenn du mich fragst. Meinetwegen. Mach, was du willst. Aber verlang nicht von mir, eine Situation zu kontrollieren, die unkontrollierbar ist.«

»Patsy Konopka ist eine verteufelt gute Autorin«, sagte Mr. Odom.

Roy jr. drehte sich um und hob den Kopf und kniff die Augen zusammen. »Ich habe Sie nicht um Ihre Meinung gebeten, Mr. Odom.«

»Wenn Sie meine Meinung nicht hören wollen, dann sprechen Sie nicht in meiner Gegenwart von Patsy Konopka.«

»Patsy ist prima«, sagte Dad, »aber sie schreibt nicht für unsere Hörer. Ich weiß nicht, für wen sie schreibt.«

Ray sagte, er würde mit Patsy reden, und Roy jr. machte sich davon, um Marjerys Mutter anzurufen und ihr zu sagen, daß er von Marjerys sechswöchiger Kündigungsfrist Gebrauch machen würde.

Auch Frank hatte den letzten Minuten von *Der freundliche Nachbar* aus dem Regieraum zugehört und fand es nicht komisch. Ganz und gar nicht. Die Akteure im Studio sahen blaß und hilflos aus, und Maria zitterte noch zehn Minuten, nachdem es vorbei war. Er nahm sie in den Arm. Sie lachte, und dann weinte sie. »Sie werden mich rausschmeißen«, sagte sie. »Sie werden mich auf die Straße werfen, weil ich die schlechte Frau gespielt habe. Warte nur, du wirst schon sehen.«

»Nein, das werden sie nicht«, sagte er. »Es ist nur eine Rolle in einem Stück.«

»Ich kann ebensogut gleich packen und wieder zurück nach Milwaukee gehen«, sagte sie. »Oh, Frank, wo ich gerade angefangen habe, dich zu mögen.«

Also lief Frank, drei Stufen auf einmal nehmend, hoch zu Roy jr.s Büro. Der sprach noch immer mit Mrs. Moore.

»Marjery ist ein bißchen zu alt für zehn. Sie ist seit ungefähr fünfzehn Jahren zehn, und sie war vierzehn, als sie angefangen hat«, sagte er.

»Vielleicht sollte Klein Becky älter werden«, sagte die Mutter hoffnungsvoll.

»Ich glaube nicht, daß sie so schnell wachsen kann. Deshalb meine ich, sie sollte zu ihrem Dad zurückgehen. Ende gut, alles gut, und so finden sie glücklich wieder zusammen. Jedenfalls glaube ich, daß Jo und Frank ein Baby bekommen werden.«

»Ich möchte mit Ray darüber reden.«

»Ehrlich, Ray hat damit nichts mehr zu tun. Er hat alles mir übergeben, Mrs. Moore, und ich bin zwar nicht gerne der Mensch, der Ihnen das sagen muß, aber ich bin es nun mal, und Sie müssen das akzeptieren.«

»Ich glaube, wenn die Leute wüßten – wenn den Hörern da draußen *klar* wäre –, daß Sie vorhaben, Klein Becky einfach wie einen Sack Kartoffeln fallenzulassen – ich glaube, es gäbe einen gewaltigen Aufstand, wenn die Leute das wüßten.«

»Sie ist ein beliebtes Mädchen, glauben Sie nicht, daß ich das nicht wüßte. Aber ich glaube, die Hörer wären ein wenig überrascht, wenn sie wüßten, daß Marjery neunundzwanzig Jahre alt ist.«

»Ich kenne diese Menschen, Mr. Soderbjerg. Ich glaube, sie würden hinter uns stehen.«

»Ich werde darüber nicht abstimmen lassen, Mrs. Moore. Ich habe meinen Entschluß gefaßt.«

»Das werden wir noch sehen.«

Roy jr. legte auf und sagte: »Hast du schon gegessen?«, und er und Frank schlenderten rüber ins Pot Pie. Dann sagte Roy jr.: »Nein, laß uns richtig prassen.« Und sie gingen Downtown ins Charley's. Sie bestellten Austern und Filetsteak. Frank hatte noch nie Austern gegessen, und als der Teller kam, wollte er fragen: »Sind die *roh*?« und dachte dann: »Nein, natürlich nicht.« Und tunkte sie in rote Sauce und aß alle sechs. Er war in Maria verliebt. Er konnte alles essen.

Kapitel 27
Sei pünktlich

Die Kellnerin im Charley's gehörte zu der Sorte, die es für nötig hielt, mit den Gästen bedeutungsvolle Gespräche anzuknüpfen, und als sie ihnen die Steaks brachte, bekamen sie ihre Ansichten über die Verbrecher zu hören, die frei in Minneapolis herumliefen. Sie meinte, es seien zu viele und die Politiker würden mit ihnen unter einer Decke stecken und die Polizei davon abhalten, sie festzunehmen. Sie sagte, es sei allmählich so schlimm, daß sich ein Mädchen nicht mehr allein auf die Straße trauen könnte, auch nicht am hellichten Tage. Sie habe das Gefühl, der Mangel an religiösem Glauben sei für diese Entwicklung verantwortlich. Sie sagte: »Ein Mensch, der am Sonntag in die Kirche geht, zieht nicht am Montag los, um einen auszurauben.«

»Nein«, sagte Roy jr. »Er würde sich wahrscheinlich den Sonntag dafür aussuchen.«

»Na ja«, sagte sie, »war nett, mit Ihnen zu plaudern. Sagen Sie mir Bescheid, wenn Sie noch Nachtisch wollen.«

Im selben Augenblick, als sie davonrauschte, beugte sich Frank vor und sagte: »Mr. Soderbjerg, ich muß Sie um einen Gefallen bitten. Maria Antonio, die heute in der Sendung war, sie ist eine Freundin von mir, und sie ist ein wundervoller Mensch. Ich hoffe, Sie werden sie nicht rausschmeißen deswegen. Es war nicht ihre Schuld –«

Roy jr. hob die Hand. »Denk nicht mehr dran. Es war keine so furchtbare Katastrophe.«

»Sie fürchtet, daß Sie die Show vielleicht absetzen oder so was.«

»Keineswegs. Es war eine Panne. Vergiß es.« Dann sagte er: »Welche ist deine Freundin?« Frank sagte es ihm. »Oh«, sagte Roy jr. »Die. Patsy Konopka möchte mich dazu bringen, daß ich sie rausschmeiße.« Er lachte. »Die arme Patsy, macht sich nichts aus Katholiken, glaube ich. Sie hat mir erzählt, deine Freundin sei eine goldverputzte Hure. Interessante Terminologie.«

»Wer ist Patsy Konopka?«

Der ältere Mann lächelte und schaute zur Decke, als wollte er zu einer Geschichte ausholen, aber dann überlegte er es sich anders und runzelte die Stirn. »Sie ist unsere Hauptautorin. Eine alte Freundin von Ray. Hockt drüben im Antwerp und haut sechs Episoden am Tag raus, ob du's glaubst oder nicht. Es ist sicher keine Broadway-Qualität, aber den Leuten gefällt's. Sie wird nur allmählich schlampig. Kommt mit den Figuren nicht mehr klar. Dad hatte im letzten Monat sechs verschiedene Nachbarn im Haus nebenan.«

Frank meinte, er würde diese Patsy Konopka mal aufsuchen und sehen, was er tun könnte, um ihre Meinung über Maria zu ändern – aber Roy jr. sagte: »Nein, diese Episode heute – ich sage dir, auch die allerschlimmsten Dinge beim Radio sind nicht so schlimm, wie du glaubst. Die einzige unverzeihliche Sünde ist, nicht zu erscheinen. Pünktlichkeit. Das erste Gebot des Radios: SEI PÜNKTLICH. Merk dir das. Die natürliche Schlußfolgerung aus diesem Gebot lautet: Ein Radiomitarbeiter sollte zwei Wecker besitzen und einen dritten in Reserve haben. Es sind nur wenige Leute entlassen worden, weil sie nicht brillant waren, aber die Liste der brillanten Burschen, die als Schuhverkäufer endeten, weil sie zu spät zur Arbeit gekommen sind, ist so lang wie dein Arm.

Wir hatten mal einen Jungen namens Burns L. Strout, der an einem verschneiten Morgen verschlafen hatte, und als Folge davon gab es um fünf Uhr morgens keine Frisch-und-munter-Sendung, weder den Titelsong ›Wach auf mit Ragtime‹ noch die fröhliche Stimme, die sagt: ›Frisch und munter aus den Federn, liebe Leute! Einen wuuuuunderschööööönen Morgen Ihnen allen!‹ Die Stimme, die das sagen sollte, lag in der Klappe, taub gegenüber der Welt, weil sie bis drei Uhr früh unterwegs gewesen und in eine Whiskeyflasche gekrochen war. Burns hatte das Problem, daß er zwei Dinge auf einmal sein wollte: ein verantwortungsbewußter, anständiger Mensch, der den Sonnenschein in das Leben von Tausenden von Leuten bringt, *und* ein abenteuerlustiger Mann, der direkt am Puls aller mitternächtlichen Spektakel ist und die überfüllten Straßen der großen, gefährlichen Metropole auf der Suche nach der Frau seiner Träume durchstreift.

In der bewußten Nacht hatte er, glaube ich, eine Freundin anheuern müssen, und er war total pleite und ging nach Hause in sein Sumpfloch von einer Wohnung und sackte weg in einem Haufen alter Kleidungsstücke und wachte zu spät und mit einem Kater auf, der sich anfühlte, als wäre sein Kopf zerschmolzen, und kam um sieben Minuten nach fünf mit panikerfüllten, wäßrig-blauen Augen ins Studio geflitzt und fiel in den Stuhl wie ein sinkendes Schiff, ein Bündel Wetterberichte und Viehbörsenmeldungen und Nachrichtenschlagzeilen in der Hand, und er sah zu seinem Techniker hin, Itch – der Kerl, den du gerade gesehen hast, sein richtiger Name ist Mitch, aber er war immer ein bißchen zu spät dran mit dem Mikrophon, deshalb haben wir ihn Itch getauft, ein Witz, den er übrigens nie kapiert hat –, und Burns haute sich also auf den Stuhl, landete auf seinen Hämorrhoiden, so groß wie Walnüsse, und sein Gehirn schwappte, und er stöhnte und sagte: ›Herrgott, das Licht ist vielleicht grell. Wieso, verdammte Scheiße, kann ich keine Musik hören, du Arschloch?‹ Der Grund dafür war natürlich, daß das Mikrophon an war. Itch hatte ihn in der Sekunde auf Sendung gebracht, als sein Hintern Land spürte.

Nun, wie du dir vorstellen kannst, waren die Freunde und Nachbarn draußen in Radioland im Nu wach. Da tapsten sie schlaftrunken in der Küche herum, als plötzlich diese tiefe, gräßliche Stimme einen Meter von ihnen entfernt *Arschloch* sagte. Es war, als würde der entflohene Vergewaltiger neben dem Toaster sitzen und ein Gewehr auf sie richten. Dann hörten sie dieses schreckliche Atmen und ein anhaltendes Räuspern, als würde ein Sumpf dräniert, ein lautes Rasseln von sich lösenden Schleimpfropfen – und dann kotzte er, einen großen, sauberen Schwall, und du kannst dir vorstellen, daß da draußen in den Küchen der Freunde und Nachbarn, wo die guten Leute gerade ihr Frühstück zubereiten, das Geräusch eines kotzenden Mannes im Radio verdammt eklig ist.

Nun, Itch sprang vom Stuhl hoch und winkte Burns zu: *Dein Mikrophon ist AN!*, und Burns, der noch immer ziemlich benebelt war, sah hoch und sagte: ›Leck mich am Arsch.‹ Die Freunde und Nachbarn blickten von ihrem Kaffee auf. Ich war zufällig gerade in eine Parklücke gefahren und schaffte es vom Wagen zum Regieraum in sechs Sekunden. Burns sah mich in dem Moment, als ihm klar wurde, was passiert war. Er sagte kein Wort, und ich auch nicht. Er stand auf und ging zur Tür hinaus und wurde Schuhverkäufer.

Das war vor sechzehn Jahren. Er hockt noch immer bei Thom McAn auf den Knien und riecht diese ganzen Füße, und du bist hier beim Radio, Frank, was weitaus besser ist. Nur merke dir die Regel: SEI PÜNKTLICH. Und fluche nie in der Nähe eines Mikrophons. Niemals.«

»Haben Sie damals viele Beschwerden bekommen?«

»Wenn wir uns entschuldigt hätten, wären wir von einer Lawine überschüttet worden, aber ohne Entschuldigung konnten die Leute nicht ganz sicher sein, ob sie wirklich das gehört hatten, was sie glaubten, gehört zu haben. Es war fünf Uhr früh. Die Leute *hören* um diese Zeit das Radio nicht. Es ist mehr so ein freundliches Ding, das summt und einen an seine Mutter erinnert.«

»Ist das zufällig in Studio B passiert?« fragte Frank.

»Natürlich«, sagte Roy jr.

☆ ☆ ☆

Ray fand Patsy im Antwerp, wo sie auf ihrer Schreibmaschine herumhackte. Das Radio plärrte – eine Band spielte eine Polka –, und er mußte heftig an die Tür klopfen, zehn kräftige Faustschläge, bevor sie aufmachte.

»Es tut mir leid, Ray«, sagte sie. »Ich hab die Sendung gehört. Meine Güte, es ist mir so schrecklich peinlich. Komm rein und trink was.« Ray setzte sich in einen Ledersessel und akzeptierte einen Schluck Bourbon. (*Für wen hast du Bourbon hier?* dachte er.)

»Ich arbeite auf Hochtouren, um alle diese Serien und kleinen Städte am Leben zu halten«, sagte sie, »und – weißt du denn, wie *wortkarg* diese Mittelwestler sind? Nein, das weißt du erst, wenn du Hörspielserien über sie schreiben mußt. Manchmal wollen diese Mistkerle *einfach nicht reden*. Also mußt du sie anschubsen und stoßen, und manchmal ist es so anstrengend, spätnachts zu schreiben, wenn man am liebsten nur ins Kino gehen möchte, und um sich wachzuhalten, schreibt man ein paar gewagte Sachen und schmeißt sie natürlich wieder raus, aber diese Seiten in Der freundliche Nachbar waren nicht wirklich *schlimm* genug, um mir aufzufallen, und so hab ich sie aus Versehen drin gelassen. Ich komme mir unsäglich blöd vor, aber was kann man machen? Noch einen Schluck?« Ja, sagte er, noch ein Schlückchen wäre schön.

»Was für gewagte Sachen, die du schreibst, *würden* dir denn auffallen?«

»Vor ein paar Wochen war ich dabei, eine neue Folge von Hühei rauszuhauen« – *Hühei* war die Kurzform für *Hügel der Heimat* –, »und ich sah runter, und ich war schon auf Seite zwölf. Ich konnte es nicht fassen. Ich las es noch mal von Anfang an durch, und ich hatte zehn Seiten im Schlaf geschrieben! Frieda hatte Fritz ermordet – hatte ihm ein Beil im Kopf versenkt, als er seine Rühreier verdrückte, und Babs hatte die Leiche vergraben und war losgegangen und hatte den Jungen vom Lebensmittelgeschäft angemustert, war zwischen den Gemüseständen auf ihn zugegangen und hatte seinen Kopf gepackt und zwischen ihre Brüste gedrückt. Dann gingen sie nach hinten und liebten sich. Dann kam Fritz rein, und so erschoß sie ihn diesmal, den Riesentolpatsch, und stopfte ihn in die Gefriertruhe, und sie und der Ladenjunge stürzten in die Milchprodukteabteilung und trieben es dort noch mal. Dann kam eine Unterbrechung für die Werbung, und dann bin ich aufgewacht.«

»Vielleicht solltest du zwischendurch mal ein Nickerchen machen. Du könntest rauf ins Ogden kommen, mein Zimmer borgen – es ist hübsch. Im fünften Stock. Du kannst von dort über die ganze Stadt gucken.«

»Du hast mich mal vor Jahren dort mit raufgenommen. Weißt du noch?«

Ray grinste. »Aber sicher. Ein Mann erinnert sich immer an die Mädchen, die nein gesagt haben.«

»Du bist ein schmutziger alter Mann, Ray. Schon komisch, daß du hierherkommst, um dich über ein Manuskript von mir zu beschweren. Der schmutzigste Satz in dem Text ist noch ein Kinderreim, verglichen mit deinem Leben, Ray.«

Ray lächelte. »Ich habe mein halbes Leben in der Gesellschaft langweiliger Männer verbracht«, sagte er, »aber ich brauche keinen einzigen Augenblick zu bereuen, den ich je allein mit einer schönen Frau verbracht habe. Mein ganzes Leben lang haben mir die Leute gesagt, es würde mir einmal leid tun, aber zum Teufel, das tut es nicht, niemals, nicht eine Sekunde lang, es hat mir nur leid getan, daß du nie mit mir nach New York kommen wolltest. Das ist alles. Es tut mir noch immer leid.«

»Du kommst zu spät«, sagte sie. »Ich verbringe meine Nächte allein mit einem schönen Mann.«

Ray zuckte zusammen. »Ich beneide ihn. Sag mir nicht, wer er ist, sonst erschieße ich ihn womöglich.« Er sagte, daß er vielleicht noch gerne einen Schluck Bourbon hätte.

Sie holte ihm einen. »Du hast früher nicht soviel getrunken«, rief sie aus der Küche.

»Ich habe Angst. Ich glaube nicht, daß ich es noch lange machen werde«, sagte er.

Sie stand in der Tür, die Hände auf den Hüften, und betrachtete ihn.

»Nein, ich versuche, nicht so weit die Straße hinunterzublicken, weil es da unten nicht allzugut aussieht. Ich glaube, ich habe irgendwas. Ich habe große Schmerzen im Bauch. Und ich habe Angst, zum Arzt zu gehen.«

Sie setzte sich auf die Armlehne des Sessels und legte ihm ihre Hand auf die Wange und zog seinen Kopf an ihre Hüfte. »Baby«, sagte sie leise, »du mußt zum Arzt gehen.«

Er sah hoch, die Augen voller Tränen. »Bevor ich sterbe, möchte ich mit dir schlafen«, sagte er. »Eine andere Medizin brauche ich nicht. Dann kann ich von mir aus sterben. Ich werde mit einem Lächeln auf den Lippen sterben.«

Sie schüttelte den Kopf. »Baby, ich muß dich zu einem Arzt schaffen.«

»Komm mit mir ins Bett, und danach tue ich alles, was du willst.«

Nein, sagte sie. Es tue ihr leid. Sie mochte ihn gern. Aber sie legte Wert auf ihre Selbstachtung und –

»Du redest wie eine vierzehnjährige Methodistin«, sagte er.

Sie nahm ihre Hand von seiner Wange. Sie stand auf und sagte ihm, er solle sich verdammt noch mal zum Teufel scheren.

»Ich wollte dich nicht beleidigen«, sagte er. Sie schob ihn zur Tür und machte sie für ihn auf. Sie sagte: »Ich *wollte* nicht beleidigt sein. Aber ich bin es.«

Sie horchte bis spät in die Nacht auf Franks Rückkehr. Er trank zwei Gläser Wasser, pinkelte, zog die Schuhe aus, schob ein Blatt Papier in die Schreibmaschine und hämmerte zehn Minuten darauf herum. Seine Schreibmaschine stand auf dem Küchentisch, dessen Beine anscheinend auf einem Tragebalken standen, denn seine Tipperei brachte ihr Besteck zum Klappern.

Lieber Daddy, schrieb er, *ich habe diese Woche vier wichtige Dinge gelernt. Eins ist die Bedeutung von Vertrauen. Ich möchte, daß die Leute mir vertrauen. Das ist die einzige Möglichkeit für einen Menschen, seinen Job zu machen. Vertrauen* MUSS *gewonnen werden. Ein Mann* MUSS *für jeden derselbe Mensch sein, man kann sich nicht mit dem Winde drehen. Nr. 2: Der* WEG, *Vertrauen zu gewinnen, ist,* ZUZUHÖREN *und die Leute wissen zu lassen,* DASS *man zuhört. Der Weg, das zu erreichen, ist:* PRÄZISE *auf das zu antworten, was die Leute sagen.* NICHT *vorlaut sein oder herumwitzeln.* NICHT *angeben mit großen Worten.* NIEMALS *sarkastisch sein. Ich bin* ENTSCHLOSSEN, *ein guter Zuhörer zu sein. Nr. 3: Lästereien und obszönes Gerede vermeiden – es setzt deinen Gesprächspartner herab und* VERNICHTET VERTRAUEN. *Nr. 4:* FRÖHLICH *sein.* LÄCHELN, *wenn möglich. Und das tue ich. Ich habe ein wunderbares Mädchen kennengelernt. In Liebe, Dein treuer Sohn Frank.*

Kapitel 28
Lily

Ray war froh, das Jahr 1950 zu erleben, erzählte er Frank. Das vergangene Jahrzehnt habe ihn ausgezehrt, und der Wechsel wirke wie ein Tonikum. »Es werden noch ein paar alte Mistkerle weniger werden, und ein paar weitere Mädchen werden das gesetzliche Mindestalter erreichen«, sagte er aufgeräumt. Am Silvesterabend öffnete er sein Haus, die Villa Fred, und schmiß eine WLT-Party – Vesta war in Florida, wo sie in der Chautauqua-Institution in Tampa über den »Einfluß des Radios auf die Meinungsbildung« sprach. Slim und Die Fernfahrer spielten Jitterbugmusik, und sogar Dad Benson bekam einen Schwips. Später am Abend stolperte er über Frank und Maria, die sich hinter einem Diwan verkrochen hatten und sich wie wild abknutschten. Er starrte auf Maria runter, deren oberste drei Knöpfe offenstanden, und auf Frank, der ganz außer sich war, und rief: »Gut! Weiter so! Heimliche Genüsse sind der Nährstoff des Lebens!« Sie zogen sich sofort an.

Es war zwei Uhr morgens, als Mr. Odom sie bei Marias Unterkunft absetzte. »Fahren Sie nur schon«, sagte Frank zu ihm. »Ich komme nach.« Er begleitete sie zur Haustür, und sie blieb stehen und legte die Arme um ihn und blickte müde zu ihm hoch. »Wovon träumst du?« fragte sie.

»Von dir.«

»Lügner.« Sie legte ihren Kopf auf seine Schulter. »Es geht so lustig zu in meinen Träumen. Wir sitzen herum und lachen und essen schüsselweise Spaghetti. Ich kenne die Leute alle nicht, aber wir amüsieren uns furchtbar miteinander, und sie verstehen mich vollkommen und nehmen an nichts Anstoß.«

»Kann ich mit dir raufkommen?«

Sie küßte ihn. »Ich bin froh, daß du das willst«, sagte sie. »Gute Nacht.«

☆ ☆ ☆

Es war eine aufregende Woche. Vince Upton sagte, er wolle mit *Unterwegs im Ballon* aufhören, und Ray redete es ihm wieder aus. »Aber ich hatte hier nur *einen Sommer* lang arbeiten wollen«, sagte Vince. »Das war vor zwanzig Jahren. Ich wollte mir ein paar Dollar verdienen und mit Sheridan nach Mexiko fahren.« Er wandte sich zu Frank. »Zwanzig Jahre schwebe ich in dem verdammten Ballon herum, Frank, und bin nie irgendwo gewesen.« Ray ging zum Fenster, blickte auf den Foshay Tower und hielt ihm eine Ansprache. Frank hatte sie schon sechsmal gehört. *Das sind schwere Zeiten. Das Radio steckt in Schwierigkeiten. Wir sind eine Familie und müssen zusammenhalten. Wir dürfen das Schiff nicht zum Kentern bringen. Wir brauchen dich. Es ist deine Entscheidung, aber bedenke, daß es jeden von uns betrifft. Die Menschen hier sehen auf zu dir. Ich weiß, es ist schwer. Aber wenn du aufgibst, macht es das für uns übrige noch schwerer, durchzuhalten.* Vince blieb.

☆ ☆ ☆

Ray kaufte sich am nächsten Tag einen Fernseher. Er sah ihn in einem Schaufenster am Harmon Place, als er ins Büro ging. Sein Arzt wollte, daß er zu Fuß ging, und er versuchte, es zu vermeiden. »Es gibt nichts zwischen hier und dort, das ich sehen möchte«, sagte er, aber dann kam er an einer Menschentraube vorbei, die in das Schaufenster starrte. *General-Fernsehgeräte & Reifen* stand auf dem Schild. Drinnen waren sechs Bildschirme aufgebaut, und er blieb stehen und schaute zu. Ein Bildschirm zeigte den Kopf einer blonden Frau, die etwas sagte, dann einen Kaffee trinkenden Schimpansen, dann einen Mann, der auf eine Tabelle zeigte, dann ein Auto, das in eine Mauer krachte, und die anderen fünf Bildschirme zeigten die Menschenmenge auf dem Bürgersteig. Eine riesige Kamera auf einem Stativ machte die Aufnahme. Ein Dutzend Leute standen dicht davor und betrachteten sich selber auf dem Bildschirm, und dreißig andere drängelten sich dahinter und guckten ihnen über die Schultern. Es gab kein Mikrophon, und niemand sagte ein Wort. Ray ging hinein und kaufte ein Gerät bei einem alten Trottel in einem rotkarierten Anzug. »Sie haben Glück, ist das letzte Gerät im Laden«, sagte er. »Das wird man noch sehen. Schicken Sie ihn in mein Büro«, sagte Ray.

Der Fernseher war so groß wie ein Kühlschrank, und der Bildschirm hatte die Größe eines Desserttellers. Sie schleppten ihn rein und stellten ihn vor das Fenster und zogen die Jalousie runter. Ein stecknadelgroßer Lichtpunkt erschien in der Mitte des Bildschirms und blähte sich eine Minute später zu einem verschwommenen Bild von einem Mann auf, der hinter einem Scheibtisch saß und redete, aber Ray konnte keinen Ton reinbekommen. Er drehte die Lautstärke voll auf und kriegte nur ein lautes Summen. »Hier, guck du mal, wie das funktioniert«, sagte er zu Frank.

Roy jr. war da, Ethel Glen und Onkel Art, und Dad Benson kam rein, und einige Leute blieben unter der Tür stehen, als könnte das Ding explodieren. Frank schwenkte die Antenne und drehte einen Knopf, der das Bild zum Laufen brachte, dann schwarz machte und dann schneeweiß. Dann drehte er den Kanalknopf eine Kerbe weiter, und BLÄÄÄÄÄHHH – plärrte das Ding los, so laut, daß er zurücksprang und die Leute in der Tür den Kopf einzogen. Er stellte es leiser. »Na bitte«, sagte er. »Nur eine Frage der richtigen Einstellung.«

Ray saß hinter seinem Schreibtisch, und Roy jr. hockte sich mit verschränkten Armen auf die Kante, und Art und Dad nahmen die Couch, und Ethel lehnte sich gegen die Wand, setzte sich dann auf den Boden, und die Leute in der Tür schoben sich in den Raum, erst ein paar, dann mehr und dann etwa zehn. Alle waren still. Der Mann auf dem Bildschirm las offensichtlich die Nachrichten vor. Er sah nach jedem Satzende hoch. Er war jung, trug ein dunkles Sportsakko, einen Bürstenhaarschnitt und eine Brille mit Horngestell, und ab und zu blickte er nervös nach rechts, als würde ihn jemand mit einer Pistole bedrohen. Hinter ihm an der Wand hing eine Uhr, und auf dem Tisch stand eine Pflanze. Sie sah verwelkt aus.

Die Nachrichten handelten von Truman und den Republikanern im Kongreß und einem Stahlstreik und dem Absturz eines Eastern-Airlines-Flugzeugs in Washington, der Präsident war tief betroffen, Menschen waren umgekommen, aber nichts in den Nachrichten war auch nur halb so interessant wie der junge Mann, nicht daß er *wirklich* interessant gewesen wäre, aber daß er im Fernsehen war, das war faszinierend. Einmal leckte er sich die Lippen, und Ray sagte: »Seht mal. Er ist nervös.« Er leckte sie erneut.

Sein Manuskript lag auf dem Tisch, und er nahm es Blatt für Blatt mit seiner rechten Hand auf, und dann plötzlich, aus keinem erkennbaren Grund, *benutzte er die linke.* Seine Augen wirkten leblos: wenn er in die Kamera blickte, sah er nicht direkt hinein. Als er zum Ende kam und allen einen schönen Tag wünschte und ein grimmiges Lächeln aufsetzte, war es ein bißchen enttäuschend. *Es wäre aufregend gewesen, wenn er die Pflanze vom Tisch gefegt hätte,* dachte Frank.

Als nächstes kam eine Chrysler-Werbung, und sie war gut – ein Mann im Smoking ging von einem glänzenden Auto zum nächsten, und neben jedem stand eine schöne Frau im Abendkleid mit langen weißen Handschuhen, und sie strich mit einer langen zärtlichen Bewegung über den Wagen und lächelte verführerisch, und dann trat sie zurück und machte eine Geste zur Unterseite. Es wäre aufregend gewesen, wenn ihr Kleid runtergefallen wäre, aber es war eigentlich nicht nötig, sie sah auch mit Kleid gut aus. Noch eine Werbung für ein Kopfschmerzpulver, und dann ein Puppenspiel mit einem Schwein und einer Gans und einem Pferd, und hinter dem Prospekt sprach ein Mann mit piepsender Stimme. »O Mann!« quietschte das Schwein. »Heyyyy!« wieherte das Pferd. Die Gans biß beide, und sie bissen zurück. Dann kam ein Clown und schimpfte die Gans aus. »Was meint ihr, Jungen und Mädchen?« rief er. »Sollen wir Gansi-Hansi verhauen?« Man hatte vierzig Kinder auf eine kleine Tribüne gestopft, und sie sahen wild und überdreht aus und schrien: »Jaaaa«, so laut, daß man ihre Mandeln sehen konnte. Sie schubsten sich gegenseitig und hüpften auf und ab und winkten wie wahnsinnig, wenn die Kamera sich auf sie richtete. Ray ging hinaus, einen Kaffee trinken, und als er wiederkam, lief ein Western. »Mach lauter«, sagte er.

Ein Trupp ritt durch die Wälder und am Fluß entlang, eine lange Reihe, die sich durch die Bäume schlängelte. Ein einzelner Reiter galoppierte weit voraus, ein Mann in fransenbesetzter Wildlederjacke, der immer wieder über die Schulter zurückblickte und sein Pferd antrieb – aber er gab ihm nicht die Peitsche und zog auch nicht seinen sechsschüssigen Revolver, er ritt nur wie der Teufel und stand dann im Sattel auf und griff nach einem Ast und hievte sich hoch und verschwand in dem Augenblick im Laub, als die Reiterschar unter ihm vorbeifegte. Dann sprang er runter, pfiff, und sein Pferd trottete aus dem Dickicht heraus. Er stieg auf und ritt zurück zur Stadt. Dort fesselten gerade vier maskierte Männer eine sich wehrende Frau an einen Stuhl. In ihrem Mund steckte ein Knebel, aber sie riß ihn raus und schrie: »Laßt mich los!« Der Anführer der vier stieß ein lautes, boshaftes Lachen aus. »Lucky wird gleich kommen, er ist auf dem Weg hierher, ihr werdet schon sehen!« sagte sie mit geballten Fäusten und schüttelte sie einen Moment lang ab. Der Anführer gluckste vergnügt. »Lucky wird nicht kommen. Lucky geht zu einer Party, und er ist der Ehrengast«, sagte er. »Deshalb wird ihm gerade eine Schleife um den Hals gebunden!« Die vier Männer lachten, als wäre das der komischste Witz, den sie je in ihrem Leben gehört hatten. Die Frau entwand sich ihrem Griff und stürzte ins Nebenzimmer und verbarrikadierte die Tür. Lucky ritt in rasendem Galopp am Fluß entlang, den Kopf tief auf den ausgestreckten Hals des großen Falben hinuntergebeugt. Sie stürmten in vollem Lauf in den Fluß und verschwanden in einer Sprühwolke und kamen mit einem Satz am anderen Ufer wieder raus und galoppierten davon in den Wald. Das Mädchen verriegelte die Tür. Der Anführer der vier trat zurück und zog seinen Revolver und schoß das Schloß kaputt.

»Habt ihr Dad gesehen?« fragte Dale Snelling in der Tür. »Es ist Mittag. Wir sind schon bei der Titelmelodie.« Dad sprang von der Couch hoch und torkelte durch den Flur davon. Ray wedelte in Richtung Radio – Frank stellte es an, die Stimme von Reed sagte: ». . . von Milton-King-Saatgut, und heute kocht Jo gerade das Mittagessen . . .«, und ein leises Klappern der Utensilien, und Faith sagte: »Ich möchte wissen, wo er heute nur wieder bleibt.«

☆ ☆ ☆

Oben in Moorhead sah Roy ebenfalls fern. Er schrieb an Ray: »Das Fernsehen bietet die Tonqualität eines Telephons und die Bildqualität eines sehr armseligen Schnappschusses, und um das herzustellen, bedarf es eines ungeheuer aufwendigen und schwerfälligen technologischen Apparates: das Äquivalent zu einem Brontosaurier. Es wird unter seinem eigenen Gewicht zusammenbrechen. Es kann einfach nicht funktionieren. Es macht alles kaputt, was es berührt, macht es platt und stumpf und leer. Es ist weniger als Photographie und weniger als Radio, und beides zusammengenommen, ist es weniger als nichts. Es ist eine Neuheit, und vorübergehend wird es Erfolg haben, aber wenn das Radio wiederkommt, wenn es zum zweitenmal Anlauf nimmt, wird das Fernsehen dasselbe Schicksal erleiden wie das Riechkino. Vielleicht wird es in Brutstätten von irgendwelchem Nutzen sein.«

Er irrt sich gewaltig, dachte Frank, als Ray ihm den Brief zeigte, aber Ray fragte ihn nicht nach seiner Meinung, Ray wollte, daß er ihm einen Gefallen tat. »Es geht um meine Schwester Lottie«, sagte er. »Du weißt schon. Lily Dale. Sie hat Geburtstag. Kauf ihr irgendwas.«

Frank kannte Lily Dale, hatte aber nicht gewußt, daß sie Rays Schwester Lottie war. Er wußte nur, daß er Ausreden erfinden mußte, wenn ihre Fans sie besuchen wollten, warum das jetzt gerade nicht möglich war. Sie brachte Sonnenschein in ihr Leben, und sie schrieben ihr getreulich und sagten ihr, wie wundervoll ihr Gesang war, und wenn sie ihr Erkennungslied hörten: »In dieser kleinen Straße hier treffe ich Freunde vor jeder Tür«, wurde ihnen sofort froh ums Herz, und sie wollten sie natürlich sehen, ihre ältesten, treuesten Anhänger.

Nein, sie konnte keinen Besuch empfangen. Sie war beim Friseur, sie war krank, sie war einkaufen gegangen, sie hatte sich hingelegt. *Oh*, sagten sie. *Dann grüßen Sie sie bitte.*

Lily war jung und bezaubernd, kokett, eine echte Romantikerin, eine dieser wunderbar fröhlichen jungen Frauen, die unberührt von Kummer und Sorgen durchs Leben schweben, aber Lottie war vierundfünfzig Jahre alt, dick und unförmig, saß im Rollstuhl, das Gesicht fleckig und aufgedunsen, die Augen schwarze Schlitze, das Haar wie Moosbüschel. Fröhlichkeit war alles, was ihr auf dieser Welt geblieben war. »Oh, sieh mich nicht an!« rief sie Frank zu, als er das erstemal damit betreut war, sie hinaufzuschleppen. »Mein Haar ist nicht gerichtet und gar nichts. Oh, mein guter Junge – wie ist dein Name? Frank White? Oh, den werde ich mir merken. Den werde ich mir auf ewig merken. Er klingt nach wahrer Vornehmheit. Oh, sei immer ehrlich zu mir, Frank.«

»Ist sie verkrüppelt?« fragte er Gene später. »Kinderlähmung«, sagte der. »Und schwache Gelenke. Eines Tages werden wir sie durchs Fenster im zweiten Stock hochwinden müssen.«

Und dennoch war sie ein Star wie jeder andere, und sie wußte es. Frank und zwei Hausmeister schleppten sie jeden Morgen in ihrem schweren, hölzernen Rollstuhl aus dem Antwerp und auf die Laderampe vom Hotel und von dort in den Lastenaufzug, und sie lächelte, als wäre es die große Foyertreppe vom Ritz. Die dicken Räder waren zu breit, um mühelos durch die Tür zu gehen, und so gab es immer jede Menge Gestöhne, und die Hausmeister murrten: »Mistding! So klappt das nicht. Nimm ihr Bein und laß es uns seitwärts versuchen«, aber sie benahm sich wie die Königin von Saba, die auf den Schultern nubischer Sklaven getragen wird.

»Was würde ich nur ohne euch machen, ihr lieben, lieben Gentlemen. Meine treuen, meine galanten Ritter, oh! Ich werde euch mein erstes Lied widmen. Oh, ihr seid solche

Goldstücke, und wie kann eine Dame solche Freundlichkeit anders vergelten als mit einem Lied?«

»Mein Lieber!« rief sie Gene zu. »Komm und gib uns einen Kuß!« Gene verdrehte die Augen, aber sie beachtete das nicht weiter und nahm sein Hängebackengesicht in die Hände und verpaßte ihm zwei sanfte, liebe Küsse auf beide Wangen und sagte, es sei eine solche Freude, ihn zu sehen. Sie konnten sie in einem dunklen Korridor wie ein kaputtes Fahrrad abgestellt haben, aber sobald jemand um die Ecke bog, lächelte sie und streckte die Arme aus. »Oh, Darling, würde es Ihnen etwas ausmachen, eine Vase für diese Gardenien zu holen? Oh, das ist lieb. Wie freundlich von Ihnen.« Sie brachte frische Blumen mit und verteilte sie an die, die ihren Sinn für Schönheit teilten, und sie machte ihnen Komplimente zu ihren neuen Kleidern, ihrem Haar und vor allem ihren Augen. Augen enthüllten die Seele, die dahinter ist, die Sehnsucht nach dem Schönen. Die Hausmeister, Gene und Frank, deren Augen verrieten ihr innere Größe und Mitgefühl, es waren die Augen von Dichtern. Besonders die von Frank.

»Oh, sieh mich an«, rief sie. »Deine schönen, wunderschönen blauen Augen. Ich könnte mich ewig darin versenken. Wie Bergseen. Oh, Frank, manchmal wünschte ich, du würdest nur mir allein gehören, damit ich immer, wenn ich wollte, und das wäre andauernd, in diese hinreißenden blauen Augen schauen könnte, Darling.«

Eines Tages verlor ihr Stuhl ein Rad, und zu viert mußten sie sie hoch ins Studio A tragen. Einer nahm die Knie, einer ihre Schultern, einer ihre rechte Hüfte, und Frank nahm ihre linke Hüfte. Sie wog tonnenschwer und war schwer zu halten wegen ihres Seidenkleids, und seine linke Hand rutschte in ihren Schritt, und er sagte: »Entschuldigung«, aber sie sagte nichts, bewahrte Haltung mit unbezwingbar guter Laune, stets ganz Herzogin, ganz königlich, selbst mit seiner Hand zwischen ihren Beinen und seinem verschwitzten, an ihre gewaltigen Brüste gepreßten Gesicht, während er nach Luft japste und sein Rücken gegen den Türpfosten geklemmt war. Er konnte seine Hand nicht wegnehmen, wollte er sie nicht fallen lassen, und so kämpften sie sich weiter durch Türen und um tückische Ecken herum, und ihr blaues Kleid rutschte ihr über die dicken Knie hoch, die Waden, dicke Fettstränge, die großen, schwabbeligen Polster um ihre Knie herum, die unsäglichen Hüften, und dennoch lächelte sie huldvoll, war ganz und gar ein Star. Sie benahm sich, als wäre es die denkbar größte Ehre, wie ein Sack Kartoffeln die Treppe hinaufgeschleppt zu werden. Wenn man sie in einem Schweinestall abladen würde, dachte er, würde sie sich hochasten und dann irgend etwas Bewundernswertes an Schweinen entdecken.

Einmal wurde sie in einem Studio abgesetzt, und die anderen Träger gingen weg, während Frank noch bleiben mußte. Er holte ihr eine Zeitung, Süßigkeiten, Kaffee, und der Gedanke, ihr womöglich zur Toilette helfen zu müssen, machte ihm bange.

»Wie kann jemand in einer Welt singen, in der solche Dinge passieren? Sieh dir das an!« rief sie und hielt ihm eine Zeitungsmeldung über eine verhungernde Rinderherde in Montana hin, über einen schrecklichen Autounfall, bei dem Schaulustige entsetzt das umgekippte Wrack anstarrten, in dem drei junge Menschen durch den nach Westen fahrenden Empire Builder getötet worden waren, ein Photo von einem toten Kind in einem fremden Land mit dunklen, weit aufgerissenen Augen. »Was für eine Chance hat die Musik in einer Welt solchen Leidens, während wir anderen weiter unseren Angelegenheiten nachgehen, als würde all das nicht geschehen? Da verliert der Mensch doch beinahe jeden Lebensmut.« Sie weinte ein wenig, entschuldigte sich dann und trocknete ihre Tränen und machte sich bereit, Lily Dale zu sein.

Sie bereitete sich vor, indem sie an ihre Mutter dachte, die gestorben war, als Lottie noch ganz klein gewesen war, und indem sie versuchte, ganz wie sie zu sein. Ihre Mutter, Helen, hatte niemals über irgend jemanden ein schlechtes Wort gesagt, hatte immer nur das Gute im Leben gesehen und Kummer und Gram und schmerzvolles Leid als undeutliche Schatten in einer von Sonnenschein überfluteten Welt betrachtet. Ihre Mutter war im Alter von vierundzwanzig Jahren an einer Blinddarmentzündung gestorben. »Ist es nicht schwer, immer fröhlich zu sein?« fragte Frank sie. Sie sagte: »Für mich ja, Darling, aber meine Mutter hatte stets ein Lächeln auf den Lippen. Sie ließ keinen Kummer je an sich herankommen.«

John Tippy war seit 1931, dem Jahr ihres Debüts bei WLT, ihr Begleiter gewesen, und soweit Frank wußte, hatten die beiden 1934 aufgehört, miteinander zu reden. Tippy war ein dünner, pockennarbiger Mann mit blonder Perücke, die wie eine ziemlich verunglückte Mütze aussah. Lottie brachte die Noten in einer Einkaufstüte mit und legte sie aufs Klavier, Tippy kam, zog sein Jackett aus und spielte sie. Sie sahen sich niemals an. Sie erwähnte nie, daß sie einen Begleiter hatte, nannte auch nie seinen Namen. Das war Tippy gerade recht. »Mein musikalisches Können ist zu einem Niveau verkommen, daß ich nicht mal mehr für den Ballettunterricht von Kindern spielen könnte«, erzählte er Frank. »Durch die Anpassung an ihre Stimme habe ich jedes Gespür für musikalischen Ausdruck und Rhythmus verloren. Ich war einmal ein durchaus begabter Pianist, kein Paderewski, aber ich habe das Blount-Konzert Nr. 1 mit dem Symphonieorchester von Minneapolis unter Oberhoffer aufgeführt, aber jetzt bin ich nur noch ein alter Tastendrescher. Ein Bordellpianist. Das bin ich.«

Tippy war Kettenraucher, und der alte Steinway wies eine Reihe von Brandmalen auf dem Deckel auf, wo er seine Kippen ablegte, und seine Raucherei ruinierte Lilys Stimme, wie sie sagte. »Beinahe zwanzig Jahre lang habe ich seinen Rauch eingeatmet, und meine Stimme wird ganz kratzig, und am Ende der Sendung kann ich kaum mehr sprechen«, sagte sie, »daher habe ich ihn angewiesen aufzuhören, aber er wollte nicht, und jetzt möchte ich einfach nichts mehr mit ihm zu tun haben. Oh, Frank, ich wünschte, du würdest Klavier spielen. Wir wären ein so wunderbares Team.«

Tippy rauchte soviel, erzählte er Frank, um den Geruch von Miss Dales Magenproblemen zu überdecken. »Ich weiß auf die

Sekunde genau, wann sie Krämpfe kriegt, sie grinst dann so ein Totenkopfgrinsen, und sie lehnt sich leicht nach links, und dann weht es heraus, leise und mörderisch, und riecht wie der Tod auf Zwiebeln. Wenn du dauernd mit einer Furztüte wie der zusammensein müßtest, würdest du auch rauchen.«

Die beiden Feinde trafen sich jeden Morgen, Rücken an Rücken, sie im Stuhl unter dem großen Mikrophongalgen, während er in der *allerletzten Sekunde* ins Studio und auf die Klavierbank schlüpfte, ein paar Takte in F-Dur spielte, plötzlich zu c-Moll wechselte, zu As-Dur überging, und sie sang »Eine kleine Straße« in D-Dur oder manchmal in T-Dur, und sie tirilierte »Hallo, ihr lieben, lieben Menschen« und sang »Vorn auf der Kutsche«, ein Wunsch von den Barnums aus Bigelow, und widmete »Sanft neigt sich die Weide« den lieben Bewohnern vom Ebenezer-Heim und brachte schließlich ein Lieblingslied der Sorensens aus Bagley und gleichfalls für die Titteruds und Wallace Petersons »Oh, Zeit im Fluge, halt ein, halt ein«. Und dann ein »Wiedersehen alle miteinander! Haltet den Kopf hoch! Und denkt daran: der beste Weg, glücklich zu sein, ist zu *lächeln*. Bis morgen«, wobei der boshafte Pianist die ganze Zeit von Tonart zu Tonart schlidderte, um sie aus dem Konzept zu bringen.

☆ ☆ ☆

»Heute ist mein Geburtstag«, sagte sie zu Frank, als er mit einem Geschenk von Ray in der Hand (eine Statue von einer Schäferin) durch die Studiotür trat. Sie wollte, daß Frank zum Abendessen in ihre Wohnung im Antwerp kam. Sie würde Hackbraten und Kartoffeln für ihn machen und ihre Platten von Amelita Galli-Curci auflegen. Sie wollte Frank ihre Lebensgeschichte erzählen, damit er nach ihrem Tod einen anständigen Nachruf schreiben könnte. Er log und sagte, er würde zu weit weg wohnen.

»Du könntest die Straßenbahn nehmen.«

Tja, das konnte er nicht, leider, wegen seiner kranken Mutter, die ihn brauchte. Sie lud ihn am nächsten Tag erneut ein und am Tag darauf. Er bedauerte sehr. Er konnte nicht. Wegen eines Freundes, der gerade in der Stadt war. Wegen einer Erkältung, die im Anmarsch war. Weil er müde war. Weil er schon eine andere Verabredung hatte.

Und dann sagte sie: »Ich habe gehört, du wohnst im selben Haus wie ich.« Also mußte er mit ihr zu Abend essen. Montag abend, neunzehn Uhr.

Er bat Mr. Odom, auf Kampfgeräusche aus Miss Soderbjergs Wohnung zu achten.

»Du glaubst, die Lady ist zu allem entschlossen? Du könntest recht haben, Frank. Ich erinnere mich, selbst einmal in ähnlicher Lage gewesen zu sein. Weißt du, in einem früheren Leben war ich lutherischer Pfarrer in North Dakota, und ich – du scheinst bestürzt zu sein, mein Junge.«

»Ich bin sprachlos. Ich habe Sie immer als Hausmeister betrachtet. Und als Verwalter.«

»Nichts anderes tut ein lutherischer Pfarrer, Frank. Die Lutheraner verlangen nicht viel Theologie, nur Fürsorge. Als Gott von den Gläubigen als Schafen gesprochen hat, hat Er an die Lutheraner gedacht. Jedenfalls war ich da draußen in der windgepeitschten Tundra, predigte den Einsamen und total Verzweifelten, und glaub mir, es waren regelmäßig stattliche Frauen hinter mir her. Sie waren Bauersfrauen mit kräftigem Knochenbau, beleibte Frauen mit muskulösen Armen und ausladendem Gesäß und flinken Beinen vom jahrelangen Tierehüten, und irgend etwas an mir erregte sie – ich war jünger damals und hatte noch Haare –, und ich saß in der Küche und trank ihren Kaffee, wenn sie sich plötzlich an mich heranmachten. Mich streiften, mein Revers zurechtrückten, mein Haar glattstrichen. Dann beugten sie sich an mir vorbei, um nach etwas zu langen – Oh, bleiben Sie nur sitzen, sagten sie und griffen nach dem Salz, und ich fühlte eine Brust an meinen Arm stoßen, oder sie beugten sich runter, um mir Kaffee einzuschenken, und da war es, das alte Lustgebirge, gegen meine Schulter gepreßt, und gleich darauf fällt sie über mich her, die

Arme in die Seite gestemmt, und sitzt auf meinem Schoß. Das ist ein uralter Frauentrick, die Beinschere um den Schoß. Einmal habe ich mich von einer Frau verabschiedet, die mich eine Stunde lang bedrängt hatte, stupsend, streifend, reibend und schiebend, und sie ruft: ›Oh, ich möchte Sie ganz fest in den Arm nehmen.‹ Na, ich wußte, es würde eine Umarmung werden, aus der ich lebend nicht wieder rauskäme, und ich gab Fersengeld, und sie setzte mir hinterher – um den Hühnerstall und den Maisspeicher herum und in die Scheune hinein und rauf auf den Heuboden –, und ich wollte mich gerade aus der Scheunenluke in den Misthaufen stürzen, als ich spürte, wie der Heuhaken meine Jacke erfaßte, und sie hievte mich in die Luft, und da hing ich, meine Füße baumelten runter und berührten kaum den Boden, und meine Hände waren über dem Kopf in der Jacke verheddert, die am Haken hing. Ich hing fünfzehn Minuten an den Handgelenken, während sie mich hernahm, und es war scheußlich und beschämend, und ich möchte nicht, daß du mich je wieder danach fragst, aber merke dir eins: Erlaube einer Frau nie, sich auf deinen Schoß zu setzen. Bei einer Verfolgungsjagd allerdings bist du ihr gegenüber, glaube ich, im Vorteil.«

Das war die größte Anzahl von Wörtern, die Frank Mr. Odom je hatte hintereinander sprechen hören. Er sah erschöpft aus, als hätte er das Sprechpensum einer ganzen Woche absolviert, und dabei war doch erst Montag.

»Möchten Sie gerne als Reverend Odom angesprochen werden?« fragte Frank.

»Das würde mir sehr gefallen«, flüsterte er.

☆ ☆ ☆

Frank zog seinen blauen Blazer und eine rote Krawatte an und spritzte sich einen Hauch Fliederduft hinter die Ohren und ging drei Stockwerke hinunter. Als Lily Dale die Tür aufmachte, funkelte die ganze Wohnung von Kerzenlicht. Er zählte sechzig. Das Essen stand auf dem Tisch, Lammkotelett und winzige Kartöffelchen, und vom Plattenspieler erklang sanfte Klaviermusik. Er beugte sich runter und küßte sie auf die Wange, und sie hielt ihn fest und umarmte ihn. »Ach, du Lieber«, flüsterte sie. »Du hübscher, lieber Junge. Ich liebe dich, das weißt du, nicht wahr.«

Sie aß zwölf Lammkoteletts und nahm sich dreimal von den Kartoffeln nach und trank eine ziemliche Menge Wein zum Essen, der sie in eine sentimentale Stimmung versetzte. Sie schluchzte in ihren Schokoladenkuchen hinein und trank dann einen kleinen Cognac, der sie ein wenig aufheiterte. Sie setzten sich auf einen grünen Diwan. Sie gab ihm einen Block und einen Stift, damit er den Nachruf schriebe.

»Der Name meiner Mutter war Helen Pointer, und sie war eine Heilige. Sie wuchs in St. Louis, Missouri, in tiefster Armut auf, lernte aber dennoch, Gefallen an schönen Dingen zu finden, doch ich glaube, es war die Armut, die sie dazu brachte, meinen Vater zu heiraten, der Norweger war. Sein Name war Molde, und der paßte zu ihm. Meine Brüder sind in gewisser Weise nach ihm geraten. Er war im Eisgeschäft, und das paßte zu ihm. Er war ein strenger Mann. Nichts stellte ihn zufrieden. Er kritisierte alles an mir und machte sich immerzu lustig über mich. *Nichts* war gut genug. Meine einzige Freude war es, in der Kirche zu singen. Ich war die Altsolistin in der Hennepin-Avenue-Methodistenkirche. Die einzige Zeit der Gnade und Schönheit war der Sonntagmorgen, und das habe ich viele Jahre gemacht, und dann forderte mich mein Bruder Ray auf, im Radio zu singen. Ich erinnere mich genau an diesen Augenblick. Dieser Augenblick hat mir das Leben gerettet. Alles war so schön von da an, und die Menschen waren so freundlich zu mir, und du bist das auch, Frank. Bring mich ins Bett.«

»Was?«

»Ich möchte, daß du mich jetzt ins Bett bringst.«

Und mit klopfendem Herzen und Panik im Kopf, so daß er kaum klar denken konnte, half er ihr aus dem Rollstuhl und schob sie durch den Flur zum Schlafzimmer. Er hatte so lange auf diesen Moment gewartet, hatte im Geiste genau geprobt, wie es laufen sollte, wo er seine Hände hintun, was er flüstern, in welcher Reihenfolge er die Kleider ausziehen mußte, die schnelle Aufeinanderfolge erregender Handlungen und die erdbebenhaften Erschütterungen und das Stöhnen und Schreien, aber er hatte sich nie vorgestellt, daß die Frau so *fett* sein würde. Der Gedanke an Intimität mit diesem gewaltigen Fleischberg – wo sollte ein Mensch da beginnen? Und wer hatte genug Wollust im Leib, um in der Lage zu sein, die Sache zu Ende zu bringen? *Ich*, dachte er. Aber natürlich hatte sie an so etwas gar nicht gedacht. »Hilf mir hoch«, sagte sie, und das tat er, und sie machte einen Schritt auf das Bett zu, klappte darauf zusammen, und einen Moment später schnarchte sie. Er legte eine Steppdecke über sie, drehte das Licht aus, räumte den Tisch ab, wusch und trocknete das Geschirr ab und schloß die Tür hinter sich, wobei er den Block zurückließ, auf dem er die Namen von ihrer Mutter und ihrem Vater notiert hatte.

Kapitel 29
Baseballstadion

»Demnächst werde ich Roy jr. sagen, daß ich einen richtigen Job haben und nicht mehr nur sein Laufbursche sein will, ich bin es leid, das Mädchen für alles zu sein«, kündigte Frank Maria an, und am selben Morgen fragte Roy jr. ihn: »Du magst doch Baseball, oder? Du hast die Abende frei, richtig?« Und Frank, der fand, daß Baseball noch langweiliger war, als Farbe beim Trocknen zuzusehen, und der versuchte, jeden Abend mit Maria ins Kino zu gehen, sagte: »Sicher.«

Roy jr. trug ihm auf, sich ein paar Wochen auf die Pressetribüne zu Buck Steller, der »Stimme der Millers«, zu setzen und für ihn den Spielverlauf zu beobachten und zu sehen, wie die Spiele übertragen wurden. »Buck hat um jemand gebeten, der das Spiel mit verfolgt und Kaffee holt, und das bist du«, sagte Roy jr., »aber wenn du schon mal da bist, halt die Augen offen und paß auf, wieviel das alte Wiesel bei den Spielen wettet. Hast du jemals vom Black-Sox-Skandal gehört? Gut. Wir wollen hier so was nicht. Buck ist von Chicago hierhergekommen, er war da unten die Stimme von irgendwem anders, bevor wir ihn geholt haben. Also paß auf, was er treibt.«

Also mußte Frank Maria mitteilen, daß er eine Weile fürs Kino nicht zur Verfügung stand. »Ich neige sehr zur Feigheit«, sagte er. »Ich muß lernen, mich durchzusetzen.«

Sie sagte, das sei schon in Ordnung und es würde ihr nichts ausmachen, wenn er abends arbeitete.

»Du meinst, es hat dir keinen Spaß gemacht, mit mir ins Kino zu gehen?«

»Wir sind jeden Abend ins Kino gegangen.«

»Ich dachte, das wolltest du.«

»Das stimmt.«

»Du meinst, aber jetzt nicht mehr?«

Sie seufzte. Er nahm ihre Hand und entschuldigte sich. Ein

bißchen zu übertrieben, denn sie legte ihm ihre Hand auf den Mund. Ihre warme kleine Hand mit den schlanken Fingern. Nur allzugern hielt er den Mund.

Es waren weniger die Filme, die Frank mochte, als die Möglichkeit, ganz dicht neben ihr zu sitzen. Nach *Der freundliche Nachbar* gingen sie zu einer Matinee von *Zwischen Baum und Borke* mit Marie Wilson, Harold Peary und Henry Morgan, und er legte den Arm um sie, und sie legte ihren Kopf an seine Schulter und schlief ein. Sie paßte sich perfekt ein in seine Seite. Er vergrub sein Gesicht in ihrem schwarzen Haar und küßte ihr herrliches Shampoo und berührte ihr perfektes kleines Ohr und lauschte ihrem friedlichen weiblichen Schnarchen. »Ich liebe dich«, flüsterte er in ihr Haar. Auf der Leinwand waren die drei Komiker in eine Dreiecksgeschichte verwickelt, die sich in einem Holzfällercamp abspielte und noch durch einen Wettbewerb im Pfannkuchenwenden und einen Wettkampf auf schwimmenden Baumstümpfen und einen kleinen Braunbären verkompliziert wurde, und in seinen Armen lag die Liebe seines Lebens, nur daß sie vielleicht in Milwaukee einen Freund namens Merle hatte.

»Ein *Freund*«, sagte Maria. »Ein sehr lieber Freund.«

»Wie lieb«, fragte er.

»Das sage ich dir, nachdem ich ihn wiedergesehen habe. Er ist kein Briefeschreiber.«

»Wie lange ist es her, seit du ihn gesehen hast? Nicht daß es mich etwas anginge.«

»Es kann dich ruhig etwas angehen. Ich habe ihn seit über einem Jahr nicht mehr gesehen. Aber weshalb ist das wichtig?«

»Hast du vor, das zu ändern?«

»Was ändern? Er ist ein *Freund*.«

»Nicht *dein* Freund?«

»Wir haben uns einmal sehr nahegestanden.«

Merle sei ebenfalls Schauspieler, so hätten sie sich kennengelernt, sagte sie. Sie waren zusammen zur Schauspielschule gegangen. *Habt ihr miteinander geschlafen?* hätte er gerne gewußt. Schauspieler taten das doch andauernd. Man mußte sich nur Hollywood ansehen. Aber da sie Schauspieler waren, kannten sie ihre wahren Gefühle nicht, nicht wie andere Menschen. Man betrachte nur die ganzen Scheidungen. Schauspieler waren Zigeuner, sie wußten nie, wo oder wann sie ein Angebot kriegen würden, und daher mußten sie ständig Leuten in den Hintern kriechen, grinsen und Küßchen geben und ihren hübschen Kopf in den Nacken werfen und sich gegenseitig mit Schmeicheleien einseifen, das gehörte nun mal zu ihrem Job, aber Schauspieler waren auch praktisch und kümmerten sich umeinander, und sie waren Freigeister. Diese hier war einer. Sie war so anders als andere Frauen, sie war wie ein anderes Geschlecht. Wenn man mit Maria zusammen war, war sie ungemein präsent, aufgeweckt, hatte die Nase immer im Wind. Wenn sie einen ansah, war man der einzige Mann auf der Welt, in blaues Licht getaucht.

Draußen vor dem Kino nahm er ihre Hand, und sie warteten auf die Straßenbahn, und als sie über dem Hügel auftauchte und kreischend näher kam, wobei Funken aus der Oberleitung sprühten, küßte er sie. Und holte Luft und küßte sie noch einmal.

»Ich liebe dich ja auf meine Weise«, sagte sie und gab ihm einen dritten und noch süßeren Kuß und sprang auf den Wagen auf.

Er wendete den Satz im Kopf hin und her, als er zum Baseballstadion lief. Er wußte nicht, wie er ihre Küsse interpretieren sollte, da sie Schauspielerin und somit gewissermaßen eine professionelle Küsserin war, und auch das ergab keinen Sinn: Wie konnte man jemanden auf seine eigene Weise lieben? Liebe kann man nicht bestimmen. Man entscheidet sich nicht für eine Art von Liebe. Liebe ist Liebe.

☆ ☆ ☆

Nicollet Field war ein alter grüner Holzhaufen von einem Baseballstadion, ein grasbepflanztes Karree mit einem Pavillon an der Südostecke und unüberdachten Tribünen, die sich nördlich und westlich erstreckten, und einem grünen Bretterzaun dahinter, und in der geraden Verlängerung vom Mittelfeld stand ein dreistöckiges Wohnhaus, in dem sich verschwommene, winzige Figuren durch die Räume bewegten. Niemand stand am Fenster und schaute zu, aber schließlich waren die Millers kein Team der weiten Schläge. Sie waren mehr ein Team der Aus-Schläge. Dichter Maschendraht schützte die Pressetribüne hoch über der Heimbase, und Abend für Abend, wenn Frank dort oben saß, eingezwängt zwischen Buck Steller und dessen Kumpel, Pater John Ptashne, schaute Frank über das grüne Spielfeld hinweg zu den Wohnungen hinter dem Mittelfeld mit den erleuchteten Fenstern und wünschte sich, er wäre in einem dunklen Zimmer mit Maria.

Die Pressetribüne thronte hoch oben auf der Haupttribüne, eine Baracke auf einer Klippe, und die Journalisten saßen an einem wackeligen Tisch, dessen Bretter von ungezählten Zigarettenbrandmalen verunstaltet waren. Unter dem Tisch standen Kaffeedosen, in die die Männer während des Spiels urinierten. Die Wand hinter ihnen war löcherig und zersplittert und mit ordinären und ekelhaften Sprüchen verziert, lauter Sachen, die man unmöglich in der Zeitung schreiben konnte. Über ihnen, auf dem Dach, lag der Dreck von Hunderten von Tauben. Die Decke war kaum ein Meter achtzig hoch. Hin und wieder stand einer der Journalisten auf und hämmerte mit beiden Fäusten dagegen, und dann flatterten die Tauben aufgescheucht hoch, um sich eine Minute später erneut auf ihrem Ruheplätzchen niederzulassen. Zwölf Leute hatten an dem Tisch Platz, plus Sparks, der Mann von Western Union, der am Ende saß, aber weil sich bestimmte Männer weigerten, neben bestimmten anderen zu sitzen, war die Sitzordnung sehr kompliziert. Buck beispielsweise bestand darauf, daß der Stuhl rechts von ihm leer blieb, und der *Star*-Reporter konnte nicht neben dem *Tribune*-Reporter sitzen, der ihm einmal die Kaffeedose geklaut hatte, und der Mann vom *Dispatch* wurde von allen so weit weg wie nur menschenmöglich gesetzt. Er war ein schwerer Trinker, und ihm wurde ausgiebig schlecht.

Frank war noch nie Leuten wie Sportreportern begegnet, nicht seit er ein kleiner Junge gewesen war; sie waren aus purem Vergnügen grausam – Grausamkeit um ihrer selbst willen –, und sie dachten sich die kompliziertesten Streiche aus in der Art, daß sie dem *Dispatch*-Reporter ein Seil um den Fuß banden und ihn dann aus dem Fenster warfen, oder auch ganz simple, wie daß sie Urin in sein Bierglas kippten. Sie beglotzten die Frauen auf den Sitzen unter ihnen und suchten die Reihen mit ihren Feldstechern nach besonders gelungenen Exemplaren ab. Sie quatschten über Pussis, Pussis, Pussis, aber sie redeten nie über irgendeine bestimmte Frau und erinnerten sich auch nicht an schöne Erlebnisse mit einer Frau. Sie wurden überaus leidenschaftlich, wenn es um belanglose, nichtige, sich jeder Kenntnis entziehende Tatsachen ging – Fragen wie: »Gegen welchen Werfer hat Heinie Spartz seinen Homerun geschlagen, als der Ball im Handschuh des Außenfeldspielers steckengeblieben ist?« oder: »Welcher Miller hat *nicht* geworfen bei dem berühmten, trotz Regen nicht abgebrochenen Spiel von 1919 mit den zweiunddreißig Durchläufen?« konnten sie stundenlang beschäftigen, und eine Frage wie: »Wer war besser, Zez Hoover oder Tooty Beck?« konnte tagelange, heftige Auseinandersetzungen auslösen. Aber keiner von ihnen sah so aus, als hätte er jemals selber einen Schläger geschwungen. Und keiner von ihnen sah aus wie ein Frauenheld.

Als Frank Buck kennenlernte, streckte der alte Knabe seine Hand aus, um die von Frank zu schütteln, und griff daneben – er war fast blind, stellte Frank bald fest, und deshalb brauchte er Frank, der zwischen den Durchläufen hinausstürzen und die Hot-dogs besorgen mußte, die ihn beim Kommentar von neun Durchläufen für die Radioübertragung stärken sollten. Die Treppen hinunter zum Hot-dog-Stand waren tückisch.

Buck roch nach einem potenten Cologne – um sich die Schreiber vom Leib zu halten, erklärte er. Er war ein adretter alter Bursche mit kariertem Jackett und einer grünen Krawatte, die er vorne, zwischen dem vierten und fünften Knopf, ins Hemd steckte. In seinem linken Mundwinkel klemmte ständig eine erloschene Zigarre, und er redete um sie herum, wobei sein grauer Schnurrbart unter der Hakennase, den unter schweren Lidern halb versteckten Augen, den gewölbten Brauen und dem grauen Hut auf und ab hüpfte.

Soweit Frank die Geschichte von Buck Steller in den nächsten Monaten zusammenkriegen konnte, kam er aus Colorado, ein alter Cowboy, der auf einem Güterzug ohne eine Ersatzunterhose nach Chicago gekommen war (über Nashville, wo er einen Trickspieler in einem Faustkampf getötet hatte), und er war weiter nach Westen marschiert bis zu Tony Studs' Bar in Cicero und hatte die Revolvermänner an der Tür zur Seite geschubst und sich im Heizkesselraum mit den Jungs zusammengesetzt, und acht Stunden später und um 14000 Dollar reicher schob er seinen Stuhl zurück und stieg im Palmer House Hotel ab. Er schlief drei Tage lang, und eine Woche später war er wieder völlig pleite – die beste Woche seines Lebens! Austern und Steaks, Wein und Whiskey, eine Penthousesuite, Berge frischer Rosen und eine große, rassige Frau namens Pasqual, die einem Mann die Sinne rauben konnte. Buck haute sein Geld auf den Kopf, als wäre es sein ärgster Feind. Schon bald ging er zurück nach Cicero, um nachzuladen, aber ein großer, freundlicher Kamerad namens Gino hielt ihn am Ellbogen fest und riet ihm, sich zurückzuhalten, und sagte, daß Tony Studs es nicht gerne sehe, wenn Fremde sich zu gierig zeigten. Gino sprach mit sanfter Stimme und trug eine Kanone an der Hüfte, und während er redete, strich er Bucks Revers glatt und rückte seine Krawatte zurecht. Buck sagte: »In Ordnung. Was Tony Studs will, das soll er bekommen. Bin schon weg.« Er ging zur North Side, gewann dort ein bißchen und schaffte es schließlich mit viel Überredungskunst zu *dem* Spiel im Hotel Drake, in einem vierundzwanzig Meter langen Raum mit Blick über den See, den Buck allerdings erst sechs Stunden später entdeckte, als »ich so tief drinsteckte, daß ich bei einem Sprung aus dem Fenster hinaufgefallen wäre«, aber zwanzig Stunden später hatte er einen meterhohen Haufen Schuldscheine gesammelt, und so wurde er die »Stimme der

Cubs« auf WGN, denn die meisten dieser Schuldscheine gehörten Mr. Phil Wrigley, dem Besitzer des Senders. Er sagte: »Steller, hier ist mein persönlicher Scheck über achtundsechzigtausend Dollar. Wenn Sie alles ausgegeben haben und einen Job brauchen, kommen Sie zu mir«, und zwei Wochen später machte er Buck zu seinem Rundfunksprecher, und das blieb er drei Jahre, bis irgendein schnöseliges Würstchen, das sauer auf Bucks viele Fanpost und seinen Erfolg bei den Frauen war, ihn feuerte.

Das war Bucks Version. Arnold Dingell vom *Star* sagte: »Buck Steller, alias Ernest Twiff, war ein übriggebliebener Zigarrenstumpen vom Redaktionstisch der Chicagoer *Trib*, der sich den WGN-Job geangelt hat, als alle Diensttauglichen in den Krieg marschiert sind. Die Cubs schickten eine Mannschaft aus Nieten, Krüppeln und Saftärschen aufs Feld und steckten Twiff hinters Mikrophon. Er wurde an dem Tag gefeuert, als die Deutschen kapitulierten. Frag jeden bei den Cubs.«

Aber das hier war Minneapolis, eine Provinzstadt, und die Cubs spielten hier nicht, wen sollte man also fragen? Buck erwähnte nie, daß er mal bei einer Zeitung gearbeitet hatte. Zeitungen waren für ihn etwas zum Einwickeln von Fischen, und die Schreiberlinge und Pharisäer, die auf der Pressetribüne auf ihren Schreibmaschinen herumhackten, waren nichts als jämmerliche Versager. Niemanden interessierte, was sie schrieben. Das Spiel war vorbei, wenn die Zeitung herauskam. Buck saß am Mikrophon und malte das Spiel mit breiten Pinselstrichen aus, machte die Millers zu Giganten, die einem Arsenal von Schlägern mit höllischen Fastballs zu Leibe rückten, es brannte die gnadenlose Sonne hernieder, oder schwarze Gewitterwolken türmten sich bedrohlich auf. Wenn Buck ein Kind erspähte, das sich bei den Spielerbänken über das Geländer reckte, machte er aus dem Kind eine Waise mit einer seltenen Blutkrankheit oder einem verkrüppelten Bein. Die Spieler sahen zu dem Kind hin, wischten sich die Tränen aus den Augen, starrten den Feind an und schworen, ihm den Garaus zu machen. Haß schwelte auf der Spielerbank. Alter Groll loderte auf. Rachegefühle beherrschten die Gemüter. Die Millers spielten aus Liebe zum Spiel und für die guten Menschen im Mittelwesten, aber sie waren auch nur Menschen, und sie ließen nicht mit sich spaßen.

☆ ☆ ☆

Die Journalisten kicherten und verhöhnten ihn – es war purer, blasser Neid, erzählte er Frank. Er bekam einhundert Briefe in der Woche, und sie kriegten überhaupt keine, abgesehen von den Beschwerden, daß der Zeitungsjunge das Käseblatt immer aufs Verandadach schmiß. Bis das Geschreibsel in Druck ging, war das Spiel so alt wie Kartoffelbrei vom Vortag. Kein Wunder, daß sie so verbittert und rachsüchtig waren.

Die Blindheit schien Bucks erzählerisches Talent noch zu steigern. Er konnte Umrisse und Schatten erkennen und den Geräuschen des Spiels folgen und verfügte über die Freiheit, den Rest zu erfinden und auszuschmücken, ihm Gewicht und Farbigkeit zu verleihen. »Und Fisher beugt sich hinten runter bis auf die Abwurfstelle, und er tritt gegen den Himmel und holt Schwung und *schleudert* einen Fastball los. Und Dutsy *donnert* seinen Schläger dagegen und schickt einen zischenden Bodenball ab, der vom Handschuh des schlaksigen Linkshänders *ab*prallt – autsch! das hat weh getan! Fisher fällt auf die Knie!, und der Ball *schießt* hoch und *durch* die Spielerlücke, und Davis verfehlt ihn um Haaresbreite, als er sich kopfüber ins Gras *stürzt*, und da rollt er munter an der linken Mittelfeldseite entlang, während Ginter sicher zur dritten Base stürmt, und Dusty bleibt klugerweise auf der ersten Base stehen, obwohl er diesen großartigen Schlag gelandet hat, und versucht jetzt, Barger im Mittelfeld dazu zu provozieren, den Ball zu werfen – es hat zwischen den beiden seit *Jahren* böses Blut gegeben, aber ich nehme an, *das* brauche ich Ihnen nicht zu erzählen«, brüllte Buck, wobei er aus einem ziemlich harmlosen Schlag, der den Läufer nur bis zum ersten Mal gebracht hatte, den Treffer schlechthin machte, so daß die Hörer die Ohren spitzten.

Die Journalisten fanden, das sei was vom Verrücktesten, was sie je gehört hatten. Sie gackerten und wieherten und nahmen manchmal einen Drahtbügel und versuchten, Bucks Mikrophonschnur damit zu erwischen und ihm den Saft abzuzwakken. Buck hatte keinen Techniker, nur sich und ein Mikrophon und ein Elektrokabel, das er an eine Telephonleitung anschloß. Wenn ein Journalist ihn mal von der Übertragung abnabelte, wartete er auf Rache sinnend den rechten Augenblick ab, wartete darauf, daß die Wachsamkeit seines Feindes nachließ, wartete auf einen grandiosen Durchlauf unten, der ihn ablenkte, und dann, platsch, traf ihn eine Ladung Guano. Buck war zwar blind, aber immer noch treffsicher.

Er freute sich immer auf Auswärtsspiele, bei denen er zu Hochform auflief – WLT konnte sich nicht die Gebühren für eine Fernleitung leisten, und so kommentierte Buck die Spiele aus einem Studio, indem er aus mageren kleinen Angaben, die über den Ticker kamen, ein großes, farbenprächtiges Spiel rekonstruierte. Auf dem Lochstreifen mochte etwa stehen: *Ball 3:2*, und Buck sagte dann beispielsweise: »Und McPherson ist bereit. Er starrt hinüber zu Reedy auf der dritten Base – oh, was für eine Geschichte in diesem Blick liegt! welch tiefe Frustration! –, und jetzt holt er Schwung und wirft einen hohen Fastball ins Innenfeld, der Husik der Länge nach in den Staub schickt. Der springt auf! Es sieht aus, als würde er auf die Abwurfstelle losstürmen! Aber er überlegt es sich und geht zurück zur Schlagmannbox. Drei Würfe, zwei Fehlschläge, und jetzt hält McPherson Ausschau nach dem Signal und macht sich für den nächsten Wurf bereit.«

Der Techniker sorgte für Buh- und Hurrarufe und Hintergrundgeräusche des Publikums aus anderen Aufzeichnungen, und Buck machte das Knallen des Schlägers oder das Klatschen des Balls im Handschuh des Fängers nach, und mindestens einmal pro Spiel, wenn auf dem Lochstreifen stand: *Aus – Ungültig*, brüllte Buck: »Und Dandy schickt einen hohen, hohen Ausball direkt zurück – AUFGEPASST, JUNGS! – zur Pressetribüne!« Und er haute ein paarmal auf den Tisch, warf Blechbüchsen runter und schüttelte eine Walnuß in einer Popcornschachtel. »O Mann! O MANN! Ich wünschte, Sie hätten das sehen können, Leute! Ha-ha! Wie sich diese fetten alten Journalisten alle auf den Boden schmeißen und unter ihren Schreibmaschinen verstecken – hi-hi-hi! Ja, Sir, da konnte man die Hängebacken klatschen hören! O Mann! Die Angst stand ihnen im Gesicht geschrieben! Oh, sie sehen aus, als könnten sie eine saubere Unterhose gebrauchen – ha-ha-ha! Ja, Sir! Riecht, als hätte jemand die Whiskeyflasche fallen lassen! O Mann! Das hat den weiten Weg nach Indianapolis gelohnt!«

Die Journalisten hörten von dem Ausball, den Buck in ihre Richtung gefeuert hatte, und wie sie in Deckung gegangen waren – »O Mann! Der alte Knabe Gingell vom *Star* ist mir praktisch auf den Schoß gekrochen. Ganz ruhig, Arnie!« –, und sie lauerten ihm auf, als die Millers aufs Nicollet Field zurückkehrten. Sie schnappten sich ihn während eines Großangriffs der Millers im fünften Durchlauf, alle Basen besetzt und niemand draußen, und zogen ihn bis auf den letzten Faden nackt aus und warfen die Sachen auf die Straße und leerten eine Kaffeedose über seinem Kopf aus. Die ganze Zeit mußte Buck natürlich auf Sendung bleiben und kommentieren, als wäre nichts geschehen.

Damals lud er Pater Ptashne von Unserer Mutter der Barmherzigkeit ein, mit ihm zusammen die Übertragung zu machen. Der Pater saß zwischen Buck und den Journalisten und gab Kommentare zum besten – er hatte eine Stimme, daß einem der Hut wegfliegen konnte – und erzählte von der Zeit, als er selbst noch gespielt hatte, damals in St. Louis, bevor man Handschuhe benutzte, und über seine kurze Karriere in der unteren Spielklasse: »Ja, Freunde, ich habe ein ganzes Jahr in der untersten Liga Baseball gespielt, aber dann habe ich ein besseres Angebot von der Kirche bekommen und zugegriffen, und das ist die alleroberste Spielklasse, mit Unserem Herrn auf der Abwurfstelle, der den Satan am Ende des neunten Durchlaufs aus dem Feld schlägt, gleicher Punktstand, alle Basen besetzt.«

»Wenn ihr Christus zum Zimmergenossen nehmt, werdet ihr das niemals bereuen«, sagte der Pater mit Blick zu den Journalisten, und keiner von ihnen lächelte. Sie schauten starr geradeaus, als säßen sie auf einer Schulbank. Aber keiner versuchte, irgend etwas abzuziehen, solange der Pater auf der Pressetribüne saß, und der Pater blieb neun Durchläufe lang. Er hatte eine Blase aus Stahl.

☆ ☆ ☆

Roy jr. fragte Frank, ob er irgendwelche Hinweise auf Wettgeschichten habe, und Frank sagte: »Nein, ich glaube nicht, daß Buck ein Spieler ist. Ich bin sicher, daß er keiner ist. Er ist nur ein scharfsichtiger alter Bussard, und wir können froh sein, daß wir ihn haben.« Frank brachte Pater John mit ins Ogden, damit er sich den Sender ansah – »lebenslanger Traum von mir, das Radio«, sagte der Pater – und den Boss kennenlernte. Der Pater schlug Roy jr. mit seinem großen Baseballhandschuh auf den Rücken. »Zuviel unzüchtige Musik im Radio heutzutage«, sagte er zu Roy, »aber ansonsten haben Sie hier einen guten Laden.« Sie verschwanden im Büro.

Zwei Wochen später übernahm der Pater Sonntag morgens die heilige Messe in der Doppelrolle als Zelebrant und als Live-Kommentator. »Ich begrüße jetzt die Gemeinde«, flüsterte er, als würde er über ein Tennismatch berichten, und donnerte dann los mit: »DOMINUS VOBISCUM.« Das Mikrophon war an einer Halterung um seinen Hals befestigt. »Und jetzt bereiten wir das Abendmahl vor, mischen ein paar Tropfen Wasser mit dem Wein«, teilte er einen Moment später vertraulich mit. »Und nun begebe ich mich wieder zum Altar, um das Abendmahl zu erteilen . . . und jetzt segne ich den Weihrauch . . . und jetzt beweihräuchere ich die Gaben.« Und einige Minuten später hörte das Publikum ein paar hundert *Corpus Domini*, während er das Sakrament spendete.

☆ ☆ ☆

Eine Woche danach war Franks einundzwanzigster Geburtstag, und Buck nahm ihn mit zu einer Hure. Zuerst gingen sie in eine Bar namens Backstop um die Ecke vom linken Spielfeldpfeiler und gönnten sich ein paar Whiskeys, die sie mit Bier nachspülten. Dann sagte Buck: »Ich habe eine Überraschung für dich, ein paar Blocks von hier, ein Geburtstagsgeschenk. Von mir für dich, Kumpel.« Frank dachte an einen Jux. Er stellte sich vor, ein nacktes Mädchen würde aus einer Torte springen. Buck hielt vor einem Lebensmittelgeschäft. »Geh zur Seitentür und die Treppe rauf und klopfe bei Apartment B. Sie erwartet dich«, sagte er.

Die Frau war dürr und blond und hieß Dandy, und ihre Wohnung war übersät mit Kleidern in Pappkartons. Sie trug einen blauen Bademantel, und ihr Haar war ein wirres Knäuel. Sie legte ihn auf die zerrissene Decke auf einem Feldbett und zog ihm die Hosen runter. Was in aller Welt *haben Sie vor?* wollte er fragen, aber da wußte er es schon. »Was für einen hübschen großen Kerl du hier hast«, sagte sie mit trauriger Stimme. »Soll ich mich ausziehen?« fragte er.

Neee, dauert zu lange. Sie ließ ihren Bademantel fallen. Ihre Haut war so blaß und dünn, ihre Brüste wie kleine Rüben. Sie stieg aus ihrem Höschen. Meine Güte. Sie beschmierte ihn mit Creme, legte sich neben ihn und berührte ihn. Er küßte sie, doch sie schubste ihn weg. Sie sagte ihm, er solle sich auf sie legen. *Du bist schrecklich groß gebaut, Junge, und ich nicht, also werde nicht zu erregt.* Das war erregend, und er stieß zwei-, vier-, sechsmal in sie hinein und stöhnte, und schon kam es raus. *Na so was, wir sind aber heute ganz schön geil, wie? War es gut?* Ja, das war es wirklich. Haben Sie vielen Dank. Sie wischte ihn mit einem nassen Lappen ab und ging ins Badezimmer. Er vermutete, es war Zeit zu gehen. »Wie war es?« fragte Buck grinsend im Wagen. Frank sah weg. *Es hätte schlimmer sein können.*

Als er wieder im Antwerp war, taumelte er ins Bett und warf sich wie ein Boot hin und her und schlief endlich ein und wachte auf und schlief und wachte wieder auf. Unten saß Patsy ganz still in einem Sessel, nippte an einem Glas Sherry und lauschte. Er war allein, Gott sei Dank. Sie hatte befürchtet, da es sein Geburtstag war, daß dieses italienische Flittchen zu ihm ins Bett steigen würde, aber es war nur Frank, ein bißchen betrunken, seinen Schritten nach zu urteilen, und erschöpft, aber wohlbehalten zu Hause angekommen. Dann stöhnte Frank und fuhr in die Höhe. »Du Schwein«, sagte er bitter. »Oh, was für ein Schwein du bist. Was für ein gräßliches Schwein. Wie konntest du das tun? Das arme Kind. Du bist ein solches Schwein.«

So, dachte sie. Das italienische Flittchen war also vorbeigekommen und hatte sich mit dem Geburtstagskind im Heu gewälzt, armer Frank. Diese katholischen Mädchen hatten so eine Art, einem zu geben, was man wollte, und einem gleichzeitig die schlimmsten Schuldgefühle zu verpassen. Patsy kannte den Typ. Gut, es war jetzt an ihr, etwas zu unternehmen. Die Emanationen schienen ziemlich deutlich zu sein. Es gab keinerlei intervenierende Strömungen, keine Anwandlungen von Zweifel, keine übersinnlichen Mächte, die aus dem Dickicht nach ihr griffen, um sie zurückzuhalten. Ihr Weg lag deutlich vor ihr. Sie hatte noch niemals mit Frank von Angesicht zu Angesicht gesprochen, aber jetzt würde sie sich ihm selbst darbieten.

Sie dachte auch daran, sich Delores DuCharmes und Corinne Archers zu entledigen und ein Embargo für sämtliche neuen weiblichen Figuren zu verhängen, bis das Flittchen seine Koffer gepackt hatte und nach Milwaukee abgedampft war. Dann nickte sie im Sessel ein.

Als Frank aufwachte, war es Sonntag morgen, und Pater John tat seine eigene Unwürdigkeit kund. *Mea culpa, mea maxima culpa,* intonierte er und schlug sich dreimal auf die Brust, die Brust, wo das Mikrophon hing. Es fühlte sich an, als würde Pater John ihm auf den Kopf schlagen.

Kapitel 30
Debüt

»Onkel Ray, bist du jemals einer Frau begegnet, mit der du nicht schlafen wolltest?« fragte Roy jr. beim Mittagessen. Frank wurde rot und schaute zur Kellnerin, die, mit dem Hintern zuerst, ein Tablett balancierend durch die Küchentür kam.

»Tja«, sagte Ray, angestrengt nachdenkend, »meine Mutter ist natürlich gestorben, als ich noch sehr jung war, also kann ich, was sie angeht, nichts sagen, und nach meiner Schwester, würde ich sagen, hatte ich kein allzu großes Verlangen, nachdem ich alt genug war, um zu sehen, was darüber hinaus alles zu kriegen war. Und es gab Tanten, muß ich sagen, die nun einmal ihre größten Reize schon eingebüßt hatten, als ich schließlich im richtigen Alter war. Außer diesen Frauen – ich müßte nachdenken – muß es wohl noch ein paar gegeben haben. Obwohl mir so auf Anhieb keine einfällt.«

Frank aß ein Thunfisch-Sandwich und einen Kirschcola-Wackelpeter. Er dachte an Maria. Am Abend zuvor hatten sie sich Deanna Durbin, obwohl nicht gerade ihr Lieblingsstar, in *Hell strahlt der Morgen* angesehen, und er hatte Maria geküßt, oder sie hatte ihn geküßt, ein so erregender Kuß, daß sie sein Bein gedrückt und er seine Hand in ihre Bluse gesteckt hatte. Ihr BH ging vorne auf! Was für eine Innovation! Er machte ihn auf, darauf gefaßt, daß die Theaterscheinwerfer aufblitzen und die Sirenen losheulen würden, aber statt dessen fiel ihm ihre Brust in die Hand, eine kleine, appetitliche Brust. Dann rutschten ein Mann und seine Frau in die Reihe und setzten sich neben Maria, und die Frau warf einen scheelen Blick auf Frank und flüsterte ihrem Mann etwas zu. Der Mann schüttelte voller Abscheu den Kopf. Frank zog seine Hand zurück. Deanna Durbin lächelte auf der Leinwand, als hätte sie kein Gramm Hirn im Kopf. Ein Mann beugte sich über den Tisch und ergriff ihre Hand. Eine Nahaufnahme von ihren Händen. Frank wußte nicht, worum es in der Geschichte ging, aber es gab immer nur die eine Geschichte, dachte er; und der einzige Unterschied war: Wer ist das Mädchen?

☆ ☆ ☆

Lieber Daddy, schrieb er nach dem Mittagessen. *Du hast gesagt, Du möchtest, daß ich aufs College gehe, aber das hier ist besser, mit gescheiten Leuten zusammenzusein (manche, nicht alle) und ihnen zuzuhören, ohne später alles wieder aufsagen zu müssen. Mein Boss redet furchtbar gerne. Ich sitze da, und ich höre ihm zu, wie er redet und redet, und ich frage mich: »Wieso erzählt er mir das alles, ich bin niemand, ich weiß nichts«, aber natürlich verlangt er nicht von mir, daß ich jemand bin. Er ist ein verhinderter Künstler, der Geschäftsführer werden mußte, weil sie sonst niemanden hatten. Er erzählt mir Dinge, von denen ich weiß, daß er sie nicht mal seiner Frau erzählen würde. Er erzählte mir, daß er glaubt, es müsse einen glücklich machen, im Radio gehört zu werden. Nur für ebendiese wenigen Minuten, ansonsten könne man auch sehr unglücklich sein, aber diese wenigen Minuten müßten wie ein Traum sein. Ich wünsche mir, daß ich bald auch mal im Radio zu hören sein werde. PS. Ich bin verliebt.*

☆ ☆ ☆

Frank bat Roy jr. um eine Chance als Sprecher, und Roy jr. sagte, er sei zu kostbar, um sein Talent so zu verschwenden. »Sprecher sitzen nur herum und warten. Es würde dir nicht gefallen«, sagte er. »Du bist ein Tatenmensch.«

Und so ging Frank zu Reed Seymour, dem Chefansager, und lud ihn auf ein Bier ins Red Eye ein, und beim zweiten Krug waren sie so gut wie Freunde. Frank sagte, er würde die Leute im Radio sehr bewundern, Leute, die im Radio sprechen könnten, Ansager, und Reed sagte: »Ich bin zum Radio gekommen, weil ich einem Mädchen imponieren wollte, einem wunderschönen Mädchen mit rotem Haar und grünen Augen und langen Beinen. Ich hatte sie auf der Hochzeit meines Bruders kennengelernt. Sie fragte mich, was ich machte, und ich sagte: ›Ich bin beim Radio.‹ ›Oh, wirklich‹, sagte sie, ›du meine Güte, das muß unheimlich sein.‹ *Neeeiiin,* sagte ich. Also mußte ich ins Radio reinkommen. Ich wußte, wie enttäuscht sie sein würde, wenn sie erfuhr, daß ich gelogen hatte. Das ist die Wahrheit.«

Frank sagte: »Aber der Gedanke, zu allen diesen Menschen gleichzeitig zu reden – sogar spätnachts, wenn eigentlich niemand zuhört, sind es immer noch achtzigtausend Menschen da draußen, die *doch* zuhören. Mehr, als man im Memorial-Stadion unterbringen könnte. Stell dir vor, du stehst um Mitternacht im Memorial-Stadion und liest achtzigtausend Leuten die Nachrichten vor.«

Reed sagte bescheiden, das sei doch nichts, jeder könne das mit ein bißchen Übung und Konzentration. »Als ich sie kennenlernte, war ich Tellerwäscher im Hotel Curtis, außer daß man mich gerade gefeuert hatte, weil ich eine Woche zu spät zur Arbeit gekommen war, und so ging ich bei WLT vorbei, und ich schrieb was von vielen Erfahrungen auf das Bewerbungsformular – bei WABC und KDEF und WGHI und KJKL –, alles erfunden, aber sie brauchten jemand und haben mich genommen. Du könntest das auch. Ein Haufen Leute könnte das.«

Frank sagte, nein, er habe nicht Reeds Stimme. Reed verdrehte die Augen. »Ich bitte dich«, sagte er. »Du *könntest* es.« Und kurz darauf hatte er sich so weit hineingesteigert, daß er Frank eine Schicht anbot. »Nur ein paar Stunden, am Dienstag, als Versuch, nicht auf Dauer.«

Frank versuchte, nicht an Dienstag zu denken, und es stand wie ein Berg vor ihm, aber es machte ihm nicht wirklich angst, erzählte er Maria. »Beängstigend ist nur der Gedanke, ich wäre womöglich in Mindren geblieben und hätte nie diese Chance bekommen.« Sie sagte ihm, er müsse sich entspannen und bräuchte eine ordentliche Portion Schlaf. »Ich weiß«, sagte er und wünschte, sie würde mehr übers Schlafen sagen. *Vielleicht könntest du heute nacht bei mir bleiben,* wollte er sagen.

☆ ☆ ☆

Am Morgen kam er eine Stunde zu früh bei WLT an. Ethel bat ihn, zu Billy und Marty's rüberzulaufen und eine Kiste Zigarren abzuholen, und er sagte: »Geht nicht. Ich gehe heute auf Sendung.« Er schenkte sich im Grünen Zimmer, in dem kein Mensch war, eine Tasse Kaffee ein und stand in der Ecke und übte: »Sie haben Ihren freundlichen Nachbarschaftssender eingestellt, WLT, sieben siebzig auf Ihrer Radioskala, aus den Studios in Downtown-Minneapolis.« Er sagte es immer und immer wieder, mit dem Kinn auf der Brust, um seine Stimme tiefer klingen zu lassen, und versuchte, genau die richtige Modulation zu treffen, gewandt und locker. Dann räusperte sich jemand, *ahem*. Gene, der Techniker, machte in der Ecke ein Nickerchen und sagte: »He, wer hat denn in *dich* eine Münze gesteckt?« Frank ging in Studio C zum Üben, und da war Dad Benson und sortierte Notizen für *Almanach*. Er blickte auf und lächelte. »Großer Tag, wie? Dann mal viel Glück.«

Studio B war zur Hälfte angefüllt mit Müll, wie ein Keller, aber hier drin war es abgeschiedener, niemand starrte einen durch die Scheibe an, und es hing dort das Glücksbringerbild von Donna LaDonna, die sich zurücklehnte und lächelte, froh, ihn zu sehen, mit ihren zwei wohlgeformten Brüsten und ihrem hübschen Unterbau. »Viel Glück, großer Junge«, flüsterte sie.

Sein erster Satz im Manuskript war: »Sie hören WLT, Ihr Zuhause im Äther, aus den Studios in Downtown-Minneapolis. Die Zeit ist zehn Uhr fünfundvierzig.« Dann ein paar aufgezeichnete Werbungen, die zweite für Grain-Belt-Bier, und am Ende sagte er: »Fragen Sie bei Ihrem Kaufmann oder Spirituosenhändler nach Grain Belt.« Dann zwanzig Sekunden lang eine Orgelmelodie, und dann Ausblende, und er sagte:

»Und jetzt präsentiert Ihnen die Sanitary-Molkerei... Was kommt heut auf den Tisch? ... die beliebte Rezeptesendung für schnelle und einfache Gerichte, die ganz bestimmt der ganzen Familie schmecken... Und denken Sie daran, wenn diese Rezepte Milch erfordern, schauen Sie nach dem großen roten Sanitary-Molkerei-Etikett. Das ist Ihre Garantie für Qualität. Und jetzt kommt aus der WLT-Küche zu Ihnen: LaWella Wells. LaWella –«

Während er auf 10 Uhr 42 und dann 10 Uhr 43 wartete, wurde sein Gesicht heiß, und sein Mund war trocken, als wäre er mit festgebackenem Sand verkrustet. Der Regieraum war mit Technikern vollgestopft, die über irgendwas gackerten, womöglich ihn, schwer zu sagen, und der Sekundenzeiger sprang auf die Zwölf, als Alma Melting den *Gemeindekalender* abschloß und Gene ihm einen unheilvollen Blick zuwarf und das rote Licht aufleuchtete und eine schreckliche Stille den Raum erfüllte. *Er hatte vergessen, die Kopfhörer aufzusetzen. Zu spät!* Er sagte: »Sie hören WLT, Ihr Zuhause im Äther«, mit seiner eigenen Stimme, und dann den Rest, und Vesta Soderbjerg ragte hinter der Scheibe vor ihm auf, als er sagte: »Das Radio-Klassenzimmer... Das älteste, ohne Unterbrechung laufende Unterrichtsprogramm im Mittelwesten. Heute setzt Professor Ferguson seinen Vortrag zum Weltföderalismus wieder fort...« Und dann hatte er fünfundvierzig Minuten Pause, und dann kam Irving James Knox, und als das rote Licht ausging, sagte Gene durch die Sprechanlage: »Vergiß den Spot für die Molkereigenossenschaft und bring eine ÖE«, ganz so, als gehörte Frank zum festen Ansagerstab. Also suchte er im dicken, schwarzen Ordner die Ankündigung einer Öffentlichen Einrichtung heraus, fand eine für die Bibliothekswoche und setzte die Kopfhörer auf und las sie während der Unterbrechung vor, wobei er sein ganzes Herz hineinlegte – die Leute inständig drängte, doch *bitte* ihre Stadtbibliothek zu unterstützen. Er gab die Viehbörsenberichte durch (Nr. 1, 2, 3 220–240pfündige Jungeber und Jungsäue bei 17 Dollar 75 bis 18 Dollar 25, Tiere für Freibank und Konserven 12 Dollar 15 bis 12 Dollar 25) und sagte *Dads Almanach* an (»Und jetzt geht es weiter mit dem Almanach, hier ist Dad Benson ...«), und über die Kontrollanlage kam die vertraute heisere Stimme von Dad Benson, der sagte: »Ich danke dir vielmals, Frank White, und nun wollen wir mal einen Blick auf diesen Tag in der Geschichte werfen ...«

Ich danke dir vielmals, Frank White. Er wurde rot vor Freude. Sein eigener Name, laut ausgesprochen von Dad Benson. Er war berühmt. Sein Name war jetzt bekannt im Radio. Menschen in Mindren würden zu ihren Nachbarn sagen: »Ich habe heute Frank White im Radio gehört«, ohne zu wissen, daß er Francis With war, und Leute, die er noch nie im Leben gesehen hatte, Tausende von ihnen würden sagen: »Ich habe heute im Radio gehört, wie Frank White gesagt hat, daß Jungeber und Säue fünfzehn Cent pro Zentner billiger geworden sind«, und ihre Freunde würden sagen: *Ach, tatsächlich?* »Ja, genau das hat Frank White gesagt.« Ein guter Name, zwei kurze Silben: *Frank White.*

Er hätte beinahe Dads letzten Satz nicht gehört: »Und jetzt kommt Frank wieder mit dem Wetter«, und sein Verstand geriet ins Trudeln, und es folgten ein paar stumme Sekunden, während er einen Satz formulierte: »Der Wetterbericht meldet für heute Sonne ...«, und dann war Funkstille in seinem Kopf – was kam als nächstes? Noch mehr von der Viehbörse? Zurück zu Dad? Er sah hoch zu Gene, der eine Geste machte, als würde er einen Stock zerbrechen. Unterbrechung für Werbung. »WLT, Ihr Zuhause im Äther, überträgt aus den Studios im Hotel Ogden auf sieben siebzig Kiloherz, Minneapolis.« Dann Genes Stimme im Kopfhörer: »Smelser-Anzeige.« Sie lag vor ihm. Er las vor: *Wenn Sie mal daran gedacht haben, eine Veranda anzubauen, dann ist jetzt die richtige Zeit, sagt Ihr Freund von Smelser-Verandabau. Es geht nichts über eine Veranda – sie läßt die Luft herein, hält die Insekten draußen, und Sie können ein Bett rausstellen und in den besten Schlaf Ihres Lebens sinken. Die Mitarbeiter von Smelser verstehen etwas von Veranden, weil sie so viele gebaut haben. Wählen Sie Er-*

fahrung und Zuverlässigkeit. Wählen Sie Smelser. Dann sagte Gene: »Hier kommt sie!« Und das Studioklavier schlug mit verhaltenem Schwung »In dieser kleinen Straße hier wohnt ein Freund hinter jeder Tür« an, und Frank sagte: »Ja, wo immer Sie jetzt auch sein mögen, es ist Zeit für ein Lächeln. Also lehnen Sie sich zurück, entspannen Sie sich und hören Sie unsere einzigartige Miss Lily Dale, präsentiert von One Fella's Haushaltswaren«, und aus Studio A ertönte ihre einzigartige, mädchenhafte Stimme: »Hab vielen Dank, Frank White. Du bist sehr lieb. Hat er nicht eine wundervolle Stimme, Freunde? Oh, ich kann Sie alle dort draußen sagen hören: Wer *ist* dieser junge Mann? Nun, sein Name ist Frank White, und wir sind überaus stolz auf ihn, und – ach, seht ihn euch an, ich hab ihn zum Erröten gebracht.«

Aber sie war nirgends zu sehen. Studio A war um die Ecke herum am Ende eines langen Gangs. Sie konnte ihn nicht sehen, obwohl sie recht hatte, er war rot geworden. Er drehte sich im Stuhl um und sah hoch zu Donna. Sie schien im Begriff, von der Wand zu steigen, ihm einen dicken Kuß zu geben, ihn auf den Boden zu legen und seine Hosen runterzuziehen. Er stand auf und tätschelte sie. »Meine Güte, wie die Jahre vergehen, ohne daß man es merkt«, sagte Lily Dale gerade. »Und ich möchte dieses Lied dem kleinen Jungen widmen, der verschwunden und erwachsen geworden ist, auf Wiedersehen – dieses wunderschöne Lied ›Erinnerungen an die alte Heimatstadt‹.«

☆ ☆ ☆

Roy jr. sagte ihm, er habe sehr locker geklungen, sehr professionell. »Du hast eine natürliche Stimme. Versau sie nicht, indem du versuchst, irgendwie anders zu klingen. Ich glaube nicht, daß du Ansager werden solltest, es ist eine Sackgasse, aber wenn, dann solltest du deine eigene Stimme benutzen.« Und dann sagte er: »Hast du heute schon meine Tante gesehen?« Nein, hatte Frank nicht, er hatte keine Zeit gehabt, sich mit Rollstühlen abzugeben, er hatte im Radio gesprochen.

Roy jr. stand auf und ging zum Fenster und spähte durch die Jalousien. »Sie ist eine Suchtbeule«, sagte er. »Kokain und Kodein und Gott weiß was alles. Pulverzeugs. Tippy hat mir einen Sack voll leerer Packungen gebracht. Sie kriegt es von einer Apotheke, und sie benutzt vierzehn verschiedene Namen. Der Apotheker ist seit Ewigkeiten ein Fan von ihr. Er heißt Oliver Nochwas. Ich habe ihn schon hier gesehen, als er ihr Geschenke gebracht hat.«

»Vielleicht gibt sie es auf, wenn wir sie darum bitten«, sagte Frank. Er war schrecklich unruhig.

»Menschen ändern sich nicht, Frank«, sagte er. »Nicht oft, und niemals für lange. Außerdem ist sie eine gräßliche Sängerin, findest du nicht?«

»Nein. Ich finde sie ganz in Ordnung. Die Leute mögen sie sehr.«

»Du bist zu wohlwollend.«

»Es könnte eine Lüge sein. Tippy ist verbittert, wissen Sie. Vielleicht hat er alles nur erfunden.«

»Er hat mir die Sachen gezeigt. Es ist besser, jetzt sofort Schluß zu machen. Hol sie rauf.«

Als er Lottie in Roy jr.s Büro schob, sagte sie, das sei das gemütlichste, das hübscheste Büro im ganzen Gebäude, und wieso auch nicht, schließlich sei es Roy jr., der WLT zusammenhielt, war es immer gewesen, also warum sollte er nicht das beste bekommen? *Natürlich* sollte er.

Er sagte: »Tante Lottie, ich habe beschlossen, daß es das beste ist, wenn wir deine Beschäftigung mit Wirkung von heute in einer Woche beenden.« Er sprach von ihren bemerkenswerten Verdiensten, ihrer Loyalität, den Oldtimern von anno dazumal und sagte dann: »Ich werde selbst eine Ruhestandsregelung ausarbeiten.«

»Um Himmels willen, warum?«

»Ich möchte nicht, daß Ray oder mein Dad es tun müssen.«

»Ach, dein Vater«, seufzte sie. »Ich höre nie etwas von ihm, aber was für ein wunderschönes Radio er für mich gebaut hat. Ich habe es noch immer, und es hat niemals eine Reparatur gebraucht, außer daß mal die Röhren ausgewechselt wurden. Oh, er ist ein Genie, dein Dad. Was für ein reizender Mann. Und deine Mutter auch. Bitte grüße sie von mir. Wirst du das tun? Oh, ich denke an deine Mutter, und für mich ist sie wie der erste Frühlingstag. Unschuldig und rein – oh, es geschehen grausame Dinge, mein Kind, und böse Taten werden begangen und Herzen gebrochen, aber dieses liebe Mädchen, es weiß nichts von zerbrochenen Herzen oder von Grausamkeiten.«

»Es fällt mir nicht leicht«, sagte er, »aber wir müssen den Tatsachen ins Gesicht sehen. Die Zeiten ändern sich. Popularität ändert sich. Die Leute mögen dich eine Weile, und dann wollen sie etwas anderes. Das ist eine brutale Wahrheit, die jeder Künstler akzeptieren muß.«

Sie weinte. Sie wußte, er meinte es nicht ernst. WLT war ihr Zuhause. Sie konnte es nicht verlassen; obwohl sie auf ihrem Weg auch kleine Enttäuschungen erlitten hatte, würde sie treu bleiben und ihre Pflicht erfüllen und den Menschen die alten Lieder singen, die guten alten Lieder, die nie unbeliebt wurden, die die Menschen immer lieber mochten, je älter sie wurden. Nein, die alten Lieder waren die besten Lieder, und wenn auch manche sie verschmähten, sie selber würde das niemals tun. Und dann fing sie in seinem Büro an zu singen »Oh, Danny Boy, die Flöten, sie tönen durch Schluchten und Auen.«

Er sagte: »Kannst du von dreihundert Dollar im Monat leben, Tante Lottie?«

»Oh, ich brauche nicht viel, mein Kind, meine Bedürfnisse sind bescheiden, alles, was ich brauche, ist ein Mikrophon.« Sie sagte: »Nichts liegt mir ferner als der Gedanke an Geld. Du schuldest mir nicht einen Penny. Mir sind Gunst und Gnade zuteil geworden, Darling. Alles, worum ich bitte, ist, weiterhin singen zu dürfen.« Aber schließlich war es abgemacht, daß sie sich zur Ruhe setzen würde. »Verstehst du, was ich sage?« fragte Roy jr. Sie sagte, sie habe ihn immer vollkommen verstanden. »Aber wegen deines Ausscheidens?« Sie sagte: »Was du auch sagst, werde ich tun.« Sie gaben sich darauf die Hand, und Frank schob sie aus der Tür, und sie blickte strahlend auf und sagte: »Mein Junge, ich spüre, daß meine Karriere gerade erst beginnt.«

Er lief nach oben zu 3-C und rief Maria an. »Du hast dich phantastisch angehört!« rief sie. »Ich habe die ganzen zwei Stunden zugehört, während ich ein Bad genommen habe.«

☆ ☆ ☆

Patsy fand, daß Frank sich überwältigend angehört hatte. Das sagte sie auch Dad Benson. Und Ray und Roy jr. »Es ist eine Schande, daß wir nach Talenten suchen und nicht sehen, was direkt vor unserer Nase ist. Frank White ist Gold wert. Es gibt *nichts*, was er nicht könnte. Wartet nur ab, ob er nicht Post bekommt.« Am selben Nachmittag kaufte sie fünfundsiebzig Ansichtskarten und Postkarten und ein Sortiment Briefpapier und setzte sich hin und schrieb mit verschiedenen Handschriften und auf ihren vier verschiedenen Schreibmaschinen eine Reihe Hörerbriefe, in denen sie WLT im allgemeinen bewunderte und dann geradewegs auf den hervorragenden jungen Ansager zusteuerte (»White ist, glaube ich, sein Name«), der urplötzlich aus dem Ozon aufgetaucht war, so sympathisch, so intelligent, so warmherzig, ein großes Talent, das es gelte, im Auge zu behalten.

Maria und Frank aßen abends zusammen im Pot Pie, und die Kellnerin sagte: »Ihr beide seht aus, als wärt ihr ineinander verliebt« – Frank hatte seine linke Hand auf Marias Schenkel, ungefähr auf halber Rockhöhe, und er rührte den Hackbraten nicht an. Sie gingen zu seiner Wohnung und setzten sich aufs Sofa. Er küßte sie wieder und wieder, aber sie faßte nicht an sein Bein, und als er ihre Brust berührte, zog sie sich zurück. »Ich möchte, daß du mich hältst«, flüsterte sie.

»Das versuche ich.«

»Nein, du grapschst nach mir.«

»Das tut mir leid.«

»Möchtest du einen Kaffee?«

Sie füllte den Kessel mit Wasser, machte den Herd an und

holte die Kaffeekanne runter. »Ich mußte immer für meinen Vater Wasser kochen«, sagte sie.

»Oh?«

»Ich mußte hinter ihm saubermachen. Was für ein dreckiger Rohling er war.«

Sie stand in der Tür. Frank wünschte, sie würde wieder aufs Sofa kommen und ihm zu seinem Debüt gratulieren.

»Es ist schrecklich, wenn man als Tochter so etwas sagt, aber wer sollte es besser wissen? Meine Mutter starb, als ich sieben war. Bei der Entbindung. Ich glaube, das Baby ist auch gestorben, aber ich weiß nicht mal, ob mir das überhaupt jemand erzählt hat oder nicht. Mein Vater war völlig ratlos. Meine Schwester und ich, wir kümmerten uns um ihn, und dann ging sie fort, und ich lebte bei ihm, bis ich siebzehn war. Kennst du Milwaukee? Wir wohnten in der Nähe von St. Basil, im Süden der Stadt. Er war Straßenbahnfahrer, und er kam abends nach Hause und saß da in seiner grünen Uniform und rührte kaum das Abendessen an, saß nur da und trank Bier. Er gluckerte wie eine Pumpe. Ich lag oben im Bett mit meinem Mantel an und horchte. Bewegte keinen Muskel. Ich hatte Angst, er würde nach oben kommen und sich an mir vergreifen. Ich war bereit, aus dem Fenster zu springen.«

Maria stand da, die Hand auf dem Türgriff, als sei sie bereit, gleich wegzurennen.

»Er saß da und trank, und dann scharrte sein Stuhl, und die Kühlschranktür ging auf, und die Bierflasche zischte auf, und die Eisschranktür knallte zu, und er setzte sich hin und schüttete das Bier in sich rein und stand auf, um das nächste zu holen. Nach vier oder fünf Flaschen stieg er die Treppe rauf und ging zur Toilette. Machte nicht mal die Tür zu. Dann kamen diese *Unmengen* von Wasser, und er zog *nicht* ab, er torkelte nur wieder runter und wiederholte die ganze Prozedur. Nach einer Weile machte er sich dann nicht mehr die Mühe, die Treppe raufzugehen, er machte gleich ins Abwaschbecken, und wenn er stockbesoffen war, machte er sich in die Hosen, und dann schlief er auf dem Sofa ein.« Maria hielt inne. Sie weinte und streckte die Arme nach Frank aus. Er zog ihren Kopf an seine Schulter und vergrub sein Gesicht in ihrem Haar.

»Wenn ich am Morgen runterkam, um zur Schule zu gehen, begegnete ich Papa, mit roten Augen und diesem widerlichen säuerlichen Geruch überall, und er weinte und hielt sich die Hände vors Gesicht und schrie mich an: *Wieso behandelst du mich, als wäre ich für dich ein Nichts? Du bist noch schlimmer als deine Mutter.* Ich hatte ein Stipendium für die Schauspielschule. Ich besuchte zusammen mit diesen ganzen Kindern aus anständigem Zuhause die Schule, und manchmal, wenn es im Klassenzimmer warm war, konnte ich den Urin von meinem Vater riechen: der Geruch war in meiner Bluse, in meinem Rock, in meinem Haar. Ich war sicher, daß die anderen Mädchen ihn auch riechen konnten, daß sie hinter meinem Rücken Grimassen schnitten und sich die Nase zuhielten, daß es in meiner Schulakte stand – ›hat schlechte Hygienegewohnheiten und riecht nach Körperausscheidungen‹ – und daß ich nie ein Engagement bekommen würde und den Rest meines Lebens bei Papa leben, seine Kleider waschen, seine Bierflaschen schleppen, den Spülstein scheuern müßte. Ich fing an, ein starkes Parfüm zu benutzen, aber dann grinsten mich die Männer auf dem Nachhauseweg in der Straßenbahn an. Sie beugten sich zu mir und grinsten anzüglich. Sie starrten auf meine Brüste, als wären es Früchte auf der Ladentheke. Dort habe ich Merle kennengelernt, auf der Schauspielschule. Er war mein bester Freund, der einzige, der mich zu sich nach Hause zum Essen eingeladen hat. Seine Familie war so gut zu mir. Ich bin ein Jahr später bei ihnen eingezogen. Du bist anders als andere Männer, Frank.«

Frank war nicht sicher, ob er so furchtbar anders sein wollte, aber jedenfalls war der Kaffee fertig. Er holte die Tassen. Er sagte ihr, daß er nun endlich den richtigen Platz in der Welt für sich gefunden habe, beim Radio. Er erwähnte nichts von dem Geburtstagsmädchen. Er wollte ihr genau erzählen, was passiert war, aber jetzt war kein guter Augenblick. Er brauchte den Vergleich mit anderen Männern nicht zu scheuen.

Ein paar Meter unter ihnen roch Patsy Konopka ihren Kaffee und setzte selber Wasser auf, um sich welchen zu machen. Sie war beinahe fertig mit Franks Fanbriefen. »Es ist etwas in seiner Stimme, was das Radio lebendig werden läßt«, schrieb sie mit einem Füller in weichen, runden Buchstaben auf blümchenverziertem Briefpapier. »Ich werde in Zukunft immer darauf achten, wann er ansagt, glauben Sie mir.«

Kapitel 31
Gospel

Kein Sex im *Sender*, lautete Rays Regel, die er jedem Mann, den er einstellte, unter die Nase rieb, selbst Reverend Irving James Knox damals im Jahr 1927. Ray sagte: »Lassen Sie die Finger von den Weibsbildern, es ist mir egal, wie Ihnen zumute ist oder was Sie plötzlich überkommt oder wie ihre Hand Ihren Schoß gestreift hat und ihre linke Brust Ihnen entgegengehüpft ist, ich will davon nichts hören. Egal, wie traurig und einsam Ihr Leben ist: rühren Sie hier im Haus keine Frau an. Lassen Sie die Finger von ihnen.«

»Ich bin nicht sicher, ob mir daran liegt, für jemanden zu arbeiten, der in solchen Worten zu einem Mann aus dem geistlichen Stande spricht«, sagte der blasse Presbyterianer mit einem schwachen Lächeln und äugte über das Drahtgestell seiner Brille.

»Wie Sie wollen, aber falls Sie hier doch arbeiten sollten, merken Sie sich: kein Sex mit einer WLT-Mitarbeiterin oder irgend jemand anders, dem Sie im Haus begegnen. Sie können mit Ihren Fans ins Bett hüpfen, soviel Sie wollen, aber keine Unzucht in diesem Sender.«

Reverend Knox hatte sich gleichwohl entschieden, unter diesen Bedingungen dem Mitarbeiterstab beizutreten, aber in jenem Sommer, ein paar Wochen nach Franks Debüt, wurde Knox in Freddie's Café dabei ertappt, wie er seine Hand in die Bluse eines von drei Wodka Sour beschwipsten Mädchens aus dem Schreibbüro gleiten ließ. »Ich habe zu schwer gearbeitet«, erklärte der Prediger. »Meine Nerven sind am Ende. Ich bin kurz vor einem Nervenzusammenbruch.« Roy jr. sagte ihm, er solle nach Süden ziehen und ihn dort kriegen. »Kein Sex im Hause, das ist Rays Regel«, sagte er.

Reverend Knox weinte. Er erzählte Roy jr., daß er von einem unnatürlichen sexuellen Drang geplagt werde und daß er versucht habe, das Mädchen zu verführen, um zu beweisen, daß er normal war. Roy jr. schwankte. Er verabscheute Geistliche, aber der Sender brauchte einen, und Knox hatte diesen anheimelnden Ton, den die Leute bei einem geistlichen Führer mochten. Persönlich war er ein Brechmittel, aber im Radio leuchtete er als Leitstern männlich-christlichen Handelns, war er ein Licht auf den dunklen Pfaden des Lebens, und Roy jr. verspürte keine Lust, einen neuen Mann einzuarbeiten. Er hielt Knox eine furchtbare, vernichtende Standpauke, worauf der Mann blaß wurde und erzitterte und sein Taschentuch vollheulte. »Ich kann in diesem Sender keine herumwedelnden Schwänze gebrauchen, glauben Sie mir, und wenn ich Sie noch mal dabei erwische, wie Sie eins meiner Mädchen betatschen, dann lasse ich den Bischof kommen, damit er Ihnen die Eier pochiert. Ich werfe Sie auf die Straße und rufe die Zeitungen an.« Aber er behielt den Mann da – ein Fehler.

»Wir zeigen Schwäche. Du hättest ihn mit einem Tritt in seinen spitzen Arsch auf die Straße befördern sollen«, sagte Ray. »Jetzt hat es die Runde gemacht. Sex ist okay, nur treibt es nicht auf den Schreibtischen. Wir können uns auf einen Sturm gefaßt machen.«

Aber er stimmte Roy jr. zu, was den Greuel anging, Knox ersetzen zu müssen: wenn man an all die Geistlichen dachte, mit denen man tagelang Vorstellungsgespräche führen mußte – ziellose, erbauliche Unterhaltungen mit schwammigen Männern in schlampiger Kleidung, Männern mit großen, wäßrigen Augen und bebenden Lippen und einem unentwegten Ausdruck matter Hoffnung im Gesicht, plus die unvermeidlichen, schwärmerischen Bibelverfechter und die Spinner und Sektierer –, und wen würde man am Ende finden? Im schlimmsten Fall so einen brillanten Demagogen wie Pastor Paul Anderson, den lutherischen Schwerenöter auf WEVE (»Ein Mann namens Paul«), der ein Riesenpublikum aus Erbsenhirnen anziehen würde und den man nie wieder los würde, und im besten Fall noch so eine Flasche wie Knox.

Aber Ray behielt recht mit dem Sturm. Nachdem Knox

nicht gefeuert worden war, machte WLT eine monatelange Periode heftiger erotischer Aktivitäten durch. John Tippy verliebte sich in den Musikbibliothekar, einen jungen Pianisten namens Jeff, und es hieß, sie würden die Wochenenden zusammen in Duluth verbringen. Die Hausorganistin, Miss Patrice, tobte sich mit Phil Sax aus, und eine ganze Woche lang tauchte sie übernächtigt und verstörten Blicks zum Sieben-Uhr-Orgelvorspiel auf und roch wie eine erloschene Zigarre. Aber den meisten Eifer legte Wendell Shepherd von der *Frühaufsteher-Show* an den Tag. In seinem Milton-King-Saatgut-Taschenkalender zeichnete er in einem Monat siebenundzwanzig lachende Sonnen ein, siebundzwanzigmal mit drei verschiedenen Frauen, drei *sehr* verschiedenen Frauen. Lottie Unger war eine Sekretärin in einem hübschen Tweedkostüm, das Wendell, ohne es zu verknittern, auszog und aufhängte, und Julia Jackson Butts war die Redaktionsassistentin von *Rufen Sie an: Das WLT-Familienmagazin*, eine prächtige junge Dame mit langem schwarzen Haar, das zu einem Turm zusammengesteckt war, den Wendell immer zum Einsturz brachte, und Lacy Lovell war eine Schauspielerin bei *Unterwegs im Ballon*, die ihn irrtümlich für den Produzenten von *Die Hendersons* hielt.

»Die Belegschaft benimmt sich wie der Präsident«, sagte Roy jr. »Und ich rede nicht von Mr. Truman.«

Ray fuhr auf. »Ich laufe *nicht* hier herum und vögle Sekretärinnen«, sagte er. »Die Frauen, mit denen ich bekannt bin, sind Frauen von Format.«

»Angestellte nichtsdestoweniger.«

Ray starrte ihn so lange an, bis er den Blick abwandte. »Das Leben ist nicht immer vernünftig oder gar logisch«, sagte er. »Es gibt Ausnahmen und Abweichungen. Beständigkeit ist ein Schreckgespenst, eine Tugend, die Kleingeister erfunden haben. Ich bin einer ganzen Reihe von Frauen, die für mich arbeiten, außerordentlich zugetan. Das ist wahr. Es würde mir nicht im Traum einfallen, dich darüber zu belügen. Und doch erlaube ich nicht, daß die Männer, die für mich arbeiten, sich hier wie die Tiere benehmen. Hast du das verstanden?«

»Voll und ganz.«

☆ ☆ ☆

Und jetzt, an einem warmen Oktobermorgen, tauchte ein Karton mit Aussagen über Knox höchstpersönlich auf. Roy jr. hatte sie in Sloans altem Aktenkabinett verschlossen vorgefunden (unter: »Knox: Beweise in re Patrimonium: AUFBEWAHREN«), und sie deuteten unmißverständlich auf Ausschweifungen in einem Ausmaß hin, das sogar eine Ziege beschämt hätte.

»Frank! Dieser Mann ist verrückt! Er ist berauscht von der Lust. Sieh dir das an! Briefe, eigenhändig von ihm an Schulmädchen geschrieben! Angebote, private Schwimmstunden zu geben! Einladungen zu Reisen! Aufforderungen, für Photos zu posieren! Wanderungen durch Wälder! Rendezvous zwischen den Bibliotheksregalen! Techtelmechtel im Heu! Fondueparty! Hör dir das an: ›Meine liebste, süßeste Marjery, ja, ich liebe Dich innig und absolut, und ich habe Monate gebraucht, um den Mut aufzubringen, es auszusprechen, und nun frage ich Dich mit zitternder Hand und einem Herzen voll aufrichtiger Gefühle –‹ Skandalös! Der Mann hat Klein Becky verführt! Sieh dir das an –« Und er schmiß Frank einen Stapel Briefe von Marjery an den Prediger zu, den sie mit »Irving Klingeling« und »Kuschelchen« und »Mein kleiner Zitronendrops« anredete und den sie offensichtlich zu Kirchentagungen in Seattle und Cleveland begleitet hatte, in der Rolle seiner Nichte.

»Na ja«, sagte Frank, »sie ist ein erwachsener Mensch. Ich nehme an, sie weiß, was sie tut.«

»Und er auch. Er wußte, daß er sich hier damit um seine Eier bringt.« Roy jr. nahm den Telephonhörer ab. »*Verdammt*. Und jetzt muß ich einen anderen finden.«

»Wie wär's mit Reverend Odom?« sagte Frank.

»Wer ist das?«

»Er arbeitet hier. Harold Odom. Er ist Hausmeister. Aber er ist auch lutherischer Prediger. Er ist ein sehr vernünftiger Mensch.«

»Odom. Ich kenne ihn. Das ist der Kerl, der in Patsy Konopka verliebt ist. Wie kommt es, daß er das geistliche Amt aufgegeben hat? Ist er irgendeine Art Spinner?«

Frank setzte sich und lehnte sich über den Tisch. »Nein. Kein Spinner. Nur ein sehr praktischer Mensch. Er hatte eine Gemeinde in North Dakota, und er glaubte, er würde nichts Nützliches machen, er wäre doch nur ein Prediger. Also fragte er sich: Welche Arbeit könnte ich machen, bei der ich *weiß*, daß ich mich nützlich mache?, und so wurde er Hausmeister. Aber er würde einen großartigen Radioprediger abgeben. Sie sollten es mit ihm versuchen.«

Frank hielt inne – er zitterte. Er hatte noch nie zuvor versucht, Roy jr. zu sagen, was er tun sollte, und es war ein Gefühl, als hätte er sich bis zum Rande des Abgrunds vorgewagt.

»Wenn er jeden Tag eine Sendung machen würde, könnte er noch immer als Hausmeister weiterarbeiten?«

Frank sagte, er glaube, Mr. Odom würde darauf bestehen, die Hausmeisterarbeit weiterhin zu übernehmen.

»Gut. Also, sag du es ihm. Montags bis freitags, Die Bibelfreunde in der Frühaufsteher-Show und die Fünf-Minuten-Meditation um zehn Uhr fünfzehn, und am Sonntagmorgen den Gottesdienst um sechs Uhr und die Vesper um zehn Uhr dreißig. Klar? Gut. Ich muß jetzt Kuschelchen rausschmeißen und mich dann um Wendell Shepherd und seine Hormone kümmern.«

Frank fand Reverend Odom in der Lobby, die er mit einem feuchten Mop wischte, und als er ihm von Roy jr.s Angebot erzählte, füllten sich die Augen des Mannes mit Tränen. Er legte seinen Arm um Frank und drückte ihn so fest, daß sein Rücken knackste. »Ich wußte, daß mir heute irgend etwas Gutes widerfahren würde«, sagte er.

Und am nächsten Morgen war er auf Sendung. Er las in *Frühaufsteher* – die Shepherd Boys freuten sich, ihn zu sehen, sie kannten ihn schon eine Ewigkeit, sagte Elmar Shepherd –, und ein paar Stunden später stellte der alte Prediger eine hübsche Meditation über die Bürden an, die der Herr für uns Menschen trägt. Roy jr. gab Frank auf dem Weg zum Mittagessen mit Ray ein Daumenhoch-Zeichen und sagte: »Guter Mann.« Und Ray sagte: »Frank, du bist der erste intelligente Mensch, den ich kenne, der so gut wie kaum etwas sagt. Komm mit uns zum Mittagessen.«

☆ ☆ ☆

Komm mit uns zum Mittagessen. Welch süße Musik in seinen Ohren! Er hatte Reverend Odom erhöht – hatte ihn von seinem Mop und Eimer aufgehoben und hinauf in die höheren Gefilde des Radios befördert – genau wie Dad Benson, der seinem Bruder und seinen Freunden hinaufgeholfen hatte. Dad hatte einmal gesagt: »Es erfordert Genie, um das Gewöhnliche zu erhöhen, ein ganz gewöhnliches Genie«, und genau das bin ich, dachte Frank, ein gewöhnliches Genie. Er war in das Geheimnis des Radios eingedrungen. Der Zeitvertreib des Gewöhnlichen! Brillante Männer wie Reed Seymour würden nie im Leben dahinterkommen! Reed schämte sich des Radios. Vesta schämte sich deshalb. Reed wollte etwas Sinnvolles mit seinem Leben anfangen, zum Beispiel Bücher schreiben. Er hatte schon den Teil eines Manuskripts in seiner Schreibtischschublade. Frank hatte es gelesen. Sehr dicht, sehr poetisch. *Und eine schreckliche Schinderei.* Vesta wollte die Schätze der Welt zusammentragen und im Äther ausstellen, als würde sie ein Museum eröffnen und Ansichtskarten von der Venus von Milo zeigen. Nein, das Radio war eine todsichere Sache, solange man hinunterlangte und eine Handvoll des Gewöhnlichen aufklaubte. *Mit den Füßen auf dem Boden bleiben.*

Kapitel 32
Tournee

Ray suchte nach Dad Benson. Frank sagte: »Er ist im Grünen Zimmer, aber er fühlt sich nicht ganz wohl.«

»Das hoffe ich«, sagte Ray.

Er ging hinauf zu Dad, der auf der Couch lag, das Gesicht mit der Morgenzeitung zugedeckt. »Steigst du mit Faith in die Kiste?« fragte Ray. Dad richtete sich auf. »Was soll das heißen?«

»Das soll heißen: Bumst du sie? Versteckst du deine Salami? Tauchst du nach Muscheln?« Manchmal, dachte Ray, hatte Dad die weltliche Reife einer Pfadfinderin. Dad hielt wahrscheinlich einen Hinterlader für eine Waffengattung. Dad dachte wahrscheinlich, die Frauen, die halbnackt auf der Straße herumstanden, warteten auf den Bus. Er wünschte sich wahrscheinlich, sie würden sich etwas wärmer anziehen und nicht soviel rauchen.

»Vögelst du Faith?« fragte Ray.

Dad guckte erstaunt. »Ray, stell dich nicht zwischen Hund und Baum«, sagte er.

»Was zum Teufel soll das denn heißen?«

»Wie mein Vater sagte: Sag niemals etwas, von dem du nicht möchtest, daß jemand anders es weiß.« Dad wollte aufstehen. Ray legte ihm die Hand auf die Schulter.

»Also ist die Antwort: ja.« Die liebe kleine Faith, die Radio-Hausfrau, schob Nummern mit ihrem Radio-Dad – der Gedanke ließ einen erbleichen.

Ray ließ ihn aufstehen. Die beiden Männer standen sich gegenüber. Ray räusperte sich. »Dad, wir haben hier eine seit langem geltende Regel. Ich möchte sie dir als Empfehlung unterbreiten: *Keine Unzucht unter Angestellten*. Bitte.«

»Ray, ich kann nur sagen, die großen Diebe hängen die kleinen.«

»Was soll das nun wieder heißen?« Aber natürlich wußte er, was es hieß. Er wurde rot. Er sagte: »Dad, ich habe nur eins dazu zu sagen, und das ist: Was dem einen recht ist, kommt den anderen teuer zu stehen«, und er drehte sich um und marschierte hinaus.

☆ ☆ ☆

Bald darauf verkündete Faith Snelling, daß sie bei der Show aufhören würde. »Das können Sie nicht«, sagte Roy jr. Sie sagte, sie wolle andere Sachen machen. »Sie machen diese Sache«, sagte er. Sie wollte in Theaterstücken spielen.

»Von mir aus«, sagte er, »aber Sie können die Show nicht verlassen. Sie sind Jo. Niemand *anders* kann Jo sein. Alle *kennen* Jo. Sie muß *hier* sein, im Radio. Sie können nicht einfach weggehen und eine Freundin von fünfhunderttausend Menschen ermorden, nur weil Ihnen gerade *danach ist.* Wenn es ums Geld geht, dann reden wir darüber. Sie brauchen gar nichts zu sagen. Ich biete Ihnen dreihundert Dollar die Woche an. Das ist eine Erhöhung von fünfundzwanzig Prozent.« Faith blieb und spielte schließlich doch nicht in Theaterstükken. Sie und Dad standen sich weiterhin nahe, soweit die Leute sehen konnten. Daß ihr Ehemann Dale die Rolle ihres Ehemanns Frank spielte, würde Dad, den alten Esel, in die Schranken weisen, dachte Ray, aber weit gefehlt. Dale schien sich mit Laurel Larpenteur herumzutreiben.

Es kam eins zum anderen. Der Sex hatte im Sender Einzug gehalten, und er war unmöglich wieder daraus zu vertreiben.

»Was hat die nackte Frau an der Wand in Studio B zu suchen?« fragte Ray Roy jr.

»Du hast sie noch nie zuvor gesehen?« Roy jr. schlug die Hände überm Kopf zusammen. »Sie war schon dort, als ich noch ein Kind war!«

Ray sagte schwach: »Muß mir entfallen sein.«

☆ ☆ ☆

Für Roy jr. hörte der Spaß auf, als er dahinterkam, daß Wendell Shepherd von den Shepherd Boys, den Stars der *Frühaufsteher-Show*, was mit einer Sekretärin aus der Programmgestaltung namens Hazel Park hatte. Er würde so wütend, daß er die Show von sieben Uhr auf sechs Uhr vorverlegte.

»Sie war eine wertvolle Mitarbeiterin, und Sie benutzen sie, wie Sie eine Couch benutzen würden, und Sie haben ihr das Herz gebrochen, Sie Armleuchter«, sagte er zu Wendell. »Ja, Sie. Sie sind nichts weiter als eine aufgeplusterte Gospeldrossel. Na bitte schön. Stellen Sie Ihren Wecker eine Stunde früher.«

Wendell flehte um Gnade. »Die Jungs werden mich umbringen«, jammerte er. Roy jr. sah ihn voller Abscheu an, wie er hingefläzt auf dem Sofa lag. Wendell war ein großer Bursche mit hängenden Schultern und langem pomadisierten Haar, das zu einer hohen Wellentolle auf seinem Kopf aufgetürmt war, und er trug weiße Schuhe und rosa Socken und einen glitzernd-grünen Anzug, der wie Meeresalgen im Mondlicht phosphoreszierte. Alle Shepherd Boys kleideten sich kühn und bevorzugten ausgefallene Stücke wie karierte Westen und grellbunte Krawatten mit ländlichen Szenen darauf, aber Wendell, der Leadsänger und der Jüngste, schoß den Vogel ab. Wendell trug Diamanten, eine Anstecknadel im Revers und eine Krawattennadel und diamantene Manschettenknöpfe, und Wendell färbte sich das Haar schwarz. Es war mausbraun gewesen. Die Shepherds waren vier Brüder, Elmer, Al, Rudy und Wendell, und sie waren große Publikumslieblinge im *Tanz in der Scheune* gewesen, seit sie 1937 aus North Dakota gekommen und Gewinner eines Gospelquartett-Wettbewerbs geworden waren. Der Gospelwettbewerb war die glänzende Idee eines Programmdirektors namens Milford Scudder gewesen, und seine letzte; Ray feuerte ihn. »Ich bin nicht beim Radio eingestiegen, um mich mit einem Haufen Frömmler mit albernen Klamotten und Pomadelocken abzugeben. – Gospelquartette! Heiliger Kanonendonner, wissen Sie denn nicht, was das für Leute sind?«

Scudder wußte es nicht. Er war Kongregationalist. Er stellte sich vor, daß Gospelsänger so etwas wie Chormitglieder wären, gelassene, aufrichtige, gutmütige Leute, nur weniger an der Zahl. Er hatte keine Ahnung. Ray mußte ihn eine Weile anschreien.

»Gospelsänger haben *nichts* mit Chormitgliedern zu tun. Nicht das geringste. Sie schleppen uns hier die Sippe der Rechtschaffenheitsheuchler an, die Sittenhuber, die Rattenfänger, die bigotten Fanatiker. Das sind die Leute, die sich in der Kirche herumtreiben und wie Hunde heulen und in Zungen reden und haufenweise in Ohnmacht fallen und daliegen und wie Epileptiker mit Schaum vorm Mund zucken. Diese Leute sind Gesundbeter, Scudder. Und ich werde das nicht zulassen – ich werde keinerlei Gesundbeterei hier dulden. Keine! Niemand wird bei WLT mit geweihten Lappen oder Neonkreuzen oder Devotionalienkitsch bedient werden. Niemand wird ein WLT-Mikrophon nehmen und ekstatische Predigten hineinsalbadern. Niemals. Wir werden hier keine Rattenfängerei zulassen.«

Es war die Sippe der Rechtschaffenheitsheuchler, die William Jennings Bryan zu Fall gebracht hatte, es waren die verrückten Fundamentalisten, die sich den alten Giganten schnappten, ihm schmeichelten, ihn auf ihre Schultern hoben und hinunter nach Dayton, Tennessee, zum Affenprozeß schleppten. Einer der brillantesten Köpfe, die je dieses Land geziert hatten, einer der ehrlichsten Söhne des Mittelwestens und eine gute Seele und ein großartiger Amerikaner, und die Rechtschaffenheitsheuchler hatten ihn dazu gebracht, für sie den Minenhund zu spielen gegen diesen gerissenen, primitiven Geldraffer Clarence Darrow, einen Mann, der immer wußte, woher der Wind wehte, und der in dieselbe Richtung blies, und Bryan wurde zum Clown gemacht, zum Zirkusbären, und er starb, und die ganzen bedeutsamen Dinge in seinem Leben würden vergessen werden und nur seine letzten, dummen Momente in Erinnerung bleiben, weil er auf die Fundamentalisten reingefallen war. Nun, Ray würde das nicht passieren.

»Es tut mir leid«, sagte Scudder.

»Sie haben ganz recht, daß es Ihnen leid tut. Sie sind entlassen«, sagte Ray.

Aber der Wettbewerb mußte natürlich weitergehen, und als Gewinner mußten die Shepherd Boys beim *Tanz in der Scheune* singen, und als sie dann das Haus mit »Mein Herr ruft mich« im Sturm eroberten und die Menge sie erst wieder fortließ, nachdem sie es noch *dreimal* gesungen hatten, konnte Leo LaValley die Ordnung nur dadurch wiederherstellen, daß er sie für die nächste Woche wieder einlud. Und es passierte wieder das gleiche. Die Shepherds waren mitreißend. Sie waren jung und anders, und wenn sie der Geist überkam, juchzten und stöhnten sie in einer Art und Weise, wie das die Menschen aus Minnesota in der Öffentlichkeit für gewöhnlich nicht tun. Wenn Wendell sang: »Bitte, Jesus, bitte, / Laß mich hier nicht allein / In dunkler Nacht, der Wind kalt weht, / Bitte, Jesus, bitte, / Nimm meine Hand und führ mich heim, / Wie's in der Bibel steht«, beugten sich Frauen im Publikum vor und hoben die Hände zum Gesicht und schauderten und flüsterten seinen Namen, Wendell.

Also rief Ray am Montag morgen die Shepherds zu sich, und die vier Burschen setzten sich höflich hin, in schlichten dunklen Hosen und schwarzen Pullovern, während er ihnen sagte, daß er ihnen eine eigene Show anbot, die *Frühaufsteher-Show*, wo sie an fünf Tagen in der Woche um sieben Uhr früh fünf Lieder zu singen hätten, drei davon Publikumswünsche, und Geburtstags- und Jubiläumswünsche durchsagen müßten, den Wetterbericht und ein paar Witze. Saubere Witze. »Ihr könntet nicht zufällig mal ein nichtreligiöses Lied zum besten geben, oder?« wollte er wissen. Rudy sagte, sie hätten früher viele gesungen, wie »Im Tal des Red River« und »Lang, lang ist's her«, aber die Leute würden die Gospellieder lieber hören. Mit Vielfalt kann man viel erreichen, sagte Ray. Dann machte er eine Pause. »Jungs?« sagte er. Sie lächelten. *Ja?*

»Jungs, wenn in der Show auch nur das klitzekleinste bißchen Gesundbeterei vorkommt, eine kleine Winzigkeit

Frommduselei oder eine einzige Anspielung auf Wunderglaube oder heilige Lappen, fliegt ihr mit einem Tritt in den Arsch hier so schnell raus, daß euch schwindelig wird. Habt ihr verstanden?« Sie hatten verstanden.

»Ihr werdet eure Lieder singen, das Wetter durchgeben, das Saatgut verkaufen oder was auch immer, und ihr werdet nicht außer Rand und Band geraten und kreischen und die Leute auffordern, Liebesgaben zu schicken, klar?«

O ja, sie verstanden. Aber selbst ohne Rattenfängerei, ohne Gesundbeterei, ohne Ekstasen, ohne Wunder oder Lappen gab es noch genug zu ertragen. Die aufdringlichen Kleider, die Colognewolken, die kitschigen Ringe, Rudys lila Pontiac, der wie eine häßliche Schwiele den Parkplatz verunzierte, die Batterie leerer Wodkaflaschen und die Frauen, eine ständige Parade schlampiger Frauen.

☆ ☆ ☆

Aber es war Hazel Parks Zusammenbruch, der Roy jr. zur Weißglut brachte. Sie war ein untersetztes Mädchen mit stämmigen, nach unten spitz zulaufenden Beinen und einem breiten, fröhlichen Grinsen und einem Pferdeschwanz, der ihr oben aus dem Kopf ragte, und sie saß neben dem Radio und protokollierte Werbesendungen in einem großen schwarzen Hauptbuch, das sie Henry nannte. Sie gab auch anderen Dingen auf ihrem Schreibtisch Namen. Die Schreibmaschine hieß beispielsweise Vivian. Sie hatte vier Photographien auf ihrem Tisch stehen und ungezählte kleine Souvenirs wie Steine, die sie auf ihren Reisen an die Küste gesammelt hatte, und Pinienzapfen, ein Messingsparschwein in Form eines Büffelkopfes, eine Cowgirlfigurine und ein kleines Plastikklavier aus Rapid City, South Dakota. Machte man den Deckel auf, fand man darunter Souvenirstreichholzbriefchen. Die Erinnerungsstücke bildeten so eine Art Windschutz entlang der Vorderseite des Schreibtisches gegenüber der Tür zu Studio B, von wo die *Frühaufsteher-Show* übertragen wurde.

Wendell hatte Hazel eines Morgens erspäht, als er aus dem Antwerp geeilt kam und das kleine Ringheft verloren hatte, in dem er sich die Ideen für neue Lieder notierte, und sie hatte ihm suchen geholfen. Sie wühlten beide herum, und dann kroch sie auf dem Boden herum und suchte unter den Aktenschränken, und er erhaschte einen Blick in den Ausschnitt ihrer Bluse. Es tat ihr furchtbar leid für ihn, daß er die ganze schwierige Arbeit umsonst gemacht hatte, ganz schrecklich leid tat es ihr, und so ging sie mit ihm zum Abendessen ins Forum. Als er vorschlug, sie sollten sich mal im Hotel treffen, um zusammen Lieder zu schreiben, kam sie gleich nach der Arbeit am nächsten Tag vorbei. Sie schrieben einen Schmachtfetzen mit dem Titel »Klein Dan« (»Bei einem Unfall hat er seinen Daddy verloren und sich dann zum Beschützer seiner Mama erkoren«) und eine Gospelnummer »Noch ein Sünder mehr«, wobei Wendell wegen kreativer Verausgabung zusammenbrach. »Leg dich neben mich«, stöhnte er. Sie tat es. Er sagte, daß er noch nie jemandem mit ihrer Begabung fürs Liederschreiben begegnet sei. Er würde ihr alles beibringen, was er wußte, und sie würde dann die Lieder schreiben, für die ihm das Talent fehlte. Sie gab zu, ja, sie habe tatsächlich einige kreative Ideen und Impulse – etwa wie ihre Idee, ein Lied als Huldigung an ihre Mutter zu schreiben, um nur eine zu nennen – und jetzt, da er ihr Selbstvertrauen gegeben habe, könne sie sehen, daß aus diesen Ideen wundervolle Lieder entstehen würden. Sie war in Mankato eine Außenseiterin gewesen, nirgends dazugehörig, immer einsam, furchtbar schüchtern – »typisch für einen kreativen Menschen«, bemerkte Wendell. Niemand in Mankato hatte je dieses Talent in ihr erkannt, wie auch sie es selbst nicht erkannt hatte. Es mußte erst Wendell kommen, ein gleichermaßen schöpferischer Geist, um es zu entdecken und hervorzulokken. Sie küßte ihn vor Dankbarkeit. Er lächelte. »Du wirst reich und berühmt werden und eines Tages in Chicago leben«, sagte er. »Und du wirst deinen Wendell völlig vergessen, aber ich werde das verstehen, und ich werde mich immer freuen, wenn ich was über dich lese.« Sie protestierte gegen seine Einschätzung ihres Charakters. Sie würde ihn *niemals* vergessen. Er legte die Arme um sie. Er entschuldigte sich. »Natürlich wirst du mich nie vergessen«, sagte er, »aber ich weiß, daß die Ströme des Lebens uns auseinanderreißen werden. Wir treiben nur als Inseln auf dem Ozean des Lebens, und selten berühren sich unsere Ränder. Ich möchte dich berühren.« Er knöpfte ihre Bluse auf und löste die Haken an ihrem Büstenhalter, und ihre vollkommenen, üppigen Brüste fielen heraus und lagen neben ihm, ein prächtiges Zwillingspaar, das atmete, seufzte, glücklich war, nur darauf wartete, von der Wölbung seiner Hände umfaßt zu werden. »An diesen Augenblick werden wir uns unser ganzes Leben lang erinnern«, sagte er, als er in Windeseile seine Hose auszog. »Laß uns daraus den allerdenkwürdigsten Augenblick machen.«

Sie schliefen zwei Wochen lang an jedem Werktag miteinander, tauchten in die Bettlaken wie weiße Wale, und als er ihrer und ihrer passiven Art überdrüssig wurde, sagte er ihr, daß er nicht mehr weitermachen könne wegen seines schlechten Gewissens. Der Herr sage ihm, daß diese Unkeuschheit nicht ungestraft bleiben würde, und Wendell habe Angst, daß Miss Park womöglich den Preis bezahlen müsse – er habe einen furchtbaren Traum gehabt, in dem er ihre Leiche gesehen habe, enthauptet neben der Straße liegend –, und daher müsse er zu ihrem eigenen Schutz die Zärtlichkeiten einstellen, und weil er so von Verlangen nach ihr erfüllt sei, könne er es nicht ertragen, sie in der nächsten Zeit zu sehen oder mit ihr zu sprechen.

So kam es, daß Hazel, eine wertvolle Mitarbeiterin von WLT, trotz ihres Schutzwalls aus Erinnerungsstücken (zu dem Wendell ein Photo von sich beigesteuert hatte, auf dem stand: »Mit den besten Wünschen für ein wirklich großes Talent«) zusammenklappte, seelisch am Boden zerstört, und heim nach Mankato ging, wo sie einen Monat lang nur weinend herumlief. Als sie wiederkam, war sie ein Schatten ihrer selbst, ein kraftloses, ängstliches, eingeschüchtertes weibliches Etwas statt des patenten Büromädchens von einst. Eines Tages schluchzte sie die ganze schreckliche Geschichte gegenüber

Winifred Winter, der Chefin der Programmgestaltung, heraus, und Winifred ging zu Roy jr., und Roy jr. ging an die Decke. Er war auch noch wütend, nachdem er die Anfangszeit der Show vorverlegt hatte, und schickte Wendell los, damit er sich noch einen weiteren Wecker kaufte.

Roy jr. ging ein, zwei Minuten in seinem Büro auf und ab, trat gegen Stühle und knüllte Papier zusammen und schleuderte es an die Wand, und als Frank keinen Radau mehr hörte, steckte er den Kopf durch die Tür.

Roy jr. blickte ihn aus schmalen Augenschlitzen an. »Ich werde ihn deiner Verantwortung unterstellen.«

Frank trat ins Zimmer. »Was soll ich mit ihm machen?«

»Ihn und seine erbärmlichen Brüder und ihre miserable Band nehmen und von hier wegschaffen. Aus unserem Leben. Und nimm auch gleich Slim Graves mit. Und als Techniker nimmst du Barney, diesen Schmachtlappen. Und diesen Schlagzeuger, Red, der hier unentwegt rumläuft und auf allem herumtrommelt. Jag den ganzen verdammten Haufen vor die Tür und nimm sie mit auf eine dreiwöchige Tournee durch Minnesota und laß sie ein für allemal aus dem Radiogeschäft verschwinden. Außer dir. Du kommst zurück.«

»Es ist Dezember«, wandte Frank ein. »Könnte das nicht bis nach Weihnachten warten?«

»Ich rufe die Künstleragentur an, und ich schaffe den ganzen Haufen hier raus und auf Tournee mit Beginn morgen früh sechs Uhr.«

Frank stand verdattert auf. »Warum ich?« fragte er.

Roy jr. legte ihm den Arm um die Schulter. »Ich möchte, daß sie ein bißchen leiden, aber ich möchte nicht, daß sie im Straßengraben sterben, und ich möchte nicht, daß sie raubend und plündernd durch Lyons County ziehen. Dafür wirst du sorgen. Du wirst sie vor sich selbst schützen.«

Er setzte sich hin und zog eine Schublade auf und holte eine Rolle Banknoten aus einem Krug. »Du wirst das für mich tun«, sagte er, »und wenn du zurückkommst, werde ich etwas für dich tun. Etwas Wundervolles. Bis dahin sind hier achthundert

Dollar für Spesen. Für Notfälle. Laß Elmer den alltäglichen Kram bezahlen. Wenn du mehr brauchst, telegraphiere.«

Frank fragte, ob Reverend Odom mitkommen könne. Roy jr. sagte: »Aber sicher.«

»Kann Maria mitkommen?« fragte Frank. »Sie kann singen.« Roy jr. schürzte die Lippen.

»Sie könnte etwas Abwechslung in die Show bringen. Sie ist keine Gospelsängerin. Sie könnte so Sachen singen wie ›Sunny Side of the Street‹ und ›Pennies from Heaven‹.

»Ich weiß nicht«, sagte Roy jr., und Frank grinste. »Ich weiß nicht« war ein Ja, wenn es von Roy jr. kam. Jetzt mußte er nur noch Maria überreden.

Kapitel 33
Die große Chance

Die erste Station der Tournee, sagte Harry von der Künstleragentur, sei Roseau, sieben Stunden nördlich von Minneapolis, um sechs Uhr am nächsten Morgen. Die Shepherd Boys sangen an diesem Abend in einer Baptistenkirche in Roseville. Frank verabredete mit Red, dem Busfahrer und Schlagzeuger, den alten Bus der Shepherd Boys aus der Garage in Brooklyn Park zu holen, wo er vor sich hin rostete, zwei neue Reifen zu montieren, ihn mit Lebensmittelvorräten zu füllen und die Shepherd Boys um neun Uhr abzuholen. Al Shepherd sagte, daß sie mit Zugaben und Spenden und so weiter wahrscheinlich nicht vor zehn fertig wären. Es könnte also eine anstrengende Nachtfahrt werden. Und sie mußten noch Slim in der Five Corners Bar an der Cedar Avenue vor neun Uhr abholen, bevor er sich selber zuviel Schaden zufügen konnte.

☆ ☆ ☆

Maria war nach *Die Goldene Regel* sofort nach Hause gegangen, sagte Ethel. »Sie sagte, sie sei erledigt und es solle sie niemand anrufen.« Frank wählte ihre Nummer, und nach sechsmal Klingeln nahm Maria ab.

»Ich werde gleich zur Sache kommen«, sagte er. »Ich bin in dich verliebt, und ich möchte dich heiraten. Aber bevor du ja sagst – ich gehe mit einer Show für zwei Wochen oder so auf Tournee, und ich wünschte, du würdest mit mir kommen. Ich möchte bei dir sein, das ist mein größter Wunsch. Es wird eine anstrengende Reise werden, kein Urlaub, zwei Wochen, viel Fahrerei und billige Hotels und schlechtes Essen, und die Show ist nicht Duke Ellington. Es ist nicht mal das Nordische Orchester. Aber es würden die herrlichsten zwei Wochen werden, wenn du bei mir wärst. Möchtest du mehr Zeit haben, um darüber nachzudenken?«

»Frank«, sagte sie, »du solltest ein Mädchen nicht am Telephon bitten, dich zu heiraten. Es gehört sich eigentlich, daß du vorbeikommst und dich hinkniest und meine Beine umschlingst.«

Er stieß den Atem aus. »Ich habe keine Zeit, vorbeizukommen.«

»Was für eine Show ist es? Der Tanz in der Scheune?«

»Die Frühaufsteher-Show.«

Sie lachte. »Mit den Shepherd Boys? Die Idioten mit den affigen Frisuren?«

»Genau die.«

Sie kreischte vor Lachen. »Wir sollen zwei Wochen Flitterwochen mit einem Gospelquartett in einem Bus verleben? Und um sechs Uhr morgens aufstehen? Ich kann so früh nicht einmal *reden*. Schatz, wenn du mich zwei Wochen lang um sechs Uhr morgens siehst, wirst du mich nie wieder sehen wollen. Liebster, ich kann nicht.«

Sie schwieg einen Moment. Er konnte sie atmen hören. Er wünschte, sie würde an seiner Schulter atmen mit ihrem Haar an seinem Ohr und ihn auf den Hals küssen. Sie sagte: »Ich wollte dir das schon früher sagen, aber ich habe es erst gestern erfahren. Merle kommt aus Chicago hierher. Seine Schwester lebt hier, und er wird bei ihr wohnen, und er hat mich gebeten, mit ihm an ein paar Abenden auszugehen, und ich habe zugesagt.«

Sie sagte: »Ich weiß, daß das deine Gefühle verletzt, und es tut mir leid, Frank. Du bist der liebenswerteste Mann, den es je gegeben hat, und ich möchte dir niemals auch eine Sekunde lang weh tun, aber ich muß auch an Merle denken.«

Jetzt erholte sich Frank wieder, nachdem es ihm vorher fast den Atem verschlagen hatte. Dennoch gab es nichts zu sagen außer *Bitte, komm mit, bitte, und ich werde dafür sorgen, daß es wunderbar wird, o ja, ich werde dein Leben für immer und ewig glücklich machen*, aber er konnte es nicht sagen.

»Nun, es liegt an dir«, sagte er.

»Ich glaube, du würdest Merle *mögen*, wenn du ihn mal kennenlernen würdest«, sagte sie ausweichend. »Er ist klug. Und sehr lustig.«

Ich hoffe, sein Zug entgleist und fällt in den Lake Pepin.

»Ach. Was treibt er denn dieser Tage?«

»Er stellt sich für eine Tourneeshow namens Jippiedipsie vor, und er möchte, daß ich mich auch vorstelle. Eine große Musikrevue mit Tänzern und Trapezkünstlern und Elefanten, und er sagt, sie hätten eine kleine Sprechrolle, die genau das richtige für mich wäre, die Rolle eines chinesischen Mädchens, aber ich müßte auf einem Elefanten reiten und bei dieser Nummer mitmachen, wo man zwanzig Meter über dem Boden nur am Fußgelenk in der Luft hängt und von einem Kerl herumgewirbelt wird. Aber ich denke, ich könnte es schaffen.«

Frank zerriß einen Umschlag säuberlich in Rechtecke und arrangierte sie in gegenüberliegenden Reihen wie Häuser. Wieso erzählte sie ihm das? Je weniger er über Merle hörte, desto besser. Er wollte, daß Merle vom Erdboden verschluckt wurde. Andererseits *mußte* sie es ihm vielleicht erzählen, weil er der einzige war, der ihr diesen Unsinn mit Merle ausreden und sie dazu bringen konnte, das einzugestehen, was sie bereits wußte, aber nicht über sich brachte, auszusprechen, nämlich daß sie ihn liebte. Frank liebte. *Hör mir zu.*

»Wie lang wärst du mit dieser Show unterwegs?« fragte er leise. Der Gedanke an Maria, die weit fort war, an seine leeren Abende, an seine unbeschäftigt herunterhängenden Arme.

»Ich weiß nicht. Sechs Monate wahrscheinlich. Ich weiß nicht, ob ich das kann oder nicht. Es ist so *lang*. Natürlich würde es Spaß machen, Merle wiederzusehen. Er war der erste Mensch vom Theater, der fand, daß ich gut war. Er hat mir bei *allem* geholfen. Ich habe so viel von ihm gelernt.«

Franks Hand hing über den Häusern, der Schatten seiner Zeigefingerspitze fiel genau in die Mitte des Blocks und fegte sie dann mit einem Wisch vom Tisch, und sie flatterten davon – der peinigende Schmerz, den ihm diese sanften Sätze zufügten!

Sie liebevoll von Merle sprechen zu hören war wie ein Messer in seiner Seite, und er wollte sie anschreien, sie solle verdammt noch mal verschwinden und zu Merle gehen und ihn in Ruhe lassen. *Tu, was du schon die ganze Zeit tun wolltest. Du hast mich nicht einen Moment getäuscht. Du hast nur mit mir gespielt, na bitte, ich habe auch nur mit dir gespielt, du bedeutest mir gar nichts, geh schon,* aber dann hallten die Worte wie ein Gong in seinem Kopf: *Hör mir zu. Hör mir zu.*

Sie seufzte. »Ich bin noch nie so durcheinander gewesen«, sagte sie. »Ich habe dich sehr gern, Frank. Du bist lieb, und du bist vernünftiger als jeder Mensch, den ich je gekannt habe, und du bist liebenswürdig und *gut*, und ich habe immer zärtliche Gefühle, wenn wir zusammen sind. Vielleicht ist das dasselbe wie Liebe, ich weiß es nicht. Aber –« Noch ein tiefer Seufzer.

Und dann, zwei Seufzer später, sagte sie, ihr größter Traum sei stets gewesen, das Majestic-Theater in Chicago würde anrufen und ihr eine seriöse Rolle in einem richtigen Theaterstück anbieten. Ibsen oder Shakespeare. Sie würde alles dafür geben. »Ich bin einundzwanzig!« jammerte sie. »Ich habe noch gar nichts gemacht!« Merle kannte Leute beim Majestic.

Frank sagte: »Ich möchte dich heiraten, aber es besteht kein Grund, etwas zu überstürzen, wenn du dir nicht ganz sicher bist.«

»Als ich das erstemal nach Chicago gegangen bin, war ich siebzehn, ich bin meinem Vater weggelaufen«, sagte sie. »Als ich aus dem Zug stieg, hatte ich zwei Dollar und einen Koffer mit allen meinen Büchern darin. Ich ging Richtung Westen, weg vom Loop, suchte nach einem billigen Hotel – aber einem wirklich hübschen, weißt du? Ich lief etwa dreißig Kilometer durch Straßen mit Pfandleihen und Bowlingbahnen und Kneipen, Straßen, wo ich dachte, ich müßte plötzlich anfangen, ganz schnell zu rennen, aber ich war erschöpft vom Tragen der Bücher. Schließlich stellte ich den Koffer ab und setzte mich drauf. Ich konnte keinen Schritt mehr gehen. Ich sagte, lieber Gott, wenn du mir einen Polizisten schickst, werde ich in meinem ganzen Leben keine einzige herzlose Tat mehr begehen.

Ein Mann kam aus einem Lebensmittelgeschäft und schloß die Tür ab und sah mich und kam herüber und fragte, was mir fehlte. Er fragte mich, ob ich in Schwierigkeiten sei. Ja, sagte ich, und er fuhr mich in ein Heim für unverheiratete Mütter. Sie gaben mir ein Bett, und am Morgen wurde mir beigebracht, wie man Babys badet. Daher weiß ich alles darüber.«

»Na ja«, sagte Frank, »nur gut, daß es kein Polizist war.«

»Wann werde ich dich sehen?« fragte sie.

Er sagte: »In zwei oder drei Wochen.«

Nachdem sie sich verabschiedet hatten, ging Frank ins Badezimmer und packte seine Reisetasche. Er stopfte zehn Paar Socken hinein, sechs Boxershorts, sechs Unterhemden, drei Kordhosen, ein Wollhemd und drei gute Oberhemden, eine rotkarierte Krawatte und sein Rasierzeug, und dann klingelte das Telephon.

Es war eine weinende Maria. »Verlaß mich nicht«, sagte sie.

»Ich komme wieder.«

»Bitte verlaß mich nicht.« Sie sagte, nein, sie würde keine Tournee mit Merle durch Amerika machen und nicht auf Elefanten mit Haaren wie Nähnadeln reiten und sich nicht von einem Gelegenheitsartisten am Knöchel herumwirbeln lassen und dahängen mit aus dem Korsett purzelnden Brüsten – nein, sie würde bei WLT bleiben und kleine Rollen spielen und darauf hoffen, daß sich einmal etwas Gutes ergebe. Sie würde ihm schreiben. Sie würde auf ihn warten.

Er würde in wenigen Wochen zurück sein. Vielleicht würde er bei ihr einziehen, oder vielleicht würde sie mit ihm nach Chicago gehen. Vielleicht nur für einen Urlaub. Vielleicht für immer. Dabei beließen sie es.

Kapitel 34
Trunkenbolde

Red holte Reverend Odom und Frank abends um sieben Uhr mit dem Bus am Antwerp ab, und sie sausten zur Baptistenkirche, um die Sachen der Shepherds aus Als Kofferraum zu holen, und wollten danach Slim einladen und dann um zehn Uhr wieder zurück bei der Kirche und den Jungs sein. Aber die Jungs hatten ihre Sachen noch nicht gepackt. Al ja, aber er hatte sie zu Hause gelassen. Die Jungs saßen alle in Rudys blutergußfarbenem Pontiac, lachten und aßen Grillhühnchen aus einer braunen Tüte und ließen eine andere braune Tüte, eine kleinere, herumgehen. Als Rudy das Fenster runterkurbelte, konnte sich sein Blick schon nicht mehr scharf auf Frank einstellen. »Wir werden dasein, wenn du uns brauchst!« brüllte er. »Keine Bange!« Wendell lag hingerekelt auf dem Beifahrersitz mit dem Kopf am Fenster; er sah aus, als hätte ihm jemand mit dem Baseballschläger eins übergezogen. »Schnapp dir ein paar Anzüge aus meinem Schrank, ja? Du weißt, wo ich wohne. 12-B. Die Hintertür ist unverschlossen. Laß nur den Hund nicht raus, klar? Pack mir ein paar Anzüge für die Auftritte ein und ein paar Cowboyhemden und schmale Krawatten und Unterwäsche und – ach, du weißt schon.«

»Wir müssen um fünf Uhr morgen früh in Roseau sein«, sagte Frank und spähte auf den Rücksitz.

»Noch nie einen Auftritt verpaßt! Niemals! Frag Odom. Er weiß es«, sagte Elmer. »Niemand hat je einen Shepherd beschuldigt, er hätte einen Auftritt platzen lassen! Du holst die Klamotten, wir machen die Show!« Sie lachten alle.

☆ ☆ ☆

»Sie sind betrunken!« sagte Frank, als er wieder in den Bus stieg.

»Ja, hab ich mir gedacht«, sagte Reverend Odom.

»Es stört Sie nicht, das zu sehen?«

»Was zu sehen?«

Frank blickte finster. »Einen Haufen Gospelsänger, die besinnungslos vollgetankt in die Kirche gehen?«

Reverend Odom schüttelte den Kopf. »Es braucht mehr als ein paar Reingeister, um jemand aus North Dakota die Besinnung zu rauben. Die Shepherd Boys konnten schon immer viel vertragen.«

»Was ist ein Reingeist?« fragte Frank.

»Ein Reingeist ist purer Alkohol. So pur, daß du spürst, wie er verfliegt, wenn er runterrinnt. Kein Firlefanz, keine Farbe, kein Anis- oder Wacholdergeschmack, keine kleinen Oliven oder Zitronenscheiben, kein Obst. Reingeist hat nur einen Zweck. Er ist das Flaggschiff jeder Schankstube. Hinterläßt keine Spur im Atem. Er ist das bevorzugte Getränk von Gospelsängern.«

Der Bus kurvte um den Block und fuhr wieder Richtung Antwerp.

»Manchmal reden Sie ganz und gar nicht wie ein Prediger«, sagte Frank.

Der Reverend fuhr auf. »Als Prediger verabscheue ich das wie die Hölle. Nur weil ich mich in der Welt auskenne, heißt das nicht, daß ich ... ich meine, man muß kein Depp sein, um gut zu sein, weißt du. Es hilft, aber es ist nicht unbedingt erforderlich. Außerdem kenne ich die Shepherd Boys schon eine Ewigkeit. Ich kenne sie zu gut, um mich über sie zu entrüsten. Und es gibt nichts, was sie tun könnten, das ich selbst nicht schon zweimal getan habe.«

»Es tut mir leid«, sagte Frank. »Aber wieso müssen sie trinken?«

»Sie sind aus North Dakota, aus einer kleinen Stadt namens Stacy«, sagte der Reverend. »Draußen in der Prärie, wo der Wind unentwegt bläst und die Bäume deshalb schräg wachsen und die Zivilisation hundert Jahre hinterherhinkt. Jeder, der in Stacy bleibt, wird genauso wie seine Mutter und sein Vater, nur ein bißchen schlimmer. Von November bis Mai kommst du dir vor, als würdest du auf dem Mond leben, und im Januar hat die Natur es ernsthaft darauf abgesehen, dich umzubringen, daher ist die Religion nur eine Art gelegentliches Steckenpferd im Vergleich zu dem Glauben der Menschen an Gin und Bourbon. Ich weiß das. Mein Bruder betreute früher eine Kirche östlich von dort, Zion-Lutheraner. Die Shepherd Boys gehörten zur Gemeinde ihrer Eltern, bekannt als die Kirche zum Reinen Evangelium – ein kleiner fundamentalistischer Haufen, der glaubte, daß Gott keinerlei Sünde oder Irrtum duldet –, und so verbrachten diese Leute sechs Jahre damit, eine Kirche zu errichten, und entdeckten dann, daß das Hauptportal um zwei Zentimeter schief hing. Das kam natürlich durch den Wind, aber für sie war es eine Prüfung ihres Glaubens, und einige von ihnen gingen fort, um eine neue Kirche zu gründen, die auf dem Glauben basierte, daß Gott Abweichungen duldet, selbst eine *gepachtete* Kirche, und manche blieben, um weiterhin die perfekte Kirche zu bauen, und auch die Shepherd Boys blieben, lernten aber darüber hinaus den Whiskey schätzen. Und der Whiskey inspirierte sie dazu, Gospelmusik zu singen.

Verzeih mir, wenn ich zu offen bin. Sie waren damals zu sechst, die vier Shepherds, Wendell Shepherds Freundin, Alice Hammer, und ihr Bruder Raymond, und jeden Sonntagabend nach der Kirche gingen sie nach East Grand Forks und fuhren die Main Street rauf und runter, tranken Whiskey und hatten nur Sex und die Idee im Sinn, Gospellieder zu singen. Die äußeren Umstände sprachen gegen sie. Raymond und Alice besuchten die Kirche der Zion-Lutheraner, die Kirche meines Bruders, und als Fundamentalisten glaubten die Shepherds, die Lutheraner hätten eine lockere Moral. Also blieb Wendell an Alice dran, und sie hatten ein bißchen Sex miteinander oder was sie damals für Sex hielten, und die vier Jungs auf dem Vordersitz sangen ›Wohl dem, der widerstehet‹. Es klang gut, wie es so von der Windschutzscheibe abprallte, es hörte sich ganz wundervoll an, abgesehen davon, daß Raymond einen Ton nicht mal mit einem Griff dran hätte halten können. Sie brauchten Wendell vorne auf dem Sitz, aber der war hinten mit Alice beschäftigt, und außerdem war es Raymonds Wagen.«

Reverend Odom machte eine Pause. »Das ist eine zu lange Geschichte«, sagte er. Er schaute im Vorbeifahren aus dem Fenster auf eine Fabrik. »Wo sind wir?«

»Northeast Broadway«, sagte Frank. »Erzählen Sie weiter.«

»Dann hörte Elmer eines Tages von dem WLT-Golden-Gospel-Quartett-Turnier, das ein paar Wochen später im Bathsheba Bible College in Minneapolis stattfinden sollte. Bathsheba war bei den Gemeindekindern als die Bibelschule bekannt, bei der der Fundamentalismus Spaß machte. Es herrschte dort der Glaube, daß ein Christ, der eine Nichtgläubige heiratete, verloren wäre, und daher taten sie alles Denkbare, um junge Christenmenschen einander näherzubringen. Sie brachten Jungen und Mädchen in unmittelbarer Nachbarschaft unter, zogen eine Wand zwischen ihnen hoch, um das Interesse zu fördern, verschlossen die Türen, engagierten Anstandspersonen, hielten Vorträge über Sex – Lust – Sinnliche Begierde – Geschlechtlichen Umgang – Fleischliche Wollust ... Nach ein paar Wochen konnte ein Junge kaum mehr die Beine übereinanderschlagen.

Wenn sie das WLT-Turnier gewännen, wäre das die Fahrkarte aus Stacy heraus, aber zuerst mußten sie Raymond loswerden. Sie wußten nicht, wie sie es ihm beibringen sollten. Raymond sang für sein Leben gern. Man hätte niemanden finden können, der schlechter und lieber sang. Dann, eines Samstagabends, geriet sein Wagen einige Kilometer westlich der Stadt aus der Kurve und raste gegen einen Baum, und er wurde getötet. Nur drei Kurven im ganzen Distrikt, und nur eine mit einem Baum in der Nähe, und so schien es Gottes Wille gewesen zu sein. Er krachte mit hundertvierzig Sachen dagegen. Ein paar Tage später wurde er wieder zusammengesetzt und mit einem neuen blauen Anzug bekleidet in einem Hundertfünfzig-Dollar-Mahagonisarg aufgebahrt und sah netter aus als jemals zu seinen Lebzeiten, jetzt, da sein Hauptproblem endlich gelöst war. Ich weiß das, weil ich bei meinem Bruder zu

Besuch war, und er hat den Gottesdienst bei der Beerdigung gehalten, und ich habe die Orgel gespielt.

Das war also das Debüt der Shepherds als Quartett mit Wendell als Leadsänger. Sie schlurften schniefend in die Kirche, und Wendell sagte zu mir: ›Können Sie "Christus, meine Zuversicht" in C?‹, aber das kannte ich nicht, also sangen sie ›Ich bin ein Gast auf Erden‹, ›Gen Himmel aufgefahren‹ und ›Wie herrlich ist die neue Welt‹. Sie waren ziemlich am Boden zerstört wegen Raymond, und doch – sie klangen *gut*. Mein Bruder sagte, daß Raymonds Tod eine Lücke in ihrem Leben hinterließ, die niemals geschlossen werden könnte, was wohl gestimmt haben mag, aber auf der anderen Seite ist das Leben schließlich voller Lücken. Und am Ende von ›Wie herrlich ist die neue Welt‹, als mein Bruder den Segen sprach, beugte sich Al zu Rudy und sagte: ›Scheiße, wir sind besser denn je‹.«

☆ ☆ ☆

»Raymonds Tod war schrecklich für seine Freundin Pearl Pierce, weil sie in jener Nacht im Clover Motel auf ihn gewartet hatte. Er hatte sie dort mit ihrem kleinen rosa Negligé mit Teddybären drauf abgesetzt und war auf ein paar Bier nach Grafton gefahren. Normalerweise war Raymond ein vorsichtiger Fahrer, wie die meisten Lutheraner, aber diesmal war er auf dem Weg zurück zum Motel, wo ihn Vergnügen pur erwartete, und seine Hormone drückten aufs Gaspedal, und sein kleiner Kamerad übernahm das Steuer, und damit war er geliefert. Als Lutheraner brauchte er das Bier, um den Liebesgenuß zu dämpfen, also könnte man sagen, es war das Schuldgefühl, das ihn umgebracht hat, und die arme Pearl lag da in ihrem Negligé, das Haar gekämmt, die Zähne geputzt, die Brüste leicht parfümiert, mehrere Stunden lag sie so da und wurde allmählich wütend, weil sie versetzt worden war, und sie rief bei Raymond zu Hause an und sagte: ›Ich will mit diesem verlogenen, nichtsnutzigen, rattenärschigen Sohn von Ihnen reden‹, und Raymonds Mutter mußte ihr die tragische Nachricht beibringen. Pearl war darüber so erschüttert, daß sie in ihrer großen Verzagtheit einen Prediger heiratete – sie ist meine Frau –, und unser erstes Kind nannten wir Raymond. Wir haben uns vor fünf Jahren getrennt, als ich die Kirche verließ. Eine traurige Geschichte, mein Sohn. Eine gute Frau.

Mittlerweile bereiteten sich die Sheperds auf den Wettbewerb vor. Sie fanden einen Gospel-Gesangslehrer, der ihnen ein paar gute Tips gab, etwa: nervöse Angewohnheiten aufzugeben wie an Wunden oder Warzen rumzupolken, immer glücklich auszusehen beim Singen, und wenn man einen falschen Ton traf, nicht mit der Wimper zu zucken oder rot zu werden – man schließe die Augen und strecke die Hände aus, vielleicht denken sie, man hätte vor lauter Rührung einen zu hohen Ton erwischt. Der Lehrer – der übrigens Baptist war – nahm außerdem Al beiseite und sagte ihm, wenn er ein *echter* Baßsänger werden wolle, müsse er vor jeder Vorstellung Lukkys rauchen und Jim Beam trinken, damit seine Stimme tiefer klang. Al tat, wie ihm geheißen, und die anderen beschlossen, sich ihm aus Loyalität anzuschließen.

Und hiermit komme ich zur Antwort auf deine Frage, mein Sohn. Die Shepherds wußten, daß es unrecht war – sich zu betrinken, damit man besser Gospelmusik singen konnte! Das ist natürlich schrecklich – aber manchmal tut man trotzdem Dinge, von denen man weiß, daß sie unrecht sind, weil man neugierig ist, was dabei rauskommen wird. Und es kam etwas Großartiges dabei heraus. Mit einem Päckchen Luckys und einem halben Liter Schnaps konnte Al bis unter die Bühnenbretter singen. Und du weißt, daß das A und O eines Gospelquartetts der Baß ist. So klangen sie besser. Und das schlechte Gewissen, weil man etwas Unrechtes getan hat, ist nicht so furchtbar, wenn etwas Gutes daraus entsteht. Und außerdem waren sie halt aus Stacy. Also, deshalb trinken die Shepherds soviel, obwohl sie Gospelmusik singen.«

»Und dann?« fragte Frank.

»Und dann was?«

»Was ist dann mit ihnen passiert?«

Reverend Odoms Gedanken waren einen Moment abgeschweift. »Ich bekomme immer Durst, wenn ich an North Dakota denke«, sagte er leise. Er sah aus dem Fenster auf die vorbeiziehende Franklin Avenue.

»Möchten Sie auf ein Bier anhalten?«

Das Gesicht des Mannes verfinsterte sich. »Nein, ich würde gern einen Reingeist trinken. Und dann drei Biere. Aber ich werde es nicht tun.« Er lächelte. »Preiset Gott für den Sieg. Ich werde es nicht tun.« Er blickte zu Frank. »*Also* – folgendes passierte dann: Die Shepherds gewannen den ersten Preis beim regionalen Ausscheidungssingen in Minnesota und schlugen mehrere Quartette, die viel besser waren als sie selbst. Ich erinnere mich an eins aus Park River, North Dakota, das mit einer Pompons wedelnden Jubeltruppe kam, die schrie:

Vater, Sohn und Heiliger Geist,
Nur North Dakota uns Glück verheißt.
Und Minnesota träumt nur davon,
Heiliger Geist, Vater und Sohn.«

»Verzeihen Sie«, sagte Frank, »aber warum waren Sie dort?«

»Inzwischen war ich ihr Begleiter und ihr Fahrer. Wir machten uns also auf nach Minneapolis zum Golden-Gospel-Finale, und Wendell schlief auf dem Vordersitz ein, und Raymond erschien ihm im Traum. Raymond fuhr ein weißes Kabrio und sah glücklich aus. Er sagte: ›Ich bin im Himmel. Es gefällt mir wirklich gut hier oben. Es ist klasse. Aber ihr dürft erst kommen, wenn ich es sage. Vielleicht erlaube ich es euch. Ich weiß nicht. Ich muß drüber nachdenken. Übrigens, was hast du dir dabei gedacht, mit meiner Schwester herumzudödeln, du Blödmann?‹ Wendell wachte auf und warf seine Arme um mich, und wir wären beinahe im Graben gelandet.

Das hat den Shepherds eine Heidenangst eingejagt. Bis zum heutigen Tag stehen sie Todesängste im Auto aus. Wie Wendell sagte: Gott liebt die Symmetrie, und manchmal kann man nur zu deutlich sehen, was als nächstes kommt. Er hatte Angst, wenn sie das Wettsingen-Turnier gewännen, würde Gott auf dem langen Heimweg ihr Auto gegen einen Baum lenken und sie umbringen. Es machte ihm so sehr zu schaffen, daß er hinter der Bühne von Brechreiz geplagt wurde, und dann ermahnte ihn Rudy, sich zusammenzureißen. Rudy sagte: ›Nur wenn wir verlieren, müssen wir wieder nach Hause fahren. Wenn wir gewinnen, bleiben wir in Minneapolis und gehen zum Radio, und hier kannst du dann zu Fuß gehen oder die Straßenbahn nehmen.‹ Und so gingen sie auf die Bühne und sangen sich die Seele aus dem Leib.

Ihre große Konkurrenz waren ein Quartett namens Die Gefangenen Christi aus der Staatlichen Besserungsanstalt mit einem so tiefen Baß, daß er einem die Schuhe auszog, und einem so hohen Tenor, daß sich einem die Haare aufrichteten, und ein Cowgirlquartett, das ›Ein Blick nach jenen Zionshöhen versüßt mir alles Leiden‹ sang mit diesen ganzen Handbewegungen, und sie trugen extrem kurze Röcke, und wenn sie die Arme hoch, hoch hinaufstreckten zum *Gipfeltüpfelchen* der Zionshöhen, konnten die Schiedsrichter ihre rosa Unterhöschen sehen. Das Rosa sah so fleischfarben aus, daß man sehr genau hinschauen mußte, um zu sehen, daß sie nicht nackt untendrunter waren. Aber die Shepherds schlugen sie haushoch mit ihrem Lied ›Das Unglück auf dem Highway‹. Es handelte von Raymond. Du kannst eine Aufnahme davon in der Plattenbibliothek finden. Jedenfalls gewannen sie. Sie besuchten ein Jahr lang die Bathsheba-Schule und schmusten mit christlichen Mädchen herum – zumindest waren sie christlich gewesen, als sie die Shepherds kennenlernten –, und sie ließen sich in Minneapolis, ganz in der Nähe von WLT, nieder, und seit zehn Jahren singen sie im Radio in der steten Erwartung, daß Gott sie strafen wird, aber bisher hat Er es nicht getan. Warum sollte ich es also tun?«

Der Bus hielt in der Gasse hinterm Antwerp. Frank dankte Reverend Odom für die Geschichte, und sie nahmen den Fahrstuhl zum elften Stock und fanden Wendells Hintertür. Ein riesiger Hund knurrte auf der anderen Seite. »Mach schnell auf, ich halte ihn fest«, sagte der Prediger, und Frank stieß die Tür auf, und der Hund machte einen Satz, und Reverend Odom erwischte ihn am Halsband, verdrehte es, schleifte den Hund ins Badezimmer und schloß ihn ein. Das Apartment stank nach Müll und Zigarettenrauch. Frank fand den Schrank und einen Koffer und packte ein paar Anzüge ein, und dann hörte er das Kratzen eines alten Plattenspielers.

»Hier ist es«, rief der Prediger. »›Das Unglück auf dem Highway‹.« Frank hörte zu und der Hund auch. Er hörte auf, an der Badezimmerwand zu kratzen. Die Platte zischte und knackste wie ein Freudenfeuer, und dann setzte eine Orgel ein, langsam und eiernd wie ein Wackelpudding, und dann Wendells traurige Stimme.

Es war spät nachts, als wir zu fünft
Losfuhren, um zum Tanz zu gehen.
Wir rasten wild durch die Prärie,
Das Auto kam nicht mehr zum Stehen.
Raymond war so ein guter Christ,
Gab nie sich einer Sünde hin.
Er wollte auch nicht mit uns fahren
Und trank nie mit von unsrem Gin;
Hielt nichts vom Rauchen oder Knutschen.
Ein Christ zu sein, das war sein Traum.
Doch wir kriegten die Kurve nicht,
Und rasten gegen einen Baum.

WENDELL: Ich weiß nicht, wie es passierte. Ich lag auf dem Boden vor dem Rücksitz, und auf einmal waren überall Flammen und Glasscherben und der Geruch von verbranntem Gummi, und ich rief: »Wo seid ihr alle?«

ELMER: Wir waren alle da, ohne einen Kratzer am ganzen Leib standen wir auf der Straße, wir hatten uns nicht mal das Haar verbrannt, und ich hielt noch immer einen Becher voll Gin, und nicht *ein* Tropfen war verschüttet.

AL: Nicht *ein* Knopf fehlte an meinen Sachen, nichts war

zerrissen oder kaputt, stellte ich fest, als ich mich hastig anzog, und dann dachte ich, wo ist Raymond?
RUDY: Der Baum, in den wir gerast waren, stand in Flammen, die Äste loderten hell gegen den Sternenhimmel, und da hing über einem Ast der arme, zerschundene, blutende Körper von Raymond.
WENDELL: Wir hoben ihn runter und legten ihn auf die Erde, und er hatte Schmerzen, aber er schaute hoch zu uns und lächelte und versuchte zu sprechen.
ELMER: Wir hielten unsere Ohren dicht an seinen Mund und hörten seine letzten Worte. Er sagte: »Ich möchte, daß ihr Jungs weitersingt. Ihr seid gut. Ich habe euch das noch nie gesagt, aber es stimmt. Musik ist harte Arbeit, ihr müßt üben und üben, bis ihr nicht mehr könnt, und dann müßt ihr weiterüben, aber ihr könnt es schaffen, ihr könnt es bis nach ganz oben schaffen, und wenn ihr beinahe an der Spitze angekommen seid, und ihr braucht noch einen kleinen Extraschubs, damit ihr ganz raufkommt, dann sollt ihr an mich, Raymond, denken.« Und dann sackte er tot zusammen.

Junger Christ,
Junger Christ,
Dein Tod kam viel zu früh.
Warum nur hast du sterben müssen,
Gesündigt hast du nie!
Junger Christ,
Junger Christ,
Wir schauen hoch zu dir.
Das Himmelreich ist nun dein Heim,
Stets wird unsre Liebe bei dir sein,
Denn Christen sind auch wir.

Frank legte den letzten lurexglänzenden Bühnenanzug in den Koffer, nahm eine Handvoll Unterwäsche und eine mit Socken und stopfte sie dazu. Reverend Odom öffnete die Badezimmertür, bevor sie beide hinausstürzten, und der Hund knallte mit voller Wucht gegen die Hintertür, als sie gerade hinter ihnen zuschlug.

Kapitel 35
Die lange Nacht

Slim stand draussen vorm Five Corners. Er schien nicht eben nüchtern zu sein, aber er erkannte sie und stieg ohne Hilfe in den Bus. »Ich brauch 'n paar Kippen«, sagte er. »Hat jemand 'nen Vierteldollar?« Sie hatten Kippen und fuhren zur Kirche weiter. Elmer war fertig und Rudy auch, aber Wendell wurde im Vestibül umlagert, wo er Autogramme gab und Witze riß und sich photographieren ließ, und Frank mußte ihn von einer Schar schnatternder Mädchen, die an seinen langen, schlaksigen Armen hingen, losreißen und den Star durch die Reihen der Getreuen manövrieren und hinauf auf das Trittbrett vom Bus, wo er sich umdrehte und die Arme ausbreitete und schrie: »Ich liebe euch! Jede einzelne von euch! Ich liebe euch!« Er verdrückte sich in den Bus und zog die Krawatte aus und sagte: »Heilige Scheiße, gebt mir ein Bier.« Dann spähte er aus dem Fenster. »Habt ihr die kleine brünette Mieze mit der Bluse gesehen? Ihre Brustwarzen stehen so weit vor, daß man seine Kaffeetasse dran aufhängen könnte.« Rudy johlte. »Du kitzelst wirklich das Beste aus ihnen heraus, Bruder! Sie hatten alle feuchte Jeans deinetwegen! Nicht *ein* trockener Sitz in der Bude heute abend!« Der Bus fuhr nach Franks Uhr um sieben nach elf vor der Kirche ab. »Haltet euch fest«, sagte Red. Elmer lag hinten in seiner Koje und rauchte eine Zigarre. Al schlief bereits in der oberen Koje, den Hintern rausgestreckt und leise schnarchend. »Ich brauche so dringend eine Frau, daß ich sie direkt schmecke«, sagte Wendell.

»In sechs Stunden«, sagte Reverend Odom, »sollen wir in Roseau sein, im Radio. Roseau ist sieben Stunden von hier entfernt, glaube ich. Möge Gott uns beistehen.«

Der Bus war eine alte Blechschaukel mit einer Toilette und einer Küche an Bord und angeblich acht Schlafplätzen, und sie waren zu neunt, die vier Shepherds plus Slim, Reverend Odom und Red Pfister, der Schlagzeuger, und Barney Barnum, der Techniker, der außerdem kochte, und Frank, der die Songbücher und die 45er-Platten vorstellen und verkaufen und bei ihren Kirchenauftritten den Hut herumgehen lassen würde. Der Bus hatte mal einer anderen Gospelfamilie gehört, den Rankins, verhaßten Rivalen der Shepherd Boys, und sie tourten jetzt in einem größeren Bus unten im Süden, wo die Menschen sie liebten und wo es warm war. »Ich hoffe, sie werden von Schlangen gebissen«, sagte Rudy. »Ich hoffe, sie stecken sich gegenseitig mit Hämorrhoiden an, großen, fetten Beulen in der Größe von Zitronen, Hämis, so groß, daß sie sich nicht mehr setzen können, und dann, hoffe ich, schickt Gott ihnen den größten, härtesten Stuhlgang ihres Lebens. Das wünsche ich den Rankins.«

Dieser Bus war Elmer luxuriös vorgekommen, als er voller lächelnder Rankins in weißen Cowboyanzügen mit grünen und goldenen Fransen gewesen war. Er kaufte ihn ihnen in der Hoffnung ab, daß etwas von ihrem Glück auf sie abfärben würde, und stellte fest, daß die Kupplung im Eimer war. Al gab ihm den Spitznamen Rankins' Rache, aber natürlich waren die Rankins finanziell fein raus und brauchten sich für nichts zu rächen. Sie waren heiß, glühten diesen Monat die Charts hinauf mit ihrem strahlenden Lächeln auf dem Cover von *Radio Romance* und einer Geschichte: »Das Weihnachten, das ich nie vergessen werde« von diesem Armleuchter Ronnie Rankin, wo er beschrieb, wie er Weihnachten mit Besuchen in Waisenhäusern und dem Verteilen von Geschenken an verkrüppelte Kinder verbracht hatte – was für ein Lügner! Nein, es waren die Shepherds, denen der Arsch auf Grundeis ging.

Eine Sechs-Uhr-Sendung und eine Mittagsshow, nur um die Unkosten zu bestreiten, und ein Abendkonzert, um die Gagen reinzukriegen, und ihr Profit (falls überhaupt) mußte aus dem Verkauf der Songbücher und Platten kommen – WLT zahlte ihnen keinen müden Cent für die Tournee, und was die Sponsoren anging, Home Salad und Prestige-Reifen & Stoßdämpfer, so bestand ihr ganzer Beitrag in dreißig Näpfen Krautsalat und sechs schlauchlosen Reifen für die Tournee, und der Krautsalat war gegoren, und die Reifen hatten die falsche Größe. Die Leute von Home hatten das Gefühl, das Gospelpublikum bestünde aus der Sorte Leute, die ihren Salat selber machten. Sie sagten Elmer, sie würden ihre Sponsorenschaft nach dem Januar nicht erneuern, falls die Gewinne nicht wieder steigen würden. Mittlerweile hatte Rudy das Gerücht gehört, die Rankins wären dabei, sich ein *Flugzeug* zu kaufen.

»Ich bete zu Gott, sie stürzen brennend ab und landen mit Karacho auf ihrem Hintern«, sagte er.

Aber der Bus war zu klein für neun Personen, eine Tatsache, die ihnen dämmerte, als sie durch St. Cloud fegten und allmählich müde wurden. Die vier Kojen gehörten natürlich den Shepherds, und Slim und Reverend Odom, die kleiner waren, sollten sich den Tisch teilen, den man zu einem Bett ausklappen konnte, und Frank und Barney würden in wechselnden Schichten in der Hängematte über dem Fahrersitz schlafen, immer der, der gerade nicht mit Red redete, um ihn wachzuhalten, aber die Bewegung der Hängematte verursachte einem Übelkeit, und das Tischbett war nur einszwanzig breit. Eine enge Linkskurve würde den Außenliegenden (Slim, der schwache Nieren hatte) in den Gang runterschleudern. Er versuchte, Gurte zu montieren, um sich festzubinden, fürchtete dann aber, im Schlaf dagegenzufallen und von ihnen erwürgt zu werden. Und so schlief zunächst einmal niemand, außer Al und Rudy und Wendell. Und Reverend Odom, der in den Sitz hinterm Fahrer gesackt war. Red peste mit hundertvierzig Stundenkilometern Richtung Norden, und der kahle Kopf vom Reverend kullerte wie eine lose Bowlingkugel von einer Seite zur anderen. Barney saß am Tisch und glotzte aus dem Fenster auf die vorbeisausenden Farmen, während sie auf dem Highway 10 nach Norden rauschten, und Frank saß neben ihm, einen Brief an Maria schreibend, und Slim hatte sich auf der anderen Seite vom Mittelgang hingehauen, spielte auf seiner Gitarre und sang:

Es war mal ein Bock namens Rudy,
Der wollt' keine knackige Trudie.
Er sprang in die Betten
Nur mit den ganz Fetten
Und mochte am liebsten ihr Schnuti.

Ei-jei-jei-jei.
In China, da ißt niemand Chili.
Und ich kenne keine so schönen Beine
Wie deine ganz nackig, o Willie.

Er fing gerade an mit: »Da war mal ein Furz namens Elmer«, als Elmer von hinten auftauchte, sich neben ihn setzte und seufzte. »Das ist eine verdammt miese Art, eine Tournee mit so ordinären Liedern zu beginnen«, sagte er. Elmer sprach mit einem schwachen Lispeln, das stärker wurde, wenn er aufgebracht war, und Frank konnte hören, daß er weit davon entfernt war, aufgebracht zu sein. Elmer war der älteste Shepherd, und er hatte von seinen Brüdern schon so viel hinnehmen müssen, daß er nicht mehr so leicht aufzubringen war.

»Slim«, sagte er, »ich wünschte, du würdest versuchen, dem Musikgeschäft ein wenig positiver gegenüberzustehen.«

»Elmer«, sagte Slim, »du bist noch verrückter als ich, und das will was heißen.«

»Diese Band steht auf der Schwelle zu einem großen, gewaltigen Erfolg, Slim. Du hast die Leute heute abend erlebt. Sie waren verrückt nach uns. Wir haben diese Leute heute abend *begeistert*. Sie haben uns bis zum Wahnsinn geliebt. Wir waren nicht wie diese ganzen kuschelwuschel Gospelgruppen, die herumstehen und mit gefalteten Händen und zur Decke verdrehten Augen säuseln – Mann, wir haben heute abend eine Show abgeliefert. Nein, wir stehen kurz vor dem Durchbruch, Slim, und du solltest bei uns bleiben, aber du wirst manchmal so negativ, daß es nur schwer zu ertragen ist.«

»Elmer«, sagte Slim, »diese Tournee ist die reinste Hölle, und sie hat noch nicht mal angefangen. Ich habe den Reiseplan gesehen. Diese Tour ist von Leuten zusammengestellt worden, die euch hassen, Elmer. Vier und fünf Vorstellungen am Tag, meilenweit voneinander entfernt, mitten im Winter. Es ist mörderisch. Sie haben vor, uns über Bord zu schmeißen. Hierbei geht es nicht um Promotion – ihr seid Idioten, wenn ihr das glaubt. Es ist Winter! Das ergibt überhaupt keinen Sinn. Ihr wollt nicht, daß wir von Bord kippen? Prima. Ich werde grinsen, bis meine Zähne einen Sonnenbrand kriegen, aber das ändert nichts an den Tatsachen. Wir fahren nach Norden, die Straßen sind völlig vereist, und Red ist Schlagzeuger und kein Fahrer, und demnächst werden wir nachts von der Straße abkommen und gegen einen Baum knallen, und man wird uns in geschlossenen Särgen begraben müssen. Jedenfalls uns alle hier vorne. Ihr Prinzen da hinten in euren warmen Betten werdet vermutlich davonkommen.«

Als er die Bemerkung über seine Fahrkünste hörte, beschleunigte Red. Frank sah auf den Tachometer. Hundertfünfzig. »Ich glaube, daß hundertzehn schnell genug sein müßte, um uns rechtzeitig hinzubringen«, sagte er, wobei er über Reds Schulter auf die Striche der Mittellinie schaute, die wie weiße Gleise unter ihnen hinwegwitschten. Red fuhr gerne in der Mitte der Straße und schnitt die Kurven. In einer Linkskurve ließ er sich auf die linke Spur gleiten und dann von der Fliehkraft wieder zurücktragen. »Man weiß nie, wann man später Zeit verliert«, sagte er. »Könnten in Schnee geraten weiter nördlich. Muß Zeit rausholen, solange die Straße noch gut ist.«

Es war mal ein Schwanz namens Wendell
Heiß begehrt für das Liebesgetändel.
Doch vom vielen Gebrauch
War er schlaff wie ein Schlauch,
Daher nahm er jetzt nur noch sein Händel.

Ei-jei-jei-jei.

»Händel reimt sich nicht auf Wendell«, sagte Elmer besserwisserisch. »Ich gehe ins Bett.« Er trudelte zurück in seine Koje und ließ sich nieder, als der Bus in eine scharfe Kurve ging. Er fügte hinzu: »Ihr solltet euch lieber ausruhen, Jungs. Harter Tag morgen.« Ein langes Hupen zog links an ihnen vorbei, und Red fluchte leise, *verdammte Farmer*. Er hielt sich weiter in der Mitte der Straße. Frank drehte sich herum, um durch die Windschutzscheibe zu gucken und den Tachometer zu prüfen. Wieder auf hundertvierzig, aber die Straße war kurviger und hatte mehr Dellen und Schlaglöcher. »Die Straße scheint ziemlich schlecht zu sein«, bemerkte er. »Sie wird noch schlechter werden«, sagte Red. Und Slim sang noch eine Strophe:

Es war mal ein Hengst namens Al,
Der liebte es heftig und schnell.
Lag er auf einer Musch,
Stieß er kurz seinen Pusch
In sie rein und schrie dabei grell.

Ei-jei-jei-jei.

Er machte eine Pause und hoffte auf ein Wort von Al, aber Al war weggetreten, und wenn Al schlief, konnte nichts ihn wach kriegen, bevor er nicht zum Aufstehen bereit war. Die anderen Shepherds hatten ihn schon in Busse und Hotels hineingetragen und auch wieder hinausexpediert, sie hatten ihn in Kneipen abgelegt, ihn gegen Wände gelehnt und auf Tischen drapiert, und einmal hatten sie ihn in einem Brunnenbassin treiben lassen, um zu sehen, ob ein Schlafender schwimmt, und er war nicht einmal aufgewacht. Man konnte Al als Regalbrett benutzen, so fest schlief er. Einmal hatte Slim während einer *Tanz-in-der-Scheune*-Tournee die Hand des schlafenden Al in eine Schüssel mit warmem Wasser gehalten, um zu sehen, ob er das Bett naß machen würde. Es waren drei Schüsseln nötig, aber dann hatte es funktioniert, und Al war trotzdem nicht aufgewacht.

Slim sang eine Strophe über einen Matrosen namens Tex, der mied allen schmutzigen Sex, indem er betete und manchmal knetete selbst seinen Schwanz unterdecks.

»Ich wette, du kannst keine Strophe über Elmer machen«, sagte Barney. Slim sagte, daß er für zehn Dollar mit Freuden eine über Elmer machen würde. »Ha«, sagte Barney, »das würdest du nicht wagen.«

Als sie langsamer wurden, um durch Motley zu fahren, wachte Reverend Odom auf und stolperte nach hinten zur Toilette. Es war schwierig, die Balance zu halten, halb im Schlaf, während der Bus von einer Seite zur anderen schlingerte. Die Toilette war eine Kabüse aus Sperrholz, einen Quadratmeter groß, die einer der Rankins konstruiert hatte, und sie saß über der linken Hinterachse. Der Thron entleerte sich durch ein großes Loch genau hinunter auf die Innenseite des linken Hinterreifens, vermutlich damit die Ausscheidungen verteilt wurden. Zumindest war das die ursprüngliche Idee gewesen.

Die Rankins waren in der Gospelwelt für die besessene Fixierung auf ihre Darmtätigkeit bekannt. Jeder Rankin hatte ein anderes Geheimnis für regelmäßige Verdauung, eine Pille, einen Trank, einen Balsam, und jeder redete mit großer Vorliebe davon. Manchmal litten sie an Durchfall, dann wieder waren sie dicht wie Fort Knox, aber die Rankins versuchten immer, vor jedem Auftritt einen guten Stuhlgang herbeizuführen. Ohne den konnten sie beim Singen nicht ihr Bestes geben. Und nach jahrelangem Herumtouren, als die Rankins es sich schließlich leisten konnten, in Hotels abzusteigen, stellten sie fest, daß sie einer guten Darmentleerung nicht gewiß sein konnten, wenn sie nicht an Bord eines dahinbrausenden Busses waren. Daher stürzten die fünf Rankins eine Stunde vor jeder Show in einen Bus und fuhren hin und her, rauf und runter, eine Stunde lang, falls notwendig, bis sie ihr Geschäft erledigt hatten. Kein Einlauf hatte je bei ihnen denselben Erfolg. Man hätte einem Rankin einen Gartenschlauch einführen können und doch nie das Ergebnis erzielt wie mit einer Busfahrt. Aber der Bus mußte schnell fahren. So um die hundertdreißig war die ideale Abführgeschwindigkeit für die Rankins.

Bei den Shepherds hatte die Bustoilette genau den gegenteiligen Effekt. Bei dem über dem Hinterrad plazierten Toilettensitz mußte ein Mensch damit rechnen, einen Schotterhagel von unten abzukriegen, und eine solche Ladung auf den Hintern löste bei den Jungs absolute Verstopfung aus. Wann immer ein Shepherd im Lokus verschwand, machte sich so mancher Fahrer einen Spaß daraus, nach links zu schwenken und das Hinterrad auf den unbefestigten Straßenrand zu lenken und das Opfer aufheulen zu hören, aber Red gehörte nicht zu denen, die sich etwas aus solchen pubertären Streichen machten.

Das erzählte er Frank, und er erzählte ihm von den Rankins und ihren Unterleibsbesonderheiten, und eine halbe Stunde später parkte der Bus vorm Milaca Hospital. Es war ein Uhr dreißig, und Reverend Odom ließ sich drinnen einen kleinen Splitter aus seinem Glied entfernen. Er hatte im Halbschlaf pinkelnd über dem Lokus gestanden, als er durchbohrt und sofort hellwach wurde, doch er verhielt sich sehr würdevoll. »Ich blute, und ich muß einen Splitter entfernt bekommen«, verkündete er. »Haltet freundlicherweise an und besorgt mir einen Arzt. Entweder das oder erschießt mich. Es tut weh.«

Bis er verarztet war und sich vorsichtig wieder im Bus niedergelassen hatte, war es beinahe halb vier. Zwei Stunden und zwanzig Minuten, um einhundertsechzig Kilometer zurückzulegen. Red fuhr zurück auf den Highway. »Haltet eure Unterhosen fest«, sagte er.

Frank hatte hinter dem Gepäck mit Sitzkissen ein Lager errichtet, auf dem sich der alte Mann ausruhen konnte, und er deckte ihn mit einem alten Quilt zu. »Ich werde es überleben, wenn auch nur so gerade eben«, flüsterte Reverend Odom. »Ich bin nur dankbar, daß ich das meiner Frau nicht erklären muß.« Und er schloß die Augen und fing an zu schnarchen. Barney schlief auf dem Tisch. Slim goß sich einen Becher Whiskey ein. Er bemühte sich, leise einzuschenken, aber Elmer hörte es und wachte auf. »Tu die Flasche weg«, sagte er.

Slim wies auf den Sicherheitsaspekt der Trinkerei hin: wie viele Betrunkene schreckliche Unfälle unverletzt überstanden hatten, die jeden Nüchternen auf der Stelle getötet hätten.

»Mir graut bei der Vorstellung, wie du dich morgen früh anhören wirst«, sagte Elmer.

Slim wurde wütend. Er stand auf und torkelte nach hinten und hielt sich an der Koje fest und teilte Elmer mit, daß hinsichtlich des musikalischen Könnens der Shepherd Boys Hopfen und Malz verloren sei. So miserabel, wie Wendell grölte, könne man »Steinig ist der Weg zum Herrn« nicht von »Heidewitzka, Herr Kapitän« unterscheiden, es klinge alles gleich für ihn, und da Wendell fast alles in F singe, müsse Slim bei jedem Lied dieselben Griffe und dasselbe Tempo benutzen – es sei das gleiche, als würde man in einem Sägewerk immer dieselben Bretter schneiden. Nun, sagte Elmer, wenn er so denke, dann gebe es jede Menge Sägewerke in der Gegend um Roseau, wo er sich einen Job besorgen könne.

»So spricht kein wahrer Christenmensch«, sagte Slim. Dann purzelte er auf Rudy, der auf dem Rücken schlief und sich vor Schmerzen krümmte.

»Sing die Strophe über Elmer«, murmelte Barney, der jetzt wach war.

Elmer stand auf und hievte Slim von Rudy runter, schleifte ihn nach vorne und pflanzte ihn neben Frank auf den Sitz hinter Red. Red hatte die Tachometernadel auf hundertfünfzig festgenagelt, weiter ging sie nicht. Sie hätten ebensogut zweihundertvierzig fahren können nach Franks Gefühl. Elmer setzte sich auf den Sitz gegenüber. »Fahr langsamer«, sagte er. Red ging runter auf hundertvierzig.

»Hör mal her«, sagte Elmer und legte seinen Arm um Slim. »Das ist nur vorübergehend. Wir schaffen es wieder zu unserer alten Form und sogar noch besser. Das Beste liegt noch vor uns, Slim. Du wirst schon sehen.«

☆ ☆ ☆

Frank wußte, daß die Shepherds früher mal, wenn nicht ganz oben an der Spitze, dann zumindest kurz davor gewesen waren. Ihr »Er gab mir eine Krone« war 1942 der große Hit gewesen, und sie waren im ganzen Land auf Propagandatournee für Kriegsanleihen unterwegs gewesen, aber dann hatte Rudy in St. Louis einen aufdringlichen Reporter niedergeschlagen, und Al war dabei ertappt worden, wie er Lebensmittelkarten verkaufte, und Wendell hatte sich in Seattle mit einer Frau eingelassen, die sehr viel jünger war, als er vermutet hatte. Sie verloren ihren Plattenvertrag und machten eine Reihe von Jahren durch, in denen sie sich nur von ihrem WLT-Honorar über Wasser hielten, so daß Elmer das Gefühl hatte, der Herr wollte sie von sich abhängig machen. Jetzt war er wieder zuversichtlich. Wenn sie noch ein weiteres Jahr bei WLT durchhielten, dann hätten sie das Geld, um seinen neuen Song »Die Bibel meiner Mutter« rauszubringen, und er würde ein Hit werden, und sie würden in eine neue Phase der überfüllten Zuschauersäle und des großen Geldes und eines nagelneuen Busses mit hydraulischer Federung und großen Kojen treten.

Er flüsterte Slim ins Ohr, klopfte ihm auf den Rücken, schüttelte ihn sachte. »Du mußt Vertrauen haben«, sagte er. »Es wird wieder besser werden. Ich weiß es. Ich fühle es kommen.«

Genau in dem Moment fuhr der Bus über eine tiefe Bodendelle, und sie flogen alle hoch in die Luft. Frank schlug mit dem Kopf hart gegen das Dach. Von hinten kam ein gedämpfter Schrei von Wendell, dann ein Krachen, als er aus dem Bett taumelte und gegen die Toilettenwand geworfen wurde. Dann, als Red bremste, wurde Wendell nach vorne geschleudert und verlor das Gleichgewicht und fiel auf Elmer und landete dann kopfüber auf der Treppe, wo er seinen Mageninhalt verlor. Er brauchte lange, bis er ihn ganz verloren hatte. Das meiste verlor er sofort, aber dann kam noch ein bißchen hoch und dann noch ein bißchen und noch etwas.

»Das ist die längste Nacht meines Lebens, das schwöre ich«, sagte Elmer.

Noch mehr Mageninhalt.

»Jetzt wißt ihr, wie ich mich fühle, wenn ihr ›Schenkt mir die Rosen, solange ich lebe‹ singt«, sagte Slim.

Sie fuhren wieder mit voller Geschwindigkeit weiter. Red öffnete die Vordertür, und Elmer schüttete einen Eimer Wasser über die Treppe, was sie ein wenig sauberer machte, aber nicht sehr viel. Ein widerlicher Gestank erfüllte den Bus. Elmer half Wendell wieder ins Bett.

»Wir werden heute nacht noch sterben«, murmelte Slim. Frank bot an, etwas Milch für ihn warm zu machen, aber Slim hatte seinen Appetit auf Milch verloren. Seine Gedanken waren bei dem bevorstehenden Unfall. Er saß steif wie ein Brett da und starrte geradeaus auf die Stelle, wo ihr letztes Stündlein schlagen würde. »Du bist die meiste Zeit sehr gut zu mir gewesen«, sagte er zu Elmer, obwohl Elmer weggegangen war. Er bat Frank, seine Gitarre unter den Sitz zu legen und in eine Decke einzuwickeln. Dann machte er seine Hosenträger ab und befestigte ein Ende um seinen Hals und das andere um das Tischbein hinter ihm. Er wollte bei einem Unfall nicht entstellt werden, sagte er, und auf diese Weise würde beim Aufprall sein Genick brechen, und seine Familie hätte den Trost zu wissen, daß er nicht lange hatte leiden müssen, und es würde ein Defilee am offenen Sarg geben. »Als Coop Jackson ums Leben kam, brauchten sie acht Stunden, um seinen Kopf wieder zusammenzuflicken, und sie mußten seine eine Gesichtshälfte aus Latex nachbilden«, teilte er Frank mit.

»Halt den Mund«, sagte Red. »Dein Gequatsche macht einem Gänsehaut.«

»Der Bus ist kälter als der Arsch von 'nem Kanalarbeiter«, sagte Slim.

Red sagte ihm, er solle den Mund halten.

»Okay«, sagte Barney. »Hier sind zehn Dollar. Los. Sing die Strophe über Elmer.« Also langte Slim nach unten, wickelte seine Gitarre aus und stimmte sie und sang:

Es war mal ein Baß aus Dakota,
Der verstand von Musik kein Jota.
Sie brüllten ihn nieder
Und auch seine Brüder,
Elmer Shepherd heißt der Idiot da.

Ei-jei-jei-jei.

»Das hat sich nicht auf Elmer gereimt, und ich bezahle nicht«, sagte Barney. Slim erinnerte ihn, daß die Strophe nur *über* Elmer sein sollte und er nichts wegen des Reimes versprochen hatte. »Aber wenn du dich vor einer Wette drücken willst, dann nur zu, behalte dein Geld, ist mir egal, ich verzeihe es dir. Ich verzeihe jedem. Ich möchte nicht mit bösen Gefühlen gegen jemand ins Grab gehn.« Er fing an »Näher, mein Gott, zu Dir« zu spielen. Red stellte das Radio an, laut, um ihn zu übertönen, und Slim legte seine Gitarre weg, kroch unter den Tisch und schlief ein. Es war vier Uhr morgens.

»Kannst du wach bleiben?« fragte Frank. Red schnaubte wütend. »Klau mir ein paar Kippen aus Wendells Jacke. Ein Päckchen Luckys und zwei Biere, und ich bringe uns in Null Komma nichts nach Roseau.«

Sie fuhren durch dichten Wald, und Frank dachte: »Wenn jetzt ein Reh über die Straße läuft?« Daddy hatte ihm mal von einem Mann aus Mindren erzählt, der ein Reh angefahren hatte. Das Tier flog hoch, seine vier Beine kamen durch die Windschutzscheibe, und seine scharfen kleinen Hufe traten den Mann zu Brei. Im einen Moment sauste man dahin, hörte Radio und war bester Dinge, und im nächsten Moment trat einen ein Reh zu Tode. Sein letzter Gedanke war wahrscheinlich gewesen: *Das ist unmöglich*, genau was Daddy gedacht haben mußte. Daddy fuhr mit Volldampf, seine Hand am Regler, brüllte Jack und den Heizer an, und als nächstes kippte der Horizont um, Nr. 9 sprang aus den Gleisen, und Daddy dachte: *Das kann unmöglich sein* und wurde bei lebendigem Leibe von glutheißen Dämpfen und Höllenschmerzen verzehrt.

Franks Kopf ruckte – Red langte nach hinten und stupste ihn. »Schlaf mir bloß nicht ein, Kumpel. Wir haben noch hundertsechzig Kilometer bis Roseau. Worüber möchtest du hundertsechzig Kilometer lang reden? Willst du hören, wie ich mit der Musik angefangen habe?«

Red hoppelte im Sitz auf und ab, um aufzuwachen. Er ohrfeigte sich. Er schüttelte so heftig den Kopf, daß seine Wangen wabbelten. *Flupp flupp flupp flupp flupp*.

»Ich habe Schlagzeug spielen durchs Kühemelken gelernt. Das ist die Wahrheit. Ich mußte jeden Morgen und Abend zehn Kühe melken, und ich lernte einen versetzten Fünf-Zitzen-Rhythmus, schnell und gleichmäßig, und variierte ihn ständig, damit meine Hände nicht steif wurden – und dann schüttete ich die Milch in die Milchkannen und setzte mich hin und schlug klapperdiklapp auf die leeren Kübel, machte die Rhythmen der Mähdrescher und Dreschtrommeln und Pflanzmaschinen und Förderschnecken nach und den Schlag der großen, dampfangetriebenen Kombinen im Herbst, was für ein Getöse, das Pochen und das Klappern und das Scheppern, das große Schwungrad mit seinem *wuppa-wocka-wuppa-wocka*, und die großen Schaufeln antworteten *wuschp-wuschp-wuschpiduda*, und als ich achtzehn war, hörte ich King Oliver im Radio, und das war alles, was ich brauchte, ich packte meinen Koffer, sagte den Kühen adieu und erzählte es meinem Dad.

›Ich werde nach Chicago gehen, um in King Olivers Band mitzuspielen‹, sagte ich.

›Das kann ich dir nicht erlauben, mein Sohn‹, sagte mein Dad zu mir, in der Küchentür stehend. ›Ein Mann kann in der Welt nichts erreichen mit Musikspielen. Wenn du dort hinausgehst, werden sie dich hoch emporheben und dich auf Händen tragen, und dann werden sie dich so hart fallenlassen, daß du nie wieder vom Boden hochkommst. Nein, Junge. Es ist verlokkend, und ich verstehe es, aber ich könnte dich nicht fortziehen lassen und mich weiterhin einen Christen nennen. Bevor du gehst, mußt du mich niederschlagen.‹

Na ja, Sir, mein Dad war ein stattlicher Mann ohne ein

Gramm Fett am Leib, mit Fäusten, so hart wie Pferdehufe, aber ich holte aus und erwischte ihn auf der Nasenspitze, und das trieb den Knochen hoch in sein Hirn und tötete ihn. Mein Dad lag tot in der Küchentür. Er hatte keinen Schmerz gespürt, und er war als Christ gestorben und direkt in den Himmel gekommen, aber trotzdem war es ein schlimmes Gefühl, meinen Dad getötet zu haben, und ich dachte bei mir: ›Jetzt wird alles, was er gesagt hat, zur Strafe wahr werden.‹ Aber ich ging trotzdem. Konnte mich ebensogut als Musiker wie als Farmer bestrafen lassen. Also machte ich mich nach Chicago auf, aber ich landete in Minneapolis, wo ich in einem Tingeltangel-Schuppen namens The Rapid Rose an der Chicago Avenue spielte.«

Frank legte sich quer über den Sitz. Hatte er richtig gehört? Fuhr er in einem Bus, der von einem Mann gelenkt wurde, der seinen Vater mit einem Schlag umgebracht hatte? Ein Mörder am Steuerrad. Wie auch immer, im selben Augenblick, als sein Kopf das Sitzkissen berührte, war er weg. Dann war es hell. Der Bus stand vor einer Kirche. Reverend Odom schüttelte ihn. »Zeit für die Vorstellung«, sagte er.

Kapitel 36
Montag morgen

Patsy Konopka hörte durch Art Finn von der *Frühaufsteher*-Tournee, als sie ihn am Montag morgen aus Sorge um Frank anrief. Die Stille oben hatte sie die halbe Nacht wachgehalten. Vier- oder fünfmal war sie zum Loch in der Küchendecke gegangen und hatte auf sein Schnarchen gehorcht, weil sie dachte, er sei vielleicht nach Hause gekommen, während sie mal eingenickt war. Sie hatte scharfe Ohren durch ihr jahrelanges Alleineleben und war immer in der Lage gewesen, das Geräusch seines Atems wahrzunehmen. Jetzt – kein Ton.

»Sie haben ihn mit den Shepherds rauf in den Norden geschickt, den armen Jungen«, sagte Art. »Auf Tournee in einem klapprigen Bus mit diesem Haufen von Pennern, und sie haben fürs Wochenende einen Schneesturm vorausgesagt. Hast du von Slim Graves gehört?« Nein, hatte sie nicht, und sie brannte auch nicht darauf, sie wollte nur von Frank hören.

Roy jr. hatte auch von der Schneesturmvorhersage gehört und dachte an die *Frühaufsteher-Show* und rief die Nordische Nachtigall an und sagte: »Jens, wir haben vielleicht die Morgensendung für Sie, die Sie immer wollten, ich sage Ihnen nächste Woche Bescheid.« Die Nachtigall war sprachlos vor Freude und dachte, Roy jr. meinte den Acht-Uhr-Termin, und er rief Elsie und Johnny an und bat sie, ihn als Band zu begleiten. »Wir sind im Kommen, Kinder!« rief er. »Kein Kunterbuntes mehr!« Er und Leo hatten schon seit Jahren nicht mehr miteinander gesprochen, obwohl sie in der Mittagssendung zusammenarbeiteten, seit die Nachtigall Leo einmal beschuldigt hatte, bei einer Angeltour nach Morain nicht seinen angemessenen Teil fürs Benzin beigesteuert zu haben. Elsie sagte: »Hast du von Slim Graves gehört?« Sie hatte gehört, er wäre mitsamt seiner ganzen Familie auf dem Highway umgekommen. Die

Nachtigall dachte: »Nun, dieses Sunrise-Waffel-Häppchen um sechs Uhr dreißig wäre auch nicht schlecht.«

☆ ☆ ☆

Frank klang erschöpft in der Sendung aus Roseau, fand Maria, heiser und ein bißchen schrill, und als er von Home-Salaten sprach und was für ein Labsal sie für die Shepherd Boys auf der Tournee seien, war in seiner Stimme ein Krächzen wie bei einem alten Schaubudenschreihals; aber dann widmete er ihr das Lied »Heim auf dem Weg zu dir«, und sie setzte sich bezaubert im Bett auf. Was für ein reizender Junge er doch war.

Merle drehte neben ihr auf dem Kissen den Kopf und brummte: »He, mach das verdammte Radio leiser. Bitte.« Er kniff die Augen zu, rollte sich herum und drehte ihr den Rükken zu, wobei er den größten Teil der Decke mitnahm. Sie lag nackt da und schaute zur Decke hoch. Es kam ihr wie der faszinierendste Zufall vor, daß sie ihrem einen Freund im Radio zuhörte und mit dem anderen im Bett lag. Merle war am Sonnabend angekommen. Sie hatten zusammen zu Abend gegessen. Er schlief auf ihrer Couch. Am Sonntag machten sie einen Spaziergang um die Seen – Nokomis, Harriet, Calhoun, Lake of the Isles, Cedar – und gingen am Abend in den Sender. Sie hatte ihnen Rollen in einem Hörspiel von Vesta mit dem Titel »Edison und die Laterna magica« besorgt – Vesta fand, nur das Radio könne die Erfindung der laufenden Bilder dramaturgisch umsetzen –, und anschließend liefen die beiden nach Hause, und sie sagte neckend zu ihm: »Wie geht es deinen Enten?«, in Anspielung auf seine blaue Unterhose mit gelben Entchen drauf, die sie ihm am Samstag abend ausgewaschen hatte. Er verstand die Frage als Aufmunterung, und sie sagte nichts Gegenteiliges und protestierte auch nicht, als er ihr die Bluse aufknöpfte und ihre Brüste mit Küssen bedeckte. Schließlich lud sie ihn zum Bleiben ein. Und hier war er. Es war schön. Daß so ein lieber alter Freund im Dunkeln so leidenschaftlich, so drängend sein und laut schreien und es wieder und wieder tun konnte. Es war schön. Aber sie liebte Frank. Das wußte sie jetzt. Sie sagte es leise, um zu sehen, ob es stimmte. Es stimmte. Merle knurrte.

»Schatz«, sagte sie, »es ist halb sieben. Ich muß mich aufmachen.« Er knurrte wieder. *Oh, Frank*, dachte sie. *Bitte versuche nicht, das hier herauszufinden. Bitte akzeptiere einfach, daß ich dir gehöre*. Und dann hörte sie einen Mann im Radio singen, mit einer Stimme wie Sirup in einem Handschuh: »Hallo, mein Honiglämmchen, siehst du hier mein Gießkännchen, und schläfst du auch schon ein, ich stecke es dir rein. O ja, heb doch das Kleid, und mach die Beine breit. Ich kriege nie genuch von diesem Fischgeruch. O ja, es ist so schön, dein Liebesnest zu sehn. Was für ein süßer Keks, ich bin schon unterwegs.«

☆ ☆ ☆

Patsy hatte verschlafen und die Sendung der Shepherd Boys an diesem Morgen verpaßt, und Franks Stimme nicht zu hören kam ihr wie ein akuter Entzug vor. Er hatte eine wunderschöne Stimme, und sie hatte es ihm immer sagen wollen, aber man mußte sehr vorsichtig sein, siehe Reed Seymour. Sie hatte *ihm* einmal gesagt, was für eine schöne Stimme er habe, und der Junge ging auf Sendung und wollte John Gielgud sein. Dieses ganze vibrierende Geflöte und Gewieher und dieses alberne Auf- und Abgeflatter und die Tremolos und die bläßliche anglikanische Frömmigkeit und der leise Anflug von Schmerz und Verlust – während er eine Hundefutterwerbung vorlas! –, nein, man mußte vorsichtig sein, wenn man einem jungen Mann aus dem Mittelwesten sagte, daß er eine gute Stimme hatte. Jungs aus dem Mittelwesten wachsen ohne ein Wort des Lobes auf, weil ihre Eltern fürchten, ein Kompliment könnte sie eitel machen, und wenn sie dann neunzehn Jahre alt sind, liegt ihr Selbstbewußtsein so schutzlos am Boden, daß es schon von der kleinsten Welle des Lobes mitgerissen wird. Ein Kompliment könnte einem jungen Mann zu Kopf steigen, und er könnte versuchen, so gut zu werden, wie er zu sein glaubte, und von da an wäre nichts, was er machte, noch einen Pfifferling wert.

Patsy löffelte ihr gekochtes Ei aus der Schale und überlegte, daß sie Frank vielleicht als jungen Reporter vom *Beacon* in *Hügel der Heimat* hineinschreiben könnte, der aus der großen Stadt kommt und in dem kleinen Städtchen herumschnüffelt – nach was?, das würde er nicht sagen, und die Gerüchteküche würde kochen. Vergrabene Leichen von einer Unterweltmetzelei? eine Unstimmigkeit in den Büchern der Bank? – und dann glauben Fritz und Frieda ganz sicher zu wissen, warum: *Öl*. Sie fangen still und leise an, Land aufzukaufen, und verschulden sich tief und sammeln ein Dutzend Parzellen um Happy Valley herum. Dann schreibt Frank einen Artikel über seltsame Bakterien im Trinkwasser, die eine Erkrankung der Leber herbeiführen, und natürlich fallen die Grundstückswerte ins Bodenlose, Fritz und Frieda sind ruiniert, und nach den vielen Jahren, in denen sie sechs Gläser Wasser am Tag getrunken haben, fängt ihre Leber an zu schmerzen, und ihre Hände werden fleckig.

Eine gute Idee, und Frank wäre perfekt als junger Reporter, ehrgeizig, aber liebenswert. Er könnte ein junger Reporter sein, der in *Der freundliche Nachbar* nach Elmville kommt, um Nachforschungen über irgendwas anzustellen, überlegte sie. Ha-*ha!* Er könnte Nachforschungen über Delores anstellen! Das kleine italienische Flittchen.

Patsy schritt auf und ab, während ihr die Ideen durch den Kopf purzelten.

Delores könnte eine Mafiabraut sein, die spät nachts in Chicago anruft, während die Bensons schlafen, und mysteriösen Geschäften mit einem Mann namens Gino nachgeht, derbe Reden führt mit gedämpfter Stimme und einer zwischen ihren Lippen baumelnden Zigarette, und Frank belauscht sie, aber sie sieht seinen Schatten und tut ihm eine K.o.-Pille in seinen Saft am Morgen, aber Dad trinkt ihn statt dessen und sinkt bewußtlos zu Boden. In dem Aufruhr schnappt sie sich das Silberbesteck, und das Taxi kommt, und Frank bietet ihr seine

Hilfe mit dem Gepäck an, und der Koffer springt auf, und Bündel frischer Hunderter-Noten fallen heraus, und sie sagt: »Keine Bewegung, Freundchen, ich habe zwei Pistolen in meiner Bluse versteckt, und sie sind genau auf dich gerichtet!«

Na ja, vielleicht nicht in ihrer Bluse.

Patsy legte ein Blatt Papier in ihre Schreibmaschine ein, und dabei sah sie ihr Gesicht im Spiegel vom Kommodenaufsatz, ihr ungekämmtes schwarzes Haar mit den grauen Strähnen, die Säcke unter ihren Augen, die schlaffen Beutel unter ihrem Kinn, und dann hob sie den Kopf, stand auf und schloß die Tür. Intelligenz würde am Ende triumphieren, dachte sie. Grips über Titten.

☆ ☆ ☆

Es war ein lohnender Morgen für Klatsch bei WLT, mit Menschentrauben um Laurels Empfangspult herum und weiteren oben neben Ethels Schreibtisch und anderen Gruppen im Grünen Zimmer und in der Frauenabteilung, und Boten schossen mit den neuesten Informationen von einer zur anderen, und der Kern davon war, daß Slim mit den Shepherd Boys unterwegs war und die Fernfahrer deshalb die Sunrise-Waffel-Show an seiner Stelle gemacht hatten, nachdem sie die Nacht im »Bermuda-Dreieck« verbracht hatten und von der Larson's Bar zum Koerner's Copenhagen Club zum Palmer's und ins Stockholm getigert waren, wo sie sich die Mütze mit Whiskey und Bier und Brandy und Pfefferminzschnaps vollgegossen hatten, bis sie endlich stinkbesoffen, randvoll, granatenmäßig zugeschüttet bis unter die Kiemen waren, so daß sie um viertel nach sechs auf dem Boden des Regieraums aufwachten, zu betrunken, um zu wissen, wer sie waren oder warum. Ein Musikerfreund von Slim, der sie in seinem Laster zu WLT chauffiert hatte, hatte sich eine Gitarre geschnappt und die Sunrise-Waffel-Show unter dem Namen »Mr. Pokey« alleine bestritten und ein Lied namens »Baby, ich habe für dein Brötchen ein riesengroßes Würstchen« gesungen, woraufhin Ray

Soderbjerg, als er es zu Hause hörte, angeblich in der Badewanne zusammengebrochen und gestorben war, entweder an einer Gehirnerschütterung oder durch Ertrinken. Daß der Sender an die Wills-Radio-Kette, die miesesten Armleuchter in der Radiobranche, verkauft würde und daß alle in zwei Wochen mit einer Abfindungssumme von nur einem Wochenlohn gefeuert würden.

Der Teil über Mr. Pokey entsprach der Wahrheit. Itch hatte den Beweis auf Band, und die Männer von WLT – für Frauen sei das zu starker Tobak, sagte Itch – drängelten sich im Regieraum und hörten sich die Waffel-Show immer und immer wieder an. Nicht nur sang Mr. Pokey den Hot-dog-Song –

Baby, ich habe für dein Brötchen ein riesengroßes Würstchen,
Dick und heiß und knackig schön,
Wo hast du je so Fleisch gesehn?
Und Senf und Zwiebeln und andre scharfe (ah *ah*) Sachen ...

sondern er sang auch »Larry Ladestock« und »Du bringst Leben in meine Hose« und »Ich bin die beste Banane im Bund« –

Ich bin die beste Banane im Bund,
Nur für deinen Hunger gemacht,
Zur Mahlzeit und jeder anderen Stund
Schäl mich ganz zärtlich und sacht.
Und drück mich nur sanft beim Pelleabziehn,
Und vorsichtig stecke mich bitte
Ins Körbchen dort in deiner Mitte,
Ins Körbchen dort zwischen den Knien.

Er sang eins nach dem anderen, widmete sie verschiedenen WLT-Mitarbeitern: Ray, Patsy Konopka, Faith Snelling, Slim, Wendell Shepherd – »Hier ist einer von Dad Bensons Lieblingssongs« – und war absolut locker und professionell, hielt die Pausen für die Werbung ein und sagte: »Und hier kommt LaWella mit einer Neuigkeit aus der Sunrise-Waffel-Küche«, und die verblüffte LaWella kam herein mit einem Rezept für Würstchen im Schlafrock (»Nachdem der Teig aufgegangen ist, heizen Sie Ihren Herd auf hundertfünfzig Grad vor, wikkeln jedes Würstchen in ein kleines Teigkissen und achten darauf, daß die Würstchen fest umschlossen sind«), und dann sagte Mr. Pokey: »Mmmmm-*mmm*, das hört sich vielleicht lecker an, Miss LaWella, ich hoffe, Sie machen mir *sehr* bald einmal welche von diesen kleinen Würstchen«, und er sang: »Ich bin dein williger Knecht, was du anstellst mit mir, ist mir recht« und »Ich habe so viel Tinte in meinem Füller, ich könnte dir heut nacht ein *Buch* schreiben«, und dann kam die arme LaWella wieder (»LaWella Wells, erzählen Sie den Leuten draußen im Land von Ihren süßen kleinen Kekschen, Schatz –«) und mußte eine Werbung für Sunrise-Pfannkuchen machen und wie gut sie waren, wenn man sie mit Marmelade bestrich und dann fest zusammenrollte (»Sie können auch zwei nehmen, wenn Sie es gerne dicker mögen, aber tun Sie genug Marmelade rein, so daß ein kleines bißchen an den Enden rausquillt, wenn Sie die Pfannkuchen zusammenrollen«). Mr. Pokey fand, diese Pfannkuchenzubereitung klinge ganz köstlich. Dann beendete er die Sendung mit »Baby, du bist mein kleines Radio«:

Baby, du bist mein kleines Radio,
Du hast die allerbeste Show,
Wenn man an deinen Knöpfen dreht
Und dein Programm von früh bis spät
Scharf einstellt auf der bunten
Skala an dir dort unten.
Die Sender von dir sind so heiß begehrt,
Daß ein Mann gleich seine Antenne ausfährt.
Du bist der Star von jeder Show,
Baby, du bist mein kleines Radio.

Das war vielleicht ein Morgen. Die Telephone klingelten und klingelten, und die Telephonistin mußte von zwei Gehilfinnen unterstützt werden. »Vielen Dank für Ihren Anruf«, sagten sie immer wieder, bis sie heiser waren. »Wir freuen uns über Ihre Meinungsäußerungen zu WLT-Programmen. Vielen Dank, meine Dame. Danke schön.« Was für ein Morgen. Dad Benson bekam mitten in *Almanach* einen Schluckaufanfall, und Reed Seymour mußte für ihn weitermachen, während der alte Veteran zu einem Arzt transportiert wurde. Und einige Minuten später, während Roy jr. herumtelephonierte, um Frank aufzutreiben, damit er Slim feuern konnte, hörte Miss Lily Dale mitten in »Charlie Darling« auf und fing an zu weinen. Während der Sendung. Sie schluchzte. »Oh, meine Lieben, es tut mir so leid, aber diese Woche wird meine letzte in der kleinen Straße hier sein, wo ich hinter jeder Tür Freunde habe, es sei denn, Sie schreiben an WLT oder rufen heute morgen dort an und sagen, wie Sie darüber denken.« Sie schluchzte. Dann lachte sie. »Oh, lieber Himmel, ich weiß, ich weiß, ich bin kein hübscher Anblick, aber wir brauchen doch diese alten Lieder so sehr – ich jedenfalls ganz bestimmt. Oh, Mr. Tippy, spielen Sie ›Ave Maria‹ für mich.« Und sie sang das Loblied auf die Jungfrau, und am Ende, nach dem letzten, lang nachhallenden Ton, flüsterte sie: »Dieses Lied hat meine Mutter immer gesungen, und obwohl sie schon so viele Jahre tot ist, lebt sie weiter in dem Lied, das sie so liebte. Bitte, rufen Sie heute an oder schreiben Sie. Ich danke Ihnen vielmals. Auf Wiedersehen! Auf Wiedersehen!«

☆ ☆ ☆

In der Sekunde, als das *Auf-Sendung*-Licht ausging, schritt Roy jr. ins Studio und baute sich dort auf, die Hände in die Hüfte gestemmt. Er schüttelte den Kopf. »Liebe Tante Lottie, was sollen wir bloß mit dir machen?«

»Mich behalten und wertschätzen«, sagte sie. »Schenkt mir Blumen. Und wenn ich zu alt bin, um noch zu singen, dann habt die Freundlichkeit und erschießt mich, wie man es mit einem Pferd machen würde.«

Er schob sie persönlich zum hinteren Fahrstuhl und hinunter zur Laderampe, mied die Horde von vierzig schäumenden Fans in der Lobby, alle außer sich darüber, daß der freundliche Nachbarschaftssender auch nur in Erwägung ziehen konnte, eine Busenfreundin nach so vielen Jahren hinauszuwerfen, und sie ließen eine Petition mit dem Schwur herumgehen, daß die Unterzeichnenden *nie wieder* Betty-Brand-Party-Waffelblättchen essen würden, solange WLT Lily Dale nicht einen Vertrag auf Lebenszeit anböte, und sie zischten Laurel an, die ihnen sagen mußte, nein, sie könnten nicht nach oben gehen und mit Mr. Soderbjerg persönlich sprechen. Nein, er würde herunterkommen, um mit ihnen zu reden. »Wie können Sie es mit Ihrem Gewissen vereinbaren, an einem solchen Ort zu arbeiten?« kreischte eine Frau sie an. Laurel sagte: »Ich schlafe sehr viel.«

Kapitel 37
Montag nachmittag

Ray war nicht tot, er war nur zum Zahnarzt gegangen. Sein vierter oberer Zahn, links neben dem Schneidezahn, der Zahn, mit dem er immer eine Pfefferminzstange zu kauen pflegte, hatte sich an Thanksgiving entzündet, und das Zahnfleisch war angeschwollen, und er hatte es eine Zeitlang mit einer Ulmenextraktkompresse, in Whiskey getränkt, behandelt und den Schmerz so eingedämmt, daß er nur noch ein beständiges Pochen verspürte, aber dann wurde es schlimmer, etwa um die Zeit, als Vesta nach London abreiste. Dort fand ein Treffen von Universitätsfrauen für globale Verständigung statt, mit einer stattlichen Vortragsliste von Autoren und Mystikern und dergleichen; was aber Vesta veranlaßt hatte, dorthin zu fahren, war die Überlegung, daß sie sich damit vor der WLT-Weihnachtsparty drücken konnte. *Kein Eierpunsch, keine feuchten Händedrücke, kein seichtes Geschwätz mit Leuten, die schon in nüchternem Zustand keine großen Lichter waren.* Und so flog sie ab, und am selben Nachmittag war Rays Backe ballonartig angeschwollen, und der Schmerz hämmerte hartnäckig, so daß Ray in Dr. Nordstroms Praxis vorbeischaute. Der Zahnarzt las Zeitung. Er war ein untersetzter junger Mann mit dicken Brillengläsern, und seine Praxis war schwach besucht, weil er während der Behandlung seiner Patienten stark schwitzte und schwer atmete, aus Angst, er könnte ihnen weh tun. Viele Menschen fanden das beunruhigend.

Die Tür klingelte, als Ray eintrat, aber der junge Mann war in den Nachrichtenteil vertieft. »Morgen, John!« sagte Ray. Der junge Mann sprang vom Stuhl auf und stieß dabei ein halbes Dutzend Stahlinstrumente von einem Tablett. Er blieb mit dem Stuhl zwischen sich und dem Patienten stehen. »Was ist los?« fragte er mit großen Augen. »Ein Notfall«, sagte Ray. »Wieso haben Sie nicht angerufen?« wollte der junge Mann wissen. »Ich mag es nicht, wenn man mich so ohne Warnung *überfällt.*«

Er machte eine Röntgenaufnahme von dem Zahn und dann noch eine und klopfte vorsichtig mit einer Sonde dagegen und besprühte ihn mit Wasser, steckte einen Wattepfropf unter Rays Lippe und betrachtete die Röntgenaufnahme und teilte ihm mit, daß der Zahn entzündet sei. Er dachte eine Minute darüber nach. »Dann ziehen Sie ihn raus«, sagte Ray. »Ich habe nicht den ganzen Tag Zeit.« Der junge Mann grübelte darüber nach. Dann füllte er eine gewaltige Spritze mit einem Betäubungsmittel und leerte sie mit zitternder Hand in Rays Zahnfleisch, wobei er einen leisen Schmerzenslaut ausstieß: »Ohhh!« Während er langsam die Flüssigkeit hineinspritzte, fühlte Ray die linke Seite seines Kopfes taub werden.

Während der junge Mann wartete, daß die Betäubung wirkte, las er in einem Buch, das Ray ein Lehrbuch mit graphischen Darstellungen von Zähnen zu sein schien. Er kritzelte ein paar Notizen hinein. Dann betrachtete er wieder die Röntgenbilder und stieß einen verhaltenen Laut des Entsetzens aus. »O nein«, sagte er. »Das habe ich bisher gar nicht bemerkt. O mein Gott. Oh, das ist schrecklich.«

»Was ist denn?« fragte Ray.

»Ich glaube, Sie haben Krebs.«

»In meinem Zahn?«

»Nein. Im Kiefer. Es sieht aus wie ein schrecklicher Tumor oder so was in Ihrem Oberkiefer, und es sitzt im Knochen und ist – oh, das ist grauenhaft, jemand so etwas sagen zu müssen. Es tut mir leid! Das ist einfach schrecklich!« Die Augen des jungen Mannes waren voller Tränen. »Sie sind heute morgen aufgewacht und dachten, es wäre nur ein Zahn, und Sie kommen hierher, und jetzt muß ich Ihnen sagen, daß Sie Krebs haben. Es tut mir so leid. Vielleicht hätte ich es Ihnen nicht sagen sollen.«

Er zog sich einen frischen weißen Kittel an und steckte Ray, der ganz verdattert und starräugig und vom Hals aufwärts taub war, in seinen Wagen und fuhr ihn ins Abbott-Krankenhaus und lieferte ihn bei einem Arzt namens Forbes ab, der ihn zu einer Reihe anderer geplagter Leute auf dem Gang setzte. Der junge Mann drückte Rays Hand und brach in Tränen aus und flüchtete um die Ecke. Forbes verschwand in einem Behandlungsraum. Der Mann neben Ray saß zusammengesunken da, als wäre er erschossen worden, und stank nach Whiskey. Ray blickte geradeaus auf einen Wasserfleck an der gegenüberliegenden Wand, der irgendwie dem Staat Texas ähnelte. Ein Staat, den er nie gesehen oder zu sehen das Bedürfnis verspürt hatte. Weder Texas noch den Rest des Südens, außer vielleicht Nashville. Er hatte mal ein Mädchen aus Nashville gekannt, Judy Jo, das ihm eine Schlafzimmertechnik namens »Die Ein-Mann-Blaskapelle oder Der Freund des Dudelsackspielers« beigebracht hatte. Jetzt war er krank, vielleicht dem Ende nahe, und er würde sie nie wiedersehen. Wie gerne würde er diese ganze Woche gegen eine Minute alleine mit ihr tauschen!

Der Mann neben ihm sagte: »Die letzten Tage sind gekommen, die letzten Tage vom Ende aller Zeiten, und als ich jung war, habe ich den Gedanken verspottet, und jetzt sehe ich, daß die Tage gezählt sind. Und Gott wird mit Feuer und Schwert über uns kommen. Und Gott wird das Buch unserer Sünden öffnen. Und unsere Qual wird groß sein.«

»Halt die Klappe, du alter Saufsack«, sagte ein Mann am Ende der Reihe, und es gab zustimmendes Gemurmel.

Der Mann sah zur Wand. »Und es wird kein Entrinnen geben. Und sie werden nach Erlösung schreien, doch es wird keine geben. Und sie werden nach dem Ende schreien, doch das Ende wird nicht kommen, nur Kummer und Pein. Und ihr Wehgeschrei und Zähneknirschen wird bis zum Himmel erschallen, und keine Antwort wird kommen, nur das Feuer und das Schwert.«

Ray blinzelte. Er war nicht sicher, ob er schnell oder langsam abtreten wollte. Schnell, dachte er, aber wie konnte ein Mensch sich wünschen, nicht mehr zu existieren, wenn die Welt so voller Wonnen war, wie etwa der Schwester, die jetzt kam und ihm aufstehen half. »Mr. Soderbjerg, wir stehen Ihnen jetzt zur Verfügung«, sagte sie. So ein entzückendes Kind! Sie nahm seine alte Hand, und er hievte sich auf die Beine. »Das ist sehr gut!« rief sie aus, als wäre er für sie über einen Zaun gesprungen. Sie führte ihn um die Ecke zu dem Zimmer, in dem Forbes ihn empfangen würde. Ray nahm ihren Arm, und seine Hand streifte ihre Brust, und er spürte Leben in seinen Lenden. *Oh, Liebe, köstliche Liebe.* Sogar am Ende der letzten Tage ein starkes, drängendes Verlangen. Vielleicht war er am Ende gar nicht krank. Vielleicht ein paar Tage Ruhe und ein paar kleine grüne Pillen, und alles wäre wieder in Ordnung. Vielleicht hätte sie Lust, im Frühjahr mit nach New York zu fahren.

☆ ☆ ☆

Roy jr. hatte keine Ahnung, wo Ray bis etwa siebzehn Uhr war, und inzwischen war Ethel zu Ray nach Hause geschickt worden, um dort nach ihm zu suchen, und Laurel sollte bei der Polizei nachfragen. Die Telephonistinnen hatten es aufgegeben, alle Anrufe entgegenzunehmen, und waren nach dem Mittagessen nach Hause gegangen. Mit Mr. Pokeys Partyliedern und Lily Dales tränenreichem Aufruf zur öffentlichen Unterstützung hatte WLT die Bewohner von Radioland seelisch ohnehin schon aufgewühlt, und dann verlas sich noch Dad Benson, angeschlagen von seinen Darmproblemen, bei einer Zeile in *Der freundliche Nachbar*, und statt zu Dale Snelling zu sagen: »Frank, wann hast du den Samen gestern abend weggebracht?« (Bezug nehmend auf eine komplizierte Bestellung bei Benson-Futter & Samen, die mit Paketpost verschickt werden mußte), sagte er: »Wo hast du deinen Samen gestern abend untergebracht?«

FRANK: Wo habe ich meinen *Samen* gestern abend untergebracht?
DAD: Ich meine . . .
FRANK: Das fragst ausgerechnet du, du geiler Hund – wie

wär's, wenn du deine Finger mal von meiner *Frau* lassen würdest!
Jo: *(Bricht in Tränen aus)*
Dad: Was?
(Klatsch)
Tiny: Morgen, alle miteinanda! Wie geht's, Miss Jo! Gütjer Herr, die Pfannkuchn riechn vielleich ma gut. Huijeh! Was ham Se gesacht über de Sam', Mista Dad – Se mein' de Sam', die Se aus Hatchetville bestellt ham, Se wolln wissn, ob ich de Sam' weggeschickt hab, aba na klar, Mista Dad, na *klar*! Das *wissn* Se doch, daß ich das hab. Jassir, jassir.

Dale und Faith Snelling stolzierten am Ende der Show mit zusammengepreßten Lippen und grün im Gesicht aus dem Studio, und wenige Stunden später rief Faith Roy jr. an, um ihm mitzuteilen, daß keiner von ihnen beiden wieder zu *Der freundliche Nachbar* zurückkehren würde. Sie hatten vor, zurück nach Bird Island zu gehen und ihre Laufbahn im höheren Schulwesen weiter fortzusetzen. Dad, sagte sie, habe ihr erklärt, daß er ohne sie die Show nicht weitermachen würde, aber sie könne darüber jetzt nicht nachdenken, ihre Ehe gehe vor.

»Sind Sie sich in der Sache ganz sicher?« Schweigen. »Faith?« Es folgte ein Schluchzlaut aus ihrer Kehle, und ein Reueschwall sprudelte heraus.

»Wie konnte ich das nur tun! Ich komme mir so ... so dumm vor. Ich fühle mich schmutzig. Wieso habe ich das getan? Ich war *glücklich*. Ich brauchte das nicht, diese – diese *Intrige*. Aber ich habe es getan. Und ich muß den Rest meiner Tage damit leben. Und wissen Sie was? Ich werde nicht mal schöne Erinnerungen daran haben – weil es *nicht mal besonders viel Spaß gemacht hat*.« Und bei diesem Gedanken wurde sie von Schluchzen erfüllt. Sich in so eine Schande gestürzt und dann nichts zum Ausgleich gekriegt zu haben – ein Versager in Sachen Tugend zu sein und sich darüber hinaus noch als unbegabter Sünder zu erweisen und *nicht mal Spaß zu haben*.

»Nun, ich bin sicher, damit sind Sie weder die erste noch die letzte«, sagte Roy jr.

☆ ☆ ☆

Er klingelte nach Ethel. »Suchen Sie Frank, und sagen Sie ihm, er soll zurückkommen, alles ist vergeben«, sagte er. »Ich brauche ihn hier. Wir fallen auseinander.« Ethel glaubte, daß die *Frühaufsteher-Show* momentan wahrscheinlich in St. Cloud sei, auf dem Weg nach Moorhead.

»Aber sie waren weit oben in Roseau heute morgen«, sagte er. »Wie können sie unten in St. Cloud sein?« Aber dann fiel ihm ein, was er Harry im Künstlerbüro gesagt hatte: *Sieh zu, daß diese Kerle verlorengehen*. Er fragte: »Können Sie ihn erreichen, Ethel? Es ist wichtig ...«

Und eine Minute später berichtete sie, daß sie die Truppe aufgetrieben habe. Nicht Frank, aber sie hatte Slim Graves an der Strippe.

»Ist er betrunken?«

»Schlimmer«, sagte sie. »Er ist reumütig.«

Als Slim ans Telephon kam, waren seine Nebenhöhlen verstopft.

Er sagte: »Morgen, Boss« und drehte sich weg und räusperte sich und zog die Nase hoch und sagte: »Tschuldigung. Ziemlich ungemütlicher Tag heute. Glauben Sie mir, es ist mir wirklich unangenehm, diese Pokey-Geschichte. Ich weiß, ich hätte niemals die Fernfahrer die Sendung machen lassen dürfen«, und er drehte sich um und räusperte sich wieder.

Roy jr. hatte nicht das Herz, ihn rauszuschmeißen. Er hatte schon Itch, den Techniker, rausgeschmissen, und einer war genug für einen Tag, und Itch war die bessere Wahl. Itch war nüchtern gewesen, die meiste Zeit über, und hatte Mr. Pokey eine halbe Stunde lang zugehört, ohne den Schalter zu berühren.

»Ich bin Toningenieur«, maulte er, auf Roy jr.s Vorleger stehend. »Ich höre mir doch nicht den ganzen Scheiß an. Es ist nicht meine Aufgabe zu entscheiden, was in den Äther geht.«

»Ein Lied mit dem Titel ›Baby, ich habe für dein Brötchen ein riesengroßes Würstchen‹?«

Itch wurde rot. »Woher soll ich wissen, was damit gemeint war? Es hätte eine Werbung sein können.«

»Sie wußten nicht, auf was ›Larry Ladestock‹ anspielt?«

»Es hätte alles mögliche sein können. Keine Ahnung. Vielleicht ist ›Jimmy Knuspermais‹ ein schmutziges Lied. Keine Ahnung. Vielleicht ›Ein Männlein steht im Walde‹. Ich bin kein Textdeuter.«

»›Du bringst Leben in meine Hose‹?«

»Weiß nicht. Ist nicht mein Job. Wenn Sie mich feuern wollen, feuern Sie mich. Aber versuchen Sie nicht, mir einzureden, das wäre fair.«

Also feuerte er ihn. Itch trug es mit Fassung. Er sah Roy jr. in die Augen und sagte: »Ich hab Ihr Würstchen mal in der Herrentoilette gesehen, und es hatte die Größe von einem Cocktailwürstchen. Ihr Würstchen würde in einem Brötchen glatt verlorengehen. Es würde nicht mal ein Bonbon füllen.« Und er machte kehrt und stolzierte hinaus.

☆ ☆ ☆

Noch immer mit einem geschrumpelten Gefühl in den Lenden rief Roy jr. das Krankenhaus an und erwischte Dr. Forbes, der ihm sagte, daß Ray sich gerade von den Tests erholte und am Morgen entlassen werden würde.

»Wie geht es ihm?« fragte Roy jr.

Der Doktor senkte die Stimme. »Möchten Sie die Wahrheit hören oder das, was ich ihm erzählt habe?«

Roy jr. entschied sich für die Wahrheit. »Noch wenige Wochen«, sagte der Doktor. »Er ist voller Krebs. Ich weiß nicht, wie der alte Hurenbock das so lange geschafft hat. Er ist innerlich durchlöchert wie ein Schweizer Käse.«

Als Ray eine Minute später ans Telephon kam, klang er geschwächt, aber sonst ganz intakt. »Sie haben mich aufgespießt wie ein Schwein«, sagte er. »Haben mir einen Schlauch in den Hals geschoben und einen Stock in den Arsch gerammt und haben mich in einem winzigen Baumwollkittel rumrennen lassen, aus dem mein Hintern rausguckte. Ich sage dir, das ist das letztemal, daß ich zu einem Zahnarzt gegangen bin.«

Er wollte sich einen Tag zu Hause ausruhen und am Mittwoch wieder im Büro sein. »Läuft alles?« fragte er. Roy jr. versicherte ihm, daß WLT wie eine gut geölte Maschine liefe.

Kapitel 38
Auf dem Tiefpunkt

Am Mittwoch traten die Frühaufsteher in Cloquet, Staples, Bemidji und International Falls auf, spielten in Kirchenkellern und Schul-Cafeterien, und am Donnerstag in Grand Marais, Aitkin, Willmar und Granite Falls und fuhren dann rüber nach Pine City zur Freitagmorgen-Sendung in einem Hinterzimmer von Russ's Short Stop Café, einem kleinen, gedrungenen Gebäude aus Leichtbeton neben der Schrankfabrik. Nirgends waren Plakate zu sehen, niemand schien sie zu erwarten. Weiter nach Owatonna, Wadana und Bagley, und bis zum Freitag hatte sie der Schlafmangel in eine gereizte Stimmung versetzt. Freitag abend traten sie in der Aula der Bagley-High-School auf, wo ein Häuflein von sechzehn Zuschauern weit verstreut im Saal saß.

Reverend Odom schlug vor, die Sache abzusagen. Er hatte das Publikum durch ein Loch im Vorhang begutachtet, und es machte auf ihn den Eindruck, als wären diese Leute ebenso zufrieden, ihre fünfunddreißig Cents wiedererstattet zu bekommen. Er war sicher, daß sie einen Film erwarteten. Aber Elmer sagte, wenn man einmal anfinge, Auftritte abzusagen, könnte man vielleicht nicht mehr aufhören, und so gingen sie hinaus.

»Freunde«, sagte Frank, dem nicht applaudiert wurde, »heute ist ein großer Abend für uns alle vom freundlichen Nachbarn WLT, da wir endlich Gelegenheit haben, Sie kennenzulernen und zu begrüßen, und zur Feier des Tages verkaufen wir heute die Platten, Photos, Anstecknadeln und Andenkenteller der Shepherd Boys zu einem besonders niedrigen Preis!« Aber niemand hob die Hand, um etwas zu kaufen. Niemand winkte mit Dollarnoten. Sie glotzten Frank an, als wäre er ein Zaunpfahl.

Am Freitag hatte Slim kein Gefühl mehr in den Beinen und

im rechten Arm und zwischen den Ohren, eine graue, schmierige Schicht überzog sein unrasiertes Gesicht, seine Augen brannten und waren rot; er zitterte ununterbrochen, war zu schwach, um zu gehen, und zu erschöpft, um zu schlafen. Den anderen ging es ähnlich, außer Red, der dank Tabletten einigermaßen fit und gut aufgelegt war, der aber seltsame Gebilde sah, wie Harnblasen oder Gedärme, die durch die Luft schlingerten. Der Bus rollte die Straße dahin, und sie starrten hinaus auf die nackten Dezemberfelder, die grauen Baumreihen, die Herden schwarzer Kühe, die wie Beerdigungsunternehmer durch die Maisstoppeln trotteten. Der Reverend blickte starr geradeaus. Er hatte Träume, in denen er über den Rand der Welt lief und dann in die Finsternis fiel. Seine Ansprachen waren immer trübsinniger geworden, ohne jede Hoffnung auf Erlösung.

»Wünschte, wir könnten heute nacht in einem Motel schlafen«, sagte Elmer zu Frank, »aber haben die sich einmal hingelegt, kriegen wir sie, glaube ich, nie wieder wach.« Die Einnahmen waren spärlich, armselige 31 Dollar *insgesamt* am Freitag, und Wendell war übel von einem verdorbenen Hamburger. »Ansonsten«, sagte Elmer, »halten wir uns ganz gut.« Er versuchte, sie durch pure Schmeichelei bei Laune zu halten – »Du bist der beste Ansager, den ich je gehört habe«, sagte er zu Frank – und indem er sie ganz groß herausstellte (»Jetzt lassen wir die Jungs sich mal bei einem schnellen Stück so richtig austoben – tretet zurück, Kinder, hier kommt die flotte Spezialversion vom Orangenblütenlied!«), aber Schmeichelei verbraucht sich schnell, und wenn man völlig erledigt ist und einen Kater hat, möchte man nicht groß rausgestellt werden. Was man will, ist ein freier Tag im Bett, eine warme Zudecke und schwere Vorhänge.

Es schneite kräftig, als Slim Sonnabend früh um zwei Uhr, auf dem Tisch ausgestreckt, einschlief, und als er aufwachte, war es vier. Der Bus parkte in einer Schneewehe vor der Baptistenkirche in Baudette, und es klopfte jemand ans Fenster, stieß gedämpfte Rufe aus, die er nicht verstehen konnte. Er wartete, aber der Rufer ging nicht weg. Slim konnte nicht aufstehen. Er rollte sich vom Tisch und landete auf Pastor Odom, der auf dem Boden schlief und sich nun herumdrehte und versuchte, ihn zu treten, doch statt dessen das Tischbein erwischte. Slim öffnete die Tür. Ein Mann im Parka, total verfroren, sagte, er sei von der Telephongesellschaft. Das Kirchenfrühstück für die *Frühaufsteher-Show* sei gestrichen worden, und er habe deshalb die Übertragungskabel in einem Lokal namens Guy's Frühstückshütte einen Block weiter installiert, in dem einzigen offenen Laden in der Stadt zu dieser Stunde, und er hoffe, das sei in Ordnung.

»Mir recht«, sagte Slim. Er kritzelte »Show nicht hier, geht zu Guy's« auf eine Essenstüte und klemmte sie unter die Hand des schlafenden Elmer, legte sich dann gleichfalls noch mal schlafen, um von einem hektischen Barney wieder geweckt zu werden, der in die Kirche eingebrochen war und dort keine Stromkabel gefunden hatte, wo doch nur noch fünfzehn Minuten bis zur Sendung blieben, und der kurz davorstand, in Tränen auszubrechen. Die Shepherds zogen sich flink im hinteren Teil an, und Red saß am Steuer. Frank war zum Telephonamt gelaufen. »Wir sollen zu Guy's Frühstückshütte gehen«, sagte Slim. Er hatte in seinen Kleidern geschlafen. Er war startbereit.

Guy's war ein kleines Café mit Rauhputzfassade, eingeklemmt zwischen einer Autowerkstatt und einem Lagerhaus, zwei hellerleuchtete Fenster, matt von angefrorenem Fett. Frank kam im selben Moment herbeigeeilt, als der Bus vorfuhr, und Barney stürzte mit den Mikrophonen in der Hand heraus. Das Café war gerammelt voll mit kräftigen Männern in Flanellhemden, die mit düsterer Miene gewaltige Gabelladungen von Eiern und Würstchen verdrückten, zubereitet von dem dicksten Mann, den Frank je gesehen hatte. Sogar für Minnesotas Verhältnisse war er ein Dickwanst. Sein Bauch hing über den Hosenbund, er wackelte von einer Seite auf die andere. »Wo ist Guy«, fragte Frank. »Das bin ich«, schnaufte der Koch, »wer zum Teufel bist du?«

»Wir sind hier, um die Radiosendung zu machen.«
»Weiß nichts von einer Radiosendung.«
»Sie fängt in zehn Minuten an.«
Der Koch schnaubte. »Das werden wir noch sehen«, sagte er. Elmer blätterte einen Zwanziger auf den Tresen. Der Blick des Mannes wurde sanfter. »Noch zwei davon, und ich höre mir jede Radiosendung an, die ihr wollt«, sagte er. Elmer legte noch zwei dazu.
Es gab kein Klavier und keinen Platz für das Schlagzeug, auch nicht, als Frank zwei Tische überredet hatte, ein Stückchen zur Seite zu rücken, was einige Zeit in Anspruch nahm. Und kaum hatte Barney zwei Mikrophone installiert und alle Stecker eingestöpselt, als Wendell und Al und Rudy zur Tür hereinschneiten und Frank sagte: »Guten Morgen, Nachbarn, es begrüßen Sie die Hersteller der köstlichen Home-Salate und unsere guten Freunde bei Prestige-Reifen & Stoßdämpfer, die Ihnen wieder einmal die Shepherd Boys mit einem neuen Programm guter alter Gospelmusik präsentieren – ja, es ist Zeit, frisch und munter den Tag zu beginnen!«, und Slim fiel mit der Gitarre ein, und Al blies auf der Mundharmonika, und Wendell sang die erste Strophe ihres Erkennungsliedes –

Wenn am Auferstehungsmorgen die Erlösten sich erheben
Aus den finstren Erdenbetten zu gepriesenem Himmelsleben,
Oh, wie herrlich und barmherzig nimmt der Herr dann meine Hand,
Daß ich wandle sich'ren Schrittes frisch und munter durch Sein Land.

Gerade als er zur zweiten Strophe über den Morgenglanz in den himmlischen Gefilden kam, sagte eine tiefe, brummende Stimme vom Ende des Tresens: »Halt deine Klappe, du dämliche Heulboje.« Ein dicker, bärenförmiger Mann mit rotem Bart und roter Jagdmütze stand von seinem Hocker auf. »Wenn ich will, daß du singst, steck ich dir 'ne Münze in 'n Arsch«, sagte er. Seine Stimme, laut wie eine Posaune, war nicht zu überhören. Wendell hörte auf zu singen, und der Mann sagte: »Und wenn ich will, daß du furzt, dann nehm ich sie wieder raus.« Er schob ein Spiegelei auf die Gabel und schleuderte es in ihre Richtung. Es traf Al an der Kehle und blieb an seinem Kragen kleben, wo die Fliege saß, und das Eigelb lief am Hemd hinunter. »Schafft eure fetten Bauernärsche hier raus, wir sind beim Frühstücken«, sagte der Mann.

Frank machte einen Schritt auf ihn zu, um zu erklären, daß sie mitten in einer Live-Sendung seien, aber der Mann schien nicht allzu wißbegierig zu sein. »Das ist eine Radiosendung«, sagte Frank und legte den Finger an den Mund, *schsch*. Ein alter Knacker sagte über die Schulter hinweg: »Das ist Knallhart-Hansen da hinten, Kleiner, und der schscht für niemand.«

»Und hier ist ein altes Lieblingslied von uns«, sagte Elmer, »ein guter alter Gospelsong, den meine Mutter immer so gerne gehört hat, mit dem Titel ›Die alte Rechnung ist schon seit langer Zeit beglichen‹. Und wir würden ihn gerne hier für alle diese netten Leute in Baudette in Guy's Frühstückshütte singen – mein lieber Mann, ich wünschte, ihr Leute daheim könntet die Würstchen und den Kaffee hier riechen, jawohl, sobald wir mit der Show fertig sind, werden wir uns hinsetzen und uns das beste Frühstück der Welt gönnen, aber zuerst kommt das Lied über die alte Rechnung und wie Jesus sie bei Golgatha beglichen hat – Jungs?« Al fing leise auf der Harfe an zu spielen, und Rudy und Wendell traten vor, um zu singen, aber ihre Augen waren auf Knallhart-Hansen gerichtet, um zu sehen, ob die Erwähnung von Mutter und Jesus und die Anpreisung von Baudette und Guys Würstchen sein Gemüt vielleicht besänftigt hatte. Hatte sie nicht.

Er langte runter und hob seinen Teller auf, der jetzt leer war, wie Frank sehen konnte. »Ich komme hierher, um mein Frühstück zu essen und meinen Kaffee zu trinken, und nicht, um diesen Knalltüten zuzuhören, wenn sie sich zu ihrer Gebetsstunde treffen«, erklärte Knallhart-Hansen einem kleinen Mann, der rechts von ihm saß. Und dann holte er aus. Die

Frühaufsteher duckten sich, und der Teller zerschellte an der Wand, etwa dreißig Zentimeter über ihren Köpfen. Ein Splitter traf Elmer ins Auge, und er fiel mit dem Mikrophon in der Hand zu Boden. Knallhart griff gerade nach der Untertasse, als Reverend Odom mit einer gußeisernen Pfanne in der Hand durch die Hintertür hineinschlüpfte und sie ihm sauber über den Schädel schlug, flach und hart auf die Ententolle. Die Pfanne machte *klong*, und Knallharts Untertasse zerbrach auf dem Boden. Im selben Moment standen sechs Männer auf und bezahlten und gingen.

Ein verdatterter Ausdruck erschien auf Knallhart-Hansens Gesicht, so als wäre er noch nie zuvor mit einer Bratpfanne auf den Kopf gehauen worden und ganz verdutzt, daß jemand das jetzt gewagt hatte. Er drehte sich zu dem alten Mann herum und lächelte. »Sie haben mich geschlagen«, sagte er.

»Aber nicht fest genug«, sagte der Prediger bedauernd. Knallhart packte ihn am Revers. »Ihr Burschen kommt hier rein und ärgert mich«, sagte er. »Ich bin ein friedlicher Mensch. Ich hab euch nicht hergebeten, um euch zu ärgern – ihr seid mir völlig piepegal. Ihr kommt hier rein und singt und jault und macht Ärger – also, was ich hier sagen will, ihr könnt jetzt wieder Leine ziehen. Ansonsten werde ich deinen Allerwertesten dort auf dem Grill rösten. Willst du das?«

Der Prediger schüttelte den Kopf.

»Und dann werde ich dich durch das Fenster schmeißen. Willst du das?«

Nein, auch das wollte er nicht.

»Und dann werde ich dich zum See runterschaffen und ein Loch ins Eis hauen und dich an den Füßen halten und deinen Kopf reinhängen. Wie hört sich das an?«

Reverend Odom schüttelte den Kopf und versuchte zu lächeln.

»Also, dann ärger mich jetzt nicht *eine* Minute mehr. Nimm deine Freunde, und dann schiebt eure haarigen Hintern hier raus.« Und Knallhart hob ihn am Revers hoch und warf ihn gegen die Frühaufsteher.

Al und Wendell duckten sich, und der Reverend landete auf Rudy, der sich über Elmer beugte, der den Splitter im Auge hatte, und sie fielen beide auf ihn.

Frank hatte zu seiner eigenen Verwunderung plötzlich die Hand an der Eingangstür – er wußte nicht, wie er dorthin gekommen war –, und dann rannte er zur Tür hinaus und durch den Schnee zum Bus. Red schlief auf dem Fahrersitz. Der Motor lief. Frank machte kehrt, um wieder zurückzugehen, und Rudy prallte gegen ihn. Al flitzte vorbei, die Gitarre in der Hand, und Wendell, sie waren alle gleichzeitig aus der Tür gestürmt, und Reverend Odom humpelte hinaus und dann Elmer, die Hand auf dem Auge. »Wo ist Barney?« rief er. »Wo ist Slim?«

Slim war bereits im Bus, stellten sie fest, aber Barney war nirgends zu sehen. »Ich glaube, er hat sich hinten rausgeschlichen«, sagte Rudy.

»Ich hoffe doch, er hat daran gedacht, uns aus der Sendung zu schalten«, sagte Elmer.

»Laß mich mal dein Auge ansehen«, sagte Rudy. Er spähte in das tränende Auge seines Bruders und zog die Lider weg und entdeckte den Porzellansplitter weit unten im unteren Lid. Die Tränenpfütze im Unterlid war rot vor Blut. Rudy tupfte mit dem Zipfel seines Taschentuchs hinein und versuchte den Splitter, ein gemeines kleines Ding von etwa einem halben Zentimeter Länge, rauszuholen, aber es verschwand, und dann hörten sie das Radio, als Red WLT einstellte.

Eine pfeifende alte Stimme sagte gerade: »... so schnell laufen gesehen in meinem Leben, sie hatten die Hosen gestrichen voll und einen Ausdruck in den Augen wie ein Reh, das in Autoscheinwerfer starrt. Hihihihihi.«

Eine tiefere Stimme: »Guck mal, da liegt einer hinten im Holzschuppen. Soll ich ihn da rausjagen, Guy? Hihihihihi.«

Die pfeifende Stimme: »Ich glaube, der kleine Puper könnte nicht mal weglaufen, wenn Bären hinter ihm her wären, Jimmy, er ist aus der Hintertür getürmt und pfeilgerade gegen einen niedrigen Pfosten gerannt. Er war nicht hoch genug, Jimmy. Ich glaube, der kleine Puper hat aus sich einen Sopran gemacht – hihihihihi. Ich glaube, ich sehe das kostbare Angebinde drüben bei dem Baum liegen. Jawohl, ich denke, die Frauen von Baudette sind heute nacht sicher, mein Freund.«

Kapitel 39
Chicago

Red fuhr mit dem Bus zur Rückseite von Guy's Frühstückshütte, und siehe da, dort lag Barney zusammengekrümmt im Schnee neben einem Zaunpfahl und hielt sich sein Schmuckstück. Frank und Wendell halfen ihm hoch und trugen ihn in den Bus, und *noch immer* lief die Sendung – die Jungs im Café erzählten sich jetzt unanständige Witze –, und Rudy versuchte noch immer, den Splitter rauszufischen. »Halt doch mal still«, sagte er, aber Elmer war bestürzt darüber, daß der Toningenieur daheim in Minneapolis die Sendung nicht unterbrach: »Was denn, sitzt er auf dem Scheißhaus oder was?«

Schließlich ging Frank die Ausrüstung holen.

Im Busradio hörten sie die Hintertür aufgehen und dann Schritte auf dem Linoleumboden. Dann folgte ein lautes *plop*, als er den Stecker rauszog. Knallhart trank seinen Kaffee und beobachtete Frank, wie er die drei Mikrophonständer einsammelte, die Schnur und den Mischer, und er beobachtete Frank, wie er zur Hintertür hinausging, die mit dem Geräusch einer Ohrfeige zuknallte. Es folgte eine Minute Stille auf WLT, und dann ertönte die aufgezeichnete Bandstimme von Reed Seymour, die sagte: »Wir haben ein paar technische Schwierigkeiten. Bitte bleiben Sie eingeschaltet. Wir machen so bald wie möglich mit unserem vorgesehenen Programm weiter.«

Red stellte es aus. »Das Radio, wie wir es kennen, ist tot, Jungs«, sagte er. »Also, wo wollt ihr jetzt hin?«

Barney sagte, es sei seine Schuld, weil er nicht unterbrochen habe. »Ein Mann, der nicht daran denkt, das Mikrophon abzuschalten – ich weiß nicht, ob ich mir noch zutrauen darf, einen spitzen Stock zu tragen«, sagte er.

»Es war meine Schuld. Ich hätte schreien sollen, sobald ich ihn gesehen hatte«, sagte Slim. »Ich hoffe, dem Scheißkerl wird seine Hand von einer Hobelmaschine abgesäbelt.«

»Ich hab ihm anständig eins verpaßt, und dann hab ich vergessen, ihm einen Nachschlag zu geben«, sagte Reverend Odom.

Frank sagte: »Ich hätte Ihnen helfen sollen. Ich weiß nicht, warum ich es nicht getan habe. Was für ein Feigling. Ich hab mich umgedreht und bin weggelaufen.« Rudy legte Frank die Hand auf die Schulter. »Wir sind alle weggelaufen«, sagte er.

Es war ein brüderlicher Moment. Sie saßen in der Dunkelheit und warteten darauf, wieder einen klaren Gedanken fassen zu können, sahen sich gegenseitig an und schüttelten den Kopf. Sie waren noch niemals während einer Show angegriffen worden. Das war etwas Neues. Sicher, es hatte schon Zuhörer gegeben, die sie nur stumm angeglotzt hatten, aber niemand hatte jemals mit Gegenständen nach ihnen geworfen, jedenfalls nicht mit festen Gegenständen, oder wenn, dann hatten sie nicht fest genug geworfen, um sie damit zu verletzen. Rudy erinnerte sich an einen Mann in Sioux Falls, der vom Balkon aus seine Schuhe nach ihnen geschmissen (und nicht getroffen) hatte. Aber nicht während einer Sendung.

Reverend Odom kicherte. »Ich weiß noch, wie dieser Wieheißternoch, der dieses Karussell auf dem Bauernhof bei KSTP von den Viehhöfen in Süd-St. Paul gemacht hat – ist er nicht mal mit Kuhfladen beworfen worden?«

»Hoyt Buford.«

»Der mit den zweifarbigen Schuhen und dem cremefarbenen Cowboyanzug.«

»Oh, er war mal ganz oben«, sagte der Reverend. »Es war mal ein großer Bericht über Hoyt im *Dispatch* und was für ein Phänomen er wäre, was für ein Prachtexemplar von Mann, ein neuer Planet im Radiokosmos, und wie eine Million Leute in vier Staaten für ihn schwärmten und über ihn redeten und unbedingt seine Meinung über eine ganze Reihe von Themen wissen wollten. Bedauerlicherweise hatte er der Zeitung ein Interview gewährt, und sie erwiesen ihm den schlechten Dienst, viele seiner Bemerkungen zu drucken, von denen eine etwa auf folgendes hinauslief: Diese Leute würden mir auch glauben, wenn ich ihnen im Juni erzählte, daß es schneit, sie würden mir sogar glauben, wenn ich sagte, es schneit *Kuhfladen*.

Er bestritt zwar, das gesagt zu haben, und vielleicht stimmte das auch, aber es klang genau wie etwas, das er gesagt haben könnte. Er kleidete sich wie jemand, der exakt das gesagt haben könnte. Und am nächsten Tag, als Hoyt Buford aus seinem cremefarbenen Buick stieg, um die Sendung aus der Rotunde der Auktionsscheune zu machen, sah er, daß er ein noch größeres Publikum hatte als gewöhnlich. Ein viel größeres. Er bemerkte auch, daß Männer oben auf dem Dach standen. Er war gerührt von der großen Besucherzahl und legte eine ganz besonders gute Show hin, obwohl das Karussell natürlich nur eine halbe Stunde dauerte, aber er ging in die vollen, erzählte ein paar Geschichten, schnitt Grimassen und stolzierte auf und ab, während er die Viehpreise vorlas, und brachte das Publikum dazu, »Ich möchte Liebster zu dir sagen« zu singen – was er als persönliche Huldigung zu verstehen schien. Er strahlte und sagte, er hätte, wie sie sich wohl vorstellen könnten, Angebote für andere Shows bekommen, aber er würde niemals irgendwo anders sein wollen als da, wo er jetzt war, unter den großartigsten Menschen der Welt, den Viehzüchtern vom Upper Midwest. Und genau in dem Moment begann ein leichter Regen zu fallen. Kleine Spritzer von Kuhmist flogen durch die Scheune, zwischendurch ein paar größere Klumpen und gelegentlich ein Vierpfünder, und er tanzte herum, versuchte, dem Hagel auszuweichen, aber die Mikrophonschnur war nicht lang genug. Das war sein Untergang, Jungs. *Seine Schnur war nicht lang genug*. Versteht ihr, er sprach niemals mit den Leuten aus dem Publikum. Das war sein Problem, denn – glaubt meinen Worten – auf einen Farmer fällt niemals Scheiße. Denn ein Farmer erlaubt Scheiße nicht, sich zu erheben. Genau in diesem Moment entdeckte der gute Hoyt ein Grundgeheimnis des Showgeschäfts. Pflege immer die Nähe zu deinem Publikum, und es geht dir gut. Leider traf ihn diese Erkenntnis genau im selben Augenblick wie ein gewaltiges Prachtstück von

Kuhfladen – die Sorte, die Rinderzüchter einen Geldmacher nennen: Sie schütten den Kühen tagelang Kaffee rein, damit sie Verstopfung kriegen, und sorgen für einen zwanzigpfündigen Kloß in der Kuh, und *peng* macht der Auktionshammer, und sie machen ihren Profit. Deshalb gehen die Käufer bei Auktionen herum und beschnuppern das Vieh, ob sein Atem nach Kaffee riecht. Kaffee oder Zigaretten. Zigaretten bewirken dasselbe.«

»Und was ist mit Hoyt Buford passiert?«

Reverend Odom zuckte die Schultern. »Was mit *jedem* passiert, dem zwanzig Pfund Kuhmist aus großer Höhe auf den Kopf fallen. Es hat den Mann umgehauen. Er fiel zu einem Häuflein zusammen, über und über mit Dung bedeckt, und in blinder, ohnmächtiger Wut schrie er: ›Ich hoffe, ihr Schweinehunde verreckt in der Hölle‹, und das waren die letzten Worte, die er je im Radio gesprochen hat. Das war sein Schwanengesang. Die Endstation seiner Radiokarriere. Vom Mob zerschmettert. Er verlor seinen Anzug, den Buick, die Frau, die ihn liebte, alles.

Natürlich ist nicht wahr geworden, was er gesagt hat. Niemand stirbt in der Hölle, das wünschen sich nur alle. Und obwohl er verlor, was er besaß, bekam er später einiges davon zurück. Ging nach Pierre und wurde Nachtdiskjockey. Spielte Jazz und sprach mit leiser Stimme und alles. Was in Minneapolis als Farmbursche gilt, ist in Pierre ein echter Bohemien. Er besorgte sich ein neues Auto und eine neue Freundin. Aber die Regel gilt nach wie vor: Pflege die Nähe zu deinem Publikum. Sonst mußt du ihnen Bratpfannen über den Schädel hauen, und ihr habt ja gesehen, wie gut das gewirkt hat.«

Al setzte einen Topf Wasser zum Kochen auf. »Wenigstens sind unsere Sachen noch einigermaßen sauber«, sagte er. »Abgesehen von dem Ei auf meinem Hemd.«

»Gleich hab ich ihn«, sagte Rudy, und Elmer schauderte, und der blutige Splitter war draußen.

Elmer setzte sich hin, mit einem Taschentuch über seinem tränenden Auge. Er trank eine Tasse Kaffee. Er ließ sich von

Rudy einen Schneeball aufs Auge legen. »Willst du was zum Frühstück?« fragte Wendell. Red drehte sich im Fahrersitz um und fragte Elmer, ob es ihm recht sei, wenn er weiterführe. Sie hatten in drei Stunden eine Show in Bemidji. Elmer schüttelte den Kopf.

»Ich glaube, das ist die Art des Herrn, uns zu sagen, daß wir aussteigen sollen«, sagte Elmer. »Ich habe noch nie eine Show geschmissen, und ich tue es auch jetzt nur ungern, aber vielleicht steckt ein Sinn dahinter. Wir haben alles, was wir tun konnten, fürs Radio getan. Der Herr hat das Radio benutzt, um uns etwas zu lehren, aber jetzt ist die Schule aus. Wir müssen uns weiterentwickeln.« Er sagte: »Unsere Zeit bei WLT ist seit sechs Uhr heute früh beendet.« Alles jubelte und klatschte. Er hatte einen alten Kumpel aus Fargo, der in Eveleth ein Bibelcamp leitete, und sie könnten bis zum Mittag dort sein und ein paar Tage bleiben und sich ausruhen und überlegen, was sie dann tun sollten. *Richtige Betten*. Die Frühaufsteher fielen sich gegenseitig vor Dankbarkeit in die Arme – Wendell weinte, und Rudy umarmte ihn, und Al rief: »Hab Dank, Jesus!« Sogar Slim war bewegt. Sie würden die Hölle verlassen und unter eine warme Dusche gehen, und dann würden sie zu Mittag essen, reden, ein Nickerchen machen, herumsitzen wie menschliche Wesen – Red legte den Gang ein, und sie hoppelten aus dem Hinterhof raus und fuhren auf den Highway, und Red brüllte: »Eveleth!«, und alle jubelten, außer Frank.

Mein Job, dachte er. *Ich kann meinen Job nicht einfach wegwerfen, wenn ich diesen Job verliere, muß ich zurück nach Mindren*. Auf der anderen Seite war das ein unmöglicher Job. Roy jr. hatte ihm gesagt, es sei sein Job, die Frühaufsteher durch die Tournee zu bringen, aber der Zweck der Tournee war es, sie zu bestrafen und sie loszuwerden, sie aus dem Radio zu vertreiben – also hatte Roy jr. erreicht, was er wollte: Die Tournee durch die Hölle hatte funktioniert, und die Shepherd Boys verließen das Radio. Aber sie gingen zu früh weg, bevor ihr Leidensweg vollendet war. Frank hatte die Anweisung, dafür zu sorgen, daß sie sämtliche Shows machten.

Du mußt aus diesem Bus raus, dachte er. *Oder du mußt sie nach Bemidji bringen*. Aber wie? Slim hatte seine Mandoline ausgepackt, und Al spielte Gitarre, und sie sangen:

Hinfort, hinfort nach Kanaan, wir fliegen froh dahin
Und schneller noch, als Adler das Himmelsblau durchziehn.
Froh schlagen unsere Herzen, denn bald sind wir vereint
Mit unserem Jesus Christus, dem Retter, Herrn und Freund.

Hinfort! Hinfort!
Laßt allen Kummer und Streit zurück!
Hinauf! Hinauf!
Strebt auf zu holdem himmlischen Glück!
Lebt wohl, alle Not und Qualen und Leid,
Wir ziehen voll Jubel nach Kanaan heut.

Die Shepherds lachten und sangen und hatten die Arme umeinander gelegt und waren nicht mal betrunken. Diese Truppe würde genauso bereitwillig nach Bemidji gehen, wie sie Arbeit in einer Lackierfabrik annehmen würde. Red war glücklich, lenkte mit einer Hand und schlug den Takt mit der anderen. Reverend Odom saß neben Frank, und Wendell hinter ihm ließ einen ungebremsten Redeschwall darüber los, wie nun die guten Zeiten anbrechen würden. Fernsehen. Ein großer Tourneebus, größer als der von den Rankins. Eine größere Fernsehshow als ihre. Schallplatten. Vielleicht Filme. »Es ist noch nie ein guter Film mit unserer Art von Musik gemacht worden«, sagte Wendell. »Aber es lieben mehr Menschen unsere Musik als diesen Broadwaymist und diesen ganzen Flitterkram und die Revuemädchen – das ist die Musik von reichen Leuten. Wir könnten reich werden, indem wir die Musik der armen Leute spielen.« Er lachte darüber.

»Gospelmusik?« fragte der alte Prediger und verdrehte den Kopf nach hinten.

»Nääh. Lieder übers Fremdgehen. Das ist die echte Musik des armen Mannes. Reiche Kerle verstehen jemand wie Hank

Williams überhaupt nicht. Ein reicher Mann braucht so gut wie gar keine Frau. Wenn sie wegläuft, wen interessiert das? Er nimmt sich eine andere. Aber wenn man *nichts* hat und nicht viel, auf das man sich freuen kann, und wenn einem dann die Frau wegläuft und man die einzige gute Sache im Leben verliert, Mann, das bringt einen um. Reiche Armleuchter verstehen nichts von diesem Scheiß. Ist schon so, wie man sagt, ein Lied spricht dich nur mit dem an, was du kennst. Wir müssen die Gospelmusik hinter uns lassen und uns auf Lieder übers Fremdgehen verlegen, denn davon verstehen *wir* etwas, oder?« Er schlug dem Reverend auf den Rücken.

Maria wartet auf mich, ich darf sie nicht im Stich lassen, dachte Frank. Er rutschte tiefer in den Sitz, die Knie gegen die Lehne vom Vordersitz gedrückt, und stellte sich vor, sie säße neben ihm, ihr Haar, seine Hand in ihrem Schoß, die andere Hand glitte in ihre Bluse, wie sie es ihm erlaubte, und streichelte ihren weichen Bauch, die kleine Kuhle ihres Bauchnabels und weiter, langsam weiter. Alles, worauf es in dieser Welt ankam, lag in dieser Bluse und ein Stück weiter unten – alles andere war so trist und schal, Männer, langweilige Männer, wütende Männer, Prahlerei und Großtuerei und laute Worte wie aus einer Schrotsäge und wie ein Schlag ins Gesicht, aber sie war so süß und friedlich. Seine Hand ruhte an ihrer Brust. Er wölbte seine Hand darum, und sie schien lustvoll anzuschwellen, er ließ seine Hand in das Körbchen des Büstenhalters gleiten und streichelte ihre Haut und ihre empfindliche harte Brustwarze, und sie seufzte und drehte sich zu ihm und verrenkte ihm dabei fast die Hand, er zog sie raus, seine Hand glitt herum zu ihrem Rücken und hakte den BH auf, seine Hand glitt hinunter in ihr Höschen und an ihrem süßen Po entlang, links und rechts, seine Hand glitt hinauf über ihren Hüftknochen und über die herrlichen Rippen und weiter rauf und befreite die Brüste aus ihrem Gefängnis, streifte die Hüllen ab – es war wie das Entblättern eines Maiskolbens –, er wog sie in seinen Händen, strich vorne hinunter über ihren weichen Bauch und fühlte die sanfte Wölbung, seine Hand fuhr mit den

Fingerspitzen den wunderschönen Hügel hinunter und hinein in ihre zarte Dunkelheit und hinauf an ihren Schenkeln.

O Kanaan, du Heimat, wir loben dich und segnen
Den Tag, an dem wir dort dem wahren Glück begegnen!
Voll Glanz und frohem Hoffen ist dieser Tag der Braut;
Eil hin zu deinem Bräut'gam, der bang schon nach dir schaut!

Es war alles so perfekt, was gab es sonst in der Welt außer ihr? Der Rest war Papier und lange, öde Nachmittage mit Schreibmaschinen, die irgendwo vor sich hin klapperten, und die Uhr blieb stehen, und Männergequassel drang durch das Fenster über der Tür – er würde gerne draußen auf dem Gang bleiben und niemals diesen Raum betreten! Die Eitelkeit von Männern in Anzügen ist schwer zu ertragen. Ray hatte recht. Man konnte es kaum bereuen, mit einer schönen Frau alleine zu sein, und verglichen mit den Männern in dem Raum, welche Frau war da nicht schön?

Ein kalter Schauer durchfuhr ihn: ihm fiel das Geld ein. Die 800 Dollar für Extraausgaben. Er faßte an seine Brieftasche. Sie war dünn. Er zerrte sie aus der Jackentasche. Das Geld war weg. *Gestohlen. Er hatte es während der ganzen Reise nicht angerührt, nicht gesehen, nicht daran gedacht. Jemand hatte das ganze Bündel geklaut. So was Dummes, so was Saudummes.*

»Was ist los?« fragte Reverend Odom.

»Ich glaube, mein Geld ist weg.«

»Was für Geld?«

»Etwas Geld. Siebenhundert Dollar.«

Die Erwähnung von 700 Dollar toste durch die Luft wie Trompetenklang, und Slim und Al hörten auf zu singen. »Was ist das für Geld?« fragte Elmer, dessen rechtes Auge rot und geschwollen war.

Frank blickte geradeaus auf den Highway. »Spesengeld von Roy jr.«

»Wieso hat er es dir und nicht Elmer gegeben?« fragte Wendell.

»Ich weiß nicht. Frag ihn.«

»Das war unser Spesengeld. Du hättest es uns aushändigen müssen.«

Elmer war verletzt. »Wieso hast du mir nichts davon gesagt? Wir hätten im Motel schlafen können, wir hätten mal eine anständige Mahlzeit essen können. Das ist nicht recht, Frank.«

»Ich habe nur getan, was Roy jr. mir gesagt hat. Es war für einen Notfall.«

»Deshalb ist es trotzdem nicht recht. Diese ganze *Reise* ist ein Notfall gewesen.«

Sie beschimpften ihn den ganzen Weg bis nach Eveleth, außer Reverend Odom. Zwei Minuten vorher hatten sie nicht mal von dem Geld gewußt, und jetzt lastete der Verlust davon schwer auf ihnen. Geld, das sie nicht mal gesehen hatten, aber sein Verlust war für sie ein schwerer Schlag, beinahe schlimmer, als wäre es ihnen direkt aus der eigenen Tasche genommen worden. »Siebenhundert Dollar«, sagte Wendell immer wieder. »Siebenhundert Dollar.« Frank versuchte, ihnen in die Augen zu blicken, er suchte nach dem Flackern, das den Missetäter verraten würde. Der Dieb wußte, daß es 800 waren und nicht 700, und er mußte sich fragen, warum Frank wohl gelogen hatte. Frank achtete auf neugierige Blicke, aber er sah nur anklagende.

☆ ☆ ☆

Es war ein zermürbter, übernächtigter Haufen, der gegen elf Uhr im Nazarene-Bibelcamp einfuhr, niemand sang mehr, und Wendell schüttete Bourbon in sich rein und wurde streitsüchtig – »Mich kotzt Gospel an! Wir sind fertig mit Gospel! Wenn ihr das nicht kapiert, dann seid ihr zu blöd, als daß ich mich noch weiter mit euch abgeben kann!« –, und obwohl Elmers Kumpel, Fred Porch, und seine Frau Alma sich als ganz reizende Menschen entpuppten und hocherfreut über die Gesellschaft waren und die Frühaufsteher ohne Umschweife in die größte Hütte führten und dort Platz nehmen ließen, um ihnen Schinken mit frischen Brötchen und Bratensaft und zum Nachtisch Pfirsichkuchen zu servieren, trauerten alle noch immer um die 700 Dollar. »Das war unser Startkapital«, sagte Elmer. »Das hätte uns nach Chicago gebracht.« Elmer hatte Freunde in Chicago, wichtige Freunde in der Radiobranche. Chicago war eineinhalb Tage entfernt. In ein paar Wochen könnte Elmer ihnen eine Show besorgen. In einem Monat oder so würde das Geld anfangen hereinzuströmen. Die 700 Dollar hätten ihnen über das Gröbste hinweggeholfen. »Ich hoffe, du hast nicht unsere ganze Zukunft weggeworfen«, sagte Elmer finster.

Es hatte angefangen, stärker zu schneien, und Reverend Odom erzählte vom Winter in North Dakota, als er noch ein kleiner Junge war, in der Dachkammer schlief und beim Aufwachen am Morgen eine Schneewehe auf der Bettdecke vorfand. Diese Geschichte heiterte sie ein wenig auf, und dann erzählte Slim von einem Winter während des Krieges in Neuguinea, als er bei der Navy war und mit Onkel Soddy Johnson und den Zerstörern für die Truppen spielte, auf zwei bis drei Schiffen am Tag, und die Männer hingen von den Ladebäumen und schrien und schlugen im Takt der Musik mit Hämmern aufs Deck, und es war so laut, daß es die Fische umbrachte, und von ihrer Barkasse aus schöpften die Zerstörer sie aus dem Wasser und verspeisten sie zum Abendessen. Natürlich hatten die Frühaufsteher diese Geschichten schon mal gehört, aber es waren gute Geschichten, und auch Als Geschichte, wie er einmal Faron Young in einem Kaufhaus in Nashville beim Kauf von einem Paar Baumwollsocken gesehen hatte, und dann zog sich Alma zu einem Schläfchen zurück, und Wendell erzählte eine Geschichte aus seiner Jugend: wie es in ihrer Kirchengemeinde Brauch gewesen war, die Leute im Fluß zu taufen, und wie er mit dem Kopf stromabwärts untergetaucht worden war, so daß ihm das Wasser in die Nase floß und er in Panik um sich schlug und sich vom Pfarrer losriß und bis zu einem Wasserfall fortgeschwemmt wurde und beinahe ertrunken wäre, aber er kriegte einen Ast zu fassen und hievte sich ans Ufer, und als er aufstand, hatte er die gewaltigste Erektion seines Lebens, zweiundzwanzig Zentimeter, und er mußte vor dem Suchtrupp davonlaufen, und als er mit seinem wippenden Penis dahintrottete, wurde der so groß, daß er vorne durch die Hose stieß. Mittlerweile konnte er seine Ma an der Taufstelle schreien hören, daß er verschwunden, tot, ertrunken war. »Ich war alles andere als tot«, sagte er. »Ich hatte das andere Ufer vom Totsein erreicht. Ich war in das Land der Liebe hinübergeschwommen, Jungs.« Es schneite so heftig, daß sie von der Hütte nicht bis zum See schauen konnten. »Sieht aus, als würden wir hier eine Weile bleiben«, bemerkte Elmer fröhlich. Er sagte, er habe einen neuen Song mit dem Titel »Ich warte, mein Herr, auf Dich« (oder »Ich weiß, Er wird kommen«) fast fertig geschrieben und sei sicher, daß er ein großer Hit werden würde.

☆ ☆ ☆

Es warteten warme Betten auf sie in einer kleinen Blockhütte unter einer großen Tanne, sagte Fred, und das Abendessen sei um sechs. Die Frühaufsteher schlenderten den Pfad zwischen den Schneeverwehungen entlang zu der Hütte, wo in einem gußeisernen Ofen ein Feuer loderte. »Ich könnte für immer hierbleiben«, sagte Rudy.

Al fand unter einem Fenster ein Regal voller Harold-Hand-Bücher, christliche Detektivromane. Er hatte sie als Knabe gerne gelesen und seit zwanzig Jahren keinen mehr zu Gesicht bekommen. Slim entdeckte einen Riß in seiner Geige. »Möchte nur wissen, ob es in Freds Laden Epoxidharz gibt.« Der alte Mann fand ein Buch mit Predigtentwürfen, unter anderem zu den Themen Christus als Zuflucht in Zeiten der Bedrängnis, das Leiden der Stämme Israels und die Vervollkommnung der Liebe durch Prüfung und Heimsuchung. Und dann zogen sich alle aus und kletterten ins Bett und fielen in Schlaf, außer Frank. Er lag auf dem Rücken, damit er nicht einschlief, und sobald er schläfrig wurde, dachte er an Maria und wachte sofort wieder auf. Er stellte sich vor, wie sie mit ihm die Treppe hinaufstieg und wie er eine Tür aufschloß, aber es war nicht seine Wohnungstür im Antwerp. Es war ein hübscheres Zimmer als seins, mit Fenstern, die auf einen Park hinausgingen. Es war dunkel. Sie machten kein Licht. Sie nahm ihn an der Hand und führte ihn zum Bett, und er setzte sich hin, und sie zog ihm die Schuhe aus. Er knöpfte ihre Bluse auf, die hinunter in seine Hand glitt. Ihre ganze Kleidung verflüchtigte sich irgendwie, und seine auch, und sie fielen zusammen aufs Bett und tauchten unter die Decke, Hand in Hand, sie sprudelten vor Lachen und schwebten und tauchten und tollten herum – weiter als bis dahin ging seine Vorstellung nicht.

Er lag auf seinem Bett, und es schienen mehrere Stunden vergangen zu sein. Allgemeines Schnarchen erfüllte den Raum. Er setzte vorsichtig die Füße auf den Boden und richtete sich auf. Die Federn quietschten laut. Das Schnarchen hörte auf – es folgten Schnaufer, Stöhnen, ein Seufzer oder zwei –, dann setzte das Schnarchen wieder ein, zuerst vereinzelt, dann gleichmäßig und orchestral. Frank stand auf und ging auf Zehenspitzen zu Wendells Bett, über dessen Pfosten Wendells grüne Hose hing, und langsam zog er Wendells Brieftasche heraus und tastete die Taschen ab. Eine erledigt, noch sechs übrig.

Sein nächster Verdächtiger war Rudy, aber auch da hatte er kein Glück. Er stöberte sogar in Rudys Reisetasche und durchsuchte seinen Mantel.

Frank hatte das Gefühl, beobachtet zu werden, wußte aber nicht, von wem, er konnte niemands Augen sehen. Er schlich hinüber zu Reds Bett, aber Red hatte seine Hosen an. Ebenso Al. Er sah in ihren Koffern nach. Er durchsuchte Slims Mandolinenkasten. Er versuchte sogar, Slims Schuhe auseinanderzunehmen, falls sie eine doppelte Sohle hätten. Die Zeit wurde knapp. Wenn einer von ihnen das Geld geklaut hatte, dann wollte er nicht mehr dabeibleiben. Er wäre bei den Shepherds geblieben, wenn sie fair mit ihm gespielt hätten, aber ein Dieb in der Truppe – und dann fand er das Geld. Es war dort, wo er gehofft hatte, es nicht zu finden, säuberlich glattgestrichen, ganz flach in der Bibel des Predigers versteckt, zwischen Offenbarung und Konkordanz, wo es nur eine winzige Lücke im Goldrand hinterließ, eine Lücke, die ihm ins Auge fiel, und Frank schämte sich für den Verdacht, der in ihm aufstieg, war doch der Prediger ein Freund, und er klappte die Bibel auf, um den Namen von Reverend Odom reinzuwaschen, und da lag das Geld.

Es fehlte nicht ein einziger Schein. Hunderter. Acht nagelneue.

Kapitel 40
Fort

Frank steckte die Banknoten in seine Tasche, nahm seinen Mantel vom Haken, hob seinen Koffer auf und ging. Als er die Tür aufmachte und die Treppe hinunterstapfte und als er den verschneiten Weg entlangging, erwartete er, daß die Shepherds mit Holzscheiten in den Fäusten hinter ihm hergepoltert kämen, aber er gelangte unbehelligt zur Haupthütte und fand Fred und Alma in der Küche beim Abwaschen und fragte sie nach dem Weg nach Eveleth.

»Bleiben Sie denn nicht? Aber es ist ein Schneesturm im Anmarsch.« Fred beugte sich hinunter und blickte aus dem Fenster zum Himmel hoch. Er sah in der Tat bleiern aus. »Wo wollen Sie denn hin?«

»Minneapolis«, sagte Frank. »Ich muß nach Minneapolis.«

»Sie kommen heute nacht nicht in die Stadt«, sagte Alma. »Ich glaube, es fahren nicht mal Züge. Oh, ich wünschte, Sie würden bleiben.« Sie warf ihm einen flehenden Blick zu. »Ich weiß, Ihre Mutter würde nicht wollen, daß Sie in einer solchen Nacht hinausgehen.«

Aber er wußte natürlich, daß Schneestürme den Zug nicht aufhielten. Fred fuhr ihn in die Stadt, und der Zug nach Süden in Richtung Duluth war gerade aus Ely angekommen und stand dampfend im Bahnhof, und Fred fuhr auf den Bahnsteig, und Frank hatte gerade noch Zeit, loszurennen und aufzuspringen, bevor der Schaffner winkte, und dann zischte der Dampf, und der Zug fuhr ab. »Warum haben Sie es denn so eilig, nach Minneapolis zu kommen?« fragte Fred einen Augenblick, bevor sie den Zug erspähten, und Frank hatte gerade sagen wollen: »Muß mir meinen Job wiederbesorgen«, aber nun war er sich dessen nicht mehr sicher, als er nach Duluth unterwegs war. Zeit zum Nachdenken, während der Zug durch die verschneite Nacht stampfte und schaukelte.

Er konnte den Zug nach Minneapolis besteigen und am Morgen bei der Arbeit sein und mittags Maria sehen, aber das kam ihm wie der direkte Weg ins Nichts vor. Er hatte alles Vertrauen der Soderbjergs in dem Moment verspielt, als er von der Show davongelaufen war. Es würde zu lange dauern, es wieder zurückzugewinnen. Außerdem war das Radio tot. Woher weißt du das? *Du weißt es*, das ist alles. Die, die versuchten, es am Leben zu halten, starben ebenso; Dad Benson, Slim Graves, Elmer, Ray, Patsy, Reed Seymour – sie alle schwanden dahin, es war kein Schwung und Pepp mehr drin. Das Publikum lief in Scharen davon.

Vor zehn Jahren wären sie noch eine große Sensation in diesen kleinen Städten gewesen, hätten großes Aufsehen erregt, Zuschauermassen angezogen, Zeitungsreporter, die herumschnüffelten, hübsche Mädchen, die ein bißchen abseits standen und rot wurden und versuchten, ihre Aufmerksamkeit auf sich zu lenken. Aber dies war das Jahr 1950, und alle Gasthäuser hatten einen Fernsehapparat, und alle Gasthäuser waren brechend voll. Sämtliche *Frühaufsteher*-Zuschauer blieben bis spät nachts auf und starrten wie gebannt auf Milton Berle, während sie in Bud's Dew Drop Inn ihr Bier schlürften. Und Bud klagte schon, daß das Geschäft von Woche zu Woche schlechter wurde, weil sich immer mehr Leute einen eigenen Fernseher kauften.

Die Wirte wollten, daß das Fernsehen ihnen gehörte, und Frank wollte, daß das Radio fortdauerte, aber wie Dad sagte, das Wasser von gestern treibt die Mühle nicht an.

Du mußt schlau sein, dachte er. Du willst nicht bei einer Arbeit landen, bei der du in zwei Jahren, in vier Jahren oder in sechs auf dem trockenen sitzt, inmitten völliger Ebbe, und dir vorkommst wie die Fata Morgana von jemand anders.

Wie Vince Upton und Sheridan Thomas. *Unterwegs im Ballon* war verschwunden, vor zwei Wochen abgestürzt – sie gaben das Radio auf, zogen nach St. Augustine und machten ein Muschelgeschäft auf. Sie faßten den Entschluß an dem Tag, als zwei deutsche Putzfrauen, Charlotte und Mathilda, in Studio

B marschiert kamen, ohne das rotleuchtende Schild *Ruhe bitte, Sendung* über der Tür zu beachten, und mitten in die Show platzten, gerade als Bud und Bessie ihren Heliumballon, den *Minnesota Clipper*, in zweitausend Meter Höhe über dem Burmapaß auf der Jagd nach dem Pascha von Endur navigierten. Charlotte fing an, den Teppich zu saugen.

»Es scheint ein Monsun von Osten her aufzukommen«, schrie Vince. »Halt dich an den Seilen fest, Liebling! Wir müssen da durch!« – wo im Textbuch stand:

> BESSIE: Ich sehe Elefanten – eine ganze Herde! Sie wollen den Wasabi unterhalb von Luala Pindi durchwaten.
> BUD: Wir wollen runtergehen und uns das aus der Nähe ansehen.

Sheridan rief: »Okay! Wenn du meinst!« Mathilda huschte an ihr vorbei.

Während er die Monsunwarnung ausrief, schob sich Vince mit dem Mikrophon in der Hand zur Wand, beugte sich runter und riß den Staubsaugerstecker raus, aber das war er nicht, es war der Stecker vom Plattenspieler, und langsam kam die Aufzeichnung stratosphärischer Winde und des Umpfumpfumpf der Maschine zum Stillstand.

»Das sieht mir gar nicht gut aus! Ich glaube, wir sind in ein absolutes Windloch geraten!« schrie er. »Der Stabilisator ist kaputt! Die Berggipfel kommen immer näher! Wir müssen vielleicht abspringen!«

Rauch stieg von dem Wachs auf, das Mathilda auf die heißen Röhren in der Plattenspielerkonsole spritzte. Sie bohnerte auch den Plattenspieler, und die Nadel rutschte von der Platte *krrrrrrr-chchiiieee*, und sie staubte das Mikrophon ab. Es klang wie Donner.

Und noch am selben Nachmittag packte Vince seine Siebensachen und sagte auf Wiedersehen. »Als diese Putzteufel hereinmarschierten, kam ich mir so blöd vor, als wäre meine Mutter ins Schlafzimmer gekommen und hätte mich dabei erwischt, wie ich mir die Röhre poliere«, erzählte er Leo. »Ich bin sechzig. Das ist zu alt, um in einem winzigen Raum zu stehen und so zu tun, als würde ich in einem Ballon fliegen. Sherry und ich gehen nach Florida und steigen ins Muschelgeschäft ein. Es gibt nichts, was man nicht mit Muscheln machen kann, weißt du, Aschenbecher, Wandschmuck, alles, was du willst.«

☆ ☆ ☆

Als der Zug durch die Tannenwälder stampfte und der Schnee von den Rädern aufwirbelte, rollte sich Frank auf dem Sitz zusammen und zog sich die Jacke über die Ohren. Er schlief ein und fuhr aufgeschreckt wieder hoch und tastete nach den Geldscheinen. Noch da. Er steckte sie vorne in die Hose. Er dachte: »Ich könnte zurück nach Minneapolis fahren, zurück in die Radiomühle, das Geld zurückgeben, mich die Leiter hocharbeiten und Maria bitten, solange zu warten, oder ich könnte nach Chicago fahren und sie nachkommen lassen, und dann könnte etwas ganz anderes passieren.« Er schlief wieder ein.

Er wachte auf, als der Zug in Duluth unter dem langgestreckten Hallendach bis zu dem Steinpalast einfuhr, vorbei an einer Reihe Waggons voller Postsäcke und Gepäckstücke. »Alles aussteigen!« rief der Schaffner.

Frank überquerte den Bahnsteig, wo Frachtarbeiter das Gepäck in einen anderen Zug auf dem gegenüberliegenden Bahnsteig luden. Er tippte einem Mann auf die Schulter: »Fährt der hier nach Minneapolis?« fragte er.

»Chicago.«

»Sind Sie sicher?«

Der Mann zuckte mit den Schultern. »Bisher fuhr er jedenfalls immer dorthin.«

Es war nur ein Gedanke, aber er könnte nach Chicago fahren, sich eine Wohnung nehmen, ihr Nachricht geben, wo er war, einen Job suchen, und bis zum Eintreffen Marias hätte er für ein gutes Auskommen gesorgt. Man mußte die Sache vielleicht frontal anpacken und eine Frau übertölpeln, ehe sie noch recht wußte, wie ihr geschah, dachte er. Aber jetzt blieb keine Zeit mehr zum Überlegen.

Der Zugführer pfiff, und bevor er den Zug nach Chicago verpaßte, stieg er lieber ein. Drei alte rote Personenwagen, ein Gepäckwagen, der Postwagen, ein Kohlewagen und die Lokomotive. »Achtung auf Gleis vier, alles einsteigen, es fährt ab ... der Superior ... mit Aufenthalt in ... nach *Chicago*«, verkündete die Zugansage, aber Frank saß bereits an Bord, hatte die Füße auf dem gegenüberliegenden Sitz hochgelegt und war voll freudiger Erwartung. Der Zugführer pfiff noch zweimal, und Frank dachte, *Daddy, sei vorsichtig*, aber natürlich war er es jetzt, der sich in Gefahr befand.

☆ ☆ ☆

Ray lag blaß, verschwitzt, unrasiert, zitternd unter einem schweren Quilt und einer Wolldecke und rollte sich auf die andere Seite, mit dem Gesicht zum Tisch. Die Lampe war mit einem Handtuch verhängt, und daneben standen ein Glas Wasser und acht Pillenfläschchen und sein altes Crosley-Nachttischradio, das Azteken-Modell, ein goldener Tempel mit dreieckigen Bedienungsknöpfen.

»Ich wußte, was passieren würde, wenn ich nur lange genug lebe«, sagte er zu Patsy, »aber um ehrlich zu sein, ich würde alles geben für ein weiteres Jahr.«

Sie war am Dienstag gekommen, um ihn zu besuchen, und jetzt war Freitag, und sie war immer noch da und betreute ihn. Vesta war immer noch in London, wo sie das Tonbandgerät entdeckt hatte. Sie war so glücklich am Telephon, daß Ray es nicht übers Herz brachte, ihr zu erzählen, wie krank er war. »Das Tonbandgerät wird alles verändern«, sagte sie. »Wir können Vorlesungen und Vorträge von überall her mitbringen, sie jederzeit wiedergeben. Ich kann die Welt mit einem Tonbandgerät bereisen – es wiegt nur fünfunddreißig Pfund –, ich kann die Weisheit aller Länder sammeln und sie zurück in den Mittelwesten bringen. Ray, das wird das Radio endlich zu dem machen, was es eigentlich sein sollte.« Sie lachte vor Freude darüber. Sie sei auf dem Weg nach Stockholm, sagte sie, um die Nobelpreisgewinner zu interviewen.

Er hatte seit drei Wochen kein Radio gehört. Er lag im Sterben, Herrgott noch mal – sollte ein Mensch in die Ewigkeit eingehen, direkt nachdem er ein Spiel der Lakers oder eine Werbung der North West Orient Airlines angehört hatte? Seine Brust kam ihm wie eingefallen vor, das Atmen war mühsam. Sein Herz tat ihm weh – und das Jod brannte auf der Stirn von dem Sturz, an den er sich nicht erinnern konnte, obwohl er noch wußte, daß er mitten in der Nacht aufgestanden war, um ins Badezimmer zu gehen.

Eines Morgens wachte er auf und fühlte sich besser und nahm sich seinen Schreibtisch vor und schmiß alles raus. Alle Briefe, alle Scheckkontrollabschnitte, alle Bilder. Bring dein Haus in Ordnung: mach klar Schiff, und schaff Platz für die Jugend, das war seine Philosophie. Die alten Menschen sterben, und die Kinder vergessen. Wenn deine Zeit zu gehen gekommen ist, dann verschwinde. Nicht wie dieser Narr Dad Benson. Siebzig Jahre alt und noch immer dabei. Arme Schwester Lottie, die jeden Morgen reinkam, um noch ein paar weitere Liedchen zu kreischen, während die jungen Leute hinter ihrem Rücken lästerten. Wieso konnten diese Menschen nicht erkennen, was die Stunde geschlagen hatte?

»Der Mensch wird in Unwissenheit empfangen und im Zweifel geboren, und von da an geht es mit seinem Leben bergab«, schrieb er an Dad. »Er geht schnurstracks seinen Weg von purer Narrheit zu totaler Dummheit, ab und zu bleibt er stehen, um etwas Gemeines und Häßliches zu machen, und dennoch hat der Herr an ein paar glückliche Wesen ein bescheidenes Quantum gesunden Menschenverstand vergeben, gerade genug, daß wir unseren Hintern von einem Loch im Boden unterscheiden können und daß wir nicht unser ganzes Geld rauswerfen oder unsere Freunde beleidigen, daß wir uns hinsetzen und den Mund halten, wenn die Zeit dazu gekommen ist. *Jetzt ist die Zeit gekommen, sich hinzusetzen und den Mund zu halten, Walter.* Der Drang, aufzutreten, ist kein Beweis für Talent. Gier ist kein Indiz für Geschäftstüchtigkeit. Präge dir das ein; es könnte hilfreich sein in der Zukunft. Das Schöne am Ausscheiden ist die Art, wie es dein Ansehen hebt. Placke dich weiter ab, und aus dir wird bald ein lächerlicher alter Restposten, etwas längst Überholtes, aber hörst du rechtzeitig auf und lebst lange genug, dann wird man dich einst als Genie und als Pionier betrachten. Das ist die Wahrheit, sonst würde ich es dir nicht sagen. Der Schlüssel zum guten Ruf einer Person ist: *Er wußte, wann Zeit zum Aufhören war.* Sei klug und folge meinem Rat. Viel Glück, Dein Freund Ray.«

Keine Antwort von Dad. Keine Antwort von so vielen. Er konnte es ihnen nicht übelnehmen. Sterbende Leute sind keine angenehme Gesellschaft. Das Sterben war so öde und eine so erbärmliche Angelegenheit, daß es einem das Leben vergällen konnte. Sterben war so *entmutigend.* Da verbrachte man seine letzten Tage auf diesem grünen Planeten, und es sollten schöne Tage sein, und statt dessen schleppte man sich nur noch mit seinem Puller im Dreck dahin.

☆ ☆ ☆

Rays Brief erreichte Dad eine Woche lang nicht, weil Frank nicht da war, um dafür zu sorgen. Als Dad ihn bekam, trug er ihn ein paar Tage in seiner Jackentasche herum, und dann, als er seinen Toast mit Rindfleischstückchen im Pot Pie aufgegessen hatte, griff er nach seiner Brieftasche und entdeckte den Umschlag, las den Brief, blickte auf und sagte: »Wir sind wieder zurück im Pißpott, Wilmer. Wir sind mit Ray zum Radio gekommen, und wir steigen mit ihm aus. Morgen ist die letzte Sendung.«

»Wozu die Eile?«

»Hat keinen Sinn, daß wir uns unserer Pflicht weiter entziehen, Wilmer. Haben schon lange genug gebraucht, sie überhaupt zu erkennen.«

Wilmer ging nach Hause und weinte. Tiny zu sein war alles, worin er gut war. Jahrelang hatten ihm die Leute erzählt, daß Amos und Andy nicht mal *annähernd* so gut dargestellt seien wie Tiny, und eine beträchtliche Anzahl prächtiger farbiger Menschen von der North Side hatte ihm dasselbe gesagt. »Was mache ich jetzt?« fragte er sich. Wenn seine größte Begabung darin lag, ein Farbiger zu sein, dann würde außerhalb des Radios die Nachfrage nach ihm wahrscheinlich nicht allzugroß sein. Vielleicht konnte ihm Patsy Konopka seine eigene Sendung schreiben. *Tiny und seine Freunde. Und jetzt präsentiert Ihnen die Powers-Textilien-Company – wenn's um die Mode geht, gehn Sie zu Powers – . . . Wilmer Benson als – Tiny! »Jassir, jassir, jassir, und wie geht's, die Dam' und Herrn, isso schön, hier bei Ih'n zu sein*!« Und über diesem süßen Traum schlief er ein.

☆ ☆ ☆

Klein Becky ging zurück zu ihrem Dad nach Manhattan. Er schrieb ihr einen lieben Brief, in dem stand, daß er eines Morgens aufgewacht sei und beschlossen habe: »Ich will mein kleines Mädchen wiederhaben.« Er hatte sich gebessert. Keine langen Reisen mehr mit fremden Frauen nach Rom und Marokko. Von jetzt an zählte nur noch der heimische Herd. Jo und Frank waren nicht zu Hause – sie waren nach Michigan zu ihrer Tante gefahren, deren Haus niedergebrannt war, als die Landstreicher wütend auf sie geworden waren, weil sie aufgehört hatte, Maispfannkuchen zu backen. Es waren nur Dad und Delores und Tiny da. »Morg'n, kleine Miss. Hab gedacht, Se sin' vielleich' schon fertich zum Abfahrn, un ich bin mit Ole Henry gekomm', um Se zum Bahnhof zu fahrn. Wo's Ihr Koffa?« fragte der alte farbige Mann. Delores, die exotische Tänzerin, wollte Elmville verlassen und nach Chicago gehen, um sich der Arbeit mit Polio-Opfern zu widmen; das Leben bei Dad hatte ihr zu einem höheren Lebensziel verholfen, und jetzt hoffte sie, ihr knappsitzendes Höschen gegen ein Schwesternhäubchen eintauschen zu können. Sie dankte Dad für seine Güte, und dann sagte Becky ihm Lebewohl und: »Oh, wie kann ich dir je danken?«, und Dad gab seinen Spruch »Wir zeigen unsere Dankbarkeit, indem wir anderen Gutes tun« zum besten, und Klein Becky weinte: »Auf Wiedersehen, Elmville! Auf Wiedersehen, Bäume und Häuser und Gärten! Auf Wiedersehen, Kirchen und Schulen! Auf Wiedersehen, Samen und Erde! Auf Wiedersehen, Schneestürme und Gewitter und heiße Julitage und Weihnachten und Geburtstage! Auf Wiedersehen, alle miteinander! Auf Wiedersehen, Onkel Dad!«, und mit Busgeräuschen vom Tonband fuhr das Kind davon. Dad sagte: »Alles Gute muß einmal zu Ende gehen, aber Gott schließt niemals eine Tür, ohne eine andere zu öffnen. Es ist kein schlechter Tag, der mit einem guten Abend endet.« Und das war das Ende von *Der freundliche Nachbar*, außer daß Dad noch den Ständer umstieß, der auf das Mikrophon schlug, das *boioioioinnng* machte, woraufhin Tiny das laute Lachen eines weißen Mannes ausstieß.

Das war alles, wozu Zeit blieb. »Flüsternde Hoffnung« begann, und Reed Seymour sagte, daß *Der freundliche Nachbar* von den freundlichen Leuten bei Milton-King-Saatgut präsentiert worden sei, und Dad verabschiedete sich von Marjerie, die ganz niedergeschmettert war von dem plötzlichen Ende.

»Was passiert jetzt mit *mir*?« weinte sie. »Ihr bringt mich hierher, damit ich ein *Kind* spiele, und ich verbringe mein halbes Leben damit, und jetzt schmeißt ihr mich auf den *Müll* wie eine Tüte Abfall.«

Dad sagte, daß alle guten Dinge mal ein Ende haben müßten.

»Aber was soll ich denn jetzt *machen*?« kreischte sie.

Dad lächelte. »Jeder geht an seine Arbeit. Such dir einen Job. Es gibt Arbeit für jedermann, Becky. Oder geh wieder zur Schule. Lernen, weißt du, macht aus jedem Menschen eine würdige Gesellschaft für sich selbst.« Er tätschelte ihre Schulter und drehte sich um und stieß eine Sekunde später einen schrillen Schrei aus und hopste zweimal zur Seite in dem Versuch, ihrer Hand in seinem Hosenboden zu entkommen. Ihre spitzen Finger gruben sich tief in seinen wunden Allerwertesten, als würde ihm jemand einen heißen Feuerhaken reinstekken, eine grelle Schmerzwelle durchfuhr ihn, und er mußte sich zweimal um sich selbst drehen, um sie rauszukriegen. »Das tut weh!« sagte er. Sie entblößte ihre Zähne: *Hi hi hi hi hi.*

»Wie gemein du bist«, sagte er.

»Ja!« rief sie. »Ja! Ich bin gemein. Und ich hasse deinen Arsch!«

☆ ☆ ☆

Dad lag auf dem Sofa im Grünen Zimmer und erholte sich. »Dreiundzwanzig Jahre«, sagte Wilmer. Dad korrigierte ihn: *vierundzwanzig*. Oder waren es zweiundzwanzig? Egal, es hatte jedenfalls niemand auf sie im Grünen Zimmer gewartet, um ihnen zu gratulieren. Es gab weder Kuchen noch Kekse. Roy jr. war weg, um Ray zu besuchen, und Roy war auf der Farm. Leo war auf Sendung. Alle waren irgendwo anders. »Wir hätten daran denken sollen, eine Party zu machen, aber vielleicht wäre niemand gekommen«, sagte Dad. »Wie es heißt: Solange es einem gutgeht, an jeder Ecke ein Freund steht, in einer schlechten Zeit ist keiner weit und breit.«

»Es ist wirklich einsam hier«, sagte Wilmer. »Besonders, seit Faith weg ist.« Er machte eine kurze Pause. »Zu dumm, das mit ihr.« Er wartete. Dad sagte nichts. Wilmer sagte: »Du hast mir nie von dir und ihr erzählt.«

»Nun ja, eine offene Tür bringt auch einen Heiligen in Versuchung«, sagte Dad. »Und sie war wirklich prachtvoll. Sie hat mich in Schwung gehalten. Das muß dazugesagt werden. Es war unrecht, aber ohne sie hätte ich schon vor zehn Jahren aufgehört, also ist vielleicht doch irgend etwas Gutes daran gewesen. Laß uns nach nebenan gehen und einen trinken. Keine Fans in der Lobby unten, wie? Gut. Gehen wir.«

Die beiden alten Veteranen verließen das Ogden durch den Vordereingang und standen an der Ecke im hellen Sonnenschein. Auf der anderen Straßenseite, bei der MacPhail-Musikhochschule, kämpfte eine Frau darum, ihr Cello durch die Tür zu kriegen. Ein Mann schoß aus einem Sportwagen, der am Bordstein parkte, um ihr die Tür aufzuhalten. Sie drehte sich um und errötete, und er tippte sich an den Hut.

»Ist das nicht Irtie Lybarger?« fragte Dad. »Der junge Bursche, der früher im Nachrichtenraum gearbeitet hat? Das ist er.«

»Näh, der ist zu alt, um Irtie zu sein. Der Kerl ist beinahe so alt wie wir.«

»Irtie ist auch schon vor einer Ewigkeit dagewesen, Wilmer. Er arbeitete für Phil Sax, und Saxy ist neununddreißig nach San Diego gegangen.«

Wilmer schlug das Pot Pie vor, und Dad sagte, ist gut, aber sie rührten sich unter dem WLT-Schild nicht vom Fleck, machten keinen Schritt.

»Guck mal«, sagte Wilmer. »Man kann hier nicht mal mehr ein Radio *kaufen*.« Das stimmte. Die Bush & Lane Radio Co., ein prima Laden gegenüber in 1200 LaSalle, war weg – umgezogen oder dichtgemacht, wer weiß, und Lew Bonn Radios war aus 1211 verschwunden und von der General-Nußhandlung übernommen worden, und Eckberg-Radio war weg und die Mpls. Radiohandlung, aus der ein Ausstellungsraum für Northwestern-Särge geworden war. Vier große Radiogeschäfte innerhalb eines Blocks von WLT, alle weg. Eigentlich, dachte Wilmer, hatten die großen Zenith-Radiotruhen mit den großen Bodenkonsolen, die Lew Bonn verkauft hatte, ein bißchen wie diese Eichensärge ausgesehen, hatten die gleichen geriffelten Leisten gehabt, ähnlich wie bei einem Proszenium im Theater.

Einst wurde das WLT-Signal bis zu den Alleghenies und bis westlich der Rockies empfangen, aber das war, als der Rundfunk noch eine Bedeutung hatte und als Radios noch gebaut wurden, um Signale zu empfangen. Das Zenith hatte einen Frequenzsucher, so groß wie eine Pampelmuse. Wenn man daran drehte, kriegte man Nashville und Cincinnati und Detroit und Little Rock und Salt Lake City rein, aber die Plastik-

Pißpötte, die man heutzutage bekam, würden nicht mal ein Signal aus fünfzig Kilometer Entfernung empfangen. Die Industrie hatte sich gedacht, wieso Radios bauen, die die Welt empfangen können, wenn die Zuhörer in Minneapolis leben und wenn wir wollen, daß sie hier in Minneapolis einkaufen? Also verkaufte man putzige kleine Radios und stopfte sie vierundzwanzig Stunden lang voll mit Werbemüll, mit Orangenschalen, Zigarettenkippen und Kaffeesatz, und der Verkauf lief gut, ja, aber bei Gott, was für ein Abstieg. *Verschwunden waren alle Sendungen, in denen Leute singen durften, die nicht berühmt waren*, dachte Wilmer. Sie sind vom dicken Geld kleingekaut und verdaut und ausgeschissen worden, und bald werden auch die Radiosender verschwunden sein, nur ihre Signale werden übrigbleiben und gräßliche Werbeliedchen von primitiven jungen Kapitalisten ausspucken. Das Radio war einmal ein Traum gewesen, und jetzt war es eine Jukebox. So ähnlich, als würden Flugzeuge aufhören zu fliegen und nur noch auf der Rollbahn herumstehen und Lichtbildvorträge von Reisen zeigen. Aber natürlich, wenn man sich dazu verstieg, von den Zeiten zu sprechen, als das Radio noch eine Bedeutung hatte, dann putzten einen die Leute runter als einen alten Furz, als einen von diesen Ewiggestrigen, die den Niedergang der Eisenbahn und des Zirkus und des Vierten Juli und das Ende der Sechstagerennen beklagten.

»Nun, ich habe immer gewußt, daß das Ende eines Tages kommen würde«, sagte Dad, »und nun ist es da.«

Kapitel 41
Das Ende

Weg vom Büro, krank, vom Geschehen abgenabelt, machte sich Ray Gedanken über Frank, war besorgt, er könnte sich in den North Woods verirrt haben und sterbend in einer Schneewehe liegen. Ray wachte um zwei Uhr morgens auf und hatte Visionen von Frank, wie er weinend im Wald lag, voller blauer Flecken, aus der Stirn blutend, und er rief Roy jr. zu Hause an. »Was machen wir wegen Frank?« drängte er.

»Wir schnappen den Mistkerl hoffentlich«, sagte Roy jr. »Er hat mir achthundert Dollar gestohlen. Er hat mitten im Sturm das Schiff verlassen. Wenn er dich anruft, sag ihm, er soll mich anrufen. Ich möchte ihn gerne erwürgen.«

»Aber der Junge steckt in Schwierigkeiten.«

»Da hast du verdammt recht.«

Die Frühaufsteher hatten keine Ahnung, was mit ihm passiert war; er hatte sich davongemacht, das war alles, Rudy sagte zu Roy jr., Frank sei ein komischer Kauz und nicht einer von *ihnen*, sie hätten keine Ahnung, wie sein Hirn funktionierte. Wahrscheinlich sei er zurück zu Maria gegangen. Slim ging nach Hause, gab die Musik auf und wurde Hausmeister an einer Junior High-School. Die Shepherds kehrten zu WLT zurück, entschuldigten sich, und Roy jr. überließ ihnen einen Programmplatz am Sonntagmorgen zwischen 8 Uhr 20 und 8 Uhr 35, den ehemaligen Sendeplatz von *Reflexionen.* »Genau das richtige für uns«, sagte Elmer. »Ich fand schon immer, Sonntag ist die beste Zeit für uns.« Er und Rudy und Al kriegten Jobs beim Postamt, und Wendell asphaltierte Garagenauffahrten, aber es war nur ein vorübergehender Rückschlag, da waren sie ganz sicher. Maria verließ WLT, als *Der Freundliche Nachbar* eingestellt wurde; jemand sagte, sie würde Süßigkeiten bei Woolworth verkaufen. Roy jr. versuchte, sie zu Hause anzurufen, aber es meldete sich nur eine alte Dame, die sagte:

»Ich habe kein Interesse an Ihren Produkten, und wenn Sie nicht aufhören, mich zu belästigen, lasse ich Sie verhaften.« Slim glaubte, Frank habe den Absprung geschafft. »Ich weiß nicht, wo sein Talent liegt«, sagte er zu Patsy Konopka, »aber auf jeden Fall ist es groß.« Sie glaubte, Frank sei nach Chicago gegangen. »Wenn das Radio gerettet wird, dann ist Chicago der Ort, wo sie es retten werden.« Sie stellte sich vor, wie Frank an die Spitze eines großen Chicagoer Senders aufstieg, WLS oder WGN, und sie dann holen ließ, damit sie eine Sendung für ihn schrieb. Er müßte jedoch schnell aufsteigen – Roy jr. war dabei, *Das süße alte Lied der Liebe* und *Die Goldene Regel* und *Hügel der Heimat* abzusägen. Ritschratsch, ritschratsch, und da lagen sie als Kleinholz, drei hochgewachsene Bäume. Sie hatte ihnen ein stilvolles Ende geschrieben: Die Hollisters ließen sich in aller Freundschaft scheiden – »Wir werden weiterhin Weihnachten zusammen verbringen!« sagte Jane –, und Elmer und Edna verkauften das Café zur Goldenen Regel in Nowthen und kehrten in die Großstadt zurück, um sich wieder in das Jubel-und-Trubel-Leben der Hautevolee zu stürzen, und Babs bestieg den Bus nach Los Angeles. »Was habe ich schon zu verlieren?« sagte sie zu Fritz. Eins, zwei, drei, die Geschichten brachen zusammen, und nur eine armselige Handvoll Fanbriefe fragte, wo sie geblieben waren. Lily Dale war auch weg. Mr. Tippy kam mit Leukämie ins Krankenhaus, und Lottie probierte es mit anderen Begleitern und stellte fest, daß ihre Stimme untrennbar an Mr. Tippy, diese abscheuliche Tunte, gebunden war und daß sie ohne ihn nicht singen konnte. Sie sagte Ray, Frank habe das Geld nicht gestohlen, er habe es mehr als verdient. »Drei Wochen mit den Frühaufstehern – ich würde sagen, achthundert Dollar sind dafür noch sehr billig. Was für ein hübscher Bursche er war. Er war ein Prinz der Ätherwellen, unser Frank. Er hat mich in seinen beiden Armen die Treppen hinauf- und hinuntergetragen, als ob ich ein kleines Mädchen wäre. Er kam viele Male zum Abendessen in meine Wohnung und erzählte mir alles über seine arme, traurige Mutter. Was für ein herzensguter Mensch er ist. Ich wünsche ihm alles Glück und alles Schöne.«

☆ ☆ ☆

Ray versuchte, an seine Mutter und an die Auferstehung zu denken, aber seine Gedanken wanderten zu dem Problem mit den Vorfenstern und dem Ofen, der keuchte und schnaufte und ersetzt werden mußte. Es hatte keinen Sinn, ihn noch einmal zu flicken und das Risiko eines Ausfalls einzugehen und eingefrorener Wasserleitungen, die platzten, und derlei Ärgernisse – nein, ein Mensch sollte keine halben Sachen machen, das wußte er jetzt, nachdem er soviel von seinem Leben damit vertan hatte, herumzuwursteln, an dem Ofen immer nur das Nötigste zu reparieren, ihn umzustellen von Kohle auf Gas: nein, er mußte rausgerissen werden, und ein neuer, elektrischer mußte rein. Aber ein neuer Ofen würde ihn überleben. Er würde mausetot in der Erde liegen und vermodern, bevor noch die Garantie für den Ofen ausgelaufen war.

Er dachte ans Radio, das er nicht mehr anstellte, und hatte keine Ahnung, was sie da wohl machten, aber wen interessierte das noch, sie konnten herumjuxen und fluchen und Schmutz in den Äther hinauskreischen, es würde auf ihn kein schlechtes Licht mehr werfen, er hatte nichts mehr damit zu tun – die gute Seite vom Sterben: *Ich bin nicht mehr verantwortlich. Der Tod zahlt alle Schulden. Repariert den verdammten Ofen selbst.*

Die Zeit lief rückwärts. Bilder von Moorhead und Lottie auf der Farm, wie sie Eier in ihre Schürze sammelte, bevor sie gelähmt wurde, und Vesta, als sie jung und voller Temperament war. Wie er für seinen Vater arbeitete, die Eisroute in Northeast Minneapolis abfuhr. Junge, davon hat man vielleicht Muskeln gekriegt! Diese Neunzig-Pfund-Blöcke in dem Wagen unter den Jutesäcken. Man mußte sie mit einem Pickel in zwei Teile durchhauen und sie mit Eiszangen rauf zur Hintertür des Kunden schleppen, während das Pferd schon weitertrottete, der gute alte Prinz, der die Route besser als jeder andere kannte. Eine Horde Kinder lief hinterher, und sie grapschten sich Brocken vom Wagen. Ein Haus nach dem anderen, die Buchanan Street rauf und die Lincoln runter und die Johnson rauf und die Grant runter. Das war eine Arbeit, bei der sich ein junger Mann auf den Freitagabend freute! Man zog die Eisschürze aus, und dann ging die Post ab, aus dem Weg, Jim, Zeit, die Sterne vom Himmel zu holen. Man ging in Marklunds Mondschein-Tanzsaal und schmiß sich an die jungen Frauen ran, die vor ihrer Limonade saßen, und wartete, welche anbiß. Trank Gin aus Marmeladengläsern und raste mit ausgeschalteten Scheinwerfern durch die Nacht. Sein Kumpel Duke erzählte ihm einmal, es würde zwei Tage dauern, nach Chicago zu fahren, und Ray schaffte es, durch Wisconsin pesend, in zehn Stunden. Er streifte einen Kohlelaster, wurde hundert Meter weit und in einen Graben hineingeschleudert und wieder hinaus, und achtzig Kilometer weiter schlief er ein und wäre beinahe mit dem North Coast Limited zusammengestoßen. Und alles nur, um irgend etwas zu beweisen. Zweimal sah er das Jenseits winken, aber er war jung und kam davon, und jetzt hatte ihn die Zeit eingeholt, und da waren noch alle diese Anderen Frauen, an die er denken mußte, manche von ihnen waren inzwischen verstorben, andere alt, alle enttäuscht, und WLT drückte auf sein Gewissen wie ein Zementblock.

Frauen und Radio. Sein Leben auf die Kurzform gebracht.

Ein ernster junger Methodistenprediger namens Joe Simpson, der Sohn eines ehemaligen WLT-Programmdirektors, kam vorbei und las ihm aus der 1. Epistel an die Korinther vor. So wie Ray es sah, handelte die, bildlich gesprochen, von der zweiten Hälfte des letzten Durchlaufs, und Ray führte fünf Runden, und der Herr erwartete ihn mit ausgestreckten Armen auf der Spielerbank, *gut gemacht, du zuverlässiger und treuer Werfer*. Der alte Mann schloß die Augen.

»Ich glaube nicht, daß Gott so furchtbar erfreut sein wird, mich zu sehen«, flüsterte Ray.

»Aber Gott verspricht ewiges Glück all jenen, die Ihn lieben –«

»Ich habe Ihn nicht so besonders geliebt, um die Wahrheit zu sagen.«

»Das meinen Sie nicht so. Sie fühlen sich nur nicht sehr gut, das ist alles.«

»Verdammt richtig. Ich sterbe.«

»Gibt es etwas, wovon Sie Ihr Gewissen entlasten möchten?«

»Ja. Frauen und Radio. Meine großen Sünden.«

»Ich werde für Sie beten, Mr. Soderbjerg. Des Herrn Wille geschehe.«

»Ich wünschte nur, er geschähe bald, damit ich es hinter mir habe.«

☆ ☆ ☆

Roy besuchte ihn, obwohl Ray ihm geschrieben hatte, er möge nicht kommen.

Ich liege hier im Sterben, und bevor es soweit ist, möchte ich Dir auf Wiedersehen sagen.

Auf Wiedersehen.

Auch möchte ich Dir alles vergeben, was Du getan hast, alles, egal was. Einfach alles. Es ist nicht mehr wichtig.

Ich bedaure, daß wir den Sender 1937 nicht verkauft haben, als wir einen Interessenten hatten. Die Denhams hätten 51 % für 100000 Dollar aufgekauft, was damals ein ziemlicher Batzen Geld war, wie Du weißt, aber das ist jetzt Schnee von gestern. Der Mensch muß einen Tag nach dem anderen leben und darf nicht zurückblicken. Das ist mein Prinzip. In meinem Testament, falls es Dich interessiert, vermache ich alles der Universität.

Es ist nicht nötig, daß Du herkommst, und ehrlich gesagt, ich möchte es auch nicht. Der Tod ist etwas sehr Persönliches. Ich werde gut versorgt und wünsche, keine Zuschauer zu haben. Also besuche mich nicht. Wir haben uns tausendfach besucht und zusammen zu Mittag gegessen, und das reicht. Es ist keine Freude mehr, mich zu besuchen. Das ist der Nachteil am Sterben, daß man sich dabei *so schlecht fühlt*, und obwohl es traurig ist, zu denken: »Ich werde sie nie wiedersehen«, ist es noch schlimmer, sie wiederzusehen und keine Freude mehr dabei zu haben.

Roy las das und begab sich schnurstracks zu Ray, und Ray ging es immerhin so gut, daß er sich anziehen und in den Wintergarten gehen konnte. Ein großer weißer Korbstuhl war ans Fenster zwischen die eingetopften Hortensien gerückt worden. Die Zimmerfontäne war abgestellt worden. Ray saß auf dem Stuhl unter einer blauen Steppdecke, trug einen schwarzen Pullover und Freizeithosen, rauchte eine Zigarre und schaute hinaus über den verschneiten Rasen zur Garage. »Ich sollte den Buick rausholen und bewegen, er steht jetzt seit zwei Monaten da drin«, sagte er. »Guter Wagen. Willst du ihn?«

»Du hast gesagt, ich soll nicht kommen, aber ich bin trotzdem gekommen, weil ich dir etwas sagen muß. Du willst es nicht hören, aber ich muß es sagen, sonst wäre ich nicht dein Bruder, ich wäre nur ein falscher Freund.«

»Ich möchte dich nicht sehen«, sagte Ray.

»Ist gut. Es wird nur eine Minute dauern.«

»Es geht mir nicht gut.«

»Das ist auch richtig so. Du bist ein Ehebrecher und ein Trottel. Du solltest dir einmal Zeit nehmen und darüber nachdenken.«

»Ist es das, was du mir zu sagen hattest –?«

»Wenn wir dieses Land gekauft und das Gebäude gebaut hätten, wie ich es dir gesagt habe, dann hätte die Familie Millionen verdient, plus die Gewinne vom Sender. Aber nein, du mietest uns im Ogden ein, und wir zahlen Miete, bis wir schwarz werden, und du bezahlst und bezahlst und bezahlst und bezahlst, immer mehr, und wer verdient sich eine goldene Nase? Nicht deine Familie, nicht die Menschen, die dir treu ergeben sind und für dich arbeiten, sondern dein Vermieter! Pillsbury! Die reichen Heinis sind mit dem Geld auf und davon, Ray. Und wir übrigen werden mit ein paar Krümeln abgespeist. Du weißt, daß das stimmt. Du hast diese ganzen Frauen aufs Kreuz gelegt, und uns hast du auch aufs Kreuz gelegt. Wir haben uns den Hintern aufgerissen und den Laden am Laufen gehalten, und du hast uns betrogen. Du hast die Menschen, die dich geliebt haben, wie Dreck behandelt. Das ist alles, was ich zu sagen habe. Es tut mir leid, daß du stirbst.«

»Ist das alles?«

»Ja.«

»Dann verschwinde hier. Und laß deine häßliche Visage nicht auf meiner Beerdigung blicken.«

»Ich werde kommen, wenn mir danach ist, und ich werde in der ersten Reihe sitzen und auf deine große Nase gucken, die aus dem Sarg herausragt. Und ich werde dem Pfarrer, der dich noch nie in seinem Leben gesehen hat, zuhören, wenn er erzählt, was für ein wundervoller Mensch du gewesen bist, und ich werde deinem Sarg zum Lakewood-Friedhof folgen und sehen, wie du in die Erde hinuntergelassen wirst, und ich werde eine Handvoll Erde reinwerfen, *aber es wird ein Stein darin sein.* Wenn du einen lauten Knall auf dem Deckel hörst, weißt du, daß der von *mir* ist. Und danach werde ich in Charley's Café Exceptional gehen und Austern essen und einen Martini trinken und dann ein saftiges Steak und eine Flasche vom besten Rotwein, und eine schöne Frau wird mir am Tisch gegenübersitzen und meine Hand halten und über meine Witze lachen, und wenn ich sie dafür bezahlen muß.«

Ray lachte. »Ich hoffe, das machst du«, sagte er. »Nimm Patsy Konopka. Mit ihr kann man gut in ein Restaurant gehen. Hat den Appetit von einem Pferd und kann die halbe Nacht durch reden. Hab jede Minute geliebt, die ich mit ihr verbracht habe. Ich weiß noch, wie wir mal zwei Stunden lang geredet und winzige Lammkoteletts gegessen und eine Flasche Wein getrunken haben. Wir haben einander alles erzählt. Ich habe ihr gesagt, daß ich mit ihr schlafen möchte. Sie sagte: ›Ich weiß.‹

Wir tranken Kaffee und aßen Eistorte zum Nachtisch. Ich brachte sie nach Hause. Es war ein Uhr morgens. Wir standen im Eingang vom Antwerp und küßten uns eine halbe Stunde lang. Was für wundervolle Küsse! Ich hoffe, du kommst mit einer so schönen Frau wie Patsy zu meiner Beerdigung, und ich wünsche dir für danach alles erdenkliche Glück.«

☆ ☆ ☆

Eine Woche bevor er starb, hatte er sich aus dem Bett hochgerappelt, um nach unten zu gehen und sich in einen Stuhl zu setzen, während zwölf große Burschen in rotkarierten Hemden vom Verband der Holzfäller ihm eine Messingplatte überreichten, die ihn als Ehrenmitglied auszeichnete, und sie ließen ihn sechsmal hochleben und verehrten ihm einen Spaltkeil aus Zink. »Sie haben durch Ihren Beitrag zum Rundfunk das Leben Zigtausender bereichert«, stand unter anderem auf der Platte. Roy jr., ein ehemaliger Hipphipphurra-Anführer der Holzfäller, hatte die Zeremonie arrangiert, aber die Burschen hatten keine Ahnung, wer der schläfrige alte Mann in dem blauen Bademantel war.

☆ ☆ ☆

Die 800 Dollar brachten Frank über ganze drei Monate. Er wohnte in einem dunklen Zimmer über einem Zigarrengeschäft, von dem der Rauchgeruch wie Rays Geist zu ihm aufstieg. Zehn Dollar die Woche für ein Feldbett und eine Spiegelkommode ohne Spiegel und Fenster ohne Rouleaus, eine schmutzige Toilette hinten auf dem Flur und eine unbeschreibliche Badewanne. Er badete im Stehen, indem er Krüge voll Wasser über sich ausgoß. Er lief durch die Straßen und suchte häufig die Stadtbibliothek auf und ernährte sich von Hot dogs. Seine größte Ausgabe waren die Telephongespräche mit Maria in Minneapolis. Er besorgte sich eine Handvoll Vierteldollar und rief sie beinahe jeden Abend an. »Ist Merle da?« fragte er.

Sie sagte nein. Sie erzählte ihm, daß Ray im Sterben lag und daß sich Dad zur Ruhe gesetzt und Roy jr. die alten Serien abgewürgt hatte. Sie arbeitete an der Parfümtheke im Young-Quinlan, ein netter Job, außer daß ihr Boss sie ständig ins Kino ausführen wollte. Frank bat sie, herzukommen und ihn zu heiraten. Sie sagte: »Besorg dir einen Job.«

Der Zigarrenhändler lieh ihm eine Schreibmaschine, und Frank tippte darauf seinen Lebenslauf, rauchte eine kubanische Zigarre und dachte an Ray. Ray hätte einen guten Rat für ihn, aber wer wollte schon mit einem Dieb reden? Der Lebenslauf hatte dreifachen Zeilenabstand, bestand aus vier Sätzen und enthielt keinerlei persönliche Hinweise. Er machte vierzehn Durchschläge und brachte sie zu vierzehn Radiosendern, aber die Devise beim Radio lautete: Feuern, nicht heuern. Er überlegte, ob er eine Handelsschule besuchen und sich zum Büroleiter ausbilden lassen sollte: 90 Dollar für einen dreimonatigen Kursus, und sie garantierten einem danach einen Job. Er dachte daran, Straßenbahnfahrer zu werden. Eines Abends fuhr er mit der Western-Avenue-Straßenbahn raus zum Riverview-Vergnügungspark, fuhr auf dem Silberpfeil und dem Blauen Blitz, auf dem Bumerang und dem Schleuderrad und dem Feuerball und der Höllenrutsche, sah sich die Monstrositätenshow an, wo Popeye seine Augen rauspoppen ließ, und die Bauchtänzerinnen und den Afrikanischen Taucher, wo Männer mit Bällen auf ein Ziel warfen, um einen schwarzen Mann in ein Wasserbassin fallen zu lassen – ein bunter Abend unter blitzenden Lichtern, Mädchen in Sommerkleidern streiften seine Arme, und dann betrachtete eine Wahrsagerin seine Handfläche und sagte ihm: »Sie haben die Seele eines Wartenden«, und er erkannte die Wahrheit darin. Wieso warten und immer nur darauf warten, daß irgend etwas Wundervolles seines Weges kommen würde? Wieso besorgte er sich nicht einen Job? Er ging fünf Kilometer zu Fuß nach Hause, um zehn Cents zu sparen.

☆ ☆ ☆

Ray Soderbjerg starb an einem Dienstag, an dem Morgen des großen Schneesturms im März 1951, und sein Nachruf (»Radio-Pionier stirbt mit 73«) ging unter zwischen den Meldungen über Familien aus der Landbevölkerung, die wenige hundert Meter von ihren Häusern entfernt im Auto von der Außenwelt abgeschnitten waren. Sogar in den *Mittagsnachrichten* auf WLT wurde von seinem Hinscheiden nur beiläufig am Schluß berichtet, nach den Schneefrei-Meldungen für die Schulen und vor den Basketballergebnissen. Die *Tribune* sagte, daß er zur Entwicklung des Radios als Bildungseinrichtung und als Forum für Diskussionen über wichtige öffentliche Fragen entscheidend beigetragen habe, zählte ein paar Preise auf, die WLT gewonnen hatte, sagte, daß er zu Hause gestorben sei, daß Vesta aus Schweden zurückkehren würde, daß die Beerdigung (durch das Bestattungsunternehmen Mount Olivet) auf dem Lakewood-Friedhof stattfinden würde, wies auf Rays Mitgliedschaft bei den »Söhnen des Knut« und bei den Freimaurern und im Verein zur Verschönerung der Stadt hin und ließ eine Tatsache, die Rays Herz sehr teuer gewesen war, unerwähnt: daß in der letzten Woche seines Lebens Patsy Konopka neben ihm im Bett gelegen, seine Hand gehalten und sein Haar gestreichelt hatte.

Als sie an diesem Morgen um sechs Uhr aufwachte, waren seine Augen geöffnet, und er sprach zu ihr. Er flüsterte (glaubte sie): »Heute ich, morgen du.« Er hatte Schwierigkeiten beim Schlucken, und so gab sie ihm ein paar Löffel Whiskey, was etwas half, und dann bereitete sie ihm ein pochiertes Ei zum Frühstück. Selbst wenn Ray nichts aß, machte es ihm dennoch Freude, eine Mahlzeit zu betrachten. Sie tat das Ei auf eine Scheibe Toast, garniert mit Petersilie, legte den Toast auf einen Porzellanteller mit einem Silberdeckel darüber, und stellte das Ganze auf ein Tablett mit weißem Deckchen und einer einzelnen Rose in einer Silbervase, genau wie in einem vornehmen Hotel, und während sie das Tablett fertigmachte, hörte sie ihn rufen und ging zu ihm, doch da war er schon tot. Sie schloß ihm die Augen, zog die Laken glatt und rief Roy jr. an. Sie zog ihren

Mantel an und ging auf Zehenspitzen zur Hintertür hinaus, als wollte sie ihn nicht wecken, ließ das Frühstück neben seinem Bett stehen und fuhr ins Ogden.

Es war kurz vor sieben Uhr. Sie trug zwei Einkaufstüten durch den Gang am Grünen Zimmer vorbei, wo Leo LaValley versuchte, sich seinen Frosch aus dem Hals zu räuspern, und ging ins Studio B.

Das arme alte, verhexte Studio war zu einer besseren Rumpelkammer geworden, voller Kisten mit alten Manuskripten von *Der freundliche Nachbar* und Kisten mit Manuskripten von *Das süße alte Lied der Liebe* (beschriftet mit DALLI) und Hüten und Banjos und Messingschildern, es lagen herum ein leerer Trompetenkasten, Stapel von Nachrichtensendungen, Leos Gag-Akte, alte Fahnen und Transparente und Plakate, nicht abgeholte Preise, liegengelassene Mäntel in einem Haufen auf dem Klavier, und darunter lag die Kieselsteinschachtel, auf der Shirley zu dem verlassenen Farmhaus gelaufen war, in dem der Mörder in *Detektiv Arthur Fox* gelauert hatte, und die Tür mit Rahmen, die Arthur langsam geöffnet hatte, und die ausgepolsterte Schachtel, in die der Mörder die Pistole abgefeuert hatte, und die Schachtel mit den Glasscherben, durch die Arthur ihn geworfen hatte, und im ganzen Raum verstreut waren Genes ungezählte Zettel und Aufforderungen, die die Leute ermahnten, Ordnung zu halten: »Bitte entfernen Sie sofort alle persönlichen Habseligkeiten aus diesem Raum« und »Es wird keine Unordnung in diesem Bereich geduldet. Die Regel ist ab sofort in Kraft« und »SÄMTLICHE PERSÖNLICHEN GEGENSTÄNDE, die nicht BIS FREITAG MITTAG abgeholt sind, werden weggeworfen. Keine Ausnahmen« und Genes letzter *cri de cœur*:

DIES IST EIN SCHWEINESTALL. DAS WIRD NICHT TOLERIERT.
RAUCHEN, ALKOHOL UND VERZEHR VON SPEISEN
IN DIESEM RAUM SIND VERBOTEN.
DAMIT SIND SIE GEMEINT.

Ich habe es mit Vernunft versucht, ich habe Kompromisse angeboten, und nichts davon hat etwas genützt. Jeder normale Mensch wäre angewidert. Dieser Raum wird sofort wieder in einen betriebsfähigen Zustand versetzt, oder ich sehe mich gezwungen, ernste Massnahmen zu ergreifen.

Zäher grauer Schimmel wuchs in den verstaubten Kaffeetassen auf dem Boden neben Aschenbechern voller steinalter Kippen, und dort lag auf dem mit schwarzen Brandlöchern übersäten Teppich Buck Steller schlafend auf dem Rücken, in braunem Anzug und goldener Weste, den Filzhut unter seinem armen alten Kopf, mit offenem Mund und ausgestreckten Armen, als würde er im Ritz singen, in der Hand den Sportbericht. Sein Schnarchen klang, als würde er sagen: »Neeeiin, nicht Massachusetts.« Patsy schritt über ihn hinweg und setzte ihre Einkaufstüten ab.

Ray hatte sie vor einer Woche gepackt, seine gesamten Schätze, und seine Augen hatten schmerzergriffen geglänzt. »Eines Tages wird dieses Zeug mal viel wert sein. Ich möchte, daß du das bekommst«, sagte er. Alte 78er Platten von Jimmy Noone, von Bix und der Lunceford Band, von Johnny und Baby Dodds und J. P. O'Blennis & seinen Leisetretern und ein signiertes Porträt von Bryan und eine Flasche 1928er Château Morton und eine goldene Uhr mit Kette und vierzehn in Maroquinleder gebundene Bände Mark Twain und ein Krug mit seltenen Münzen und eine chinesische Teekanne und eine kleine geschnitzte Elfenbeinfigur von einer nackten Frau, die sich ihr langes Haar bürstet, das Gesicht mit den geschlossenen Augen der Sonne entgegengestreckt.

Patsy stellte die Tüten in die Ecke und legte einen Mantel darüber. Sie spielte mit dem Gedanken, die Flasche Wein zu nehmen oder die Uhr, und dann dachte sie, nein, sie gehörten hierher, und sie drehte sich um und schritt über Buck hinweg und aus WLT hinaus und hinein in den kalten, strahlenden Morgen.

Maria rief Frank an, um ihm zu erzählen, daß Ray tot war, und der Zigarrenhändler unten ging ran und sagte: »Er ist weg, Süße. Hat sein eigenes Apartment. Kein Telephon da, aber er sagt, Sie können ihn bei der Arbeit anrufen. Er ist bei WGN. Hübsch, ha? Ich glaube, Frankie hat das große Los gezogen. Viel Glück, Süße.«

☆ ☆ ☆

Frank erzählte ihr die ganze Geschichte. »Ich bin zu WGN gegangen und habe gefragt, ob sie Zeit hätten, sich meinen Lebenslauf anzusehen, und ich saß zwei Stunden in der Lobby, bevor die Empfangsdame mich raufschickte. Inzwischen war es fünf Uhr, die Frau in der Personalabteilung war dabei, nach Hause zu gehen. Sie hatte schon ihren Hut auf, eine ausladende Frau mit einem schlechtsitzenden Kostüm und einer winzigen Drahtgestellbrille. Sie wies mit dem Kopf zu einer Tür am Ende des Raums. ›Gehn Sie runter und reden Sie mit Dave‹, sagte sie. ›Ich habe keine Zeit, mich damit zu befassen.‹ Also ging ich hinunter.«

Er ging drei Stockwerke runter und durch eine Glastür auf einen langen Gang, dessen eine Wand mit Photos von brennenden Gebäuden und berühmten Leuten, die sich die Hände schüttelten, bedeckt war. Er hörte Stimmen durch eine Tür, die mit einem Klötzchen leicht angelehnt gehalten wurde. Frank ging hinein. Der Raum war zehn Meter hoch, die Wände bedeckt mit grünen Akustikplatten, offensichtlich ein Radiostudio, nur daß ein dünner blauer Vorhang über die ganze Wandbreite von der Decke bis zum Boden hing, und er befand sich dahinter, und die Stimmen und das grelle Licht waren auf der anderen Seite. »Fünfzehn Minuten!« rief ein Mann. »Er hat mir gesagt, fünfzehn Minuten! Wo ist er?«

»Zur Hölle mit ihm!« sagte ein älterer Mann.

»Er ist zu blöd, er würde sie nicht finden.«

Sie schoben eine breite Maschine in Position. Ein Lichtkreis von drei Meter Durchmesser traf auf den blauen Vorhang, schrumpfte auf zwei, wuchs wieder auf drei Meter. »Wenn es dort bleibt, gehe ich durch«, dachte Frank.

Er öffnete den Vorhang. Das Licht blendete seine Augen, aber er sah einen Schreibtisch vor sich, einen Stuhl, ein Mikrophon, eine Textvorlage. Vor dem Schreibtisch standen zwei Fernsehkameras. Die Männer schritten vor einem Fenster zum Regieraum auf und ab, blieben aber stehen, als Frank in Erscheinung trat.

Einer von ihnen sagte: »Sie sind nicht Ingram.«

Frank sagte: »Ich bin White. Ingram kommt nicht. Ich soll ihn vertreten.«

»Wer sind Sie?«

»Frank White.«

Der ältere Mann musterte ihn. Er sagte: »Hätten Sie kein sauberes Hemd anziehen können?«

Frank sagte: »Grau sieht im Fernsehen besser aus.«

Er setzte sich auf den Stuhl. (Es hatte ihm niemand gesagt, sich nicht zu setzen.) Ein Toningenieur richtete das Mikrophon ein, und Frank blätterte das Manuskript durch. Nachrichten. Nichts Kompliziertes. Die Uhr rückte auf achtzehn Uhr, und er erwartete, daß Ingram reinkäme oder jemand ihn fragte, ob er denn irgendwelche Fernseherfahrung habe, aber dann dämmerte es ihm: er hatte keine und Ingram auch nicht oder sonst irgend jemand.

Ein Mädchen in dunkelgrünem Kleid stand neben der Kamera, betrachtete ihn prüfend, und er lächelte. *Tag*. Sie hatte einen prachtvoll gewellten schwarzen Haarschopf und so ein süßes Lächeln, sie sah aus wie Donna LaDonna, gekleidet als Pfadfinderin. Sie trat zum Pult vor und betupfte seine Stirn mit einer Puderquaste und strich ihm damit über die Wangen. Sie glättete sein Haar.

»Schwitzen Sie stark?« flüsterte sie.

»Ich weiß nicht.«

»Nun, Sie sehen wirklich nett aus.«

»Danke schön, Donna.«

Sie trat hinter die Kamera zurück. Frank lächelte über das,

woran er gerade dachte, und das rote Licht blinkte auf, und er schaute in die schwarze Linse, als wären es ihre dunklen Augen. »Guten Abend, meine Damen und Herren, ich bin Frank White, und hier sind die Nachrichten.«

☆ ☆ ☆

WGN stellte ihn ein, erzählte er Maria, und vielleicht wäre es nicht nötig gewesen, aber er hatte gelogen und ihnen erzählt, er sei sechs Jahre lang Nachrichtenregisseur bei WLT gewesen. »Wieso?« fragte sie. Weil er ihnen erzählt hatte, er sei dreißig Jahre alt, und er mußte für die Zeit etwas vorweisen. »Und ich habe dich als Leumundszeugin angegeben«, sagte er.

»Wie kann ich deine Leumundszeugin sein? Ich werde dich heiraten.«

»Sobald du mich heiratest, bin ich auf mich gestellt, aber bis dahin erzähle allen, die fragen, daß ich ein großartiger Mensch bin«, sagte er, und dann wurde ihm erst die ganze Schönheit des eben Gesagten bewußt: daß die Stimme am anderen Ende ihr gehörte, daß sie ihn liebte und beschlossen hatte, mit ihm zusammenzuleben, das hatte sie gesagt, hell und klar wie eine Glocke. Das Ende der alten Zeit, der Beginn einer neuen.

Kapitel 42
Epilog

Ein paar Wochen vor Ostern 1991, ein paar Tage nachdem Präsident Bush den Bodenkrieg gegen den Irak gestartet hatte, las Frank Whites Biograph, Richard Shell, in *People*, daß White für einige Wochen in Manhattan sei, um seine Freunde zu besuchen und sich Kunst anzusehen. Shell hatte beinahe zwei Jahre lang an dem Buch geschrieben – es war jetzt betitelt *Frank White: Die nie erzählte Geschichte* und sollte im Herbst bei Furness Press herauskommen –, er hatte an Wochenenden und in den Sommerferien in einem leerstehenden Büro des Junior College in New Hampshire gearbeitet, wo er Massenkommunikation unterrichtete. Man begegnete Whites Namen nicht mehr oft in der Presse, und Shell war begeistert, ein Bild von ihm zu Gesicht zu kriegen. Er schnitt den Artikel aus, klemmte ihn unter die Schreibtischlampe und betrachtete das Photo.

Der alte Hundesohn sah bemerkenswert gut erhalten aus. Tatsächlich sah er jünger aus als ein Jahr zuvor in *Us*. Da war eine verdächtige Glätte unter den Augen, eine schmale Furche unter dem Mund – vielleicht eine Narbe, dachte Shell, die von plastischer Chirurgie herstammte. Wieso nicht? Er hatte sich immer gefragt, ob ein kosmetischer Eingriff nicht der heimliche Grund für Whites Umzug nach Paris gewesen war, eine Stadt, in der ein berühmter Amerikaner unerkannt herumlaufen und sein Gesicht ausheilen lassen konnte. Ein Gesichtslifting würde sich jedenfalls gut einfügen in das Thema von Whites Selbstablehnung, das sich durch das ganze Buch zog, der berühmte Selbsthaß der Berühmten. Shell machte eine Photokopie auf dem Büroapparat, vergrößerte sie, studierte sie genau. Jetzt sah die Furche mehr wie ein Kratzer aus, eine Wunde, die einem eine wütende Frau zufügen könnte.

»Du erbärmlicher Dreckskerl, Frank!« schrie sie, und er duckte sich, als sie ausholte, und ihre langen, lackierten Fingernägel kratzten durch die Pariser Nachtluft und hinterließen eine dünne, rotklaffende Wunde auf seinem Kinn. Aber wer war sie? Wahrscheinlich nicht Whites Frau, Maria. Holt eine Ehefrau nach vierzig Jahren zu einem Schlag gegen ihren Mann aus? Obwohl selber unverheiratet, glaubte Shell das nicht. Wahrscheinlich war es eine Geliebte. Eine Pariser Geliebte. Oder ein männlicher Liebhaber – unmöglich? Kaum. Aids? Er schloß es nicht aus. In einem Jahr könnte der Mann daran gestorben sein.

Es war natürlich nur ein vager Verdacht, aber Shell ließ sich ein paar Tage von seinem Unterricht beurlauben und fuhr runter nach New York und ging vor dem Sherry Netherland Hotel auf Beobachtungsposten. Wahrscheinlich würde nicht genug Zeit sein, das Gesichtslifting, die Geliebte, das Aids zu überprüfen, aber zumindest könnte er einen Blick auf den Hundesohn werfen und eine Beschreibung von ihm aus dem wirklichen Leben geben. *Erschöpft, gebeugt, tatterig schleppte sich der berühmte Nachrichtensprecher die Straße entlang* – etwas in der Art. Der *People*-Artikel »Frank Whites beweglicher Feiertag« hatte das Sherry nicht direkt erwähnt, nur »eine Suite im dritten Stock eines noblen alten Hotels mit Blick auf den Central Park«, aber im Sherry waren die Whites laut Wendell Shepherd, einer guten Quelle, in New York immer abgestiegen. Shepherd war bemerkenswert wenig verbittert wegen White, obwohl White ihm einen Haufen Geld gestohlen hatte, um seinen Sprung zum Fernsehen zu finanzieren. »Ich hätte dasselbe getan«, sagte der alte Gospelstar.

Der Biograph parkte seinen alten grünen Rambler auf der Fifth Avenue, etwa vierzig Meter nördlich vom Hoteleingang, legte einen Film in seine Kamera ein und saß da und wartete. Das Sherry hatte keine Lobby, weshalb große Stars dort gerne abstiegen: Die Türsteher konnten Neugierige draußen abfangen. Er breitete sein Mittagessen auf dem Sitz aus – ein Big Mac und eine Tüte Fritten und ein Vanilleshake – und wartete darauf, daß ein schlanker, weißhaariger Mann mit einem berühmten Gesicht herauskäme.

Das Buch war beinahe fertig: Whites harte Kindheit in North Dakota, seine frühen Jahre in Minneapolis bei WLT, der Fortgang nach Chicago und dann sein glücklicher Sprung zum Fernsehen – man stelle sich nur vor, wie jemand auf der Suche nach einem Job in einen Sender marschiert, und zehn Minuten später sitzt er vor den Kameras! – und dann natürlich New York und die *Abendnachrichten* und der berühmte Teil seines Lebens. Jetzt hatte es Shell eilig, das Manuskript vor Juni fertigzustellen und die zweite Hälfte von den 50000 Dollar Vorschuß zu kassieren. Es war schwere Knochenarbeit gewesen, die ganzen Zeitungsausschnitte zu studieren, Whites Kinder aufzutreiben, die Veteranen der goldenen Tage des Radios zu interviewen – was für ein Haufen todlangweiliger alter Schwätzer *das* war!

Er stöberte Marjery Moore in Orlando auf, wo sie als Hostess in einem Toddle-House-Restaurant arbeitete, eine dicke, rotgesichtige Vettel im Hawaiikleid. Sie führte ihn zu einem Tisch, aber als er sie nach White fragte, ging sie weg. Er bekam jedoch ein paar Häppchen von Marjerys Nachbarn auf dem Wohnwagengelände – Informationen über ihre Liebe zu White und wie er ihr einen Hieb aufs Maul verpaßt hatte – und knipste ein Photo von ihr, auf dem sie verdutzt dreinschaute, als wäre gerade eine Ladung Dreck über ihr ausgekippt worden.

Er fand Roy Soderbjerg jr. in San Diego, wo er auf einem Fahrrad herumradelte, schlank und fidel mit zweiundneunzig. White sei ein Dieb, sagte er, aber er, Roy jr., trage ihm nichts nach. »Stilles Wasser, dieser Frank. Hatte die Nerven eines Einbrechers.« Mehr wollte er nicht sagen. »Lebe für das Heute. Das ist meine Philosophie. Überlaß die Geschichte den Verlierern.« Und radelte davon. Reverend Odom war tot. Ebenso Roy Soderbjerg sr. und Lottie Soderbjerg. Vesta war tot, das Opfer eines Fahrerflüchtigen, der sie eines Abends in St. Paul auf die Stoßstange genommen hatte, als sie auf dem Weg zu einer Vorlesung von Harold Stassen war. Slim Graves war tot, erschossen bei einem Raubüberfall in einem Gemischtwarenladen, in dem er gearbeitet hatte, abgeknallt für 14

Dollar und einen Laib Wunderbrot – aber Buddy Graves arbeitete in Shreveport als Techniker bei einem Fernsehsender. Er hatte vierzig Jahre lang den Mund nicht mehr zum Singen aufgemacht. Er erinnerte sich kaum noch an Frank oder sonst irgendeinen. Buddy schien eine innige Beziehung zum Bourbon zu haben. Jodie With, Franks Schwester, lebte in Sausalito und war freundlich, aber vage. »Francis und ich wurden in ein und dieselbe Familie hineingeboren, aber geistig waren wir nicht miteinander verwandt«, erklärte sie. »Der Zufall der Fleischwerdung bedeutet, offen gesagt, nicht sehr viel.« Sie gab Shell ein Photo von Frank, das in Mindren aufgenommen worden war. Ein mageres Kind, dessen aufgeblähte Mom sich um ihn herumdrapiert hatte, aber der Junge blickte starr geradeaus, *angespannt*, ohne zu lächeln, *wachsam*. Sie wollte es nicht zurückhaben.

Die Shepherds waren in Minneapolis und machten verschiedene Dinge, die weder etwas mit Musik noch etwas mit der Kirche zu tun hatten, waren aber nicht bereit, ohne einen Vorschuß in bar und einen Vertrag etwas zu sagen. Al wies darauf hin, daß sie eine ganze Menge wüßten und daß das richtige Angebot eine wahre Geschichtenlawine mit Unmengen von Details, Unterhaltungen, Namen und Orten auslösen könnte. Wendell sagte, er könne einen kleinen Einblick in Whites gewalttätiges Temperament geben – wie White 1950 in einem Café in Baudette beinahe mal einen Mann umgebracht hätte.

Dad Benson war tot, nach vielen Jahren im Ebenezer-Heim, acht davon so gut wie bewußtlos, aber Patsy Konopka war noch immer in Minneapolis, neunundachtzig, inzwischen eine Poetin und große, ehrwürdige feministische Leitfigur, eine gewaltige Matrone mit einer nach hinten gekämmten und von einer türkisfarbenen Spange zusammengehaltenen weißen Mähne und einem roten mexikanischen Poncho über ihrem voluminösen blauen chilenischen Folklorekleid. Sie erinnerte sich nur schwach an Frank: »Sehr ehrgeizig, immer auf der Suche nach seiner großen Chance, aber ohne sie wirklich zu erkennen. Ich hatte große Hoffnungen in ihn gesetzt, und dann stellte sich heraus, daß er mehr oder weniger ein Bewußtsein hatte wie jeder andere Mann zu jener Zeit auch.«

Sie hatte 1984 am WLT-Old-Timer-Dinner teilgenommen und sich erhoben und die Soderbjergs als »langweilige, betrügerische Männer« denunziert und gesagt: »Ich hätte lieber *eine einzige Frau* gekannt als sämtliche Männer bei WLT«, und das war als große Geschichte am nächsten Tag in der *Tribune* erschienen, die Old-Timer waren nur eine Fußnote. Roy jr. kochte noch fünf Jahre danach vor Wut, trotzdem schenkte er dem Minnesota-Frauenzirkel fünfundsechzig Schubladen voll mit Patsys Manuskripten. Es amüsierte ihn, sich vorzustellen, wie die feministischen Geisteswissenschaftlerinnen den Kram Seite für sterbenslangweilige Seite durchbüffelten, in dem Bemühen, seine Bedeutung als Frauenliteratur zu entdecken, und wie ihnen dabei langsam die Augen zufielen.

Whites Kinder, zwei Jungen und ein Mädchen, waren eine Sackgasse, sogar Marco, der Sohn, der mit White verkracht war und am Gunflint Trail im Norden Minnesotas ein Kanu-Ferienzentrum leitete. Keins der Kinder antwortete auf Shells Briefe, und die Tochter, Sally, Herausgeberin für interagierende Computerfiction in Santa Monica, ging sogar soweit, ihm ihren Anwalt auf den Hals zu hetzen. Sie hatte eine Affäre mit einem Geiger gehabt, fand Shell heraus, während der älteste Sohn, Benjamin, wegen Trunksucht in Behandlung gewesen war, aber sonst schien sich keine größere Tragödie in ihrem Leben abgespielt zu haben. Benjamin war Studienberater an einem College in Kalifornien. Er erzählte Shell am Telephon, daß White als Vater zumeist durch Abwesenheit geglänzt habe, aber daß er, Benjamin, immer gewußt habe, daß sein Vater ihn liebte, und er erzählte von langen Bummeltouren durchs Metropolitan Museum, wo sie die Cézannes betrachtet hatten, von den Besuchen der Baseballspiele und vom Eislaufen im Central Park und von den Bootsausflügen mit der Familie entlang der Küste von Maine und vom Muschelnbraten am Strand und den Geburtstagsgedichten, die sein Vater für sie alle schrieb, und wie er sie dazu anhielt, jeden Tag fünf neue Wörter zu lernen, und von den Weihnachtsfesten in ihrer riesigen, vergammelten Wohnung am Riverside Drive mit den hohen Räumen, die Maria jedes Jahr weiß tünchte, und mit dem eindrucksvollen Blick auf den Hudson River von dem alten Eßtisch aus, an dem sie ihre Hausaufgaben machten, und Shell legte seinen Stift nieder und ließ den Mann ausquasseln. »Ich bringe das hier nur ungern zur Sprache, aber es geht das böse Gerücht, Ihr Vater besitze einen ganzen Schrank voller schwarzer Cocktailkleider«, sagte Shell. Der Mann legte auf.

Shell hatte mit jedem gesprochen, den er finden konnte, und jetzt fehlte ihm nur noch ein Auftakt für das Buch, ein Vorwort, eintausend Wörter oder so, die Frank White erfaßten: »Die vertraute weißhaarige Gestalt, die an einem unwirtlichen Frühlingstag im letzten Jahr die Fifth Avenue entlang zum Sherry Netherland Hotel eilte, war ein Mann, dessen Gesicht die Passanten sofort erkannten, aber wie gut kannten sie den Menschen hinter dem Gesicht und den Kummer und das Verderben, die er über seine Kinder und die alten Kollegen und alle, die ihn liebten, gebracht hatte? Spürte dieser Mann, als er jetzt am Zeitungsstand stehenblieb und sich ein Heft von *Women's Wear Daily* herausnahm, irgendwelche Reue angesichts der Leben, die er zerstört hatte, oder dachte er nur an das 175-Dollar-Essen, das er kurz vorher im Le Cirque zu sich genommen hatte?« Etwas in dieser Art.

Er hatte vor einem Jahr an White geschrieben und um ein Interview gebeten, und White hatte mit einer maschinengeschriebenen Notiz aus Paris höflich abgesagt. »Ich weiß Ihre Bitte zu schätzen, aber ich muß nein sagen, aus vielen Gründen, von denen einer ist, daß ich nicht sehr gut darin bin, über mich selbst zu reden. Und der andere ist, daß zuviel Wissen eine schreckliche Bürde für uns Journalisten ist. Das war das Geniale an den *Abendnachrichten*: Wir waren unverdorben und enthusiastisch, weil wir niemals zuviel wußten. Ihr Buch wird besser werden ohne meine Hilfe. Viel Glück.«

Er hatte gut reden: »Viel Glück«, aber na gut, das Buch war beinahe fertig, und er brauchte nur noch einen kleinen Blick auf White zu werfen, ihm ein paar Blocks weit hinterherzugehen und ein paar Farbtupfer einzuarbeiten (»Als er an der Ecke Fifth Avenue und 59th stand, befand sich White, ohne sich dessen bewußt zu sein, im Zentrum einer Welt, die er einst beherrscht hatte. Nur einen Kilometer entfernt war das alte Palladium Theater, wo White in einem provisorischen Studio wegbereitend die Frühnachrichten und Interviewshows moderiert hatte. Westlich standen die alten Studios in der 68th Street, wo seine *Abendnachrichten* zwei Jahrzehnte lang den Eckstein eines Fernsehimperiums gebildet hatten. Und so weiter und so fort. Plapperdiplapperdiplapp.«) Aber als er an diesem Tag und am nächsten herumsaß, die Touristenströme betrachtete, das Plaza, die goldene Statue von Sherman auf seinem Pferd, die Kutschen, die entlang des Boulevards parkten, und auf White wartete, kam Shell allmählich der Gedanke, daß das, was dem Buch *eigentlich* fehlte, ein Schluß war.

☆ ☆ ☆

Wenn man eine Biographie schrieb, dachte er, sprang man immer zuerst zum letzten Kapitel und schmückte das Ableben des großen Mannes aus. So machte er das immer. Der letzte Ritt, der große Sturz – *Er lächelte sein breites Lächeln, winkte fröhlich, drehte sich um, und dann, während sie voller Entsetzen zusah, sank er auf die Knie und brach auf dem Bürgersteig zusammen. Ein Zahnarzt, der auf dem Weg zum Mittagessen ins Acme-Gebäude war, versuchte, ihn durch künstliche Beatmung wiederzubeleben, doch es war zu spät. Wilfred Burris war tot* –, die Leute mochten einen Tod am Schluß, doch wenn der große Mann zu lange dahinsiechte, senil, sprachlos, war es schwer für einen Biographen, die Sache spannend zu gestalten: *Im Jahr 1972, als sein Herz schließlich zu schlagen aufhörte, war niemand anwesend, weder Gwen noch Rick, noch Mr. Bibb, nicht einmal der treue Bubbles, und als Simone den Telephonanruf vom Blessed-Shepherd-Heim bekam und die Nachricht hörte, spürte sie nichts, keine Trauer, kein Mitleid, dachte nur flüchtig daran, daß sie sich nun ein Paar neue Schuhe kaufen mußte.* Und manche Personen weigerten sich glattweg, am Ende dahinzuscheiden – *Zum Zeitpunkt, wo dies geschrieben wird, lebt Phelps noch immer irgendwo im Süden Kaliforniens.* Aber so viele andere – Schauspieler, Schriftsteller, Maler, Musiker – lieferten phantastische Tode, grausame oder erbärmliche, und damit, dachte Shell, wird bei einer Biographie das Geld gemacht.

Die Stunden vergingen. Der Tod, dachte er: der Tod ist das, was einer Biographie wirkliches Gewicht verleiht.

Nachdem der Leser beinahe fünfhundert Seiten lang Bunny Bigelows verkorkstes Leben durchlitten hatte, seine Lügen den Freunden gegenüber, sein endloses Selbstmitleid und den übersteigerten Narzißmus, seine infantile Sexualität, seine unerbittliche Suche nach Bestrafung, genoß der Leser das Herannahen des unvermeidlichen Endes. *Allein im Zimmer 1421, wo die vergilbten Wände des Hotel Seymour auf ihn zurückten wie eine Phalanx von Raubfischen, vollgetankt mit Gin und Barbituraten und den »großen Roten«, die er so schätzengelernt hatte in den Monaten, seit Alice ihn verlassen hatte und seit das Yellowstone-Anwesen in den Besitz der Bank übergegangen und* O Jugend! O goldene Tage! *mit Hohngeschrei aufgenommen worden war, hing er nun mit dem Kopf über dem Waschbecken, seine kleine, geschwollene gelbliche Hand krallte sich um das Schundheft mit den schmählichen, gemeinen Enthüllungen, samt dem Eingeständnis seines latenten Republikanismus, seine schmutzstarrenden Kleider lagen verstreut auf dem grauen, mit Flecken von Erbrochenem überzogenen Teppich, während er sich an dem kalten Schweinekotelett zu Tode würgte. Seine Leiche wurde erst am Mittwoch gefunden, als die Miete fällig war.* Oder vielleicht starb er bei einem Autounfall im Alter von achtundzwanzig Jahren, zwei Wochen nach seinem gewaltigen Triumph, und während sich auf seinem Schreibtisch Stapel überschwenglicher Kritiken türmten und Briefe, in denen er zu Vorträgen oder Interviews eingeladen wurde, lag seine Leiche in einem Straßengraben, bis zur Unkenntlichkeit verbrannt, enthauptet in einem roten Ferrari, dessen schöne Kalbsledersitze blutverschmiert waren. In gewisser Weise war es unbefriedigend, über einen kultivierten alten Fernseharsch zu schreiben, dachte Shell. Vielleicht würde er eines Nachts von einem dilettantischen Dieb erstochen werden, oder er könnte sich natürlich zu Tode trinken, aber die Chance, daß er demnächst abkratzte, war nicht sehr groß. Der Artikel in *People* klang, als sei White in guter Verfassung und würde brav sein Müsli essen.

☆ ☆ ☆

»Zurückgezogen in dem roten Salon einer Suite auf der dritten Etage eines noblen alten Hotels mit Blick auf den Central Park, saß ein lebhafter, wach blickender Frank White, zweiundsechzig Jahre alt, bekleidet mit Jeans, Mokassins und einem gelbbraunen Wildlederhemd, und sprach begeistert von seinem Umzug nach Paris im Jahr zuvor. ›Wir wohnen in der Nähe des Bois de Malène in einem Gebäude, das einmal Zar Nikolaus gehört hat und in dem verarmte Überreste der russischen Aristokratie in verblaßtem Glanz gewohnt und davon gelebt haben, daß sie halbwüchsige Knaben und einsame alte Damen im Gesellschaftstanz unterrichteten. Das verrät Ihnen etwas über die Vergänglichkeit aller Dinge. Maria und ich wohnen dort mit unseren beiden Hunden und unseren Büchern und Bildern, und das ist alles, was wir brauchen.‹ White, seit 1954 ein bedeutender Kunstsammler, hat sechs Räume voll mit amerikanischer Malerei, eingeschlossen ein Hassam, zwei Hopper, ein Sloan und drei Levines, die zu besitzen sich jedes Museum der Welt glücklich schätzen würde. Gleichwohl ist die Kunst ein Thema, das White scheut. ›Ich betrachte sie gerne, doch in dem Moment, wo ich den Mund aufmache, um etwas über sie zu sagen, ermahne ich mich, ihn wieder zu schließen‹, sagte er.«

Shell saß in seinem Wagen und las den Artikel noch mal durch.

»Die Whites entdeckten Paris auf einer Reise nach Norwegen, wo sie einen Monat in einem Kurbad in den Bergen hatten verbringen wollen, wo man am Rande eines Fjords in einer warmen Planktonpackung sitzt und das pure Leben durch die Poren absorbiert, und sie machten Zwischenstation in Paris, um einen befreundeten Journalisten aus den alten New Yorker Tagen zu besuchen, und die Grandeur, die frohe Gemütsart und die *Gelassenheit* der Franzosen schien ihnen ein noch erholsameres Bad als Plankton zu sein, und sie blieben.

›Wir Amerikaner machen uns Sorgen um die großen Dinge wie die Zukunft der Zivilisation, die Franzosen nicht. Sie finden, sie können ohnehin nichts daran ändern, und konzentrieren sich darauf, sich hier und heute ein schönes Leben zu machen. Sie wollen von allem das Beste haben, ob Brot, Wein oder Konversation. Sie lieben gute Dinge: Sie genießen ein gelungenes Fischsoufflé ebenso wie eine frische Birne oder ein altes Buch. Sie gestalten sich ein zivilisiertes Leben aus dem, was greifbar ist. Ein Amerikaner tut sich nicht so leicht mit der Zivilisation. Zum einen neigen wir dazu, alles abzureißen, um es dann neu aufzubauen. Wir sind furchtbar ehrgeizige Menschen. Und wir arbeiten viel zuviel. Das ist die amerikanische Tragödie von heute: Wir arbeiten schwerer als unsere Pioniervorfahren und erhalten weniger zurück für unsere Mühen und müssen dann noch schwerer arbeiten, um uns über Wasser zu halten. Irgendwie hat die amerikanische Gesellschaft es fertiggebracht, einhundert Jahre nach der Sklavenbefreiung die alten Zustände wiederherzustellen. Der Profit ist das ein und alles geworden, die Gewerkschaften, die sich für die Arbeitnehmer eingesetzt haben, sind bankrott, das Geschäftsleben ist ein heilloses, hektisches Treiben, Arbeit ist alles, und die Opfer sind die amerikanische Familie und das amerikanische Kind. Das Familienleben in Amerika ist im Vergleich zu Europa verkümmert und chaotisch und von Verletzungen und Bitterkeit geprägt. Wir schuften wie verrückt, um unsere Kinder glücklich zu machen, und haben dabei keine Zeit mehr, ihnen zu zeigen, wie man lebt. In Frankreich sehe ich Erwachsene, die das Leben genießen, und Kinder, die beobachten und lernen, und in Amerika sehe ich Eltern, die von der Arbeit zu erschöpft sind, um für ihre Kinder mehr zu tun, als ihnen teure Spielsachen zu schenken, sie zu betrachten und sich schuldig zu fühlen. Das war vor dreißig Jahren noch nicht so, und man könnte es durch die Einführung einer landesweiten, gesetzlichen Urlaubsregelung ändern, wie es sie in Europa gibt: fünf bezahlte Wochen im Jahr für jedermann, sogar für die Arbeitslosen, als Tribut an die Familie.‹

Aber White sagte, er sei nicht wegen der Kultur, sondern wegen der Freiheit nach Frankreich gegangen.

›Mit einem Gesicht wie dem meinen in den Vereinigten Staaten herumzulaufen ist eine Qual. Nachdem einem tausend Leute gesagt haben, daß das Fernsehen nicht mehr das ist, was es mal war, seit man fort ist, ist man soweit, entweder auszuwandern oder sich ein neues Gesicht zu kaufen. Als ich eines Nachmittags die Rue Saint-Honoré entlangschlenderte zur Place Vendôme und merkte, daß niemand auch nur die geringste Ahnung hatte oder sich dafür interessierte, wer ich war, hätte ich am liebsten angefangen zu singen und zu tanzen, aber es hat bisher niemand ein Lied über dieses Gefühl geschrieben. Es ist, als ginge ein Gelähmter zu einem Gelähmten-Kongreß und würde dort, *voilà*, zu einem unter vielen und wäre mit einemmal von dem Zwang befreit, das Mitleid der anderen Menschen akzeptieren zu müssen.‹ Die Whites mieteten eine Wohnung, und ein Jahr später kauften sie sie. ›Wir fühlen uns beide überaus glücklich und gesund‹, sagte er. ›Und meine Frau tanzt wieder.‹«

Der Rest war über Maria. Shell steckte das Heft zurück in seine Aktentasche. Er war ein bißchen benommen von dem Verkehr und der Langeweile – zwei Tage und keine Spur von dem Scheißkerl –, und er war außerdem verwirrt von einem Gedanken, der in ihm aufstieg. Er kletterte aus dem Wagen und überquerte die Straße und guckte die Stände durch mit den antiquarischen Büchern entlang der Mauer am Central Park. Er stöberte in den Stapeln.

Der rechtzeitige Tod eines berühmten Mannes kann für seinen glücklichen Biographen *eine Million Dollar* wert sein, dachte Shell. Der berühmte Mann gibt in seiner Blütezeit den Geist auf, während sein Name in aller Munde ist und seine Bewunderer und Hasser noch das größte Interesse daran haben, ein Buch über ihn zu kaufen, und der Biograph, der die Lebensgeschichte schon fertig hat, erwacht eines Morgens, schlägt die Zeitung auf und sieht, daß er das große Los gezogen hat. Er schreibt das letzte Kapitel, und das Buch liegt zwei Monate, nachdem der Verstorbene unter die Erde gekommen ist, auf dem Ladentisch. Aber der gewalttätige Tod eines berühmten Mannes kann noch unermeßlich viel mehr wert sein, mehrere Millionen, abhängig von Filmdeals und Fernsehrechten und so weiter. Er könnte *drei Millionen Dollar* wert sein. Vielleicht noch mehr. Wenn Frank White dazu gebracht werden könnte, sich einen Gewehrlauf in den Mund zu stecken und abzudrücken, dann wäre Shell soweit, in Druck zu gehen. Er hatte die Arbeit von Monaten abgeschlossen bereitliegen. Wenn White sich selbst umbrächte, würde das den Wert des Buches auf das Fünfzigfache steigern, das Hundertfache, wer weiß?

Das war nur eine wilde Phantasie, dachte er bei sich. Das ist kein Plan. *Aber* – er könnte White eine Spazierfahrt vorschlagen, vorgeben, ein junger Fernsehreporter zu sein, er könnte den Mann auf der Straße abfangen und ihm um den Bart gehen (»Ich weiß alles über Ihr Leben, ich habe alles gelesen, was Sie je geschrieben oder gesagt haben, Sie sind – ich kann es nicht anders sagen –, Sie sind mein Held«) und dann: »Mr. White, ich möchte Sie um einen riesengroßen Gefallen bitten. Mein Wagen steht *gleich hier.* Ich möchte, daß Sie einsteigen und mir zeigen, wohin Sie gelaufen sind, als Sie das Palladium Theater in jener Nacht – wann war das? 1953? – verlassen haben, nachdem Roy Cohn Ihrem Sponsor, Sport-Tex, gedroht und man Sie aufgefordert hat, sich rauszuhalten, und Sie dann diesen langen Spaziergang um zwei Uhr früh gemacht und sich schließlich entschlossen haben, auszusagen? Ich möchte gern wissen, wo das gewesen ist. Das ist das einzige, was ich wissen möchte. Dann bringe ich Sie sofort wieder hierher oder wohin Sie sonst möchten.«

Der alte Dämlack wäre so geschmeichelt, daß er zu allem bereit wäre. Er würde ein bißchen den Bescheidenen mimen, aber dann würde er einsteigen und anfangen, über die McCarthy-Ära zu quasseln, und Shell würde die Fifth Avenue hinunterfahren und dann links in eine Seitenstraße einbiegen und dann plötzlich Frank White das Chloroform unter die Nase halten und ihn runter auf den Boden stoßen und festhalten, bis er schlaff wurde, und ihn zur Brooklyn Bridge fahren und runterschmeißen. Dann würde er zurück nach New Hampshire fahren und das letzte Kapitel schreiben.

»Seit seinem spontanen Umzug nach Paris in tiefe Depression gesunken, kehrte White nach New York zurück, um sich hier in psychiatrische Behandlung zu begeben. Sosehr er auch Frankreich und seine überlegene Zivilisation pries, so unglücklich war er dort doch. Er vermißte das Rampenlicht. Einst von Millionen als Quell der Weisheit verehrt, war er nun allein, kaum in der Lage, mit dem Zeitungsjungen zu plaudern, unfähig, einem Klempner zu erklären, daß die Toilette undicht war. Niedergeschlagen bezogen er und Maria die 200-Dollar-Suite im Sherry Netherland, dieselbe goldene Suite, die sie schon so viele Male in der Vergangenheit bewohnt hatten, aber die Erinnerungen riefen in Frank nur tiefe Schuldgefühle wach wegen all der Dinge, die er denen angetan hatte, die ihm geholfen hatten. Während er sein 30-Dollar-Zimmerservice-Frühstück verzehrte, wurde er von Visionen von (Name) heimgesucht, der ersten Frau, die er je geliebt hatte, die ihm in der Zeit der Armut und Anonymität beigestanden hatte und die nun in (Stadt) in völliger Verarmung lebte, während er den Luxus eines roten Salons in einer Suite im dritten Stock eines vornehmen Hotels mit Blick auf den Central Park genoß.

Nach ihrer Ankunft war Frank mehrere Tage lang nicht in der Lage, die Suite zu verlassen, war unfähig, am Telephon zu sprechen oder ein Sandwich zu essen oder in den Spiegel zu sehen, ohne zu weinen. Er lag drei Wochen lang im Bett, zu schwach, um ein Buch oder eine Ausgabe der *Times* zu halten, und so war der Mann, den *TV-Guide* einmal den ›Vater der Nachrichtenmoderatoren‹ genannt hatte, gezwungen, sich die Zeit mit Fernsehen zu vertreiben. Er war entsetzt von der unsagbaren Seichtheit und Brutalität. Nach ein paar Tagen erkannte er, daß sein ganzes Leben vergeudet und sein sogenanntes Talent nur schädlich und unheilvoll gewesen war. Er versuchte zweimal, sich mit einem Ledergürtel zu erhängen und sich aus dem Fenster zu stürzen und einen elektrischen Ventilator in sein Badewasser fallen zu lassen, aber Maria verhinderte es jedesmal. Schließlich nahm er seine ganze Willenskraft zusammen und zwang sich dazu, so zu tun, als gehe es ihm besser. Er zwang sich, sie zum Essen und ins Kino zu begleiten. Er zwang sich zum Lachen und Plaudern. In seinem Inneren war alles zerrissen, aber er tanzte weiter, lächelte weiter, schüttelte weiter Hände, bis schließlich Marias Wachsamkeit nachließ, und in jener Nacht nahm er ein Taxi hinunter nach Manhattan bis zur Brooklyn Bridge. Die legendären Stützpfeiler und harfenähnlichen Hängekabel, verewigt durch den Dichter Hart Crane, waren in Nebel gehüllt, als er sich zur Mitte begab, seine Medicare-Karte zur Identifizierung am linken Fußknöchel befestigte, einem vorbeigehenden Stadtstreicher 200 Dollar aus seiner Brieftasche zusteckte und über die Verspannung zum Rand kletterte. Vielleicht hielt er einen Moment inne und schaute hinunter auf das aufgewühlte Wasser und dachte an den Tag, etc. Vielleicht erinnerte er sich an (Details einfügen) – spürte er vielleicht einen Anflug von Reue wegen all der Menschen, denen er weh getan, und wegen all dem Schaden, den er angerichtet hatte? (Etc.) Falls ja, so hielt sie nur wenige Sekunden an, und dann stürzte sein Körper in die Dunkelheit. Dem Gerichtsmediziner zufolge starb er noch im Moment des Aufpralls, bei dem er sich das Genick brach.«

Shell dachte sich diese Passage wie in einem Traum aus, in einem einzigen sanften Rausch. Und ihm fiel ein Satz von William Safire ein – er hatte ihn aus der *Times* ausgeschnitten und an den Kühlschrank geklebt: »Aus dem Unvorstellbaren das

Unvermeidbare machen – das ist Führerschaft.« Der Satz bezog sich auf Bushs Krieg, aber er war so *wahr*, er traf auch hier zu. Ein Mann kann die Dinge selbst in die Hand nehmen. Aus dem Undenkbaren das Unentrinnbare machen.

Er hatte schwer an Frank White gearbeitet. Er hatte sich einige Besitzrechte erworben und war es sich selbst schuldig, ihn zu töten. Er überquerte die 59th Street und schaute sich die Corvettes im Schaufenster an. Wo könnte er Chloroform herbekommen? Vielleicht von einer Tierhandlung. Er würde ihnen erzählen, er hätte einen altersschwachen Köter, den er einschläfern müßte. Sie hätten ganz bestimmt Chloroform oder etwas Ähnliches auf Lager, und eine Flasche, die groß genug war, um einen großen Hund umzubringen, würde ganz sicher auch Frank White für eine Stunde betäuben. Er glaubte nicht, daß Chloroform im Blut nachgewiesen werden konnte. Vielleicht würden sie gar keine Autopsie vornehmen, ganz sicher nicht, wenn es einen Abschiedsbrief gäbe. Was dem Buch noch eine besonders hübsche Note verleihen würde.

Sein brillanter Einfall machte ihn hungrig. Der Hot-dog-Stand war nur drei Meter entfernt; er nahm ein italienisches Würstchen auf Fladenbrot mit Zwiebeln, Peperoni, Tomaten, scharfer Sauce und allem Drum und Dran für zwei Dollar und aß es, während er die Fifth Avenue überquerte.

Er könnte Frank White dazu bringen, seinen Abschiedsbrief selber zu schreiben, in Form eines Autogramms.

Ganz einfach. Es würde so gehen. *Vor* der Geschichte über Roy Cohn würde er sagen: »Mr. White, meine Mom ist Ihre größte Verehrerin, und ich möchte Sie fragen, ob Sie vielleicht einen Gruß für sie schreiben würden. Sie hat immer besonders Ihre Schlußworte bei den Abendnachrichten gemocht. Könnten Sie schreiben: *Liebe Mutter, gute Nacht und viel Glück. Frank White*. Oh, toll, vielen Dank. Sie wird begeistert sein.«

Oder vielleicht im Wagen, wenn er in der Seitenstraße parkte, vor dem Chloroform.

Whites Mutter hatte sich 1956 umgebracht. Sie lebte allein in einer Pension in Duluth, und an einem warmen Frühlingstag ging sie runter zum Hafen und sprang von der Hubbrücke. Sie mußte eine Stunde lang warten, bis ein Erzfrachter vom Lake Superior hereingetuckert kam und die Hubbrücke sich hob – in ihrer normalen Position unten war sie zu niedrig, als daß man von dort Selbstmord begehen könnte –, und dann wartete sie zu lang mit dem Springen und landete auf dem Oberdeck des Schiffs, als es darunter hindurchfuhr, ein Sturz von gerade mal sieben Metern. Sie kam ohne einen Kratzer auf. Die Mannschaft war seit mehr als einem Monat auf See gewesen, und Mrs. White wirkte trotz ihrer Verzweiflung attraktiv auf sie. Sie führten sie an jenem Abend in die Stadt aus, zechten, tanzten, zogen von Bar zu Bar auf der Superior Avenue, und nachdem sie eine stattliche Anzahl Gin Rickeys runtergekippt hatte, brach sie tot auf dem Boden der Bar zusammen. Ein Sprung von der Brooklyn Bridge wäre gewissermaßen der Versuch des Sohnes, das gescheiterte Beginnen der Mutter zu Ende zu führen – eine Art Brücke zwischen ihnen (obwohl man das nicht zu dick auftragen durfte) –, das letzte Kapitel könnte überschrieben sein: »Mutter und Sohn – die Wiedervereinigung«, und die berühmten Schlußworte, die jeden Abend landesweit im Fernsehen zu hören gewesen waren, könnten jetzt als Whites lebenslanger Abschiedsbrief gesehen werden, sein geheimer Pakt mit der Mutter, sein Bündnis mit dem Tod – Shell ging über die 59th, aß den letzten Bissen Wurst und dachte, daß er noch eine gebrauchen könnte. *Das war die ganze Zeit das Thema des Buches gewesen, und er hatte es bisher nicht erkannt.* Selbstmord. Das stand über Whites ganzem Leben geschrieben. Wie hatte er das übersehen können? Die Festigkeit dieses Mannes, was war sie anderes als die Gewißheit von jemandem, der seinen »Entschluß längst gefaßt hatte« – diese erhabene Baritonstimme, die für Millionen soviel Sicherheit ausstrahlte, war die Stimme eines Mannes, der sein eigenes Ende kannte. Er war zu höchsten Höhen aufgestiegen, um es seiner Mutter recht zu machen, und nun würde er aus dieser Höhe hinunterstürzen, um wieder mit ihr zusammenzusein.

Es war alles da. Ein Buch, das ihm drei Millionen Dollar einbringen *und* bewundert werden würde, wirklich bewundert, das auf der ersten Seite des *Times Book Review* als ein Werk bejubelt würde, das einen neuen Weg durch das wuchernde Biographiendickicht schlug – *vielleicht das beste Buch über ein amerikanisches Leben seit Henry Adams* –, er blickte hoch zu Sherman, der golden auf seinem Sockel funkelte, auf das Sherry Netherland dahinter –

☆ ☆ ☆

Laut Aussagen der Zeugen hatte er den gelben Lastwagen überhaupt nicht gesehen. Er wurde von dessen rechter Seite erfaßt und zehn Meter weit durch die Luft geschleudert und knallte dann hart gegen einen Laternenpfahl. Zeugen, die auf der anderen Straßenseite standen, hörten Knochen knacken, als er auftraf. Er lag zehn Minuten lang auf dem Bürgersteig, aus Mund und Ohren blutend, sein Körper verkrumpelt wie ein Haufen alter Kleider, und dann brachte ihn der Krankenwagen ins Lenox Hill Hospital. Er hatte den rechten Arm gebrochen, ein Schlüsselbein, elf Rippen, das Becken, sein rechtes Bein und zwei Wirbel zerquetscht, aber die schrecklichste Verletzung, so stellten sie fest, nachdem sie seine Knochen wieder zusammengeschraubt hatten, hatte sein Gehirn erlitten. Als sie das Demerol reduzierten und er bei vollem Bewußtsein war, besaß der Patient nicht die geringste Erinnerung mehr und nur sehr wenige geistige Funktionen. Die Computer- und Kernspintomographie vom Gehirn zeigten keinerlei Verletzungen, keine Hämatome. Wochen vergingen, der Patient schien wohlauf und ohne Schmerzen zu sein, aber er konnte nicht sprechen, obwohl er nach und nach wieder ein paar Wörter lernte: *Hallo. Wasser. Toilette. Essen. Pille. Danke*, doch er konnte nicht zwischen *ja* und *nein* unterscheiden.

Er schien um die Fünfzig zu sein, war weiß, gut genährt, gut gepflegt, und aus seiner Kleidung – Kordjackett, blaues Button-down-Hemd, vorgebleichte Jeans, Hush Puppies – schloß die Polizei, daß er Akademiker war. Seine Brieftasche, falls er eine gehabt hatte, war verschwunden, bevor der Krankenwagen eintraf. Zwei Beamte streiften einen Nachmittag und einen Teil des nächsten Tages die 59th Street entlang, fragten in Hotels nach vermißten Gästen, zeigten ein Photo des Mannes bei Barmännern und Kutschern herum. Der Türsteher vom Sherry Netherland sagte: »Wird auch Zeit, daß ihr Jungs auftaucht.« Er hatte zwei junge Männer beobachtet, wie sie einen grünen Rambler kurzschlossen – auf der Fifth Avenue! mitten am Nachmittag! –, und er hatte 911 angerufen, und erst jetzt, einen Tag später, kreuzte die Polizei auf. Sie gaben ihm eine Nummer für Autodiebstähle – 911 sei nur für Notrufe, erklärten sie.

Der einzige Anhaltspunkt – und er war dürftig – war eine gelbe DIN-A4-Seite, dreimal gefaltet, worauf jemand – vermutlich der unbekannte Mann – Notizen gemacht hatte, die sich anscheinend auf den berühmten Nachrichtensprecher Frank White bezogen. Die Notizen ergaben keinen Sinn, da sie alle von Whites Selbstmord handelten, und White war quicklebendig. Um genau zu sein, er wohnte ganz in der Nähe im St. Moritz. Die Polizeibeamten suchten ihn dort auf. Sie entschuldigten sich. Es tue ihnen leid, daß sie ihn belästigten, furchtbar leid, aber er bat sie hinein, ließ sie Platz nehmen, stellte ein paar Gläser Evian und einen Obstteller hin und plauderte mit ihnen. Sie hießen Vince und Sean. Sie baten ihn, einen Blick auf die Notizen zu werfen.

White nahm das zusammengefaltete gelbe Blatt. Es tue ihnen leid, es sei eine unangenehme Geschichte, aber ob ihm vielleicht irgend jemand einfalle, der so etwas über ihn schreiben könnte? Irgend jemand? White las die Notizen – über seine Mutter, die alten Schlußworte der Sendung, seine Depression, seine Todessehnsucht – und blickte auf und grinste. »Es ist schon viel negativer Kram über mich geschrieben worden«, sagte er, »doch in dem hier steckt zum erstenmal nicht ein einziges Körnchen Wahrheit.« Er hatte keine Ahnung, wer das geschrieben haben könnte.

Sie hörten einen Schlüssel in der Tür, und die Tür ging auf, und es erschien eine Frau, die einen Schrankkoffer hinter sich herschleifte. »Er hat nur vierzig Dollar gekostet, ist wie ein Safe gebaut, man könnte darin Steine transportieren«, sagte sie außer Atem. Sie war groß, langgliedrig wie eine Läuferin, hatte kurzgeschnittenes graues Haar und leuchtendgrüne Augen, und sie trug einen schwarzen, gerippten Pullover und Bluejeans und Laufschuhe. Auf ihrem Kopf steckte eine Sonnenbrille. »Meine Frau Maria«, sagte er. Die Polizeibeamten erhoben sich, um zu gehen. Sie entschuldigten sich noch einmal für die Störung. Der Mann sei von einem Lastwagen überfahren worden und ohne Gedächtnis und Sprache, das Papier sei ihr einziger Anhaltspunkt.

»Was für ein Papier?« fragte Maria. Vince zeigte ihr das Blatt, und sie las es. »Das muß der Mann sein, der das Buch über dich schreibt«, sagte sie. »Wer sonst würde sich mit solchem Unsinn abgeben? Das ist dieser arme Shell.«

Und so wurde Richard Shell identifiziert. Lenox Hill wurden 220000 Dollar von seiner Krankenversicherung bezahlt, und er wurde nach New Hampshire zurückgebracht, in ein Pflegeheim wenige Kilometer vom College entfernt, und nachdem seine Ersparnisse aufgebraucht waren, bezahlten der Staat und die Kommune für ihn, damit er zu essen bekam und gebadet wurde und jemand mit ihm jeden Tag spazierenging. Seine Studenten suchten überall nach dem Manuskript und fanden es auf einer Diskette in seinem Schreibtisch zu Hause, und es war die Rede davon, es ihm zum Angedenken zwecks Veröffentlichung zu lektorieren, aber dann kamen die Semesterferien, und alle fuhren nach Hause.

Inhalt